谨以此剧
献给中国几代印钞人
献给中国几代银行家

根据作者长篇小说《秘密印钞局》改编

三十九集电视连续剧文学剧本

纸币硝烟

编剧：高占祥

河北人民出版社

图书在版编目（CIP）数据

纸币硝烟 / 高占祥编剧. —石家庄：河北人民出版社，
2012.5

ISBN 978-7-202-06197-8

Ⅰ.①纸… Ⅱ.①高… Ⅲ.①电视文学剧本—中国—当
代 Ⅳ.① I235.2

中国版本图书馆CIP数据核字（2012）第 040390 号

书　　名	**纸币硝烟**	
编　　剧	高占祥	

责任编辑	唐　丽　段　鲲
美术编辑	于艳红
封面设计	贾　海
责任校对	余尚敏

出版发行	河北人民出版社（石家庄市友谊北大街330号）
印　　刷	河北新华第一印刷有限责任公司
开　　本	787 毫米×1092 毫米　1/16
印　　张	35.75
字　　数	618 000
版　　次	2012 年 5 月第 1 版　　2012 年 5 月第 1 次印刷
印　　数	1—5 000
书　　号	ISBN 978-7-202-06197-8／I·870
定　　价	72.00 元

内容简介

长篇电视连续剧《纸币硝烟》，是中国第一部以印钞业为题材的电视作品。系作者高占祥先生根据本人所发表的长篇小说《秘密印钞局》改编的。真钞、假钞、伪钞斗法；制版、盗版、护版纠结。情节跌宕起伏、引人入胜；人物形象栩栩如生、呼之欲出。全景式地反映了现代波澜壮阔、惊心动魄的货币战争。

本剧写到了四个印钞局，即民国财政部北平印钞局；七七事变后，日军用以"杉工程"命名的专印中国假法币的印钞局，套购了我国大量稀缺物资；蒋介石得知日本造假猖獗，决心"以假对假""以毒攻毒"，在重庆建立一所印制日伪假钞的秘密印钞局，与日伪打一场特殊的货币对攻战；与此同时，共产党在晋察冀边区成立了秘密印钞局，印出边币，令日寇惊悚、国民党恐慌。

日军侵华总司令冈村宁次对边区印钞局恨之入骨，疯狂叫嚣："要把土八路的印钞局从地图上抹掉。"

蒋介石也把边区印钞局视为心腹之患，以重兵向解放区进攻，要把我边区印钞局炸平、毁灭。

然而，我边区秘密印钞局就是在无场地、无材料、无设备、无外援的重重困难包围下，顶住日寇的大扫荡、国民党的狂轰滥炸而强势崛起。实现了"解放军打到哪里，就把人民币送到哪里"的钢铁誓言。

边区印钞局在血与火的考验中成长，壮大。人民币的横空出世，一统华夏货币乾坤。让蒋介石既输掉了金融战争，又丢掉了江山。

作者将票版作为贯穿全剧的核心内容。票版具有官方属性，拥有无上权威。版就是权，权就是钱。有了财权就能支持政权、军权。票版堪称摇钱树、聚宝盆、金母鸡。各方政治势力无不觊觎、企图染指、争夺对方的票版。军统局长戴笠，一面要求伪财政部长周佛海冒险提供日军手票、伪币票版；一面指使学生温越盗窃我印边币的票版。该剧不仅描述了四个印钞局内部尖锐复杂的矛盾和冲突，如汪伪高层为了争权夺利，彼此使出了美人计、反间计、借刀杀人计等损招毒计。发生了汉奸吴三宝抢劫鬼子运钞车的惊天大案。更揭示了四个印钞局之间的殊死搏斗。诠释了现代史上一场钞票大血战对国家前途命运的巨大影响，厚重而深邃，充分揭露了敌伪内部酷烈的火并，残杀，可谓螳螂捕蝉，黄雀在后。为图一己私利，钩心斗角，尔虞我诈，翻云覆雨的丑恶嘴脸。鞭挞了冈村、植田、井原等侵略者的凶残、暴虐、冷血；戴笠、周佛海、李冠群等枭雄政客的狡诈、阴险、卑劣。

　　作者以浓墨重彩塑造了宋衡、杨卓、甄善仁等印钞人大爱大恨、大起大落的性格特征和鲜活独特的人物形象，展现了人性的光辉与尊严。

电视剧开篇曲：

炮声响，烽火燃，

九州无处不硝烟。

假钞搅得人间乱，

黎民百姓受熬煎。

刀光闪，剑光寒，

货币战争卷狂澜。

朝阳一出妖雾散，

英雄放眼看河山！

第一集

黄浦江浊浪翻滚，汽笛长鸣，船舶航行如梭。

码头上，货物堆积如山。监工手持皮鞭，虎视工人。搬运工人赤膊背着或扛着沉重的木箱和麻袋蹒跚而行。

镜头急速推向上海标志性建筑——二十四层高的国际饭店。

旁白：二十世纪三十年代，有着东方明珠、远东巴黎美誉的上海，是中国最早融入世界洪流，与国际接轨的大都市，也是亚洲最大的贸易中心和金融中心，中国的华尔街。

1、南京路上。（日，外）

高楼栉比鳞次，商店招牌五光十色，玻璃橱窗内琳琅满目。车辆川流，人群潮涌。高音喇叭里，播放着甜腻腻软绵绵的歌曲："好花不常开，好景不常在……"

熙熙攘攘的人流中有两位漂亮少女携手徐行，一位身穿乳白镶银边的缎子旗袍；一位身穿豆绿镶蓝边的蜀锦旗袍。姿态娇婉，清隽秀拔，婀娜中饱含英武之气。

几个小伙子直勾勾地盯着双姝，忍不住调侃道："哟，今天可饱了眼福啦！见到了从峨眉山下凡的白娘娘，小青青。"

"唔，真漂亮。赛过胡蝶，胜过周璇。"

"嘿，简直就像武侠小说中的绝代双娇。"

"我认识她俩，都是上海大学女篮主力队员，穿白的叫白玉凝，穿绿的叫丁美娟。"

"我说呢！两个美女个子这么高，原来是打篮球的。"

二女早就听惯了人们的赞美，启朱唇，展玉齿，嫣然含笑，旁若无人地边走边聊。

丁美娟问白玉凝："玉凝，上海中西交会，万商云集，是千百万人的梦幻家园。你说，上海怎么发展得这么快呢？"

"你真逗，咱俩都是外来户，我可没研究过上海的发展史。"

丁美娟："你平时老向我提问题，今儿答不上来了吧？"

白玉凝："你这一提呀，倒使我想起了校长办公室里挂的那幅名人书法：

上善若水
海纳百川

头两个字连起念，不就是'上海'吗？"

"这幅书法我也见过，不仅寓意深刻，字也很漂亮呦！上海地名可能就是这么得来的吧！"

"很可能。这两句话我越琢磨越有意思：我到上海两年多了，很少见到有人在大街上打架斗殴，这不是'上善若水'么？上海还是中国移民最密集的城市，要说移民文化，恐怕上海属老大。许多人才都是从外地遴选来的，就说咱俩吧，你从青岛来上海，我从杭州来上海，咱不也是'海纳百川'中的一分子吗！"

"这么说，咱俩也是人才啦！"

"当然了，不光是人才，咱俩还是天才呢！"

丁美娟哧哧娇笑道："你可真是大言不惭啊！"

"你想想呀，咱俩要不是天才，能考上名牌大学，并成为女篮一号、二号选手吗？"

丁美娟："明天咱和日本女篮的这场球赛可是硬仗，这就要看你这个女篮一号的本事啰！我这二号的任务是掩护你进攻，配合你作战。"

白玉凝："哎呀，明天交通部的王部长也要来观看球赛，让我给他送两张票，我差点把这事给忘了。"

"他是交通部长，怎么找你要票呢？我看呀，他是醉翁之意不在酒，不是去观摩球赛，而是观赏你这个美人儿！"

"别瞎说！我得赶紧把票给送去。"

丁美娟："这几场球赛的票颜色都差不多，可别送错了哟。"

白玉凝从白色挎包里拿出两张红色的请柬，边走边小声地念："一九三四年四月八日下午二时，举行中日两国大学女子篮球友谊赛。没错！没错！"

2、上海大学操场。（日，外）

气氛热烈，身穿红色球衣的上海大学女篮与身穿蓝色球衣的日本横滨大学女篮对阵。场上争夺激烈，红队球员在个头上明显占有优势，但蓝队的攻势也很凌厉。以白玉凝、丁美娟为主力的红队，越战越勇。白玉凝体型健美修长，迅疾如鹿，敏捷似猿，连连进球，红队比分遥遥领先。坐在贵宾席中的民国交通部长王文瑞兴奋异常，挥舞双臂，不时为白玉凝高超的投篮技术喝彩："好球！好球！"

蓝队球员气急败坏，常常故意推撞和肘击对手，白玉凝好几次将球高高举起准备投篮，都被蓝队的后卫将手中的球按了下去。接连盖帽，使双方比分迅速拉近，红队七十分不变，蓝队从五十二分不断攀升。观众高呼："红队加油！红队加油！"

蓝队的后卫满面恚恨，用力对准白玉凝的膝盖骨猛踹一脚。猝不及防的白玉凝跌倒在地，惊呼"哎哟！"挣扎着欲站，但半月板已被踢碎，又重重摔倒。丁美娟连忙抱起她，关切地问："白玉凝，怎么样？怎么样？"

就在这关键时刻，裁判吹哨提醒："双方队员注意了，本场比赛还剩最后三秒钟！"

此刻，比赛记分牌上显示：中国队七十分，日本队六十八分。在这千钧一发之际，白玉凝在丁美娟的掩护下，神奇般地一跃而起，接过队友手中的球，运球飞奔，一个漂亮的腾跃，稳稳地将球投进篮筐。几乎是同时，裁判员鸣哨。比赛结束。

裁判宣布："中国上海大学和日本横滨大学女子篮球友谊赛结束，中国队七十二分，日本队六十八分，中国队获胜。"

顿时，全场沸腾，观众有的尖叫，有的吹口哨，但更多的是鼓掌。红队球员也雀跃拥抱。白玉凝再也支持不住，摔倒在地，额头上豆大的汗珠直滚，疼得嘶嘶地吸冷气。队友慌忙抱着她，急切地问："白玉凝，怎么样？你没事吧？"

白玉凝呻吟："这一脚真厉害，膝盖骨断了似的，疼死啦！"

许多男生愤怒地逼向日本球员，挥拳欲打："输不起就别来比赛，故意伤人，不道德！"

丁美娟的俏脸上露出鄙薄的神情，冷哼道："还谈什么道德，简直是不要脸。"

日本球员耷拉着脑袋离开了。

王文瑞急忙从贵宾席下来，走近白玉凝，安慰道："白玉凝同学，你受委屈了！那些东洋婆真没教养。"吩咐凌炎："快用我的车送白玉凝同学去医院检查。"

凌炎忙应："哎。"

王文瑞又叫住了他："等等。"从西服口袋中掏出派克金笔和支票本，刷刷填了几行字，撕了一张交给凌炎道："这是一千元钱，关照医生，务必仔细检查，安排最好的房间，用最好的药。"

3、虹桥医院单人病房。（日，内）

白玉凝穿着蓝白条纹的病服，斜倚床前看书。

门铃响了，白玉凝抬头道："请进。"

手捧鲜花的王文瑞走进病房，笑道："白玉凝同学，我看你来了！"

"哎呀，是王部长。"白玉凝大感意外，连忙抛书，挣扎着欲下床，王文瑞趁机按住她的柔肩说："不要动，别见外，伤口好点了吗？"

"好多了，部长您请坐。"

王文瑞将鲜花插进花瓶，一双眸子火辣辣地盯着白玉凝，白玉凝满脸娇羞，垂首无言。

王文瑞陡然意识到自己的失态，没话找话，背书似地恭维道："白玉凝，你真是文武双全，在和日本横滨球队的角逐中，你的芳名传遍了黄浦滩。"又拿起报纸说："你看，连创立复旦大学的马相伯老先生，也在报上撰文称赞你们，说：'我们这个民族饱受欺凌，最缺的就是民族荣誉。而中华民族的巾帼英雄，为我中华立了一大功啊！'上海教育界谁不夸上海大学的校花为学界增光，我作为一名观众，也感到脸上有光啊！"

白玉凝娇嗔道："瞧您说的，女篮获胜也不是我一个人的功劳。丁美娟今天进的几个球就很漂亮。"

"但你是一号选手啊，对比赛的成败起到关键作用。"王文瑞忽然话锋一转："你各科成绩优秀，雪样聪明花样娇，令人爱慕不已。在我的心目中，你就是维纳斯的化身。"长叹道："咳！十年生死两茫茫，不思量，自难忘。"

白玉凝惊叫："这不是苏东坡怀念亡妻之作《江城子》吗？怎么？难道夫人已经……"

王文瑞愈发伤感，含悲饮泣道："唉，我和亡妻自幼青梅竹马，两小无猜，长大后喜结连理。我新婚的第三天便去日本留学，分别的时候，她作了一首小词赠我，我至今仍记忆犹新。"

忆江南　惜别

君去矣！

负笈渡东瀛。

一寸芳心千滴泪，

无边长夜满天星。

屈指算归程。

白玉凝黯然道："夫人对您情真意切，令人感动。后来呢？"

王文瑞取帕擦泪道："后来，她患肺结核，一病不起，我俩的情缘真薄啊！尽管为我做媒，劝我续弦的人走马灯似地络绎不绝，但我却不为所动，没再向任何女性敞开心扉。"

白玉凝由衷赞道："部长真是一位重情重义的人，夫人泉下有知，当深感欣慰矣。"

王文瑞摇头说："我这人确实比较重感情，但也不是什么大情圣，不可能一辈子鳏居，只要遇上意中人，我一定宝马香车，迎娶佳人。"说罢，两只眼睛热切地盯着白玉凝。

白玉凝局促不安，没接他的话茬儿。王文瑞本是风月场中的老手，觉得火候已到，可以明言了，遂厚着脸皮向她表白："白玉凝，同学们选举你为校花，果然名副其实。"

白玉凝白皙的脸蛋布满红云，愈显姣美。王文瑞心醉神迷，猛然俯身，在少女光洁的额头上轻轻印了一吻。白玉凝恼火地推开他："你……"

王文瑞故作惊惶地说："对不起，对不起！我实在是情不自禁，请原谅我的失礼。可我真的好爱你呀，你如果肯做我的夫人，我会让你过上皇后般豪华的生活。"边说边抓起她的纤手，又欲亲吻。

白玉凝忙从他的掌中抽出手，冷冷地回答："对不起，我还年轻，学业尚未完成，不想早早嫁人。"

"没关系的，你可以继续求学深造，并不妨碍咱俩结婚。"

白玉凝抬眸瞅了他一眼，只见对方相貌堂堂，风度翩翩，保养得极好的面庞上竟无明显的皱纹。虽说体形略胖，然而这正是中年男子官运亨通、春风得意的特征。心声："若嫁给此人，自己就是堂堂的部长夫人。要地位有地位，要金钱有金钱，也算一步登天了。十几岁的年龄差距又算得了什么？"虽未吭声，但嘴角已隐露笑意。

一直紧张注意白玉凝表情的王文瑞，捕捉到她脸上微妙的变化，知道方才悼念亡妻的煽情表演已经奏效，已俘获了少女的芳心，须趁热打铁，迟则生变。马上笑嘻嘻地说："好啊！你不反对，就是默许了。你有什么要求尽管提出来，我无条件满足。我这就去找你叔叔商量咱俩的婚事……"

门铃响了。

"请进。"

丁美娟提着一个郁金香的花篮走进病房，见到王文瑞，深感意外，忙唤道："王部长"。

"唔。"

王文瑞扫兴地说："玉凝你保重，祝你早日康复，改天再来看你。"一步三回头地走了。

白玉凝目送他离去，秋水般的明眸中闪烁着柔情的光彩。

丁美娟的眼神中透出浓浓的妒意，对白玉凝强笑道："哎呀，我来得太不巧了，搅了你俩的好事，该打！该打！"轻轻掴着自己耳光。

白玉凝拉住她的手，皱眉道："好妹妹，别取笑了，我正有事找你商量呢。"

丁美娟敛容道："哦，有何要事？我洗耳恭听……"

4、王家客厅。（夜，内）

王文瑞和凌炎还坐在沙发上喝咖啡，王文瑞忍不住唉声叹气。

凌炎问道："听说白家已答应了婚事，可部长并无喜色，反而愁眉不展，令人费解。"

"你是明知故问呢，还是装糊涂？白玉凝允婚，我固然欣喜，让她把盘子开过来。不料她家提出的条件能把人吓死！答应吧，我非倾家荡产不可；拒绝吧，婚事告吹。想不到我一个堂堂的交通部长，竟也为情所困，被钱所难，搅得寝食不安哪。"

极善于捕捉机会的凌炎，见老长官卷入迷情漩涡，为钱焦虑，仿佛猎犬嗅到某种气息般兴奋起来。他隐隐约约感到，只要他帮部长解决眼下的难题，那么，对方必然会投桃报李。他觊觎已久的邮政总办宝座，将唾手可得。他故作同情地说："是啊！白玉凝仗着叔叔是上海市教育局长，高自标置。白老头也太黑了，纯粹是个财迷，把女儿当摇钱树，想在部长女婿身上狠捞一笔。"

王文瑞没好气地斥道："少废话，没见我正郁闷吗？"

"是！是！是！古来黄金与美人并重，没有大把银钱，难讨美人欢心。我有个生财之道，也许能解部长缺钱的烦恼。"

王文瑞猴急地说："哦，快讲！"

"咱们交通部不是每年都让北平印钞局印邮票吗？我建议，今年转给英国印钞公司印。按照惯例，他们会付给我们一笔可观的佣金。还有，咱们要么不干，要干就干它个轰轰烈烈。每年让该公司印十五亿枚，先签上五年合同。哇！这笔大生意的回扣是天文数字啊！您部长不就可以抱得美人归了吗？"

王文瑞沉吟道："你说得轻巧，哪有那么容易的事。你凭什么把中国的邮票转给外国印？人们素来都把'印权外溢'当做卖国行为。视邮票、钞票的制版权为天字第一号的权益。票版就是金融的命根子。他们在这样一个关键问题上能让步吗？"

凌炎急忙道："部长也别多虑，谁不知道英美的印钞技术比咱进步呀！宋衡、范宝泉虽然对国外印钞情况相当熟悉，但只是个技术人员而已！在重大决策上，他们无权置喙。咱就强调利用外国制版先进技术这一招，到哪全能说得过去！"

"唔，此举不失为解决钱荒的好办法。这样吧，佣金到手，百分之二十的回扣归你。"

9

"谢部长的恩典。"

"唉，就怕蜚短流长，人言可畏呀！"

"这好对付。咱们可以说英国印钞业比中国发达，我们找英国人印邮票，既可以利用先进技术，又可以加强对外合作。于国于民，都是一件好事嘛。"

"嗯！理由倒也冠冕堂皇，就由你去操办吧。"

"感谢部长信任，不过……"

"不过什么？"

"属下难以启齿。"

"但讲无妨。"

"我是您的秘书，若插手邮印事务，一定有人骂我手伸得太长，攻击我越俎代庖。"

混迹官场多年的王文瑞，马上听出了凌炎的弦外之音。但此刻他心情愉快，再说了，部下千方百计地讨好取悦长官，不就图的是快速升迁吗？也应该找机会提携一下，以换取属下的知恩图报。他瞅着凌炎大笑道："哈哈哈，好小子，乘机向我讨官呢。不过，你说得倒也是，名不正则言不顺嘛。可是，现在没空位子啦！"

"只要您想安排我，就一定会有位子。即使真的没位子，您要看谁不顺眼，就把他扒拉下来，这对您来说，易如反掌。"

"这个……"

凌炎见王文瑞沉吟不语，急忙提醒道："部长，那个包汉根是个刺儿头，一向不把您放在眼里，阳奉阴违，惹您不爽。可以把他撤了。"

"此人业务能力强，平时又无大过失，难以下手呀！"

"部下能干是好事，但不听话又有何用？还不如那种能力虽一般，但对长官绝对忠诚的人好使唤，用起来顺手。"

王文瑞思索片刻，奸笑道："有了，要把一个人搞臭，与其栽赃陷害，莫如制造绯闻。你可以写封匿名信，就说包汉根身为有妇之夫，勾引诱奸良家少女。我以他道德败坏，有伤风化为理由，撤去包汉根邮政总办一职，同时发文任命你为交通部参事兼代邮政总办。"

凌炎的画外音："好个部长大人，原来大人物也搞小动作。"顿时笑得春风荡漾，肉麻地说："多谢部长栽培！部长待我恩重如山。由我兼代邮政总办，今后我就让它肥水不流外人田！哦，对了，我还为部长想出一条盖洋房之计。"

"讲！"

"是。咱们交通部每年盈余甚多，部长何不向行政院申请盖座办公大楼。咱又不要财政部拨款，估计孔、宋两位先生都不会反对。我的表哥是建筑商，让他在南京盖交通部办公大楼的同时，捎带着把您上海的公馆也盖了。这叫做顺船带顺货，公私两便，一箭双雕，部长意下如何？"

王文瑞脑子像车水轮盘似地飞速转了几圈，他想起了北宋末年的大奸臣蔡京、童贯等，给宋徽宗修造美轮美奂的延福宫和艮岳时，把自己的宅园也修得仿佛神仙洞府。清代权相和珅，奉命建造圆明园，盗用金丝楠木为自己造房。便对凌炎道："你的建议切实可行，历代大官在给皇家修缮宫殿时，谁不顺带经营自己的安乐窝？但此事也有风险，你要守口如瓶。"

凌炎头点得像鸡啄米："那是，那是，好事密成嘛！我会不显山、不露水地为您办好这件事。"

王文瑞不安地说："咱们拿佣金一事，万一传出去怎么办？听说印钞局长甄善仁是个人精，断了他的财路，别找咱们拼命噢！就怕那笔钱吞得进，咽不下，哽在喉咙口。"

"不理他！邮票是由咱交通部发行的，想让谁印就给谁印。他管得着吗？有什么理由跟咱们胡搅蛮缠。过两天我就启程前往伦敦签约。"

"好！祝你顺风顺水，满载而归。"

5、蓝色大海。（日，外）

旷无涯际，群鸥高翔。豪华邮轮伊丽莎白号鼓浪前进。甲板上，各色人种的旅客用不同的语言交谈甚欢。凌炎披襟当风，满脸灿烂。

6、邮政总办办公室。（日，内）

包汉根将解职报告撕得粉碎，怒冲冲地打电话："部长办公室吗？我是包汉根，请王部长接电话！"

"不好意思，王部长出差了。"

"什么时候回来？"

"不知道。"

包汉根"啪"地挂了话筒。咬牙切齿地骂道："王文瑞啊王文瑞，你这个大混蛋，色迷心窍，利令智昏。满脸的仁义道德，满肚子的男盗女娼。为了排斥异己，提拔亲信，横加罪名，给我扣屎盆子，断送我的前程。我包汉根岂是好惹的！你既不仁，休怪我不义，不把你搞得身败名裂，我誓不姓包！"

7、印钞局长办公室。（日，内）

坐着局长甄善仁、钢版科长宋衡、印刷科长范宝泉、总务科长贾元庆、工会副主席兼员工子弟小学校长甄婷。

包汉根气愤地说："王文瑞置国家利益于不顾，以权谋私，可恶之极。"

甄善仁怒道："王文瑞伙同部下竟干出如此龌龊的勾当，直接威胁到印钞局的生存和地位，甄某与他势不两立！"

众人义愤填膺，大骂："王文瑞祸国殃民，寡廉鲜耻，该死该杀！"

包汉根提醒："王文瑞这老混蛋，骂是骂不倒的，须要闹出点大动静来，把他扳倒。"

众人："对！"

甄善仁说："这样吧，我带范科长和贾科长赴南京去找王文瑞交涉。前些天财务科长移民去了美国，我建议，由包先生接任此职，诸位意下如何？"

众人："好，我们都赞成包先生接任财务科长。"

甄善仁问包汉根："不知包先生可肯屈就？"

包汉根忙道："多谢甄局长和诸位提携，包某不才，愿为贵局效劳。定要竭尽全力，帮局里夺回印制大权。"

剪着短发戴着眼镜的甄婷是甄善仁的独生女，对父亲说："咱们招收职工子弟的通知早就登出去了，已有一千多人报了名。如今局里摊上这倒霉的事，自顾不暇，还进行考试吗？"

甄善仁果断地说："考试照常进行，择优录取，此事就交给你了。我们去南京，多则十天半月，少则三五天便回来。"

包汉根忙说："局座不要太乐观了，那王文瑞当过省长，老奸巨猾，在中央颇有根基。他既与英国签了协议，岂肯把吞下的肥肉再吐出来？"

贾元庆插嘴："包先生说得对，王文瑞是军政部长何应钦的大舅子，后台很硬，就怕他们官官相护，咱得做好打恶仗、打硬仗的准备才是。"

范宝泉说："自从一九一四年二月我局的活版工房建成投产后，即与交通部邮政总局签订了契约，由我局承印全国的邮票，全年约八亿枚。自此，印制邮票成为印钞局能基本维持企业运转的大宗活件。下月，局里将交出八点二亿枚的邮票。交通部与英国公司签订了每年该公司为中国印制十五亿枚的合同，期限为五年。王文瑞以超出实际需要近一倍的数量在国外印制邮票，等于将邮票印制权全部外溢，这将使我局失去生存的基础。"

甄善仁问："正常生产还能维持多久？"

"倘若没有邮票业务，最多维持二十天左右。"

甄善仁恨恨地骂道："该死的老色鬼，断了我印钞局的生路，不把印制权夺回来，决不罢休！"吩咐宋衡："宋科长，如果我们在外耽搁时间过久，到了生产难以为继的时候，你跟包科长和其他干部商议一下，只好裁撤部分员工，以减轻局里负担。"

宋衡眼圈红了，心情沉重地点了点头。

8、上海锦江饭店宴会厅。（日，内）

华灯璀璨，照射着一桌桌五光十色的华宴。高台上，书有一个大红衬底一米见方的巨型烫金双喜字，摆满了花篮。

正中的主桌上，坐着一大群中国现代史、金融史上赫赫有名的人物，镜头依次掠过他们的上半身并映现字幕：行政院长兼财政部长宋子文；行政院副院长孔祥熙；军政部长、一级上将、陆军总司令何应钦；中央宣传部副部长周佛海；军统调查局局长戴笠。

全场目光的聚焦点是豪华婚宴的一对主角——气宇轩昂的新郎王文瑞和仪态万方的新娘白玉凝。伴娘丁美娟身穿绛紫锦缎提花旗袍，站在身披最新款蕾丝嵌钻婚纱、脚蹬天价高跟鞋的白玉凝身旁，亦颇为抢眼。

9、锦江饭店大门口。（日，外）

一辆黑色轿车驶来，戛然停下。饭店门童连忙上前拉开车窗，彬彬有礼地："先生，请。"

车上走下三个气度不凡的中年男子，为首的是身穿将校呢子军服的北平印钞局长甄善仁，跟在后面的是范宝泉、贾元庆。三人昂首走进饭店。

10、宴会厅。（日，内）

王文瑞手举高脚玻璃酒杯，满面春风地致词："女士们、先生们、朋友们：

今天，我和白玉凝女士结成百年之好，特假座锦江饭店，宴请前来致贺的至爱亲朋……"

大厅门口猛然传来炸雷般的一声喝骂："王文瑞，你混蛋！"

王文瑞又惊又怒，忙把酒杯放桌上，白玉凝花容失色，拽住了王文瑞的胳膊。

全场一齐回头，只见甄善仁等三人大步跨进厅来，向王文瑞走去。

众人交头接耳："这人是谁？怎么如此粗鲁？"

"只怕来者不善，善者不来！"

宋子文连忙起身喝道："甄局长，你要干什么？"

甄善仁抱拳道："宋院长，我来干什么想必您也心知肚明，职部就为了十五亿枚邮票的印权外溢而来，我要王文瑞给个说法。"

王文瑞忍住恚怒强笑道："甄局长冷静点！你今天找错人了，我在交通部任职，邮票给谁印是邮政总局的事，你去找他们交涉嘛。"

甄善仁破口大骂："混蛋，你别一推二六五，操办此事的是你原来的秘书、心腹、交通部参事兼邮政总办凌炎。你二人上下勾结，狼狈为奸，大搞权钱交易，权色交易，他帮你敛财，你给他升官，难道你还想抵赖吗？"

王文瑞本是个官场不倒翁，随机应变乃是其看家本领。遂镇一镇心神，冷笑反击道："姓甄的，你不要信口雌黄，污辱我的人格。不错，我确实是让英国公司印邮票了，那是利用人家的先进的刻版印制技术嘛！你拿着放大镜，去看人家制的版，你再去看看你们制的版，比得上人家吗？版是钞券的命根子，从古至今，从中国到外国，谁有好票版，谁就占上风，可惜你甄善仁行伍出身，不是个地道的专家呀！"

王文瑞这番谬论，气得甄善仁脸红脖子粗，刚要开口反驳，王文瑞又抢先道："岂不闻它山之石，可以攻玉。再说了，邮票给谁印是交通部的事，由我拍板，轮不到你来指手画脚，真是岂有此理。"

听了王文瑞的强词夺理，甄善仁是自行车爆胎——气炸了。指着王文瑞的鼻子骂道："呸！颠倒黑白，一派胡言，你损公肥私，贪污受贿，居然还理直气壮，你甭拿利用先进技术做挡箭牌，告诉你！本局的印钞工艺绝不逊色于任何国家。"

王文瑞耸耸肩，轻蔑地："哼！国产货怎能跟进口货相比？真是王婆卖瓜，自卖自夸。"

"你——"甄善仁扬起右掌，恨不得扇他耳光。范宝泉急忙跨上一步，拦住甄善仁，对王文瑞严正地说："王部长，我叫范宝泉，是财印局的印刷科长。作为多年的合作单位，相信部长阁下对我局的情况并不陌生吧。我再跟你说一遍！早在一九零八年，我局就以重金聘请了美国著名印

钞专家海趣、格兰、弗爱、狄克生、司脱克等来局指导工作。一九零九年，我局从美国引进万能雕刻机、花纹机、过版机、划线机、凹印机等全套设备。一九一五年，我局钢凹版制品荣获国际巴拿马奖状，并在农商部国货展览会上夺得两个特等奖，四个一等奖。

一九二零年，我的老师沈永彬先生，打破外国技术封锁，研制成功复色印钞机。这是中国印钞企业应用复色接线印刷技术之始。其技术原理为多色胶辊传墨，集合于一块凸版，印品花纹成为多色接线。这一技术当时只有美国、俄国等掌握，是印钞防伪技术的核心机密。我局技术人员掌握这一技术并研制出新型印钞机，使中国印钞技术居于当时国际领先地位。也是中国证券印刷业最重大的科技进步项目。关于这一切，王部长早就耳熟能详了。如此拒谏饰非，何异掩耳盗铃？令人失笑。"

范宝泉如数家珍，口若悬河，满厅宾客俱已听呆，一时竟鸦雀无声。

王文瑞噎住："呃……"

甄善仁回身向众人大声说："你们知道吗？交通部长王文瑞为了金屋藏娇，把邮票交给外国公司印制，收取巨额回扣，砸了我印钞局数千员工的饭碗，是个大贪官。"

宋子文见王文瑞窘得无地自容，向自己投来乞怜的目光，不得不为其解围，冲着甄善仁拍案申斥："甄善仁，你还像个一局之长吗？还不给我住口！"

甄善仁："宋院长，您别拦我，只要王文瑞修改跟英国公司订的合同，我立马滚蛋。"

王文瑞冷哼一声："不好意思，合同已订，无法修改。"

"你他妈的再说一句无法修改，老子跟你拼了！"甄善仁双手高举两支盒子炮短枪，猛然对准了王文瑞的脑门。王文瑞吓得瑟瑟发抖。

众人惊呼："啊——"

一直冷眼观看的何应钦推椅而起，走到甄善仁面前，不怒而威地："放肆！把枪收起来。"

甄善仁持枪的双手不由垂了下来。

宋子文跟着走到甄的身边，蔼声道："甄局长，你们印钞局是财政部直属单位，有什么委屈明天再说，我不会不管的。今天是王部长大喜的日子，请你不要以这种野蛮的方式来破坏婚宴气氛。"

王文瑞也息事宁人地："甄局长有什么希望和要求，能否明天再讲？我明天就回南京部里上班。"

甄善仁嘟哝道："好吧，看在何总司令和宋院长的面子上，我就放你一马，明天你一定要给个说法。"

王文瑞一脸无奈地敷衍道："好，有话咱们明天再说。"

白玉凝抚胸夸张地说："哎哟，吓死我了！"

11、王公馆卧室。（夜，内）

王文瑞夫妇换上睡衣，躺在宽大豪华的红木婚床上。白玉凝见丈夫望着天花板上的枝型吊灯默然无语，搂着他的脖子娇滴滴地问："亲爱的，在想什么呢？"

"想什么，还不是那个甄善仁大闹婚宴的事。"

白玉凝的脸霎时阴了下来，坐起半身，指责道："真没想到，你一个堂堂的部长竟毫无血性，那个大老粗简直闹翻了天，你非但不发火，还好言好语地把他打发走，你的肚量未免也大得过头了吧！"

王文瑞黠笑道："嘿嘿，没有一点涵养，怎么能在官场上混？上帝欲使人灭亡，必先使他疯狂。我索性让他狂个够，收拾人何必当场，秋后算账要比当场干仗高明得多，懂吗？"

"哎呀，你不愧是当大官的，果然老谋深算，早晚咱要报这一箭之仇。"白玉凝娇媚地倒在丈夫怀里，两人拥吻，王文瑞"叭"地按灭了电灯。

12、白纸坊印钞局员工子弟小学。（晨，外）

一千余名男青年蜂拥而入。

13、教室。（晨，内）

鸦雀无声。监考老师来回巡逻，考生中有的伏案疾书；有的咬着铅笔，面对试卷冥思苦索；有的惶急得落下眼泪。

一位俊朗的阳光男孩——杨卓，第一个站起身，向坐在讲台上的甄婷交了试卷，走出教室。

甄婷目送杨卓出门，低头阅卷。

特写：整洁的卷面，秀丽的仿宋体，无一处涂改。甄婷边看边点头，拧开钢笔帽，在试卷的右上角标上了鲜红的"一百"分。

14、财政部北平印钞局。（晨，外）

坐落于京城西南部白纸坊南端，高墙上架着铁蒺藜电网。大门外是一对高有三米的石狮，门内可见融中西风格于一体的钟楼，这里戒备森严，禁止任何人参观，连靠近大门也要遭到持枪警卫的呵斥驱逐，是一个充满诱惑，充满财富的神秘地方。

15、围墙红榜前。（晨，外）

考生密密麻麻，伸长脖子寻觅自己的名字。人们纷纷议论："哎，杨卓考了第一名，真了不起。"

"不知那杨卓是何方神圣？成了考工状元。"

"这人不但成绩出类拔萃，长得还挺帅呢！印钞局招工时一向有'八不要'的禁忌，长得歪瓜裂枣的肯定不行。"

人群中，杨卓和姐夫、印钞局钢版科长宋衡望着红榜相视微微含笑，欣然而去。刚走了几步，正巧碰见手挟讲义的甄婷，杨卓向她恭恭敬敬地鞠躬："老师好。"

甄婷亲切地笑道："杨卓同学，你好。"向他伸出右手，杨卓连忙伸手握了一下，又赶紧缩回了手。

宋衡见状忙跟她招呼道："甄校长好。"

"宋科长好，令亲杨卓可谓芝兰玉树，一表人才啊！"

"过奖！过奖！"

甄婷向宋衡点头道别："再见。"

二人："再见。"

杨卓望着她的背影惊讶地问："姐夫，她是谁？怎么年纪轻轻就当了校长？"

"嗨，她可不是寻常的女孩，她爸就是咱局的甄善仁局长。她十五岁考上清华大学，是学生会干部，十九岁大学毕业后要求来咱局工作，她爸就让她当了员工子弟小学校长兼局工会副主席。这样的能人谁不敬重？真是巾帼不让须眉啊！"

杨卓钦佩地："甄校长真了不起啊！十九岁就大学毕业。"

宋衡笑道："就是她给你阅的卷，也是她录取你为第一名。按照旧时科举场上的说法，她是你的座师，你是她的门生，你俩有师生之谊呢。"

杨卓红着脸说："姐夫取笑了，不过能遇上这样杰出的老师，是小弟三生有幸啊！"

16、天津富商杨永清家大门口。（日，外）

长串的鞭炮噼里啪啦炸响，腾起阵阵轻烟。门口站着两个十五六岁的英俊少年，他俩是杨卓的同学赵普、郑波，右手俱提着一只装满糖果的竹篮。衣衫褴褛的人们围得里三层、外三层，眼巴巴地向篮中张望。

鞭炮放完，两个少年同时抓起大把花花绿绿的水果糖，用力向人们抛去。

"哎呀，糖！喜糖！快抢啊！"人们欢叫着向地上扑去，争抢当时弥足珍贵的糖果。

许多过路人见状，也毫不犹豫地加入捡糖的行列。

一位白胡子老头向院内望了几眼，拉住了一个正在剥玻璃糖纸的男孩问道："小兄弟，这户人家既不娶亲也不祝寿，干吗放鞭炮撒喜糖啊！"

"杨家少爷考上了北平印钞局，在家里摆酒请客哩。"

老头惊讶地说："什么？考取了印钞局！哎呀，那可是财神爷住的地方，帮财神爷印钞票，那真是祖坟上冒青烟啦。"

男孩专心致志嚼着糖果，一脸的陶醉。

赵普向老头跑去，从衣袋中掏出一把糖，放到他手上说："老大爷，请吃喜糖。"

"哎呀！谢谢！谢谢小兄弟，今儿个我老头子造化不浅，也沾到了喜气。嘿嘿嘿……"

17、杨家客厅。（日，内）

笑语熙和，正中一张大圆桌上，菜肴丰盛，坐着十余个人。主人杨永清坐在面南正中，右侧是爱婿宋衡。宋衡下首，坐着杨永清的独生子杨卓。

杨永清对儿子说："卓儿，你不过考上一个艺徒，就招来了这么多贵客，给你的面子可不小啊，还不快敬你伯伯叔叔一杯。"

杨卓站起来对大伙儿说："感谢各位叔伯大驾光临，小侄无以为报，先干为敬，请！"说罢举杯一饮而尽。

众人："哈哈，干，干！"俱饮尽杯中之物。

客人甲："杨掌柜，听说这次一千多人报考印钞局当工徒，只录取了二百人，令郎金榜夺魁，真是可喜可贺呀！"

杨永清掩饰不住得意笑道："嗨，小儿不过侥幸罢了，又不是高中状元榜眼，何足挂齿？"

客人乙："杨掌柜，您就甭谦虚了，一千多人中夺第一名，不是状元又是什么？"

众附和："是啊，是啊，令郎真有出息，杨掌柜忒谦虚了。"

客人丙问宋衡："宋先生，听说考印钞局比考进士还难，还得看相貌气质，有什么'八不要'的限制，到底是哪'八不要'呢？"

客人丁抢着说："这还用问吗？印钞票是技术活，傻不拉叽的人哪干得了？"

客人丙恼火地说："我又没问你，要你充什么快嘴鸟！"

客人丁反唇相讥："哟，你一没升官二没发财，怎么脾气见长啊！"

两人怒目而视，客人丙拍案而起，杯盘一阵乱动。

宋衡忙打圆场："二位老叔不要伤了和气，如果有兴趣，在下可把我局招工时的'八不要'说给诸位听听。"

众拍手："好！好！我等洗耳恭听。"

客人丙边鼓掌边就势坐下，向丁微微一笑，丁立刻平了气。

宋衡侃侃而谈："人们都觉得印钞局很神秘，感到很好奇。也难怪，它印的不是书刊、画报，印的是钞票。局里天天讲保密，人人讲保密，谁要泄露立即开除、逮捕。要求高，待遇也比一般印刷厂要高出许多，在下不过是一个小小的钢版科科长，每月就是一百五十块钱，年终还有分红。"

众人惊呼："哇！这么多。谁进了印钞局，谁就捧上了金饭碗啦！"

客人甲："按照目前的行情，请个保姆只要三块钱，被称为'无冕之王'的记者，月薪只不过是六块钱。宋先生这一百五十块钱，非但能吃香的、喝辣的，还能呼奴使婢呢。"慨叹："难怪人们都要打破头往里钻啦！"

宋衡点头："老伯说得极是。正因为工资高、待遇好，竞争就更激烈。印钞局为了保证员工素质，择用人员时坚持'八不要'原则：'不孝敬父母者不要；举止懒散者不要；文化太低者不要；言语粗鲁者不要；神色狡猾者不要；类似差役者不要；下流匪类者不要；满脸土气者也不要'。印钞局为了保密起见，同等条件下的考生，优先录取职工子弟和家属。"

众人又大惊小怪地咋呼："妈呀！印钞局的大门真不好进，选工徒比皇上选驸马还难呀！"

杨永清教训儿子："卓儿听见没有？能进印钞局是你小子多大的福分哪！可得给老子好好地干，不许偷奸耍滑。"

"是，儿子记下了，不是有我姐夫管着吗？"

"住口，以后在局子里要叫师傅或科长，不准像在家里一样开口姐夫闭口姐夫地乱喊。没有规矩，不成方圆嘛。"

客人甲："这倒也是，严师出高徒么。"

宋衡笑道："爸，您老人家对卓弟太严厉啦，响鼓不用重锤。"

杨永清脸一绷："亲不过郎舅，我就怕你这个姐夫溺爱纵容你的小舅子哩。"

宋衡："不过，人们只看见印钞局光鲜的一面，其实阴暗面也不少，劳资矛盾也很尖锐。局里经常减薪、欠薪、裁员……"

正说着，一位姿首清丽的少妇含泪匆匆走进客厅，她就是杨永清的长女杨馨，来到父亲身边，附耳低声道："舅舅发来急电，说姥爷已驾鹤归天，我妈哭得晕了过去，您快去看看吧。"

杨永清惊叫："啊，竟有此事？"忙站起身向大家拱手："家岳仙逝，在下失陪，诸位请慢用。"

众人一起站起来道："既然府上有事，我等告辞。"

"诸位请便，恕杨某不送了。"

杨永清看着众宾客离去，叹气道："唉，这噩耗早不来，晚不来，偏偏今天大宴宾客时来，怎么赶得这么巧！"

18、巷口。（日，外）

宋衡对岳父和妻子说："爸、馨，你们别送我了，快回去帮妈收拾行李吧，卓弟请假的事包在我的身上。"

杨永清："有你这句话我就放心了，你姥爷归西，你妈不过了'五七'是不能回来的。"

"没关系，我干脆替卓弟先请上半个月的假，随到可随时销假上班。"

杨馨对丈夫道："你一个人在北平，可要多注意身体哇！"

宋衡含笑："你就放心吧，我会照顾好自己的。"

19、印钞局大门口。（晨，外）

数千工人手提饭袋，从四面八方汇集涌来，但铁栅栏门却紧紧关闭。工人不耐烦地用力晃动铁栅栏："快开门！快开门，都几点啦？怎么还不开门啊？"

门警吴能隔着门恶声恶气地："叫什么叫！旁边看裁员布告去。到九点钟我自会开门迎接诸位。"

门警任经挤眉弄眼地："老天爷保佑各位可不要'金榜题名'哟，一旦'金榜题名'，可就进不了这大门喽！"

"去你奶奶的，你小子少幸灾乐祸。"工人们嘴里骂着，簇拥着寻找布告。

活版科工人郭荣海对妹夫王义福、工友梅建华等人忧心忡忡地说："局里已两个月没开支了，天天提心吊胆，就怕裁人啊！大难果然来了。"

梅建华："是福不是祸，是祸躲不过。走，去看看。"

1、印钞局外墙布告前。（晨，外）

一张墨汁淋漓的红纸上写满被裁者的姓名，前面的工人看完名单后或骂或叹，逐渐散去，仍有千余员工伸长脖子观看。

郭荣海拼命挤到前面，目光焦灼。

裁员榜特写：

兹因时局动荡，印权外溢，本局活源枯竭，内外交困。为共克时艰，只得压缩开支，裁减人员，不幸诸位亦遭此厄运。愿诸位吉星高照，另谋良业，再展宏图。本次裁员名单如下：

郭荣海、周国良、常明山、华振兴、许广汉、李胜……

郭荣海大叫："啊——"捂脸冲出人群。

"荣海哥！荣海哥！"王义福和梅建华急忙追了上去。

2、陈家食摊。（晨，外）

梅建华将满脸泪水的郭荣海按坐在长凳上，王义福掏出两个铜板对陈摊主说："来碗豆汁。"

"来喽！"陈摊主收下钱，递去一碗热腾腾的豆汁。

王义福把豆汁端给郭荣海说："荣海哥，别着急上火，喝口豆汁润润嗓子。"

郭荣海也不答话，端过碗咕咚咕咚一气喝干，把碗放桌上，长叹："唉，我真倒霉哇！"

梅建华："荣海哥，要我说呀，局里除了几个高级主管，干活的工人个个命苦。您想，局里两个月没开支，家家穷得把锅吊起来当铜锣敲，裁不裁也没啥区别。"

王义福："是啊，我进局子也有十来年了，不是欠薪、减薪，就是裁人。这颗心啊，老在半空悬着。奇怪的是，局里一边裁员，一边又登海报招收徒工，这到底玩的是哪一出把戏？"

郭荣海："你真缺心眼儿，连这一点都看不出，学徒工资低呗，从他们身上榨油呗。"

梅建华："大哥甭着急，活人哪能被尿憋死，再想想办法吧。"

郭荣海苦笑："此处不留爷，自有留爷处。天不早了，你俩快去上班吧。"

梅建华："好，我们听您的。您先回家歇着，下班后，由我做东，请几位哥们儿喝上两盅解解郁闷。"

郭荣海："大哥谢你啦！你们走吧。"

梅建华拉着王义福说："义福，咱们走。"

王义福边走边回头招手："哥，晚上见。"

"晚上见。"

3、隆昌车厂。（晨，内）

郭荣海来到柜台前，吆喝："掌柜的！"

肥头胖耳的掌柜坐在藤椅上，呼噜呼噜吸着水烟筒，懒洋洋地问："有事吗？"

"我想租一辆洋车拉拉，每天车份儿钱是多少？"

"一元钱。"

"啊？这么多！"

"嫌贵你就拉倒吧，你去找便宜的呀。"掌柜又闭眼吸起了水烟。

"行，一元就一元吧。"

掌柜倏地睁开眼睛，走到桌边，伸出三根手指道："每辆车押金三十元。"

"啊！押金三十元！"

掌柜眉毛一拧："怎么？你连租车要押金都不知道啊，真是个土老帽儿。"

郭荣海忙赔笑脸："掌柜的别见怪，我一向在印钞局做事，不懂租车的规矩。"

"这也罢了，押金带了没有？"

"没有。"

"那你带了押金再来吧。"掌柜走回藤椅边，坐下又闭眼过起了烟瘾。

"咳！"郭荣海央求道："掌柜的，先赊给我拉吧，我拿不出这么多押金啊！"

掌柜吐出硬邦邦的两个字："不行！"喷出一口浓烟。郭荣海眼望洋车，怏怏走出车厂。

4、兴达印刷厂门房。（日，内）

郭荣海对门卫说："请麻烦通报一声冯厂长，就说印钞局工人郭荣海拜会。"

门卫："请稍等，我打电话问一声。"摇电话。

5、厂长办公室。（日，内）

厂长冯纪云倚坐在沙发上，一边抽着烟卷儿，一边望着袅袅的青烟出神，听见敲门声，忙说："请进。"站起身来。

郭荣海推门而进："冯厂长。"

"哟，哪阵风把郭师傅给吹来啦！稀客，稀客，请坐。"

"谢谢。"郭荣海在沙发上坐下。

冯纪云沏了杯绿茶放到茶几上，自己也坐下了。笑道："我正闲得慌，就盼有个朋友来聊聊天，可巧你就来了。"

郭荣海苦涩地一笑："我可没心情跟冯大厂长聊天，我是奔您这儿找饭辙来了。"

"怎么？你被局里解雇了？"

"是啊！"

冯纪云为难地说："按理说，像郭师傅这样技术高超的熟练工，就是打着灯笼也难找，可如今……"

郭荣海失望地说："不想要我就明说，何必吞吞吐吐！"

冯纪云问："郭师傅在我这儿听到什么声音了？"

"没听到啊！"郭荣海立刻明白了，叹道："贵厂也停工了？难怪您说闲得慌。唉，我来得不是时候啊！告辞。"起身欲走。

冯纪云忙拉住道："老朋友见个面不容易，我马上给饭庄打个电话，让他们送几道菜和两瓶酒来，我与你一醉方休。"

"这多不好意思，让您破费。"

冯纪云苦笑一声："敝厂虽停工，幸未倒闭，请朋友喝酒的钱我还拿得出来，你就别客气了。"

"好，恭敬不如从命。"

6、街头。（日，外）

喝得醺然大醉的郭荣海脚步踉跄，一辆警车迎面开来，人们纷纷闪避，而他却径直撞去，司机忙踩刹车，汽车在离他约十公分的地方"嘎"地刹住了。

行人议论："哇！好险，这人十有八九喝醉了。"

"不喝醉能往汽车上撞？"

惊魂未定的司机打开车窗，冲他怒骂："狗日的，找死啊！"略略拐弯，"呼"的一声掠过他身旁开走了。

郭荣海傻笑着喃喃自语："嘿嘿，我找死，找死又怎样？死有什么不好？再也不用担心减薪、欠薪、裁人啦！"

7、郭荣海家。（暮，内）

破草棚中家徒四壁，炕桌上一盏煤油灯发出荧荧亮光，郭妻余秀云正在炕桌边缝制婴儿衣服。

郭母郭李氏躺在炕上哼哼唧唧："哎哟，哎哟，看样子天要下雨了，骨头缝子里往外疼，哎哟！哎哟！"

秀云厌恶地瞟了婆母一眼，不小心针刺了手，叫了声"啊呀！"仔细察看，见左手食指上冒出血珠，用唇吮了一口，指着婆母埋怨："都怪你，害得我的手叫针给扎了，你老人家别有事没事老哼哼行不行？听得叫人心烦。"

郭李氏顿时来了情绪，坐起身披了件衣服斥道："怎么？嫌我哼哼，我坐月子落下的毛病一辈子没好利索，阴天下雨就要犯病，家里又没钱求医买药，连我哼两句也不许，你以为你是谁啊，又不是大户人家的千金，不过是个穷丫头罢了。"

秀云也火了，放下针线反击："一两黄金四两福，就凭你家屁股后面挂铃铛——穷得叮当响的，还想娶人家千金小姐，做梦去吧。"

郭荣海已推门进屋，但婆媳俩舌战正酣，都没在意。郭李氏双手拍打着破被子嚎叫："天哪！没家教的东西，就这样跟婆婆说话啊！"

秀云冷哼一声，轻蔑地撇撇嘴。

郭李氏："我不活喽！娶了个母夜叉，骑在婆婆脖子上拉屎，谁替我做主哇！"

郭荣海气呼呼地往炕前一站，对母亲说："妈，您别闹了，我被解雇了！"

"什么？你被解雇了？"婆媳俩大眼瞪小眼，正傻愣着，郭荣海蹲下，抱头呜呜地哭了起来。

秀云提鼻子一闻："唔，一股酒味，你喝酒了？"顿时沉下脸，指着他骂道："姓郭的，家里穷得揭不开锅，你还去灌猫尿，你还像个男人吗？这日子还要不要过了？"

郭荣海吼道："人家心里正烦着，你还来唠哩唠叨，滚一边去。"甩手一个耳光。

秀云捂着腮帮子大哭大闹："穷鬼！窝囊废！熊本事没有，就会欺负老婆。跟你倒了八百辈子的霉，这日子没法过喽！"

郭荣海冷笑道："没法过去死呗！"

秀云怒目圆睁："姓郭的，你叫我去死，可以！我死给你看！"咚咚咚跑了出去。

郭荣海："哼，少吓唬人！一哭二闹三上吊，老来这一套，我都看腻了！烦不烦呀。"

窗外一道刺眼的闪电掠过，随即一声炸雷，紧跟着倾盆大雨哗哗而下。

郭荣海看着窗外担忧地说："这雨怎么说来就来，还不把秀云给淋病了。"

郭李氏惊叫："不好！荣海，你媳妇肚子里的孩子快七个月了，这大风大雨的，可别有个闪失哇！还不快去追她回来。"

郭荣海一拍脑门："我真浑！忘了她是个有身孕的人，怎么竟出手打她呢！唉，丢了饭碗，我都快急疯了，说话没了轻重。"

郭李氏："天底下没有后悔药买，甭说了，快去追她吧，早点回来，甭让妈担惊受怕。"

"哎！"郭荣海一个箭步冲出门外。

8、街上。（暮，外）

暴雨像千万支银箭直射而下，杳无行人，郭荣海透过重重雨帘，只见妻子披头散发，向桥上奔去，边跑边喊："秀云，回来！秀云，回来……"

秀云止步，浑身淋得像只落汤鸡，回身看见丈夫向她奔来，一咬牙，向高粱桥冲去。

9、高粱桥上。（暮，外）

郭荣海一把抱住妻子，声泪俱下地："秀云，对不起，是我脾气不好，不该动手打你。可你也要体谅我，我是一家之主，马上咱的孩子又要出世了，让我咋办呀！我去兴达印刷厂找冯厂长要活干，可他们也停工了。冯厂长特意向饭庄点了两瓶酒，我二人以酒消愁。唉，以酒消愁愁更愁，回家路上，我差点没让汽车轧死，挨了那司机一顿臭骂。好秀云，原谅我，咱们回家吧。"

"回家？哈哈……"秀云仰天狂笑："回家你拿什么养活你老娘、老婆，还有肚子里的孩子。你不是叫我死吗？还死皮赖脸地追我干什么？"

"唉，人有失言，马有失蹄。一夜夫妻百日恩，夫妻没有隔夜之仇，你就别计较那么多了，快跟我回去吧，别让妈担心。"

秀云的脸忽然痛苦地痉挛起来，呻吟："哎哟，哎哟，我肚子疼得受不了，恐怕要生了。"

"不会吧，你才七个月，怎么会生呢？我背你回去。"郭荣海俯下身子。

秀云惨叫："哎呀，疼死我啦。"一屁股坐在地上，两手沾满了鲜血。

郭荣海惊恐地："不好，你小产啦。"

一道闪电刺亮天穹，秀云看见自己的下半身浸在血泊中，绝望地尖叫："我的孩子，我的孩子没啦！"

郭荣海脸上泪水雨水不住往下流淌，抱住妻子连声抚慰："秀云，甭难受，没了孩子，咱们以后再要，快回家去吧。"

秀云瞪圆双眼吼道："你说得倒轻巧，孩子在我肚子里已有七个月，没了孩子，我还回什么家？让我去死吧！"推开丈夫，奋起往河心一跳。

郭荣海惊叫："秀云！"跟着跃入水中。

10、河面。（暮，外）

闪电阵阵，雷鸣声声，郭荣海奋力向秀云游去，秀云长发飘动，载浮载沉。

11、河滩上。（暮，外）

阳光透过云层，夕照余辉，映水如血。

郭荣海托着已停止呼吸的妻子艰难地爬上了堤岸，他端详着亡妻苍白秀丽的脸庞，连连亲吻着念叨："好秀云，我再也不惹你生气了，咱们这就回家。"趔趄着一步、两步、三步，他终于支持不住，一头载倒在沙滩上。

许多过路人见状惊呼："不好啦，淹死人啦！"纷纷向河畔奔去。

12、高梁桥上。（暮，外）

冯纪云搂着爱女晓月坐在人力车上，见桥底下围了许多人，忙吩咐车夫："师傅，上河滩去看看。"

"哎。"

13、河滩上。（暮，外）

人们纷纷议论："是小两口，真惨啊，死都死在一起。"

"哪里是两口子，女的流产，两个人三条命哩。"

"快去警察署报案。"

冯纪云拉了女儿拨开人群挤进一看，郭荣海夫妇已被放平仰面躺着，两张惨白的脸上挂着一丝凄楚的笑意。不由惊叫："荣海！"

晓月惊讶地问："爸，您认识他？"

"唉，何止是认识，中午我还请他喝酒哩。想不到才分手两三个时辰，就阴阳两隔了。"冯纪云擦起眼泪。

一青年好奇地问："先生，死者是什么人？干什么工作？"

"死者叫郭荣海，在印钞局上班。"

青年俯身一看，叫道："哎呀，印钞局是印票子的地方，每天顺手拿几张不就行了吗？怎么这小两口穿得这么破啊？"

冯纪云冷笑道："有啥大惊小怪的，票子是国家的，又不能往自己兜里揣。他一个穷工人，能挣几个钱？"

众人附和："是啊！印钞局规矩严，谁偷票子就枪毙谁。"

"嘿嘿，小伙子还以为印钞局的员工个个是财神爷哩。"

"哈哈……"

画外音："闪开！闪开！"

人们回头望去，只见外右四区警察分署署长郑叙带了七八个警察赶来了。郑叙吆喝："闲杂人员一律离开，不得妨碍公务。"

冯纪云掏出钱给女儿："晓月，你先坐车回去吧，我帮着料理料理。"

晓月："哎，爸，您可得要早点回来啊！"说着坐上人力车。

"知道了。"

郑叙指着冯纪云斥道："喂，你怎么还不走？"

"老总息怒。"冯纪云给郑叙递上一支香烟，并掏出打火机给点上火，恳切地说："老总，我跟死者是朋友，请容我稍留片刻。"

郑叙吸了两口纸烟，颔首："既是朋友，必然是知情人，警署找还找不到哩。你可否将死者情况略说一二。"

"当然可以。"

14、郭荣海家。（晚，内）

王义福推开门叫道："荣海哥，荣海哥。"问老人："妈，我荣海哥呢？"

"咳，跟你嫂子拌了两句嘴，你嫂子赌气跑出去，你哥赶忙去追，大半个时辰了，怎么还不回来？"

王义福吃惊地说："哎呀，嫂子已有七个月身孕，刚才又是打雷，又是下雨，怪吓人的，我得赶紧去找他们。妈，我走了。"

"哎。"

15、街上。（晚，外）

王义福一溜小跑，满头大汗。路人三三两两议论："听说高梁河淹死了一男一女，那男的是印钞局的。"

"印票子的人都要寻死，咱穷人就更别活啦！"

"唉，何苦呢，好死不如歹活。那女的流产了，两个人三条命哩。"

"说得对！宁可世上挨，不要土里埋。"

王义福脸色一变，撒腿狂奔。

行人诧异的目光。

16、乱葬岗子。（日，外）

荒冢累累，蓬蒿没膝，竖起两座新坟。一块墓碑上镌刻：

先母郭李氏千古：女郭荣珍、婿王义福敬立。

另一块墓碑上镌刻：

先兄郭荣海、先嫂余秀云千古：妹郭荣珍、妹婿王义福敬立。

王义福和妻子郭荣珍披麻戴孝，带着八岁的长女平平、五岁的次子安安跪伏磕头，两个孩子用小手揉着眼睛哭道："姥姥，舅舅、舅妈，我们想你们啊！"

郭荣珍一边烧化纸钱一边号诉："妈、哥、嫂，你们太糊涂啦，咋结伴去了鬼门关呢？"

垂首肃立的工友们一片欷歔。

冯纪云捧着一束鲜花大步流星地赶来，向墓碑鞠了三个躬，把鲜花放在碑前，泣诉："荣海，我对不起你啊！你来投奔我，我不该请你喝酒，应该给你一点钱啊！也许你就不会寻短见了。"

王义福诚恳地说："冯厂长，您别自责啦！救急不救穷，他失了业，嫂子又快生小孩了，就算您给点钱，又能维持几天呢？"

"唉，原本我想让荣海以酒消愁，谁知他酒醉添愁，结果闹出一场悲剧，我是难辞其咎啊！"

梅建华忙说："冯厂长快别这样说，您已经够意思了。贵厂停工已久，自然无法安置工人。您不嫌弃穷朋友，请他喝酒，给他送行，已经很仁义啦！"

郭荣珍也含泪说："按理我们一家还要感谢冯厂长，让我哥临死前吃饱喝足，没空着肚子离开这苦难的人间。"号啕大哭。

众工友触景生情，哭声一片。

梅建华大吼："别哭了！哭能把死人哭活？"他见众人都反感地瞅着自己，忙用和缓的口气说："大家别见怪，我心中同样悲伤，多好的一条汉子啊，硬叫局子里给逼死了。我们要向当局提出抗议，决不再让他们随意裁员。"

17、印钞局大楼前。（日，外）

数百工人围在空地上，梅建华带头高呼："我们要吃饭！我们要活命！请当局立刻补发欠薪！"

工人跟着呼喊："我们要吃饭，我们要活命！请当局立即补发欠薪！"

梅建华又呼："反对当局随意裁员！"

众呼："反对当局随意裁员！"

18、印钞局职工医院院长室。（日，内）

院长唐毅正在接电话，连连点头道："好，痛快！痛快！甄局长果然胆略非凡。"

电话声："我们三人在南京处处碰壁，交通部和邮政总局相互推诿，财政部装聋作哑。甄局长一怒之下，告到监察委员会，事情这才有了进展。"

宋衡带着杨卓走了进来，唐毅左手指沙发示坐，继续听电话，骂道："好色之徒，荒淫无耻。如此胡作非为，不严加惩处，何以服众？"

电话声："老弟，局里情况怎样？"

"咳，别提了，因裁员出了命案，好几百个工人围楼索薪，闹得我们没法工作。"

电话声："生存第一，也难怪工人闹事，请老弟先安抚一下工友，等我们大获全胜，一定给员工一个交代。"

唐毅："好，我去试一下吧，再见。"

"再见。"

唐毅收了线，宋衡和杨卓站起身。

唐毅："宋科长，这位是……"

宋衡："我的内弟兼学生杨卓。"对杨卓："这是唐院长，北京协和医科大学的高材生，留美博士。"

杨卓向唐毅鞠躬："唐院长，您好。"

唐毅："好！好！上次招生考试得第一名的就是你？小伙子不简单啊！"

杨卓谦逊地："那算不了什么，我是矬子里面拔将军。比起唐院长，小弟才疏学浅，何足挂齿？"

唐毅对宋衡赞叹地："少年老成，却又伶牙俐齿，后生可畏，后生可畏呀！"

杨卓："岂敢！岂敢！"

唐毅、宋衡相视哈哈大笑。

唐毅："宋科长，我去过你办公室多次，怎么没看见小杨？"

"因为他姥爷仙逝，随母前往杭州奔丧，今天才来上班。"

"原来如此。宋科长贵体有何不适？"

"老毛病又犯了，配两瓶枇杷膏，四盒鲜竹沥。"

唐毅："我马上叫护士帮你取来，待会与你叙谈。范科长来电，让我去安抚一下工友。"

宋衡："不着急，我俩也跟去听听。"

19、二楼平台上。（日，外）

唐毅对大伙儿说："工友们，因为裁员，使得咱们朝夕相处的弟兄不幸离开人世，凡是有良知的人，谁不为之悲愤！知道你们为什么没工作，没饭吃吗？"

众人嚷嚷："还不是那些贪官污吏搞的鬼！"

唐毅："工友们说得对，正是那些贪官污吏搞的鬼。他们贪赃枉法，损公肥私，不惜出卖国家利益。这次大规模裁员，就跟一桩肮脏的交易有关。"

众人急切地问："什么交易？快讲给我们听听。"

唐毅："交通部邮政总局在伦敦与英国汤姆司德纳罗公司签订了一个合同，由该公司每年为中国印制十五亿枚邮票。"

众人激愤地说："啊！为什么不让我们印？！"

"这不是卖国行径吗？"

梅建华高声质问："唐院长，去年咱印钞局一年只印了八点二亿枚邮票，政府却跟外国公司签订十五亿枚邮票的合同，这不是将邮票印制权全部外溢了吗？"

"梅师傅问得对！有主人翁思想。"唐毅夸了梅建华一句，随即又说："假如英国公司印价便宜还说得过去，可它的印价比咱局子里要高出四倍多。就以印一百万枚两色邮票来说吧，咱印钞局仅国币四百一十元。而英国公司要五百七十九点三六元美金，签约时的汇率为一美元兑国币三元，这笔账想必连傻瓜都算得出来。他们这样做，就是为了索取高额回扣。他们卖国是为了自己捞钱，是可忍，孰不可忍！"

梅建华又问："唐院长，具体经办人是谁？应该把他揪出来，判他坐牢、枪毙，他妈的太恶劣了。"

王义福叫道："谁都知道，肥水不流外人田，可贪官专把便宜让给外国人。有病啊！"

唐毅："这次邮票印权外溢跟一个'美人儿'有关。"

梅建华："美人儿？怎么跟美人有关？快说给我们听听。"

众人："唐院长，快说给我们听听。"

唐毅："这是一大桃色新闻。事情是这样的，交通部长王文瑞是陆军总司令何应钦的大舅子，中年丧偶。为了迎娶上海教育局长的侄女、上海大学校花白玉凝为妻，可下了血本，答应了白玉凝三个条件：一、支付美金十万元；二、结婚彩礼费二十万法币；三、在上海市中心造一座占地十来亩的具有西班牙风格的花园洋房。"

梅建华惊叫："我的妈呀，上海是寸金之地，这一来没有上百万法币拿不下来啊！"

唐毅："梅师傅说得对。王文瑞虽在任上刮了不少钱，但一下子要筹措这笔巨款完婚也非易事。就在他一筹莫展的时候，他的秘书凌炎为了拍长官马屁，想出一个馊主意帮忙敛财，请外国公司印邮票，从中至少赚取百分之二十的回扣。他们每年让英国公司印十五亿枚邮票，一下子签了七十五亿枚邮票的合同。工友们想一想，他们可以拿多少黑心钱啊！就这样，凌炎砸了印钞局数千工人的饭碗，让他的部长娶回了大美人，他也当上了交通部参事兼代邮政总办。可见凌炎拍马是为了骑马啊。"

工人中一片咒骂声："狗东西，卖国贼！"

"狗官缺德、害人，不得好死！"

梅建华："王文瑞那老混蛋，为了金屋藏娇，断了咱印钞局的活源，害苦了咱几千弟兄，真该碎尸万段。"

唐毅："工友们，我刚才还接到范科长的电话，甄局长去上海锦江饭店大闹婚宴，并没有什么效果。如今甄局长就邮票印权外溢问题正在南京与交通部和邮政总局抗争，已告到监察委员会，在于右任院长的干预和舆论的强大压力下，双方正在磋商。希望工友们再耐心等上几天，一定会有好消息的。"

梅建华仰面高呼："唐院长，借你的吉言，我们恭候佳音。"对众人："咱们散了吧。"

众人一哄而散。

20、钢版科办公室。（日，内）

杨卓对宋衡感慨地说："我考进印钞局，算是进入了一所社会大学。咱们甄局长不畏强权，是个有血性的英雄，工人师傅都很敬业，钢版凹印产品又荣获了巴拿马奖，我决心学好印钞技术，不辜负亲友们的期望。"

宋衡喜爱地瞅着内弟，点头道："好兄弟，你有这样的想法我很高兴，每一个热血青年都应该报效祖国。"转而又长叹："唉，如今的政府太腐败了，有多少爱国志士壮志难酬呀！"

杨卓："姐夫，什么叫'印权外溢'啊？大家一提起都挺气愤的，反正绝对不是好事。"

"你提出的乃是当代中国民族印钞工业的大问题。印刷发行钞票、邮票，是国家主权的一个重要组成部分。所谓'印权外溢'，就是把这一部分主权给溢到外国去了。还有，'印权外溢'不单单指印钞票、邮票，凡是有价证券，如股票、车船票、机票、公债券、国库券，以及各种票据等都包含在内。那些贪官化公为私，贪图不义之财，把纸币、邮票都交给外国公司印制，尽是些民族败类。"

"这些人真卑鄙。"杨卓话头一转："哦，那个凹印工房的梅建华师傅在工人中很有威信，我想拜他为师，去他那里待上几个月，熟悉一下机器性能和工艺流程。将来对钞票的设计、刻版大有益处。我白天在凹印工房干，晚上回来跟您学习雕刻，您看怎么样？"

宋衡："好，好，难得你一心求上进，艺多不压身嘛。"从抽屉里数了五张法币递给杨卓："拿着，这是拜师的礼物。我这就带你去见梅师傅。"

21、凹印工房。（日，内）

机器关着，一群工人或坐或蹲，听梅建华眉飞色舞地海侃。宋衡和杨卓站在门口，静静伫听。

梅建华："咱北平南城有个地方大大的出名，不知各位去过没有？就是南下洼子往陶然亭路上必须经过的过街楼。"

众人："嗨，那地方一年少说也得走上个几十回，问这干吗？"

梅建华神秘兮兮地说："前些时候，传说狐仙在过街楼显灵，闹得满城风雨。整日价有善男信女前去烧香拜仙，许多祈福灵验的人携来布匾挂满了楼墙。布匾没地方挂了，就一层一层往上钉。一个风雨之夜，墙上的布匾被偷得干干净净。据说是被共产党地下人员盗去的，他们把布染成黑色，缝成衣服救济穷人了。穷人都说，共产党才是真正的大仙，能保佑穷人不受饥寒呀。"

众人哈哈大笑，王义福说："我也来讲个故事，从前，有两个穷人唠嗑。一个穷人说：'等我将来有钱了，就吃了睡，睡了吃。'另一个穷人说：'嘿，我要有钱啊，还睡什么觉？我要吃了还吃。'你们说这两人可笑不可笑？"

工人马云："这有啥可笑的，可惜咱们呀，白天没钱吃饱，夜晚躺在炕上也不安生，就听见肚子在那儿敲锣打鼓哩。"

"嘿嘿嘿。"众人又一阵哄笑。

宋衡带杨卓走近梅建华，人们都不约而同站起身打招呼："宋科长。"

宋衡点头答礼："大家好。"对梅建华说："梅师傅，我给你送徒弟来啦！人家可是仰慕你的技术和为人，非要拜你为师不可，我只好忍痛割爱喽。"对杨卓："杨卓，还不上前见过你师傅。"

梅建华摆手道："等等，我还没答应呢。"问杨卓："你就是考了第一名的杨卓，宋科长的小舅子？"

"是，梅师傅。"

梅建华："杨卓，我听说你父亲在天津做着大买卖，家境殷实，为什么要到我这又脏又累的凹印工房当学徒工呢？"

"我爸常对我说：腰缠万贯，不如薄技在身。梅师傅，咱中国又穷又弱，列强都欺负咱们，要实业救国，就要提升国力，掌握科学技术。所以我白天拜您为师学习凹印技术；晚上向宋先生学习雕刻。请您收下我这徒弟吧。"杨卓说罢向梅建华鞠了一躬。

梅建华朗笑道："行！行！行！你要不嫌你师傅是个大老粗，我愿意收你为徒。"

"谢谢师傅。"杨卓边说边取出纸币，恭恭敬敬递上说："这五十元钱，是徒儿的一点心意，恳请师傅笑纳。"

"不！不！不！这钱不能要，能收到像你这样知书达理的好徒弟，是我的福分，哪还要你的拜师礼呢。"

杨卓："师傅，圣人孔夫子收学生还要一捆干肉哩。天地君亲师，这是古人传下的规矩。您不要，徒儿就一直这么捧着。"

宋衡向王义福示了个眼色，王义福会意，对梅建华说："师兄，您就甭推让了，我是他师叔，我代兄长收下了。"说着接过法币。

杨卓忙唤了一声："师叔，日后请多关照。"

"嗳。"王义福乐呵呵地冲梅建华说："嘿，你当了师傅，小弟水涨船高，也当上了师叔，借光，借光。"

宋衡："梅师傅，小杨拜你为师，不是局里的安排，完全是你额外的付出，你嫌亏吗？"

"亏？哈哈，我还得了大便宜呢！考工状元投到我门下为徒，全局哪个工友有这种福分。"

"对！对！对！梅师傅说得一点不错。"

宋衡满意地说："好！今晚我们郎舅在'东来顺'摆下谢师宴，凹印

35

工房的工友，能去的都去，务必赏光，我俩恭候大驾了。"

梅建华犹豫地说："宋科长，这不合适吧，我已经收下小杨的钱……"

宋衡扬声道："就这么定了。"

众人拍手欢笑："噢！噢！今晚打牙祭喽！吃涮羊肉喽！"

一个工人飞奔而来，对大伙儿说："甄局长回来了，说要补发欠薪，让大家快去楼底下集中开会。"

王义福惊喜地说："嚯，今天可是双喜临门啊！"

第三集

1、印钞局二楼平台上。（日，外）

站着踌躇满志的局长甄善仁，左边站着范宝泉，右边站着贾元庆。

楼底下，黑压压地站了约两千名员工，数千只眼睛向上注视三人。

甄善仁笑容可掬，挥舞右手，大声招呼："亲爱的工友们！"

贾元庆带头鼓起掌来，台下工人也哗哗鼓掌。

王义福对梅建华笑道："嘿，真新鲜，局长叫咱'亲爱的工友'，兴许真能补发欠薪哩。"

梅建华含笑点头："唔，有可能。"把嘴往上努了努，示意别讲话。

甄善仁："工友们，大家受苦了。听说在我赴宁期间还出了命案，令人深感痛心。这次我们在与贪官的斗争中不辱使命，维护了咱印钞局的根本利益。当局被迫作出如下决定：一是罢免了王文瑞的交通部长；二是革除了邮政总办凌炎的职务；三是修改了与英国汤姆司德纳罗公司的合同，每年的十五亿枚邮票，由英国公司和咱印钞局各印七点五亿枚。咱印钞局又有了固定的活源，保证了咱局子的生存和地位。我宣布：所欠工人薪资全部发还，本次被裁的工人一律回局复工。"

众人欣喜若狂，鼓掌欢呼："太好喽！太好喽！甄局长真是甄善人、大救星。"

王义福眼中闪出泪花，对梅建华和马云说："唉！可惜荣海哥走得太快了，没等到今天啊！"

梅建华："要不是甄局长去南京跟部里交涉，咱局子里不知还要出多少个郭大哥哩。"

2、东来顺饭馆雅座。（晚，内）

大圆桌正中的铜火锅热气翻滚，四周放着几大盘红白相间的羊肉卷，以及笋片、粉条、豆腐、面筋、芫荽、菠菜、白菜以及韭菜花、辣椒油、花生酱、蒜泥等作料。

宋衡、杨卓、梅建华、王义福等十多人大口吃肉，大杯饮酒，个个眉开眼笑。

杨卓举杯站起来说："今天我拜了师傅，局里又发了欠薪，正如师叔所说的是双喜临门，我敬师傅和各位师叔一杯，请。"

众："好！好！大家干了。"俱一饮而尽。

杨卓坐下说："薪水虽补发了，但我担心他要追究领头闹事的人，给咱小鞋穿呢。"

王义福："有可能！历任局长等工潮平息后，不是把领头的工友送警察局就是开除，唯独甄局长例外，这是大伙儿的福气哇。"

马云："全局工友都对甄局长感恩戴德，你们猜猜看，背后叫他什么？"

宋衡饶有兴致地问："叫他什么？"

"甄善人、活菩萨、大救星。"

杨卓惊叫："哇，甄局长这不成了救世主了吗？真有意思。"

梅建华略带不满地说："你别大惊小怪好不好，我们大老粗没啥学问，也不懂什么大道理。只知道谁给我们活儿干，谁给我们饭吃，谁就是大恩人。"

宋衡忙打圆场："梅师傅说得对，人要生存嘛！今天咱们也是难得一聚，来来来，大家吃菜、喝酒。"

3、钢版科办公室。（日，内）

贾元庆对宋衡说："宋科长，你把爱徒送到凹印工房学技术，主动为局里培养人才，甄局长要表扬你哩。"

宋衡笑道："嗳，这算什么呀！是那孩子自己求上进，提出要拜梅建华为师，我就成全了他这番心意。"

贾元庆："近日来，工友们对甄局长有什么看法和评价？"

"嘿，评价高到吓人的地步，说他是甄善人、活菩萨、大救星。"

贾元庆欣喜地："这就好，这就好。兄弟有一个想法，希望能得到阁下的赞助。"

"贾科长请讲。"

贾元庆："甄局长这次救活了印钞局，也救活了数千名工人和他们的家属。大家称他为甄善人、活菩萨、大救星，也不为过。你是没看见，他在上海锦江饭店大显神威，满堂的部长、将军，他都没放在眼里，那气度，那魄力……"

宋衡打断了他的唠叨："贾科长，长话短说，你到底想干什么？"

"我建议全局工友凑钱给甄局长送万民旗、万民伞、万民匾，然后列队游行去局长家上匾。"

宋衡笑道："这主意不错，我赞成。我马上打个电话给小杨，让他去跟他师傅说一声。"

贾元庆满面春风地拱手："拜托，拜托，告辞。"

4、凹印工房。（日，内）

梅建华对众人说："各位工友，刚才我徒弟已经把话挑明了，给甄局长送'万民旗''万民伞''万民匾'，一不强迫，二不摊派，全凭自觉自愿，我先带个头。"向木箱中投了两元钱。

王义福正要向木箱投币，被梅建华拦住道："义福，你就免了吧，我已代你出了钱。"

王义福执拗地说："不！甄局长是咱大家的恩人，我是局中一员，也应该尽点心意。"向木箱投了一元钱。

杨卓数了六张一元的纸币，扔进木箱。

王义福挑起大拇指："嘿，小杨真豪爽，把一个月的工资全捐了，看来咱凹印工房在全局课组捐款中，准拿第一名。"

工友们都依次向木箱中投了钱。

5、总务科长室。（日，内）

贾元庆坐在桌前翻阅报表，有人敲门问："贾科长在吗？"

贾元庆："请进。"

范宝泉带着手捧木箱的杨卓兴冲冲地进来了。

范宝泉："贾科长好。"

杨卓："贾科长好。"

贾元庆面带悦色，指着沙发说："坐！坐！"

范宝泉："不坐了。"接过杨卓手中的木箱放桌上，道："贾科长，这是我们印刷科全体工友的心意。"

贾元庆用手指在里面翻弄几下，惊喜地说："啊，这么多！"

范宝泉："科里各工房每位工友都捐了钱，连最穷的王义福也捐了一块钱。工人捐得最多的是手动机组的梅建华，捐了两块钱。工徒中最多的是杨卓，捐了六块钱。"

贾元庆瞅着杨卓称赞："嘿，好小子，考工进来时是头名状元，这回捐钱又做了状元，将来前程不可限量啊。"

杨卓腼腆地说："贾科长过奖了。"

贾元庆站起身，得意地说："其实做万民旗、万民伞之类的花不了多少钱，有二三百块钱足矣。如今看来，捐款数早就超过了所需数目，我们要把这钱悉数用到甄局长身上，务求尽善尽美。哈哈哈——"

6、唐毅家客厅。（晚，内）

唐毅、范宝泉、贾元庆坐在沙发上抽烟喝茶，谈笑甚欢。唐妻范宝瑛是范宝泉的胞妹，手托银盘，款款而出，取出三杯咖啡放茶几上，客气地说："这是巴西咖啡，我刚刚煮出来，贾先生请，哥哥请。"

贾元庆忙站起身道："谢嫂夫人。"

范宝瑛："你们谈吧，我回房去。"

唐毅忙叫："慢，宝瑛，你也坐一会儿，咱们有事商量。"

"哦，什么事呀？"范宝瑛小鸟依人般地挨着丈夫坐下来了。

贾元庆抢着说："嫂夫人，你也知道，我和你哥哥，还有甄局长赴宁跟贪官作坚决的斗争，把王文瑞和凌炎拉下了马。甄局长非但如数给大家发放了两个月的欠薪，还下令让被裁的工人回局上班。全局员工对此感激涕零。为了表达对甄局的敬意，凑钱买了万民旗、万民匾等。因职工捐款踊跃，盈余五六百块钱。我们合计了一下，想请一位德高望重的名家题字。首选之人便是末代状元刘春霖老先生，那一手行书可是飘逸跌宕，苍劲流丽，神采非凡啊！因此……"

范宝瑛："因此你们想请老爷子出面，求取状元墨宝是不是？"

贾元庆抚掌大笑："听琴音而知雅意，嫂夫人聪慧绝伦，不愧是协和医科大学的校花。据在下所知，嫂夫人在老爷子面前说话比唐院长更顶用，只要嫂夫人金口一开，唐副市长绝对不会驳您的面子。"

范宝瑛："好啊，你一口一个'嫂夫人'，原来要让我去充当说客，让老爷子去求刘状元题字，我要是不去呢？"

贾元庆忙抱拳道："嫂夫人帮帮忙，帮帮忙，在下感激不尽。"拎起一只竹篓说："苏州亲戚送来几篓阳澄湖的大闸蟹，在下特意孝敬嫂夫人一篓，恳望笑纳。"

范宝瑛哂道："一篓螃蟹就想买动我吗？"

"不敢！不敢！嫂夫人再不答应，在下只好叩请了。"贾元庆作势要跪，范宝泉忙拦住，嗔怪妹妹："瑛妹，你就别让人家为难了。"

范宝瑛扑哧一笑："看你们这戏演的，跟真的似的。那好，我看在几千工友的情面上，可不是看你这篓螃蟹上，就帮你们开个口。至于老爷子肯不肯答应，得看你们的造化了。"

贾元庆对范宝瑛连连作揖："多谢嫂夫人，多谢嫂夫人。"

众人哈哈大笑。

7、甄家客厅。（晚，内）

甄善仁舒适地坐在沙发上，贾元庆只坐了半个屁股，显得颇为拘谨。

纸币硝烟

甄善仁："贾科长这么晚过来，有事商议吗？"

"有！有！"贾元庆站起身，打开皮包，取出一张宣纸，双手递去。

甄善仁打开一看，但见上面龙飞凤舞，写着八个大字：

甘霖济众
惠我群工

再看落款是肃宁刘春霖，不觉狂喜："啊，刘春霖不是状元吗？他的行草可是海内一绝啊！"

贾元庆谦卑地说："这是在下几经周折，后来请唐副市长出面，才求来的墨宝。"

"真是难得，让你费心了。听说那刘春霖中状元，还颇具传奇色彩呢。"

"是啊！提起这刘春霖高中状元，确有一段趣闻。据说阅卷大臣选定的名次，第一是广东的朱汝珍。慈禧太后立即联想起被她害死的珍妃，于是把朱汝珍的卷子往旁边一放，看起第二份卷子来，是河北肃宁的刘春霖。不看文章，光看那秀劲端丽的楷书就令人心中舒坦。再一想，刘春霖这名字也是大吉大利的好兆头！这几年天下大旱，举国为之焦虑，'春霖'之名，不正是'春风化雨，普降甘霖'的意思吗？他又是肃宁人，这就预兆大清朝'肃靖''安宁'，选定他为状元，兴许会使大清朝从此转危为安哩！于是命李莲英把这份卷子递给光绪皇帝审阅，并传口谕道：'这刘春霖的文章不错，请皇上定夺吧。'光绪听得太后发了话，怎敢违拗？拿起朱笔便点了刘春霖为状元。"

甄善仁笑道："刘春霖因名字起得好中了状元，真幸运啊！"

贾元庆感慨地说："有幸运儿，就有不幸者。刘春霖因名字好中了状元，还有两个举子因名字起得不好丢了状元。一个叫吴情，一个叫王国钧。皇帝心想，岂能让一个无情无义的人中状元呢？就把他的名字勾掉了。至于叫'王国钧'的，皇帝看了更是气不打一处来。'王国钧'，既可联想为忘掉国君，更可联想为'亡国君'，名字太不吉利。那王国钧虽然才学出众，非但没当上状元，连进士也给撸掉了。中国科举史上的奇闻轶事多如牛毛，可谓千奇百怪，洋洋大观。不过刘春霖中状元却也名实相符，本身就有学问，再加上一手好书法，难怪能得慈禧欢心。老头自以为是天子门生，眼高于顶，视权贵如草芥。像袁世凯、冯国璋、段祺瑞等民国风云人物，都求一字而不可得哩。"

甄善仁连连点头:"这我知道,知道。那唐副市长既是北平父母官,又是医林圣手,面子自不一般。"仔细端详,爱不释手,赞叹:"铁画银钩,遒劲洒脱,既有玄远的风骨,又具灵动的神韵,堪称国宝啊。"问贾元庆:"这幅墨宝花了多少钱?"

"六百块钱。"

"不多!不多!日后这万民匾往家中一挂,满壁生辉。上可光宗耀祖,下可昭示子孙。"

贾元庆凑趣道:"嘿嘿,墨宝金匾,永为贵府传家之宝。在下还有个建议。"

"请讲。"

"八个字可制成两块牌匾,'甘霖济众'挂在府上;'惠我群工'挂在局里会议室,如此岂不内外兼顾,两全其美?"

"嗨,好主意!这次我真要好好感谢你呢!"

"不敢!不敢!元庆身为部属,为长官效劳乃分内之事。"

"贾科长才干卓越,当个小小的总务科长太屈才了,日后若有良机,甄某必当竭力举荐。"

"多谢局座栽培,我明天就去制万民旗、万民匾。告辞。"

甄善仁将宣纸还给贾元庆,手一伸:"请。"

8、印钞局四楼会议室。(日,内)

宋衡、唐毅、贾元庆、范宝泉等人眉开眼笑,看着杨卓和梅建华踩在会议桌上,将镶有镜框的紫檀木"惠我群工"匾额挂上了墙壁。

"好!"宋衡带头鼓起掌来。

梅建华边端详边说:"嗳,真好看,真奇怪,怎么这匾一上墙,就觉得整间会议室立马显得雅气了?"

唐毅含笑道:"这是状元手笔,名家墨宝,光照四壁啊!"

众人惊叫:"啊,这是状元写的!难怪这么漂亮、大气。"

"嘿,整个北平城的工矿企业,哪家能挂上状元墨宝,跟咱印钞局叫板?咱这叫独一份!"

9、印钞局大楼前。(日,外)

几张会议桌拼成长长的一列,上面置着用绸缎做的"万民旗""万民伞"。

贾元庆对宋衡、唐毅笑道:"因为活源充足,颇有盈余。贾某提议,甄局批准,凡在万民旗上签字的员工,每人发一斤饼干、五个茶鸡蛋、一瓶汽水。星期天局里除了留守警卫人员,凡愿上甄局家去上匾的员工,每人发两块钱慰劳，这钱是甄局私人掏的腰包。你们二位有什么想法？"

宋衡："你是总务科长，想给员工们发点吃的，合情合理，我没意见。"

唐毅："肉烂在锅里，能让工友得点小实惠，我也赞成。"

贾元庆眼珠一转道："哎，咱先不说发吃的喝的和钞票，看看'万民旗''万民伞'上有谁的签名，谁签了名，就发给谁。"

宋衡忙说："万万使不得！如果你这么一搞，没签字上匾的人得不到应有的那一份，非骂娘不可。"

唐毅："对，我也认为此举有失厚道，应该按照甄局指示的去办，博一个全局员工皆大欢喜。"

贾元庆尴尬地说："看来我确实有点小家子气，行，坚决执行甄局的命令。"

宋衡、唐毅相视大笑，贾元庆也嘿嘿干笑。

10、钢版科办公室。（日，内）

宋衡指着办公桌上用牛皮纸包的饼干、茶鸡蛋、汽水，吩咐杨卓："把这些东西送给你师叔去吧，他家孩子多。"

"那我就代我师叔谢谢科长大人了。"

宋衡佯装生气："少贫嘴，快去。"

"是，小的这就去，这就去。"杨卓抓起两个纸包，又拎了一瓶汽水便走，回头又向姐夫做了个鬼脸。

"调皮鬼！"宋衡愉快地笑了。

11、王义福家。（晚，内）

一间约十平米的小屋，从东到西横着一条大炕，炕中间放着一张矮脚炕桌。昏暗的煤油灯下，郭荣珍飞针走线，缝补衣服。义福娘坐在炕上，正在教平平、安安念顺口溜：

> 阜成门，拉大弓，过去就是朝天宫。
> 朝天宫，写大字，过去就是白塔寺。
> 白塔寺，挂红袍，过去就是马市桥。
> 马市桥，跳三跳，过去就是帝王庙。
> 帝王庙，绕葫芦，过去就是四牌楼。

王义福拎着一只鼓鼓囊囊的布袋进了门，兴奋地喊："娘，快来看，我带回好吃的啦！"

两个孩子争先恐后地叫着："爸！爸！爸！"围住了炕桌。

王义福取出五瓶汽水、五包饼干和五包茶鸡蛋，众人惊呆。

义福娘问："这些东西哪来的？"

"今天我在万民旗上签了字，领到一斤饼干、五只茶鸡蛋、一瓶汽水。范科长、钢版科的宋科长、我师兄、师侄都把他们的一份送给了我。来来来，大家吃。"

四只小手同时向纸包伸去，安安胳膊肘儿一碰，一瓶汽水落地"砰"的打碎了，郭荣珍恼火地在安安小屁股上打了一掌，骂道："饿死鬼投胎啊！"

安安小嘴一咧，哇哇大哭起来。

王义福忙把安安抱在怀里："安安不哭，不哭，爸给你吃饼干。"取了一块饼干塞到安安嘴里，责备妻子："孩子小，不懂事，打他干嘛。"

安安吃着饼干，噙着眼泪笑了。

王义福："荣珍，去拿几只碗来，大家喝汽水。"

"哎。"

王家老幼喝着汽水，吃着饼干和鸡蛋，其乐融融。

王义福："这个星期天我不用去拉车了，凡自愿去甄局家送匾的人，赏两块钱。"

义福娘："遇上这么好的局长，就是一个子儿不赏，也应该去给他上匾。"

王义福："妈说得对，工友们也都是这个意思。"

义福娘叹道："这年头，能混个肚儿圆就心满意足啦！印钞局薪水高是出了名的，福儿一双手要养五张嘴，不容易啊！也幸亏在局里上班。"

王义福："是啊！听甄局长说，年终还要给我们发奖金，到时给妈、给荣珍、给孩子每人买一套新衣服。"

义福娘惊喜地说："哎呀，那敢情好！福儿在局里越干越有奔头啦！"

12、印钞局大楼前。（日，外）

风和日丽，铜管乐器在阳光下闪闪发亮。

几百个工人欢天喜地，眼睛不约而同射向"万民旗""万民伞""万民匾"。

13、二楼平台上。（日，外）

贾元庆对宋衡、唐毅说："除了加班的、值班的，在家休假的工友几乎都来了，马上可以出发。我还有一些事要安排，这支队伍就由二位负责了。"

二人："行！"

14、印钞局大门口。（日，外）

由铜管乐队开路，游行队伍抬着"甘霖济众"匾、举着"万民旗"、打着"万民伞"，列队由白纸坊出发了。

15、沿途。（日，外）

队伍进了牛街，出北口东奔珠市口，向北拐过前门至天安门。一路上，镜头不时闪过全聚德烤鸭店、前门、天安门等标志性建筑。行人惊讶地驻足观望，游行队伍昂首挺胸，精气神十足。几个小报记者更是神气活现，跑前跑后地忙着按快门拍照。

16、中山公园门口。（日，外）

一溜摆着七八只大铁桶，长桌上摆着几十只大碗。贾元庆满面笑容地招呼大家："工友们渴了吧，快来喝点茶水。"

杨卓、梅建华等人拧开龙头放水，咕咚咕咚一口饮尽，又把碗递给别人。

许多游客和行人对他们看了又看，一位老者问杨卓："小兄弟，你们干什么去呀？"

杨卓自豪地说："给我们局长上匾去，他对员工可好了。"

老者甲看看"万民旗""万民伞"，又看看"万人匾"，慨叹："好一个'甘霖济众'，要是政府官员都像你们局长一样甘霖济众，老百姓就有好日子过啦。唉，自从民国成立到现在，十八年中换了四十六届内阁，一年中换了六任总理，没有一位总理能得到'万民伞''万民匾'的光荣。光送旗送伞倒也罢了，大伙儿还列队游行。"

老者乙接道："对，我活了六十多岁了，看见过的游行还少吗？什么'五四'运动、'二七'大罢工、'三一八'惨案，不是反帝，就是反政府，总之没有好事。唯独这回游行例外，是印钞局员工给他们的局长送伞送匾，那局长必然甚得民心啊！"

贾元庆走上前，掏出"哈德门"香烟，笑吟吟地给二老每人一支，说："两位大爷请抽烟。"并用打火机给点上了火。

两位老者接过香烟，美滋滋地吸了一口，才想起道谢："多谢！多谢！您是？"

"我就是印钞局的员工。"

老者甲连忙恭维道："哎呀，难怪先生如此温文尔雅，彬彬有礼，看来你们局长真是治局有方啊！"

老者乙："是嘛，金碑银碑不如老百姓的口碑。我要倒回去三十年，非得进印钞局干活不可。"

杨卓低声嘀咕："吃得好，说得好，一点不假。"

众人哄堂大笑，贾元庆眼睛一瞪："少废话，快滚。"

众人又是一阵开怀大笑，贾元庆也憋不住笑出声，两位老者相对眨眼，莫名其妙。

《益世报》记者魏民相机中镁光灯一闪，"咔嚓"拍成了照片。

17、西单牌楼下。（日，外）

也是一溜七八只大铁桶，长桌上摆着几十只大碗。范宝泉一见队伍到来，忙对大家喊道："工友们，甄局长派我们设茶水相迎，快来喝口水，歇一歇吧。"

"哎！"人们一拥而上，拿碗去龙头下接水，喝水。

18、四楼会议室。（日，内）

杨卓、梅建华等人将旗、伞等放在墙边，梅建华一屁股坐在椅子上，大叫："累死啦！"

杨卓："可不是，今天咱绕了大半个北平城，明天北平各报肯定是头条新闻，没看见那些小报记者采访、拍照，忙得屁颠屁颠吗？"

马云："虽说累了一点，可没一个人叫苦的，连义福哥也说，今天是他最高兴的一天呢。"

杨卓："我也挺高兴的，那些过路人盯着咱们的队伍，眼睛都直喽，羡慕得直咂嘴哩。"

19、忠信堂饭庄雅座。（晚，内）

华灯下，一桌盛筵水陆俱陈，甄善仁、贾元庆、宋衡、唐毅以及几个报社记者觥筹交错，谈笑风生。

甄善仁："诸位，甄某并没有作出多大贡献，全局同仁居然赠以万民旗、万民伞、万民匾，如此殊荣，实在受之有愧呵！"

贾元庆故意反驳道："局座这话就说得不对了，民生无小事。因为民生聚民心，民生连国运。要不是局座力挽狂澜，勇斗贪官，夺回部分外溢的印权，咱印钞局还不知要出多少个郭荣海哩。难怪工友背后称您为甄善人、活菩萨、大救星哩。"

甄善仁忙笑着摇手："别！别这么说，我越发承受不起了。"

记者魏民从皮包里取出一份报纸清样递给甄善仁道："甄局长，这是我们写的专题报告，清样已出，若无意见，明天北平各报将以头版头条刊发。"

甄善仁接过匆匆扫描几眼，见报纸用通栏大标题写道："甘霖济众、惠我群工"，并配发了游行队伍经过前门、天安门、中山公园、西单牌楼等地万人瞩目的若干照片。随手递给了唐毅，唐毅略略一看便递给宋衡，宋衡阅后递给范宝泉，范宝泉又递给贾元庆，贾元庆一边看一边点头晃脑地称赞："精彩，精彩。你们用相机留下了光辉的瞬间，这是印钞局全体同仁的光荣。"将清样还给甄善仁，甄善仁又把它还给魏民说："很好！我没意见。"不觉感慨地："我一想起当年赴美国考察之事，至今仍愤愤不平啊！"

"为什么？"众人一齐发问。

"我带了几位技术人员到了美京印钞局，调查了事务、经费、用人等方面的情况，但不准考察生产技术部门。因为该局正在代印中国的钞票。咱是竞争对手，自然要严格保密。后来托驻美领事及纽约商会致意，方才允许参观雕刻钢版、造纸、铸字、号码、照相等处。这不是国耻、局耻又是什么？"

众人垂首默然，魏民拍案道："真是岂有此理，中国的钞票为什么要拿到国外去印？正在崛起的中国印钞技术，其品质堪与世界列强相媲美。暴君秦始皇还统一文字、统一币制、统一度量衡哩，叫什么'书同文''车同轨'。怎么到了民国，历史反而又倒退到先秦了？"

宋衡："魏先生，您质问得对。自进入民国之后，无论是北洋军阀，还是蒋介石政权，始终未能消除国内的割据局面，也始终未能摆脱对外国势力的依赖，当然也就无法解决统一币制、统一钞票和有价证券的印制发行问题。我印钞局虽是国内规模最大、技术最先进的官办专业印钞企业，却接不到活源，吃不饱肚子，真是怪事！"

甄善仁："前任局长中，不乏懂经营，善管理之人。多次提出并恳请当局收回外溢印制权的建议，终因政府腐败，无力回天，令人扼腕叹息啊！"

魏民若有所思："是啊！各地军阀甘当儿皇帝，那些殖民主义者扶植傀儡，还不是为了输出资本，倾销商品，掠夺财富。"

众人点头称是。

魏民："嗳，这倒是一大新闻，我想把您当年在美的遭遇写成报道在《益世报》上发表行不行？我敢担保，每个有血性的中国人看了都会义愤填膺。"

甄善仁："当然可以。"

20、唐家客厅。（晚，内）

范宝泉、唐毅、范宝瑛共坐长沙发上，范宝泉翻阅报纸，指着《印权外溢，中国印钞局长蒙羞》的标题对唐毅夫妇说："这个记者很有正义感、文笔犀利，讽刺辛辣，真替我们出了一口恶气。"

唐毅："魏民虽然文风泼辣，行事却十分稳健，征得了甄局的同意才写了这篇报道。"

范宝瑛："报纸是大众的喉舌，记者是无冕之王。就应该写警世文章，发警世呼吁。魏民把甄善仁写得太好了，有奉承拍马之嫌。"

范宝泉："不要这么说，我在南京亲眼看见他和王文瑞拍桌子对骂，要不是他态度强硬，摆出一副拼命的架势，哪能虎嘴夺脆骨，推翻已签的合同重签呢？他是原奉系的要员，兵站少将总监。以前历届局长都是文人，缺少魄力。看来乱世只有武夫才能扭转乾坤。"

唐毅一拍茶几道："那可不！秀才造反，三年不成嘛。"

第四集

1、印钞局大门口。（晚，外）

暮色已深，浓云密布，风卷残叶。

王义福、梅建华等随着人流涌出大门，王义福猛烈地咳嗽，梅建华在其肩上拍了两下，关切地："老弟啊，你咳得越来越狠了，请两天病假吧。"

王义福苦笑着摇摇手："没事，老毛病，过两天就好了。"

马云问："义福哥，您今天还要去拉洋车吗？您看，天色不好，哟，下雪啦！"

王义福沉吟："今天还得去拉车，没法子呀。"

梅建华和马云相视叹气，目送王义福独自向岔路走去。

2、坟场。（晚，外）

桧柏阴阴，丘墓累累，雪花飘飘，鸦啼哇哇。

王义福放开嗓音，吼起一段局里工人自编的歌谣壮胆：

> 下班抄起洋车把，
> 穿街走巷做牛马。
> 北风嗖嗖地刮，
> 冻得我上牙打下牙。
> 冷也得拉，
> 热也得拉，
> 不拉就没有"黄金塔"（指窝头）。

苍凉、颤抖、带有哭腔的声音，惊起了树梢上成群的乌鸦，呱呱叫个不停。坟场四周回荡着人吼鸦啼和风吹树叶的哗哗声。

3、虎坊桥堍。（晚，外）

风雪弥漫，撑着雨伞的行人步履匆匆。

王义福拉着洋车顶风冒雪而来，车上坐着头戴皮帽、身穿皮袍的杨永清，他右手撑伞，左手拎着一只正明斋的点心蒲包。车子开始上桥了，虽然桥面并不算陡，但下雪路滑，王义福紧握车把，躬着背，低着头，使劲往桥上拉。不料对面一辆卡车似狂风般地掠过，刮到车篷，两人连车一起从桥上滚到了桥下，杨永清惨叫："哎哟！哎哟！腰给闪啦！"

脸上、手上都被蹭破皮的王义福一边咳嗽一边扶起老人，连声道歉："对不起，对不起！"

杨永清摇头道："不怪你。"忍不住破口大骂："遭瘟的汽车，开那么快，去充军啊！今儿个倒了大霉，新袍子滚了一身的泥不算，还闪了腰，晦气啊！"

王义福忙去捡点心蒲包和雨伞，不料一阵狂风将伞吹得像风车似的滴溜溜乱转，飘然落进河里。王义福只得拎了点心蒲包交给杨永清说："先生，您那伞是撑开的，我没追到，掉进了河里，待会儿我赔您。"

杨永清："咳，哪能要你赔伞，这事跟你无关。"掏钱给他："你也摔得不轻，你走吧，我就在这等我儿子。"

"不！这钱我不能收，没拉您到了要去的地方，还让您闪了腰，我怎么过意得去呢，快上车吧。"

"嘿，你这人还挺讲信义的嘛。好，我上车，你慢慢地拉，甭着急。"

"哎。"王义福搀扶老人上车，小心翼翼地拉车下了桥。

4、街头。（晚，外）

杨卓撑着油纸伞匆匆赶路，迎面见到父亲和师叔，大叫："爸，师叔。"

两人闻声抬头，只见杨卓咚咚咚跑了过来。

杨永清："慢点，别摔着了。"

须臾，杨卓已奔到面前，又叫了声："爸，师叔。"忍不住笑道："真巧呀！今天师叔拉的客人竟然是我爸。"

杨永清讶道："什么？他是你师叔？哎呀，真是无巧不成书嘛。"

杨卓端详二人，吃惊地："您俩怎么一身的泥水？不小心摔倒啦？"

杨永清愤然道："咳！都怪那遭瘟的汽车横冲直撞，刮倒了我们的车，我给闪了腰，你师叔也伤得不轻。"

杨卓生气地说："那司机下雪天也不减速，我看他是在找死！师叔您伤得怎样？我送您俩上医院去瞧瞧。"

王义福连忙摆手道："别！别！我哪有那么娇气。拉车嘛，破皮伤肉也是常事。"

杨卓心疼地说："师叔，您该好好歇歇啦！咱那活多重多累呀，身子骨差点的，根本就顶不下来。您又有病，怎能白天黑夜连轴干呢？"问父亲："爸，车钱给了没有？"

"没有。我要给车钱，你师叔不让，非得要拉我到目的地不可，真实诚啊。"

杨卓从口袋中掏出所有钱币，一股脑儿塞到王义福手中道："师叔，快把车退了回家歇歇吧。"

王义福忙推辞道："不！这是你刚发的薪水，给了我，你吃什么？"

杨永清真诚地说："他师叔，这你就别管啦。有我在，还能让孩子给饿着？"

王义福接过钱币，向杨永清深深鞠了一躬，泣道："我拉车有好几次翻了车，客人不是打就是骂，趁机赖了车钱。今天真没想到，弄脏了杨大哥身上的新衣服不算，还让您伤了腰。本来我以为一顿臭骂难免，车钱更别提了。不料大哥没打没骂，还……"声音嘶哑，泪流满面。

"他师叔，快别伤心，这种下雪天，你拉车也不容易呀。"

王义福哽咽道："都说有钱人坏，哪知也有好心肠的有钱人啊。"

杨永清："人品好坏跟有钱没钱没啥大关系，许多有钱人乐善好施，修桥铺路，为老百姓做了数不清的好事。也有一些穷人好吃懒做，坑蒙拐骗，忤逆不孝，干尽坏事。你说说看，是那些做好事的有钱人坏呢，还是那些当泼皮无赖的穷人坏？"

王义福："那还用问吗？一个人品行的好坏，全看他有没有良心。有良心就是好人，没良心就是坏人。"

杨卓称赞："师叔这两句话说得是井底雕花——深刻。"扶着父亲，对王义福说："师叔，我挽着我爹走，您把车交了，早点回家歇着吧。"

"不行，你爹闪了腰，怎么走？别客气了。"

杨永清忙说："是啊，我这腰疼得动弹不了，还让你师叔拉我吧。"

杨卓想了一下，说："也好，师叔在前面拉，我在后面推，咱不着急，慢慢儿走。"

"哎！哎！"

杨永清："慢，天色不早，你俩上了一天的班，想必早已饿了吧！我给你们拿点心。"说罢便欲打开包装。

杨卓忙拦住问："爸，您这盒点心是带给我的吗？"

"是啊！"

"爸，我甜点吃腻了，给我师叔行不行？"

"当然行啊！"

王义福急阻道："别！别！这是老人家的心意，我怎么能要呢？"

杨永清："他师叔，你就甭推辞了。"又把蒲包重新扎好。

风雪中，王义福眼噙热泪在前面拉车，杨卓在后面推车，渐行渐远……

5、熟食店门口。（晚，外）

杨卓向父亲伸手："爸，给点钱，我去买烙饼酱肉。"

杨永清掏出两张钞票给了儿子，杨卓快步跨进店门。

6、店堂。（晚，内）

杨卓对店主说："掌柜的，来两斤酱牛肉、四斤烙饼、分两份儿包。"

店主响亮地应道："好嘞！"

7、熟食店门口。（晚，外）

杨卓将两个油纸包儿递给王义福："师叔，这是师侄孝敬师奶和师婶的。"

王义福推开："不，我不能要，今天师叔拿你的太多啦！"

杨永清："别这么讲，谁让你们是师叔侄呢！按照佛法来讲，人与人认识是有缘分的。咱都是有缘才能聚首的啊。"

王义福："唉，虽然我命苦了点，但今天能碰上您爷儿俩，对我多加关照，咱岂止有缘，更是我的福气啊！"

8、王义福家。（晚，内）

油灯下，郭荣珍在纳鞋底，义福娘已在炕的西头躺下了。

平平教弟弟安安念：

> 腊七腊八，冻死寒鸦；
> 腊八腊九，冻死小狗。

安安拍手念道：

> 腊七腊八，冻死寒鸦；
> 腊八腊九，冻死小狗。

念了几遍，忽然哭了起来："妈，我饿我冷呀！"

郭荣珍没好气地训斥："快躺进被窝里，睡着了就不饿不冷了。"

安安�’着嘴："躺下也饿也冷啊！爸什么时候回来？每次我们睡着了爸才回家，等醒过来一看，爸又上班去了。我们有爸就跟没爸一样。"

"呸！你这乌鸦嘴，再敢瞎说八道，我撕了你的嘴。"郭荣珍勃然大怒，扬手便给儿子一个耳光。

安安咧嘴哇哇大哭，义福娘忙披衣坐起半身，对安安说："安安乖，快上奶奶这儿来。"

安安哭着爬到祖母那儿，义福娘一把将孙子搂在怀中，细声慢语地："安安啊，你爸每天走得早，回家晚，是去上班挣钱养活大家，你怎说有爸跟没爸一样，这话以后可不能说啊！"

安安使劲点头："嗯，嗯。"

义福娘又数落儿媳："平平她妈，孩子小，不懂事，就算说话不中听，你也别打孩子呀！"叹气："唉，每天从鸡叫做到鬼叫，义福从小就身子骨弱，哪吃得消啊！"

虚掩的房门被"吱呀"推开了，王义福进屋后随手把门闩上，冲母亲叫了声："娘，您还没睡？"

"嗯，你今天怎么这么早就回来了？"

王义福："下雪了，惦着你们，就早点把车交了。"

第四集

"爸！爸！爸！"安安破涕为笑，和姐姐一齐欢呼。

郭荣珍跳下炕，抓起一把扫炕的小笤帚便帮丈夫掸去头上肩上的雪花，见到他脸上的伤痕，吃惊地："怎么？今天又摔了？"

"嘿嘿，没事，没事，今儿个我碰上好人啦。"王义福又向母亲和孩子们招手道："快坐到炕桌边来，我带了好吃的回来啦！"从帆布饭口袋中取出两只荷叶包，打开是油汪汪的卤牛肉，另外一张大荷叶包的是热腾腾的白面烙饼。

众人惊呆。王义福又解开麻绳，拿掉覆盖着印有"正明斋"黑字的红色封面和黄色草纸，打开用香蒲叶编成的上大下小带斜梢的长圆形浅盆儿，露出各种各样制作精美的糕点来。

义福娘惊叫："福儿，你疯啦！一下子买这么多金贵的吃食回家，得花多少钱哪！"

郭荣珍："就是嘛，咱是吃这种东西的人吗？不过日子啦！"

安安怯生生地指着点心问："奶奶，这些都是什么呀，我可从来没看见过。"

义福娘笑道："傻小子，别说你这一丁点大的小人儿，就是你爸你妈，也是第一次看见啊。这是正宗老字号的大八件儿。"

平平问："奶奶，啥叫大八件儿呀？"

"就是八种糕饼合在一起。你们看，点子酥、核桃酥、茯苓饼、玫瑰饼、七星饼、鸡油饼、萨其马、蜂糖糕，不整整八件吗？"

平平、安安用小手点着盒里的点心，又舔了舔手指，咂嘴道："嗨，真是八件，好甜呀。"

王义福笑盈盈地："妈，待会再讲吧，先吃这个。"把卤肉夹进烙饼，分给母亲和妻儿。

安安连咬几口，欢叫："哇！太香啦！太好吃啦。"

郭荣珍边吃边问："义福，你今天怎么啦？可别当败家子儿。"

王义福仍然含笑道："你放一百二十四个心吧，我是两个孩子的爸，哪能当败家子？实话告诉你们，我今儿个碰上贵人啦！又给吃的又给钱。"随即从衣兜中掏出几张钞票，放到炕桌上叙道："今天下班后，我拉了一个客人，不料上桥时连人带车被汽车刮倒，那老爷子还闪了腰。当时我头脑轰地一下就大了，生怕被对方赖了车钱并挨一顿臭骂，谁知呀……"有意卖起关子。

"谁知怎么样了，你快说呀！"义福娘焦急地催促儿子。

"谁知我拉的客人是我师侄杨卓的爹，在天津开着商号，老人家非但没骂我，还要给车钱。正在这时，我那师侄赶到，把一个月的薪水都给了我，帮我推车，又买了卤肉、烙饼和这包点心让我带回家给你们吃。你们说，我今天是不是遇上大好人了？"

"好人，好人哪！"婆媳俩连连点头，荣珍见烙饼还剩三张了，忙打掉安安伸过去的手，仍用荷叶包起来，放到丈夫的饭口袋中说："明天带到局里当中午饭。"

王义福看了看孩子贪馋的眼光，点头道："好吧，烙饼耐饥。"又冲安安歉意地说："孩子，不是爸心狠，不让你吃。爸吃不饱就没法挣钱养活你们啦！"又咳了一阵。

义福娘心疼地说："跟孩子啰唆个啥，还不快坐下歇着。"

王义福坐上炕，指着点心对母亲说："妈，您尝尝正明斋的糕点，顺便给孩子讲一讲，我也是第一次看见。"

"哎，"老人给两个孩子每人一块点心，又给儿子、儿媳递去道："大家尝尝吧，今天打牙祭了。"

安安咬了一口，惊叹："哇，好甜啊！比烤白薯甜多了。"

"傻孩子。"义福娘露出慈祥的微笑说："你吃的这种糕点，是专送皇宫御膳房，给皇上和娘娘吃的，能不好吃吗？"又对儿子儿媳道："我年轻时也吃过不少细点啊，什么滋兰斋的玫瑰饼、芙蓉斋的黄白蜂糕、复兴斋的茯苓饼、大顺斋的糖火烧、瑞芬斋的莲子缸炉等。这些老字号都是用料考究，制作精细，可好吃啦！"

郭荣珍问婆母："妈，为什么皇宫中吃饭不说用饭，而说用膳呢?"

"咳，这个你要是识字就明白了。'饭'字的右半边是个'反'字，皇上怕的就是老百姓饿了造反，吃饱了撑得也造反，所以吃饭就改为用膳了。"

"原来如此。"郭荣珍由衷赞叹："妈，您老人家真有学问啊。"

义福娘叹息，吩咐儿子："福儿，平平八岁了，安安也五岁了，等过了年，让他们去上员工子弟小学吧。"

王义福摇头道："学校一般秋季招生，明年秋天再说吧。"

"也好，那你明天下班后买点白纸和铅笔，我在家先教他们认字。"

"是。"

义福娘自言自语："再苦也不能苦孩子，再穷也不能当睁眼儿瞎。"下炕走到破碗橱前，橱面上供着一尊小小的观音像，旁边有只香炉。老人划着火柴点燃三支线香插上，又跪在地上磕了三个响头，喃喃祷告："救苦救难大慈大悲的观世音菩萨，请保佑我儿身体早日康复，保佑我一家平安。"

9、王义福家。（晨，内）

王义福一阵大咳，眼泪鼻涕齐下。郭荣珍边给他捶背边心疼地说："孩他爸，今天就别上班了，咱找个大夫看看，抓点药吃吃，我到梅师兄家让他帮你请个假。"

王义福边摆手边喘道："别！别！请一天假就不能算出全勤，要扣一个月奖金哩。"复又叹气："唉，咱哪有钱去求医问药呀，得了病只能周仓的刀——扛着。放心吧，扛过两天会好的。"摇晃着走到门外。

义福娘擦了一把眼泪，高声嘱咐："福儿，下班后别拉车了，早点回家，别忘了买点纸和笔。"

"哎！您老人家放心吧。"

10、主工房大楼楼梯口。（晨，内）

王义福握着扶手上楼，脚步迟滞，边走边咳。

宋衡忙扶着他说："义福，你病得可不轻啊，快上医院去看看吧。"

王义福勉强笑道："谢谢，我没事。"

11、凹印工房。（晨，内）

二十多台机器发出震耳欲聋的轰鸣声。王义福、梅建华等进了工房，把饭口袋放在墨案旁，脱光上衣，腰中围上块擦版布，开始干活。

梅建华熟练地将油墨添在钢凹版的版纹里，又抄起一大块擦布，在版的上下左右擦了三四下，随后把擦干净打好墨的印版放上机器版台，吩咐："铺纸。"话音刚落，杨卓已把纸严整地铺到版上，吆喝一声："走。"

王义福艰难地搬动大轮，一张张淡绿色、正面主景为四驼运输的裕国银行壹圆兑换券在笨重的大轮摇动下印了出来。

王义福又是一阵猛咳，停止了摇大轮，喘着气，额上豆大的汗珠直滚。梅建华惊问："老弟，你怎么啦？快去歇会儿。"

王义福捂胸呻吟道："今儿个不对劲，心口堵得慌，上气接不上下气，莫非阎王爷要请我去了么？"

梅建华眼睛一瞪，斥道："你才多大？又不是七老八十的，怎么朝那方面想，太不应该啦。"

王义福惨笑道："黄梅不落青梅落，黄泉路上无老少。我爹就是二十九岁死的。"

杨卓叫道："师叔，您别说啦！听了这些话，叫人脊梁骨嗖嗖地冒凉气儿，让人害怕。"

梅建华劝道："义福啊，别尽往坏处想，快去吃点东西喝点水。唉，干咱这一行啊，吃饭不论点儿，穿衣没针眼儿。活太重啦，一天三顿顶不下来，只好随时吃上几口，缓缓劲儿。"

"嗯。"王义福走到油墨案前，拿出三张烙饼，咬了一大口，咀嚼着却咽不下，反而哇哇吐了几口酸水，顺手把烙饼塞进饭口袋，又慌慌张张地回到机车前，说："行啦！"扳动大轮，咬牙使劲，一下，两下，三下，四下，都没能把大轮转过去。

特技镜头：机器、人影都围着王义福高速旋转，慢慢停了下来。

王义福目光呆滞，满头满脸的汗珠直滚。

杨卓忙上前扶住，关切地："师叔，您太累啦，快回家歇一天吧。"

梅建华叹道："人累成了这个样子，是应该马上回家休息。但现在不能走啊！局里有明文规定，工人在上班时间，一律不准擅自离开岗位。"

杨卓不满地说："那工人得了急病咋办？当局还管不管？"

王义福忽然有了力气，推开杨卓，猛然把大轮扳了过去。梅建华和杨卓以为他已缓过劲来，正要干活，陡听王义福"啊"的一声惨叫，张大嘴巴，一口鲜血呈发散状喷射而出，刚印好的钞票上溅满了殷红的血点，身子连晃了几下，扑通倒地。

梅建华大叫："快来人哪！义福晕过去了。"

杨卓和众工人连忙关了机车，七手八脚地将王义福抬上墨案。

杨卓对梅建华说："师傅，我去医院请大夫来。"奔出工房。

王义福躺在墨案上，紧闭双眸，脸色煞白，鲜血仍从嘴角汩汩涌出。

工友焦急地呼唤："小王！义福！王师傅！"

梅建华摇晃着师弟泣道："义福，老弟，你可别吓哥哥啦，快醒醒！醒醒啊！"

杨卓高叫："快闪开，唐院长来了。"

唐毅一进门，便被污浊的气味熏得头脑发昏，随即皱眉走到案前，把听诊器放到病人心口上，听了片刻，忽露惊恐之色。

众人忙问："唐院长，怎么样？"

唐毅没作声，把听诊器放到一边，竟然俯下身，将嘴唇对着义福的嘴，帮他做起人工呼吸。众人惊呆，许多人眼中立时滚出热泪。

俄顷，唐毅停止动作，站起身，翻看患者眼皮，沉痛地对大家说："病人经抢救无效，已经死亡，我去向局长禀报一声。"向死者鞠了一躬，快步离去。

众人大眼瞪小眼，难以置信地问："什么？死了？刚才不是还在扳大轮吗，怎么说去就去了？"

梅建华流着泪，帮王义福合上眼皮，失声痛哭："兄弟啊，你才二十九岁啊，抛下了老老小小，你怎能狠心地一走了之呢？"

杨卓再也控制不住内心的悲痛，"哇"地哭出声来，摇着死者的肩膀说："师叔啊师叔，你白天上班，下班后还拉洋车，你是活活累死的呀！"

"真惨啊！"众人纷纷落泪。

马云泣道："才二十九岁就……就……呜呜……"

众人哭成一片。

梅建华大吼一声："别哭了，哭能把死人哭活？义福决不能无声息地白死，我们要为他讨一个说法。"走到墙边，猛然拉下电闸，嘈杂的机器立刻停止了转动，工友的哭声也慢慢地小了。

"对，师叔不能白死，我去找宋先生。"杨卓抹了一把泪水，便往门外冲去。

梅建华问："谁认识死者家里，要去报个信儿？"

众人一声不吭，低下了头。

过了好一阵，梅建华叹道："唉，我明白大家都不忍心去报丧，只好由我硬着头皮去了。"

众人仍默不作声，马云挺身而出道："梅师傅，您还是在这陪着义福，我去他家报丧。"

梅建华握着他的手激动地说："好兄弟，谢谢你。"

"不用谢，应该的。"马云走出工房。

12、钢版科办公室。（晨，内）

宋衡正在神情专注地雕刻钞票样版，房门猛地被人推开，杨卓一头冲进来哭道："姐夫，不好了，我师叔死啦！"

"什么？你师叔死了？哪个师叔？"宋衡忙放下刻刀，站起身来，惊诧地问。

"还有哪个？王义福啊！"

"啊，今天我跟他同时进的大门，看着他去了凹印工房，怎么顷刻间就死了？"

"师叔干活时吐了血，就这样死了啊！"杨卓边哭边说，泪如雨下。

宋衡无言怔立，俄顷，走过去怜爱地拍拍杨卓的肩，红着眼圈说："不哭，不哭，咱一起去看看。"

第五集

1、局长办公室。（晨，内）

窗明几净，宽敞豪华。沿墙一溜真皮沙发，办公桌上陈设盆景、瓶花等。甄善仁捧着一部厚厚的书朗读道："历史上凡是大奸大雄，成就一番事业的人，无一不是厚脸皮、黑心肝。汉高祖刘邦能当上开国皇帝，正因为'厚'得到家，'黑'得彻底，为两千年帝王中脸厚心黑的代表。"不由拍案大叫："真乃千古奇书，道前人之所未道也！那些达官贵人，真是脸厚心黑，全无廉耻。"

"笃！笃！笃！"门外传来有礼貌的叩击声。

甄善仁说："请进。"

唐毅用手帕擦着眼泪走进来，向甄善仁鞠躬道："局长。"

甄善仁忙把书合上，是川人李宗吾所著的《厚黑学》。惊异地问："唐院长，发生什么事了？"

"凹印手动机组的工人王义福突发急病，一口血喷吐在钞票上……"

"哎呀！那得赶紧抢救，要不然死在工房里，传出去有损咱局的声誉。"

"是呀，等我赶到时，人已经不行了。我给他做了人工呼吸，还是没能抢救过来……"

甄善仁失声惊叫："什么？果真死在工房里了，太不吉利了！他妈的！闭眼听见乌鸦叫，睁眼看见扫帚星，倒霉透了。"心声："自印钞局开办后，换了二十多任局长，也死了不计其数的员工，虽然死因各异，却没有一个死在局里。偏偏王义福死在工房里，这不是晦气吗？"

唐毅听甄善仁大骂死者，非常反感，提醒道："局长，王义福是在工作时活活累死的，希望局里能给予抚恤和厚葬。"

"可以，我马上打电话给总务科，让他们去处理一下。"

"人命关天，希望局长还是亲自处理为好。"

甄善仁脸色一沉道："唐院长，我做事难道还需要你来指教么？"

"岂敢！岂敢！在下不过是局座麾下的一名小卒，怎敢指教局座？不

65

过唐某恳请局座能亲自去凹印工房一趟，向死者表示一下哀悼之意。"

"唐院长，对方只是个工人而已，我若亲自过去，不免有失身份吧！"

唐毅连声冷笑，犀利的眼锋上下打量甄善仁，无意中落到了桌上《厚黑学》的封面上，讽刺说："局长大人平时开口闭口称呼工人：'亲爱的工友们'，口口声声标榜自己信奉三民主义，说要尊重工人，关爱工人。现在工人死了，你竟然无动于衷。你还有一点人情味吗？还配当一局之长吗？你配接受全局员工送你的'万民旗''万民伞''万民匾'吗？"

甄善仁被唐毅一串连珠炮似的质问击得面红耳赤，哑口无言。

唐毅冲上前，抓起《厚黑学》又挖苦道："局长大人博览群书，看来已掌握了厚黑学的精髓，果真'厚'得到家，'黑'得彻底。"轻蔑地将书一掷。

甄善仁气急败坏地指着唐毅斥道："姓唐的，不要以为你父亲是北平市的副市长，你就可以为所欲为！这里是甄某人当家做主！老子说不去，就不去！你给我滚出去！"

唐毅仰天大笑："哈哈哈，你甭下逐客令，唐某告辞！"摔门而去。

甄善仁气得拿起桌上的笔架狠狠往地上一摔，冲着他背影臭骂："狗日的，太不像话了。"拨通了总务科的电话号码，对贾元庆说："凹印工房死了个工人，你出面去料理一下他的后事，该给多少钱你看着办吧。不过尸体不能走正门，别冲了咱印钞局的风水。"

电话声："是，我这就去安排。"

2、楼梯口。（日，内）

无数工人面容悲戚，一双双穿着破鞋烂靴的大脚咚咚咚地踩着梯级向凹印工房涌去。

3、凹印工房。（日，内）

挤满了工人，许多工友瞧着死者直挺挺的尸体，呜呜低泣。

宋衡问梅建华："梅师傅，你们有没有告诉死者家属？有没有向工务科和局长报告。"

"报告了。"

马云高叫："唐院长来啦！"

人们闪开一条通道，唐毅手持一条白被单，身后跟着两男两女，都穿着白大褂，手中捧着衣物和盆花。两名医生替死者换上了干净的棉袄，唐毅抖开洁白的被单，将死者从头到脚地蒙上了。又接过护士手中的水仙花盆，分置死者头部的左右。豆青色的瓷盆内，置有雨花石数枚，水仙翠叶挺拔，簇拥着金英玉瓣的洁白小花，备极幽雅芬芳。经唐毅这么一布置，方才的惨景顿时变得凄美庄重，众人却更是心酸落泪。

门外响起贾元庆的声音："闪开！闪开！"

人们回身望去，只见贾元庆捂着鼻子在前，两个呆头呆脑的杠夫兄弟大傻、二傻在后，抬着一只巨筐走进来了。

杨卓气不打一处来，讽刺道："贾科长，你捂着鼻子干啥？有瘟疫啊！"

马云也愤然道："人家唐院长还嘴对嘴地给义福做人工呼吸哩。"

贾元庆瞪了两人一眼，见众人俱有不豫之色，便干咳一声，假惺惺地说："工友们，手动机组发生这种不幸的事情，我们大家都很悲痛。兄弟奉甄局长指令，念死者王义福在局工作多年，赏棺材一口并给抚恤金三十元。因空气恶劣有妨生产，让杠夫速将尸身从旁门抬出局外，以免冲了印钞局的风水，待警署验尸后埋葬。"命令杠夫："去！把死者搭进筐里抬走。"

两个杠夫正要动手，宋衡一声断喝："住手！"

杠夫吓得把手缩回，眼望贾元庆。

贾元庆喝道："宋科长，这是局长的指令，兄弟我不过奉命办事，请你不要阻碍我们执行公务。"

宋衡怒道："姓贾的，你少给我打官腔。王义福是印钞局工作了十几年的老员工，他把全部的血汗连同一条性命都卖给了局里，而当局却如此冷酷，如此绝情。在他们眼中，工人只是会说话的畜生，死一个工人跟死条狗没两样。"面对工人大声发问："弟兄们，当局要把死者的遗体从旁门运出，你们答应吗？"

工人爆发出怒吼："不答应！不答应！工人也是人，为什么不准出正门？"逼近杠夫："滚出去，滚出去！"

两个杠夫吓得直抖，却没走。

工人吼道："你俩再不走，我们就把你俩装进筐，先把你俩给埋了。"

两杠夫委屈地嘛着嘴说："不是不走，是还没给我们工钱呐。"

贾元庆从兜中抽出两张纸币，扔进筐里，没好气地指着门口道："快滚。"

哥儿俩每人抢了一张，看了眉开眼笑："哇，一块钱。"

大傻乐呵呵地说："嘿嘿，平时我们抬死人只有五毛钱，今天没抬就给了两块钱，天天有这种好事就好喽！"

"混蛋！"贾元庆哭笑不得，刚举掌欲打，又垂下手喝道："滚！"

宋衡挖苦道："贾科长真能干，不知从哪找来这种活宝，巴不得天天死人。"

马云嘴一撇说："不死人，他们吃什么？杠房都是恨人不死的黑心鬼啊！"

两个杠夫抬着空筐急忙走了。

贾元庆威胁众人道："我已把局长的意思转达了，既然大家伙儿有意见，我也不管了！"一甩手出门而去。

宋衡问唐毅："唐院长，姓贾的撂挑子了，咱们该怎么办？"

"甄局长是个好人，姓贾的不是东西！会不会是他冒用甄局长的名义乱下命令？！"在一边的杨卓忍不住插嘴。

"年轻人，你看问题太主观片面啦。我刚从甄善仁那儿出来，姓贾的虽然是个小人，可借他个胆子，也不敢冒用局长的名义！"唐毅冷哼一声，向宋衡说："现在最好由工会出面，选派代表向局方交涉，迫使局方答应咱的要求。"

"好主意，你是工会主席，我是工会执委，自是分内之责。可惜甄婷放寒假去了东北老家，她要在局里的话，说话是有分量的。咱最好再选个工人代表。"

工人不约而同地举手："我们选梅建华梅师傅当代表。"

唐毅、宋衡一口应允："行，就梅师傅吧。"

梅建华轻拍蒙着白布的死者说："兄弟，你放心，我们一定为你讨个说法，让你最后一次堂堂正正地走出大门。"

杨卓举着拳头说："对，我们要据理抗争，不获全胜，决不收兵！"

众齐吼："不获全胜，决不收兵！"

4、印刷科办公室。（日，内）

范宝泉正伏案写报告，只听一阵脚步声响，唐毅等三人推门而入。

范宝泉忙站起身打招呼："哟，唐院长、宋科长、梅师傅，找我有事吗？"

唐毅问："凹印手动机组工人王义福死了，你可知道？"

"知道。王义福一死，就有人来向我报告。我马上去了凹印工房，见到死者后，赶紧回到办公室。一方面通知工务科，一方面给局部书写王义福病亡的呈文。"

宋衡问："写好了没有？"

"没有。"

"没有更好，你在呈文中写明王义福因公殉职，请求局方厚葬死者，厚恤遗属。"

"王义福经抢救无效而死，明明病故，你们让我写他因公殒命，这不是欺骗上司吗？恕范某不能从命。"

宋衡正色道："范科长，我问你，王义福死在何处？"

"死在凹印工房。"

"这就对了，王义福一不是死在家里，二不是死在外面，而是死在他上班的岗位上，他不算因公殉职又算什么？"

"这……"

唐毅恳切地说："范科长，死者享年仅二十九岁，留下白发苍苍的老母和两个嗷嗷待哺的幼儿，这有多么悲惨！谁不为之洒一掬同情之泪？可局方竟以保全风水为由，不准死者的遗体抬出正门。如此明目张胆地凌辱工人，凌辱死者，是可忍，孰不可忍！"

宋衡接茬道："当局漠视人命，早就激起公愤，事已至此，范兄能置之度外吗？"

梅建华央求道："范科长，王义福的最后一口血是喷在了刚刚印好的钞票上，绝对是因公死亡，您平时对工友很关照，这也算您对死者最后一次关照吧。"

范宝泉点头道："好，就依诸位，我重写一张呈文。"

5、局长办公室。（日，内）

沙发左侧坐着甄善仁、贾元庆、范宝泉；右侧坐着宋衡、唐毅、梅建华。甄善仁抖着便笺对宋、唐等人说："王义福刚死，唐院长便向我禀报了。闻报后，我立即给贾科长打电话，让他处理善后事宜。唐院长亲口对我说王义福经抢救无效而亡，而范科长的上报呈文中又成了'因公殉职'。病死也好，殉职也罢，我不是下令赏棺材和给抚恤金吗？你们工会还闹什么？现在生产任务紧，请工会不要节外生枝，耽误工作。"

宋衡拍案而起："可你下令杠房运尸的走旁门，说别冲了局子的风水。你这不是侮辱死者吗？你就这样对待局子中惨死的工友吗？告诉你，死者也有尊严。"

甄善仁色厉内荏地喝道："姓宋的，你甭冲我拍桌子，局里的事由我说了算。"

"你是一局之长，当然由你说了算，但你也不能违背情理，一意孤行，这样会让全局同仁寒心。别忘了，送'万民伞''万民旗''万民匾'时，王义福也出了钱。"

"出钱又怎样？甄某也没亏待大家，连发欠薪，争来活源，让大家有班可上，有薪可拿。"

"这一点我们并不否认，所以才送你'甘霖济众'的万民匾，但你也不能因此欺压工人呀！"

甄善仁无奈地摇头道："不准死者走正门，就算欺压工人吗？你们有什么要求说出来听听。"

宋衡字字铿锵："我们的条件有三个：一、买口好棺材、好装裹厚葬死者；二、装殓后出印钞局正门到崇效寺停灵，开追悼会，局长亲自吊唁；三、善后给死者家属优厚的抚恤金。"

甄善仁答道："宋科长提的三个条件不算过分，局里可以买口好棺材发送，抚恤金亦可增至四十元。但尸体仍从旁门运出，不准走正门。"

宋衡、唐毅、梅建华同声怒问："为什么？"

甄善仁也站起身怒冲冲地说："你们知不知道？印钞局是印钞票的地方，也是供奉财神爷的宝地，决不能让一个工人的尸体从印钞局的正门抬出去，这样会破坏印钞局的风水，带走印钞局的财气。大家都知道，咱印钞局门迎紫气，路得青云，若要生意兴隆，财源茂盛，正门只能站着进来，站着出去。这个'门'是大有讲究的。你们听听，咱老北平的宫门城门起得多吉利，多气派呀！什么天安门、地安门、正阳门、崇文门、宣武门、安定门、德胜门、朝阳门等等。再说了，这些城门各有特征与用途，如军队出征走安定门，打了胜仗后走德胜门，货物都由崇文门进城，运粮车则由通州进朝阳门，阜成门多走煤车，西直门多走水车。我这么决定，也是为大家好！"

众人皱眉不语。

梅建华指着甄善仁的鼻子骂道："你这老迷信，满口喷粪，什么门！门！门！印钞局又不是你的私有财产，工人也不是你甄家的奴才，由你随意发落，你甭想一手遮天。"

甄善仁暴跳如雷，大叫："反了！反了！你们统统给我滚！"

宋衡站起身道："既然谈不拢，也就罢了，你可别后悔！"

甄善仁横眉怒目道："你甭威胁老子，有什么长车短炮尽管往外端，老子不接招就不是人。"

唐毅将宋衡一拉说："咱们走。"

甄善仁冲三人的背影骂骂咧咧："什么东西？真他妈的狂得没了边！"

贾元庆劝慰道："局座何苦生这么大的气。王义福英年早逝，工人兔死狐悲，也是可以理解的。他们一没罢工，二没索薪，三没造反，只不过要求把死者运出正门，局座何必在细枝末节上激怒大众呢。"

范宝泉插嘴："贾科长所言极是，众怒难犯啊！再说现在已到了民国，提倡科学和文明。风水之说，不信也罢。"

甄善仁苦笑道："二位有所不知，如今我已骑虎难下，不能向工会低头。如果我这次让了步，工人就会得寸进尺，今后的局务怎么搞？我也威信扫地。抚恤金再加多少都没问题，但尸体不准出正门是我必须坚持的底线，决没有通融的余地。"

6、凹印工房。（日，内）

宋衡等刚进门，众人急忙围上前询问："怎么样？局长答应了吗？"

宋衡说："甄善仁同意买好棺材，抚恤金加到四十元，但尸身还是不准从正门运出。我们三人据理力争，反被他轰了出来。"

梅建华："甄善仁满口喷粪，大谈什么门！门！门……"

有人说："甄局长讲得没错，'门'确实不能乱走。万一尸体运出正门，真的带走财气，大家都不好。"

"唉，人死如灯灭，干嘛跟局方较劲呢！"

马云皱眉道："能够加点抚恤金，对于死者家属而言，也许更实惠些……"

话音未落，唐毅在一边怒道："给多少钱咱不在乎！可是姓甄的不让死者出正门，那是原则问题！是不把工人当人！"

"你家有钱，当然不在乎。真是骑驴的不知赶脚的苦，饱汉子不知饿汉子饥。"马云有点不服气。

梅建华瞪了马云一眼，斥道："马云！你怎么这么没志气呢？！几十块钱就把咱穷人的尊严给卖了？"

马云嗫嚅低声道："我刚才去报丧，那情景太惨啦。我只是可怜老人和孩子。"

宋衡一摆手，道："小马的见解也是有道理的。抚恤金要大力争取，但死者一定要从正门出去！这是咱们必须坚守的底线。王义福苦了一辈子，不能连死后都受委屈！"

唐毅愤怒地说："对！王义福太可怜了，可他穷成这个样子，还凑钱给那个假善人买'万民伞''万民匾'，那老东西对得起死人吗？我们要扒下假善人的画皮，戳穿他的假面具！"

杨卓叹道："真想不到，甄局长竟然是这种人，亏我还那么尊重他……"

梅建华嚷道："什么甄局长，他是个不尊重穷人的老兔崽子，依我看，把那些旗、伞、匾砸个稀巴烂，让他领教领教咱的厉害。"

马云说："甄局长平时对咱不薄，真的砸匾，不太好吧！"

梅建华骂道："婆婆妈妈的，你还像个爷们儿吗？"

马云反驳道："不管爷们儿娘们儿，总得要有点儿良心吧。"

唐毅一挥手，大声道："工友们，大家静一静，我来说两句。我认为，不管是万民旗还是什么万民伞、万民匾，只能献给我们所爱戴所尊敬的人。可那甄善仁唯我独尊，漠视工人生命，凌辱死者，已经走到我们的对立面，不配享受那些个殊荣。我建议，部分工友由我和宋科长带领，将死者抬至工会俱乐部，布置公祭场面。部分工友由梅师傅和杨卓去四楼会议室，毁掉那些为甄善仁歌功颂德的东西。"

7、楼梯口。（日，内）

杨卓拿了一把斧头，梅建华抄起了一根大钢钎，带着几个人直奔四楼会议室。

8、会议室门前。（日，内）

站着两个彪形大汉，活像庙门口泥塑的哼哈二将，拦住众人道："没有局座的命令，谁也不准进。"

杨卓说："今天是工会让我们来的，不准进也得进。"

两个大汉蛮横地说："就不准进，就不准进！"

杨卓推开他俩，一脚端开了大门。那俩汉子挥拳欲打，梅建华一个鸳鸯进步连环腿，扫倒了两个大汉。那两人挣扎爬起，梅建华举着钢钎在空中挥舞两圈，向两个大汉冲去。

那两人见势不妙，夺路而逃。

杨卓进了会议室，抢起斧头，"咔嚓"一声砍断了挂'万民匾'的铁链，高悬的'万民匾'噗通落地。连砍了两斧子，匾上只留下了两道白印。杨卓用斧劈断了'万民旗'杆，削掉'万民伞'的头。又挥斧把会议室的大玻璃砸碎，众人将'万民旗''万民伞''万民匾'从窗口抛到楼下。

9、侧间。（日，内）

大汉甲打电话："稽查科吗？赶快派人到会议室来，有人硬闯进去搞破坏。"

电话声："知道了，我们马上就到。"

10、会议室。（日，内）

稽查科派来的武警赶到时，已不见人影。

11、大楼下。（日，外）

围满了工人，有的用脚在匾上乱跺乱跺，有的用手使劲撕旗、扯伞，边唾边骂："呸，什么惠我群工，这是毁我群工。"

"他妈的假善人，平时小恩小惠，假仁假义，收买人心。到了关键时刻，就露出真面目来了。"

奇怪的是，那块"惠我群工"的大匾，虽经许多人践踏，竟连裂缝都没一条。原来这紫檀木和楠木、鸡翅木、黄花梨等都是极珍贵稀缺的名木，需要数百年甚至上千年时间，方能成材。颜色红中透紫，木纹优美、灵动，材质坚固、柔韧。梅建华不由焦躁起来，闭住一口真气，瞑目运息，将全身力量贯注右臂，随即大吼一声，举掌向檀匾正中劈去，只听"喀嚓"轻响，那块大匾已裂为两段。众人爆发出喝彩："好！好！"

"痛快！痛快！"

杨卓惊喜地说："哇！想不到师傅还有这般神力。"

马云说："小伙子，你师傅非但技术高超，还是武林高手，这就叫'真人不露相'。不瞒你讲，我也跟他学了点三脚猫的功夫呢！"

杨卓叫道："太好啦！我从小就酷爱武术，以后跟师傅习武。"

梅建华含笑不语。

杨卓用光秃秃的"万民伞"柄使劲戳匾，咬牙道："让假善人的'功德'见鬼去吧。"

宋衡感慨地说："群众是真正的英雄，凡把工人当做阿斗愚弄的所谓聪明人，最终都是搬起石头砸自己脚的蠢猪。"

12、局长办公室。（日，内）

甄善仁和贾元庆、范宝泉都看到了这一幕。甄善仁又恨又怕，就像打在痛处的老狼一样狂嗥狂叫："暴徒！乱党！忘恩负义。我操你奶奶的祖宗八代，一个个都要上菜市口挨刀砍头，日后看老子怎么收拾你们。"

贾元庆劝道："局座别难受了，依我看，你没必要为了这么点小事和他们计较，答应他们算啦。"

甄善仁眼睛一瞪，斥道："你他妈的就是个窝囊废，一点风浪都经不起！老子绝不让步！"

贾元庆生气地说："我也是就事论事，您何必发这么大的脾气呢？"

甄善仁岔开话头："你们两个马上去找工会，告诉他们再闹下去，休怪我翻脸无情。"

二人无奈地点头道："好吧。"

13、局工会俱乐部。（日，内）

已布置成灵堂，各课组送的挽联挂满墙壁，一条横幅悬挂正中，上书七个大字：

杨卓、梅建华、马云等人默默坐于死者旁边守灵。

14、局长办公室。（日，内）

甄善仁见二人去了许久未回，心绪烦躁，正要伸手拨电话，贾元庆、范宝泉推门而入："甄局长。"

"事情怎么样？"

贾元庆摇摇头道："唉，冻豆腐难拌（办）呀。"

"怎么？又谈崩了。"

"那些工人将死者移至工会俱乐部，设有专人守灵。我和范科长低三下四向他们央求，请他们别让我俩为难，尽早让死者入土为安，也算完了一桩大事。不料他们一口咬定，何时得到满意的回音，何时将尸体移运出局。我俩磨破了嘴皮子，他们还是那三个条件：厚葬、厚恤、出正门。"

"他奶奶的，王八吃秤砣——铁了心，这班穷工人还真难缠。棺材买了吗？"

贾元庆一拍脑袋，叫道："糟了，我只顾去交涉，竟忘了这档子事，我马上命人去买。"

甄善仁宽容地笑道："你呀你！这是件急事，怎么能忘了呢？你们二位还得再去一趟俱乐部，务必说服工会顾全大局，及早移灵。"

"遵命。"

15、局工会俱乐部。（日，内）

贾元庆把甄善仁的意思转达了。十几个工人围成一圈，宋衡愤怒地指责："那姓甄的口口声声说自己是三民主义的信徒，对工人却如此冷漠无情，分明是挂羊头卖狗肉。"

贾元庆皱眉道："宋科长，我真不明白，你们为什么如此死心眼儿，正门旁门不都是一个'门'吗？有什么好计较的，赶紧把死者的后事处理了，大家也好安心上班。"

宋衡严正地说："不！这是大是大非的原则性问题，含糊不得。王义福是为印钞局作出大贡献的老工人，不是奴隶，他的遗体为什么不准出正门？我们呼吁当局要保护人权，尊重生命。"

门外响起嘶哑难听的叫声："让开！让开！寿材抬来啦！"

众人一齐向门口看去，只见那杠夫兄弟一前一后，抬着口薄皮棺材，哼唷哼唷地走来了。进了门，将棺材往地上一放，直奔尸身而去。

宋衡断喝："站住！"围着棺材转了一圈，飞起一脚，将薄皮棺材踢了个大洞。

梅建华气坏了，上前揪住大傻的胸脯，举起蒲扇般的大手便要抽他耳光，被宋衡拦住了说："且慢动手。"

贾元庆心虚地低下了头，宋衡质问："贾科长，这就是局方所允诺的好棺材？"

贾元庆不作声，众人怒吼："姓贾的，你哑巴啦？问你话呢！"

贾元庆仍不作声，宋衡指着棺材说："贾科长，你亲眼看见了，让卖了一辈子命的亡友睡这种朽木拼凑的破棺材，你于心何忍？"

梅建华愤然道："这种棺材不出三天，野狗就钻进去把死人吃了，心真黑啊！"

众人逼近贾元庆，举起拳头骂道："姓贾的，你这坏种，你敢耍我们！"

贾元庆连连摇手后退："不敢！不敢！"

宋衡喝问："贾科长，你说怎么办？"

"让杠房把破棺材抬走，再换一口好棺材。"

宋衡点头道："这还差不多。至少要杉木十三圆的板材。"

贾元庆沉吟说："杉木质轻有香味，虽比不上檀木、楠木金贵，却也价格不菲。杉木十三圆的板材，少说也要一百多元哩。"

宋衡讽刺道："贾科长对棺材的行情倒蛮熟的嘛。"

"哪里，哪里。家父去年逝世，就用的杉木十三圆的板材。如今发送王义福也要用这种棺材，有点……有点……"

梅建华又向贾元庆举起拳头叫道："你别吞吞吐吐的，你没说出口的话我代你说了吧。你那死鬼老爷子睡的就是杉木棺，王义福这穷工人哪配？对不对？"

"梅师傅别误会，我不是这意思。"

众人异口同声说："就杉木十三圆，局里不答应我们的要求，决不出殡。"

"别！别！我做主了，答应大家就是。"贾元庆吩咐大傻："回去对你们掌柜说，马上送一口杉木十三圆的棺材到局里。这口破棺材你们先抬回去，我们照价赔偿，待会儿我让人去杠房结账。"

"哎！哎！"兄弟俩抬着破棺材走了。

贾元庆向大家拱手道："兄弟还有事，失陪！失陪！"

人们都没搭理他，梅建华盯着贾元庆匆匆而去的背影骂道："狗腿子！"

第六集

1、树林。（晚，外）

鬼头鬼脑的任经隐身大树后。当他看到唐毅、宋衡、杨卓、梅建华等人走进工会办公室，关上房门后，忙蹑手蹑脚地走到窗下，侧耳偷听。

2、工会办公室。（晚，内）

灯光昏暗。唐毅对众人说："看来甄善仁绝不会让义福的灵柩走正门。现在光跟他斗嘴不行了，我们要动真格的，搞他个措手不及！"

众人嚷嚷道："对！不跟他啰唆，我们要行动！"

梅建华捋起袖子，激昂地说："后天组织抬棺游行，冲出正门，甄善仁如果硬要阻拦，咱就来个鱼死网破。"

宋衡摇头道："咱还是尽量避免暴力冲突。"

杨卓叫道："那恐怕很难！"

宋衡慢条斯理地说："我有几点想法，大伙儿看看行不行？一是由唐院长暗中与北平警察厅总监打个招呼，抬棺队伍在大街上游行时，请不要干预。二是由梅师傅暗中与护局的警卫队联系，当灵柩路过正门时，持枪的警卫可以朝天鸣枪，这枪声一是表示向死者致哀，二是敷衍甄善仁。三是由杨卓组织青年自卫队，不到迫不得已，决不先动手。"

众人点头道："这几种方案很周全，实在太好了！"

宋衡说："今儿个连夜分头行动，既要快，又要保密！一定要遵守印钞人的纪律，以保证斗争的胜利！"

梅建华说："既然甄善仁不让走正门，咱明天抬着义福的灵柩，围着他的办公室转一圈之后，再把棺材停在甄善仁办公室的正门。让甄善仁先走旁门，让他尝尝走偏门的滋味。"

任经怕被人发现，急忙从岔路上溜走了。

3、总务科办公室。（日，内）

任经："贾科长，小的把昨晚暗中盯梢的所见所闻向您一五一十禀报……"

默片：舌动唇翻。

贾元庆听了频频点头，随手给了他两张纸币说："你干得不错，这点钱先拿去花吧。"

任经接过贾元庆给的一百元钱，连连鞠躬，谄媚地说："多谢贾科长，多谢贾科长。"

贾元庆见任经一副轻贱的奴才相，高人一等的优越感油然而生，拍着任经的肩亲热地说："以后你还得多长点心眼儿，多盯着工会那几个人，我亏不了你。"

任经就像小鸡吃米一样地点头："是！是！贾科长的教诲，小的记下了。"

4、楼门口。（晚，内）

下班的钟声响过许久，甄善仁下楼回家。不料见到门口竟横着一口黑漆棺材，把路堵得严严实实，心里"咯噔"一下，忙朝地上连吐了几口唾沫，骂道："呸！呸！呸！晦气！晦气！"他本是职业军人，身手轻疾，只要足尖一踮，便可以越棺而过，但他却不肯造次。踌躇再三，转身上楼。

5、办公室。（晚，内）

甄善仁拨打电话，想让警卫把棺材移走。谁知打了半天，竟无任何回音。甄善仁明白电话线被人切断了，气得将话筒掷到桌上。用脚踹办公室的侧门，一下子把脚脖子又给崴了，疼得他直抽冷气，一瘸一拐地从侧门走了出去。心中闷火燃烧，他边走边骂："狗日的，算你们狠！看我怎么收拾你们这帮王八蛋！"

6、工会俱乐部门口。（晨，外）

北风呼号，哀乐低回。一群敲打、吹奏着法器，穿着袈裟的和尚开路，他们是崇效寺还俗的寺僧，也是印钞工人。胸佩白花、臂戴黑纱的杨卓手捧镶有黑框的死者遗像步出工会俱乐部，紧随着的是八个杠夫抬着一具黑漆棺木。梅建华、马云等十几个工人手持铁棍木棒紧挨黑棺行走，宋衡、唐毅等千余员工一律胸佩白花，臂缠黑纱，跟在灵柩后面默默而行。

移灵队伍从工会俱乐部出发，先沿着厂区大道游行三圈，随后绕向大楼东侧，行至大楼前转头朝北，径直向钟楼行进，直奔印钞局正门而去。

7、印钞局大门口。（晨，外）

两侧站着二十几名持枪警卫，见灵柩接近岗门，如临大敌，齐刷刷地端枪对准送灵的人群。顿时空气紧张得仿佛上了弦的箭，一触即发。

宋衡冷眼察看，见当局把稽查科以及看管库房的警力全部集中于此，暗自吃惊。但事已至此，不得不仗胆走上前，冲着任经、吴能喝道："把大门开了，让我们通过。"

任经冷哼一声道："局长有令，让你们走侧门。"

宋衡怒道："侧门！侧门！要走侧门，我们早就走了，还用等到今天吗？你们让开！"

众警卫听而不闻，一动不动。

梅建华指着他们吼道："你们耳朵聋啦？打开大门，让我们出去！"

吴能凶巴巴地叫道："你们耳朵才聋呢，让你们走侧门，胡搅蛮缠个啥！"

甄善仁的画外音："干什么？干什么？"带着贾元庆和范宝泉从门房走了出来。

8、前门火车站。（晨，外）

穿着黑色毛皮大衣，戴着鲜红围巾的甄婷坐上人力车，吩咐："去白纸坊印钞局。"

"好嘞！"车夫拉着洋车便跑。

9、印钞局大门口。（晨，外）

甄善仁一出现，霎时鸦雀无声，人们都把目光投向唐毅和宋衡。

唐毅大步走向甄善仁，朗声道："甄局长，您来得正好，请下令开了正门，让送灵队伍出去。"

甄善仁皮笑肉不笑地说："唐院长，你没得健忘症吧？甄某三令五申，让尸首由侧门运出。你们为什么老和局方唱对台戏呢？"

唐毅正色道："不是我们要和局长唱对台戏，而是您下的命令没有道理，不得人心。希望您能顺从民情，尊重民意，打开大门让灵柩出去，我们仍一如既往地拥护您、敬重您。"

甄善仁冷哼道："印钞局是财神爷居住的地方，能让一个死鬼冲了财神庙吗？没门儿！别在这儿磨嘴皮子了，快由侧门出去吧。"

马云大骂："呸！什么死鬼？早晚你也要变鬼。"

梅建华："这世上，除了已死的人，就是没死的鬼！"挥臂大吼："工友们，冲出去！"

送灵队伍大乱，人们奋不顾身向警卫冲去，双方混战，工人揪住警卫拳打脚踢，警卫则用枪托在工人头上身上乱抡。霎时，竟有数十人头破血流挂了彩。尤其那几个"假和尚"光头上的鲜血，更是触目惊心。眼看打斗愈演愈烈，甄善仁拔枪对空连开三枪，混战双方不约而同地停下了手。

10、印钞局大门前。（晨，外）

手拎皮包、戴着眼镜的甄婷下了人力车。

杨卓等人见到甄婷惊呼："甄老师来了。"

甄婷见大门紧闭，晃动铁栅栏，大叫："开门，开门！"

任经干笑道："甄校长，请走侧门吧。"

甄婷怒骂："呸！狐假虎威的东西，你让姑奶奶走侧门，难道我不是印钞局的职工？为什么不能进正门？"见到送灵队伍和受伤的人们，倏地一惊。隔门问杨卓："小杨，这是怎么回事？"

杨卓赶忙上前回答："甄老师，我师叔王义福活活累死在机器旁。可甄局长毫无恻隐之心，竟下令不准遗体出正门，说死鬼出正门会惹恼财神爷，冲了财神庙，带走印钞局的财气。今天送灵，可局长还是不准灵柩出大门，结果我们和警方打了起来，现在正僵持不下呢。您来得太及时了，快为我们讨个公道吧。"

甄婷一听就火了，喝令任经："给我开门。"

任经眼望甄善仁，一动不动。

甄善仁会意，哼道："别理她，她要进局走侧门。"

任经冲甄婷怪笑道："甄大小姐，在下端的是印钞局的饭碗，就得听局长的使唤。"手一伸，腰一躬，油腔滑调地说："侧门请吧。"

甄婷怒冲冲地从旁门而进，走到任经面前喝令："把大门钥匙给我。"

任经双眼望天，佯装没听见。

甄婷又走到父亲身边，严正地说："甄局长，请你下令打开正门，让工友送灵。"

甄善仁脸色一沉道："去！去！去！你该干嘛干嘛去，少管这些闲事。"

"这怎么能算闲事呢？印钞局是一个大家庭，工友就是我们的亲人。你以破坏风水为由，不让死者出正门，简直不近人情，不可理喻，愚昧透顶！"

甄善仁大怒，斥骂："死丫头，反了你了！"扬手重重一个耳光打在女儿的嫩颊上，被打飞的眼镜落地发出脆响，甄婷的脸上立时爆出五条血印。

众人又一次惊呆，紧张地盯着父女俩。

甄善仁顿生悔意，默然无语。

甄婷顾不得疼痛，双手在地上摸眼镜。杨卓急忙弯腰捡起递给甄婷，惋惜道："甄老师，给。唉，眼镜打碎了。"

甄婷扔了眼镜，对杨卓说："来，让我捧遗像，你扶着我走。"

杨卓忙把遗像交给甄婷，挽住甄婷的胳膊，工友们齐声鼓掌。

甄善仁见状可气坏了，指着女儿的脑门骂道："你这忤逆子，你爸我还没死呢，倒去替别人当孝子。死者几岁，你又几岁？快把遗像放下。"

甄婷顶撞道："捧遗像又怎样？我乐意。你别看了难受，像你这样不讲天理人情的父亲死了后，我还未必肯替你捧遗像哩！"

听了女儿如此绝情的话，甄善仁顿感天旋地转，所有的人都变得青面獠牙，把他的功劳一笔抹煞，为个死人跟他作对。刹那间，他万念俱灰，觉得还不如死的好。猛然，举枪顶住了女儿的脑袋，众人惊叫："啊——"

甄婷用陌生的眼光，盯视父亲有顷，凛然道："国有国法，你敢目无法纪，随意杀人？"

"杀了你这小畜生，老子自杀，没什么了不起。"

"好，为了捍卫工友的尊严，咱爷俩同归于尽。"

贾元庆悄悄上前，出其不意地夺下甄善仁手中的枪，劝解道："局长息怒，因这小事，搞得父女兵戎相见，骨肉相残，何苦呢？"

甄善仁正好就坡下驴，指着女儿对贾元庆说："贾科长，你都看见了，这死丫头目无尊长，说出来的话能把人活活呛死，今天我被她气掉了半条老命。"

范宝泉插嘴："甄局长，开了正门让工友们走了算了，也免得父女间伤了和气。"

甄善仁微微颔首，范宝泉忙吩咐任经："快，开正门，局长点头了。"

任经忙不迭地开了大门，甄婷捧遗像和杨卓走在最前列，人们有条不紊地步出正门。

甄善仁见女儿捧像而去，忽然流下眼泪，唤道："婷儿。"甄婷闻声回头，因为是高度近视，不戴眼镜无法视物，两道茫然的眼神，似在寻觅父亲的声音，脸上的血手印异常刺眼。甄善仁心疼极了，抹了一把泪水，嘶哑着声音对贾元庆和群警下令："开枪，为死者送行！"

贾元庆和警卫一齐对空鸣枪致哀。工人们向群警抱拳示谢。

11、沿途。（晨，外）

移灵队伍出了印钞局正门，穿过白纸坊大街，顺着牛街往西，向千年古刹崇效寺走去。因为钟、鼓、铙、钹、木鱼齐奏，送葬队伍庞大，引得行人都伫立两旁观看。不少人指指点点："嘿，这白事场面真大，那些假和尚连斋饭都不用打点，本来就是印钞局的工人嘛！"

"咦，那女的怎么捧遗像，八成死了丈夫吧？哎，又不像，怎么不哭，不戴孝？"

"废话，不是老婆谁肯捧死人像啊！"

杨卓小心翼翼地搀扶甄婷，不时用尊崇的眼神偷觑她一眼。

12、崇效寺山门口。（日，外）

寺门缓缓打开，移灵队伍步入门内。

13、崇效寺院。（日，外）

唐代幽州刺史刘济舍宅而建，寺中多枣树，又名枣花寺。有跨院、厢房、藏经阁等建筑。阁东北有台，台有僧塔三座，环植枣树千株，还有两株五百余年的古楸，鳞皮虬干，枝叶已落。不算宽敞的寺院被印钞局员工挤得满满当当。

14、西厢房。（日，内）

王义福的灵柩被安放在正前方，四周布满花环和挽联。其中最为醒目的挽联用丈二宣纸书就：

每日只为三张饼
一生代价四十元

披麻戴孝的郭荣珍和平平、安安跪在棺材前呼天抢地，哭声震耳，闻者无不心碎。

两个护士扶着义福娘，短短几天，她的头发全白了，活像七十多岁的老妪，深陷的眼窝中满是绝望，没了牙齿的瘪嘴喃喃自语："福儿，福儿，你真的走了？真的扔下一家老小走了吗？"随后撕心裂肺大叫："福儿，你等等妈。"说罢，挣脱护士搀扶，一头向棺材撞去，被眼疾手快的梅建华抱住了，叫道："王大妈！您老人家可别想不开啊！"

宋衡、唐毅和梅建华挤到老人面前，扶着她在一张椅子上坐下，祖孙四人哭成一团，全场响起阵阵唏嘘声。

甄婷用手绢擦着眼泪，从钱包中抽出一叠纸币，塞到杨卓手中，悄声道："等送完灵后，替我交给王大嫂。"

杨卓接过钱说："请甄老师放心，我一定转交。"

甄婷点点头，周围的人都向她投去敬重的目光。

画外音："宋科长、梅师傅。"

工人龙昌本跑进来，对宋衡和梅建华说："甄善仁带着两个狗腿子来到山门口，说要悼唁死者。"

杨卓问："哪两个狗腿子？"

"还不是贾元庆和范宝泉。"

宋衡沉吟道："范科长有正义感，不能算狗腿子。姓贾的有点像哈巴狗，跟主子太紧了。"

杨卓骂道："滚他妈的蛋，少来猫哭老鼠假慈悲这一套。当初连正门都不准出，现在却假充仁德君子了，谁稀罕呀。"

梅建华说："一点不错，谁稀罕他们雨过送伞。我带几个人去把他们轰走。"

宋衡拦住道："灵柩还在，他们现在来不算太晚。他贼心假意也好，笑里藏刀也罢，咱不必拦阻，看看他们又耍什么花招。"对龙昌本说："你去带他们进来吧。"

"是，我这就去。"

15、崇效寺院。（日，外）

甄善仁、贾元庆、范宝泉俱手捧鲜花，边走边谈。

贾元庆绷着脸说："双拳难敌四脚，好汉难斗群狼，那些工人仗着人多势众，硬占了上风，贾某心里不服气呀！"

范宝泉揶揄道："不服气又咋的？不也乖乖地按照他们的要求办了吗？"

甄善仁余怒未消地哼道："这王义福还真有福气，早不死、晚不死，偏偏死在机器旁，赚了个好装裹、好发送、千把人送葬，好大的排场呀，赶得上前清的王爷啦！"

贾元庆尖刻地说："他的福气是局里的晦气，想起来我就气得牙根疼，杉木十三圆的棺材，一般人哪睡得起？跟我爹同样的规格啊。"

范宝泉讽刺道："杉木十三圆的棺材确实是贵了一点，可人家才二十九岁啊。别说杉木，就是檀木、楠木，又有几个小青年不想活着而去挺尸睡好棺材的？令尊老太爷儿孙满堂，寿终正寝；人家年纪轻轻，活活累死。景况相差何啻霄壤？"

贾元庆冷哼一声："看不出范科长竟是个悲天悯人的活菩萨。"

范宝泉针锋相对："活菩萨不敢当，处世为人还是要厚道一点。"

甄善仁竖起眉毛喝道："你俩还有完没完，闭上你们的鸟嘴。"

16、西厢房。（日，内）

人们都用敌意的眼光，瞪视三个不速之客。甄善仁老着面皮向众人点头说："不好意思，局务太忙，未能参加送灵，现在我三人特来致祭。"说罢，将手中鲜花放到灵台上的遗像旁，向灵柩鞠了三个躬："王师傅，你安息吧。"

贾元庆、范宝泉亦置花、行礼如仪。

甄善仁对宋衡说："我们还有事，先走一步，辛苦诸位了。"

宋衡不卑不亢地欠身伸手道："三位请便。"

三人快步离开灵堂，梅建华骂道："狗日的假善人，终于向工人低了头。"

杨卓说："是啊，咱们的斗争最终取得了胜利。"

宋衡长叹一声："唉，这种'胜利'，不要也罢。王义福的死，反映了咱工人所遭受的巨大苦难。所谓的'胜利'，不过是为死者争回一点最起码的尊严而已。时辰不早了，咱还要扶灵去墓地，赶紧向死者告别吧！"

人们表情肃穆，有秩序地列队向亡友行礼告别。

画外音：生性善良的梅建华一向与王义福情同手足，见师弟早逝，不忍妇孺陷入绝境，特请宋衡出面撮合，拜义福娘为母，娶了郭荣珍。

17、大街上。（晚，外）

除夕之夜，梅建华手拎礼品盒，大步流星地向前赶路。

18、王义福家门口。（晚，外）

梅建华"喵呜喵呜"学了三声猫叫。

19、王义福家。（晚，内）

义福娘说："荣珍，建华来了，快去开门。"

郭荣珍："哎。"跳下炕，拉开门说："建华，进来吧。"

梅建华拎着大包小包，笑吟吟地走进屋来，亲亲热热地叫了声："妈！"

"哎。"义福娘忙不迭地答应着，指着炕上说："外边冷吧，快上炕暖和暖和。"

"好，好，这就来。"

平平、安安齐声唤道："爸爸！"

"哎，好孩子。咱要痛痛快快地过个大年。看，爸给你们带来好东西啦！"梅建华看了一眼炕桌。

女主人会意，一阵风地将碗筷拾掇干净，又用抹布将炕桌擦得清清爽爽。

梅建华将礼物放上炕桌，先打开一个包袱对义福娘说："妈，这是儿子的一点心意，每人一套新衣，也不知合不合身？我故意买大一号的，新鞋明天上鞋店去买。"

义福娘嗔道："建华啊，你太破费啦，给孩子买新衣裳也就罢了，我这土埋半截的老婆子，哪还值得穿新衣？"

"妈，您这话说得不对，哪有儿子忍心看妈穿得破破烂烂的？买不起就算了，买得起就应该让老人家开开心心过大年。"

"说得也是啊，谢谢你。"

"一家人不说两家话，以后妈跟儿子说话，千万别提'谢谢'二字。"

"好，依你！依你！"

梅建华把包袱重新捆好，放到炕角，对郭荣珍说："明天一大早，给孩子们换上。"

"哎，哎。"

梅建华又取出一只长约二十厘米，高六厘米的扁圆盒子来，盒盖有描金彩绘图案。刚打开，一阵浓香扑鼻，平平、安安不由连吸了好几口香气。义福娘定睛一看，两个小格内是红中透紫、色泽油亮、切成薄片的酱牛肉和酱羊肉。

平平、安安眼睛瞪得溜圆，义福娘问："这是从哪儿买来的，一盒要多少钱？"

"这是从前门外的'月盛斋'买来的，一盒2元钱。"

义福娘倒抽一口凉气："我的天，'月盛斋'可是有名的老字号。五香酱肉肥而不腻，瘦而不柴，醇香适口。当年慈禧太后接三岔五地命太监去买月盛斋的酱羊肉，百吃不厌。"神往地说："清代文人杨静亭写诗赞美月盛斋：

> 喂羊肥嫩数京中，
> 酱用清汤色煮红。
> 日午烧来焦且烂，
> 喜无膻味腻喉咙。"

梅建华忙说："那您老人家就多吃一点。"

义福娘顿时回到现实中，不满地责备道："两元钱不是你们十天的工资吗？你怎么能这样大手大脚的，以后还过不过日子啦？"

梅建华赔笑道："妈妈千万别生气，听说我要成亲，工友们每人出五毛钱凑份子给了我，我又拿到年终分红的钱，索性就大方一点，请妈和孩子们吃个稀罕。"

"这也罢了，可人家凑份子花钱，咱应该摆上几桌酒席请人家呀！"

"不用了，他们体谅咱家困难，就不要吃咱的喜酒了。"

义福娘感叹："你这些工友真好，善解人意，但喜酒不吃，喜糖还是应该吃的。"

"妈说的是，明儿个咱去大街买上几斤水果糖发一下，也有点办喜事的模样儿。"梅建华又取出两瓶二锅头和一包搭配花生、瓜子、红枣、黑枣、瓜条、核桃、柿饼、山楂片之类的"杂拌儿"对大家说："待会儿咱慢慢地吃着守岁。"随后又取出一副春联和几个"福"字对郭荣珍说："你把这些给贴上吧。"

郭荣珍接过说："好，马上就贴。"

义福娘先是抿住了嘴乐，忽掩面而泣。

梅建华惶恐地："妈，您老人家怎么又伤心了。"

"咳！我不是伤心，我是悲喜交加。你义福大哥在九泉之下，得知你对我们这么好，也会瞑目的。"

梅建华强笑着安慰："妈，大过年的，您就别尽想那些不痛快的事了。老话说得好，过春节了，姑娘爱花，小子爱炮，奶奶爱裹腿，爷爷爱毡帽。出门见喜，抬头见喜，恭喜发财。我特意多买了几只烟花爆竹放一放，也好冲冲晦气，图个喜气。"问平平、安安："你俩敢不敢跟爸出去放花炮？"

"敢！敢！"

"那好，咱这就去放。"三人向门外走去。

郭荣珍叮嘱："平平、安安，小心一点，放花炮时把耳朵捂上。"

"哎！"

郭荣珍手脚麻利地把春联贴上房门。

五福十福全家福
千春万春满堂春

横批是"喜气盈门"。

20、王义福家门口。（晚，外）

平平、安安拉着梅建华的手急不可待地："爸，咱快放炮吧。"

"好！"

孩子们都饶有兴趣地盯着梅建华手中的花炮。

梅建华吆喝："大家闪开，闪开一点，放烟花喽。"随即点燃一只叫"起火"的爆竹，但见这"起火"猛然蹿向半空，连炸三响，是带炮连声的"三级浪"。

紧接着，梅建华手中的"金盘落月""线穿牡丹""飞天十响""水浇莲""葡萄架"等花炮相继升空炸响。平平、安安和小伙伴们拼命拍手，兴高采烈地大叫：“太棒啦！太棒啦！”

人们听得欢呼声，纷纷开了门出外观看。义福娘、郭荣珍也出来看热闹。一只只花炮在半空绽开绚丽的花朵，五光十色。惊叫声不绝于耳：“好看！好看！漂亮极了！嘿，小梅放的花炮种类还真不少。”

梅建华最后点燃一只“地老鼠”，在地上盘旋不止，并哧哧作响。孩子们生怕碰到，你避我让，笑声一片。

安安向梅建华跷起大拇指道：“爸爸，您真了不起！”

梅建华抚摸着安安的脑袋说：“不是爸爸了不起，而是造花炮的师傅了不起。”

安安又问：“爸爸，您都放了些什么花炮呀？”

“放的花炮名称可多了，我把它编成歌谣，你们要听吗？”

孩子们拍手欢蹦：“要！要！快念给我们听听。”

“好，你们听了：

> 金盘落月托吉祥，
> 飞天十响照襄阳。
> 葡萄架、钻天杨，
> 火苗一蹿半空亮。
> 桃花美、梨花香，
> 买到家里哄儿郎。”

众人听了哈哈大笑，孩子们一拥而上，围住梅建华说：“叔叔，这歌谣真好听，教教我们吧。”

“好，叔叔教你们念：金盘落月托吉祥……”

孩子们跟着念起来：“金盘落月托吉祥……”

整条巷子充满了朗朗上口，清脆动听的童声：

> 金盘落月托吉祥，
> 飞天十响照襄阳……

21、王义福家。（晚，内）

梅建华一手搂一个孩子，兴冲冲回到屋里。平平、安安看到门上的大红春联、窗户、衣柜、锅台上的“福”字及炕桌上堆得满满的酒菜，欢呼雀跃：“过年啦！过年啦！”

义福娘招呼大家："来，都上炕坐了，咱吃年夜饭。"

梅建华在平平、安安中间坐下了。

婆媳俩相视一笑，随即眼中又涌出泪花，两人忙用手背擦去。

梅建华从衣袋中掏出几张钞票，恭恭敬敬递给义福娘："妈，这是儿子孝敬您的，祝您老人家在新的一年中大吉大利。"

义福娘惊喜地说："哎呀，太多啦！太多啦！"

梅建华："儿子给老人钱花是尽孝道，再多也不算多。"又给了平平、安安每人一块钱，说："这是压岁钱。"

郭荣珍嗔道："给小孩那么多钱干嘛！"

"哎，这是压岁钱么。"

义福娘："平平、安安，还不下炕给你爸磕头拜年。"

"哎！"两个孩子跳到地上，跪下说："给奶奶、爸爸、妈妈拜年。"磕了三个头。

"哎呀，乖孩子，快起来，快起来。"梅建华伸出强壮的双臂，将孩子一个一个抱上了炕。孩子们都咯咯地笑。

郭荣珍："来，咱一起吃饺子。"

平平、安安欢呼："过年喽！吃饺子喽！"

新组成的一家人有滋有味地吃喝起来。梅建华说："等到元宵节，咱一家子去火神庙看'火判儿'，据说看了浑身都冒火的'火判儿'，可以驱鬼辟邪。"

平平、安安拍手欢叫："噢，太好喽！太好喽！"念道：

太平鼓，响咚咚，

百姓爱看六部灯。

灯屏儿，书成套，

一典一故我知道。

义福娘开心地指着姐弟俩笑道："瞧把你们乐的！"

22、火神庙大门口。（晚，外）

竖有丈余高的竹竿，上挂九盏红灯，灯罩外飞舞彩蝶。墙头上悬挂纱灯、玻璃灯数百盏，以工笔彩绘《三国》《水浒》《西游记》《红楼梦》《聊斋》等文学名著连环画，色泽繁丽，精美传神。

人流潮涌，摩肩接踵。杨永清父子和宋衡夫妇一行四人也来到寺前。杨永清感慨地说："北平是辽金元明清五朝的帝京，虽说进入民国后，蒋介石迁都南京，但北平虎老不倒威，气象自不一般啊！"

宋衡："据说明清两代的好年景时，京城自正月十三开始'试灯'，十五为'正灯'，十七'罢灯'，狂欢五宵，是为'闹元宵'。"

画外音："宋科长！宋先生！"

宋衡忙回首张望，冯纪云挽了晓月向他笑盈盈地走来。

"冯厂长。"

"宋科长。"

两人握手，宋衡指着杨永清爷儿三个对冯纪云道："冯厂长，我来介绍一下，这是家岳杨老先生，这是内人和内弟杨卓。"

冯纪云忙向杨永清鞠躬道："晚生拜会老伯，久仰、久仰。"

杨永清逊谢道："冯厂长太客气了，日后上天津来玩。"

"一定去！一定去！"冯纪云又指着女儿对众人道："小女晓月，在协和医大附中毕业后，现在宣武医院当护士。"又对女儿说："还不快叫爷爷、叔叔、大婶。"

晓月甜甜地叫道："爷爷、叔叔、大婶。"

杨家翁婿父女忙应了一声："唉。"

杨永清眯眼打量晓月，见她剪着齐耳短发，容貌俊秀，身段窈窕，不禁夸赞："好一个秀外慧中的俊妞儿。"忽皱眉对晓月说："啊呀，不妥！不妥！我比你爸大不了几岁，怎好当你爷爷。"指着杨卓说："我的儿子岁数跟你相仿，叫我一声大伯还差不多。"

众人大笑，杨卓和晓月四目相视，同时害羞地扭过脸。

冯纪云打趣道："杨老先生何必过细？我跟令婿是老朋友，论辈分，小女应该叫你爷爷嘛！"

杨永清固辞："不行，杨某年纪还轻，不想被人叫老，以后妞儿见面得叫我老伯。"

冯纪云："行！行！本来就不是什么原则性的大事，只要不是同门同姓或有亲戚关系，怎么称呼都成。日后我叫你大哥，晓月叫你老伯就是。"

"唔，这就对了嘛！"

晓月指着宋衡夫妇问："那还叫大叔、大婶吗？"

冯纪云："就叫大哥、大姐吧，我可占了个大便宜啦！"

宋衡假装委屈地噘嘴说："算啦，我降了一辈，就吃点亏吧。"

众人大笑："哈哈哈。"

杨永清："行了，便宜不出自家门，进去看'火判儿'吧。"

"好！"

23、火神庙大院。（晚，外）

人们早就围得水泄不通，宋衡等人伸直脖子仰望，只见靠墙的一米处，砌着砖台，里边正燃着木柴，火焰熊熊。砖台上塑一黄泥空膛判官坐像，高有丈许。从眼睛、耳朵、鼻孔、嘴巴、肚脐眼往外冒出一尺多高的火苗子。

众人惊叫："火判儿、火判儿……"

杨永清赞叹道："壮观！壮观！看到火判儿，我不禁想起小时念过的一首《竹枝词》：

弛禁金吾一夜安，

上元灯局合城看。

庙门挂起高幡处，

簇簇人围火判官。"

冯纪云笑道："杨老伯念的这首诗我也读过，是清人查揆的作品吧。寥寥二十八个字，道出了灯节的盛况。"

不远处，梅建华抱着安安，郭荣珍扶着婆母，平平踮起脚尖，也在看"火判儿"。

平平大叫："爸，我看不见，看不见啊！"

"别吵，爸来抱你。"梅建华把安安递给妻子，俯身抱起平平，平平拍手大笑："太好看啦！太好看啦！把我的眼睛也照花喽！"

义福娘对梅建华等人说："孩子们见了'火判儿'都说好看，有人却把它比做旧时的贪官污吏，说它是'满腹杀人火，通身无心肝'。"

杨永清远远听见了，诧异道："嘿，这老太太出语不凡，大有学问嘛。"

宋衡低声道："老人家是我局工友王义福的母亲，虽说出身名门，可惜命太苦了些，一个遗腹子才二十九岁就活活累死了。那个抱孩子的是我局工人梅建华，毅然担负起抚育亡友遗孤的重任。"

杨永清叹息："好人哪！真不容易。"

杨卓对二人说："爸、姐夫，我看见师傅了，我帮师傅抱孩子去。"

"哎。"

杨卓分开人群，高叫："师傅！师傅！"

梅建华应道："哎——"

第七集

1、局长办公室。（日，内）

甄善仁拨打电话："是包科长吗？"

2、财务科长办公室。（日，内）

包汉根接电话："局座，是我，有何指示？"

甄善仁的声音："包科长，本月给员工发工资的报表做好了没有？"

"回禀局座，早已做好。"

"部里强行要咱局认购国债，竟用咱印的公债券和国库券充抵印刷费。我也没辙，这个月的工资不发法币，就用咱局里承印的公债券、国库券支付，比例各占一半。"

包汉根大吃一惊，脱口而出："这怎么行？公债券、国库券还没到期，不能当现金花，这不是废纸一张吗？没有购买力呀！"

"这我不管，这些证券已经发行，难道不是钱吗？"

包汉根："我承认是钱，但没到期，可咱局最近生产正常，颇有盈余，没理由不给职工发现金呀。"

"你少啰唆，执行命令。"

"为什么？"

对方咔嚓挂断了电话。包汉根怔立半晌，放下电话，恨恨地骂道："可恶！真是个有仇必报的小人。"

3、局长办公室。（日，内）

甄善仁坐在办公桌前，漫不经心地玩弄着白金打火机。

"咚咚咚"，有人敲门。

"进来。"

宋衡、唐毅、包汉根走进门来。

甄善仁指沙发："坐！有什么事吗？"

唐毅没好气地抢白道："有什么事你心里清楚。"

宋衡问："听包科长说，局座命令以公债票、国库券给员工发工资，可有此事？"

"确有此事。"

"这些债券未曾到期，没有任何购买力，这不是空头支票吗？"

"是又怎样？"

"近来局里经营不错，活源充足，不给员工发现金，他们能答应吗？搞不好又要闹工潮，恳请局座收回成命。"

"不可能。"

唐毅火了，指着他鼻子怒斥："我知道，工人砸了你的'万民匾'，毁了'万民伞''万民旗'，你耿耿于怀，公报私仇，就想出这么恶毒的招数来整全局的员工，也太损了吧！"

甄善仁拍案而起："放肆！你说对了，谁跟我作对，我就砸谁的饭碗！谁让我一时不痛快，我就让谁一辈子不痛快。既然你打抱不平，何不自掏腰包，给他们发工资呀？哼！"又坐下了。

唐毅："你少张牙舞爪的，就凭你这德性，还想拿'万民匾''万民伞'光宗耀祖，做梦去吧！"拂袖而去。

"王八蛋！"甄善仁冲着唐毅的背影骂了一句。

宋衡愤慨地说："甄局长，真没想到，你的心理竟如此阴暗！我也无甚可说了，告辞。"摔门而去。

包汉根央求道："局座，明天还是用法币发工资吧，如果现在改变主意还来得及，我让科员连夜加班加点。"

甄善仁蛮横地说："我是向来不会轻易改变主意的，你别在这里磨嘴皮子了。"

包汉根苦着脸说："明天员工拿不到工资，还不把我给生吃了？你让我怎么办？"

"放你三天公假，你爱上哪就上哪！"

"谢局座。"

4、王义福家。（晚，内）

一门老幼呼噜呼噜喝着稀粥，就着咸菜丝。

梅建华对义福娘说："妈，明天开支，咱做顿炸酱面给孩子吃吧。"

义福娘笑道："好啊！每天清汤寡水的，舌头老发苦，我老婆子也盼着打牙祭呢。"

安安："奶奶，原来你们大人也跟孩子一样，想吃好东西啊！"

梅建华："傻小子，大人小孩都是人，谁不想吃好的，穿好的？可大人不能像小孩那样吃凉不管酸，因为要安排一家的生活啊！"

郭荣珍："家里油干粮尽，明天再不开支，就要揭不开锅啦！"

5、财务科办公室。（日，内）

来领工资的职工打开工资袋一看，顿时傻了眼，问会计吴敏："吴会计，这就是发给我们的薪水？"

"是啊！"

杨卓抖着手中的证券质问吴敏："吴会计，你给我们这还没到期的国库券、公债票，它能顶钱花吗？"

"不能。"

"既然不能，为什么给我们？这不是糊弄我们吗？"

吴敏："前几天包科长就叫我把这些证券当工资发放，我提意见说这些国库券、公债票之类的还没到期，没有购买力，不能坑害工友。不料他大发雷霆，骂我死心眼儿，还威胁我，不照他的指示做账，就叫我滚。其实我家现在也是等米下锅呀！"又气愤又委屈，泪珠簌簌而下。

杨卓心软了，忙说："你别难过，我们不怪你，你一个小小的科员处处得听上司的。我们也不难为你，你可知姓包的上哪去了？"

"说他老婆有病，两口子去上海散心了。"

众人纷纷咒骂："真缺德，缩头乌龟把个烂摊子撂下，一走了之。"

杨卓咬牙切齿："好个金蝉脱壳之计，算他狠！"

有人叫道："老子一滴汗水摔八瓣，苦干一个月，到头来拿这什么也买不了的几张废纸，白给他忙活啦！"

杨卓高声："工友们，咱不如先回自己的工房，跟大伙儿商量商量再说。"

"好，我们听你的，八成是假善人那个坏种捣的鬼，他存心报复咱们呀！"

"那还用说，不是他发话，包汉根敢这么胡来吗？"

杨卓吼道："工友们，把废纸扔了，给那些黑心烂肠的人买药吃。"

"对！给他们买药吃。"众人把票券使劲掷地，忿然而去。

吴敏呜呜哭着，捡拾地上的国库券、公债票。杨卓回头，大为不忍，返身帮他捡起票证，吴敏哽咽道："小杨师傅，谢谢你。"

6、凹印工房。（日，内）

机器轰鸣，人们边干活边抬头向门口张望。马云问梅建华："梅师傅，小杨去财务科帮咱领工资，怎么还不来呀！"

梅建华沉吟："嗯，按理说排个队，帮大伙儿签个名，半个时辰足够了，今天有点不对劲儿，就怕出事啊！"

马云一抬头，欢叫："小杨来啦。"

梅建华忙把机车关了，见杨卓空着一双手，满脸的怃恨，忙问："怎么？没领到工资，局里又欠薪了？"

"不，局里没欠薪。"

马云："嗨，没欠薪你怎么空手回来？"

人们纷纷涌到杨卓身边，惊异地看着他。

杨卓："各位师傅，我代大伙儿去领工资。打开工资袋一看，差点没把我的肺气炸，你们猜怎么着？"

众人焦急地问："怎么着？你快说呀！"

"发的就是咱亲手印的国库券、公债票。"

众人惊呆："啊——"

梅建华大骂："他奶奶的，没有到期的国库券、公债票不是一张废纸，废纸一张吗？龟养的把咱工人当猴耍哇！"

众人愤怒地说："梅师傅，咱找局方评理去！想赖我们的血汗钱，没门！"

梅建华走到墙边将电闸一拉，机器霎时停止了转动，回头对杨卓说："走，咱跟局方要钱去！"

7、印钞局大楼前。（日，外）

聚集了千余名职工，人人眼中喷火，奋臂高呼："甄善仁，滚出来！甄善仁，滚出来！我们要吃饭！我们要工资！"

8、二楼平台上。（日，外）

甄善仁气势汹汹地问："吵什么吵？工资不是如数发了吗？"

梅建华："可你发的是国库券、公债票，不能当钱花。"

甄善仁双手一摊，冷笑道："印权外溢，活源不足，营业款又收不上来。如今库空如洗，负债累累。告诉你们，财政部非但强制咱局认购大量国债，而支付给咱局的印价，竟然就是你们印刷的公债票、国库券。巧妇难为无米之炊，甄某只得依样画葫芦，也用这些票券支付工资。"

梅建华怒骂："你放屁！既然活源不足，干吗让我们加班加点？你存心是整我们。你吃人饭不干人事儿，我们是砸了你的'万民匾'、撕了你的'万民伞'，可没刨你的祖坟，干吗和我们过不去！姓甄的，你好歹毒！你就像庙里泥塑的'火判儿'，满腹杀人火，通身无心肝！"

众附和："对！对！甄善仁恨穷人不死，真是'满腹杀人火，通身无心肝'！"

甄善仁气急败坏："反了！反了！你们等着瞧！"

梅建华傲然地说："为人不做亏心事，半夜不怕鬼敲门。老子怕你就不姓梅。"

龙昌本吼道："不发工资，老子要上告。"

众怒吼："对，上告，上告。"

甄善仁耸耸肩，狞笑道："好啊，爱告不告，随你们的便。"

9、凹印工房。（日，内）

众人凑在一起商议，马云说："八字衙门朝南开，有理无钱莫进来。就凭咱一群穷工人，要上告那假善人，能告得倒他吗？"

梅建华："是啊，穷不与富斗，富不与官争。我已叫我徒弟去请教宋科长了，人家是北京大学的高材生，有学问，脑子活，让他给出个点子。"

杨卓笑嘻嘻地举着一卷白纸进来了，唤道："师傅。"

马云："嘿，真神了，说到曹操，曹操就到。"

梅建华："宋科长出了什么好主意？"

"他让咱们仿照古人向官府写'联合禀'的方法，写一张要求局方以法币付薪的呈文，由参加索薪的工友在纸上围成一个圆圈签上名字。这样在官府追查的时候找不到为首和发起的人，由全体签名者共同承担责任，也叫'圆圈藏头单'。"

梅建华一拍大腿："嗨，好办法！好办法！这叫法不责众。官府总不能把所有签名的人都问罪吧。"

龙昌本："呈文请谁写呢？"

马云指杨卓："你呀你，考工状元站在你面前，还担心没人写呈文吗？"

杨卓把纸摊开对众人说："我已写好索薪的呈文并签了字，请大家都签上字吧。"掏出一支金星钢笔。

梅建华一把夺过："我来签名。"

龙昌本、马云等工人一一签字。

10、制色科工房。（日，内）

工人依次在"藏头单"上签字。

11、检封科工房。（日，内）

工人们认真地在"藏头单"上签下自己的名字。

12、钢版科办公室。（日，内）

宋衡在"藏头单"上签下自己的名字。

13、财务科办公室。（日，内）

吴敏在"藏头单"上签字。

14、唐家客厅。（晚，内）

范宝泉、唐毅、宋衡坐在沙发上议事。

范宝泉说："我虽是甄善仁的亲信，但也是受害者之一，我也应该签名。"掏出金笔，便欲在"藏头单"上签字。

宋衡忙拦道："且慢，这字你不能签。"

"为什么？"

"工友请愿抗议，只想索取欠薪，并不想为难局里。劳资双方的矛盾，需要你在其中斡旋。不到万不得已时，千万别跟甄善仁弄僵了。"

范宝泉点头道："宋科长说得对，此人自从南京得胜回来后，刚愎自用，唯我独尊，我实在看不惯他那种骄横跋扈的军阀作风。"

唐毅说："可不，一个不尊重他人的人也得不到他人的尊重，我看他现在成了孤家寡人了。"

宋衡摇头道："未必，秦桧还有三个朋友呢！甄善仁大权在握，溜须拍马的大有人在，现在双方搞得如此紧张，他心神不安，一定会树荫里拉弓——暗箭伤人的。"

唐毅冷哼道："那就大战一场吧。"

15、印钞局大门口。（日，外）

外右四区警察分署长郑叙率领四十多名警察鱼贯进入。

16、局长办公室。（日，内）

甄善仁递给郑叙一张便笺，道："郑署长，这是带头闹事的工人名单，总共是十七个，并附着照片和他们所在的工房。"又将一叠法币推向郑叙道："一点小意思，请署长笑纳。"

郑叙笑得眼睛没了缝，连声说："多谢！多谢！甄局长太客气了，在下愿意效劳。"

"事成后，兄弟在全聚德请你吃烤鸭。"

"叨扰！叨扰！"

17、凹印工房。（日，内）

数十名工人聚集一起，杨卓神情紧张地说："我去钢版科时，亲眼看见有个警官进了局长办公室，担心今天会出事，你们再看看楼底下。"

众人透过窗户，果见持枪穿黑制服的警察站了一大片，倒抽了一口凉气。

马云叹道："咳，夜猫子进宅，非祸即灾。"

梅建华骂道："一定是假善人让黑狗子来的，他妈的！池里的王八，塘里的鳖——一路货。老子早就料到那姓甄的不会善罢甘休，果真向咱们下毒手了！"

18、印钞局大楼前。（日，外）

郑叙对众警员下令，喊道："吴三宝。"

吴三宝敬礼，答："到！"

"你带领三分队将局内各条通道，各工房出入口堵住，其余的跟我走。"

"是！"

19、凹印工房门口。（日，内）

郑叙对大伙儿说："工友们，听说你们对当局不满意，兄弟身为警察署长，有责任维护地方治安。请梅建华、龙昌本、马云三位代表跟我走一趟。"回身喝令警察："去，把三位代表请出来。"

八九个警察闯进来，工人手挽手拦住道："我们没有代表，要去一起去。"

郑叙立刻翻了脸，骂道："他妈的，敬酒不吃吃罚酒。给我抓！"

吴三宝狐假虎威惯了，拉动枪栓端着刺刀，推开工人，直奔梅建华等人而去。

工人上前拦阻。推搡中，马云的脸和嘴被吴三宝的刺刀挑破，他顺手一摸，满掌的鲜血。杨卓大吼一声："黑狗子行凶啦！跟他们拼了！"抓起茶壶便向吴三宝砸去，吴三宝的额头上流出了污血。他急红了眼，挥刀便向杨卓刺去。杨卓接连施展了"推窗望月飞云式""倒踩莲枝步"等轻功绝技，腾挪闪避，吴三宝一时不能得手。工人有的夺枪，有的抄起铁钳、铁棒、铁锤，跟他们搏斗。

郑叙急了，指着吴三宝训斥："吴三宝，你脑子进水啦！刺伤了工人，这不是扩大事态吗？看你怎样收场！"

吴三宝反唇相讥："我的署长大人，在下都是按照你的意思办的。抽烟烧枕头，怨不着别人，倒来怨我，真冤枉！"

"冤你娘的蛋！"

"你别骂人！"

"骂你又怎样，不服从命令听指挥，老子要开除你！"

吴三宝桀骜不驯地狂笑起来："哈哈哈，你算老几，甭拿开除来威胁我，老子今天猪八戒摔耙子——不伺猴（候）。后会有期！"说罢，转身就走。

郑叙喝令："把枪留下。"

吴三宝没搭茬，仍往外走。

郑叙命令部下："去给我把吴三宝抓回来！"

"是！"两个武警追了出去。

郑叙见状把手一挥："撒！"带了警察就逃，众工人紧追不舍。

20、大楼下。（日，外）

砖头、铁块等不时从窗口掷出，哗啦啦的碎玻璃响声刺耳异常。

梅建华等人追上郑叙，围住质问："说！为什么抓我们？我们犯了什么罪？"

"犯了什么罪，你们心中清楚。"

"我们一没偷、二没抢、三没杀人、四没放火，清白无辜。"

郑叙从上衣口袋中抽出一张便笺，抖了抖说："看见没有？有人把你们告下了，说你们受共产党蛊惑，煽动工潮，还说没犯罪。"又塞进衣兜。

马云捂着嘴哼道："是甄善仁告的恶状吧？"

郑叙蛮横地说："管他谁告状，总之你们不是乱党就是赤匪。"

梅建华指着郑叙鼻尖痛骂："放你娘的屁，八成你得了甄善仁的好处，才给他当狗。"

杨卓："那还用说，有钱能使鬼推磨嘛。"

郑叙大怒："混蛋！"命令警察："鸣枪示警。"

警察朝天"啪啪啪"放枪。

郑叙威胁工人："再不滚开，我就要向你们的脑袋开枪了，子弹可不长眼睛。"

梅建华："你敢枪杀无辜，制造血案？"

郑叙狞笑道："怎么不敢，只要换种说法就行了，就说共党煽惑暴乱，我警察署长维护社会治安，镇压乱党，谁奈我何？"说罢用短枪顶住梅建华的脑门，喝道：'我数到十，你再不后退，我就要大开杀戒了。"稍顿，喊道："一、二、三、四、五、六、七、八、九、十。"梅建华巍然不动。郑叙眼珠一转，把枪一偏，子弹穿过梅建华的耳根，顿时血流如注。

工人惊叫："啊——"

杨卓冲上，忙用手帕替他擦去血迹，抱住梅建华叫道："师傅，先去医院包扎伤口。"

"走？一个都别想溜，把三个领头闹事的捉拿归案！"郑叙话音甫落，几个如狼似虎的警察将梅建华、龙昌本、马云三人扑倒，"喀嚓"一声给戴上了手铐。

郑叙："走，咱再到制色科、检封科去捕人。"神气活现地带着警察和梅建华等走了。

杨卓追上："师傅！师傅！"拉住了梅建华。

梅建华蔼声道："小杨，回去吧，我不会有事的。"

郑叙皱眉上下打量杨卓，指着他问："你叫什么名字？"

杨卓双手叉腰，气昂昂地："老子行不更名，坐不改姓，杨卓是也！"

"本署执行公务，你少来捣乱。"

"什么公务？你冤枉了我的师傅和工友。"

郑叙骂道："他妈的，多管闲事。你不要杀鸡割破胆——自找苦吃。"将杨卓使劲一搡："滚！"

杨卓责问："你们不分青红皂白，胡乱抓人，就不讲王法啦！"

"哼！王法，我们警署就是法律的化身。"

杨卓冷笑道："好个法律的化身。贪赃枉法之徒居然也敢自称为法律的化身，殊不知世上还有'羞耻'二字。真是三斤面包个包子——皮厚。"

"小兔崽子！"郑叙恼羞成怒，扬起巴掌，便搧了杨卓两个耳光。

杨卓平白无故挨了两掌，大吼一声："嗨！"双臂一挥，右脚一勾，肥胖的郑叙摔了个仰八叉儿，工人哈哈大笑。

郑叙好不容易才爬起来，指着杨卓喝令："快！快把这小混蛋给我铐了！"

众警察围捉杨卓，被杨卓掌推脚踹，霎时倒下了五六个，响起"哎哟！哎哟！""我的妈呀！"的惨叫声。

工人惊呼："哎呀，小杨好厉害的功夫！"

"这帮黑狗子是该教训教训！"

郑叙眼射凶光，一边怒视其余畏畏缩缩不敢上前的警察，一边拔枪对准杨卓。杨卓伸出双臂说："来吧。"警察这才给他上了手铐，杨卓紧挨师傅站着。

郑叙下令："把这些乱党押回警署。"

21、印钞局大门口。（日，外）

四十多名警察押着抓捕的工人代表走向大门，梅建华回头，对着钟楼大骂："呸！狗日的甄善仁，你好歹毒，抓老子进班房，老子跟你没完！"

一警察抢起枪托给了他一下："快走。"

宋衡和数百名员工站立两旁，满脸愤慨，当宋衡和杨卓视线相接时，两人都一怔……

22、宋衡家。（晚，内）

杨馨闻听弟弟被捕，伤心得连晚饭都没吃，伏在卧室梳妆台上痛哭不已，宋衡强忍焦虑劝慰道："馨，你别这样，卓弟不会有事的。"

杨馨仰起头，泣道："你说得轻巧，现在世道这么乱，蒋介石宁可错杀三千，不肯放过一个共党。只要警方给卓弟安上一顶通共的大帽子，十个头也不够他们砍的。他可是我杨家的独子，千万不能有个闪失哇！"又伏案哭了起来。

宋衡皱眉沉思，忽喜道："馨，我有办法了。"

杨馨转过身子问："什么办法？"

"我跟唐院长私交甚好，他父亲是北平市副市长，位高权重，只要他发个话，警方不敢不放人。"

杨馨转悲为喜，忙擦干眼泪说："好！好！你马上带五百元钱去唐家，见机行事，倘若老爷子不肯帮忙，你就去找署长。"

"对，你的话提醒了我，那郑叙爱财如命，咱就用钞票打通关节。再说甄善仁与唐毅不和，咱何必多此一举，麻烦唐市长，我直接去见署长算了。"

23、郑叙家客厅。（晚，内）

郑叙和宋衡隔桌而坐，竟谈得相当融洽。

宋衡："郑署长，将心比心，倘若您辛辛苦苦干了一个月，上司发不能顶现金花的国库券、公债票，家里等米下锅，想必您也会急了眼跟他们干吧？"

"是啊，甄局长也太过分了。"

"工友们都私下议论，警方还算有分寸，除了一位工人的嘴唇被刺刀挑破，一个人的耳朵被子弹穿了一个眼儿，没发生重大流血事故。"

"唔，这几句话说得公正。有些工人气焰嚣张，打伤了好几个警察，是我采取克制的态度，不准激化矛盾。最让人生气的是那个叫杨卓的小兔崽子，警察又没抓他，他硬搅和进来，还口出狂言。是我气不忿儿，给了他两个耳光。他倒好，摔得我爬不起来，非从严处置他不可。"

宋衡恳切地说："年轻人嘛，行为莽撞也是有的，我在此替他向署长赔个不是。希望署长大人大量，不要和一个乳臭未干的孩子较真。"

郑叙眉毛一扬问："你是他什么人？何苦为他求情？"

"不瞒阁下，杨卓是我内弟。宋某受内人之托，请您不看僧面看佛面，从轻发落。"宋衡从衣袋中掏出一叠纸币，放在桌上，又朝郑叙推了一下。

郑叙瞟了一眼钞票，假惺惺地说："宋先生何必客气，这些钱还请带回，让我考虑考虑。"故作沉思状。

宋衡笑道："别考虑啦！名单中本来就没有他的名字，是他冲撞了您，只要您一句话，他就有了活路。是不是？"

郑叙窘笑道："是这么回事，本来想让他吃点皮肉之苦，给他点教训。既然他是令亲，我就网开一面了，明天无罪开释。"

"哎呀，太感谢署长大人啦！那十七名工人也一并释放算了。"

郑叙脸色一沉道："这不行，我还没审问他们呢。不过看你的金面，我就罚他们做一个月的苦工吧。由教养局执行。"

宋衡忙说："郑署长宽大为怀，真令人感激不尽。只是这些工人有的需赡养老人，有的体弱多病，能否提前释放？或改十天，或改半月。"

郑叙立刻拉长了脸，厉声道："宋先生，你别得寸进尺，郑某已经给足了你面子。我若将实情上报，说他们乱党暴动，武装拒捕，打伤警务人员，这罪名非同小可，关个三五年都算客气的。搞不好能吃枪子儿。"

宋衡忙赔笑脸抱拳道："不好意思，郑署长别见怪。告辞！"

24、甄家客厅。（晚，内）

甄婷指着父亲质问："真没想到，你堂堂一局之长，怎么竟搞得众叛亲离，跟工人势同水火，我都替你感到羞耻。你为什么要与全体员工为敌呢？"

甄善仁拍桌子骂道："死丫头，竟敢教训起老子来了，局里的事你少管。"

"可我是局工会副主席，员工子弟小学的校长，有权维护工友的利益。希望你改弦更张，现在回头还来得及。"

"他妈的！你怎么胳膊肘儿尽往外拐，老子白养了你二十年，你给老子滚！"

"滚就滚！"甄婷眼泪刷地滚下面颊，拉开房门，"噔噔噔"地走了出去。

"婷儿，回来。"

甄婷回头，见到父亲苍老的面容，犹豫地止步，一咬牙，终于头也不回地走了。

"婷儿，我的闺女，你好狠的心哪！"甄善仁嘴里埋怨，泪水却溢出眼眶……

25、凹印工房。（日，内）

杨卓正在干活，有人叫道："小杨，你看谁来啦？"

杨卓抬头，见梅建华笑眯眯地向他走来，忙扑上去，叫了一声："师傅。"两人紧紧拥抱。

梅建华感激地说："好小子，你为了师傅，白坐了一天牢，还害得宋科长花费五百元钱，我们十七个人都沾了你的光，师傅谢谢你。"

"一日为师，终生为父。师徒间不兴说'谢谢'二字。"

"你是识文断字的人，师傅说不过你。这个月薪水发了吗？"

"发了，还是那些票券之类的，谁都不肯要，等于没发。"杨卓叹气道："许多工友家都揭不开锅了。"

梅建华愤然道："这样下去不行，你悄悄去串联一下，请各工房、课组的代表中午去局工会碰头。"

"好。"

26、局工会办公室。（日，内）

梅建华对十几个工会代表说："甄善仁这个混蛋，铁了心要跟咱作对了。听说甄校长也被他赶出了家门。老师见校长走了，都没心思上课。我们更倒霉！坐牢白干一个月苦工。大家本来就穷，如今欠薪两个月，许多人家都典尽当光，塔顶散步——走投无路了。咱们得想个办法才是啊！"

龙昌本说："咱现在的处境，好比乡下人挑粪——两头是屎（死）。不干要饿死，干了拿不到工钱也要饿死，还不如不干。全局已饿跑了五百多人，只剩下一千六百多个员工了。"

梅建华恨恨地说："咱可不能坐着等死，现在官逼民反，咱就拧成一股绳，跟假善人斗一斗！我可以代表印刷科的工友表态，明日起罢工。"

有人马上接道："我代表制版科，参加罢工。"

工人甲："我代表活版科，参加罢工。"

工人乙："我代表机器科，参加罢工。"

工人丙："我代表检封科，参加罢工。"

27、局长办公室。（日，内）

锅炉房的汽笛呜呜响个不停，范宝泉默默站立，甄善仁神经质地转来转去，对范宝泉叫道："反了！反了！这些工人不好好地整一整，骑到我脖子上拉屎了。哼！别怪我姓甄的手黑，要让他们尝尝厉害。"

范宝泉劝道："皇帝不差饿兵，这些工人穷途末路，也实在可怜。局座何不大发慈悲，弄点现金打发他们算了，何必搞得大家不痛快呢！"

甄善仁指着他说："你呀，书生气十足，咱局的工人依仗自己是官办企业的员工，又受了唐毅、宋衡的挑唆，个个横得不得了，眼中根本没有我这个局长，我就不信这个邪，看谁斗得过谁？"

"再这么下去，恐怕他们会铤而走险。阁下身为一局之尊，何苦跟一班穷工人过不去呢。"

甄善仁笑而不睬，伸手拨号码："喂，市警察厅吗？"

范宝泉大骇，忙上前按住话筒问："你要干什么？"

甄善仁轻蔑地拨开他的手，对话筒大声说："我是印钞局局长甄善仁，特向贵厅告急。因乱党滋事，不仅罢工停产，还扬言要纵火烧局。一旦起火，版库的钞票版、邮票版、有价证券的版，将通通化为灰烬，那可是弥天大祸呀！命根子被毁了，你我都完了。虽请来外右四区警察分署警员前来弹压，但由于全工反抗，力不敌众，请火速派兵赶赴现场，以救燃眉之急。"

对方的声音很响，传进范宝泉耳帘："请甄局长少安毋躁，我们马上商议出动军警驰援，这次要给他们点颜色看看。谁要是敢动一动版库，我就把他剁成烂泥。"

"谢谢！谢谢！越快越好。"甄善仁喀哒一声，放下了话筒。

范宝泉急得直跺脚，指着甄善仁的脸斥责："你这样小题大做，挑拨离间，调集重兵，欺压员工，万一事态扩大，激怒工人，看你怎么收场？你是唯恐天下不乱啊！"

甄善仁拍案道："不要你多管闲事，天塌下来有我姓甄的顶着。哼，胆小怕事，树叶落下也怕砸了头。"

范宝泉冷笑道："好！好！就算我胆小怕事吧。奉劝局座悬崖收缰，不要在歧途上越走越远。"

第八集

1、印钞局大院花坛前。（日，外）

宋衡、梅建华、杨卓驻足观望。坛中有两盆花最惹人注目，一盆是花形怪异的虎刺梅，一盆是叶子下宽上尖，直刺青天的剑兰。

杨卓说："几片大叶，像是几把青铜的锐剑，真是煞气惊人。另一盆是虎刺梅，这虎刺梅的'虎'字，已经说明它的个性。"

梅建华说："这虎刺梅，花如火，杆如铁，刺如钉，在褐色的枝头上沾满了密密麻麻像钢钉一样的尖刺，枝形又张牙舞爪，其势唬人。"

宋衡道："虎刺梅其形其名，都大异普通花卉。我深有感触，迸出两句诗来：

婷婷袅袅暗藏威，
温若春风疾似雷。"

杨卓称赞："好诗！好诗！真是形象。我们就要像虎刺梅一样，平时温若春风，怒时疾似春雷。"忽侧耳道："咦，好像有马蹄声……"

梅建华："管他什么声音呢！"

2、白纸坊街上。（日，外）

马蹄嘚嘚，脚步咚咚。几百名骑警、军警在北平警察厅总监吴湘和郑叙的率领下，向印钞局扑来。

3、印钞局大门口。（日，外）

吴湘喝令："把印钞局的大门给我守住，不准任何人出入。"

众军警："是。"

呼啦一声，队伍散了开来，将印钞局围得水泄不通。

4、印钞局大院。（日，外）

那两个看守会议室、阻拦砸'万民匾'的壮汉，搬来一张长方形的桌子，把那盆剑兰放在桌子的中央，在花盆里插了一面黑色令牌，上写：

"凡闹事者、违令者、纵火行凶者格杀勿论！"

桌旁放着数十根红头军棍。

吴湘左右张望，见印钞局的所有建筑均完好无损，并未出现像甄善仁电话告急中所说工人"纵火烧局"的场面，甚是恼火。

5、局长办公室。（日，内）

吴湘指着甄善仁厉声责问："甄局长，你在电话报警时说什么'纵火烧局、全工反抗'，又说什么'乱党滋事、力不敌众'，纯属子虚乌有。像你这样谎报军情，害得警厅兴师动众，是要追究刑事责任的。"

"嘿嘿，请贵总监休发雷霆之怒。"甄善仁满面堆笑，将两叠厚厚的法币推向吴湘，点头哈腰地说："在下为了给那些罢工者以威慑力，特请警方予以配合，这也是不得已而为之。区区两千元钱，不成敬意，请总监笑纳，给太太买点衣物首饰。"

吴湘紧绷的脸马上舒展开了，点头道："贵局的工人一向不太安分，我们也是知道的。吴某身为警官，自然要保障印钞局的安全。说吧，需要我做什么？"

"由您出面，命令工人复工。"

"要是他们不听招呼呢？"

"那就怪不得甄某无情了，工人不上工，要他何用？这次领头闹事的是一个名叫梅建华的工会干部，据说就是他发起搞的什么'联合禀''藏头单'。请总监留意一二。"

"知道了。"

6、大楼台阶上。（日，外）

吴湘向千余名工人喊道："工友们，你们不要受赤色分子的蛊惑，搞什么罢工、暴动。只要你们即刻恢复工作，我们保证既往不咎，请大家各回自己的工作岗位吧。"

梅建华挺身而出："长官，我们这里根本就没有什么赤色分子，更没有暴动。不错，我们是罢工了，可为什么罢工？你去问问甄善仁。我们辛辛苦苦干了两个月，他半文工钱不给，只发给我们一些没法用的国库券、公债票。我们都是拉家带口的人，东挪西借，典当一空，眼看快要饿死了，我们这才罢工请求发薪。是人就要吃饭，干了活就要领工资。此乃天经地义，难道还需要有人蛊惑吗？"

吴湘被问得张口结舌："这……这……"

"好！"杨卓大喊一声，工人都用力鼓起掌来。

吴湘干笑道："嘿嘿，好一张利口，不愧为工运领袖。"

梅建华忙顶了他一句："工运领袖不敢当，普通工人罢了。"

"听说你们要上告甄善仁，写什么'联合禀''藏头单'，能否呈上一观。"

"可以。本来我们写了'藏头单'就是要向当局请愿，给我们工人做主撑腰的。因为姓甄的恶人先告状，害我们十几个人吃了冤枉官司，一直没机会呈给长官。"梅建华说罢，从衣袋中取出"藏头单"，递给吴湘。

吴湘嘴角掠过一丝不为人察见的黠笑，匆匆浏览一遍说："你们要求局方以现金补发欠薪，并不违法，我们司法机构不会无故加害平民。不过，我想问一问，这呈文执笔的是谁？为首的又是谁？"

千余工人齐声吼叫："呈文是我们写的，我们都是为首的。"

吴湘挥手示静，大声说："不管是为首的，还是胁从的，我一概不追究。唯有一个要求，请大家即刻复工。"

工人齐问："什么时候给我们补发工资？"

吴湘耸耸肩道："这是你们的内部事务，我不便插手。"

工人吼道："只要当局一天不发欠薪，我们就一天不复工。"

7、局长办公室。（日，内）

吴湘把"藏头单"递给甄善仁，恳切地说：甄局长请看，呈文其情可悯，其言可怜。上写：

"自局欠薪，所有工人素本寒微，典卖一空，东挪西借，更兼百物昂贵，薪米如珠，一家数口中，嗷嗷待哺。请转甄局长补发欠薪，以维持众人生计。"

"哼，谁让他们闹事的，活该。"

"闹事固然不对，可他们也是没法子，弦急则断，民急则乱嘛。再说，他们毕竟是你的部属，也没什么深仇大恨。"

甄善仁接过"藏头单"略看两眼，往旁边一推，道："既然贵总监为工人求情，甄某也不能驳您的面子。我马上打电话通知财务科，明天一早补发全部欠薪。"

吴湘满意地笑了："这就好，这就好，告辞。"

"等等，明天甄某还有重大举措，尚望总监鼎力相助。"

"甄局长请讲。"

"我要裁撤部分员工，唯恐他们节外生枝，请总监派遣军警弹压，明晨七时到达我局。"

"行！"

8、财务科办公室。（日，内）

电话铃响，包汉根拿起话筒问："哪一位？"

"包科长吗？我是甄善仁。"

包汉根忙说："甄局长您好，请问有什么指示？"

"我准备明天以法币发放欠薪，你们财务科做账有困难吗？"

包汉根兴奋地说："没问题，没问题，我让他们挑灯夜战，保证在天亮前把工资表做好。"

"唔，很好。我已命总务科通知食堂，让他们准备晚餐和宵夜送到财务科，辛苦诸位了。"

"哪里！哪里！这是我们应该做的嘛。我一定将局座的关怀转达给同仁。"

"好，再见。"

包汉根挂了话筒后，对众科员笑道："报告大家一个喜讯，局长来电命咱们连夜做好工资表，还让食堂备好晚餐和宵夜，明天一早发放欠薪。"

吴敏问："发现金还是空头支票？"

包汉根眼睛一瞪，佯怒："废话，发空头支票算什么喜讯，当然是法币啦！"

吴敏抚着胸膛叫道："哇，我的心激动得快要跳出来啦！"

包汉根笑笑没吱声。

众人拍手欢呼："太好喽！太好喽！"

包汉根对众人说："近来工友离局的很多，务必要查清到底还有多少在职员工？请诸位分头去各工房核实一下，越快越好。"

众人答应着走了。

9、凹印工房。（日，内）

悄无声息，许多工人坐着或靠着打盹儿，梅建华与马云蹲在地上下象棋。宋衡郎舅走进工房，杨卓满脸带笑地说："师傅，喜事！喜事！"

梅建华抬起头问："什么喜事？"

"刚才我在楼道中遇见吴会计，他去范科长办公室统计人数，说甄局下令明天补发欠薪。"

众人顿时来了精神，忙走近杨卓问："真的吗？发法币还是国库券和公债票？"

杨卓头一昂："那还能假？我亲眼看见吴会计手中的报表。这回发的是货真价实的钱，想买啥就买啥。"

马云拍掌叫道："真是大喜讯啊。我要拿了欠薪，赶紧去割两斤猪肉，犒劳我那一家子。不瞒诸位，我家的铁锅因为没油水都生锈发黄了！"

龙昌本不以为然地撇嘴道："这有啥大惊小怪的！连窝窝头都吃不上，还有谁家的铁锅能油光锃亮？我每次路过小酒店都得紧着走，生怕那酒菜的香味勾出我肚子里的馋虫。真要发了薪水，我得先打上一斤二锅头，赶紧过过瘾。"

马云眯眼神往地说："我要拿到钱，星期天带老婆孩子去逛天桥，什么火烧、焦圈、扒糕、爆肚、灌肠、驴打滚儿、荤炸回头、素炸扁食等等，由他们吃个够！"

龙昌本忙用右手食指顶着左掌心对马云瞪眼道："打住！打住！你再讲下去，我的哈喇子就要流出来啦！"

"嘻嘻嘻——"众人笑得前仰后合。

梅建华紧绷着脸说："大家别高兴得太早了，甄善仁那老小子决不肯乖乖认输的，别又施什么阴谋诡计。"

众人的脸色霎时由晴转阴："是啊，甄善仁恐怕不会大发善心，他许的愿能否兑现呢？"

宋衡对梅建华、杨卓说："我看到花盆插令特刺眼，总想拔掉这眼中钉，咱们研究个对策吧。"

杨卓说："咱也弄一个'花盆插令'，这叫做以牙还牙。"

梅建华说："咱用一块木板，涂上黄色，写上：

反欺骗，速还我工薪！

反恶霸，打倒假善人！"

宋衡说："可以改为：

求生存，还我工薪！

反欺压，劳工神圣！"

10、印钞局大院。（日，外）

杨卓把黄色令牌插在了虎刺梅的花盆里，与剑兰花盆并列摆着。明眼人一看就知道这是在唱对台戏。

11、印钞局大门口。（晨，外）

气氛紧张，岗哨除了原来的门警，又增加了许多军警。局墙四周布满警察、便衣。

梅建华随着人流进局，对杨卓和马云说："今天局里一反常态，补发薪水如临大敌，我看来者不善啊。"

马云忧心忡忡地点头道："是呀，发薪水再普通不过了，干嘛招来这么多警察，其中大有蹊跷。恐怕今天拿钱有点麻烦。"

杨卓叫道："怕什么？咱以不变应万变。哎呀，整个大院乱糟糟的，咱快进去看看。"

门警任经见员工都进了局内，拿把大锁"咔哒"一声，把铁门锁上了。

工人们看着这等架势，俱瞠目结舌。

12、印钞局大院。（晨，外）

郑叙吩咐两个武警："去！把虎刺梅上黄牌摘下来。"

宋衡上前道："且慢。要摘就把黑牌和黄牌一起摘下来，不能留下'格杀勿论'而摘掉'劳工神圣'吧？再说了，这劳工神圣，是历史的召唤呀！谁不尊重劳工，谁要砍掉'劳工神圣'，谁就要受到历史的惩罚。"

"得啦！得啦！这里不是北大讲堂，少来说教。"郑叙不耐烦地白了宋衡一眼。

杨卓愤慨地说："那甄善仁发神经了，把局子当兵营管理，还让人把大门锁上，给咱集体关禁闭啊！"

13、印钞局大院内路西侧。（晨，外）

员工人头济济，排成长龙。军警站两旁虎视眈眈。

马云对梅建华低声说："包汉根命人摆上五张长桌，由各科科长领取全科的员工薪资分别发放。不知当局葫芦里到底卖的是什么药？"

梅建华叹道："依我看，一场裁员大浩劫难免，我这心里好比十五只吊桶打水，七上八下啊！"

马云叫了起来："真要裁员，咱就惨喽！"

一个军警上前厉声喝止："不准交头接耳。"

员工们总算拿到盼望已久的工资，正欲往各自的工房走去，不料许多军警用枪托把工人往大门口驱赶："走！走！走！出去！出去！"

梅建华怒问："让我们走到哪里去？我们拿到欠薪，就复工上班，快让我们进去。"

郑叙一脸坏笑，摇头晃脑地说："嘿嘿，你们当工作是小孩子过家家呀，想歇就歇，想干就干，天底下哪有这等好事！实话告诉你们，甄局长向财政部请示后，从即日起，印钞局关门停业，一千六百多名员工全部裁撤。"

"啊——"众人惊呆，怒火冲天。

14、局长办公室。（日，内）

范宝泉与甄善仁隔桌而站，两人俱怒目而视，活像一对好斗的公鸡。

范宝泉开口了："你把一千六百多名员工全部裁撤了，连宋衡这样全国都找不出十几个的钢版雕刻专家、唐毅这样的留美博士也都解雇了，你可真行啊！铁腕治局，杀伐果断，为泄一己之愤，你断了几千人的生计，可谓大绝大狠也！"

"住口！你没有资格批评我！"

"我可以住口，但历史会审判你的！"

窗外传来了"甄善仁滚出来"的吼声。

15、印钞局大院。（日，外）

郑叙拉长了声音对工人说："好啦，回家抱孩子去吧！"

"混蛋！你怎不回家抱孩子去？"

"他倒想抱呢，他是个缺德的老绝户！"

郑叙喝令众警："给我把这些不服管教、恶语伤人的东西抓起来！"

警察动手抓人，双方搏斗。杨卓飞身跳上插令牌的桌子，把"格杀勿论"的黑令牌拔下来后，砸向郑叙，郑叙躲闪，正好打到了一个警察的头上。被打伤的军警大怒，捡起令牌猛地向杨卓头部劈去，杨卓的额上顿时鲜血流淌。一群饿狼般的军警冲了上来。杨卓把那棵大剑兰拔了下来，手里像有了几把青锋，连扎带刺，攻者连连后退。梅建华见杨卓脸上伤痕累累，跳上了长桌，拔下长满钢针似的虎刺梅，手攥根部，抢着虎刺梅，冲向军警，好几个想抓人的军警被刺破了手、划破了脸、鲜血直流，还有个军警被刺破了衣服，扎进皮肉，疼得嗷嗷乱叫。

郑叙朝天"啪啪啪"鸣枪。一群军警端着水枪冲出，向工人扫射，人们被劈头盖脑的水柱冲得昏头转向。一些工人从水枪手的后边转了过来抢夺水枪，搏斗了一阵子之后，手无寸铁的工人只好落荒而逃。

16、宣武医院。（日，内）

冯晓月察看杨卓伤口，吩咐护士："赶快将伤员送进急救室。"

17、医院走廊里。（日，内）

冯晓月对抹着眼泪的杨永清、杨馨说："经检查，大夫说杨卓只是流血过多，头骨无损，脑无震荡，有惊无险，请老伯和大姐放心。"

父女相对点点头。

18、陶然亭公园。（日，外）

一泓幽池，广有数十亩。沿岸有古松、老杉，绿阴蒙蒙，修柯戛云，低枝拂水，间或夹有几座楼台亭榭。地旷人稀，荒寂寥落。

19、凉亭。（日，外）

宋衡、唐毅、梅建华等人坐在亭中喝茶。宋衡边喝茶边说："这次斗争失败了，人们感到困惑不解：甄善仁倒行逆施，固然有公报私仇的一面，但他有权力把全部人员裁掉吗？印钞局是国营企业，关闭印钞局是国家行为，他做得了这个主吗？在国内外都须扩大钞票流通的时候竟然停止了印钞，蒋介石能置之不理吗？郑叙明知甄善仁关于'纵火烧局'是谎报军情，可为什么还帮着甄善仁坑害职工呢？"

唐毅道："斗争很复杂，这里肯定大有文章。疑团会逐步解开的，印钞局肯定会有复工的那一天！等着瞧吧！"

20、单人病房。（日，内）

晓月细心地为杨卓缠上纱布，微笑道："伤口愈合得很快，因为卧床多日，容易引起便秘，最好多吃些香蕉能够通便。"忽感羞涩，双颊红晕，含情向杨卓瞟了一眼。

杨馨见状，将父亲的衣袖一拉，说："走，咱去买两斤香蕉。"

杨永清甩开女儿的手，道："你一个人去得了，何必拉上我？"

杨馨连拖带拽地说："走吧。"

"哎！你卓弟没人照顾。"

"这儿不是有护士在吗，一时半会儿的没关系。"

晓月目送杨家父女离去，向杨卓柔声问道："杨公子，府上开着商号，你又是独子。以后要好好珍重自己呀！"

"冯小姐，在我回答你问题的时候，有个小小的请求，以后咱俩说话随意一点，千万别叫我杨公子，就叫我名字或小杨。"

"也好，我就叫你小杨，你也别叫我冯小姐，就叫我晓月吧。"

"好！好！这样显得亲切、随和。"

"小杨，你是高中生，我也是高中生，但学问和阅历比你差远了，以后要多多向你学习呢。"

"哪里、哪里，咱们互相学习，有件事想请你帮忙，就是不好意思开口。"

"说吧，只要我能办到的。"

"不瞒你讲，我在天津还练过几年武术呢，师傅是大侠霍元甲的弟子。我最佩服侠客了，侠客劫富济贫，除暴安良。侠之大者，为国为民。所以，我很喜欢看武侠小说。"

晓月问："你看过哪些武侠小说呀？"

"我看过还珠楼主李寿民的《蜀山剑侠传》《青城十九侠》，白羽宫竹心的《十二金钱镖》《大泽龙蛇传》等等。北平的《实报》和《新北平报》都有武侠小说连载，以前我天天买了看，自从住院后，就没法出去买报了。"

"你放心，从今天起，我每天给你买那两份报纸。"

"这怎么好意思？"

"没关系。"

"太感谢你了。"

"既为朋友，不必言谢。你略等片刻，我去去就来。"

"好。"杨卓目送晓月走出病房，微微一笑。

21、宣武医院大门口。（日，外）

杨永清嗔怪女儿："你呀你！买香蕉就买呗，干吗非得拉上老爸？没钱跟爸要就是，无非拉我出来替你付账罢了。"

"哟，您说这话可真小家子气，我哪是这意思！小卓是我弟弟，也是您的儿子，就算您付账也是买了香蕉给您的儿子吃，怎么成了替我付账，真是岂有此理。再说买香蕉能花几个钱？我也不会那么抠门儿。"杨馨又笑道："爸爸看出没有？那晓月对卓弟好像……"

"唔，被你这么一提，我也觉得她对你弟弟确有几分意思。甚至连卧床容易便秘都想到了，真是个有心人啊。"

"我看到晓月说完话后，羞得满脸通红。我假装要买香蕉，故意把您叫出来，给两个年轻人留点单独相处的空间，让他俩发展感情。"

杨永清拍了一下自家脑瓜，笑道："呵呵！还是你们女孩儿细心，我压根儿没往那方面想。晓月人长得俊，脾气也好，她爸爸和你男人又是好朋友，彼此知根知底的，不知她可曾许了人家？"

"我旁敲侧击打听过，她还没婆家哩。晓月家庭环境不错，有文化，性格又温柔，倘若能与卓弟结合，绝对是位贤妻良母。"

杨永清点头说："唔，这女孩端庄大方，职业也好，咱先不忙捅破这层窗户纸，让他俩自由恋爱吧。"

22、水果店门口。（日，外）

杨馨拎了一大串香蕉和一网兜苹果，杨永清对女儿说："咱干脆再买点糕饼，让他俩多待一会儿。"

杨馨称赞："哟。老爸还挺开明的嘛！"

杨永清得意地说："嘿！那还用说，我可不是老脑筋。"

23、单人病房。（日，内）

晓月手持报纸兴冲冲交给杨卓说："小杨，我把你要的报纸买来了。"

杨卓连忙翻阅，兴奋地对晓月说："太好了！太好了！《实报》上的武侠小说连载的是白羽的《偷拳》；《新北平报》连载的是赵焕亭的《江湖奇侠传》。感谢你给我送来精神食粮，不然我可就闷死啦！"

　　晓月笑道："你这么爱读书，可以当青年楷模啦！"

　　"哎，你别取笑我嘛！"

　　"哟，卓弟能当青年楷模，可给我们杨家长脸喽！"杨馨手拎香蕉、苹果，杨永清手提点心蒲包，笑吟吟地跨进病房。

　　晓月忙招呼道："老伯大姐回来了，我上别的病房去看看。"

　　"等等，拿几根香蕉去吃吃。"杨馨分出一半香蕉，塞到晓月手中，晓月连忙推辞："不！不！不！留给小杨吃吧。"

　　杨卓劝道："晓月，你就别客气了，我姐给你，你就拿着呗！"

　　晓月红着脸接过香蕉说："真不好意思，谢谢大姐。"

　　"不要谢。"杨馨笑道："我们才离开一会儿，怎么冯小姐就变成晓月了？哈哈！"

　　晓月羞得一头冲出病房，父女俩爆发出一阵大笑，杨卓莫名其妙地问："爸、姐，你们笑什么？"

　　杨馨说："傻小子，人家姑娘爱上你啦！"

　　"姐，您瞎说些什么呀！"杨卓红着脸拿起报纸欲看，被杨馨一把夺下报纸，递上香蕉："别用功啦，吃香蕉吧。"

　　"嘿嘿嘿！"杨卓剥了皮，美滋滋地吃起香蕉，赞道："好甜啊！"

　　杨馨打趣道："是香蕉甜？还是你的心里甜啊？"

第九集

1、忠信堂饭庄会议室。（日，内）

颇具规模，长条形的会议桌两旁坐了北平各报记者及范宝泉、唐毅、包汉根等印钞局有关人员。

宋衡发言："女士们、先生们，感谢诸位出席我印钞局钢版科举行的新闻报告会。印钞局一千六百多名工友以及数千家属的不幸遭遇，已引起社会上的普遍关注。《晨报》《益世报》等报刊都发表了同情支持失业工人的文章，我代表失业工友向各报表示诚挚的感谢。今天在座的都是京华报馆的名记者，有什么疑惑尽管发问，宋某知无不言，言无不尽。"

魏民站起身："我叫魏民，是《益世报》的记者。这次印钞局长甄善仁擅自将国营机关停业，请问停工后的危机是什么？"

宋衡回答："印钞局承印全国一半的邮票七点五亿枚，一旦停业，势必导致此项利权外溢，影响国家财政收入和工商业发展，使得亲者痛、仇者快！"

女记者李慕萍问："宋先生，我是《京报》的实习记者李慕萍，听说贵局的员工曾经给局长送过'万民匾''万民伞'之类。时隔不久，怎么劳资关系竟然恶化到如此地步，请解释一下。"

宋衡："这件事，《益世报》的魏先生最为清楚。当时交通部邮政总局跟英国德那勒印刷所签订五年合同，每年由该所印制十五亿枚邮票，断了我印钞局的活源，局里不得不大批裁员，个别工友因此身亡。当时甄局长赴京请愿，据理争回了七点五亿枚邮票的业务。甄局长下令裁员复工，并补发了欠薪。他在这场争夺印权外溢，反对贪官污吏的斗争中是有功的。为了感谢他，我们送了'万民旗''万民伞''万民匾'。还特意穿行半个北平城，为其弘扬善誉美名。"

魏民插嘴："那可是万人空巷，大家都站在街头看稀罕。我作了全程跟踪报道。"

赵焕云："我是《社会日报》的赵焕云，当时我也目睹了盛况。真没想到，短短几个月，怎会发生如此巨变呢？听说跟一个死去的青年工人有关，是吗？"

宋衡眼含泪花沉痛地："是的。死者王义福年仅二十九岁，活活累死在机器旁，工友都极其悲伤。死者留下两个幼儿，还有白发苍苍的老母，体弱多病的妻子。"

李慕萍连连按动快门，听到这里，忍不住放下相机，捂脸嘤嘤而泣。

宋衡的声音陡然激昂起来："可甄善仁对此惨况无动于衷，反而下令收尸的杠房把死者抬出旁门，不准出正门，还说走正门会冲了印钞局的风水，带走印钞局的财气。工友们悲愤极了，这不是明目张胆地侮辱工人、侮辱死者吗？大家一怒之下，砸了'万民匾'、撕了'万民旗'、扯了'万民伞'。"

"干得好！劳工神圣。一个漠视工人尊严的人，根本就不配得到工人的尊重。"赵焕云大声喝彩。

李慕萍说："甄善仁公报私仇，关门停业，可恶之极！我们应该对他进行口诛笔伐。"

众人大叫："李女士，说得对！"

一名中年记者说："我姓李，是《晨报》的编辑。我觉得甄局长并无多大罪恶，只不过有些迷信风水罢了。贵局的工人小题大做，把他的功劳一笔勾销，以至于产生如此严重的后果，工人也有责任。"

唐毅愤怒地指着他斥责道："你竟然为甄善仁开脱罪责，我看你成了他的帮凶。中华民国每一个公民都应该为正义而据理力争，绝不能向腐朽的封建思想低头！"

魏民大声喝彩："唐先生说得对！我们每一个新闻战士都要敬业爱岗，敢于伸张正义，鞭挞罪恶，朝着真善美的理想奋斗、奋斗、再奋斗。我建议，凡出席今天会议的各通讯社和各报馆，明天都以显著版面，刊登今天的会议内容，声援印钞局被迫害的工友。"

哗哗的掌声经久不息。

2、唐家客厅。（晚，内）

唐毅翻弄着茶几上的一摞报纸，对宋衡和范宝泉说："二位请看，今天全北平的报纸都刊登了昨天在忠信堂举办的新闻报告会，有《京报》《晨报》《实报》《益世报》《立言报》《时言报》《社会日报》《新北平报》等等。甄善仁在强大的舆论压力下，也许会改弦易辙了吧？"

范宝泉摇头："不可能。这人的脾气我知道，吃软不吃硬，必然会一条道走到黑，得另想个办法。"

宋衡："唐院长，是否请令尊出面，让袁良袁市长调解一下，再这样僵持下去，工友们可支撑不住啦！"

唐毅："宋科长有所不知，印钞局关门停产，社会各阶层许多组织和个人均表示同情，频频呼吁印钞局早日复业。北平市府当然也不愿在自己的管辖区内发生麻烦，有碍地方治安。但印钞局是中央直属企业，市政府无权指令。"

宋衡失望地说："难道就一筹莫展了吗？不知老甄有何亲朋故旧？可以找他们去通融通融。"

范宝泉："据我所知，老甄目无余子，盛气凌人，知交很少。不过对警厅总监吴湘和外右四区警长郑叙还算客气。请市府派他俩去当说客，不知是否有效？"

唐毅："有效无效很难说，事到如今，也只好死马当做活马医了。我向家父禀报一声，就请市府委派那两人从中斡旋试试看。"

二人一起说："好。"

3、甄家客厅。（晚，内）

甄善仁坐在沙发上眯着眼睛吸烟，把吴湘、郑叙晾在一边。

吴湘干咳一声："甄局长，兄弟刚才把市府的意思已传达了，请阁下答应早日复工，我俩也好回去交差。"

甄善仁把烟屁股摁灭在烟缸里，又点燃一支香烟，继续吞云吐雾。

郑叙怒道："甄局长，到底什么时候复工？难道还要袁市长亲自来求你不成？"

"岂敢！岂敢！"甄善仁把吸了一半的烟卷儿摁在烟缸中，苦笑道："印钞局关门停业不是我的主意，我有那么大的权力吗？"

"那是谁的主意？"

"说出来吓你一跳，不过，我不好对外讲啊，免得传出去招灾惹祸呀！"

"看来局长对我俩信不过吧？"

"既然话说到这份上，我就实话实说了吧。让印钞局关门的，是财政部长孔祥熙，甄某不过是奉命行事罢了。二位问我何时复工？我左右为难，实在不好回答。"

"啊——此话怎讲？"

"二位想一想，七点五亿枚邮票，这是多大的业务啊！能够养活印钞局两千多人。沪宁一带的大印刷厂，哪个不眼红？哪个不想分一杯羹？甄某原本是张大帅麾下一卒，自张大帅在皇姑屯被鬼子炸死后，甄某一介孤臣，想取而代之的大有人在。尤其是我扳倒了王文瑞以后，触怒了一大批人。那张盘根错节的关系网极是厉害，你中有我，我中有你，可谓牵一发而动全身。孔财长早就下密令关闭印钞局，命我把票版、机器设备和技术人员南迁上海，尤其要将那台万能雕刻机调往上海，来个釜底抽薪，让我刻不成票版，以便把印钞大权转赐给他的亲信，是我死命顶着。可那些工人不知好歹，居然砸了我的'万民匾'，他们既对我不仁，休怪我不义，我也就顺水推舟了。"

郑叙："甄局长，您这印钞局一关门，倒霉的可不止是那些工人。据我所知，白纸坊一带的商铺可就惨喽！那些卖烧饼油条的、卖焦圈豆汁的、卖豆腐脑儿的、卖小枣切糕的、卖凉粉的、卖水饺的，统统断绝生意。那些商贩把你的祖宗八代都骂遍了，只好向商会呈文歇业。"

甄善仁："这些情况你不说我也知道，那些做小本生意的商贩，都指着印钞局吃饭哩。别说骂我祖宗八代，恐怕还骂我断子绝孙哩。我甄善仁如今是裹脚布当围脖儿——臭了一圈，也管不了那许多了。"

吴湘："据说，北平商会已向财政部发去急电，要求迅速拟定印钞局复业办法。不知有没有效果？"

甄善仁摇头道："没用！财政部不会理睬他们的。孔祥熙蓄谋已久，早就想吞下这块肥肉。这些皇亲国戚，只顾自己升官发财，哪里把工人的死活放在心上。我早就看透了官场的腐败，从上到下都烂透了。"

吴湘劝道："甄局长天性豪爽，不畏强权，何不再大发慈悲，给工人一条生路。再说了，砸匾扯旗的也是个别员工所为，您也不能迁怒到所有工人身上。赶紧复工吧，我俩也能向市府交代。"

甄善仁："嗯，看在二位的金面上，我可以下令复工，但必须裁员、减薪。"

吴湘、郑叙松了口气，起身说道："告辞。"

"请。"

4、先农坛公园。（日，外）

殿堂林立，草树郁然，旷野清悠。游人三三两两，漫步石径。

5、观耕台上。（日，外）

观耕台砖石结构，古色古香。四周砌黄绿琉璃瓦，并绕以汉白石围栏。

宋衡对范宝泉、梅建华、马云等三十余人高声道："工友们，经过市政府派人斡旋，甄善仁已同意暂时复工，但提出必须裁员、减薪。大家对此能接受吗？"

众高喊："不行！绝对不能接受。"

梅建华："我们全体工友坚持同进同退，必须一起复工。"

宋衡："钢版科技士、技手因局停办，生活无着又毁弃营业，已联合致电财政部，一面申诉，一面要求救济。"

范宝泉："我来讲几句，光致电估计没什么用，咱不如选派代表去南京，向当局请愿，当面斗争。"

众人："好！好！就得这么干。"

6、南京中山陵。（日，外）

云壑烟峦，满目苍翠，石蹬数百级，掩映林表。

宋衡和范宝泉一边登阶上山，一边交谈。

宋衡："国父孙中山提出的政治纲领是三民主义，其中的民权主义是建立为一般平民所共有，非少数人所得而私的民主政治。经是好经，可惜叫那些歪嘴和尚给念歪了。国有资产成了他们的私有财产。咱来了半个月，孔祥熙拒不接见咱们，等于白来一趟。"

范宝泉："与其央求孔祥熙，不如向甄善仁请愿。孔祥熙要关闭印钞局，而甄善仁同意局部复工，还有斡旋的余地。咱也不必耗在南京了，干脆连夜回北平，再找代表们商议下一步行动。"

"好！"

7、白纸坊大土山子下。（日，外）

宋衡对一千余名手持线香的工人沉重地说："工友们，我和范科长在南京坐了半个月的冷板凳，多次请求财政部长官接见，但无人理睬。因为孔祥熙曾发密电给甄善仁，让他停办印钞局。甄善仁总算天良未泯，再说，他也想保住自己的宝座，不让孔祥熙的亲信插手，同意局部复工。但我们怎忍心让半数工友继续失业断绝生路呢？代表们经过讨论决定，全局员工赴西直门北河沿甄宅作大规模游行请愿。现在出发。"

8、甄宅门口。（日，外）

黑漆大门紧闭，一千多工人各持高香一炷，满面愁容，席地而坐。

行人围观，越聚越多，将整条马路堵塞，汽车司机拼命按喇叭，但无济于事，不多久，竟聚集了上万人。

9、邮亭。（日，外）

郑叙打电话："吴总监，不好了！一千多名乱党分子在甄善仁家大门口静坐示威，行人无法进出，交通也被堵塞。现在人群越来越乱，请总监速速派人前来弹压。"

10、警厅总监办公室。（日，内）

吴湘："什么？什么？交通堵塞，一千多人静坐示威？请你先率本部警员维持秩序。我马上组织警力，赶赴现场。"挂断了电话。

11、警厅大门口。（日，外）

一辆警务大汽车载着二十余名警察，驶出了大门。

12、甄宅门前。（日，外）

宋衡愤怒地对吴湘说："你看到了吧，工人手无寸铁，只是静坐请愿。工人已经失业三个月了，生活困苦到了极点。我们希望甄善仁能够还欠薪，重新复工。"

吴湘："据我所知，甄局长为了复工，跑去天津筹款了。待其返回北平后，吴某定代为转达，并为各位工人兄弟说话，尽力发给欠薪。他不在，你们围在这里也没用。为了不影响交通秩序，请兄弟们回去吧！"

"可以。"

13、南京煦园委员长办公室。（日，内）

蒋介石满面怒容，正在训斥孔祥熙："你干的好事，居然把财政部印钞局都给关闭了。你知不知道，剿共到了紧急关头，我正在四处找米下锅。你倒好，让印钞机停止转动，你是不是存心想饿死我的将士，破坏我剿灭红军、一统天下的大业啊？"

"不敢！不敢！委座言重了。四大银行的法币由英美两国印制足敷使用，印钞局可有可无，不如歇业算了。"

"混蛋！印钞局不是可有可无，而是极为重要。别以为我不知道你的伎俩，你的行径和王文瑞如出一辙。我真不明白，难道你姓孔的还缺钱花吗？难道你不知道北平乃华北重镇，北平不稳，华北不稳吗？"

孔祥熙自打出娘胎后，还没有被人如此厉害地斥责和辱骂过，胸中的怒火腾地燃起。心声："都说蒋光头刻薄寡情，六亲不认，果不其然。为一点芝麻粒大的小事，跟连襟撕破了脸，至于吗？"好在他自幼熟习孔孟之道，行事稳健，更有唾面自干的"雅量"。忙低声下气地解释："委座息怒！最近我对货币流通做了一点调查，由于我国是个落后的农业大国，民众贫穷不堪，大面值的法币用不上。民营印刷厂印的毛票、分票正好适合民用。再说了，东北沦陷，华北吃紧，故宫博物院的一万多箱国宝已经启运南迁。而北平财印局是我国唯一的国营印钞企业，那里有居于世界领先水平的票版和万能雕刻机、复色印钞机、过版机、凹印机等；还有像宋衡、范宝泉这样全国最顶尖的印钞专家。我把印钞局关了，把人员和设备迁到上海，保存实力，不是更便于管理吗？我保证让印钞局在一年后重新开张。"

蒋介石讽刺道："设想很好。真看不出你孔先生倒是一位忧国忧民的大圣人啊！只是一年后，我的将士都成了涸泽之鲋，你要上干鱼店去找他们啦！"

"哪里，哪里。"

蒋介石见孔祥熙面红耳赤，无地自容的样子，态度和缓了些："算啦，你我毕竟是亲戚，毕竟是连襟，我也不想过于计较。但有一点我要提醒你，为了戡乱救国的大计，必须把关闭的印钞局赶紧再开起来，把遣散的印钞工赶紧叫回来，尤其要把那些精通刻版、印制的工程师赶紧请回来。让印钞机飞速旋转，这是党国的命脉。记住！实业是经济之母，金融乃是经济之父。金融的核心是什么？核心就是钞票，你懂吗？"

"懂！懂！委座雄才大略，深明治国安邦之道，是我太糊涂了。我这就去通知印钞局全面复工。"

"那好，去吧。"

孔祥熙如释重负，边抹汗边倒退着离开办公室。

14、密室。（晚，内）

孔祥熙对戴笠咬牙切齿地说："不知哪个小人，把印钞局关门的消息捅到总裁耳朵里，惹得他龙颜大怒，把我骂得狗血喷头，只好下令让全局复工。请你设法帮我在北平打听一下，领头闹事儿的是谁？有什么背景？我愿出一万法币，买他项上人头。谁敢断我的财路，我就要断他的生路。"

戴笠慷慨激昂地说："此事包在小弟身上，一定让他从人间蒸发，您就放心吧。"

孔祥熙露出笑容："我相信戴局长的能耐，做掉个把人只是小菜一碟啊！"

戴笠得意大笑："哈哈……"

15、印钞局外墙布告前。（晨，外）

工人脸带笑容，点头道："好了，谢天谢地，总算全局复工了。"

梅建华："还是宋科长有见识，让咱们去甄宅焚香请愿，果然见效。"

龙昌本："听说孔祥熙那老混蛋还挨了蒋介石一顿臭骂，这回他可吃了个闷亏，丢人现眼，落了个湿柴火烧锅——憋气又窝火。"

马云："气死活该！"

龙昌本："哎，梅大哥，你那徒弟不是今天出院吗？"

"是啊，本当去医院接他的，可巧今天上班，只好下班后再去看望他了。"

16、宣武医院单人病房。（日，内）

床上放着皮箱，网兜中放着暖瓶、茶缸、脸盆、毛巾等日用品。杨卓与晓月默默凝视。

晓月："祝贺你康复出院，印钞局又全面复工，真为你高兴。"

杨卓："谢谢你，但我不会再回到那里上班了。"

晓月惊异地问："为什么？"

"工人不能掌握自己的命运，全都掌握在当官的手里，生活毫无保障。我要去当兵，跟鬼子拼个你死我活。你支持吗？"

"我？"晓月顿时羞红了脸，低声道："不管你做什么事，凡是对国家有益的，我都支持你。可你也要多注意自己的身体，经常来信。"

"好。"杨卓向晓月伸出右手，晓月伸手前迎，两双年轻的手紧紧握在了一起。

杨馨站在门口故意咳了一声："嗯哼！"

两人连忙松开手，杨馨进门忍住笑说："你们别慌张，我可什么也没看见。爸已经雇好了车，走吧。"说罢，拿起网兜便走。杨卓拎起皮箱，晓月拉住杨馨的网兜说："大姐，让我来拿吧。"

杨馨笑了笑，把网兜交给晓月，三人出了门。

17、宋衡家门口。（晚，外）

黑夜，星月无光。一位身穿黑衣、头戴黑色鸭舌帽的蒙面男子按响了门铃，两只眼睛机警地四下张望。

18、宋衡家客厅。（晚，内）

宋衡大声发问："谁？"无人回应。

杨馨："你快去开门看看，到底是什么人？"

"唔。"

19、宋衡家门口。（晚，外）

宋衡刚把大门打开，蒙面人便迫不及待地闯进院子，反手把门关上，轻呼："宋科长。"

宋衡惊叫："唐院长。"

"轻一点。"唐毅低声道："贾元庆已经向吴湘密报，说你是共产党，印钞局几次工潮都是你煽动发起的。特务马上就要来抓捕你，你赶快带着嫂夫人离开北平，越快越好。我走了，多多保重。"

宋衡惊讶地问："贾元庆为什么要对我下毒手？"

"他是军统北平站副站长，这次奉了戴笠之命，具体事由不太清楚，估计跟印钞局复工有关。"

宋衡倒吸了一口凉气，握住唐毅的手激动地："唐院长，大恩不言谢，后会有期。"

"祝你一路顺风，再见。"唐毅推开房门冲出去，立刻便消失在夜幕之中。

20、卧室中。（晚，内）

杨馨哭道："怎么会这样！怎么会这样！贾元庆不是一直和你称兄道弟吗？真是祸从天降啊！"

宋衡不耐烦地："哎呀，少废话，快收拾东西去。"

杨馨来不及抹去眼泪，便手忙脚乱地收拾现金、首饰、衣物。

宋衡催促道："快！快！没准特务已经出发了。"

一阵尖利的警车呼啸声由远而近，"嘎"的一声在门口刹住了车。

宋衡忙把妻子一拉，拎起皮箱说："别收拾了，咱快从后门逃走吧。"

"哎！"

21、宋衡家门口。（晚，外）

贾元庆带了十几个便衣军警用力拍门："快开门！快开门！"见门内毫无反应，贾元庆飞起一脚，将大门踢开，军警蜂拥而入。随即像蝗虫一般，扑向各个角落。

22、宋家客厅。（晚，内）

军警向贾元庆汇报："报告贾科长，卧室、书房、厨房、厕所，全部搜过，不见一个人影。"贾元庆目露凶光，破口大骂："哪一个狗日的通风报信，让姓宋的跑了！他妈的，跑得了和尚跑不了庙，家伙还在，给我砸！"

暴徒们纷纷把画框、座钟、花瓶、茶壶、茶杯掷地，清脆的器物破裂声此起彼伏……

23、街道。（夜，外）

宋衡拉着妻子狂奔，路上已无行人。杨馨娇喘吁吁："衡，慢一点，慢一点，我实在跑不动了。"

宋衡焦急地说："跑不动也得跑，被那帮坏蛋逮住只有死路一条哇。"

"嗯……嗯……"

两人继续奔跑，杨馨看见拐弯处有个车夫拉着空车东张西望，忙招手高叫："喂，拉车的，我们要用车，快来。"

"来嘞！"人力车夫如飞般而至，见了宋衡，俱各一惊，彼此叫唤："宋科长！"

"梅建华！"

杨馨抚胸道："我的天哪！这么巧。"

梅建华："宋科长，这么晚了上哪儿去？"

"上火车站，我们要去天津。"

"那您明天能赶回来上班吗？"

"哎呀，别问了，快拉我们上火车站，有话以后再讲。"

"好，请二位赶快上车。"

二人上了车，梅建华拉车飞奔，杨馨歪倒在宋衡怀里大口喘气，宋衡掏出手帕，心疼地为她擦拭额上脸上的汗珠。

24、前门火车站右侧。（夜，外）

宋衡夫妇下了车，宋衡向梅建华手中塞了两张纸币，梅建华像被火烫了似地忙推开道："不要，不要，您这是骂我呢！我哪能要您的钱？"

宋衡喝道："快收下！我们要赶火车呢。希望日后有机会再见面！"说罢，拉着妻子往车站跑去。

梅建华看着宋衡夫妇的背影，茫然自语："难道出什么事了？"

25、车站检票口。（夜，内）

惊魂甫定的宋衡左手拉着妻子，右手递票，随着人流进站。

26、月台。（夜，外）

杨馨紧偎着丈夫，伤心地说："咱们走得匆忙，门都没锁，家里不知被那帮天杀的糟蹋成什么样子啦！"

宋衡苦笑着安慰："唉，那些都是身外之物，只有人才是最宝贵的。幸亏老唐来报信，咱才免了杀身之祸。"

墙角边，贾元庆如同幽灵般地闪出，一挥手，十几个便衣军警呈扇状向宋衡夫妇包抄过去。

一列由沈阳开来的火车轰隆隆响着进了站。

宋衡指着火车对妻子说："馨，只要咱上了火车，就算躲过了这一劫。"

"是啊！"

贾元庆一个箭步冲到宋衡面前，奸笑道："宋科长，别来无恙？"

十几个便衣将他俩围在核心，宋衡莞尔一笑："你我同事多年，怎么突然客套起来？不好意思，车已进站，我们要上车了。"

贾元庆："且慢，请阁下到警察厅走一趟，吴总监正等着您呢！请。"

"警厅乃不祥之地，宋某不愿涉足其间。"

贾元庆脸色一沉："姓宋的，你别敬酒不吃吃罚酒，今儿个你还非得走一趟不可。"

宋衡怒道："我又没犯法，说不去就不去！"

"煽动工潮，挑唆媒介，制造事端，妨害治安，这还不算犯法吗？"贾元庆随即命令喽啰："把他带走。"

"不行，你们不能乱抓好人。"杨馨张开双臂，护住丈夫。

一个便衣使劲拽过杨馨，喝道："躲开！"用力一推，杨馨收脚不住，扑通摔倒了。

"馨！"宋衡边叫边赶紧奔了过去，把妻子扶起，问："你怎么样？"

"我没事。"

贾元庆阴恻恻地笑道："既然二位伉俪情深，一同前往如何？"

宋衡忙推开妻子道："姓贾的，你积点阴德吧。宋某一人做事一人当，与她无关，我可以跟你走，请吧。"

"行！"贾元庆皮笑肉不笑地说："看在同事一场的分上，今天我就放嫂夫人一马，请！"

一行人拥了宋衡便走，杨馨边哭边追："衡！衡！"

宋衡回头大声说："赶快上车，我不会有事的。"

第十集

1、天津火车站门口。（晨，外）

晓星残月，天刚蒙蒙亮，街头行人寥寥。

杨馨披头散发，脸色憔悴，手拎皮箱踉踉跄跄出了大门。

2、杨宅门口。（晨，外）

杨馨举手"嘭嘭嘭"拍打自家宅第门环，高叫："开门！快开门！"

3、杨家后院。（晨，外）

占地仅半亩余，靠墙根植有修竹数丛，藤花两本，柳、榆、椿、枣十余株，中间为黄土夯实的空地。杨卓正在练刀，露出结实的胸肌和胳膊，一块块鼓起的腱子肉，显示了他生命力的旺盛，一柄大刀在他手中上下翻飞，前后腾挪，荧荧光闪，霍霍风生。

4、杨宅门口（晨，外）

杨馨又举手拍门："爸，我是小馨，快开门哪！"

5、杨家后院。（晨，外）

杨卓忽止步侧耳倾听。敲门声又起，杨馨的画外音："爸，开门哪！我是小馨啊！"

杨卓忙向大门奔去。

6、杨宅门口。（晨，外）

杨馨哭道："爸，您怎么还不来开门呀！"又拍了几下门环，饥疲交加，无力地倒在石阶上。

门打开了，杨卓一见姐姐扑倒在地，大惊失色："姐！姐！您快醒醒，快醒醒。"

杨馨睁开眼睛，忙挣扎坐起，埋怨："哎呀，我叫了半天的门，你咋没听见呢？"

杨卓慌忙道歉："对不起，我在后院练武，隔得太远没听到，害姐姐着急。"

杨馨点头："可能我的声音太小了。"

杨卓："姐，您怎么这么早来天津，姐夫呢？"

"你姐夫他——他被人抓走啦！"

杨卓惊异地："什么？姐夫被抓，走，咱们进屋说话。"搀扶杨馨进了大门。

7、杨家客厅。（晨，内）

杨馨瘫坐在椅子上，有气无力地问杨卓："爸妈近来身体好吗？"

"还好，昨天二老去静海给三姑奶奶祝寿。爸连夜赶了回来，妈被他们硬给留下了，少说也要过个十天半月才能回家呢。"正说着，杨永清走了出来。

杨永清："馨儿。"

"爸！"杨馨站起身，扑向父亲："爸，爸——"哭诉："坏蛋贾元庆以'煽动工潮，妨害治安'的罪名把宋衡给抓走了，到了那个鬼地方，不死也要脱层皮。我一个年轻女人，让我咋办呀？"

杨永清疼爱地抚拍女儿柔肩，安慰道："不哭，不哭，爸给你想办法就是。"吩咐杨卓："快让你林婶去张罗早饭，你姐一夜没睡，肯定饿坏了。"

"哎。"

8、杨家餐厅。（晨，内）

正中是红木的条形桌和六把椅子。桌上有煎蛋、烧饼、油条、油糕、包子、豆浆、稀粥、酱菜等，煞是丰富。

杨馨坐着只是捂脸啜泣，父子二人无奈地看着她，谁也没动筷子。

杨永清："馨儿，别哭啦，快吃早饭吧。"

"我，我吃不下。"

杨永清一拍桌子："你给我先吃点东西，你要再饿坏了怎么办！你放心，哪怕倾家荡产，我也要把你男人救出来。"

杨馨边哭边说："爸，给我们报信的人叫唐毅，是职工医院院长，他父亲是北平市的副市长，人挺好的。"

"哦？"杨永清大感意外。

杨卓插嘴："爸，那唐院长的确是个好人。我师叔临终前，那唐院长也不嫌弃病人脏，还嘴对嘴地做人工呼吸哩，全局工友都尊敬他！"

"好，爸有主意了。咱们花钱消灾吧！拼着掏空家底，也要把你姐夫救出火坑。我马上赶往北平，找到唐院长，请他出面，让对方把宋衡放出来。"

杨馨含着泪花笑了："爸，您真好。"

杨永清指早餐："来，快吃吧，再不吃都要凉啦！"

一家三口各取所爱，吃起早饭来。

9、警厅总监办公室。（日，内）

杨永清、唐毅、吴湘同坐沙发上，每人面前一杯绿茶。

杨永清对吴湘说："闭门家中坐，祸从天上来。小婿一向安分守己，贵厅突然将他缉拿，不知是何道理？"

吴湘："抓捕令婿并不是本监的意思，孔财长本想关闭印钞局，是令婿煽惑员工烧香请愿，又召开什么新闻报告会，把娄子一直捅到委座那里，孔祥熙挨了一阵臭骂。如今印钞局全面复工，让孔财长的计划彻底落空，他能不恨吗？"

唐毅："我们也估计是孔财长授意军统搞的鬼。说吧，要多少钱才能买得宋先生出狱？"

"一万法币。"

杨永清惊叫："什么？一万法币，你当我是财神爷呀！杨某就是扒房卖地，也凑不出一万块钱啊！"

唐毅愤怒地问："吴总监，你们也真敢狮子大开口啊，这跟明火执仗又有何异？"

"嘿嘿，请二位稍安勿躁，听吴某说明原委后，二位就不会暴跳如雷了。"

唐、杨："讲！"

"孔财长悬赏一万花红，买宋先生的人头，贾元庆一伙自然乐得屁颠屁颠。除非有人也出一万，才能抵得孔财长的赏金。"

"这……"杨、唐对视，无奈苦笑。

吴湘："兄弟已把话挑明了，愿与不愿，尽在杨老先生身上。"

杨永清一咬牙，站起身："我答应你们，两天后一手交钱，一手交人。"

吴湘也站起身说："痛快！痛快！两天后令婿即可免除牢狱之灾喽！哦，还有一事相告，令婿出狱后，三天内必须离开北平，否则，吴某不敢保证他的绝对安全。"

杨永清怒吼："什么？一万块钱还不能换取他的自由，你们也太狠毒了，难道还要赶尽杀绝不成？"

吴湘冷冷地说："一万块钱是买他的一条命，还不够买他的自由。他得罪的可是孔财长！若不是唐公子亲自出面，即使杨老先生出两万，我也不能释放宋衡。"

"天哪！这是什么世道啊！"杨永清急怒攻心，身子摇晃了几下，险些晕厥。唐毅忙出手扶住道："老伯，快别生气，别生气啊！走，咱们出去再说。"

10、轿车里。（日，内）

唐毅亲自开车，杨永清坐在副驾位置上，不停地唉声叹气。

唐毅劝道："杨老伯不要气恼了，吴湘虽有些贪婪，人还不算太坏。他的话是有道理的。宋科长得罪了孔祥熙，留在北平凶多吉少。"

杨永清恍然大悟："哎呀，唐先生不愧世家子弟，分析问题，鞭辟入里。老朽佩服，佩服。您说得太有道理了，谁还怕钱多咬人？倘若小婿不走，仍与姓贾的在一个局子中上班，低头不见抬头见，怎么相处？小婿一介文弱书生，又如何斗得过阴险毒辣的军统特务？正如您所说的凶多吉少了。"

唐毅："宋科长是全国数得上的钢版雕刻专家，精通钞票设计、印刷工艺。他的老师刘尔嘉先生的西法画，曾在一九一五年农商部国货展览会上荣获特等奖。现在军阀割据，纷纷建立自己的印钞厂。像宋科长这样的雕刻专家，各印钞厂打着灯笼也难找，谋职绝不成问题。"

杨永清点点头。

11、杨家客厅。（日，内）

杨永清默默流泪，宋衡夫妇跪在杨永清面前，宋衡哭道："爸爸，您对我恩重如山。为了救我，您把祖传老宅都卖了。小婿害得您倾家荡产啊！"

杨永清将女婿、女儿一一扶起，叹息："起来吧，你我虽为翁婿，却情同父子。世上岂有儿子受难而父亲袖手旁观的道理。这不能怪你，要怪就要怪这个暗无天日的世道。真是豺狼横行，百姓遭殃。这些贪官污吏，就像咱们在火神庙看的那个火判官，'满腹杀人火，通身无心肝'啊！"

宋衡恨恨地说："一点不假，这群畜生，贪赃舞弊，穷凶极恶，比起盗贼来，有过之而无不及，良心早就变成狼心，吃人不吐骨头，与豺虎为伴了。"

杨永清："吴湘驱逐你出北平，起先我还气得发抖，经唐先生点拨，一言惊醒梦中人。倘若贤婿仍滞留局中上班，贾元庆之流再如法炮制，抓你进狱，索取巨金，咱就完了。看来那吴湘不是逼你，而是救你啊！谁让你得罪了孔祥熙呢！你俩打算去哪里？"

宋衡："我和小馨商量过了，准备去太原投奔阎锡山。卓弟同去如何？"

杨卓摇摇头道："不！我要去二十九军当兵打鬼子。哦，吴敏跟我一起走。"

杨永清明贬实夸："嗨，你兄弟口口声声说忠孝不能两全，还说国难当头，尽忠重于尽孝，好像我非得要他伺候似的。说实在的，我刚过知天命之年，身子骨硬朗着呢，要儿子尽什么孝？走远一点也好，还省得我和他妈操心哩。"

宋衡笑道："爸爸嘴上发狠，心里是舍不得卓弟的。不过，现在军队也很腐败。卓弟去了后，万事小心，不要抱有太多的幻想。"

12、杨家门口。（日，外）

一辆流线型的轿车从远处驶来，停车后唐毅先跳下车，又转到右边，打开车门，扶出穿着墨绿色旗袍的范宝瑛。举掌拍打门环，高叫："杨先生在家吗？"

13、杨家客厅。（日，内）

杨卓对父亲说："爸，有人叫门，好像是唐院长的声音。"

画外音："杨先生在家吗？"

宋衡侧耳谛听："嗨，果然是唐院长，快去开门。"

杨卓："我去！"

14、杨家门口。（日，外）

杨卓打开大门，见到手拎大包小包的唐毅夫妇，惊喜地："唐院长，果然是您，快请进，请进。"

唐毅："你爸和你姐夫在家吗？"

"都在！都在！唐院长、唐太太请。"

范宝瑛赞许地："小伙子真懂礼数，挺招人喜欢的。"

唐毅："人家是考工状元呢，能不懂礼貌吗？"边说边走进院子。

15、客厅门口。（日，内）

杨永清和宋衡夫妇一见客人，俱快步上前，宋衡喜道："哎呀，稀客，欢迎，欢迎。"

唐毅夫妇向杨永清鞠躬："杨老伯好！"

杨永清满面堆笑："唐院长、唐太太，屋里请！屋里请！"

16、杨家客厅。（日，内）

宾主坐定后，唐毅指着各种礼盒蒲包说："这么多年的同事了，大家就像亲兄弟一样。宋科长一走，我心里空空落落怪难受的，所以买了点糕饼，给二位火车上充饥吧。"

宋衡："这回我蒙冤入狱，幸亏唐院长鼎力相助，我还未登门道谢呢，反倒有劳贤伉俪上门，还带来厚礼，让我怎么担当得起呢？"

"彼此知己，不必客气。我这次来天津，除了为你送行，还有一事相告。我再也不愿和贾元庆这种败类为伍了。准备辞职开个银行。"

宋衡拍手叫道："好！好！实业救国嘛！印钞局风雨飘摇，气数将尽，的确没什么留恋之处了。银行叫什么名字？"

"叫中兴银行，取国家中兴之意。"

"好名字，但愿中华民族早日复兴。天津是北平后院，八国租界之地，各类建筑五花八门，请二位多逗留两日，容宋某略尽地主之谊。"

唐毅笑道："我和内人正有此意，因为靠得近，反而不着急游玩。宝瑛还没到过天津，正好一举两得。"

17、厢房。（日，内）

杨永清将一只黑皮包交给杨卓："你速去镇海楼饭庄，订一个最好的包间和一桌最好的酒席，唐院长是你姐夫的救命恩人哪！"

"好，我马上就去。"

18、黄崖关长城。（日，外）

宋衡扶着杨馨，唐毅扶着范宝瑛，杨卓扶着杨永清，向烟萝荫密、磴陌回盘的峰顶攀登。

唐毅、宋衡等一行人登上城楼。举目四顾，群峰迤逦，林涛翻滚，长城不见首尾，气势壮观。

唐毅对宋衡说："我到过八达岭长城、慕田峪长城，都是地势险要，景观奇伟。这黄崖关长城毫不逊色，也是蜿蜒若万丈金龙，不愧蓟北雄关，与北门锁钥的八达岭长城堪称双雄啊！"

宋衡："长城在冷兵器时代，的确有一定的防御作用。现代却不管用了，它能挡住英法联军和八国联军的坚船利炮吗？"

"不能。"

"对！古长城不管用了！我们中华民族必须要用血肉筑成一道新的长城。"杨卓在一旁插嘴。

"唔！"唐毅边点头边问宋衡："你们去太原，我就不送了，希望你们在那里能过得开心。"

宋衡叹道："国将不国，这心恐怕难开呀。"

唐毅重重地叹口气。

正和杨馨携手同步的范宝瑛娇嗔道："哎呀呀，咱大家难得出来玩一趟，就别尽说那些丧气的话了。宋科长是东道主，快给我们做向导，介绍介绍名胜古迹。"

宋衡双脚一并，举手敬礼道："小的遵命。"

众人都发出欢快的笑声，久久回荡在长城内外。

19、天津站月台。（晚，外）

火车一声嘶吼，徐徐开动了，宋衡和满面泪痕的杨馨从车窗探出身子，向杨永清父子挥手。

杨永清擦泪，杨卓追着火车大叫："姐姐，姐夫，保重——"

火车提速，眨眼间便风驰电掣般地在人们视线中消失了……

字幕：两年后。

20、颐和园。（日，外）

北京万寿山标志性建筑佛香阁化入，周边是规模宏大的建筑群，排云门、排云殿、德辉殿层层叠叠，金碧辉煌。在满山葱茏的林木映衬下，具有慑人的皇家气派。

镜头从万寿山拉开，恢宏壮丽的颐和园全景呈现在眼前……

昆明湖碧水盈盈，玉带桥曲线流畅，仁寿殿、知春亭、文昌阁、玉澜堂、宜芸馆、霁清轩等亭榭楼馆造型优美，色彩绚丽。

湖边空地上，已成为国民党二十九军特务团某连连长的杨卓正在指导战士练大刀，战士个个虎背熊腰，劈、剁、挑、刺，刀光闪闪，威风凛凛。激昂高呼："嗨！嗨！嗨！"

忽然树林枝叶剧烈晃动，震耳欲聋的坦克轰鸣声传入园内，战士们俱停止了动作。

杨卓命令："一排二排保护师部安全，三排随我出园。立即行动！"

众战士迅速兵分两路，跑步前进。

21、颐和园门口。（日，外）

杨卓和战士只见日本官兵排成方队，趾高气扬地跟在坦克后面正步前进。

站岗的新兵赵普和郑波胸背挺直，双目圆睁，怒视在中国土地上嚣张不可一世的日兵。几个日本兵先向赵普等人伸出大拇指，又伸出小拇指，挑衅道："皇军大大的，支那兵小小的。"

身材高大的赵普走到一名矮个子日兵前，拿手比划，那日兵的个头只到他的胸前。郑波在旁高声笑道："中国兵大大的，东洋兵小小的。"

日兵顿露悻色，刚要发作，被同伴拉走了。

杨卓含笑点了点头，唤道："小赵、小郑。"

赵普、郑波向杨卓敬军礼："连长好。"

杨卓还礼，说："能打胜仗才是真正的大，打不赢人家，个子再高也没用！"

两个新兵红着脸低下了头，杨卓见状，有些于心不忍，连忙转移话题道："昨天北平大雨，鬼子把大炮和战车都推到了宛平城外的卢沟桥火车站，看样子要有一场恶战了。"

赵普："这仗早就该打了。小鬼子在咱中国横行霸道，恨得我牙根子八丈长，就盼望痛痛快快地打一仗哩。"

杨卓喜爱地拍了一下赵普的肩，夸奖："好兄弟，有种。"

日本军官井原上尉带着卫兵走来，他约有二十五六岁，中等个头，白净面皮，疏眉细眼，高高的鼻梁上架着金丝眼镜，风度虽有几分儒雅，但眉宇间又透出乖戾和张狂。大摇大摆，便欲进门。

赵普横枪拦住："站住，不许进去。"

井原倨傲地说："我的，进园参观的干活。你的，没资格的阻拦皇军。"

赵普浓眉一竖，愤然道："请你放明白一点，这是中国的领土，任何外国人不经允许不准入园。"

"八格，你的日中邦交的破坏，冒犯了皇军尊严，死啦死啦的。"井原用力将赵普一推，便要强闯。

赵普"刷"地拔出背后的大刀片，对准井原作势要砍。吓得井原魂不附体，拉了卫兵便跑。赵普举刀佯装追了几步，周围爆发出一阵畅朗的大笑："哈哈哈——"

杨卓挥着拳头说："这年头，软的怕硬的，硬的怕愣的，愣的怕横的，横的怕不要命的！刚才小赵的大砍刀一亮，那两个鬼子不也吓得撒丫子就跑吗？"

众人："是啊！小鬼子也是人，也贪生怕死。"

师部文书吴敏跑来对杨卓说："杨连长，师座请你马上去师部，有紧急任务。"

"好！"杨卓跟了吴敏就走。

22、卢沟桥上。（夜，外）

昊空华月，繁星历历，鳞波闪闪。月光映照在横跨在永定河上的卢沟桥，宛似玉龙飞落。镜头掠过桥身两侧神态各异、栩栩如生的石狮，急速推近桥东碑亭内清乾隆帝御书的四个擘窠大字——"卢沟晓月"。

桥上有数十名中国军人荷枪巡逻。

忽然一阵欢快的唢呐声从桥西传来，杨卓和战士们讶然而望。

那是一列小小的迎亲队伍，新郎披红挂花走在最前面，中间是四个吹鼓手，最后是四人抬的一顶大红花轿。

桥东宛平城外日军实弹演习，不时有红绿信号弹曳过夜空，回响着各种火器的发射声。

大红花轿在缓缓行进。

信号弹照亮天空，枪炮喷出火舌。

以上画面反复跳接。

迎亲队伍走上桥头，杨卓挥手拦住："停下！停下！"

队伍停住了，身穿大红喜服的新娘掀开轿帘，露出一张洋溢着青春气息、羞涩俊俏的脸庞。

新郎跳下马来，点头哈腰地问："老总有事吗？"

杨卓："鬼子天天搞实弹演习，你们吹吹打打的，就不怕被鬼子给拾掇了？"

新郎哭丧着脸："我们就是怕鬼子发现，才半夜娶亲。"

"那就不要吹吹打打的。"

"是。"

23、公路上。（夜，外）

迎亲队伍闷声不响地走着。

吹手甲发牢骚："我吹了几十年的唢呐，偏偏今晚迎亲不让吹，憋得我难受呀。"

吹手乙："就是嘛，人家大姑娘上轿头一回，不吹吹打打哪对得起人家呀！"

吹手丙："按照老一辈传下来的规矩，新娘子出嫁那天最大，连官轿见了花轿都得让路哩。"

吹手丁瓮声瓮气地："尽说废话，那是太平年景，现在世道这么乱，不凑合又能咋样？"

新郎回头憨憨地一笑："对不住大哥了，大喜的日子没能让大哥亮出手艺，到家后多喝几杯喜酒。"

四吹手异口同声："都怪狗日的小鬼子，害得你不敢白日迎亲，你比我们更冤啊！"

新郎长叹："唉——"

24、日本军营。（夜，外）

全副武装的日本官兵簇拥在指挥官植田大佐身旁，恶狠狠地盯着卢沟桥。

井原指着花轿对舅舅植田说："舅父请看，支那人结婚迎亲。"

植田举起望远镜，迎亲队伍进入视野，奇怪地问："咦，迎亲怎么在晚上进行？"

井原骂道："这些狡诈的支那人，他们是有意躲避皇军。"对植田讨好道："舅父长夜寂寞，我带几个人去把新娘抢来，陪伴舅父如何？"

植田淫笑着摆摆手："算了！算了！支那兵在卢沟桥上虎视眈眈地盯着呢。不过，咱高贵的大日本皇军来到异国他乡，夜夜孤眠独宿，忍受性饥渴的煎熬。见到支那人的洞房花烛夜，却也让人心潮难平！"

井原恶毒地笑道："舅父，咱得不到的，别人也休想得到。不过，今天例外，放几声礼炮给新郎新娘祝贺祝贺怎么样？"

植田挑起大拇指："好！好！主意不错，放几炮让一对新人去天堂度蜜月吧。"下令："炮手注意了，给我把花轿炸掉。"

特写：乌黑的炮口不时转移角度，终于对准了目标，炮弹怪叫着飞出炮膛。

25、公路上。（夜，外）

一枚炮弹不偏不倚，在花轿顶上炸开，碎屑残肢飞上了半空。新郎和白马同时被巨大的气浪掀翻在地，又一发炮弹炸响，硝烟过后，地上尸骸狼藉。

26、卢沟桥上。（夜，外）

赵普惊叫："哎呀！快看，花轿被炸了！"

杨卓攥着大刀柄怒骂："狗日的小鬼子，又欠中国人民一笔血债！"

郑波等人央求杨卓："连长，快下命令吧！我们跟鬼子拼了。"

几枚炮弹飞上桥头，火光映红了夜空，杨卓忙喊："卧倒，准备战斗！"

炮弹轰隆隆响个不停，腾起一阵阵烟雾，飞沙走石，占据整个画面。

叠印字幕：一九三七年七月七日，日本帝国主义在卢沟桥发动了全面侵华的七七事变。中国人民伟大的抗日民族解放战争的序幕从这里揭开！

27、北平天安门广场。（日，外）

甄婷在戴月娇等一群女同学的簇拥下，面对数千激愤的市民，慷慨陈词："同胞们，眼前的局势令每一个有良心的中国人痛心疾首。平津危急！华北危急！中华民族危急！卢沟桥事变，是日本帝国主义对中国的野蛮侵略，希望全国同胞团结起来，用我们的血肉筑成抗日统一战线的长城，彻底粉碎日寇的狼子野心！"

戴月娇振臂高呼口号："团结起来，一致抗日！"

众人齐呼："团结起来，一致抗日！"

"打倒日本帝国主义！"

"打倒日本帝国主义！"

甄婷随即咬破食指，在一块白绸上写下"精忠报国"四个血字，戴月娇等几个女同学纷纷咬破食指，在白绸上按下自己的血手印。

28、公路上。（日，外）

满载官兵的军车，装满麻袋、弹药、枕木的卡车，以及农民驾着驴车，推着独轮车，熙熙攘攘涌向卢沟桥。

29、卢沟桥上。（日，外）

弹孔累累，栏杆上许多石狮不是掉了脑袋，便是炸断四肢。桥东畔日军尸横遍地。但我军也伤亡惨重。晓月等医护人员细心地为伤员包扎伤口。

杨卓对晓月说："感谢你们在炮火中给我们送医送药，真是白衣天使呀！"

晓月："救死扶伤是我们的天职，你们在前线流血牺牲，全国人民有目共睹，我们要尽可能地医治好伤员，减少他们的痛苦，让他们早日康复。"

杨卓由衷地："谢谢你们。"

护士甲："你谢我们，我们还要谢你们呢，救国不分一家嘛。"

杨卓目不转睛地注视晓月，晓月羞涩地："杨连长，你也该换换绷带啦。"

杨卓："好。"伸出左臂，拆开纱布，血肉模糊。晓月惊叫："哇！你的伤势不轻呀！"

"小点声，别让战士们听见。"杨卓又安慰晓月："我这点伤算得了什么，过几天就会痊愈的。"

晓月边给杨卓上药包扎，边说："杨连长，我上你们连队来吧，当个女兵。"

"哎，开什么国际玩笑！我这个连长权力有限，哪有资格招收女兵？把伤员料理好，赶快回去上班吧。"

晓月投去幽怨的一瞥，噘起小嘴，几个护士挤眉弄眼地笑了起来。

护士乙："落花有意，流水无情呵！"

晓月恼道："你瞎说个啥！看我不撕了你的嘴。"说罢便要动手，护士乙忙跑到杨卓身后撒娇道："杨连长快救救我，护士长要揍我哩。"

杨卓张开双臂，拦住晓月道："别闹啦！敌人随时会发动进攻，赶快撤离吧。"

晓月点头道："好吧，医院里病员也很多，我们还得回去照料他们。"对众护士："大家整理好器械和药箱，回去上班。"

众护士："好！"纷纷向官兵挥手道："再见！"

"再见！"

杨卓看着医护人员上了车，晓月上车前又向他挥了挥手："保重！"

杨卓："谢谢，你也保重。"

30、日本军营。（日，外）

井原向士兵训话："我们将要发动新一轮进攻，支那兵的大刀太厉害了，大本营运来了铁皮围脖儿，希望大家围上，保护自己。"说罢，带头将一条铁皮围脖缠在脖子上。

日兵甲："对，天照大神不收无头之鬼，千万别让支那兵砍断脖子，害得咱们连鬼都做不成。"

众士兵点头道："对！对！对！咱可不能被支那兵砍掉脑袋，连鬼都做不成。"纷纷戴上铁围脖。

31、卢沟桥上。（日，外）

魏民、李慕萍、赵焕云等报社记者有的拿着速记本采访记录，有的手执相机拍照。魏民对杨卓敬仰地说："你们的大刀让日寇闻风丧胆，杀出了志气，杀出了威风，杨连长真是英雄，卢沟桥成了坚守平津咽喉要塞的钢铁堡垒。"

杨卓："魏先生过奖了，英雄称不上。大丈夫宁可马革裹尸，也决不能让日寇侵我一寸国土。"

魏民竖起拇指："豪气干云，豪气干云啊！"

李慕萍按动快门，"喀嚓"一声，拍下了这感人的场景。

许多工人和农民把木箱、麻袋、粮草堆在桥上。姑娘、大嫂从竹篮中取出热气腾腾的馒头、烙饼、鸡蛋递给官兵，有的则用陶碗舀了稀粥端给他们。

官兵接过馒头看了一眼，惊叫："哎呀，馒头上还印着字哩。"

镜头摇向馒头，显出四个苍劲有力的红字——勿忘国耻。

头裹纱布的杨卓大叫："吃掉它！"与战士们狼吞虎咽。

一位大嫂心疼地说："好兄弟，可把你们饿坏了，部队难道没有伙夫吗？"

赵普："有，因为这几天伤亡太大，连通信兵、卫生兵、勤务兵、炊事兵也上了战场。大家忙着杀鬼子、守阵地，也就顾不上做饭了。"

"那你们多吃一点。"大嫂从篮中取了几张烙饼塞到赵普手中。

战士们抚摸着崭新的军鞋感动地说："谢谢大姐大嫂，做鞋子太辛苦了，让我们怎么过意得去呢？部队会给我们发军鞋的，以后别做了。"

一少女伶牙俐齿地说："当兵的南征北战，昼夜奔波，全凭铁脚生风。以后，你们每打死一个鬼子，我就给你们做一只鞋，打死两个鬼子，我就给你们做一双鞋。"

杨卓："我们要打死一万个鬼子呢？"

少女："那……那我天天给你们做鞋，行不？"

众人大笑。

远处枪声又响，杨卓举起望远镜看了看，对大家说："敌人又发动进攻了，乡亲们快撤。"

几个青壮年对杨卓说："长官，我们要留下来打鬼子。"

杨卓："不行！你们没有武器，没有作战经验，不要做无谓的牺牲。快走吧，算我求你们了。"

人们乱哄哄地奔下了桥，但魏民等站着没动。杨卓厉声喝道："你们怎么还不走！"

魏民："杨连长，抗战是全民族的事，不能只由军人参加。我们是新闻战士，应该同你们并肩作战。我们要把战地新闻在第一时间报告全国人民。"

赵焕云："杨连长，在全民抗战的热潮中，新闻记者不能缺席。"

杨卓："那好，你们留下，女记者立即撤离。"

李慕萍："战争不应该让女人走开，难道女人就不是炎黄子孙，我要和你们一起战斗。"

杨卓无奈地说："既然如此，你们就全部留下吧！打起仗来，子弹可不长眼睛，你们自己要小心些。"

李慕萍："谢谢杨连长。"回身搂住魏民，在他颊上"吧"地一个响吻，大叫："咱们胜利啦，一定要写出最精彩、最生动的战地新闻，献给全国人民。"

众人见状，都扭头嘿嘿地笑了。

赵焕云："笑什么笑，人家本来就是两口子。"

杨卓："哦，原来如此，我还以为知识女性开朗大方哩。"

李慕萍索性挽了丈夫，作满脸陶醉状，众人又哈哈笑了起来。

1、公路上。（日，外）

一群意气风发的军训团学生兵站在军车上高唱《大刀进行曲》：

大刀向鬼子们的头上砍去，

全国武装的弟兄们，

抗战的一天来到了……

2、卢沟桥上。（日，外）

赵普欢叫："连长，援兵到了！"

须臾军车开到桥上，还没停稳，军校学生便纷纷跳下车来。

军训团副司令、一三二师师长赵登禹打开车门，大步流星向杨卓走来。杨卓忙迎向赵登禹，大叫："师座。"两人拥抱，互相拍打对方的肩背。

郑波指着桥东大叫："鬼子又冲锋啦！"

赵登禹左手提枪，右手提刀，命令："准备战斗！"

学生兵纷纷举枪向敌人射击，赵普等人向敌方投掷手榴弹。但日寇还是冒着枪弹向卢沟桥进逼。

杨卓命令："反冲锋，将狗日的揍回去！"脱下上衣，举起大刀片向敌阵冲去。官兵们也争先恐后，挥舞大刀向敌人杀去。井原高喊："快撤！"回身便跑。杨卓等已追上，双方展开白刃战，凶悍的日军纷纷倒在大刀下，其余的见势不妙，仓皇逃走了。

郑波、赵普等人打扫战场，从战死的日官兵口袋中掏出大把血污的中外纸币，纷纷交给杨卓。杨卓仔细看了看，对赵普说："你细看看，尽是些废币和假币，他们带上废币假币干什么？"

"管他呢，先收下再说，也算战利品嘛。"

杨卓点头，放到军用挎包里。

几个电话兵驮着线轮挎着线拐捧着话机向赵登禹跑来："赵师长，佟副军长要跟您通话。"

赵登禹接过话筒，佟麟阁的画外音："赵师长吗？卢沟桥情况怎么样？"

"报告军座，刚才弟兄们又打了一仗，把狗日的杀退了。"

"好！干得不错，宋军长在北平和日本人谈判，暂时休战。过两天我要陪中央慰问团到卢沟桥来看望大家。"

"是！卢沟桥全体官兵热烈欢迎中央慰问团。"赵登禹搁下话筒，对杨卓等人笑道："弟兄们，好好干，中央派来慰问团要慰问你们呢！"

"哎呀，太好啦！"官兵们都乐得一蹦三尺高。

3、唐家客厅。（晚，内）

范宝泉和唐毅夫妇同坐沙发上，唐毅指着报纸上杨卓的照片对二人说："咱们没有填尸沟壑，还能坐在家中喝茶聊天，全靠杨卓这样的军人浴血奋战啊！"

范宝瑛叹气："唉，日寇的野心是天狗吞日，想把整个中国吞掉。虽然报纸上赞美卢沟桥是铁壁铜墙，但情况并不容乐观。我总有不祥的预感，如果蒋介石不改变'攘外必先安内'的错误主张，卢沟桥早晚要陷入敌手。"

范宝泉："是啊！日寇是机械化装备，我们的部队还使用大刀长矛。这仗怎么打？要不，咱捐些钱买些新式武器送上前线吧。"

唐毅："也好，我去打听一下，枪支弹药在哪儿买？具体价格是多少？或者干脆捐钱给市府，让他们出面去买。"

范宝瑛："得了吧，你们捐的钱能用到刀刃上吗？说不定正好中饱那些贪官的私囊。依我看，不如等一等再说。"

范宝泉、唐毅点点头。

4、局长室。（日，内）

甄善仁正在接电话，喜道："好！好！本局技术力量雄厚，保证按时完成任务。再见。"

传来"嘟嘟"敲门声，甄善仁："请进。"

范宝泉推门而进，欠身道："局座。"

甄善仁笑容可掬："快，请坐。"

"哎。"范宝泉在沙发上坐下了，甄善仁刚要开口，电话铃又响了，忙对范宝泉说："对不起，我接个电话。"抓起话筒问："您好，哪一位？"

电话声："请问您是印钞局甄局长吗？"

"正是。您是？"

"哦，我是山西银行的邵襄理，本行想在贵局印制一些元票和角券，如果贵局愿意承印的话，我马上赴北平洽谈具体规格和要求。"

"哎呀，本局求之不得。您哪趟车到北平，我派人去接您。"

"不用费心了，我来过贵局，可谓轻车熟路，届时面谈。"

"好，甄某一定扫榻相迎。"

"不敢！不敢！"

甄善仁挂断电话，对范宝泉笑道："范科长，这两天电话都打爆了。自从报纸登出杨卓坚守卢沟桥的大幅照片后，许多单位都主动上门联系业务。除了印制邮票、印花票、税票外，咱们还得承印河北银行、山西银行、晋绥铁路、垦业等银号的元票、角券以及山西物产土货券等。任务太重，我真是又喜又愁，你们印刷科是局里的主力军，工友们能吃得消吗？"

"没问题，我们可以加班加点，为局里分忧。"

甄善仁感动地说："多好的工友啊，我以前真是鬼迷心窍，对不住大家。"掏出手帕擦眼泪。

范宝泉忙劝慰道："人非圣贤，孰能无过？局座千万不要过于自责了，现在不是很好吗？"

甄善仁："唔，你去告诉工友，就说是我说的，因工作繁忙，需要加班。凡加班三小时为半工，六小时为一工，多劳多得，改善生活。其他科室也是如此。"

范宝泉兴奋地说："哎，我马上去传达局座的指示。"

5、凹印工房。（日，内）

工友们手中数着法币，一个个笑逐颜开。

范宝泉得意地问："怎么样？局长说多劳多得，没哄骗大家吧！因生意兴隆，利润丰厚，甄局长要犒劳大家，已经命令财务科做发放奖金的报表啦！"

"哎呀，那敢情好。"

范宝泉："甄局长说，咱们都沾了杨卓的光，二十九军在卢沟桥抗击日寇，受到全社会的尊重。而英雄连长杨卓，是从咱印钞局走出来的！"对梅建华说："梅师傅，全局工友都羡慕你有个好徒弟啊！"

人们七嘴八舌："杨卓既忠厚又机灵，见了谁都打招呼。不像有些年轻人，毫无礼貌，人不睬、狗不理的。"

马云："我早就看出来了，这小伙子准有出息。"

梅建华笑道："那年元宵节，他还帮我抱孩子哩。"

6、局长办公室。（日，内）

甄善仁打开办公室的保险柜，取出一把带有皮套子的短枪，放进黑色公文包里。坐到桌前打电话："印刷科范科长吗？"

7、印刷科长办公室。（日，内）

范宝泉接电话，欣喜地："好！好！好！我马上去通知，去通知。只要去四五个人，免得影响生产，没问题。"

8、楼道上。（日，内）

甄善仁下楼，甄婷上楼，父女同时叫道："婷婷！""爸爸！"

甄婷问："爸，您上哪儿去？"

"去卢沟桥慰问官兵。"

"我也去。"

"行！"

9、甬道。（日，外）

父女两人挽手边走边聊。

甄婷："爸，我在报纸上看了杨卓的英勇事迹后，深受感动。写了一个保卫卢沟桥的话剧剧本，准备组织学校老师和工友排练后演出，希望局里能支持一点购买服装道具的经费。"

"没问题，宣传抗日，人人有责嘛。不过你我也得公事公办，你写张呈文递上来，我在局务会上讨论一下。"

"是，谢谢爸爸。"

"甬谢。你写剧本，最好能亲临其境，了解剧中人物的内心世界和真实状况，这样写出的人物形象才饱满鲜活，有血有肉，能起到陶冶人、教育人、鼓舞人的作用。"

甄婷惊讶地："哇！老爸您太厉害啦！比剧作家还剧作家。人说亲人眼中无伟人，可我还是打心底里佩服您这个了不起的爸爸。"

甄善仁故意绷着脸道："你拉倒吧！当年跟爸唇枪舌剑的是你，离家出走的也是你，现在又来说好听的，谁相信呀？"

"那时你反动透顶，与民为敌，才使得众叛亲离。如今你开明进步，又得到女儿以及全体工友发自内心的尊敬，谈不上说话好听难听。"

"是啊！我们每个人都要与人为善啊！"

"爸，我永远爱您并且崇拜您。"甄婷猛然止步，搂住父亲，在他颊上吻了一下。

"死丫头，没大没小。"甄善仁佯骂，却又摸着脸开怀大笑："哈哈——"

10、凹印工房。（日，内）

范宝泉大声说："工友们，停一下，我要传达一个通知。"随手拉下电闸门。

众人向他聚拢，疑惑地问："范科长，什么通知？"

范宝泉笑着摇手道："大家别紧张。"对梅建华说："梅师傅，局长有个美差交给你去办呢。"

"美差？局长能有啥美差给我？范科长是拿我们开心吧。"

马云："是啊！总务科那么多人伺候甄局，还能有什么美差轮得到我们这些穷工人？"

范宝泉一边用手帕擦额头上的汗，一边说："我告诉你们吧，现在正是三伏天，热得人喘不过气来，那些坚守卢沟桥的官兵顶着毒日头，多遭罪呀。局长也是行伍出身，知道那滋味可不好受，特意命总务科买了几十担西瓜去慰劳国军。他老人家知道梅师傅与杨连长师徒情深，指定由梅师傅押车去卢沟桥，为的是让你们师徒见上一面，叙叙旧。怎么样？"

众人："哟，局长想得真周到哇。"

"梅大哥可没少念叨他的徒弟。"

"天这么热，大太阳下守桥可真够呛。能有西瓜解暑热，真是再好也不过了。"

梅建华先是一愣，随即惊喜地："哎呀，这可真是个大美差！没想到甄局长还这么有人情味呀。"

范宝泉："是啊！甄局长就是脾气倔了点，其实为人还是不错的。这样吧，你做主，挑几个工友帮你运西瓜，我先走了。"离开工房。

工人们围着梅建华叫道："梅师傅，我去！我去！我去！"

梅建华点名："龙昌本、马云……"

11、卢沟桥上。（日，外）

烈日当空，河两岸的柳枝儿纹丝不动，高亢而单调的知了声噪耳。官兵们满头满脸大汗，后背都是湿漉漉的。纷纷打开军用水壶，往嘴里咕咚咕咚灌凉水。

有人骂："呸！鬼天气，专和老子过不去，把人要烤焦了，下场大雨就好喽！"

赵普用手背抹了一下嘴角的水珠说："天真热啊，要是能来几个大西瓜就好喽！既解渴，又解馋，一咬一口蜜，那才真叫一个美。"

郑波："咳，咱穷当兵的哪有那福气吃西瓜？有碗酸梅汤喝喝就不错啦！酸酸的，甜甜的。"

杨卓："别尽说傻话了，快把你们的水壶灌满吧，免得打起仗来连口水都喝不上。"

"哎。"

12、公路上。（日，外）

一辆小轿车和一辆大卡车向卢沟桥疾驶而去。甄善仁父女坐在轿车中，甄善仁左手擦汗，右手摇着折扇。范宝泉坐在卡车司机旁边，车厢中，堆满一筐筐的西瓜。梅建华、马云等人戴着草帽站在车上。

13、卢沟桥上。（日，外）

甄善仁父女下了车，甄婷向杨卓伸手道："杨连长，我爸和工友们看望你来啦！"

杨卓连忙在衣襟上擦了擦手，握住甄婷的右手说："谢谢甄老师，谢谢大家。"又向甄善仁敬礼："甄局长，您好。"

甄善仁："大家好。"

范宝泉、梅建华等人跳下了车，向杨卓走来。

杨卓高叫："范科长！师傅！"激动地与梅建华、马云等一一拥抱，互相拍打肩背，甄善仁父女和范宝泉站在旁边微笑观看。

甄善仁："杨连长，请你叫上几个弟兄，帮你师傅把车上的西瓜卸下来吧，这是局里的一点心意。"

杨卓赶忙道谢："谢谢局座关怀，谢谢局里。"回头命令："赵普、郑波，你们快带上弟兄们去把西瓜卸下来吧。"

二人："是！"对士兵："走，卸西瓜去。"

众士兵欢呼："卸西瓜喽！卸西瓜喽！"向车前奔去。

14、卢沟桥下。（日，外）

梅建华、马云等站在车上，两人一组，将柳条筐向下传递，战士们站在车旁一筐筐接过，堆在树荫下。

15、卢沟桥上。（日，外）

甄善仁取了一个士兵的步枪看了看，又还给他，对杨卓说："贵军怎么还用'汉阳造'？也太落后了吧。这种枪的精确射击只有三四百米，而日军步兵的三八大盖的精确射击可达一千二百米。其间七八百米的距离差是致命的。当年我在张大帅手下当兵站少将总监，给东北军装备了当时世界上最先进的德国武器，远胜小日本。可几十万拥有德式装备的东北军在'九一八'事变中不战而溃，最后拉家带口去了西北。你们就这种装备，还能一次又一次打退了日本鬼子，真是英雄、真是英雄啊！"

杨卓黯然泪下，泣道："局座是沙场老将，说得太有道理了。战斗时，别说七八百米，就是三四百米的距离差也是致命的。在撤离时，我们有几分钟的时间暴露在敌兵的射程内，成了活靶子。看着战友一个个倒下去，我撕心裂肺地疼啊！"

"咳！"

"报告局长，我们打扫战场获得了不少钞票。"

"哦？战场上获钞票倒很罕见。"

"这是从阵亡的日本官兵身上搜出来的。不过，我看都是假的。"

"什么？假的？拿来看看。"

甄善仁叹道："可怜呀，这些假钞废币是死者的卖命钱啊！日本当局真是丧尽天良！"

稍停片刻，甄善仁从公文包里拿出三万元法币递给杨卓："这是局里对卢沟桥将士的一点心意！"

"局长，我们不能接受您的钱！"

"不！这不是我的钱，这是局长基金。这是印钞局全体职工对你们的情意。"

"谢局长！"杨卓接过钱交给赵普。

甄善仁又从公文包中取出一把短枪，递给杨卓道："杨连长守土有功，甄某无以为敬，赠你一支德国造的驳壳枪，多杀几个日寇！"

杨卓忙推辞道："君子不夺人所爱，局座也是军人，视枪如命，恕在下不敢承受。"

甄善仁眉毛皱道："别斯文啦，这把枪对于你在战场上大有用处，你就别客气了。"

范宝泉："杨连长，既然是甄局的心意，你就收下吧。"

甄婷："自古道宝剑赠壮士。我爸爱你是条汉子，才以手枪相赠，你别拂了他的好意。"

"这？"杨卓沉吟。

"拿着，这种驳壳枪外有木盒，也叫盒子枪、盒子炮。射击时可把木盒移装在枪后，作为托柄，能连续射击，射程比普通手枪远。我就最喜欢使用这种手枪。你打仗时多杀几个敌人，就算报答我了。"甄善仁边示范边把枪递去。

杨卓接枪，双脚一并，向甄善仁敬了一个军礼，甄善仁举手答礼。

杨卓端详把玩制作精巧的手枪，赞叹："好枪！好枪！太感谢局座了！我一定要一枪毙敌，百发百中，不负局座赠宝之情。"

甄善仁满意地说："好。希望你能成为一个神枪手。"

梅建华等人向桥上走来，范宝泉问："西瓜卸完了吗？"

"卸完了。"

甄善仁："回局吧。"向杨卓伸出右手："多保重，祝你们多打胜仗！"

杨卓抓住他的手使劲摇了几下说："谢您的吉言，胜利一定属于中国人民！"又与梅建华拥抱，叫道："师傅。"

梅建华拍了拍他的后背说："好徒弟，日后师傅还会来看你的。"

"谢谢，请代我向局里的工友问个好。"

"嗯，再见。"

"再见。"

杨卓对甄婷说："甄老师，我的学历偏低，学问太浅，以后我要多多向您求教。"

甄婷笑道："别客气，咱们互相学习，欢迎你日后上局里来玩。"

"是。"

杨卓目送他们登上了车，梅建华等人站在卡车上和杨卓挥手道别。

16、公路上。（日，外）

几辆防弹黑色轿车往卢沟桥疾驰，车中坐着宋子文、戴笠、二十九军副军长佟麟阁和赵登禹。

17、卢沟桥上。（日，外）

宋子文西装革履，笑容满面，在戴笠、佟麟阁、赵登禹等人簇拥下，向列队欢迎的官兵频频招手致意。跟在他们身后的是十几个手提巨箱虎彪彪的壮汉。

宋子文招呼："弟兄们辛苦了。"

官兵齐呼："长官辛苦。"

宋子文用他的川沙普通话热情洋溢地说："诸位弟兄们，你们在前线与日寇浴血鏖战，卢沟桥成了坚不可摧的钢铁堡垒。政府无论如何困难，也不能委屈我们的抗日英雄。全国四万万同胞都是你们的坚强后盾。我们一定生死与共，夺取最后的胜利！"

官兵们哗哗地鼓起掌来。

佟麟阁对戴笠客气地说："戴局长，您也讲几句。"

戴笠点头："好，我说几句。"对大家："弟兄们，你们是中华民族的热血男儿，全国同胞向你们学习，向你们致敬。你们的英勇事迹，传遍了全世界。南京、上海、武汉、太原等地的工人、学生、市民，纷纷组织成立了募捐团、宣传队、慰劳队、战地服务团等。蒋委员长向二十九军发布了嘉奖令，财政部奖赏二十九军八十万法币，军统局的同志们慷慨解囊，捐出五万法币，本人再赠两万法币，献给保卫卢沟桥的勇士们。"吩咐侍卫："把钱箱打开。"

侍卫打开箱盖，一摞摞新印出的法币炫人双目。

佟麟阁、赵登禹带头鼓掌，连声说："谢谢！谢谢！"

杨卓举手："报告！"

佟麟阁："讲！"

杨卓："我叫杨卓，是二十九军的一个连长。对于财政部和军统局所颁发的重奖，我们表示感谢。但我想告诉两位长官，金钱买不到英雄，我们不要金钱，要抗日！"

宋子文顿现愠色，佟麟阁断喝："放肆！"

戴笠干笑一声："杨连长，这是从何说起？现在全国民众已在抨击政府抗战不力，你的话要是再传出去，那不是雪上加霜么？无论是最高统帅的嘉奖，还是政府的奖金，都是对你们奋勇杀敌的赞许和肯定，并没压制你们抗日啊！"

"但是——"

宋子文和蔼地："杨连长，子文一向推崇民主，提倡言论自由。你想说什么就说什么，没关系。"

"好！请问长官，这是什么？"杨卓"嗖"地亮出一柄血迹斑斑已卷刃的鬼头刀。

"大刀！"

杨卓："这就是中国军人二十世纪三十年代交战的兵器。人家有飞机、大炮和坦克助战，我们只有装填一发子弹的步枪和大刀。面对敌人的山炮、加农炮、榴弹炮、高射炮，而我们威力最大的重武器只是手榴弹和迫击炮。敌人一个坦克营的火力超过我们一个步兵师。我手下的兄弟杀红了眼，身上绑了炸药向坦克猛扑过去也没用。一个排的兄弟只剩下八个人，我们十命才换鬼子一条命啊！"悲愤地跺脚大哭。

赵普、郑波等战士也哭道："军人以身殉国，我们早已把卢沟桥当成我们的墓地。可坟墓挡不住恶魔的炮火啊！"

戴笠默然不语，佟麟阁、赵登禹无声流泪，桥上一片抽泣声。

宋子文掏出手帕擦了擦泪，向杨卓鞠了一躬："对不起。"

杨卓连忙举手敬了个军礼，用手背抹了一下泪水说："宋院长是留学美国的高材生，能否出面向欧美等国购买一些先进的武器，改变中国军队装备落后的困境。这些赏钱请长官带回南京，充作军费吧。"

宋子文肃然道："不！赏钱还是请杨连长分发给镇守卢沟桥的弟兄们，这是对你们忠贞救国的奖励。至于购买先进的武器，政府责无旁贷。子文相信，如果你们这些当代最优秀的军人，拥有世界上最精良的武器，一定无敌于天下。"

众人鼓掌，佟麟阁高声道："弟兄们，我来说几句，宋院长和戴局长都是坚定的抗日派。一九三三年春，鬼子占领山海关后，又向热河进发。宋院长来到北平，发表抗日演讲。宋院长说：'最近日本人印发伪国地图，竟然把热河和东三省划成一个满洲国，叫做他们的生命线。吾人决不放弃东北，决不放弃热河。'只要政府、军队和人民万众一心，中国决不会亡于日寇之手。"

群情振奋，举臂高呼："中国决不会亡于日寇之手！决不当亡国奴！"

赵登禹对宋子文说："请宋院长转告蒋委员长：登禹是一个从戎二十多年的老兵，国难当头，忠孝不能两全，一定先尽忠再尽孝。"

宋子文紧握赵登禹的手激动地说："将军乃国家之干臣，民族之栋梁，子文衷心敬佩。二十九军之卓越功勋，将永彪青史。所托之言，一定转告委座。"张开双臂，两人拥抱。

杨卓向宋子文敬礼："报告宋院长，弟兄们缴获到了一些战利品，是中外废币和伪币。请院长看看是啥玩意儿？"说罢从鼓鼓囊囊的背包中倒出一大堆中外纸币。

宋子文仔细看了看，气得白胖的脸涨得通红，鄙夷地骂了句："不要脸的东洋瘪三。"又对戴笠说："雨农，你看看。"

戴笠翻着一打纸币，也破口大骂："狗日的，太卑鄙啦！只有小鬼子才做得出这种下三滥的事来。"

杨卓好奇地问："宋院长，什么事让你们气成这样？"

宋子文指着几张纸币对大家说："你们看，这纸币是一家叫中国殖边银行发行的，但该行早在袁世凯上台后，就已宣布倒闭，其发行的纸币早已作废。前些天，我就听说了，日本军队每占领一个城市，就四处搜抢印钞票的票版，说什么找到一块票版，比抢到一百辆卡车的钱更有价值。你们看这些废纸币，就是他们将原来票版上的'哈尔滨'改成'浙江'，企图在沪宁杭地区使用。不过改得很不高明，一眼就可以看出改的痕迹。还有一些是作废的马克、美元、英镑、法朗以及日本仿造的法币。一个国家，一个政府，竟然公开利用废币、假币来充当军饷，你们说，小日本多不要脸啊！"

官兵听完真相，愤怒地咒骂："这些日本鬼子，真是坏事做尽的缺德鬼，不得好死的短命鬼。"

"他妈的，咱们以毒攻毒，也印些假外币假日元到日本去使用，气死他们！"

戴笠眼睛一亮，自言自语："印假日元、假外币……"

声、画同步化出。

第十二集

1、北京饭店。（日，外）

北京饭店坐落于北平东城东长安街，是当时城内规模最大、设备最好的高档旅馆。建筑外部为米黄色，清新明朗，具有近代欧洲折中主义风格。在四周矮屋的衬托下，愈显得漂亮壮观，鹤立鸡群。

镜头摇下：一群或长袍马褂，或西装革履的中老年男子器宇轩昂，三三两两站在堂前台阶上，向远处眺望，站在最前面的是唐毅，他们是平津银行界的代表。

宋子文一列车队缓缓驶来。

众人顿露惊喜之色，喃喃自语："来了，来了，宋院长来了。"

宋子文与他们一一握手，点头笑道："不好意思，让诸位久等了。"

"哪里，哪里，宋院长不辞旅途劳顿，慰问抗日将士，正是我等的楷模呢。"

"岂敢！岂敢！"

宾主一同向大厅走去。

2、小宴会厅。（日，内）

奢华而又典雅，墙上挂着几幅西洋油画，有英国画家罗赛蒂的《但丁之梦》《比亚特丽丝》；俄国画家希施金的《松林里的早晨》《麦田》等。天花板上垂下一只流光溢彩的欧式大吊灯，一张足可围坐二十人的巨型圆桌旁已座无虚席，餐桌上琳琅满目，刀、叉银光闪闪。坐在正中主位上的宋子文面色凝重，对大家说："今天子文点了一桌法式菜招待诸位，我有个建议，咱们用第一杯香槟酒，祭奠为保卫卢沟桥而壮烈牺牲的英灵吧！"言毕沥酒于地。

戴笠等人跟着端酒泼地。

宋子文："来来，不要客气，大家请随意。"

虽然主人邀请，但谁也没动刀叉，气氛沉重。

宋子文叹道："今天子文和雨农携款去卢沟桥慰问二十九军将士，谁知他们不要钞票，要抗日。并拿着一把卷刃的大刀亮给我们观看，说日寇武器优良，而国军装备窳劣。守军凭着一股血气之勇，靠着'单打一'的步枪和大刀片，杀退了敌人一次又一次的疯狂进攻。令人痛心的是，我们因为武器落后，牺牲了多少本来可以不牺牲的官兵，又失去了多少本可制敌的良机。我军牺牲十命才换日寇一命啊！对此子文极为震撼。中国的当务之急，是改变落后的经济和军事状况。"

唐毅尖锐地说："宋院长，中日两国军事实力悬殊，人所尽知。我军武器确实不如敌军，但也不像院长所说的差距那么大。二十九军不是委员长的嫡系，自然装备就差。而黄埔出身的将领是天之骄子，部队全部美式机械装备。以劲旅精兵，用以'剿共'；以弱旅杂牌，去打强寇，伤亡焉能不重？美国史迪威将军就在笔记中写道：'中国有世界上最好的士兵，却由腐败无能的政府和愚蠢胆小的指挥官率领着。'说我们是内战内行，外战外行。我等也是炎黄子孙，愿为抵御外侮尽绵薄之力。即使毁家纾难，我等亦无吝色。只怕我们的血汗钱又成了委员长的剿共经费。大敌当前，军政首脑还在抢占地盘，争夺权利，排斥异己。"激愤地："只怕焦土万里，国将不国，为期不远矣！"

众人交头接耳："是啊！是啊！委员长为了'剿共'，竭泽而渔。南京政府每月财政赤字高达一千万元，这就是他所谓的'攘外必先安内'国策？我们怎么放心把钱交给政府呢？"

宋子文高声："诸位，国难严重到如此地步，非吾辈从容谈论之时，唯有简括一言，子文愿掬一万分诚意，奉劝诸位化除成见，团结一致，努力抗日。"

众人："愿闻院长高见。"

"自晚清到民国，外患频仍，内政腐败，民生凋敝。但平津一带市声鼎沸，商业繁荣，全靠诸位领导有方啊！"

众人欣慰地："宋院长过奖了。"

宋子文从皮包中取出几张带血的中外假钞废币，向大家抖动说："日寇为了以战养战，竟用废币假钞给官兵发饷，手段卑劣至极。其目的是攫夺我国的财富，破坏法币流通和信用制度，制造通货膨胀，搞垮我们的社会经济基础。希望诸位转告商界同仁，共同抵制废币和假钞，以免祸国殃民。"

众人："这个自然，宋院长就是不说，我等也会全力抵制废币伪钞，维护金融秩序。"

宋子文："诸位俱是商业干才，必然清楚金融是经济的核心。商品、货币是市场经济构成的基本要素。而伪钞废币泛滥将会造成怎样严重的后果？那将使整个经济基础瘫痪！但侵略者铁蹄到处，必然用军事强权强迫商家接受其印制的伪钞，也不是诸位想抗拒就能抗拒得了的。一旦平津失守，诸位想全身而退也不容易了。为了拯救华北，也为了拯救自己，子文吁请诸位协助发行爱国债券五千万元，解救国家的燃眉之急。"向众人深深鞠躬。

唐毅："宋院长，如果真是为了驱逐日寇，我等肯定尽责尽力。就担心政府借口抗战，巧立名目，举借新的内债用于内战。"

"子文愿以人格担保，决不为内战发行债券。"

众人面露笑容，相视点头："这下就好了。"一片掌声。

3、南京煦园委员长办公室。（日，内）

蒋介石一身戎装，坐在办公桌前，信手翻看一沓废币，切齿骂道："娘希匹，东洋佬实在可恶！"往桌上一摔。扭头对坐在三人沙发上的宋子文和戴笠说："日军这一手很阴险，如果以废币假钞强买强卖，豪夺我大批财物，我们将遭受不可估量的损失，法币的价值体系将面临崩溃。"

宋子文："我在北平时，已向当地银行界的朋友呼吁抵制废币，发行爱国公债。决不让假币破坏中国经济。"

蒋介石颔首，转问戴笠："唔，雨农，你看呢？"

戴笠连忙站起身："刚才校长和宋院长已把问题剖析得很清楚了。日寇占了东三省，又占了内蒙、热河，陈兵华北。目前国军哪有力量阻止日寇的步步进逼？但也不能听之任之。依学生看来，兵来将挡，水来土掩，咱来个以假对假，以毒攻毒，设立秘密印钞局，专印日元假钞如何？"

蒋介石沉思片刻，点头道："雨农的主意不错，可以秘密印制日元假钞，来个以毒攻毒。"

宋子文摇头："不行，此事不妥。"

戴笠问："为什么不行？"

宋子文："因为日本唯一的发钞银行为日本银行，日元所使用的马尼拉麻和牛皮纸浆中，又掺入日本的一种名叫黄瑞香的植物纤维，其他地方很难仿造。"

蒋介石一愣，道："子文兄是金融专家，对各国货币的特征和发行自然了如指掌。倘若如此，没必要印刷日元了。"

戴笠："那么我们就印伪币和日军的军用票，不同样可以保护自己，打击敌人吗？"

宋子文："关于印制伪币和假币，万不可走漏风声。雨农提的这个问题，可以请几个印钞专家研究研究。目前第一要务，是赶紧给驻守卢沟桥的部队送去先进的武器。"

蒋介石沉吟："这个……这个……这个嘛……"

宋子文鄙夷地说："委员长，不要这个那个了，手心手背都是肉。倘若卢沟桥失守，北平天津便门户洞开。平津假如失陷，日寇顺京沪线、津浦线南下，江浙一带也就危在旦夕了。别忘了你我都是依靠江浙财团起家的。江南一带沦陷的话，你我都成了任人宰割的亡国奴啦！请你赶快把压箱底的宝贝运上个几十箱到卢沟桥去吧。"

蒋介石为难地说："子文兄，你也知道，那点宝贵的美式枪械是要装备中央警备团的。堂堂首都，总不能没有卫戍部队吧！"

宋子文腾地站起身，踱到他面前命令似地："你立即给军械部打电话，把那些枪支运往卢沟桥。我明天就出访欧美，一定要争取几千万美元的援助来。用全部美式武器，装备你的卫戍部队！"

蒋介石起先气得直打哆嗦，瞪圆了一双三角眼，宋子文竟敢用如此大不敬的语气向他发号施令。但听到后来禁不住心花怒放，连忙站起来走到宋子文身边，亲热地笑道："好！好！听你的，听你的。"命令戴笠："你马上去军械部一趟，传我的口令，把装备中央警备团的那批武器分一半拨运卢沟桥。你必须要看到运输连装车开走后，才准许离开。"

戴笠双脚一并，敬礼道："是，保证完成任务。"

宋子文见戴笠出门，对蒋介石说："哦，我还有一事想跟你商量呢。"

蒋介石忙道："嗯，你说。"

"交通银行总裁病故，我想举荐王文瑞继任。"

"他？当年此人为了迎娶校花，导致印权外溢，闹得沸沸扬扬，恐怕国人记忆犹新。起用这种声名狼藉的贪污犯，恐怕会遭到舆论抨击吧。"

"委座过虑了。国难当头，金融战线举足轻重。王文瑞是个干才，在交通部长任期内还是颇有政绩的。交通银行原为前清邮传部经营铁路、航运、邮政、电信的专业银行，由盛宣怀筹办于光绪三十四年（一九零八年），总行设于北京，全国各地设有分支机构。一九二八年被国府定为与实业对口的专业银行，总行迁到上海。以原交通部长就任交通银行总裁，也算专业对口，他也足以胜任。至于他生活中的一些瑕疵，可以忽略不计。咱目前最需要的是金融干将，而不是道德楷模。就是以毒攻毒，也得有攻毒的高手！"

"话虽如此，就怕有人攻击我用人不明，难以服众。"

"这好办！委座可以理直气壮地告诉他们，唐太宗李世民就曾说过，用人是'使功不使过'。"

"何谓'使功不使过'？"

"就是说用人要用其特长，而不是用其缺陷。目前正当非常之世，须用非常之人。现代战争为消耗战，经济较武力更为重要。"

蒋介石连连点头："好，有你这几句话我就有了说法。唐太宗乃千古明君，开创大唐贞观之治，他的话就是金科玉律。再说嘛，贪财爱美，本是人之常情。只要有一技之长能为我所用，就该安排合适的位子。我批准王文瑞继任交通银行总裁。但你要警告他：贪如火，不遏则燎原；欲如水，不遏则滔天。弄权爱财，必然会垮在权力和钱财上。不准他再像以前那样，筷子伸到茶壶里——胡（壶）搅。"

"当然了，他决不会在同一块石头上栽两次跟头的。"

"唔。"

"那我就代王文瑞谢谢委座了。"

蒋介石一本正经地："别客气，足下为国荐贤，我还要谢你呢。"

两人大笑："哈哈——"

4、王文瑞公馆。（日，外）

位于上海愚园路，草坪青翠，花木扶疏，喷水池飞珠溅玉，有三十二个房间的主楼华丽大气。

5、客厅。（日，内）

身穿湖蓝色真丝无袖旗袍的白玉凝姿态优雅，正在弹奏奥地利著名作曲家约翰·施特劳斯的《蓝色多瑙河》。叮叮咚咚流水般的钢琴声从窗户逸出，洗练悦耳。

王文瑞匆匆上楼，高叫："玉凝，喜事，大喜事。"

白玉凝忙站起身，迎向丈夫微笑道："什么大喜事啊？"

王文瑞张开双臂，在妻子粉颊上连吻几下，方才说道："财政部委任我为交通银行总裁啦！"

白玉凝惊喜地："哟，果真是大喜事啊！祝贺你东山再起。交通银行是国有四大银行之一，有发行印制法币的特权。印钞机由你掌握，你这不是当上财神爷了吗？以前有宋财神、孔财神，现如今又添上你这个王财神啦！"

王文瑞摇头道："财神不敢当！我虽然东山再起，但临危受命，肩上的担子不轻啊！理应殚精竭虑，为国分忧。"

"哎呀，文瑞，你的境界可真高啊。"白玉凝肃然起敬，搂住丈夫的脖颈，在他脸上、唇上狂吻。

王文瑞把妻子拉到沙发上坐下，说："有件事想跟你商量一下，就怕你不同意。"

"你怎知道我不同意呢？说来听听。"

"当年为了筹款跟你结婚，我损害了国家利益，虽住着豪宅，伴着娇妻，但心中极度不安。在宋院长为我举办的酒会上，各国驻沪领事、银行界巨头，都对咱西班牙风格的花园洋房赞不绝口。美国花旗银行、英国汇丰银行、俄国道胜银行、法国东方汇理银行等总裁，俱向我表示了强烈的购买愿望，价钱一个比一个出得高。我……"

"别说了，虽然这是咱俩的爱巢，是我的乐园我的梦。但现在国势危急，咱也不能置之度外。不如把园宅高价出售，咱用这笔巨款筹建一所育才中学，为国家培育人才，我还能教授学生体育和音乐课呢。"

"太好了！你深明大义，我很欣慰。日后，你就是育才中学的校长兼董事长。"

"我一定要把它建设成世界一流的中学。"

6、卢沟桥上。（日，外）

一只只印着USA字样的木箱被打开，箱子中，排列整齐的枪支闪着柔和悦目的光泽。

众官兵惊喜大叫："哇！好枪！"争先恐后地抢了一支，眉开眼笑地把玩耍弄新枪。

杨卓抚摸着光滑而加工精密的枪管，兴奋地对大伙说："嘿，这是美造汤姆式步枪。宋院长真守信用，说话算数，咱们真是鸟枪换炮喽。"

赵普："我曾听吴文书说过，宋院长号称'宋财神'。一九三三年四月出访欧美，争取美援，签订一笔五千万美元的棉麦借款。当他坐的轮船回到上海时，天上有飞机护航，水面有军舰致敬，受到数万上海市民的热烈欢迎。"

郑波羡慕地："咳！有钱的感觉真好，谁都高看你一眼。别的不说，就拿这美国自动步枪来说吧，比小鬼子的三八大盖要先进多了，咱也要让狗日的领教领教咱的新式武器的厉害！"

赵普讥笑："你真是个土老帽，第一次知道有钱的感觉好啊！"

郑波翻了脸，挥手一拳，打得赵普一个趔趄。赵普火了，正要还手，被杨卓托住拳头吼道："吃饱了撑的？有这力气多打几个鬼子好不好？！"

两人都噘着嘴背对背不作声了。

杨卓指着二人道："真是小孩子脾气，你看你们，哪像个军人？小肚鸡肠，一句话不合就顶嘴磨牙，还要动手。"

两人不由咧嘴一笑，吐了一下舌头。

杨卓："据说，咱们的宋财长也想过一把带兵的瘾，特地从德国和捷克进口了一批武器，挑选精干，成立了税警总团。因为他财大气粗，这支部队的待遇装备全国一流，连黄埔嫡系也自愧不如，排长就穿上黄呢军服了。老蒋嫉妒得要命，一心想把税警总团抓在手里，特意派了自己的黄埔学生黄杰去任中将总司令。宋财长看在眼里，气在心里。不久，这对郎舅为'剿共'经费问题红了脸，宋财长还吃了妹夫一个大耳刮子哩！"

吴敏的画外音："杨连长——"

众人蓦地回首，远处一位青年军人口呼："驾！驾！"打马飞驰而来，身上脸上满是黑红的血污。

赵普眼尖，失声惊叫："杨连长，是吴文书！"

杨卓脸色陡变，狂奔前迎。吴敏滚鞍下马，刚叫一声："杨连长！"便晕了过去。杨卓忙把他搂在怀里，取出军用水壶，给他灌了几口凉水，吴敏睁开眼睛，捶胸大哭："杨连长！佟副军长、赵师长牺……牺牲啦！"

一句话如晴天霹雳，众人惊呆。杨卓水壶失手落地，泪水汹涌而出，哑声问道："到底怎么回事？两位长官怎会一同殉国？"

吴敏哭诉："事情要从卢沟桥事变爆发后说起……"（化出）

7、南苑军营操场。（日，外）

佟麟阁面对近两千名教职员工和学生，愤懑地："同学们，自七月七日战争爆发后，日军四次挑起事端，至七月二十五日左右，日军集结在平津地区的兵力已达六万，实力超过了我军。眼看这场恶战难免，大家要做好战斗准备。散会后，每个学员到总务科领一把铁锹挖战壕，另外再领上一杆步枪，二百发子弹，四颗手榴弹和一把大刀，外加三天的干粮。"

军训团的学员们边鼓掌边谈论："嘿，要打仗喽，要揍小鬼子喽！"

8、军营四周。（日，外）

主要路口放置了圆木、巨石作路障，学员埋伏在战壕里。天空传来机群隆隆的引擎声，敌机扔下了大批燃烧弹，营房霎时起火。火海里，中国军人在痛苦地翻滚，挣扎。

9、南苑通往北平的路上。（日，外）

道路被北撤的二十九军官兵挤得水泄不通。许多缺胳膊断腿的伤员连担架都没有，被战友背着、搀着赶路。善良的百姓们有的挑了凉水，有的拿了馒头、窝窝头，送给官兵充饥。

佟麟阁和赵登禹骑着马，看着乱糟糟的队伍，同时跳下马，不停地向箪食壶浆的百姓敬礼，嘴里连声说："谢谢乡亲，谢谢乡亲们！"

一老翁拄着拐杖叹气："唉！当兵的不容易啊！那些孩子受了伤，还要赶路。当爹妈的看见，还不心疼死？我们也帮不了你们什么忙，只能送点吃的、喝的。"

一老妪哭道："长官，你们都走了，丢下我们老百姓怎么办？"

佟麟阁："这……"无言以答，用手背抹去眼泪。

官兵和百姓都放声大哭，赵登禹红着眼圈低下了头。

10、大红门两边的城楼上。（日，外）

藏有日本伏兵。植田和井原同时用望远镜向南苑方向眺望。

远处沙尘四起，井原兴奋地："来了！来了！城楼上伏有骑兵，打他个措手不及。"

骑在马上的佟麟阁和赵登禹进入井原的视野。井原掏出一沓照片，翻出两张，是佟麟阁、赵登禹的戎装特写。

植田睨了外甥一眼，问："溃兵中可有支那高级将领？"

井原递上照片："有！有！舅父请看，这是二十九军副军长佟麟阁，那是一三二师师长赵登禹。"

植田狞笑："很好，大红门下就是他俩的葬身之地。"

井原："报告，支那军队已进入射程。"

植田命令："开火！"与井原同时举枪，向佟、赵二人射击。

日兵向二十九军官兵疯狂扫射。

11、公路上。（日，外）

佟麟阁指挥部队："开枪，还击！"

官兵纷纷端枪向城楼还击，但日军占据有利地形，居高临下，不时有官兵中弹。忽然一颗子弹正中佟麟阁头部，仰面而倒。众人惊呼："佟军长——"抱起他们敬爱的首长。

佟麟阁断断续续地："国家多难，军人当马革裹尸，报效祖国。作千秋雄鬼，死……死不……还家——"瞑目而逝。

众人哭喊："军长！副军长！"

赵登禹怒吼："杀鬼子，为副军长报仇！"手持双枪向敌人射击，但几颗子弹同时射中赵登禹的肩部、胸部、胳膊，浑身冒血。吴敏痛呼："师长！师长！"

赵登禹脸色煞白，捂住胸口，气若游丝，命令吴敏："小吴，你快骑马到卢沟桥去。传我的命令，让杨连长立即南撤。留得青山在，不怕没柴烧。……快……去……"头一歪，停止呼吸。四周哭声震天："师长！师长啊……"

悲愤苍凉的歌声，唱《卜算子》：

血染杜鹃花，
仇恨刀尖挂。
亮剑卢沟战恶魔，
水赤嘶声哑。

名将殉邦家，
泪雨滔滔下。
浩气长存天地间，
万古辉华夏。（化入）

12、卢沟桥上。（日，外）

"啊——"杨卓仰天狂吼。

一群日本骑兵高举马刀，旋风般地向卢沟桥卷来。

杨卓怒目圆睁，大手一挥："打！"

美式枪械威力奇大，在卢沟桥阵前筑成一片死亡地带，敌骑兵纷纷坠马，无一生还。（渐隐）

字幕加旁白：七月二十九日，北平沦陷。二十九军军训团学生兵英勇抗敌，全军覆没。副军长佟麟阁、师长赵登禹殉国。七月三十一日，国民政府发布褒恤令，追认二人为陆军上将，生平事迹宣付史馆。佟、赵是抗战初期中国军队最早牺牲的两位高级将领。

13、卢沟桥。（暮，外）

飘着日本膏药旗，站满了持枪的日本兵。

14、公路上。（暮，外）

一辆辆满载日兵的军用卡车首尾相接，向北平驶去。

15、北平街头。（暮，外）

残阳似血，许多报童手拿报纸边跑边喊："卖报！卖报！《京报》号外！卢沟桥失守，千年古都沦陷！"

"看报喽！看报喽！《晨报》号外！日军侵占北平！"

"卖报！卖报！《益世报》号外……"

行人纷纷持币追着报童喊道："喂，买报！买报！"

报童被围在中心，忙着收钱卖报。

一位戴眼镜的老者看了报纸，捶胸大恸："天啊，北平沦陷，我们都沦为亡国奴啦！"他老泪纵横，忽然双眼一翻，向后仰去。

众人眼疾手快，连忙扶住了老人，俱跺脚大哭起来。

一组短镜头：富有浓郁京东大鼓韵味的音乐起。叠印字幕：津门三绝。

檐桷翚飞，施朱贴金的"狗不理"包子铺门脸，这是天津饮食文化的标志。

一个个、一组组造型生动、表情丰富、色泽鲜丽、巧夺天工的泥塑，有"麻姑献寿""八仙过海""钟馗嫁妹""桃园结义""昭君出塞""元春省亲"……

镜头移向构图精美，笔法匀整，多以粉、金晕染的杨柳青年画。喜鹊登上梅枝的"喜上眉梢"；象征夫妻美满幸福的"和合二仙"；憨态可掬、怀抱大鲤鱼的胖娃娃，谓之"连年有余"，是杨柳青年画最经典的画面。

烟波荡荡，细浪悠悠，天津码头的浅海湾内船舶如蚁，舳舻尾接，桅帆林立。蓦然，一座上面飘着日本膏药旗的铁甲巨舰破浪而来，乌黑粗大的炮管向着港湾喷泻出一串串火舌，激起巨大的水柱。船翻人倒，建筑物起火燃烧……

16、天津城门口。（日，外）

植田和井原策马走在最前列，身后是上千骄狂的日军，他们有的仰脖子喝军用水壶中的白酒，有的往嘴里塞着肉干，有的嘶吼着唱起日本小调。

井原："舅舅，我现在越来越佩服东条司令官的伟大。朝野都反对进攻华北，但东条力排众议，坚持出兵，扬言三个月灭亡中国。起先我也认为不太现实，中国毕竟有四亿人口，有数百万正规军。他们所执的武器虽然简陋，到底还不是烧火棍。十个拼咱一个，也够咱们吓一跳的。哪知道华北战线一触即溃，卢沟桥的孤军抵抗无济于事。更想不到皇军昨天攻占北平，今天又马踏天津。形势的发展，超过了我们最乐观的估计。"

植田点头晃脑："这是世界战争史上的奇迹！历史将记下这辉煌的一页。公元一九三七年，即日本昭和十二年七月二十九日，皇军占领中国北平。七月三十日，帝国雄师又挺进天津。"

井原朗诵般地说："天津，东临渤海，北依燕山，是华北地区最重要的港口城市以及近代史上的八国租界地。因屏障北平而被称为'河海要冲'和'畿辅门户'。民国年间成为河北省的省会。"

植田骄矜地笑道："中国的千年古都北平都已成了大日本皇军的囊中之物，更何况天津一区区省会也。"

传令兵骑着战马迎面而来，向植田敬礼："报告大佐阁下，河北省政府已经逃往西安，请示下。"

植田："你去通知各部，先占领省、市政府、银行和电台。"

"哈依！"骑兵敬礼后又扬鞭而去。

井原鄙夷地说："中国官员的素质太差了，炮弹刚在北平炸响，天津的省府大员就拔脚开溜，逃得比他妈的耗子还快。说老实话，跟这种窝囊的对手交战，既是皇军的幸运，也是皇军的耻辱。"

植田赞许地大笑："哈哈哈。"忽然想起什么，指挥刀一举，嘶喊："快速前进！"策马飞奔，井原等跟着狂跑。两旁的路人都惊惧地向附近的商店躲去。

17、河北省银行门口。（日，外）

日本官兵仰望坚固而有气魄的大楼，馋涎欲滴，呆若木鸡。植田喝令："给我冲进去。"

十几个士兵跑上前去，合力推门，但那厚重的铁门如山挺立，纹丝不动。

士兵们停下手，看着植田，问："大佐阁下，怎么办？"

植田："拿斧子给我砸！"

士兵们抡起利斧，用力劈门，只见火星四溅，响声震耳，但未动分毫。

18、银行对面的高楼顶上。（日，外）

有三双喷射着怒火的眼睛。已换上便衣的杨卓对赵普和郑波说："鬼子要抢银行了，咱决不能让他们轻易得手，分开行动。"

赵普、郑波："是！"两人一个往左，一个往右，匍匐而去。

正当鬼子猛砸大门的时候，杨卓从对面的楼上投下了一枚手榴弹，一声巨响，滚滚浓烟，血肉横飞，鬼子倒了好几个。接着赵普从左侧把手榴弹投向鬼子，植田忙叫："卧倒！"日兵趴下一大片。未几，鬼子兵见没动静了，就一个个爬了起来，谁知鬼子还没站稳，郑波的手榴弹从右侧又飞了过来，这回植田没喊"卧倒"，鬼子兵却自动"卧倒"了。

杨卓一挥手："撤！"三人立即下了楼顶。

第十三集

1、河北省银行门口。（日，外）

植田、井原等见再无动静，心惊胆战地爬了起来，日兵也跟着站起。

植田指着地下几具日兵尸首吼道："八格，难道天津城里还有支那武装不成？"

井原冷哼一声："支那军队都南撤了，此必散兵游勇所为，他们想捣乱阻止咱们接收银行，那是做梦，帝国洪流不可阻挡。"

植田："对，咱不受干扰，给我继续砸门。"

士兵抡斧乒乒乓乓劈门，仍未奏效。

一士兵建议："大佐阁下，这两扇铁门牢不可摧，干脆用炸药把它炸开吧。"

植田臭骂："八格，亏你想出昏招，用炸弹把大门炸开，那满屋满屋的钞票怎么办？也跟着炸上天？炸成烟灰？真是一群废物。"随即猫眼转了两圈，令井原："给我马上调三辆重型坦克来！"

井原："哈伊！"

每辆重达三十几吨的三辆重型坦克开到了银行门前。

植田命令坦克手："以我的枪声为信号，枪声一响，你们三辆坦克，开足马力，一起向银行的大门和两边的围墙撞去，大日本帝国是无坚不摧的。"

"啪"的一声枪响，三辆坦克轰隆隆吼叫着，向银行大门和围墙开去，门、墙应声而倒，鬼子兵像一群饿狼冲了进去。

2、银行大楼。（日，内）

鬼子兵端着枪，猫着腰，从一层楼到六层楼，砸匾子、摔桌子、翻抽屉，除了一些账本和办公用品，没见到一张钞票。

植田、井原等所有官兵，都露出了失望的目光。

植田吼道："八格，费了九牛二虎之力，没找到金库，难道只是一座空楼不成？"

井原："不可能吧，那些中国大员逃跑时，自顾不暇，决不会带上公共财物的。"

植田："没有战利品，干脆撤了吧。"

一直侍立植田身旁，长着疤癞眼，歪戴着帽子的汉奸刁明忙道："慢！"

植田瞪眼盯着他，刁明不慌不忙地说："太君不要性急，中国人有句成语，叫'狡兔三窟'。依我看，那些大官肯定把金库隐藏在地洞和暗堡中，仔细地搜一下，说不定将有数不清的财宝等着皇军接收，等着运往大日本帝国呢！"

植田点了点头："唔。"手一挥刀："继续搜查！我就不相信这么大的银行没金库！"

3、银行大院假山上。（日，外）

井原发现一株高大的海棠树旁，有数十块玲珑剔透太湖石新堆成的微型假山。不由心中一动，用力搬开上边两块石头后，看到下边是褐色的石板。忙喊："快来人哪！"

植田率日兵赶了过来，见状下令："快，把石板撬开。"

工兵把石板撬开一看，露出深不见底的黑洞。鬼子都围着这个黑洞转，不知黑洞有多深，也不知道里边有何人、何物，互相瞅了瞅，谁也不敢下去。

植田指着一个鬼子说："你的先卜去探探情况，回来给你记上一功。"

那鬼子战战兢兢迈步，第一脚就踩空了，"喳"的一声之后，没有任何回音。井原忙从衣袋中掏出手电筒，向洞中照了一阵，沿石壁是道斜坡，很深很深，看不到头。井原对植田说："大佐阁下，属下怀疑里边有人，不敢冒进。"

植田点头道："估计银行金库就藏在此洞中，应该组织一个探洞敢死队下去看看。"

"报告，就由我带队下去吧。"

"这……"

"不入虎穴，焉得虎子！风险与利益同在。"

"说得好，干脆咱俩都下去看看。"

4、黑洞。（日，内）

植田和井原跟在几个日兵身后，沿着斜坡往下滑。领头的鬼子借着井原手电筒的微光，叫道："大佐，前边就是一堵石墙！"

"继续向前冲，不撞南墙不回头！"

5、地下金库。（日，内）

当众官兵走到墙跟前时，发现墙左边有一条很宽的路，可以开汽车。沿着这条路往前走了约五十多米，迎面是一堵钢筋水泥墙。中间是两扇黑色的大铁门，二条门杠，两把大锁。植田咬了咬嘴唇，对井原说："我断定这就是金库！得想办法把大门砸开！"

鬼子闻言，马上用脚踹、用枪砸……大门却纹丝不动。

植田见状急得团团乱转。

井原嬉笑道："舅父不要着急，我有办法打开此门。"

"哦，你有什么好办法？"

"外甥熟读支那史，当年满清曾国藩的湘军围困太平天国的天京，城门非常牢固，湘军用巨木顶撞法，硬是撞开城门，占领了天京。一九二八年，东陵大盗孙殿英也是用巨木顶撞法，撞开坚固的地宫大门。盗掘了不计其数的珍宝。"

"唔，这办法不错，虽然原始，但切实可行。"植田夸了井原两句，命令士兵："你们分头去找粗壮的树干，越粗越重越好！谁找到的嘉奖谁！"

士兵："哈依！"转身便走。

井原略一思索，尾随而去。

6、万吉棺材店。（日，内）

十几个木工或刨或锯，或凿或敲，忙个不停，墙角堆着几具做好的棺材。杨永清坐在桌前，噼里啪啦打着算盘。

一阵橐橐的皮鞋声传入店堂，众人不由抬头张望。只见走在最前的是个尖嘴猴腮的汉奸，领着井原和八个鬼子兵大摇大摆走了进来。

杨永清又惊又怕，站起身，硬着头皮走上前，强挤出笑容问道："太君进小店有何贵干？"

井原不理，东张西望，忽然嗅到一股香味，使劲吸了两下鼻子，瞪眼望去，看见靠墙卧着一株巨大的紫檀木。顿时一惊："紫檀木，好个贵重的木料。"指挥士兵："把它抬走。"

木料挺沉，八个鬼子兵"哎哟，哎哟"喊了好一阵抬不起来。井原吩咐刁明："你的，快去再叫二十名皇军前来抬木。"

"哈依。"刁明立即冲出大门。

杨永清慌忙拦住道："太君，这是河北省主席的老太爷特地命人从印度买来做寿材的，千万不能拿走哇！"

工人也停下手中的活计，围了上来。

井原拔枪威胁："什么太爷不太爷的，皇军才是太爷。你这木料皇军征用了，再要阻拦，死啦死啦的。"

杨永清哭丧着脸："这可把人坑死了，檀香木比黄金还贵重，我哪赔得起人家呢。"死死抱住巨木不放。井原一把拽开老人，使劲往墙边推去。

这时，又进来二十个鬼子兵，二十八人嗨哟嗨哟地，摇摇摆摆地抬了起来。杨永清又扑上去，双臂一挥，骨坚似铁，推倒了五六个鬼子。工人们也站成了一排。

井原掏出几张百元假钞，塞到杨永清手里说："快快让路，给你的木料钱。"

杨永清怒气冲天，将假钞狠狠地摔向井原的脸上，骂道："这臭钱给你妈去买棺材用吧！"

井原大怒："八格！"开枪射向杨永清，杨永清手捂流血的胸口喃喃叫道："卓儿，为你爸报仇哇！"倒地死去。几张假钞上浸满殷红的鲜血。

工人扑向死者惊叫："掌柜！"指着刁明大骂："狗汉奸，引狼入室，不得好死！"

刁明边拉枪栓边瞄准工人狠歹歹地说："谁敢闹事，皇军就让谁的脑袋开花！"

二十八个鬼子浑身大汗，总算把这棵紫檀巨木抬到了黑洞的旁边。植田惊叫："哇，这么粗的大树干，几乎跟洞口一般大，怎么把它抬到洞里去呀！"

刁明自告奋勇："太君，我下去再探一探路。"跳了下去。

植田和井原相视而笑，须臾，刁明爬上洞来禀报："小的建议将这根大木头顺着黑洞的斜坡推下去，然后再去人抬木撞门。"

植田没说话，向他伸了一下大拇指。

7、大铁门前。（日，内）

二十八名士兵分列两队，将树干抱起，听候命令。

植田："一、二、三，撞！"

二十八名士兵一齐发力，向铁门冲去，"咚"的一声闷响，铁门开始摇晃。

植田向井原跷起大拇指，笑道："你的主意大大的好！"命令士兵："再撞，一、二、三，撞！"

士兵们咬着牙，瞪着眼，嗷嗷大叫，抬着木头向前猛冲，又是"咚"

的一声巨响，铁门"喀嚓"一声，轰然洞开，树干带着士兵冲进门内后落下，人们随着惯性跌倒在地，乱成一团。

8、金库。（日，内）

黑洞的大门打开了，一片漆黑，伸手不见五指。

井原用电筒找到电灯开关，随手一按。灯光刷的一下亮了起来。

众人惊叫："哇！满地满屋子全是钞票！真是卖水的孩子见了大海——满眼是钱啊！"

植田和井原虽然出身贵族，但见到从地面到屋顶的一捆捆钞票，也不禁瞳孔发亮，嘴巴大张，那些来自穷乡僻壤的士兵更是神魂颠倒。

短暂的沉默后，植田对井原说："马上调二十辆卡车来，把这些钞票统统拉到军需总部！但寻找钞票版库的任务还没完成，继续搜索！"

井原："哈依。"

植田、井原往金库深处走去，忽然发现金库的西南角有四个深绿色的巨型保险柜。井原推了几下，保险柜一动也不动，细看惊叫："哎呀，这保险柜已用水泥和钢筋与地下的房基浇铸在一起，谁也搬不走，打不开！这可怎么办？"

几个士兵用枪托砸了几下，井原厉声制止："不准再砸！"

植田："早一点打开保险柜也好，看看到底藏的什么宝贝。"

井原说："木柄的枪托怎么砸得开钢铁柜子，除非去调特工队的撬锁大王来开锁。"

刁明开口了："不用找什么特工人员，我来试试吧。"

植田大喜，又一次向他挑起大拇指："哟西，哟西。"

刁明从衣袋中掏出各种钢凿，"叮叮当当"费了好大劲，终于把四个保险柜的门全都打开了。

井原高兴地大叫："嗨！全是金银财宝哇！"

士兵们围了过来，惊喜狂叫：

"金条！"

"银锭！"

"玉镯！"

"那是翡翠项链！"

保险柜五光十色，眩人双眼，惊叫过后，便是疯狂的争夺。众官兵蜂拥而上，活像饿虎饥狼，扑向珍宝钱堆，拼命抢了往口袋里塞。

植田目瞪口呆，他不好意思跟部下去抢，但见别人发财又眼红，井原早已明了他的心事，忙从腰间拔出手枪，大吼："住手！都给我住手。再不住手我就要开枪啦！"

但忙着抢劫的匪徒都像聋了耳朵，听而不闻，只是眼如电筒，手如穿梭。

井原见自己发出的警告无人理睬，拽出一个正把赤金鼻烟壶揣入怀中的老兵，对准其头部便是两枪，老兵的脑袋马上开了花，溅上血迹的金鼻烟壶也失手坠地，立刻有五六只手伸向金壶。井原又开枪把抢到金壶的那只手腕打断。

井原三枪一死一伤，这一来捅了马蜂窝，那些士兵不约而同停止了动作，目光中射出狞野的怒火，齐刷刷向井原逼近，井原垂下枪口，步步后退。

植田出其不意地伸出左手下了井原的枪，井原惊恐地："舅父——"

士兵们呆住了。

植田左手老练娴熟地在胯骨上蹭开枪头保险，右手刷地抽出了身挎的战刀，满脸杀气地大声喝令："不准动！你们还像个军人吗？谁再敢抗命，老子就砍掉谁的头！"

士兵愤然瞪视植田。

一个老兵说："大佐阁下，战争是残酷的，军人是功利的。我是当了九年的老兵，枪林弹雨中负过伤、流过血。如果您还要继续带兵，或者还想升官，你必须要以名利鼓舞兵士。对于部下抢掠财物，你最好是睁只眼闭只眼。"

植田色厉内荏地喝道："八格，你敢教训长官？"

老兵笑而不睬。士兵纷纷议论："对啊！对啊！我们上了战场，就没打算回家，攻占一地，不能抢点浮财，太冤枉了。"

"哼！别的部队破城后可以自由活动，为什么非要禁止我们夺取战利品？胜利者的标志是什么？就是占有失败者的土地、美女和财富。"

"井原无故残杀部属，我们要上军事法庭控告他的野蛮行为。"

植田朝房顶"啪啪"开了两枪，高喊："肃静！肃静。"

人们吓得不敢作声了。

植田近似嚎叫："现在，任何人都不准动，听我训话。今天，我对你们的言行，非常失望，非常愤怒。我们大日本皇军，卖命打仗，为了什么？是为了天皇陛下。我们打了胜仗，占领了金库，你们怎能如此疯抢狂夺呢？"他扫视了一下在场的全体官兵，语气逐渐平和："当然了，我作为你们的长官，在报效天皇的同时，也会考虑下属的利益。这样吧，大家辛苦一下，把金库中的所有财宝运到营房办公室，我论功行赏，决不亏待诸君，怎么样？"

"好！好啊！"大多数官兵兴奋地冲向珠宝箱和钱堆，有两个年长的老兵白了植田一眼，嘴里小声嘟哝："说得好听……"

植田眼射绿光，监视部下。当四只保险柜全部被抢得底朝天之后，重重地叹了两口气。

井原不解地问："舅父，今天获得的战利品大大的，您怎么仍长吁短叹？"

植田："唉，我以为银行里会藏有纸币票版，那可是下金蛋的母鸡！而珍宝钞票，只是鸡蛋而已，你说母鸡金贵？还是鸡蛋金贵？"

"当然是母鸡了，可以源源不断地下蛋啊。难怪舅父不快。"

刁明嘻嘻笑道："太君心愿未遂，不必惆怅。我有办法让太君得到票版。"

植田："哦！快讲。"

"银行只是贮钱的仓库而已，哪来票版？岂非缘木求鱼。只有印钞局才用票版印钞票，要找票版，得上印钞局去。"

植田、井原同时点头道："你的分析很有道理！真是个人才哪。"

刁明谄笑着鞠躬："太君过奖，小的不敢当，不敢当。"

9、银行对面的楼顶。（日，外）

杨卓、赵普、郑波看到数十名日本官兵川流不息地从金库往卡车上搬运钞票，又恨又急。

赵普："现在就投弹吧！"

郑波："动手晚怕这帮强盗把钞票拉走了。"

杨卓："先别急，刚装满两车，再等一等。"

赵普叹气："唉，咱一共只有六枚手榴弹了，要是再多几枚就好了。"

郑波："已装满四辆卡车了，动手吧！"

杨卓："咱们每人两颗，瞄准前三辆。我炸头一辆，赵普炸第二辆，郑波炸第三辆。炸完就撤！"

当植田、井原带着金银珠宝兴高采烈地从洞里走出时，杨卓、赵普、郑波的六枚手榴弹相继投向了运钞的大卡车。

随着六声巨响，一号车车帮崩裂，钞票熊熊起火；二号车钞票炸飞了；三号车的车轱辘炸碎了，带着火星的票子崩得四处飞溅。植田等连忙卧倒……

10、万吉棺材店门口。（夜，外）

杨卓三人悄悄潜来，警觉地四下张望。

第十三集

187

11、万吉棺材店。（夜，内）

店堂正中放着一具黑色棺木，几个店员围棺痛哭。杨卓等人急忙闪身潜入店内，见状惊呆。杨卓颤声问道："我爸呢？"

店员甲把棺盖一掀："你爸在这儿！"

杨卓俯身探看，杨永清怒目圆睁，仰面躺着，胸部一摊碗大的血迹。

"爸！爸爸！"杨卓痛呼两声，软软地倒在地上。

郑波、赵普忙把他抱住，急切地："连长，您醒醒，醒醒啊……"

店员也围着呼唤："少爷！少爷！你醒醒啊！"

杨卓醒来后，不再哭泣，紧攥双拳，手指骨节咯咯作响，咬牙道："爸，我一定要为您老人家报仇！"

郑波、赵普齐声道："伯父，您安息吧，我们一定为您报仇！"

杨卓对陪伴守灵的郑波、赵普说："等料理完我爸的后事，我准备到太原投奔姐夫去，你二人有什么打算？"

郑波："不管到天涯海角，我都跟着您。"

赵普："咱三人情同手足，是生死弟兄，我跟你们走。"

杨卓点头道："好，咱弟兄永远在一起。"

12、日本军营。（夜，外）

月暗星隐，路灯贼亮。日本兵三三两两，嘻嘻哈哈地谈论长官的奖赏。

"这回每个都奖几张钞票，有零花钱啦！"

"嗨，这只金手镯我要赠给我的未婚妻，她长得可漂亮了，戴上金手镯，脸上能笑成了一朵花。"

"金镯有什么稀奇的，我这只玉杯更值钱。用玉杯盛上清酒饮用，那真过上了将军和大名（诸侯）般的好日子啦！"

"我这银碗虽不如金玉宝贵，但大佐赏了我两只，正好回家孝敬我的爸妈。两位老人家做梦也不会想到，独生子去中国打仗，能带回一对银碗让他们装饭吃。"

"嘿嘿，人生祸福无常。如果不死的话，带上抢来的宝贝，能舒舒服服过一辈子啦。比那些成年累月在田野里、在工厂干苦工的下等人要强多啦！"

"真指望多打几次胜仗，多占领几座城市，我们个个都能发大财，回国做上等人啦！"

声画同时化出。

13、植田的寝室。（夜，内）

办公桌上堆着玉如意、夜光杯、翡翠荷叶、碧玺莲花、珊瑚宝盖、火

纸硝币烟

珠璎珞、金花扁镯、珐琅盅碟等稀世珍宝，散发出令人炫目的光芒。

植田含笑对井原说："今天你干得对，幸亏你及时出手制止，否则，这些宝贝都便宜那些下等兵了。舅舅感谢你。"

井原忙道："嗨，舅父说哪里话来，要不是你替我解围，那些野兽真能把我撕成碎片。这也说明舅父无与伦比的权威。"

植田极为受用，点头："驾驭部下，要恩威兼施，打个巴掌揉三揉。有一点你必须牢记：众怒难犯啊。"

"众怒难犯？"井原回味，心悦诚服地说："井原明白了，要不是舅父双枪在手，那些穷兵又没带武器，今天的祸可闯大了。"

"机会与风险同在，没有今天的冒险，没有几十个士兵的被炸牺牲，也就没有一卡车的钞票和这么多琳琅的宝物。为防止其他长官眼红，夜长梦多，我给你十天的假期，请你专程回一趟东京，把这些宝贝带回去。你我各分一部，另外给东条司令官送份厚礼。"

井原："舅舅何不同行？回家看看舅母。"

植田："不用了。舅舅要抓住有利时机，多获战利品，今后有的是时间团聚。咱俩一个劫，一个运，这样事半功倍，效率会大大地提高。"

井原大笑："哈哈，咱舅甥来个劫宝运宝的流水作业。"试探地问："我明天就走？"

植田沉吟："今天才攻占银行，明天就走，太露骨了，不是授人以柄吗？我会安排一个妥当的时间。据我看来，关东军司令官东条英机是个既有铁血手腕，又有雄才大略的枭雄。不出三年，定可位极人臣。这次，给东条的占了宝物的一半，他会去朝中打点的。我这里写了两份清单，你看一下。"

井原匆匆扫描几眼，惊讶地："怎么，给我这么多，舅父自己留的这么少？"

"钱财乃身外之物，重要的是升官晋爵，而且要实权肥缺。以后咱们打到上海去，打到南京去，有的是奇珍异宝。你回东京后，向你岳母明姬郡主问个好。嘿嘿，不瞒你说，当年你岳母是皇族之花，东京第一美人。我一直暗恋着她，可她瞧不上我一个普通军官，却和一个中国留学生相恋，还生下一个女儿，叫什么'秋岚'。真令人遗憾。"

井原安慰："舅母也是名门闺秀，娴淑高雅，可称一代佳人。"

植田笑道："你舅母虽淑雅柔顺，只是不如你岳母那般明艳照人，这次你回国正好和你的妻子春岚一聚。"

"我们夫妻感情一向很好，如今劳燕分飞，真是痛苦异常。舅父令我回京，一举两得，多谢舅父关照。"

"至亲骨肉，关照是应该的。我所抱憾的是膝下无子，所以对后起之秀倾心扶持。你我名为舅甥，情同父子，想必你也能体会到。"

"我当然能体会到舅父的挚爱之心。井原就像一株幼苗，得到了舅父阳光雨露的滋润，真是感激不尽。日后井原侍候舅父舅母，当一如生父生母。"

植田满意地点头笑了："很好，很好。"

14、北平印钞局门口。（日，外）

几个日本兵将悬挂的国民党的青天白日旗扯了下来，升起了日本的膏药旗。

一辆插着日本膏药旗的汽车，呼地开跑了。

门警敢怒不敢言，往地上"呸！"地吐了口浓痰。

15、延安杨家岭。（日，外）

镜头慢慢掠过写在泥墙上的红色标语。"欢送八路军上战场，彻底消灭日本鬼子！"

数千名八路军将士远去的身影。

16、黄河岸边黑峪口。（日，外）

官兵们互相搀扶着上了渡船，向对岸驶去。

狂风呼啸，怒涛翻滚，渡船不时被抛上浪尖，瞬间又落入波谷。

东岸传来阵阵"咴儿咴儿"的马嘶声，一群八路军官兵风驰电掣般地掠过。

众人不约而同唱起歌来：

> 风在吼，
> 马在叫。
> 黄河在咆哮，
> 黄河在咆哮……

激昂的歌声，在惊涛骇浪中回旋，画面中叠现：

行军路上，八路军意气风发地唱："风在吼，马在叫……"

村口树下，手持红缨枪的孩子唱："风在吼，马在叫……"

教室里，老师打拍子，学生高歌："风在吼，马在叫……"

17、行军途中。（夜，外）

险关危崖，云压群峦。石冈上、林麓边，一支身穿灰布军衣的队伍冒

纸硝烟

着瓢泼般的大雨向龙泉关挺进，他们就是八路军——五师的官兵们。

18、平型关。（夜，外）

星月俱无，一片漆黑。数千八路军官兵身上淋得透湿，坚守战斗岗位，双目炯炯，握枪立以待旦。

19、平型关白崖台。（晨，外）

车声轰鸣，战马嘶叫。

一一五师副师长聂荣臻举起望远镜眺望，日军出现在山谷沟口，一百余辆汽车满载日军和军用物资在前，二百余辆骡马大车牵引九二式步兵战炮随后，由骑兵护卫。板垣师团的二十一旅团，浩浩荡荡地进入伏击圈。他放下望远镜，抬腕看表，时针指向七点，向信号兵挥手下令："开始攻击！"

一串红色信号弹陡然飞上半空，霎时间，八路军的机枪、步枪、冲锋枪一齐"突突突"向敌人开了火，还有许多战士向汽车、军马投掷手榴弹，军车起火燃烧，战马中弹倒毙。日军死伤无数。

20、平型关白崖台。（暮，外）

落日绯霞，照着苍岩雄关，翠林幽谷，气象万千。

山脚下，日军死者枕藉，血肉模糊。

八路军官兵互相拥抱，欢呼雀跃："我们胜利啦！我们胜利啦！"

军民一齐动手打扫战场，青壮年农民眉开眼笑，精神抖擞。帮着从卡车上卸下一箱箱的枪支弹药，一袋袋的精米白面，一包包的军用大衣。

旁白：一九三七年九月二十五日平型关之战，八路军歼灭日寇板垣师团二十一旅团一千余人，击毁汽车一百余辆，大车二百余辆。缴获九二式步兵炮一门，炮弹两千发，机枪二十多挺，步枪千余支，战马五十余匹。这是中国军队抗战以来所打的第一个大胜仗，打破了日军不可战胜的神话，史称"平型关大捷"。

21、印刷车间。（日，内）

机器飞速旋转，报纸哗哗而出。

特写：报纸醒目标题——平型关大捷，振我国威军威。

22、南京街头。（日，外）

男女老幼纷纷冲向报童，争先恐后地拿着钱伸出手："喂，买报！买报！"

报童满脸带笑，兴高采烈地收钱递报。

人们买了报，迫不及待地看了起来，脸上俱露出惊喜的神情，互相议论："哎呀，八路军将士大展神威，打得日本鬼子屁滚尿流！"

"平型关大捷，真是大快人心，中国必胜，鬼子必败！"

第十四集

1、五台山。（晨，外）

五峰高耸，直插云端。初日照之，山顶积雪如烂银晃耀曙光中。

山腰和山脚下，红墙绿瓦之寺庙星罗棋布于碧树丛中。

柳树林里，拴着一匹匹战马，昂首长嘶。身穿灰布军装的八路军战士，背枪四处巡逻。

杨卓、赵普、郑波漫步石径，谈笑风生。杨卓道："五台山景观壮丽，梵宇清幽。自古以来，便有天下名山僧占多之说。现在则成了抗日根据地，咱这次来对了。"

"是啊。"

赵普："咱到了太原后，听说宋大哥去了陕北。咱三人扑了个空，从头到脚都凉透了。幸亏杨连长说既然咱来到山西，就到佛教圣地五台山去转转吧，到那儿或许能沾点仙气，给咱带来好运呢。听说聂司令就在那儿，咱投奔八路军去，也不虚此行。"

2、晋察冀军区驻地金岗库门口。（晨，外）

两位士兵持枪站岗。杨卓等三人止步往里观看。

两个站岗的喝道："看什么看？走开！"

杨卓置若罔闻，仍驻足眺望。

岗哨火了，拉动枪栓斥道："你再不滚开，就毙了你们！"

杨卓冷笑道："借给你十个胆子，你也不敢动老子一根寒毛！"

"你算老几？敢在这儿牛？"哨兵甲气坏了，伸手便来揪杨卓胸脯，不料被杨卓反手一拧，顺势一推，收脚不住，摔了个大马趴。赵普、郑波不禁拍手大笑。

哨兵乙顾不得搀扶同伴，抓起胸前挂的哨子便"嚯嚯嚯"吹了起来。

3、军区司令部。（晨，内）

异常简陋，桌上放着电话、文件，墙上挂着一幅巨大的军事地图，周围挂满了锦旗、锦幛。正在看地图的聂荣臻听到哨子声，忙吩咐站在身旁的警卫排长温越："你快去营房门口看看。"

"是。"

4、晋察冀军区驻地金岗库门口。（晨，外）

温越带了几个战士赶到，见哨兵甲摔得鼻青脸肿，满身泥土，喝问："怎么回事？"

哨兵乙忙说："这三人站在营房门口向里偷看，我们叫他们离开。他们非但赖着不走，还动手打人。"

赵普叫道："是你们先动手的，现在倒好，来个恶人先告状，还像个爷们儿吗？"

温越指着三人斥道："军营重地，不准逗留窥探。你们不听劝告，反而行凶。"喝令战士："把他们抓起来，交司令严办。"

杨卓笑道："不用抓，我们专程前来投靠聂司令，请吧！"

5、军区司令部。（晨，内）

司令部，杨卓等三人向聂荣臻敬礼："聂司令好！"

聂荣臻举手还礼，抬眼打量三人，见他们虽穿的便衣，但身板笔直，军人气质已深入骨髓。为首的青年更是神采奕奕，一双剑眉斜飞抛出，两只眸子黑白分明。聂荣臻毕业于苏联伏龙芝军事学院，曾任黄埔军校教官，可谓阅人无数。一下子便喜欢上眼前这三位青年才俊，含笑指着凳子说："你们坐下吧。"

三人拘束地在长条凳上坐下了。

聂荣臻指着杨卓问："你是不是参加过卢沟桥保卫战的杨连长？"

杨卓马上站起敬礼："报告首长，我就是杨卓。"

聂荣臻拉下杨卓的右手摇了摇，问："小杨啊，听说北平沦陷后，你带了几个人去了山西，怎么到我们这里来了？"

"嗨，别提了。二十九军被打残后，听说山西的阎锡山跟共产党合作，我们就去了太原。因为我姐夫宋衡先生是山西印钞厂票版雕刻研究室主任，我曾是北平印钞局的艺徒。不料到了太原一打听，才知道姐夫去了延安。我们几个一合计，干脆上五台山投奔八路军，请司令收下我们吧。"

聂荣臻指着杨卓说："你是印钞工人出身，实在太好了，正是我们八路军急需的特殊人才，欢迎你们。"

杨卓等人乐得一蹦三尺高，大叫："多谢首长。"

聂荣臻摇头道："你们可不要太乐观了，根据地都处在老少边山穷的地方，加上敌人的经济封锁，处境非常困难。如今，政府需要钱，打仗需要钱，老百姓的柴米油盐需要钱，可我们又哪来的钱！没有印钞厂，没有钞票用呀！"

纸
钞
烟

"是啊，咱没印钞局，没有印钞机，钱从哪来呢？"

"钱没处来，常年闹钱荒。国民党的法币、日寇印的假币、军阀和土豪劣绅发行的杂币，同时在苏区流通。如果不解决这个问题，红色政权难以存在。所以，毛主席指示咱边区要筹建印钞局。要用钱袋子来支持枪杆子，这个任务非常艰巨啊！"

杨卓点头道："是啊，要建印钞局可难啦，得有专家、机器、油墨、纸张、设备……北平印钞局从建立到投产，据说花了好几百万两白银哩。"

聂荣臻苦笑道："咱边区是一缺人才，二缺钱财，可谓一穷二白。"

电话铃响了，聂荣臻接电话："哪一位？"

来电声音很洪亮，杨卓等人听得清清楚楚，是湖南口音，遂侧耳倾听："荣臻，是我，毛泽东。"

聂荣臻惊喜地："啊，毛主席，请问主席有何指示？"

"谈不上指示，我一直惦记着你们办印钞局的事。金融不独立，则经济不能独立；经济不独立，则政治、军事不能独立。这件事要抓紧呀，抓而不紧等于不抓！"

"主席，我们抓得很紧。国民党有印钞局，日本也搞印钞局，如果我们共产党不抓紧建造印钞局，在金融的较量中就会吃败仗！"

"现在最困难的是缺少印钞票的高级专家呀！我给你们印钞局推荐一位掌门人如何？"

聂荣臻大喜："太好啦！我正发愁没人能负责我们边区印钞局的筹建工作，主席支援一员大将，真是雪中送炭啊！他是谁？"

"他原来是北平印钞局著名钞票设计师、雕刻师宋衡同志。"

杨卓惊叫："那不是姐夫吗？"

聂荣臻瞪了他一眼，继续听电话。

"记住，遇到困难要依靠集体的智慧去克服。在一张白纸上可以画出最新最美的图画。"

"请主席放心，我们一定在短期内办好印钞局，印出钞票来。"

聂荣臻放下电话，转过身来，对杨卓说："太巧啦！主席派你姐夫来边区印钞局。你三人骑上快马，多带一些子弹，马上去延安迎接宋先生一家，要确保他们的安全。"

三人敬礼："保证完成任务。"

6、延安某窑洞。（日，内）

宋衡正拿着放大镜细观日本假钞，杨馨带了杨卓等走进窑洞，唤道：

"衡，你看谁来了？"

宋衡猛然抬头，连忙站起身，惊喜地说："啊，卓弟来了，真没想到，没想到哇。"

杨卓拉着宋衡的手，笑道："姐夫，可把我想死喽！"

"只听说晋察冀军区聂司令要派人来接我，没想到就是你们啊。"

赵普、郑波唤道："宋大哥！"

"好兄弟！"宋衡与他俩拥抱。

杨馨笑吟吟地："咱一家分别多年，总算团聚了。只可惜咱的爸妈没能等到这一天……"捂脸啜泣。

宋衡忙趋前抚慰道："今天合家团圆，不谈伤心事。"又对杨卓等人说："你们难得来延安，吃完饭带你们出去散散心，明天一早咱就动身。"

7、延安凤凰山东坡。（日，外）

宋衡等人站在沿山势而筑的古城墙上，古遗址镇西楼、凤凰阁、文昌阁、六郎寨、狄青寨历历在目。

宋衡指着城墙对众人说："据考证，这城墙始建于公元前二百一十五年，距今已有两千多年了。秦始皇统一中原后，命大将蒙恬率三十万大军北征匈奴。蒙恬在凤凰山大兴土木，筑城为池。你们看，连带周围共有五处军事咽喉要地，被历代誉为'五花莲城'。唐代诗圣杜甫途经此地时，挥毫写下了《塞芦子》名句：

> 宝塔钟声三川闻，
> 肤施鸡鸣五城应。

'肤施'就是如今的延安。中央政府选中延安这块风水宝地安营扎寨，正是看中了它的地势险要，攻可进，退可守。毛主席率中国工农红军进驻延安后，第一个驻地便是凤凰山。这里不仅是一处内涵丰富的历史景观，更是一座不朽的丰碑。"

众人："对！"

杨卓问："姐夫，听聂司令说，毛主席对你可器重了，称赞你是边区的英雄，你们一定见过面吧？"

"是的。我投奔到延安后的第三天，经子珍大姐介绍，毛主席就接见了我。问道：'宋衡同志，听子珍说你在太原每月挣五百块钱，为什么要放弃优厚的待遇来到条件艰苦的延安呢？'我回答：'报告主席，因为我在印钞局干了十多年，也做了十多年的印钞强国梦。阎锡山发行印制晋钞，为的是壮大他搞地方割据的势力。而共产党搞印钞是为了劳苦大众，所以我不辞而别，带了家眷辗转来到延安，为边区印钞事业竭尽绵薄之力。'"

"毛主席说什么？"

"毛主席说：'有了你这样的印钞专家，我们建立边区印钞局就大有希望！'"

高亢优美的歌声突起：

一道道的那个山来呀一道道水，
咱们中央红军到陕北……
山丹丹的那个开花哟红艳艳，
毛主席领导咱打江山——

8、安国县城南关。（暮，外）

半个月后，时已深秋，水浅见石，叶落枝枯。一群昏鸦在光秃秃的树杈上"呱呱"啼叫。远处可见破败的药王庙和疏篱茅舍，袅袅炊烟。

聂荣臻与宋衡沿着小河边并肩散步，杨卓和温越持枪远远尾随。

聂荣臻说："我奉毛主席指示，要在晋察冀边区建立印钞局，但上级并没拨给我一分一厘的钱，幸亏部队从安国商会搞到三万块钱还没动，可以作为启动资金。"

宋衡喜出望外："啊呀呀，太好了，这三万块钱如同一场及时雨呀，边区印钞局这株幼苗可以破土发芽了。"忽又忧虑地说："不过，办印钞局比较麻烦，除了资金，还要有印钞机、号码机、裁切机，还得有纸张、油墨、机油。有了这些设施不算，还得有雕刻、制版、印刷、打码等各类技术工人。这些人才不是两三个月就能培养出来的，真是棘手。"

"你说得对呀，目前最重要的，是咱印钞局的选址问题。设在高处吧，容易暴露目标；设在低处吧，万一碰上连阴大雨，就被泥石流冲垮了；设在近处吧，容易出事；设在远处吧，不好保卫……"

"我也在考虑这个问题，最近跑了几个地方，认为安国县不错。这里的地理环境，群众条件都比较好，尤其是该县有不少私人开设的印刷局和印刷工人，可以从中选一些印钞工人。至于具体位置嘛，药王庙附近有座山，山旁有条小河，咱来个依山傍水扎大营吧。首长还在那指挥过战斗呢。"

聂荣臻笑着说："好！你这个建议很好，可以建在这里。经研究，要成立一个印钞局筹备委员会，你任筹备会主任，也是未来的局长。你现在就走马上任，尽早把印钞局建立起来。"

"得令！"

"哈哈哈——"聂荣臻又笑道："筹建印钞局是抓钱袋子，用钱袋子支持枪杆子，去打鬼子，这是头等重要的大事，军区的精兵强将，任你挑选。"

"如果条件许可的话，我想借用杨卓半个月，他在北平印钞局待过，认识不少印钞界的人，争取从北平挖点人才来。"

"可以，但筹建工作步入正轨后，小杨要尽快归队，着重抓好保卫工作。"

"请司令放心。"两人并肩向晚霞绚丽的村庄走去。

9、宣武医院门口。（日，外）

杨卓下了洋车，迈进医院大门。

10、医院办公室。（日，内）

白衣白帽的晓月温柔恬静，站在玻璃柜前取了药瓶，歪着脑袋看瓶上的小字。杨卓悄然来到门口，虽然房门开着，但他还是礼貌地敲了两下门。晓月头都未抬："请进。"

杨卓柔声唤道："晓月。"

晓月猛吃一惊，抬头见是杨卓，喜出望外："啊，是你，快请坐，什么时候回北平的？"

"今天刚到北平，第一个就来见你。"

"谢谢，谢谢你能想到我，来看我，你到北平出差来啦？"晓月端详心上人，见他穿着合体的黑色西装，系一条紫红色领带，显得异常英挺，愈发为之倾倒。

杨卓微笑着低声道："我回北平确有很重要的任务，这儿说话不方便，你能请上半天假吗？咱们出去走一走。"

"好，你先到大门口等我，我去找主任请假，估计没问题。"

11、宣武医院门口。（日，外）

俄顷，已换上旗袍的晓月和杨卓坐上人力车，车夫问："二位去哪儿？"

杨卓回答："白云观。"

12、白云观大门前。（日，外）

两人跳下车，杨卓给了车夫两张钞票，车夫看了看，笑逐颜开："谢谢先生。"拉车径去。

13、白云观。（日，外）

两人进了山门，慢慢游逛。

14、邱祖殿。（日，内）

晓月看到一尊塑像，问："这是谁的塑像？"

杨卓说："这是邱处机的塑像。邱处机是全真派道士，元太祖成吉思汗西征时，邱处机奉诏西游，力劝成吉思汗少杀戮平民，又谏阻其东山大猎，颇受成吉思汗尊敬和百姓爱戴。邱处机曾多年隐居陇州龙门修道，人们称他所开创的道派为龙门派，他死后遗骨埋在白云观，因此白云观被公认为'龙门祖庭''全真第一丛林'。数百年来香火不断，玄风流衍，代有名人。"

晓月瞅着杨卓崇敬地说："你的知识真渊博啊，我望尘莫及。邱道长能劝阻成吉思汗少干坏事，保护人民生命安全和减轻人民负担，理应受到后世的祭祀、膜拜。"向泥塑虔诚地鞠了三躬。

杨卓亦鞠躬如仪。

15、白云观后院。（日，外）

花木游廊，水池假山，友鹤亭、妙香亭、退居楼、云华仙馆，错落有致，点翠飞红。

晓月惊叹："呀，想不到乱世之中，还有如此精致的园林，真可谓世外桃源也。"

杨卓含笑道："一点不错，此园名叫云集园，又名小蓬莱。据说是慈禧太后的一位副总管刘太监捐白银两万两修建的，规模颇可观吧！"忽又叹道："平津已经陷落，这片'世外桃源'，不知还能宁静多久？"

晓月："杨卓，我有句话不知当问不当问？"

"你问吧，我知无不言，言无不尽。"

"你的部队驻扎在什么地方？我还是那句话，到你连队当女兵去。哪怕天涯海角，你到哪儿我跟到哪儿。"

杨卓略略点头道："你具有丰富的医学护理经验，部队一向缺乏医护人员，如果你到我们部队去，一定会大受欢迎，可你的爱人会同意吗？"

"我还没定亲，哪来的爱人？"

"那你有心上人吗？"

"有。"

"在哪儿？"

"你猜猜看。"

"少女的心，天边的云。咱俩分别多年，让我怎么猜？"

"告诉你！远在天边，近在眼前。虽然世界发生了很大的变化，但我的心一点都没变过。"

杨卓欣慰地笑了，猛然抓住她的小手，问："你心仪的人就是我，对吗？"

晓月脸上顿时飞出两朵红云，娇羞地点点头，又垂下眼睑。

杨卓急切地："晓月，我每天都想着你，可又没法见到你。战争时期不允许咱花前月下缠绵，只好打速决战了。如果你不嫌我唐突的话，我要向你表白，我爱你，愿意嫁给我吗？"

晓月使劲地点头："我愿意。"

杨卓四下扫瞄，见无游人，将晓月一把搂进怀中，在她额上轻轻印了一吻，贴近她耳朵说："我现在参加了共产党，是八路军干部，你跟我到边区打鬼子好不好？"

"好！好！"

杨卓："走，请带我拜望你的父亲，希望他能接受我这个女婿。"

"嗯。那咱俩的事也该告诉杨老伯，啊不，告诉咱爸爸。"

杨卓眼眶中流出几滴泪水，恨恨地说："爸爸叫鬼子给杀害了。"

晓月悲痛地哭叫："爸爸——"又马上用手捂住了嘴，低声抽泣。

杨卓抚着她肩膀道："别哭了，咱要把仇恨化为力量，把日寇彻底消灭！"

16、冯家堂屋。（晚，内）

冯纪云抽着烟卷儿，对杨卓说："你和晓月的事我一百个赞成，也了了我心中一桩大事。既然晓月要跟你走，宋先生又邀请我到边区筹建印钞局，父女两人正好都离开北平。我想干脆把房子卖了，也免了后顾之忧。"

"这样也好。北平已陷敌手，人心惶惶。现在边区印钞局还在筹建中，技术工人奇缺，希望爸爸能动员北平印钞界的一些朋友到边区去工作。但千万不可走漏风声，免遭杀身之祸。"

"那当然，爸爸可以私下串联一些会印钞票技术的人同赴边区。"

"谢谢爸爸。"

"还有，你的照片上过报纸，千万别再在北平露面了，若被鬼子汉奸看见，凶多吉少，有些事就交给爸爸去办吧。"

杨卓感激地："多谢爸爸提醒，我还有两桩大事没完成呢。"

"哪两桩？"

"一是联系一些单位，采购一些印刷设备工具和原料；二是拜访唐毅先生，递上我姐夫给他的信。"

"你就不用去买设备材料啦，我办的兴达印刷厂停业不干了，还有十三台小石印机和一些工具，把它也运到边区去，先用着再说。有位会安装石印机的师傅叫史良才，一块去帮助安装。"

杨卓乐得一时有点失态，搂着冯纪云的脖子大叫："爸爸，你太伟大啦！"

"你赶紧带着晓月走吧，免得我担惊受怕。"

"好，我连夜带晓月动身。"杨卓边说边从口袋中掏出一封信双手递去："这就是姐夫写给唐院长的信，拜托爸爸亲自送到他府上。"

"没问题。"

17、唐家客厅。（晚，内）

冯纪云递上宋衡给唐毅的信，吸着纸烟，紧张地注意着他的神情。

唐毅阅信，信中写道：

唐兄如唔：

天津一别，倏忽已过二载。人面睽违，时时惦记，日日挂怀。

弟自泣别兄嫂后，辗转于晋、陕、冀一带，仍操旧业。今奉晋察冀军区聂荣臻司令之命，筹建边区印钞局。资金奇缺，望兄施以援手，不胜感激。

祝时祺

弟 宋衡拜上

唐毅拿起茶几上的打火机，"啪"地打响，点燃信纸，扔进烟灰缸，对冯纪云道："请冯厂长稍等，我与内人商量一下。"

冯纪云忙点头答道："唐先生请便！"

18、卧室。（晚，内）

唐毅对妻子道："宋科长来信说要筹建边区印钞局，咱应该助他一臂之力。"

范宝瑛颔首，坐在梳妆台前，打开抽屉，把抽屉里的钱全都拿了出来，数了数，对丈夫说："总共一万八千六百元法币，咱留下六百元吧？"

"来个完全彻底，全部捐献了吧！"

"那可连零花钱也没啦！"

"咱银行里不还有点存款吗？"

"那宋衡也算是印钞界一代人杰，共产党能重用这样的印钞专家筹建印钞局，慧眼识珠哪。就凭这一点来看，将来共产党说不定能坐江山哩，咱应该助他一臂之力。"把钱推给丈夫："喏，这些钱你去交给冯厂长吧。"

唐毅拿起钱，眉开眼笑地向妻子鞠躬："多谢太太。"

范宝瑛故意板起脸道："少贫嘴，还不快去。"

"遵命。"唐毅俯身在妻子的粉腮上吻了一下，兴冲冲地走了。

19、唐家客厅。（晚，内）

唐毅对冯纪云说："方才看到宋先生在信中提起要筹建边区印钞局一事，我与内人捐出一万八千六百元法币，请阁下转交宋先生，回信就不写了。"

冯纪云激动地："贤伉俪如此慷慨仁厚，支持建立边区印钞局，真让人钦佩。我代宋先生谢谢二位了。"

"不用谢。"

"哦，我与宋先生已成了亲戚，他的内弟杨卓想必您也熟悉吧？"

"熟悉，熟悉。小伙子是璞玉浑金，前程无量哪！"

"谢唐先生褒奖，杨卓已与小女定下百年之好，我们全家要迁往冀中了。"

"哎呀，如此恭喜了。"唐毅解下腕上的金表递给冯纪云，热情地说："唐某一时无以为贺，请冯厂长代我把这块表送给令婿吧。"

"这……这怎么使得？"

"这是我的一点心意，你就别推辞了。"唐毅不由分说，把金表塞到对方手中。

冯纪云手捧金表，眼角泛出感激的泪花，欠身道："多谢唐先生厚赠。"

20、安国县农家堂屋。（晚，内）

方桌上点着油灯，宋衡夫妇、杨卓和冯纪云父女围桌而坐，桌上放着两摞法币和一块金表。

宋衡指着法币和金表感慨道："唐先生慷慨解囊，这笔巨款真是雪中送炭哪。"

杨卓拍案道："说得对！一百元法币就能买两头牛，一万八千六百元法币能买多少印钞器材和原料啊。唐先生为筹建边区印钞局，可帮了大忙啦！"

宋衡以崇敬的目光望着冯纪云说："杨卓跟我讲了，你把你印钞厂的原料和十三台小石印机全部搬运到安国。把建印钞局中的一个关键性问题解决啦，你可说是印钞局的奠基人，立了大功啊！"

冯纪云摆手道："一家人不说两家话。"

晓月站起身，在父亲额头上亲了一下，甜笑道："爸爸，您真好。"

"好什么？"冯纪云佯恼道，"爸爸帮了你婆家人就好啦？"

众人大笑，晓月羞道："爸爸！"

21、药王庙坐东向西。（日，外）

占地三千二百平方米。有牌楼、山门、石狮一对，竖二十七米高铁旗杆两根。

22、正殿。（日，内）

塑药王邳彤像，为东汉开国功臣，才兼文武，精通医理。

23、西厢房。（日，内）

塑秦越人、张仲景、张子和、华佗、孙思邈、刘河间、孙林、张介影、徐元伯、皇甫士安十大名医像陪祀。

24、东厢房。（日，内）

除了几条长凳，别无其他家具。镜头依次掠过宋衡、杨卓、杨馨、冯纪云、晓月等十几个人。

宋衡说："今天，咱们边区秘密印钞局筹备委员会成立了。咱在药王庙里开个'神仙会'，请大家出主意、想办法，可以畅所欲言。"

有个青年说："请问首长，南京政府规定，法币为中国当前唯一的货币。根据国共协议，边区不设银行、不发行货币。咱边区如果擅自印钞票，会不会影响国共合作？"

宋衡尚未来得及回答，又有人插嘴道："小日本人口仅占我国十之二三，国土面积仅占我国百分之三四。如果像平型关那样的战役多打几次，战利品就足够咱用的啦！没有吃，没有穿，自有那敌人送上前；没有枪，没有炮，敌人给我们造呗！何必非要自己建印钞局呢？"

宋衡严肃地说："革命需要钱呀！靠战利品，只能凑合一时，不是长久之计。敌人送枪送炮，但不会送上钱。打鬼子，没有钱不行，靠赤手空拳，敌人不会自动玩完。大家都知道，巴黎公社是人类历史上第一个无产阶级政权，诞生仅两个月，就被残酷地镇压了。因为巴黎公社没有接管法兰西银行，凡尔赛政府用两亿多法郎，集结了十一万大军向公社反扑，革命的火种熄灭了。惨痛的教训告诉我们，革命要想成功，必须一手抓枪杆子，一手抓钱袋子，用钱袋子支持枪杆子。有人问我：'咱边区工作人员一月挣多少钱？'我说：'没钱，工资以小米结算。'俗话道：手中没把米，唤鸡都不来呀！"

人们频频点头："说得对，说得对啊！"

"再说了，战争也不可能速胜。毛主席在多次报告中讲明抗日战争只能是持久战。这是从敌我双方的实际情况提出的战略思想。现在请杨卓同志简单地谈谈中日两国的国情国力。"

众人鼓掌，杨卓侃侃而谈："同志们，毛主席为什么说抗日战争是持久战呢？因为两国的经济和军事实力悬殊实在太大了。据统计：日本一年工业总产值有六十亿美元，我国仅十多亿美元。日本一年产钢六百万吨，我国只几十万吨。日本一年能生产一万辆汽车、几千架飞机、几十万吨舰船，我国还是空白。无论是工业生产、部队装备，日本皆占我国数倍或数十倍优势。倘若对中日两国军人的文化素质加以考量，差距也极大。中国百分之九十五的士兵是文盲，日兵百分之九十八以上小学毕业。我多次与鬼子交战，发现光靠勇敢不一定取胜，使用常规武器也需要文化。因为穷，没钱上学，不识字，看不懂军事地图，无法通信联络，这些缺陷在战场上足以致命。吼声敌不过炮声，骨肉敌不过钢铁，打仗靠的还是真枪实弹哪！假如我们不顾实际情况，与鬼子硬打硬拼，又有几成胜算？"

众人交头接耳："哇！真是不比不知道，一比吓一跳。"

"难怪鬼子这么牛，人家的实力比咱不知强过多少倍。"

宋衡挥手："同志们，静一下，现在大家对设立边区印钞局还有什么不同意见吗？"

众人异口同声："没有了。"

"大家能够统一思想，我很高兴。请冯纪云、杨卓两位同志留一下，散会。"

人们嘻嘻哈哈，一哄而散。

宋衡对冯、杨二人说："我把二位留下来，商量一下钞票图案的设计和绘画问题，这是印制钞票的第一关。就由你俩去设计吧！"

杨卓、冯纪云同时说："不行，不行，我们干不了。"

宋衡说："要不然我去设计？"

两人又同时说："不行！你要掌管全局。关键时刻，你不能离开！"

"那怎么办？"

冯纪云说："安装石印机的史良才，原来是个设计师，也是个画家，因为曾经参加过国民党，被列入了内控人员。所以，只让他搞安装工作。"

"有什么反动言行吗？"

"没有。"

宋衡说："可以启用，让他设计，出了问题我负责！当年中央苏区成立国家银行，发行货币，没有设计人员。毛主席冒着犯错误的风险刀下救人，亲自下令释放关在监狱里的黄亚光，让他戴罪立功。黄亚光不负重望，很快便设计出既美观大方，又体现工农政权特征的钞票。一九三二年七月七日，即国家银行成立仅五个月，便印制出第一批苏区纸币。"

杨卓赞叹："毛主席不愧为工农领袖，胆略无双啊！"

冯纪云问："让史良才设计什么内容的图案呢？"

"根据领导的要求，就设计搞好生产、支援抗战的票样图案吧。"

第十五集

1、晋察冀军区司令部。（日，内）

宋衡把一张红色的样票，恭恭敬敬地呈给聂荣臻："聂司令，这是我们设计的边区第一张钞票样张——红色壹圆券，请司令审批。"

"这么快就出样品啦？"

"唐毅先生支持了一万多现金，冯纪云先生把他在北平办的个人印刷厂停了业，把十三台小石印机和一些原材料运到边区。由史良才设计图案，就赶出来了！"

聂荣臻说："干得不错！"戴上眼镜，仔细观看。这是一张粉红底纹，金红主色的横式票样，主景是黑色壮马耕地图案。他满意地笑道："好，设计得不错，要尽快付印，力争早日出产品。"边说边在样张右下角题了"同意"两个字。

宋衡接过批示后的样张，高兴得咧嘴大笑。

聂荣臻问："你们的局址在哪儿？目前都印些什么？印钞人员的工资待遇怎样？"

"报告司令员，我们在安国县城南关药王庙附近的几间土房里工作。目前印一些识字课本和八路军的布告、军用地图等。现在还没钱发工资，先用小米代薪，技师每月三百斤小米，技术工人二百斤小米，学徒工每月一百斤小米。"

"小米能够充饥，但不能当钱花呀！等咱印出钞票来，咱就把小米变成工资。可当前，也不能光让员工吃小米饭啊，你把唐先生支持的一万多元法币中，先发给每人五元，买些鞋袜、牙刷、牙膏之类的生活必需品。"

"那是唐先生支持搞印钞局的钱呀！"

"我知道！但建设得以人为本呀，人是世间第一可宝贵的。用在人身上的一分钱要比用在事业上的一分钱价值高出一百倍！"

"明白啦！"

"还有什么困难吗？"

"有，困难太多了。冯先生支援的材料，眼看就要用完了，现在没纸张、没油墨、没机器、没修理工具……下一步简直是寸步难行呀！"

"这些具体问题确实伤脑筋，我也爱莫能助。还是毛主席说得对，依靠群众的智慧就能渡过难关。为了加强印钞局的武装力量，我把温排长割爱给你吧。"

"谢谢司令员，温排长到了印钞局，可以提升为副连长。"

"行，我批准了。"

2、印钞局大院。（日，外）

宋衡对员工们高声道："同志们，聂司令表扬咱们啦。聂司令看了看壹圆券，满意地说：'好，不错，赶快印吧。'说等印出边币来，咱就把小米变成工资。但有一样，这里工作的同志，任何人都不能往家里写信，不能把印钞的事往外传，上不传父母，下不传妻女。不能讲'印钞局'这三个字，记住代号'五四七'。这是一条铁的纪律！大家能不能做到？"

众人高呼："能！"

宋衡又指着温越说："聂司令为了增强印钞局的保卫力量，让温排长当咱局的副连长，让我们热烈欢迎新来的温越同志。"

大家热烈鼓掌。杨卓高兴地迎上前，向温越伸出右手，温越紧紧握住杨卓的手，两人都笑了。

有人问："小石印机安装好了之后，没有纸张和油墨怎么办？"

宋衡："咱们开展一个土法造纸、自造油墨的活动。没有纸，一边用白布印钞，一边捡乱纸、破麻袋、旧麻絮、上山剥树皮……然后加入胶水和一些棉花搅成纸浆，造出适合印钞的纸张。没有油墨，就把松树膏烧成烟油，再掺和些桐油制成印钞用的油墨。"

职工们高兴地说："好！咱们大干一场，让钱袋子鼓起来。"

远处传来闷雷般的火炮声，众人相顾失色。

马蹄声骤然而至，一位八路军战士从枣红色的健马上滚鞍跳下，牵马径向宋衡奔去，从袋中掏出一封鸡毛信，递给宋衡说："宋局长，鬼子侵占了保定一带，今晨又占了定县，离你们这儿只有十几里。敌人有汽车、有骑兵。聂司令心急火燎，命令我骑上他的马前来通知。你看完信后，火速转移。"说罢翻身上马，急驰而去。

宋衡拆信匆匆一阅，对大家说："敌人逼近安国县，军区和边区政府命令咱们立即转移到冀西抗日根据地的中心——阜平县。请大家分头准备，筹借大车，收拾设备，明天凌晨，趁天还没亮时就出发。"

字幕：阜平县法华村。

3、土坯大房。（日，内）

杨卓见宋衡带领工人把一块块方石埋入地下，又由石匠在上面凿洞，诧异地问："这是干什么？"

宋衡直起身，又用右手捶了两下腰，笑着回答："这是我从陕西学来的绝活。你看，这黄土地面能承受住成吨的胶印机运转而不摇晃吗？现在把凿有小洞的石头当做机器的支撑点，再用渗上江米汁的石灰浆把地脚螺丝浇铸在洞里，就能把机器固定。"

杨卓敬佩地："姐夫，您能土能洋，土洋结合，难怪毛主席亲自向聂司令推荐您为咱边区印钞局的掌门人呢。"

宋衡摇头道："过奖，过奖，我这不是被敌人给逼出来的吗！常言道，成小器，靠朋友；成大功，靠敌手。咱应感谢和咱作对的敌人啊！"

4、印刷部工房。（日，内）

低矮阴暗，宋衡等都目不转睛地盯着一台原始的小石印机，杨卓和冯纪云用力摇动大轮，一张"小黑马耕地"的壹元券缓缓地印了出来，顿时工房沸腾了。人们鼓掌雀跃，欢呼：

"成功喽！"

"成功喽！"

杨卓高兴得蹦了起来，头碰到了屋顶。

冯纪云流下了喜悦的泪水。

宋衡用颤抖的手捧着这张钞票，激动地说："这张'小黑马耕田'的钞票，是咱们边区政府印的第一张钞票，我们总算有了自己的钱啦！"

5、会议室。（日，内）

宋衡对与会者说："我这次去边区政府开会，上级提出，边区印钞局在阜平的目标太大，引起日伪和国民党的注意，指示咱们立刻转移。"

"刚稳定一点就转移，搬家都搬烦啦！"

"咳，现在是打游击时期嘛，等胜利了，咱就可以老在一个地方印票子了。"

"老在一处也没意思，那还不如多转移几个地方呢，咱也借机会开开眼！"

温越问："转移到哪儿？"

"转移到更隐蔽的地方去！"

"到底转移到哪去呢？"

"灵寿县油盆村。"

温越惊喜地说："哎呀，那不是到我家门口了吗？我可以三天两头回家喽！"

宋衡严肃地说："到你家门口也不准随意回家，咱这是秘密印钞局，要绝对保密。"

温越尴尬地："那是！那是！没有组织命令，我哪敢乱走乱动？"

杨卓岔开话头："小温，听说油盆村地处灵寿、平山、阜平县的三角地区，群山耸立，地势险要。东南面是大崖山，西南面是五岳寨，正南偏西是漫山岭。虽然交通不便，但民风淳朴，群众基础好，是不是？"

"是，那里的人们朴实忠厚，热情好客。上级给咱印钞局选了个好驻地，有利于隐蔽工作。"

6、灵寿县油盆村村口。（日，外）

"咚咚锵！咚咚锵！"一阵阵锣鼓声响彻半空。青壮年村民起劲地敲锣打鼓，老人和抱着娃娃的妇女笑着看稀罕，小孩子则嬉闹着在人堆里乱钻。

姑娘们穿上自己最好看的衣服，腰扎红绸带，扭起了欢快的大秧歌。镜头在为首的村姑脸上停留片刻，旋即移开，她就是村长许满屯的长女桃花，紧挨着她的是妹妹杏花。

许满屯不时手搭凉棚，向远处眺望。

7、公路上。（日，外）

十几辆马车上堆满大小木箱和麻绳捆扎的钢铁铸件，第一辆车上坐着宋衡、杨卓、晓月及部分技术骨干。

"哐！哐！哐！咚咚锵！咚咚锵……"远处隐隐传来锣鼓声。

晓月问："咦，好像有人敲锣打鼓，既不逢年，又不过节，干什么呀？"

杨卓回答："干什么？一定是油盆村的乡亲们在欢迎咱们呢！"

"哎呀，那咱们得快点赶路，免得让乡亲们久等。"宋衡吩咐车把式："大哥，再快一点！"

"哎！"车把式扬鞭策马："驾！驾！驾！"蹄击大地，嘚嘚作响。

8、油盆村村口。（日，外）

许满屯与宋衡紧紧握手："欢迎你们来到油盆村安营扎寨，从今往后，这里就是你们的家。有什么需要我们办的，尽管开口。"

宋衡："乡亲们真是太热情了，我代表五四七厂全体职工，向你们表示万分的感谢。我们今后的工作，确实需要乡亲们的大力支持。"

"没问题，军民鱼水一家亲嘛！"周围的人一齐鼓起掌来。

9、五四七厂办公室。（晚，内）

梁上吊着一只电灯泡，因度数低，发出的亮光比油灯好不了多少。正中是两张方桌拼起来的会议桌，坐着印钞局几位主要领导。

宋衡："同志们，经过全局职工加班加点突击，总算把机器安装完毕，咱当前的主要问题是材料奇缺。印票子需要多少种材料呢？告诉大家，需要纸张、油墨、机油、墨铲、裁刀等两千多种。"

众人惊叫："哇！这两千多种印钞材料上哪儿去找啊！"

宋衡："同志们问得好。咱边区一穷二白，没几家像样的工厂，必须要到附近大城市去买，到敌占区去买，采购人员要冒很大的风险呀。采购回来后，还要分藏在三十多个山洞里，任务太艰巨啦。"

杨卓："报告，我对印钞原材料比较熟悉，我去负责采购吧。"

宋衡摆了摆手，道："不行！司令员说了，你的主要任务是做好印钞局的保卫工作。"

冯纪云："宋局长，我老冯虽不敢自夸精通业务，但开办过印刷厂，在这个行业摸爬滚打了三十年，经验还是有一点的。我毛遂自荐，去当采购站经理如何？"

宋衡："您自告奋勇，愿挑重担，当然是再好也没有了，我早就想到了您。但考虑到您已五十开外，不忍心让您去干这既艰苦而又危险的工作。"

冯纪云："咳！为了边区的印钞大业，我个人安危又算得了什么？请局党委批准我的请求。"

宋衡和杨卓交换了目光，异口同声："好！"

宋衡："采购员任你在职工中挑选。"

冯纪云："让史良才做我的助手吧，小伙子在业务上是多面手，加上过目不忘，口齿伶俐，同样是块经商的好料子。"

宋衡爽气地说："行，我批准了。"

杨卓："以后只要采购站需要人手，随时可以点名要人。"

冯纪云："谢谢二位领导对我的信任，咱们的采购站应该起个名字。"

杨卓："是应该有个名字，也好称呼，叫什么名字呢？"

宋衡略一思索，对众人说："冯厂长以前是兴达印刷厂厂长，如今当采购站经理，就叫兴隆商行如何？"

"兴隆商行，生意兴隆。好，一槌定音。这个名字起得响亮，我举双手赞成。"冯纪云开心地笑了起来。

宋衡："冯经理在赴任前，还有什么要求吗？"

"嗯，本人有一个小小的请求。"

“请讲。”

“希望领导批准杨卓和晓月结婚。”

宋衡：“可以。杨连长的意思呢？”

杨卓搔了搔头皮，低声道：“我和晓月早就心心相映，日夜盼望能喜结连理呢。”

众人大笑：“哈哈哈……女婿和老丈人配合默契呀，我们也想早点吃喜糖呢。”

宋衡：“我提议，散会后咱分头准备一下，明天就替一对新人举办新式婚礼。”

10、五四七厂大院。（日，外）

墙上，并排挂着毛泽东和朱德的画像。

宋衡主持婚礼，唱叫：“新人向领袖行礼。”

穿着一身灰布军装的杨卓和晓月胸前佩戴红花，向画像鞠躬。

宋衡接着喊道：“向父亲行礼。”

杨卓和晓月向坐在长凳上的冯纪云鞠躬。

“夫妻互相行礼。”

杨卓、晓月对面鞠躬。

“好！”警卫连战士和印钞员工一边欢呼一边鼓掌。

晓月的嫩脸倏地飞上两朵红霞，向众人感激而又羞涩地一笑。

11、洞房。（晚，内）

纸窗上，贴着大红“囍”字。土炕上铺着新的床单，堆着两条绸被、一对枕头，枕头上绣着鸳鸯戏水的图案。

晓月展开新被，和杨卓双双躺在了炕上。此时，从窗外传来史良才慢悠悠的声音：

久旱逢甘雨，

他乡遇故知。

洞房花烛夜，

金榜题名时。

杨卓腾地坐了起来。听了一会儿，没有动静，又躺下了。

晓月幸福地偎依在丈夫怀中，杨卓用手抚着她的秀发，歉意地说：“今天是咱大喜的日子，可边区条件太艰苦了，没能让你披婚纱、坐汽车，又没能大摆宴席，就让你草草过门，心里真的很抱歉。”

晓月坐起身，正色道："你呀，还不了解我的心吗？一个女人只要能嫁给她所爱的男人，吃糠咽菜都甘之若饴。至于什么穿婚纱、戴凤冠、坐汽车、坐花轿，那不过是形式而已。古今又有多少举办过隆重婚礼的夫妇琴瑟不和，成为冤家怨偶，一辈子在痛苦中煎熬。只要你我两情相悦，比什么都强，夫妻恩爱苦也甜嘛！"

"说得好，夫妻恩爱苦也甜。"杨卓搂过妻子，两人拥吻着倒在炕上。

12、洞房外。（晚，外）

冯纪云静静伫立，欣慰地笑了。

13、村口。（晨，外）

史良才站在马车旁，默默看着冯纪云和家人依依话别。

冯纪云："杨卓，晓月长这么大，还是第一次离开我。我把她交给了你，希望你能善待她。"

杨卓："请爸爸放心，晓月是我的妻子，我会永远珍惜爱护她的。"

晓月擦着眼泪说："爸，您老人家一个人在外地，可要好好保重啊！"

冯纪云："唔，你也要好好照顾自己，再见。"对史良才说："咱们走吧。"跳上马车，史良才随之上车，举鞭叱马："驾！驾！"车子绝尘而去。

14、办公室。（晚，内）

宋衡负手走来走去。

杨卓进来后，发问："怎么了，首长？又在谋划什么大事啦？"

宋衡苦笑道："还能谋划什么大事，巧妇难为无米之炊。我日夜在为原材料接不上而发愁啊！冯纪云他们走了一个多月了，没有音信。你也知道，三号机、四号机的油墨再用几天就完了，五号机的滚筒也不行了，只好凑合着用，印钞纸也只剩四令了……这停工待料的日子不好过呀！"

杨卓："我见您急得团团转也跟着揪心。可冯经理他们要到敌占区的北平、天津、保定去采购，危险不说，麻烦事也忒多，先得去兑换票子，还得去托关系，暗中运行……我也天天盼着他们快点把原材料搞来呀！"

宋衡："你想办法跟他取得联系。"

杨卓："没法联系。要不然，我带人回北平、天津去找找他们？"

"那不是大海捞针吗？聂司令刚给咱拨来枪支弹药，又来了一拨新兵，你走了练兵谁管？"

"那您说怎么办？"

电话铃响，宋衡抓起话筒问："哪一位？"

冯纪云的声音："宋局长您好，我是老冯，报告您一个好消息，我们通过各种关系搞到印钞用的原材料约两万斤，在当地政府协助下，运到完县杨家台冀中分局印刷部，请局里立即组织运输队前来抢运。"

"太好了！你解了局里的燃眉之急。我们马上安排人员前往杨家台。我代表全局同志，向你表示诚挚的感谢，你们辛苦了。"

"别客气，这是应该的。"

宋衡放下电话，对杨卓说："冯经理采购到大批原材料，你赶紧挑选十几个战士，组成运输队，立即赶赴杨家台冀中分局印刷部。"

"是！"

15、完县杨家台印刷部大院。（夜，外）

冯纪云嘴里叼着烟袋，蹲在墙角吧嗒吧嗒地抽烟，旁边是大堆用油布遮盖的印钞物资。

史良才："冯经理，这些日子您的脸可瘦了三圈，再这样下去，您可就成了骨头架子啦。您的心思我知道，您领着我到处作揖磕头，托人求援，费了九牛二虎之力，弄来了印钞用纸、油墨、工具、药品。又深更半夜偷运到这里来，可不能让它老堆在这小旮旯里呀！"

冯纪云："我知道！那边等米下锅呢！可这些东西怎么往回运呢，光凭咱二人背、扛行吗？我给宋局长打了电话，他答应立即组织运输队，怎么还不到呀？"

"从局部来杨家台要经过敌占区，老天保佑，让同志们顺顺当当地把这些物资运走。"

一阵急促的蹄声响起，史良才跑到门外一看，只见杨卓和赵普、郑波等人牵着骡子赶来。忙奔回院内，惊喜得声音都岔了："冯经理，杨连长来啦！"

冯纪云顿时眉舒目展，走到院外，杨卓快步上前，唤道："爸爸！"

"小杨。"

众人："冯经理。"

冯纪云与他们一一握手，喜道："哎呀，盼星星，盼月亮，总算把你们给盼来啦！"

杨卓："我们也心急火燎啊，白天怕遇到敌人走不了，晚上山道又坑坑洼洼的不好走，让您老操心啦！"

"没事，没事，来了就好喽！晓月好吗？"

"好着呢，您老放心吧！"

"你们赶了大半夜的路，先歇一会儿再说。"

"不了！我们连夜装货，马上就走。"

"等你们把货拉走，我和良才立即返回保定，又有一批原材料到了。"

"那敢情好。想不到咱翁婿匆匆见面，又匆匆分手啊！"

"这就叫：将军不下马，各自奔前程。"

"说得对！将军不下马，各自奔前程。"

16、杨家台印刷部大院。（晨，外）

杨卓和二十几个运输员把各种材料包扎捆紧，架上驮骡。

17、山野。（日，外）

运输员拉着牲口急行军。他们怕被敌人发现，不敢走大路，蹚过一条小河沟，向山顶上攀去。

不料刚到山顶，对面山上的一棵大树蓦然倒下了，众人惊呆。

杨卓高叫："不好，山那边有敌人。咱们得赶紧回兵下山，绕路而行。"

众人叹气："咳！倒霉！倒霉！"只得又牵了牲口下山。

18、唐河畔。（日，外）

一条窄窄的板桥千疮百孔，桥下是湍急的流水。

运输员面面相觑，叫道："妈呀，这可咋办呀？"

忽然他们的身后响起了枪声，杨卓当机立断地下令："过河。"带头牵着一匹骡子上了桥。

队伍走到桥中间，第一头牲口前腿一软，跌入滚滚的唐河中。众人吃了一惊，后面的牲口齐声惊嘶，扑通扑通，又有两头牲口掉进水中。杨卓、赵普和郑波毫不犹豫地纵身跳入唐河中，在波涛中奋力追逐被河水冲走的货物和牲口，激流冲卷着他们顺流而下。

就在牲口掉下河里的一刹那，其余的队员马上勒紧缰绳，使出了摆弄牲口的绝招，稳住骡子，防止驮骡落水。

杨卓等拉着各自的骡子，一手划水，一手往岸上牵，但倔犟的骡子拼命挣脱后，又往河心游去。几个回合后，三人都累得气喘吁吁。

郑波皱眉道："这样不行，这几头牲口倔得很，咱们三个一齐先赶一头上岸，随后再对付那两头。"

杨卓苦笑道："好吧！"牵着一头骡子往岸上游，另外两人不停举手拍打骡子的屁股。总算将第一头骡子牵上了岸。杨卓怕它逃逸，用缰绳把它拴在一棵大树上。

驱赶第三匹骡子时，任凭杨卓前面拽，二人后面打，骡子就是不动。郑波急中生智，拔出短枪，朝天"啪"地开了一枪，骡子吃了一惊，猛地往前一蹿，杨卓猝不及防，被它撞入水中，呛了两口水，赶紧浮出水面。郑波又开一枪，骡子又往前一蹿。郑波连开了五六枪，骡子终于被赶上了岸。郑波气得对准骡头连打几掌，骂道："畜生，敬酒不吃吃罚酒。"

杨卓笑道："它本来就是畜生嘛，哪懂什么敬酒罚酒的，谢天谢地，总算把它们拽上了岸，没白吃这些苦。"

三人和骡子俱冻得瑟瑟发抖，赵普缩紧脖子说："好冷啊！"

杨卓抬头看了看前方，对二人道："走，咱赶快追他们去。"

三人牵着骡子，迈开大步，向西南奔去。

19、山野。（日，外）

一群群百姓牵着牛羊，抱着小孩，扶着老人往山上爬去。杨卓忙拉住一个汉子问道："大哥，附近有什么庄子？有水井吗？"

汉子瓮声瓮气地指着远处的火光说："咳，别提了，庄子叫鬼子烧了，俺们在水井中放了毒，想毒死那些狗日的，你们千万别进村，进村也没人，更别打井水喝啊！"

杨卓等惊呆："啊——"

二十多个运输员牵着骡子呼哧呼哧喘着粗气。

郑波问杨卓："杨连长，怎么办？"

杨卓皱眉道："今天咱赶了百来里路，人困马乏的，本想找个村庄好好吃顿热饭，美美地睡上一宿，可村子叫鬼子烧了，乡亲们又在井中下了毒，只好啃点干粮，连夜赶路了。"

赵普说："大家都累得够呛，要不就在此地露宿一夜吧。"

远处隐隐传来枪炮声。

杨卓决然道："不行，鬼子就在四周扫荡，咱还没脱离危险区，不能停留，得抓紧时间赶路。"

"好吧。走！"

众人牵着骡子往山上攀登。

20、山野。（夜，外）

哗哗下着大雨，众人踩着黄泥浆艰难地跋涉。

郑波大叫："停，路险，走不了啦！"

众人停下了。杨卓大声询问："怎么回事？"

郑波说："前面是一条窄窄的黄土泥小道，旁边是一丈多深的水沟，天又黑得对面不见人，只要掉下去，不论牲口还是人，都是有死无救。并且一掉下去，就是一大串。这样黑的天气，人是看不见道的，可牲口看得见。现在只有一个办法可以过去，给我一头稳健而善走的牲口，我在前边牵着它引路，所有的同志，每人都要拽着牲口尾巴，就能过得去。"

杨卓："行，就这么办。"

郑波选了一头适意的牲口，带路前行，其余的人就如同瞎子般，拉着牲口的尾巴跟着走。但天黑路滑，不时有人滑倒、有的人被摔得松开了牲口尾巴，就停下来，待摸到抓住后再走。

21、山野。（晨，外）

天色已亮，众人舒了一口气："哎呀，总算熬过来啦！"

"可咱们都淋成落汤鸡啦！"

一头骡子被石头绊了一下，驮的东西被山腰的石头碰掉了。郑波使劲地把货物放在牲口背上，哪知东西刚挨到牲口，它就乱动，东西又跌落下来，如此连续数次，再也弄不起来了。

杨卓骂道："他妈的，倔骡存心捣蛋，这可咋办呀？"

郑波思忖片刻，道："我有主意了，咱们干脆把驮子拆开，一部分一部分地放，不就可以放妥了吗！"

两人把货物一点一点地往牲口背上搬去，这时牲口没再乱甩乱尥蹶子，总算是老实了。

忽然狂风呼啸，鹅毛雪花翩然而降。

众人惊叫："哎呀，下大雪啦！"

杨卓沉声道："别慌，下雪比下雨还好点，继续往前赶吧。"

雪越下越大，到处白茫茫，烟濛濛，银装素裹。众人深一脚浅一脚地踏雪而行。

郑波惊呼："哎哟！"脚一滑，连人带牲口滚下山崖。

杨卓高叫："大家别慌，我去看一看。"说罢，将身子蜷曲，沿坡滚了下去。

22、山谷下。（晨，外）

骡子和货物都压在郑波身上，满脸血痕的杨卓咬牙瞪眼，想搬掉骡子和货物，但骡货都纹丝不动。正在着急，赵普也顺坡滚了下来，脸上手上都擦出条条血印。两人没说一句话，"嗨哟嗨哟"地喊着，将驮货卸了下来，又搬开哼哼唧唧、受了重伤的骡子。

杨卓忙抱起口鼻冒血的郑波，泣唤："郑波！郑波！你醒醒……"

赵普用手试其鼻息，猛然哭道："郑波牺牲了。"

"郑波！郑波！"杨卓悲痛地大哭起来。

赵普哭了一阵，忙止泪对杨卓说："杨连长，现在不是哭的时候，咱得赶快上山，跟同志们商量下一步的行动计划。"

"可咱不能把郑波的遗体扔在这荒山野岭啊！这样吧，你背货物，我背郑波，咱先爬上坡再说。"

"好吧。"

两人负重艰难地向上攀登。

23、山坡上。（晨，外）

杨卓对众人沉痛地说："郑波不幸牺牲了，他是我的同学，我的战友，也是我最亲爱的弟兄。我现在心如刀绞。可我不能哭，不能带着大家对着郑波的遗体抹眼泪。现在的雪已经没到膝盖了，河沟和山坡的冰层被雪盖上看不见，一不留心就会滑倒，甚至摔死。为了避免惨剧再度发生，请大家尽量减少牲口两边的货物，尽量放在中间，等到爬高坡时，就卸下一部分货物自己背上，减轻牲口的压力。"说罢大喊："同志们，继续赶路。"

杨卓背起了郑波的尸体，人们含着热泪，艰难地前行。

24、荒野。（日，外）

运输员依次向这座无碑的孤坟默默鞠了三躬。

25、印钞局大院。（日，外）

宋衡、甄婷、杨馨等人和运输员握手，连声说："同志们辛苦了，辛苦了！"

杨卓向宋衡敬礼道："报告宋局长，本次执行任务过程中，郑波不幸牺牲了，同时摔死了一匹骡子，我们的口号是：人在货在！人不在货也在！"

杨馨顿时失声痛哭："郑波，我的好弟弟。"

宋衡流泪道："郑波同志的牺牲使我们很悲痛！多好的一个孩子啊！革命是光荣的，同时也是残酷的。你们在这样艰苦的条件下能出色地完成任务，不容易啊！"仔细端详杨卓，见他眼窝深陷，双鬓竟有斑斑白发，猛然一惊："哎呀，你怎么啦？脸色怎么这样难看？"

杨卓直勾勾地盯着宋衡，忽然跪倒在地，抱着头大声哭了起来。

站在一边的赵普哭着说："郑波牺牲后，杨连长滑下山谷去救郑波，差点没摔死。为了稳定军心，杨连长在大伙面前，硬忍着没掉一滴泪！可我知道，他心里有多痛。"

宋衡扶起杨卓："走，快去宿舍休息。"

杨卓像疯了一样，跺脚大声哭叫"郑波，郑波！"

宋衡也泣道："卓弟，节哀顺变，要理智一点！"
周围的人都抹起了眼泪。

第十六集

1、保定日本军营办公室。（日，内）

植田正在编写作战计划，井原来到门口，高声叫："报告。"

"进来。"

井原大惊小怪地说："舅舅，八路军印制发行钞票啦！"

植田猛地抬头："你说八路军印制发行钞票？"

"是的。这是皇军下乡扫荡时缴获的边钞，请过目。"井原递上一摞粉红色的壹圆券。

植田一把抓过看了看，忙问："谁下令发行印制的？"

"报告舅舅，据暗中访查，是晋察冀军区司令员聂荣臻。"

植田倒抽了一口冷气："你说的是原——五师副师长聂荣臻，林彪的老师？"

"正是此人。"

植田又惊又怒："自从板垣师团在平型关受挫后，皇军听到林彪和聂荣臻的名字都要做噩梦。这件事得赶快报告军部。"

井原说："舅舅，咱们从金库里得到的那些珍珠、玛瑙、玉器、翡翠、金条、银锭，尤其是那些名人字画，如宋刘松年《猿猴献果图》、元吴镇《芦花寒雁图》、明边景昭《三友百禽图》、清高其佩《柳塘鸳鸯图》等无价之宝，放在中国很不保险，要是得而复失，那后悔可就晚了呀！"

"你说得对，但也不宜马上派个专机运回东京，那就太招人耳目了。"

井原："倘若开专机回去，我有三条充足的理由。"

"愿闻其详。"

"其一将您的战利品，送给东条英机；其二报告国民党正在伪造日币；其三把共产党刚印出的边区钞票呈送上去。国民党造伪日币，共产党印边币，这两件大事将给我帝国金融带来很大麻烦呀！"

"讲得好！就由你全权负责专机的安全和管理！"

"是！"

"你要记住，这些珍宝，除了你我家里各留一点，统统送给冈村宁次和东条英机！"

"啊——"

"啊什么？送礼要有重点、有目的，还要有艺术。朝野要东条当首相的呼声很高，咱把他伺候好了，就不怕没大官做，伺候他就是为了日后有人伺候咱！人不为己，天诛地灭！他的同学冈村也是个人杰，同样得加以奉承才是。许多事由他出面就好办多了，咱们是人微言轻啊！"

"舅舅说送礼要讲艺术是什么意思？"

"送礼先要研究他酷嗜什么，如东条英机有着极强烈的权欲、名欲、财欲、色欲。像他这样的重臣，就不宜多送钞票。而古董珍宝、名人字画，既价值连城，又轻盈小巧，他接受就方便。当然了，此人虽贪婪成性，却一向标榜自己清廉高尚，所以千万不能公开送礼，尤其是送美女，要暗中进行，做得不露痕迹才行。"

"明白啦！"

2、东京明姬郡主府花厅。（日，内）

置满盆花插花，井原的爱妻春岚双十年华，身穿棣棠色外衣，温婉动人，坐在矮桌前，指如春葱，弹起琵琶，叮叮咚咚，十分悦耳。如珠落玉盘，花间啼鸟。春岚边弹边唱：

临江仙　思君

绿柳红桃紫燕舞，
思君珠泪盈盈。
此心春夏也如冰。
鹊桥天外断，
沧海隔双星。

几度轻歌空婉转，
未知唱与谁听？
窗前树下总伶仃。
樱花燃似火，
灼痛旧时情。

"哈哈，休要珠泪盈盈，为夫来也！"井原满面春风，挟着皮包走进厅来。

春岚闻声抬头，只见走来的竟是自己日思夜想的丈夫，欢叫一声："井原。"奔过去探身入怀，大叫："是你，我的夫君，咱们难道在做梦吗？"

"不，这不是梦，但跟梦境一样的美好。"井原放下皮包，将春岚紧紧搂住，在她迷人的笑靥上亲吻了几下，将她抱上榻榻米，从衣袋里掏出一只金花扁镯，帮妻子套到手腕上。

春岚仔细端详，惊喜地说："呀，好漂亮呵！"

井原莞尔一笑，又摸出一支凤头玉簪，给妻子看了看，帮她插在发髻上。

春岚问："你怎么会有这么多宝贝？"

井原得意洋洋："这是出征的战利品。"将妻子一拉："走，拜见你母亲去，我给岳母也准备了厚礼。"拎起皮包。

"你送的什么礼物？"

井原一拍皮包，神气活现地说："暂时保密，等见到岳母你就知道了。"

3、关东军司令官邸。（日，内）

东条英机与冈村宁次相谈甚欢。

冈村把礼品和清单递给了东条，吹捧道："这些战利品都是在您的战略思想指导下获得的，我和植田大佐都无比佩服您决策英明。我与阁下先为同窗，后为部属，多年来我深深感到，您武略文韬，举世无双，三年后定能升任首相，在此卑职先行祝贺了。"

东条矜持地点点头："借你的吉言，但愿梦想能成真。不过，以冈村君之才干，目前的位置确实偏低。你的资历不在松井石根之下，他却成了华中方面军司令官。难道你不该开府封疆，独当一面吗？可惜咱能力有余，势力不足，屈居下僚。为了拓展咱们日后的前程，咱俩要互相帮助，互相扶持哇。"

"将军所言极是。数十年来，卑职一直敬佩将军的明察沉断，愿以马首是瞻。"

"冈村君过谦了！咱们一定要不遗余力，先把天皇的权威树立起来。请你帮我拟订一个《杉工程实施方案》，恭呈天皇，天皇肯定会有大动作。"

"好！卑职一定效劳。无论将军制订什么计划，卑职一定全力襄助。"

"如此多谢冈村君。"东条向冈村低头致谢。

4、艺伎馆。（夜，内）

冈村和一对姐妹花在榻榻米上嬉戏。略高的是姐姐，名叫智子，妹妹名叫慧子。

智子躺在冈村的臂弯里，噘着小嘴，慧子则狠巴巴地将冈村摸她大腿的手使劲甩开。冈村并未生气，反而嘿嘿笑道："我不能经常照顾你俩，不能满足你们的要求，真是抱歉呀！我又要到中国去了，准备把你俩拜托给我一个好朋友，让他好好哄你俩吧，你俩可要好好侍候他呀！"

慧子恼火地说："笑！你还好意思笑，你去中国后，也不给我们来个信，难道我们姐妹俩侍候您还不尽心尽意？为什么非要把我俩推向别人的怀抱？"

智子也腾地挣开冈村搂抱，坐起身，气愤地说："色衰爱弛。你是不是嫌弃我们了？是不是把我俩给卖出去了？"

"住口！"冈村陡然翻了脸，怒道："你们懂什么！整天只想卿卿我我，那是小市民的爱情。"他见两个少女盈盈欲泣，心又软了，把她俩揽入怀中，温存地说："宝贝，我懂你俩的心意，对我情真意切，可舍不得孩子套不到狼。为了能让我早日晋升，也为了大日本帝国的宏图伟业，我们不得不作出牺牲啊。再说了，对方是个地位显赫的人物，能被他接纳，是你俩的幸运。"

"他是谁呀？"

"东——条英机吗？"

"对呀！"

"太好啦！太好啦！"

慧子问："我和姐姐离开后，您还会想我们吗？"

"真是孩子说话，你们姐妹俩美得像仙女似的，想忘也忘不了啊！"冈村恭维两句，不失时机地从衣袋中摸出两只金镯，替姐妹俩的手腕上每人套上一个。一对金项链，戴在了姐妹俩脖子上。

姐妹俩端详金镯，欢呼："哎呀，太漂亮啦！"

冈村问："你俩知道这宝物的来历吗？"

"不知道。"

"这是皇军驻中国保定的植田大佐所献的战利品。中国人常说：保定有三宝，金钱、美女、春不老。这两只金镯把你俩锁定了。"

姐妹俩齐声说："但愿金镯把咱们四人的心永远锁在一起。"

"嘿嘿，那是，那是！"

智子媚然一笑，按灭了壁灯。暗影中，三人扭作一团。

5、东条官邸后园。（日，外）

方池数亩，周以石栏，中间是小亭。冈村与东条坐在亭中，俯瞰池面，锦鳞相戏。

冈村站起身，不无留恋地对东条说："偷得浮生半日，胜过红尘十年。跟阁下在一起，真是如沐春风。"从上衣口袋里取出一封信，递给东条："这是卑职根据您的旨意，搞了一个《杉工程实施方案》报告，以阁下的名义呈递天皇。"

"很好，我一定递交给天皇，多谢冈村君。"

冈村暧昧地一笑："听说阁下要修整住宅，恐怕人手不够，卑职有两个远房侄女，模样也还端丽，就让她俩来侍候阁下。"说罢，转身欲走，却又回头道："请阁下暂勿离开此地，她俩随后就到。"笑着挥了挥手，快步离去。

东条自言自语："这个冈村，又在搞什么花样？"拆开信封，看起了奏章。才看了一张纸，便有两个靓妆少女手捧檀香匣子袅袅婷婷向他走来，跪下轻吐莺声："奴婢智子、慧子叩见大人。"

东条耳闻娇声，目睹美人，喜得心花怒放，忙说："快起来，快起来吧。"伸手扶起。

两人同时打开匣盖，一匣是满满的明珠，一匣是满满的金锭，东条心中暗喜，但未动声色。

两个少女微笑着将匣盖上，放在旁边。智子便在东条肩上揉捏起来，慧子则跪下替他捶腿。喜得东条笑眯了眼，先将智子揽入怀里，又将慧子拉起，也抱在怀里，左拥右抱，乐不可支："嘿嘿，冈村君，真可人也！"

两个少女争着搂抱东条，把自己粉嫩的脸颊贴向满脸皱纹的东条英机，水面上回响着淫荡的笑声。

6、东京皇居（皇宫）。（日，外）

雄伟壮观的城廓，碧罗带般的城壕，东南城壕上架着一座厚重古雅的双拱石桥，过桥便是皇居正门。映现字幕：二重桥。

"嚓嚓嚓"的脚步声。

一双双大脚踩着白沙碎石铺就的御道化入。

镜头拉开：远处冈阜连绵，古木参天，鲜花繁艳，池沼亭台点缀其间。

镜头快速推向一座绿顶白墙的宫殿。

7、偏殿。（日，内）

东条英机、冈村宁次、松井石根、板垣征四郎、多田骏等席地而坐，面朝天皇裕仁。吊灯下，融合和洋风格的瓶插切花五彩缤纷，给古旧的殿堂带来了一抹亮色和生气。房内的隔扇门和墙上绘有出自日本江户初期狩野画派名家之手的花鸟画，这些作品以中国宋、元绘画和"大和绘"的表现技法相结合，栩栩如生。苍松挺拔，牡丹艳丽，雄鹰矫劲，仙鹤澹逸。

天皇裕仁相貌清癯，不怒而威，锐利的目光在臣僚脸上扫来扫去。沉声说："今天召开御前会议，主要请诸君讨论东条君的《杉工程实施方案》，请东条君简单叙述一下。"

东条欠身道："哈依！诸位大臣阁下，在讨论卑职的计划前，我先请大家看一件东西。"从衣袋中掏出粉红色边币，给裕仁和众臣每人发了一张。

众人观看后，异口同声："啊，晋察冀银行的钞票。那不是共产党八路军的地盘吗？"

东条说："对！启禀天皇陛下和各位大臣阁下，钞票是原任——一五师副师长、现任晋察冀军区司令员的聂荣臻命令发行的。平型关战役中，他协助林彪使我皇军精锐的板垣师团受到重创，伤亡惨痛。如今林彪负伤去苏联疗养，聂荣臻独掌三省军政财大权，是帝国统治华北的头号克星啊。"

板垣点头道："东条君说得对！我部在平型关受到重挫后，士气低落到了零度。一提到林、聂二人的名字即闻风丧胆，两个支那虎将太厉害了。不瞒诸君，至今我仍心有余悸呢。"

多田骏冷笑道："不是支那虎将厉害，而是阁下无能。灭了我皇军的威风，我都为你感到羞耻。"

板垣怒骂："八格牙路。"

多田骏用更大的声音回骂："你八格牙路，败军之将，不配言勇。"

东条吼道："住口！御前会议上，岂容你等撒野？你二人若不停止互相攻击，请二位滚出朝堂。"

两人不作声了，东条又说："受八路军印制边币的启发，经过认真的思考，卑职对帝国未来的金融走向有了新的认识和对策。因此草拟了一份《杉工程实施方案》。该方案倘若能顺利实施，进攻支那又多了一件利器。无论对国民党，还是共产党，俱有强大的杀伤力。"

冈村插嘴："看来，'杉工程'其实质是一项金钱工程，银弹的杀伤力不亚于炮弹的杀伤力。金钱之威力，能够役鬼通神。可以无德而尊，无势而热，排金门而入紫闼。危可使安，死可使活，贵可使贱，生可使杀啊！"

裕仁夸奖："冈村君这一番对金钱的议论太精彩了。于古于今，皆有可取之处。"话锋一转："当然了，更值得称许的还是东条君，目光如炬，能急皇家所急，忧皇家所忧。大慰朕心。东条君！请你把'杉工程'计划再具体讲述一下。"

"哈依。实施'杉工程'计划，其一是在北平成立'中国联合准备银行'，发行我们的在华货币'联银券'，强制华北人民使用。同时宣布禁止法币流通，强令支那人用法币以低值兑换联银券，违者扣以'经济犯'罪名，处以罚金、徒刑或死刑。其二是伪造法币、印制假钞，这种机构的秘密代号为'杉机关'。暂将本部设在上海，在重要地区设立派出机构。这件事要绝对保密，否则将使大日本帝国丢尽脸面。"

多田骏问："东条君，何谓法币？能否把具体内容说明一下。"

"行！法币，顾名思义，即法定货币也。早在一九三五年十一月，在英国的支持下，国民政府宣布，中国银行、中央银行、交通银行，一九三六年增加农民银行，发行的中国货币为法定货币，改白银本位为汇兑本位，并与英镑实行固定汇价。币制改革的成功，结束了中国货币的混乱局面，不仅从上海的外国金融机构回收了大量白银，也使支那方面能最大幅度地掌握现金，从国际市场购买军火。一九三七年七月之后，皇军迅速占领了中国大片国土。但由于英美等国的支持，战时中国法币仍可以在上海租界及香港等地中外银行无限制买卖外汇，甚至在我占领区流通。这些已经成为我皇国确立金融统治、推行联银券的严重障碍。因此我们要和支那打一场货币大战。首先要研制、仿造一套假法币的票版，这是'杉工程'能否成功之关键，有了以假乱真的票版之后，然后在极端隐蔽的地方建一个秘密印钞局，伪造法币，颠覆支那的经济基础。"

多田骏说："东条君的设想固然美好，只怕实施起来困难重重吧？"

"实施伪造并不困难，我有九成把握。"

"何以见得？"

"支那市面上流通的法币大都为中央、交通两家银行的，由英国的德纳罗公司、华德路公司和美国钞票公司印刷。主要防伪措施是水印和暗记，部分美版钞票的头像中夹有红蓝丝线。支那本土伪造货币手段落后，一般民众防伪意识不强，给了我们可乘之机。"

"请问可有合适人选充当'杉机关'的成员？"

"有。由参谋本部军官和造币专家为主的制伪小组已经成立，并印出了假钞。"

多田骏妒慕地说："东条君所策划实施的'杉工程''杉机关'，足以让全世界为之惊叹。你真是一位天才的谋略家和投机家，所有内阁大臣只好甘拜下风，连你的政敌也不得不佩服你喽！"

冈村揶揄道："嘿嘿，多田君终于说了实话。对于横空出世的卓越人物，化敌为友是其政敌最好的选择。"

板垣和松井齐声道："我们赞成冈村君的观点。"

裕仁叫道："东条君。"

"卑臣在。"

"鉴于你对朕的忠心耿耿，所上奏章精辟独到，切中时弊，对帝国的经济走向有不可估量的影响，今擢升你为陆军省大臣。"

东条连忙跪下："卑臣叩谢皇恩。"

"东条君请起。"

"哈依。"

冈村吹捧："天皇陛下运筹励精，拔非常之俊杰，定能完成明治天皇'开拓万里波涛，布国威于四方'的一统大业。"

裕仁得意大笑："哈哈，只要诸君对朕赤胆忠心，使朕能总揽威柄，独制天下，则帝国一定能兴旺昌盛，朕与诸君做个千古君臣知遇的榜样，共享荣华富贵。"

众人一齐跪下，口呼："多谢天皇陛下。天皇陛下万岁！万万岁！"

8、春岚卧室。（夜，内）

井原躺在榻榻米上酣睡。春岚悄悄起身，拧开台灯，坐在梳妆台前打扮。描眉点唇，用意修饰。云鬓高盘，斜插一支凤头玉簪，翠钿宝珥，华艳动人。

井原醒来，惊叫："哇！春岚你好美！"跳起来，拥吻爱妻，春岚在他怀中向他妩媚地一笑。

9、东京机场。（日，外）

人们都把目光集中到盛妆艳服的春岚身上。

井原夫妇执手深情相望，恋恋不舍。

播音员广播："开往中国北平南苑机场的飞机就要起飞了，请旅客们登机。"随即又用英语重播了一遍。

井原红着眼圈注视着娇妻，苦涩地说："春岚，在你我即将分别之时，你为什么要打扮得如此漂亮，就像一株秾姿秀色的棣棠花。难道你不觉得你的行为近似于残忍吗？残酷的军令，将你我一对同命鸳鸯活活拆散。"

春岚柔声道："夫君何必伤感，我要你今生今世永远记住我今天的模样。"

"难道你还担心我会忘掉你吗？爱妻丽质天生，胜过千千万万的俗艳凡葩。"

登机的铃声响了，播音员再次广播："请飞往中国北平的旅客赶快登机。"

井原用力握了握妻子的小手，将一红包塞入她手中说："这点美钞留给你，买一套顶级的法国化妆品吧，它能让你更美丽。"说罢转身离去。

"夫君，等一等。"春岚追上两步，递给他一封信，含情脉脉地说："到飞机上再看。"

井原点了点头，快步登上了舷梯。

飞机开始发动滑行，井原坐在舷窗边向她招手。春岚将钱包掷地，突然取出一柄短刀，往颈上一割，鲜血像喷泉般地激射而出，染红了衣襟。她扔下短刀，向丈夫含笑挥手，趔趄着走了几步，便扑倒在跑道上。

井原双眼圆睁，发疯般地拍打着舷窗大喊："停下！快停下！我要下去。"

飞机倏地冲上蓝天。

机场工作人员向春岚奔去。

10、机舱。（日，内）
井原滴滴热泪洒在信笺上，信中写道：

亲爱的夫君，当你看到我的惊人之举和这封诀别信时，请不要悲伤。你对我的过分眷恋令我不安和惶恐。忘掉我，轻装上阵。把你的一切献给天皇，献给大日本帝国吧。但愿有一天，我俩相聚在靖国神社。永别了！

顺颂戎祺

妻·春岚绝笔

昭和十三年一月十五日

"春岚啊，你不该死啊——"井原捶胸顿足，痛不欲生，信纸飘然落地。

第十七集

1、军营。（夜，内）

植田和井原对坐矮桌前饮酒，杯盘狼藉，两人都有了醉意。

植田喟叹："生如春花般绚烂，死如秋叶般静美。春岚死得其所，虽死犹荣。"

井原瞪着血红的眼睛吼道："你少在我面前文绉绉地充当什么狗屁诗人。人死了，美好的生命毁灭了，这是最大的悲哀，还说什么荣不荣的。春岚死了，岳母随之而去，我的心也死了。何以解忧？唯有'杜康'。"抓过酒瓶，拔去瓶塞，口对酒瓶，咕咚咕咚喝个没完。

植田一把夺过酒瓶，怜惜地劝道："行了，别喝啦！"

井原抢夺酒瓶："给我！我要让酒精麻醉我痛苦的灵魂。"

植田喝道："住手，你再喝就要醉了。"

"哈哈哈，醉？醉了好哇，我井原只愿长醉不愿醒。春岚死都不怕，割颈时还在笑哩。就算真的醉死了，也比当炮灰强哇！"

植田脸色一沉，斥道："我警告你，少发酒疯。你是大日本帝国的军人，怎么能沉湎于儿女情长中不能自拔？"

井原咬牙切齿地说："你知不知道，春岚是东京第一美人的女儿，是美女中的美女，珍宝中的珍宝。要不是这场邪恶的战争，我们夫妻俩会在东京上流社会中快快乐乐地相伴终生，现在整个都完啦！"抱头号啕大哭。

植田怒骂："八格！"一个耳光打得井原摇晃了几下，酒也被打醒了，他睁大两只桀骜不驯的眼睛，仇恨地瞪视植田。

植田高声叫道："来人。"

几个士兵跑进屋来，植田指着井原下令："关他三天禁闭。"

"哈依！"士兵们熟练地抓住井原的胳膊，顺势往背后一扭，推了便往外走。

井原挣扎呼叫："放开我！放开我！"

植田厉声："押下去。"

井原被拖走了。植田叹气，迷惘地自言自语："难道侵华战争是个万劫不复的深渊？阵亡了无数官兵，权重位显的白川大将也死在民族复仇者之手。如今连两个皇室成员都献出了生命，好可怕。看来凡发动战争都要死人，而且是交战双方大量死人。"

2、北平市教育局小礼堂。（日，内）

植田站在台上向全市中小学校长训话，声嘶力竭地说："培养大东亚共荣圈的优秀人才，要从学校抓起。从明天开始，各校做早操时要奏日本国歌，升日本国旗。中小学的课本中要增添日中亲善的内容。还有，从小学一年级起，日文作为主课纳入教学范围，师生和同学间的交谈，一律要用日语。诸位听见没有？"

校长们的瞳仁中都透出愤恨，谁都没吭声。

植田怒骂："八格，耳朵聋啦！我说的话大家听见没有？"

甄婷挺身而出："我校所有的教职员中，没有一个会说日语的，怎么交流？请恕本校不能从命。"

众人叫嚷："对，我们是中国人，只会说汉语，不会日语，无法交流，不能从命！"

植田大怒，拔枪朝天花板"砰"地开了一枪，门外的日兵听见枪响，端枪冲进礼堂，瞄准了人们。

植田向日兵挥手示去，日兵退出了礼堂。植田收枪扫视台下，见到人们惊恐的神色，狞笑道："诸位不必惊慌，皇军在保护你们的安全呢。方才大家提出不会说日语，无法交流，这好办。皇军给各校配备一位日本学监，两位以上的日语教员，先把不懂日文的校长和教员集中起来强化学习。皇军为你们排忧解难，你们应该感谢天皇陛下的大恩大德。"他带头鼓掌，但台下却无任何反应。

植田窘怒交加，脸涨得通红。拔出指挥刀，"刷"地砍下长桌一角。大吼："八格，谁敢不遵从皇军命令，死啦死啦的！"

3、甄家客厅。（晚，内）

甄婷带着秀倩俊爽的戴月娇来到家里，对甄善仁笑道："爸，我给您介绍一下，她叫戴月娇，是北京协和医科大学的高材生，军统戴局长的侄女。"

戴月娇："伯父好！"

"请坐，请坐！"

甄婷愤然道："爸，我今天去教育局开会，把肺都要气炸了！鬼子要求各校上早操时奏日本国歌，升日本国旗，还要把日文纳入主课教学范围。我不想再当这汉奸校长了！"

"咳，鬼子要你们奏日本国歌，升日本国旗，是向孩子灌输殖民主义教育啊！你的心情我能理解，下一步打算怎么办？"

"散会后，我们几个当校长的同学商谈了一下，准备集体辞职，我和月娇再串联一些不满奴化教育的同仁，到农村去宣传抗日。"

"很好，爸爸支持你的爱国行动。爸爸曾藏匿了一批枪支弹药，跟你同行的朋友每人可获赠一支手枪和五十粒枪弹。你去秘密通知他们，今夜在咱后院集合。"

甄婷惊喜地："太好啦！谢谢您，我这就去打电话。"

4、甄家后院。（夜，外）

甄婷、戴月娇和十几个小分队成员手执短枪，向甄善仁学习射击知识。甄善仁装弹、瞄准、扣动扳机，演习一番后说："记住，平时枪口不要对着自己人，提防走火，造成无法挽救的损失。还有，见到鬼子不要随便和他们交战，他们训练有素，一个日兵的作战能力，就相当于七八个国军士兵。敌众我寡，你们就会吃亏。你们是抗日的火种，先要好好保护自己，才能更好地打击敌人。"

众人异口同声道："是，多谢伯父教诲，我们记下了。"

5、北平印钞局门口。（日，外）

一辆吉普车中走出井原，从卡车上跳下大批日兵，井原用枪指着吴能的脑袋喝令："开门。"

吴能战战兢兢地："太君，没有局长的命令，小的不敢开门。"

"八格。"井原开了枪，吴能头部中弹，栽倒在地。

任经吓得浑身颤抖，井原又把枪顶住了他的脑门，任经忙说："别开枪，别开枪，我给你们开门。"

"快去。"

任经哆哆嗦嗦地打开铁栅栏大门，日军蜂拥而入。

6、门房中。（日，内）

任经给甄善仁打电话："报告局长，来了一百多个鬼子，强行闯进大门。我们没能拦住，吴能也被鬼子杀害了。就怕鬼子冲进库房抢钱，咱局里只有四个库警啊！"

7、局长办公室。（日，内）

甄善仁额头青筋直暴："他妈的，鬼子真是无法无天！"扔下话筒，走出门外，又返回，打开抽屉，取出两支短枪，打开保险，急急而去。

8、库房门口。（日，外）

四个库警血肉模糊，中弹死在地上，也有两具鬼子尸首躺在血泊中。甄善仁怒气冲天，骂了声："畜生——狗娘养的！"

9、钱库。（日，内）

梅建华等数十名工人站在一捆捆码放整齐、一直堆到天花板的钱堆旁，紧握双拳，怒视井原等日本官兵。

井原对工人吼道："你们的搬运的干活。"

一群日兵端着刺刀向工人逼近，工人岿然不动。

"干什么？干什么？"甄善仁手持双枪，大声喝问。

人们都惊愕地看着杀气腾腾的甄善仁。

井原见来人长得虎背熊腰，豹头环眼，剽悍威猛，身穿笔挺的呢子少将军服，不由心生惧意，弯腰向他鞠躬道："你就是局长阁下？"

"是的。"

"局长阁下，贵局已被皇军接管，请您把票版交出来。还有，库房里的钞票已归大日本帝国天皇所有，请你下令让工人搬上卡车。"

甄善仁怒叱："放你娘的屁，票版是印钞局的命根子，怎么可能给你，别做梦了！"

井原喝骂："八格，你敢破坏大东亚圣战，不把票版交出来，死啦死啦的。"他见甄善仁横眉怒目，语气和缓了些："甄局长，只要你把票版交出来，你还是印钞局的局长。"

"当不当局长无所谓，但我决不会交出钞票原版。这是我的天职！你懂吗？"

"贵国有句成语：'覆巢无完卵'。印钞局已归皇军所有，你那票版还能保得住吗？早点交出票版，也能保全你的身家性命。"

甄善仁冷笑道："中国人还有一句成语，叫做：'宁为玉碎，不为瓦全'。"

井原没再理他，喝令众日兵："让他们搬钞票。"

众日兵端着刺刀逼向工人："搬！"

工人一个也未挪身，几把刺刀刷地刺向工人，殷红的鲜血从几个工人的胸膛、腹部、手臂汩汩流出。梅建华惊呼："啊——"以"八步赶蝉追云式"，跨前连劈数掌，打倒了好几个日兵。其他日兵持枪向梅建华瞄准。

甄善仁见形势危急，怒吼："小鬼子，我跟你们拼了。"两把盒子炮同时开了火，十几个日本兵猝不及防，接连中弹倒在血泊中。

井原大喊："打死他！"向甄善仁扣动扳机，鬼子兵向甄善仁连开数枪。甄善仁踉跄着，不甘心地倒下了。

梅建华等悲恸地扑向甄善仁，哭喊："甄局长！"

井原拉起梅建华，"啪啪"扇了两个耳光，喝令："大家给我听好了，统统搬运工的干活，把钞票搬到卡车上。谁敢不从，跟他一样的下场。"又向甄善仁的遗体开了一枪。

10、北平印钞局门口。（日，外）

十几辆军用卡车堆满钞票，从印钞局首尾相衔地开出。

任经等几个门警怒视着驶远的军车，无声地流下热泪。

11、荒郊。（日，外）

一座新坟高高隆起，坟前石凳上置着水果、糕点和花束。石碑上刻道：

　　　　甄善仁先生千古
　　　　印钞局全体同仁敬立

唐毅和范宝泉小心地抖开一幅丈二长卷，上面写着熠熠生辉的四个大字："气吞山河"，落款是刘春霖敬题。

唐毅折拢后放石凳上，用打火机点燃。

火光中，范宝泉、唐毅向墓主三鞠躬。

梅建华、马云等十几个工人跪在地上泣不成声，梅建华哭道："甄局长，您死得英勇，死得壮烈，不愧英雄、硬汉。有朝一日赶走了日本鬼子，我们全局工友还要给您制'万民匾''万民旗''万民伞'，您值得所有工友尊敬。"又深深伏地磕头，拜了三拜。

12、甄善仁墓前。（暮，外）

寒蝉凄切，叶叶秋声。

戴月娇袖佩黑纱，扶着披麻戴孝的甄婷，身后跟着十几个青年学生，缓缓走近。

甄婷猛然扑跪在墓碑前，捶胸痛哭："爸！爸爸！我和同学去农村宣传抗日，不料天降横祸，父女竟然人天永隔。爸，您老人家不该抛下女儿这么早就走哇！万恶的日寇，害得我家破人亡，我一定要和鬼子血战到底，为您报仇雪恨。"

众学生齐刷刷跪下："伯父，您安息吧，国家兴亡，匹夫有责。我们一定要继承您的遗志，誓死光复河山。明天一早，我们就奔赴晋察冀边区，抗日救国。以实际行动，告慰英灵于九泉之下。"

甄婷面前出现幻影，一阵青烟从墓顶腾起，甄善仁以赞许鼓励的眼神看着这群年轻人，笑吟吟地缓缓点头。

幻影消失，甄婷又撕心裂肺地大哭："爸爸！爸爸——"

戴月娇跟着哭喊："伯父！伯父——"

字幕：甄婷带着十几个同学晓行夜宿，到了边区印钞局，被任命为局工会主席。戴月娇去了上海。

13、董事长办公室。（日，内）

唐毅正在翻阅财务报表，一阵粗重的皮靴声由远而近，唐毅愕然抬头，井原和几个鬼子已不请自到。

井原指着他问："你就是唐毅董事长？"

唐毅只得欠身回答："鄙人就是。"

井原倨傲地说："你的银行皇军征用了。"

唐毅忙说："太君，鄙人虽是董事长，但本行还有许多股东，我没法向他们交待呀！更何况我们这是私人银行啊！"

"北平早为皇军所占领，对于中国的企业，无论是官办还是民营，只要圣战需要，统统可以由皇军接管。在军管期间，皇军对该企业的财产拥有绝对支配权。"

唐毅质问："我们的银行凭什么由你们接管？你们凭什么拥有支配权？这是赤裸裸的掠夺！"

井原狡辩："不叫掠夺，叫军管。告诉你，皇军要建立大东亚共荣圈，就要整合华北资源，实行日本、满洲、华北经济一体化，这是我们大日本帝国为扩大圣战而制定的基本国策。阁下精通理财，是不可多得的金融家。只要你同意合作，我们允许贵行继续存在。"

唐毅冷笑道："请问如何合作？"

"中兴银行改称中国联合准备银行，所有业务必须听命于皇军。"

"要是股东们不答应呢？我可不敢自做主张。"

井原顿时凶相毕露，拔枪对准唐毅："不肯合作，死啦死啦的。"

唐毅默然不语。

井原收起短枪，放进枪套，干笑道："嘿嘿，只要你听话，皇军不会滥杀无辜的。从今天起，贵行暂停营业。等联银券印出后，除了大日本正金银行，贵行将成为北平唯一的一家以联银券收兑法币的中国银行。"

"啊——"

井原喝道："听见没有，对于皇军的命令，要不折不扣地执行。"

唐毅勉强开口："是。"忽警觉："中兴银行改中联银行，是北平唯一的一家以联银券收兑法币的中国银行，这不成了伪行，我成了汉奸了吗？"

井原狞笑道："什么伪行不伪行的！你也不能算汉奸。目前北平的企业十之八九被皇军所占。为了苟延残喘，那些员工不为皇军效劳又能怎样，难道说北平的几十万职工都变成汉奸了吗？只能说你们都是亡国奴。哈哈哈——"

"是啊，想不到我已沦为了亡国奴。"唐毅眼圈一红，流下悲愤的泪水。

井原："告辞。"与几个鬼子一起扬长而去。

唐毅冲井原的背影骂道："呸！巧取豪夺，这群强盗。"

14、上海国际饭店楼顶露台。（日，外）

有个中年男子面如死灰，目光呆滞，挟着皮包，向栏杆走去。

15、街道上。（日，外）

镜头下摇：行人从四面八方向饭店聚拢，齐声高叫："别往下跳！别想不开呀！"

16、楼顶上。（日，外）

十几个巡警向男子逼近，男子惊恐地摇手："你们别过来！别过来！"

巡警头目温和地说："先生，别想不开寻短见，要珍爱生命。"

"珍爱生命。"男子神经质地重复一遍，猛然打开皮箱，抓起大叠假法币向巡警抛去，纷纷扬扬的法币飘了一地。男子惨叫："天杀的东洋鬼子拿假法币到我公司买货，套购了二十万的物资，害得公司破产，害得我家破人亡，大家别再上当啊！"将拉开链条的皮包往街心当空一抛，几千张法币漫空飞舞，男子迈脚跨过栏杆，纵身一跃……

17、街道上。（日，外）

行人围着头破脑裂、遍身是血的男尸叹息不已。

"唉，真可怜，听说是恒顺公司的经理，被日本人用假币掏空了库存，银行逼债，走上了绝路啊！"

躲在人丛中的冈村瞥了一眼男尸，窃笑而去。

18、北平西单大街。（日，外）

十几个日本兵换上便衣，三五成群，横冲直撞，叽叽呱呱闲逛。但从那矮壮的身躯和生硬的汉语发音上，行人立刻便可判断出他们的身份，都快走疾行，远远地避开他们。

第十七集

245

植田的侍卫队长鬼冢对伙伴道："据传，老北平素来就有'前门、花市、大栅栏、东四、西单、鼓楼前'之说，你们看这里商店林立，车水马龙，不比东京银座逊色呀。这回老天开眼，植田大佐放咱们两天假，又给每人加发一百元法币津贴。"拍着口袋说："嘿，咱们分散行动，两个小时后在淮扬春饭庄集合，享受一顿美食大餐。大家说好不好？"

"好！"

19、福寿商场绸布柜台上。（日，内）
堆满花花绿绿的绸缎、布匹。

日兵甲递去一张五元假币，接过六尺绯红的绸子和伙计找他的两元钱。

20、烟酒柜台上。（日，内）
日兵乙递去五元假币，接过两瓶茅台酒。

21、淮扬春饭庄店堂。（晚，内）
一张大圆桌上杯盘狼藉，碗翻汤流，十多个日兵喝得面红耳赤，拍手唱起了日本歌谣《拉网小调》。

饭店其他食客见状，不敢多停留，放下筷子，纷纷溜走了。

鬼冢口齿不清地："老……老板……结账。"

伙计战战兢兢上前，鞠躬道："先生，一共二十元钱。"

鬼冢用手指蘸着口水，点出四张票子："拿去。"

伙计接过便走，日兵打着饱嗝，醉醺醺地出了饭庄。

22、北平西单大街。（晚，外）
鬼冢对伙伴说："我们酒足饭饱，该上游里（日本妓院所在地）去找游女（妓女）的干活。听说北平有个八大胡同，里面花姑娘大大的漂亮，我们去品尝品尝吧。"

有个日兵说："可我们不认识路啊！"

鬼冢骂道："笨猪，叫苦力拉我们的去。"指了指路边的人力车。

众日兵欢呼："哟西！哟西！"走近黄包车夫，每人手中拿着一张假币，向车夫一晃说："带我们去八大胡同的干活，每人五元钱，不要找了。"

众车夫接过钱，往兜里一塞，点头哈腰地说："请先生上车，立马就到。"

十几个车夫每人拉着一个日兵，脚下生风，车铃不断叮咚叮咚响着，过路行人都投以诧愕的目光。

23、胭脂楼妓院大门口。（晚，外）

屋檐下亮着一排红灯笼。一群油头粉面、又浪又艳的妓女向路人乱抛媚眼，肉麻兮兮地招手喊道："先生，快进来玩玩吧，这里有套餐，也有快餐。任你挑选，包你快活享受。"

载着日兵的"车队"叮铃叮铃来到了，众日兵大叫："停下！快停下！"一个个地下了车，车夫拉着空车一溜烟地跑了。

众妓女惊喜地："哎呀！来了这么多客人。"向日兵扑去，互相搂抱着进了门。

24、客厅中。（晚，内）

浓施脂粉的老鸨翠花和贼眉鼠眼的龟奴牛四笑得眼睛没了缝，牛四忙着招呼："大家请坐！请坐！"

翠花瞪了他一眼，骂道："没眼色的东西，坐什么坐？还不快让他们上床去。"眼角一瞄，只见那些兽兵和妓女已经边走边解衣扣，向内屋涌去了。

25、胭脂楼妓院大门口。（晨，外）

一群日兵揉着惺忪睡眼，摇摇晃晃出了胭脂楼。

26、客厅。（晨，内）

翠花哈欠连天，强打精神清点钱钞，当她数到一张张法币时，忽然皱起眉头，反复验看，高叫："当家的，快来！"

牛四边伸懒腰边走出来嗔道："什么事？大惊小怪的！你也甭数了，快上床闭会儿眼，下午还要做生意呢。"

翠花拿着法币凑近他眼睛说："喂，这几张票子我怎么看了不对劲，别是假钞吧？如果是假的，那就糟了。"

牛四拿起两张法币仔细看了看说："这图像模糊不清，恐怕真是假的。看来，昨晚那群日本人付的都是假法币，坏了！坏了！咱上当受骗了。"一拍大腿骂道："那群王八蛋，白睡了咱那么多的姑娘。"

翠花眼珠转了两圈，对牛四道："趁天色还没大亮，咱两人立刻上菜市场，把鬼子给的假钱赶快花了出去。买上两只鸡，割上十斤肉，好不？阿弥陀佛，但愿老天保佑我们。"

"说干就干。走！"

27、胭脂楼大门口。（晨，外）

两个年轻的伙计看见牛四手拎两只鸡，一条大鱼，翠花提着两只装得满满当当的菜篮子，忙飞奔迎上，接过他俩手中的物件，欢天喜地走进大门。

28、卧室。（晨，内）

翠花摊手摊脚地仰面朝天躺着，得意地说："嘿！谢天谢地，咱总算把那些假币花得干干净净，昨天一个晚上的生意胜过平常的好几天哩，但愿那些日本人多来几趟就好了。"

牛四骂道："呸！臭娘们儿，财迷心窍，你哪还像个中国人？那些日本鬼子给的是假币，咱是受害者，又去害别的买卖人。害来害去，还不都害的是中国人。于心何忍？"

翠花面露愧色："说得也是啊！"

第十八集

1、胭脂楼大门口。（晨，外）

一群商贩怒气冲冲拍打门上的铜环，吼叫："快开门！快开门！"

拍了一阵，全无动静。肉贩焦躁地："他奶奶的！做贼心虚啊！老子端了你破门。"猛然一脚，大门洞开，众人闯进了院里。

2、卧室。（晨，内）

翠花吓得从床上跳了起来，瑟瑟发抖。对牛四说："不好！那些卖鱼卖肉的知道上了当，打上门算账来了！"

牛四强充大丈夫："别怕！有我哩。是福不是祸，是祸躲不过。"

3、客厅。（晨，内）

众商贩一拥而进，把假币摔向牛四，斥骂："牛四，粪桶也有两只耳朵，你耳朵聋啦！我们拍了半天的门，为什么不开？"

牛四忙堆出笑脸："哎哟，我还以为是土匪呢，没想到是诸位，今儿个各位爷们儿怎么有工夫上我这里来，快请坐。"

众人怒道："放你奶奶的狗屁，骂我们是土匪，欠揍！"

牛四躬身道："不敢！不敢！都请坐。我让人去泡茶。"

众人拦住："站住，你少耍花招，问你话呢。"

"尽管问，诸位请坐下叙话。"

鱼贩指着牛四的脸斥道："牛四，你甭跟我们套近乎，你用假法币换走我一条十八斤重的大青鱼，害我半个月白忙乎，你也太歹毒了！"

肉贩破口大骂："牛四，你这狗娘养的。人家兔子还不吃窝边草哩，你他妈的尽坑害老生意，你还是个人吗？"

鸡贩也骂道："狗日的牛四，你骗走我两只老母鸡，我今天跟你没完，你非得给个说法不可。"

众商贩："对！非得给个说法不可。"举起拳头，逼近牛四，牛四边躲闪，边貌似诚恳地："对不起，我压根儿就没打算坑害各位掌柜啊！这钱是昨晚鬼子给的，我也不知道是假币。"

鱼贩骂道："你闭着眼睛卖布——瞎扯。天天做买卖，真假看不出来？我看你今天就是不对劲，平日里你抠门得要死，一分钱也要分成八瓣花。今儿个大方得出奇，零钱都不要找了，像做贼似地溜之大吉。更何况，你平时买了肉就不买鱼，买了鸭就不买鸡。今儿个倒好，鸡鱼肉都买了，明知是假币，早点脱手省心是吗？"

牛四满头冒汗，拱手道："哪里！哪里！各位掌柜不要误会，我哪敢做这些缺德事。"

肉贩平时为人较厚道，打起圆场："算啦！算啦！大家低头不见抬头见，咱也没闲工夫跟这种人磨嘴皮子，让他把钱赔给咱就是了。"

众商贩："也好，少废话。牛四，快拿出真钱来赔付我们。"

"是！是！是！"牛四忙不迭地从抽屉里取出钞票，一一付了钱。

众人再三端详，互相传看，确信无误，扬长而去。

翠花呆愣愣地目送众人走远，猛然趴到桌上大哭起来，边哭边骂："断子绝孙的鬼子兵，不得好死。用假钱白嫖了我这么多的姑娘，一个个叫他吃枪子儿。呜呜——"

哭了一阵，她抹了把泪水，叫道："我翠花可不能吃这种哑巴亏。从今天起，豁出去十天不接客。"

4、胭脂楼大门口。（晚，外）

黑灯瞎火，大门紧闭。

5、胭脂楼妓院客厅。（晚，内）

翠花的老相好李编辑来了。翠花一把眼泪，一把鼻涕，哭道："不要脸的小把鬼子，居然用假钞嫖娼，可把我气死了——"

李编辑莞尔笑道："你何必较这个劲？就算鬼子给的假钞，白睡了贵楼的姑娘，你们并没有受到太大的损失。"说着拿出一张报纸，指着上面跳楼的男子照片说："人家那才真叫惨呢！你看，上海一个公司老板让日本鬼子用假钞套走了二十万元物资，害得他公司破产倒闭，他急疯了，只好跳楼自杀。你吃这点亏算什么呀！"

翠花点头道："你说得有点道理，但我咽不下这口气，那帮鬼子胆敢再来，我就用快刀把他们给阄了，让他们知道老娘的厉害。小鬼子决不会猖狂一辈子，你没听孩子抽陀螺时唱吗：

小日本，尽坏水，
抽断了胳膊打断了腿。
送他回老家，
咕嘟咕嘟喝凉水儿。"

6、胭脂楼大门口。（晚，外）

此时，妓院大门口又响起叮铃叮铃的车铃声，鬼冢等日兵吃饱喝足，再次到胭脂楼寻欢作乐来了。

鬼冢抬脚使劲把门踹开，鬼子蜂拥而进。

7、客厅。（晚，内）

牛四、翠花见鬼子破门而入，吃惊地站了起来，李编辑见势头不妙，连忙溜走了。

鬼冢嘴里喷着浓烈腥臭的酒气，翠花厌恶地往后退了两步。

牛四憎恨地盯着这群兽兵，鬼冢打开皮包，抽出几张假钞对牛四说："给我们每人找一个花姑娘，皇军大大的有赏。"

牛四冷冷地推开道："对不起，本楼拒收假钞，你们上别处去吧。"

"八格！你竟敢拒绝皇军，还污蔑皇军使用假钞。"恼羞成怒的鬼冢拔出短枪，对准牛四便扣动了扳机，牛四仰面倒在血泊中。

翠花惊呼："牛四……"扑向丈夫，被鬼冢一把拎起头发，喝令："快给皇军花姑娘的安排。否则，我要把所有的花姑娘统统带往军营慰安妇的干活。"

"天……"翠花正想骂"天杀的小鬼子"，又硬生生地把话咽了回去，两只俏眼盯着鬼冢，勾魂摄魄地一笑："请太君稍等。"说罢，用力拍了三下手掌。

十多个花枝招展的妓女立刻来到大厅，翠花对她们说："姑娘们，你们要拿出浑身解数，好好侍候太君，让太君得到最大的满足，必须等太君尽兴后，才准离开。妈妈我有重赏。"

"是。"

鬼冢乐得开怀大笑，慷慨地把皮包递给翠花："老板娘，大大的聪明，这五万钞票全部送给你了。"

翠花接过钱包，深深鞠躬道："谢太君的赏。"

妓女们主动扑向日兵，相拥房中而去。

鬼冢嘿嘿淫笑着搂住翠花，翠花强忍极度的悲愤和仇恨，娇笑着替鬼冢松开衣扣。

8、胭脂楼妓院。（夜，内）

妓女见鬼子睡得死猪一般，纷纷将房门反锁，潜身而行。

9、客厅。（夜，内）

翠花满脸杀气，拿着一叠契据对众人说："谢谢各位，帮我放倒了鬼子。你们都看见掌柜被鬼子杀害了，我要为自己的男人报仇。这里马上就要变成火窟，咱们只好各奔前程了。这是你们的卖身契，还给你们，望各位好自为之吧。"

妓女都不约而同跪下哭唤："妈妈！"

翠花低声喝道："轻点声，快走吧。"

有几个妓女撕碎卖身契，结伴而去。还有六七人撕了契约后，对翠花说："我们已无家可归，愿意跟着妈妈，您到哪儿我们就去哪儿。"

翠花点头道："好吧！我一定善待你们，把你们当做亲人。"

几分钟后，翠花与众人在客厅和过道浇上煤油，扔进火把，携带金银细软和那包假钞奔出大门。

暗夜中，胭脂楼妓院大火冲天，一群兽兵纵欲后在睡梦中葬身火海。

字幕：翠花带着几个妓女，跑到灵寿县城开了一家名叫"翠香楼"的妓院，生意颇为红火。

10、艳春楼名妓醉樱桃住所。（晚，外）

笛声清亮，琴韵悠扬，镜头从垂花门隔断的小院缓缓掠过墙边的一堆怪石，数丛修竹，摇向灯光明亮的厅堂。

11、客厅。（晚，内）

坐着正在吹笛、操琴、司鼓的三个乐工。唐毅长袍马褂，富商模样，一边品茗一边拍曲，两只眼睛满含爱意地凝视着醉樱桃，听她随着檀板唱起昆曲《牡丹亭》中《游园》一折：

皂罗袍

原来姹紫嫣红开遍，
似这般都付于断井颓垣。
良辰美景奈何天，
便赏心乐事谁家院？
朝飞暮卷，
云霞翠轩，
雨丝风片，
烟波画船。
锦屏人忒看得这韶光贱。
遍青山啼红了杜鹃，
荼蘼外烟丝醉软。

一曲唱罢，余音袅袅。

唐毅喜得拍案赞道：“好！韵味淳厚，声情并茂，听了果然令人如痴如醉。当年白乐天家的歌妓樊素何足道哉！”摇头晃脑地吟道：

> 越女新妆出镜心，
> 自知明艳更沉吟。
> 齐纨未是人间贵，
> 一曲菱歌敌万金。

醉樱桃浅浅一笑：“老爷吟的是唐朝张籍酬朱庆余的诗吧。”

“嚯，姑娘非但声容出众，更兼满腹诗书，难得！难得！”

醉樱桃娇笑道：“既蒙老爷抬爱，不知愿否与小女子共度良宵？”

唐毅闻言，端详眼前风情万种的丽人，不觉心猿意马。但想到自己的身份及家中的爱妻，头脑冷静下来。又不忍峻拒，使对方难堪，故意一看腕上的手表，惊道：“哎呀，时间不早，我要回去了，明天再来。”说罢便要拔腿离去，被醉樱桃一把拽住了，干笑道：“老爷茶也喝了，曲也听了，小女子实感荣幸。请老爷给点赏钱吧。”醉樱桃自恃色艺超群，从不把凡夫俗子放在眼里。但这位王姓商人却气质高贵，出手大方，便有心侍寝。孰知对方竟拒绝留宿，使自己颜面扫地，一怒之下翻了脸。此时见吹拉弹奏的人凑了过来，又说：“这几位师傅等着领完赏还要去别处紧忙活呢。”

“好吧。”唐毅慢腾腾地从袋中掏出一叠法币，数了数，放桌上：“喏，拿去。”

醉樱桃接过看了看，仍放桌上，客气地：“这钱不管用，请另赐赏金吧。”

唐毅怒道：“怎么？六百元法币还嫌少，你们的胃口也太大了吧。”

醉樱桃不急不躁地：“你这六百元法币要搁在三天前，那可是一笔大钱，小女子早就磕头谢赏了。如今兑成联银券，折了九成，能有多少？买饭不饱，买酒不醉，更何况还要半夜去银行排队，我们行户人家，哪有那闲工夫，半夜正忙得欢哩。”

“啊——”唐毅目瞪口呆。

琴师说：“禁止使用法币，是日本人定的规矩，请爷谅解。”

笛师帮腔道：“就是嘛，法币要兑成联银券才能使用，谁不知道呀？”

鼓师尖刻地讥道："哟！瞧爷也像场面上人，你又不是头一回来，手面一向不小。今儿个怎么啦？是喝醉了？还是揣着明白装糊涂？"

唐毅大喝一声："别啰唆了！前几天我给的赏钱还少吗？你们怎么翻脸无情？"

众乐工："别发火嘛！干我们这一行的，全凭这点赏钱过日子，没法讲情面。"威胁道："再不给钱就要剥衣裳喽！"

唐毅额头热汗直流，狼狈地向醉樱桃央求："请姑娘宽容我一天，我明天一定多带银元，再来拜访姑娘如何？"

醉樱桃蛾眉一竖："不行！你要是脚底抹油——溜走了怎么办？我找谁要钱去！"

鼓师不耐烦地催促道："实在没钱就别为难了，自己动手把衣服脱下吧。"

唐毅发急道："脱了衣服我怎么回家？何必这样整人。"

醉樱桃打起圆场："王老爷别见怪，这也是我们行院的规矩。这样吧，你说个地址，或写张纸条，我们去你府上拿钱。"

唐毅头摇得像拨浪鼓："不行！不行，我老婆知道了还不把我给吃了啊！"抬眼看见电话，忙说："让我打个电话，叫朋友送钱过来。"

醉樱桃启齿一笑："行！行！快打吧。"

唐毅颤抖着手，一圈一圈地拨号。

范宝泉赶到了艳春楼，把厚厚的钞票往醉樱桃桌上一拍，对唐毅说："走！"

醉樱桃掂了掂钞票，又换上媚人的笑容，拉着唐毅的衣袖娇声道："王老爷，您可真有绅士风度，明晚再来捧场啊！"

唐毅愤怒地说："呸！"拂袖而去。

12、百顺胡同。（夜，外）

车来人往，唐毅与范宝泉并肩而行。

范宝泉问："那女人叫什么名字？"

"醉樱桃。"

"好个香艳的名字！难怪把你迷得神魂颠倒。唉，商女不知亡国恨，隔江犹唱后庭花。"

唐毅羞愧地说："不知亡国恨的，岂止是商女！老兄啊，你可帮了我的大忙啦！人们都说戏子无情，婊子无义，我还不相信。说实话，我也不知在那醉樱桃身上掷了多少钱。今晚她竟翻脸不认人，说起话来比冰块还冷，我说明天一定给钱都不行，令人寒心哪！"

"这种朝秦暮楚的烟花女子，哪有真心待人的？怎可深交！"范宝泉又讥刺道："这种女人是：

假姓假名假地址，
假情假意假温柔。
只要一次不付账，
翻脸之间恩变仇。

你以后还会再跟那女人来往吗？"

"不会！打死我也不去了。"

"本来嘛，你是受过高等教育的人，怎能涉足欢场？你喜欢戏曲，也算是种高雅的爱好，无可非议，但应该去剧场看戏。梅兰芳、韩世昌等都是文武并重，昆乱不挡的名角，何必上八大胡同呢？传出去有损名誉呀。"

唐毅诚恳地说："你是我的舅兄，更是我的净友，我也知道艳春楼是藏污纳垢之所，因此不敢以真姓真名示人，只说姓王，是做粮油生意的。今晚醉樱桃留宿，我考虑到自己的身份，更不忍负了宝瑛，便当场拒绝。估计醉樱桃面子上下不来，也就翻脸无情了。"

范宝泉笑道："喔，原来你也是假名假姓假身份呀。看来是秃子不要笑和尚，脱了帽子都一样。"又敛容道："不过，你还是一个君子。美色当前，你能把持住，没在那里过夜，发乎情而止乎礼，也算难得。宝瑛嫁给你，真是她的福分。"

唐毅惭愧地说：'老兄不要取笑，如果你今晚不过来，我可就完啦！要么闹得后院起火，你妹妹寻死觅活；要么闹得全城皆知，成为市井笑料。两种结果同样可怕，斯文扫地，至今犹不寒而栗呢。"

范宝泉打哈欠道："好啦，别忏悔啦！咱俩赶紧回家休息，明天还要上班呢。"向路边的人力车夫招招手，两个汉子急忙拉着黄包车飞奔而来。

第十九集

1、日本军部仓库。（日，内）

摆满了一桶桶的汽油、一只只木箱和印着英文字母的纸箱。

冈村指指点点，东条乐得合不拢嘴，问："阁下能套购到这么多军需和民用物品，就没有被人识破吗？"

"人有失手，马有失蹄。"冈村指着汽油桶说："恒顺公司的经理，因为收进二十万元假法币，结果跳楼而死，我是亲眼所见。他的死从反面衬托了咱们的成功。为了给其他的假法币寻找出路，我们又想出一个绝招，即利用人类贪婪的本性，以每百元假钞兑换法币六十元的代价，卖给那些敢于从刀头上舔血的不法奸商。至于他们是否暴露，是否受到严惩，已经和我们完全没关系了。我还遵照您的命令，给了植田大佐十万假法币，让皇军自己出去消费。结果已全部花出去而未露任何马脚。我建议，今后就以假法币作为军饷发放。"

东条满意地说："唔，很好，现在共产党领导的晋察冀边区、陕甘宁边区地盘很大，人口也有数千万。他们印的土票粗糙简陋，应该更容易仿制。以后你们在印制假法币的同时，不妨印假冀钞、假晋钞，到中共所谓的'解放区'去收买农副产品。这项工作要更加隐秘。当初是我考虑不周，将伪造法币之事在御前会议上公开讨论，还遭致个别大臣冷嘲热讽呢。记住，伪造晋察冀边钞之事只向我一人汇报，连主管官员也要隐瞒，做到绝密！明白吗？"

"哈依！"

2、东条官邸客厅。（晚，内）

身穿和服，趿拉着木屐的东条吩咐妻子胜子："请你把我的朝服取来，我要出去一趟。"

胜子帮丈夫穿戴完毕，东条对着大镜整理仪容。

胜子关切地问："天这么晚了，夫君还要上哪去？"

"皇居。"

"为什么白天不去晚上去？上皇居开御会吗？"

"啊呀，你真烦。男人的事你少管，啰里啰唆地问个没完没了。不过可以向你透点风，我有两件喜事密奏天皇。看来，你距离首相夫人的宝座只有一步之遥了。"

"哼！我才不稀罕当所谓的首相夫人呢。我只想回到过去，你在灯下攻读，我在灯下绣花或者唱着催眠曲哄孩子睡觉，那是多么温馨而和美的生活啊！"

东条眉毛一拧，不屑地："小市民的人生观，头发长，见识短，你真不配当我的夫人。好啦！算我多嘴，引你说出一大通，跟你这种家庭妇女是没有什么共同语言的。"气呼呼地走了。

胜子木呆呆地盯着房门，两行泪珠滚下面颊。

3、皇居御学问所（御书房）。（夜，内）

四壁图书，缥缃满架，裕仁坐在灯下读书。

门外传来"笃笃"的敲击声，侍卫通报："启奏天皇陛下，东条陆相求见。"

"请他进来。"

东条进门后，看了侍卫一眼。

裕仁对侍卫挥手："你去吧。"

"哈依。"侍卫躬身退出，拉上了移门。

裕仁："东条君请坐，这么晚见朕有事吗？"

东条递上两张纸币："天皇陛下，这两张钞票一真一假，一张是中国银行发行的五元面额的法币，一张就是'杉机关'印制的假币，请龙目御览。"

裕仁取了放大镜，对着两张钞票翻来覆去仔细观看，微露笑容。

东条："天皇陛下看出差别没有？"

裕仁："两张钞票对比，底纹几可乱真。但细节上仍有差异，除整体尺寸，编号字体有所不同外，中央圆弧内印制的蒸汽机车图像上，凹版雕刻的线条差别较大，一张细腻，一张粗糙。乍一看问题不大，须经有心人仔细辨认，方能识别真假。须知，中国是印刷术的发明者，他们的制版技术是很高明的。望你在制假钞的票版上再做点修改，务必做到一模一样。"

东条欣喜地说："哎呀，天皇陛下不愧是钱币专家，一语破的。卑臣报告天皇陛下一个喜讯，'杉机关'已印制出几千万元成品，火速运往中国，并利用阪田公司作为中介，通过逃亡香港的上海黑帮头子杜月笙等人帮忙，从香港和上海购买到一万加仑汽油，五十箱奎宁和美国牛奶、杏仁等稀缺物资，害得公司老板破产跳楼，让蒋介石去跺脚骂人吧！哈哈哈。"

裕仁兴奋得一拍御案："嚯！真是特大喜讯，东条君，你太了不起啦！炮弹只能摧毁中国的建筑，而假币却能摧毁中国的经济，把中国人的骨髓吸光，乖乖地给咱大和民族当奴隶。东条君的才干，一次又一次让朕刮目相看。朕一定在合适的时候，让你在朝廷中担负起更重大的责任。"

东条忙低头行礼："卑臣谢天皇陛下隆恩。"

4、粮店。（日，内）

一位少妇向店主递去布袋："老板，买十斤大米。"

店主称好了大米，交给少妇，接过递去的纸币看了看说："不好意思，中行的五元钞票作废了，请另外付钱吧。"将钱递还少妇。

少妇急道："哎，怎么会呢？我昨天才从银行里拿出来的啊！"

店主冷冷地："东洋赤佬造假币，已有几千万流通到市面上。前几天，有个老板被逼得跳楼，银行和商家紧急拒收。你还有别的钞票吗？"

"没有啊！我想带五块钱足够了，哪想到这票子作废呢。"

店主二话没说，抢过少妇手中的米袋一翻转，便把大米倒空，将袋子掷还少妇。少妇抓过米袋，哭着跑了。

店主望着她的背影叹气："咳！"

5、上海街头。（日，外）

一群报童边跑边喊："看报！看报！特大新闻，恒顺公司老板收进假法币跳楼，中行五元钞票退出流通。"

行人闻言一惊，互相询问："什么？中行五元钞退出流通？"纷纷掏钱，追着报童叫喊："喂，买报！买报！"

人们浏览报纸，标题是："因日寇所造假币冲击市场，本行自即日起，五元面额法币退出流通。"

阅报者有的叹气："唉，我家里还有十几张中行五块的钞票哩，作废太可惜了，害人啊！"

有的跺脚骂道："怪不得我用五块钱去药店买药，店员不肯收，非要我拿出别的钞票来买，原来是东洋赤佬的假币作怪啊！"

6、中国银行某分行外墙前。（日，外）

人们摩肩接踵，抬头观看贴着的告示。特写：

近来沦陷区突然出现大批中行五元面额的假币，系日寇伪造后套购我物资所用。为整顿金融市场，本行宣布自即日起，该币种退出流通，各银行、商店可紧急拒收。

中国银行于民国二十七年三月一日

一个老头朝地下吐了一口痰，骂道："呸！倒霉！倒霉！"

几个挽着竹篮的中年妇女"哇"地掩面大哭起来。

7、重庆蒋介石办公室。（日，内）

宽大的办公桌上摊着一份《中央日报》，上面刊登着破产者在上海国际饭店楼顶惊世一跳的大幅照片。桌上凌乱地散着几张假币和联银券。

蒋介石拿着放大镜，先仔细观察假币，接着又看了联银券，猛然将桌上的报纸和钞票一齐撸下了地。竖起双眉，指着宋子文、王文瑞、戴笠骂道："娘希匹，为啥我们的工作永远比敌人慢几拍？你们都是吃干饭的？出了事才来向我汇报。"

宋子文忙道："请委座息怒。据子文所知，日寇只印刷了单一的五元券数千万元。政府虽然蒙受了一些损失，影响并不算太大。我们已经采取了紧急措施，在各大报纸头版刊登启事，又在中行各支行、分行张贴布告，宣布五元面额法币，即日起退出流通。亡羊补牢，从源头上堵住漏洞，粉碎了敌人的假币进攻。"

戴笠道："根据潜伏东京的军统同志密电来报，东条英机在御前会议上提出一个'杉工程实施方案'，就是发行'联银券'、印制假法币，这个造假机构名为'杉机关'。据日人冈田西次《日中战争内幕记》载，日本伪造法币每月不下二百万元。面对敌人层出不穷的军事进攻和经济侵略，我们未及应对，让日寇占了先机，责任在我，也请校长处分。"

蒋介石叹道："比起首都的失陷，几千万假法币的损失又算得了什么？战时情况瞬息万变，你们能够以变应变，果断出手，把损失降到最低，已经很不容易了。人非圣贤，孰能无过？工作中难免有失误，况日寇之刁狡招术层出不穷，令人防不胜防，以后我们加倍注意就是了。"

三人齐声答道："是！"

王文瑞恨声道："日寇的'联银券'，没有任何储备，就凭着原北平印钞局的工人、设备、原材料，源源不断印出伪钞来，强迫华北人民以法币低值兑换联银券，一元法币只合原先的一角钱，百姓怨声载道。三天内，伪中联便以不值分文的联银券兑换到二百多万元法币，随即又到美国花旗银行去兑换美元。转手之间，八十多万美元便收入囊中。一手印伪钞，一手造假币，双管齐下，这两手好阴毒啊！"

蒋介石咬牙切齿地骂道："娘希匹，小日本空手套白狼，可恶之极。"

宋子文说："纸币的发行要以资产和信贷作为支撑，信用额度与资本规模应该成正比。中国的法币为何在战时仍保持良好的信誉，因为以汇兑为本位。至于美元，则以最坚挺的货币——黄金为本位。美国一度拥有全球百分之八十以上的黄金储备，任何国家的货币，即使全世界所有的国家联手，亦无法望其项背。因此，美国被誉称为'金元帝国'，美元被誉称为'美金'，作为世界性的支付手段。这些卑鄙无耻的日本鬼子，印了一堆废纸就在中国当钱用，成了名副其实的'纸币'。难怪我们的祖先骂他们是倭寇呢！"

戴笠插嘴："日本鬼子诡计多端，跟咱玩'空手套白狼'的招术，可别高兴得太早了。中国这头狼也不是吃素的，中国狼要反扑过去，咬断他们的喉管，把他们连皮带肉吃掉。小日本既然不要脸，咱们也不妨以其人之道还治其人之身。伪造大量小日本的军用票、联银券等，混入沦陷区使用，破坏敌人的金融市场。"从牙缝中迸出八个字："以假对假！以毒攻毒！"

蒋介石点头道："对！雨农的建议很有价值，我们应该与日伪打一场特殊的货币对攻战。王先生是交通银行总裁，理应参与并领导中日金融之战。"

王文瑞躬身道："委座放心，文瑞责无旁贷。"

宋子文说："委座提出的金融战略思想极为高明，但该项行动最好征求一下英美的意见，取得他们的同情和支持。我们有了两个强大的盟友，对敌，则可起到威慑作用；对内，则可提高政府的威望。有百利而无一弊，委员长认为如何？"

蒋介石颔首："唔，有道理！这样吧，请宋院长辛苦一下，就在近日赴欧美与那些政府首脑和金融寡头接洽。至于国内这一摊子，当然由王总裁与戴局长具体负责啦。有什么情况随时通气商议，牢牢掌握主动权。哼！谁笑到最后，谁就是胜利者。"

8、北京印钞局大门口。（日，外）

三辆插着日本膏药旗的卡车上蒙着油布，驶进印钞局。

9、北京印钞局大院。（日，外）

正在施工，建筑工人有的搅拌水泥，有的搬料运料，有的递砖，有的用瓦刀抹泥砌墙，墙体已有一米多高。

10、新落成的工房。（日，内）

梅建华、马云等人正在安装调试机器。

11、局长办公室。（日，内）

井原坐在桌前，对贾元庆说："为了适应圣战的需要，经皇军驻北平特务部考察决定，任命你为北京印钞局局长。从今后，凡局中大小事务，均要向军特部请示，不可擅作主张，你的明白？"

贾元庆点头哈腰地说："明白！明白！多谢太君栽培。对于皇军的指令，贾某一定遵命照办，忠心耿耿为皇军效劳。"

"唔，很好。你愿意为皇军效劳，皇军也不会亏待你，以后你如果有棘手难办之事，皇军将会为你大开方便之门的。"

"谢太君。"

12、阁楼。（夜，内）

贾元庆坐在桌前"嘀嘀嘀"发报。

13、重庆杨家山军统局报务科。（夜，内）

女机要员收报，将电报交给戴笠道："局座，这是北平贾元庆发来的。"

戴笠阅读报文：

日本军特部委任我为北京印钞局局长，请示下。

职部：贾元庆

忙吩咐机要员："立即给我回电。"口授电文：

甚好。三天后下午二时在北海公园老地方会晤。

14、北海公园。（日，外）

泱泱碧水中的琼华岛上白塔高耸，甘露殿、双虹榭、倚晴楼、见春亭等十余座亭台楼榭倒映水面，恍如仙山琼阁。

15、琼华岛远帆阁。（日，外）

贾元庆挟着皮包不安地踱步，不时低头看腕上的手表，摇头叹气，眺望对岸的五龙亭。五座亭子像五条方舟，若飘若动。一个长着山羊胡子，头戴瓜皮小帽，身穿长袍马褂，手持文明棍的老翁像狸猫似地，悄声无息地站到贾元庆身后，轻咳一声。

贾元庆急忙回头，伸手掏枪，已被对方扣住手腕，哂道："贾先生，警惕性不高呀！"旋即松手，哈哈大笑。

贾元庆见来人正是顶头上司戴笠，尴尬地笑道："原来是局座，我还以为……"

戴笠眼光四下扫视，低声喝道："轻点声，坐吧。"

"哎。"两人在栏杆旁坐下。

未等戴笠开口，贾元庆见左右无人，便急忙打开皮包，露出五颜六色的法币和美钞，递给戴笠说："局座一路风尘辛苦，这十万法币和五千美金献给局座在北平零花，请笑纳。"拉上链条，放在戴笠身边。

戴笠眉开眼笑："好！好！你既当上印钞局长，财源滚滚，日后军统还需要阁下在财力上多多支持哩。"

"应该的！理应效劳。"

戴笠指着皮包说："国难当头，军统经费顿减，弟兄们只能勒紧裤带过日子，这些钞票我就收下了。"忽敛容道："戴某多谢贾将军盛情。"

贾元庆惊得"腾"地站起身，结结巴巴地说："局座何出此言？"

戴笠亲切地："呵呵！别紧张，戴某也有厚礼相赠。"从怀里取出一只牛皮信封，抽出纸来，递给贾元庆："将军请看。"

贾元庆接过，只看一眼，顿时双手微抖，喜形于色。原来竟是一张委任状，特写：

兹委任贾元庆同志为军统北平站少将站长

民国中央军事委员会委员长　蒋中正

"蒋中正"三字上按着一个鲜红的大圆印。

戴笠笑道："贾同志荣升少将，可喜可贺呀！"

贾元庆向戴笠鞠了一个大躬，谄媚地说："多谢局座提携之恩。"

戴笠淡然一笑，说："别客气，把包拿着，咱边走边聊。"

"是。"贾元庆拎起皮包，跟在戴笠身后走下台阶。

16、琼华岛白塔下。（日，外）

戴笠感叹道："俗话说，大炮一响，黄金万两。战火一起，金钱就像流水一般淌出去。从古至今，说是打仗，但打的都是钱粮，拼的都是实力。说什么'兵马未动，粮草先行'。现代战争的军需范围大大扩展了，不再是粮食和草料那么简单。当然了，对金钱的依赖亦更甚，人多势众不一定就能取胜，战争的升级对武器的要求也更高了。以中国目前的处境，唉，实在不容乐观啊！"

贾元庆点头道："局座所言极是，自卢沟桥事变后，国军节节败退，华北、华中、华东和华南一些大城市相继沦陷，关税锐减，财源枯竭，经济恶化，而军费开支日日膨胀。宋院长和孔财长罗掘俱穷，尚能维持国家机器运转，也亏他俩有本事喽！"

"值得欣慰的是，北京印钞局竟掌握在咱军统手中，从中谋利易如反掌，中统岂能与咱争锋？今后，你在日本人那里要尽量多揽生意，增加收入。这也是以毒攻毒！"

"遵命，我一定在鬼子的眼皮底下，多敛钱财，为局座分忧。"

"胡说，不是为戴某分忧，而是为党国分忧。"戴笠虽作恶声，却面带笑容。

贾元庆会意地拉长声音道："是，元庆要为党国分忧。"

"听说联合准备银行的分券已由日本民商印刷公司承印，贵局有锌版机可印分券，何不向军特部申请揽印？"

贾元庆愕然道："局座怎么知道的？"

戴笠深心一笑，贾元庆吹捧道："局座对印钞界的动向了如指掌，远胜我这个印钞局长，元庆实在是汗颜啊。"

17、北平日军特务部。（日，内）

井原阅读公文，不禁眉舒目展，频频点头。放下公函，对贾元庆笑道："贵局要本部经手，帮贵局购买帝国泰成洋行出品的胶版机五台，滨田工厂出品的凹印机、切纸机各四架。很好，我命令他们以最优惠的价格卖给贵局。"

贾元庆躬身道："谢太君关照，贾某还有一事相求。"

"请讲。"

"本局为了赶制准备票，增建了一些工房，也增添了一些设备。希望准备票的分券也由本局印刷。"

井原摇了摇头，为难地："分券已由我国民商印刷公司承印，不好办呀！"

贾元庆据理力争："太君应该知道，我局的设备和技术力量在世界上是领先的。如果把分券交由我局印制，一定能保证印品的数量和质量。贵国不是要建立大东亚共荣圈吗？同样都为帝国效力，应该比一比谁的效率更高。我局的产品物美价廉，希望太君优先考虑我们。"

井原思忖片刻后，对贾元庆说："好吧。我让联银立即终止与民商印制公司的业务，由贵局承印联银票的分券。"

贾元庆喜出望外，连连鞠躬，恭维道："多谢太君，多谢太君。太君对我局如此厚爱，令人感激不尽。太君真是胸襟开阔，不分内外，大公无私啊！"

纸币硝烟

井原被中国人赞美，还是第一次，不禁得意地大笑起来。

18、印钞局二楼平台上。（日，外）

贾元庆对一千多员工说："工友们，最近我局承印的'联银券'，因为数额巨大，本局员工不敷使用，特向社会上招收八岁以上童工及女工各一百名。因咱局属于官办，产品特殊，待遇比一般工厂高。童工进局后，日资两角五分，月合七元五角，每人每月发面粉半袋。为了照顾本局工友，员工子弟优先录取。即日起，便可去考工室报名，合格者，通过培训上岗。"

当时大多数公营及民营企业工人的工资，最高不过八九元，而且是技术熟练的老师傅。若初学工徒，只供吃住而没有工资。贾元庆招收童工和女工，所开具的工资待遇是很诱人的。

话音甫落，楼下的员工便交头接耳地议论开了："哎，这待遇不错，半袋面粉，七元五角钱，顶上一个成人啦。"

"我闺女十五岁了，赶明儿让我闺女来报名。"

"我家有八岁以上的男孩两个，让他们全来局子报考。"

19、凹印工房。（日，内）

梅建华兴奋地对马云说："小马，我家两个孩子都考上啦。分配到检封科。想到孩子这么小就要上班，真有点心疼。可家里实在太穷了，没法子，穷人的孩子早当家啊！"

马云深有同感："是啊！我是十六岁进局当的工徒。这么多年来，只要有一天不听到机器的响声，闻不到油墨的味儿，心里就像少了点什么。他们也算子承父业了。"

第二十集

1、陈家牛棚。（晨，内）

油盆村民陈国良起了个大早，佝偻着背，捧着一把青草硬往黄牛嘴边塞去，黄牛却左右躲闪不肯吃。陈国良喃喃道："老伙计，多吃一点，咱就要分手啦！唉，一转眼，你来到我家已有二十多年，跟我大柱同年，我哪舍得卖了你，可大柱娶亲要送彩礼，没法子呀！"

通人性的黄牛眼泪汪汪，哞哞叫着，猛然前腿一弯，朝主人跪下了。陈国良哭着说："起来，起来，你跪也没用，早点上路吧。"强拉着黄牛出了牛棚。

2、陈家堂屋。（晨，内）

陈大娘呆呆地望着丈夫牵牛出门，捂着脸呜呜地哭了。

3、集镇上。（晨，外）

两旁的蔬菜摊、粮豆摊、瓜果摊、豆腐摊栉比鳞次，商贩吆喝，猪喊羊叫，十分喧闹。

陈国良牵着老黄牛站在街心左顾右盼。长着疤癞眼，也在镇上转悠的刁明走上前询问："老大爷，这头牛您卖不卖？"边说边递上一根纸烟，划着了火柴。

陈国良推辞道："谢谢，我不会抽烟。"

刁明也不勉强，点着后吸了一大口，打量着对方。

陈国良问："先生要买牛？"

"是啊，您说个价吧。"

"一百八十元边币。"

"您看您这牛，哪值这么多？老得都走不动了，只好上屠宰场，我只能出一百元。"

陈国良二话不说，牵了牛就走，被刁明拦住道："一百二十元怎么样？"

"低于一百五十元你就免开尊口吧。"

"行行行！一百五十就一百五十吧。"

刁明掏出一叠边币，数了数交给陈国良。陈国良蘸着口水数了三遍，把钱掖进怀里，缰绳递给他："喏，你牵走吧。"

4、陈家堂屋。（日，内）

陈国良夫妇和儿子大柱、二柱正坐在炕桌前喝野菜玉米糊糊，猛然闯进两个中年男女来，俱怒气冲冲。

陈国良夫妇见来人是村长，也是亲家许满屯和媒婆二婶，赶忙放下饭碗招呼："哎呀，二婶，桃花爹来了，快坐下吃饭。"原来许满屯的长女桃花，就是大柱的未婚妻。

许满屯也不答话，从怀中摸出一把边币往陈国良脸上摔去："姓陈的，你想骗娶俺闺女啊，做梦去吧！"

陈大娘惊慌地："桃花爹，有话好好说，干嘛发这么大的火呀？"

许满屯对二婶说："告诉她！"

"陈大嫂，你们送给人家的聘礼是假钞，都乡里乡亲的，能干这吃人饭不拉人屎的事情吗？你让我这保媒拉纤的被人吐口水骂祖宗啊！现在人家退婚来了。"

陈国良懵了，捡起两张票子看了看："这是边币，是咱边区政府自己印的票子，难道也会坑人蒙人？"

许满屯说："我不管，反正这门亲事吹了。日后咱两家生不来往，死不吊丧！"咚咚咚地摔门而去。

二婶叹息："唉，多般配的一对好人儿，就为几张假钞吹灯拔蜡踩锅台，可惜啊可惜。"慢腾腾地走了。

大柱怒问："爹，您老人家一大把年纪，吃的盐比我们吃的饭还多，怎么还会上当受骗？"

陈国良懊丧地一拍脑瓜："咳，都怪你爹走背运，遇上了骗子，白送了一头大黄牛。"

二柱也埋怨道："村里人哪个不说咱哥和桃花姐是天生一对、地成一双，如今亲事断了，俺再上哪去找桃花姐这样好的嫂子？"

"去！去！去！这儿没你小子说话的份儿。"陈国良没好气地搡了幼子一把，不料用力过猛，二柱的脑袋磕到炕沿上，顿时鲜血冒了出来……

陈国良见幼子跌破额头，赶紧去灶前抓了一大把锅灰便往二柱窟窿上堵去，幸亏伤势不重止了血，二柱缓过气来，抱头大哭。

陈大娘心疼得不行，忙把儿子搂在怀里，指着老伴骂道："你这窝囊废，什么事都干不成。白白糟践了一头牛不说，又坏了儿子的亲事。亏你还有脸摔鸡打狗发脾气，我都替你害臊。"

陈国良也叉腰骂道："他妈的！老子今儿馊饭抹脑壳——霉到顶了，叫人骗走了一头牛。你们还鸡一嘴鸭一嘴地来怪我。"

陈大娘撇撇嘴："不怪你怪谁？你这败家精，鸡飞蛋打一场空，往后的日子可怎么过呀！"拍着大腿哭了起来。

"你他妈的老帮子，人家心里正烦，你还添乱嚎丧！"陈国良有气无处撒，扬手一个巴掌打去，陈大娘捂着脸跳了起来，一头向老伴撞去，没等陈国良爬起身，便扭头冲出门外。

大柱叹着气将父亲扶起坐在炕上，俱一言不发。

过了许久许久，陈国良抬起头，对儿子说："咦，你娘上哪去了，怎么还不回来？"

"娘从来没受过这么大的委屈，会不会去了姥姥家？"

"唔，有可能。"

"我这就上姥姥家找娘去。"大柱拔脚欲走，被父亲一把拉住，道："随她去！哼，客人不断杭州桥，闺女不断娘家路。她爱去哪儿就去哪儿，有种一辈子别回来。"

5、村边树林。（日，外）

荒林野塚，狐兔乱窜，一棵歪脖子老树上，挂着披头散发的陈大娘。

两个男孩背着竹篓，在附近割草，忽然抬头，见状惊呼："啊呀——陈大娘！"扔了镰刀和竹篓，向村中狂奔。

6、陈家堂屋。（日，内）

两个男孩跑进来，上气不接下气地对陈国良说："陈大爷，不……不好啦！陈大娘她她……上吊啦！"

"啊——"陈家父子三人惊惧欲绝，连忙奔出门去。

7、村边树林。（暮，外）

一抹晚霞，红得刺目。树上的乌鸦"呱呱呱"叫个不停。

陈大娘已平放地上，脸色发青，颈上有深深的血痕，颊上还有泪珠。

陈国良呼天抢地，捶胸痛嚎："孩子他娘，是俺不好，俺不该打你啊！"

大柱兄弟抚着母亲的遗体哭唤："娘！娘啊！"

围观的村民咬牙切齿："哪个缺德的用假票哄人，闹出人命大案来了。"

二婶叹道："国良家真够惨的，黄牛没了，亲事断了，人也死了，被几张假票害得家破人亡啊。"

陈国良忽地站起来，对两个儿子说："大柱二柱，咱别哭了，把你娘抬到五四七厂去，问他们为啥印假票子害人？还是不是咱穷人自己的政府？向他们讨个说法去。"

"对！陈大嫂不能白死，我陪你们去打官司。"许满屯后悔地说："唉，都怪我性子急躁，陈大嫂寻短见，我也有罪过啊！"

陈国良泣道："咳，哪能怪你呢，换了我也会大动肝火，要怪就只能怪假钞害人。"

许满屯对大柱说："大柱啊，大叔是看着你长大的，也不能为了几张票子断了亲，绝了情。现在你娘也死了，一家三个光棍怎么过日子？等把你娘的后事办了，就把桃花接到屋里去吧。"

陈国良感激地叫了声："兄弟！"双膝跪地大哭。

许满屯忙扶他道："老哥，你这是做啥？折我的寿哩，快起来，快起来！"

二婶冲着又悲又喜傻愣着的大柱喊道："大柱，你怎么还傻乎乎地站着，快跪下给你老丈人磕头，叫爹啊！"

"爹！"大柱跪在许满屯面前使劲磕了个响头。

"哎，快起来吧。"

大柱站起身，许满屯教训道："你还不快跑回家里卸扇门板来，就让你娘一直躺地上啊？"

"是！这就去，这就去。"大柱拔腿便向村里跑去。

8、五四七厂大门口。（暮，外）

赵普正在站岗，大群披麻戴孝的村民抬着死人向门口走来，赵普忙拦住："停下！停下！"

陈国良等置若罔闻，仍往里闯。赵普急了，拉动枪栓说："站住！再往里闯我就要开枪了！"

陈国良双眼血红，拍着胸脯道："开枪吧！有种的就往老子这儿打！"

许满屯喊道："你们印假票子害人，现在出了人命，你们得给个说法。"带着一群人仍往里闯。

赵普情急之下，只好朝天鸣枪示警。

宋衡听见枪声，急急忙忙从屋里来到大门口，一见眼前阵势，明白几分，镇静地问："乡亲们，你们这是干什么？"

陈国良掏出一把假币，往宋衡面前一扬，吼道："你们印假币，害死了我老伴。"

宋衡接过仔细看了看，说："老大爷，你错怪我们了，这决不是我们印的。到底是谁印的假边币，我们一定要进行追查！"说着，上前揭开蒙在尸首上的白布，又轻轻盖上，对陈国良沉痛地说："乡亲遭到不幸，我们很难过。请你把这几张假币交给我们研究研究，我们给你真的钱，早点把后事处理了，让死者入土为安。"吩咐赵普："你快去我办公桌的抽屉里取一百五十元边币来。"

许满屯说："假票子害死人了，可我们怎知钞票是真是假呢？你们最好到赶集时给我们讲一下真假钞票的差别。"

宋衡点头道："这个意见不错，提得好。"接过赵普拿来的钱，塞到陈国良手中说："老大爷，这点钱请你收下，快回去操办丧事吧。"

陈国良捧着钱，含着热泪道："谢谢你。"蹲下身子欲跪。宋衡忙拉住道："天色不早，赶紧回去吧。"

"哎！哎！"

9、局长办公室。（晚，内）

晚上，宋衡坐在办公桌前，拿着放大镜，仔细察看真假边钞的区别。

10、集镇中心。（晨，外）

两根竹杆挑着一块白布上粘贴了真假钞票对比的宣传牌，临街的墙上贴着两条标语：

驱逐假币，净化货币流通环境。
斩断日伪伸向我抗日根据地的造假黑手。

场上密密麻麻站满了人，有八路军官兵、中小学师生、商贩、农民。甄婷面对人群，慷慨演讲："同志们，乡亲们，日本鬼子无恶不作，他们伪造了几千万假法币，在上海、香港套购大量物资，致使恒顺公司老板因破产而跳楼自杀。更可恶的是，他们又把造假黑手伸向了我们的根据地。仅在晋冀鲁豫边区，就发现假'冀币'多达二十几种。前不久，村民陈大爷卖牛受骗换回假边币，他老伴一时想不开，就上了吊。有多惨啊！"振臂高呼口号："消灭假币，严惩造假者！"

众人也跟着高呼："消灭假币，严惩造假者！"

11、山坡上。（日，外）

野花草木，葱茏郁茂，护卫着一座巨墓。

神道口、牌坊下、石柱旁，架着一挺挺机枪。

植田命令士兵："墓区正在执行绝密任务，凡有支那人前来窥探，不管男女老幼，格杀勿论！"

士兵："哈依！"

12、墓室。（日，内）

阴暗潮湿，马灯荧荧，鬼影憧憧。一群日本工兵挥锹举镐，在两个戴眼镜的考古专家指挥下，盗掘古墓。

棺材被打开，一具骷髅赫然出现，工兵视若无睹，争抢奇形怪状的青铜器皿。一专家夺过一件高约三十六厘米，造型诡异怪诞的青铜酒器看了两眼，顿时惊喜狂叫："天哪！这是中国商代晚期的虎食人卣，献给天皇，我们立下盖世奇功啦！"

13、皇居御学问所。（晚，内）

靠近书桌新添了四扇流光溢彩的翡翠屏风。书桌上，堆着许多卷轴和青铜器皿。裕仁把玩着虎食人卣，对东条惊叹："太精彩了，太精彩了！中国三千多年前的商代，就已经制造出如此精致的青铜酒器，真是不可思议。那时候，咱们的祖先，恐怕还在茹毛饮血哩。"

东条："是啊！追溯我们最早的历史，应该是秦末徐福带了一千童男童女来到皇国，也要比中国晚上两千四百年呢。至于有文字记载，不过才一千四五百年。论起历史的久远，我们不得不甘拜下风，中国是世界四大文明古国之一。可惜这个巨人衰老了，行将就木了。这个日落之国应该臣服于咱们这日出之国。"

裕仁："看来东条君献给朕这尊酒器是大有深意的。"

东条："是的。我曾经询问过考古专家，这酒器名叫'虎食人卣'，是专门盛放祭祀时用的一种香酒。此卣通高三十五点七厘米，造型奇特怪异，虎形狰狞凶猛，血盆大口中有巨齿獠牙，前爪抓住一人，正想送入口中噬食。人落虎口，弱肉强食，是自然界不变的天条。这虎食人卣共有两只，据说一只已流落到法国，另一只到了天皇陛下手中。不能不说是皇国的幸运。"

裕仁："多谢东条君，一次又一次给朕送来精妙绝伦的稀世珍宝。"

"岂敢！岂敢！"

旁白：如今，这只虎食人卣已成为日本泉屋博古馆的镇馆之宝。

裕仁又指了指满桌的画轴和翡翠屏风对东条说："置身于奇珍瑰宝中，朕深深体会到帝王之尊和四海之富。投之以桃，报之以李。朕为了酬谢你对朕的忠诚，一定要让你位极人臣，流芳百世。"

东条："谢天皇陛下隆恩，卑臣还有一事禀奏。"

"请讲！"

东条："卑臣敬献天皇陛下的珍宝，绝大多数是实施'金百合'计划的战利品。只有这翡翠屏风，却是支那国民党副总裁汪精卫所赠。"

裕仁："此人献宝，必有所求吧？"

"天皇陛下圣明。此人心高气傲，不甘久居人下。论辩才，远胜蒋介石，是个老牌的亲日派。我想支那国土广袤无边，仅华北地区，便包括冀、鲁、晋、绥、察五个省和北平、天津两大都市。面积一百多万平方公里，超过我皇国本土，咱哪有这么大的胃口消化？不如扶植傀儡，以华治华。"

裕仁："东条君所言极是。当年的成吉思汗率领蒙古铁骑，横扫亚欧大陆，建立了有史以来最强大的帝国，但很快便灭亡了。因为过于辽阔的疆域使帝国的长期统一难以持久。即使皇军能控制住满洲和华北，但西北呢？华中、华东、华南呢？皇军鞭长莫及啊！选择中国政坛重量级的人物组成俯首听命于我皇国的新政府，非常明智。我们可以供给他武器、经费和必要的舆论支持。当然，我们也要下放一些权限，譬如允许他自由组阁。"

东条狡诈地一笑："嘿嘿，提供汪氏武器和声援可以，至于经费嘛，则大可不必，皇国的金钱一分一毫也不能倒流支那。让汪氏成立中央储备银行，自己发行储备票得了，完全可以自给自足嘛！"

裕仁止不住拍案叫绝："高！高！如此奇思妙想，也只有东条君才能想得出来，让走狗为我们捕获猎物，却连一块肉骨头都不用给，还要让它们自己觅食。总之，把朝政交给东条君打理，朕一千个放心。一切由你去安排吧，为了表示大日本对亲日者的宠幸，必要时，朕和皇后可以接见他们。"

"谢圣恩隆重，卑臣告退！"

"咔嚓"一声，屏幕上出现汪精卫向裕仁和皇后鞠躬行礼的照片。

又"咔嚓"一声，出现汪精卫、周佛海、李冠群等汉奸与东条英机的合影。

14、委员长小会议室。（日，内）

蒋介石对宋子文、孔祥熙、王文瑞、戴笠等人说："接到军统密报，日本准备在中国拼凑一个全国性的傀儡政权，东条英机向天皇裕仁推荐了汪精卫出任元首。这几天，日方纠集汪精卫、北平'临时政府'首领王克敏、以及南京'维新政府'首领梁鸿志等人，决定在青岛举行四方会议。如果南北汉奸政权联手夹击党国，其后果不堪设想。另外，日方为了解决汪伪政权的军需政费，指使他们成立中央储备银行，在上海发行中储券。由汪伪行政院副院长兼财政部长周佛海兼任伪行总裁。目前周佛海已签署文件，在上海建立日伪中央银行印刷所，印制日伪中央储备银行券。日本人对付我们的招术是越来越狠，招招夺命。"

宋子文安慰道："委座不必过于忧虑，上海不比北平，有着各国的租界，中储券没有任何信用，无法在市面上流通。"

孔祥熙插嘴："汪伪中央储备银行是日本人卵翼下的傀儡银行，各国金融机构绝对不予认可。我命令中国银行、中央银行、交通银行、中国农业银行联合起来，共同抵制汪伪发行的中储券。"

蒋介石点头："唔。"

王文瑞说："孔财长说得对！日军推行伪储券，拼命想在上海和浙江一带的金融界打开缺口，那是做梦！四大银行绝对听命于委座与中央政府。"

蒋介石满意地说："好！你们三位是中国金融界的栋梁，经济是国家的命脉啊！抗战要取得最后胜利，除了三军将士用命，更主要的是钱粮和武器的充足。十六世纪初，法军统帅特瑞乌尔佐对法王路易十二说：'发动战争需要三样东西——钱，钱，第三还是钱。'略晚一些的奥匈帝国统帅瓦伦斯坦说得更直白：'没钱就没有火药，自然也就没有战争。'真知灼见哪！诸位说是吗？"

众人忙不迭地说："是！是！委座所言极是。"

蒋介石喟叹："日本人厉害啊，推出汪逆当傀儡的同时，马上授权让其成立中储银行，印制中储券。鉴于现状，雨农有何高见？"

戴笠受宠若惊，忙说："不敢！不敢。我认为蛇无头而不行。为了断其祸根，干脆命军统青岛站做掉汪精卫算了。因为在汉奸群中，汪逆资历最老，声望最高。他要组织伪政府，在一批国民党的元老中很有号召力。"

"娘希匹！"蒋介石提到汪精卫也是气不打一处来，骂骂咧咧："汪精卫这家伙仗着仪表不凡，口才出众，又会胡诌几句诗文，一直都不把我放在眼里，我倒也奈何他不得。如今他卖身投靠日寇，甘当儿皇帝。乱臣贼子，人人得而诛之。我批准军统的刺汪行动。"

戴笠随声说："杀了汪精卫，就斩了毒蛇的头，砍断走狗的腿，消除了我们的心腹大患。"

"讲得好！一定要干掉他。雨农，由你去具体操作吧。此事绝密，不能走漏风声。"

戴笠起身敬礼："遵命！校长，学生还有要事禀报。"

"讲！"

"法币，是我国唯一合法的货币。和英镑、美元挂钩，在各种政权统治区内都十分坚挺。日伪也在沦陷区印制假法币，或发行伪币，收兑法币，以换取外汇或购买物资。最近，晋察冀边区成立了银行和印钞局，印制小面额的边币。国共合作嘛，这也可以睁只眼、闭只眼。可毛泽东在给银行成立时发去的贺电中竟说：'随着日后抗日根据地的扩大，边币应在金融市场上占主导地位。逐渐扩大发行量，将日伪的联银券和国民党的法币挤出流通市场……'您看，毛泽东竟将法币与日伪的联银券相提并论，边区货币想独立于法币之外而自成体系，以边币代替法币，简直是狂妄透顶。"

蒋介石怒骂："娘希匹，我早就被日寇和汪伪的联银券和中储券搞得焦头烂额，共产党也来凑热闹。闹吧！山雨欲来，群魔乱舞，看来治重病非得下猛药才行。"

宋子文也恼怒地说："毛泽东也太过分了！发行货币是国家最重要的权利之一。古往今来，一切政治、军事、经济的风云变幻，其根源在于利益的争夺。而平衡利益分配最有效的手段，就是货币发行。子文一向对共方采取友好合作的低姿态，如今他们却得寸进尺，咄咄逼人，竟要将堂堂法币挤出流通市场，这不是本末倒置吗？实在令人难以容忍。"

王文瑞哼道："因为平型关之捷，使我对共产党八路军有些好感，但他们对法币的敌意令我愤慨。我是交通银行总裁，共党竟将边币凌驾于我法币之上，是可忍，孰不可忍。"

孔祥熙冷笑道："诸位，当年政府为了统一法币，从经济上消除军阀割据，花了九牛二虎之力。我们一定要对共党发行货币严加防范。没有货币发行权，就像一个人没有造血功能，只能靠输血维持身体机能正常运行。而边币发行，使边区恢复了造血功能。长久下去，政府便无法控制边区的金融和政治军事了。"

蒋介石颔首道："孔先生说得对，我们切不可掉以轻心。四位俱对共党排斥法币深恶痛绝，我很欣慰，我们一定要维护法币至高无上的地位。我准备电令共方解散银行，停止印刷发行边币。再命令鹿钟麟、石友三贴出布告：在大后方，凡使用边币者，以经济犯论罪，处以极刑。你们看怎么样？"

戴笠抢着说："乱世须用重典，借几颗人头树法币之威、刹边币之风，绝对是必要的。"

四人赞赏地鼓起掌来。

15、刑场。（日，外）

全副武装的国民党军警持枪排列，十几个汉子被五花大绑从车上踢下来，亡命牌上写着三个歪歪扭扭的毛笔字："经济犯。"

为首的汉子怒问监刑的国民党警官："我们一没杀人，二没放火，凭什么枪毙我们？"

警官冷笑道："你问我，我问谁？你没看见鹿长官和石长官的安民告示吗？凡在国统区内使用边币者一律处决。谁让你们顶风作案？枪毙活该！"手一挥："执行，送他们上路。"

枪弹呼啸而出，那些"经济犯"中弹倒毙。

警官若无其事地叫了声："走！"与众军警跳上卡车开走了。

许多妇女小孩扑倒在尸首上悲痛欲绝地哭喊："孩他爹！你死得好冤啊！"

16、五四七厂办公室。（日，外）

宋衡对杨卓、甄婷悲愤地说："鹿钟麟、石友三秉承主子旨意，大开杀戒，竟枪毙了十几个使用边币的商贩，真是丧心病狂。"

杨卓"咚"地一拳猛击桌面，吼道："这群暴徒！哼，别张牙舞爪的。他们将会被我们一口一口地吃掉，一个一个地扳倒，一批一批地消灭，让法币见鬼去吧！总有一天，边币会成为中国人民的唯一货币。"

17、军统青岛站办公室。（日，内）

站长傅胜彪坐在办公桌前拨电话，里面传出一个娇滴滴的女声："喂！哪一位啊？"

傅胜彪："美娟，是我，请你到我办公室来一趟。"

"好！马上就到。"

傅胜彪搁好电话，刚拿起一份报纸看了几行，门外传来"报告！"二字。

"进来。"

门"吱呀"被推开了，丁美娟上穿大红绣花高领毛衣，下穿咖啡色斜纹哔叽长裤，脚套尖头黑皮鞋，进门后径直向傅胜彪扑去，搂住他便在脸上"吧唧"一个响吻。这个颇有心机的女人，此时正向年轻英俊的傅站长大献殷勤，终日做着能成为傅太太的美梦。

傅胜彪笑了笑，指着沙发对丁美娟说："你先坐了，我有任务布置。"

丁美娟嘟着小嘴，坐到了沙发上，气鼓鼓地说："哼，我就知道，没任务你也不会找我呀！"

傅胜彪起身，慢条斯理地走到玻璃柜前，拿了一只盖杯，拎起热水瓶倒了开水把杯子烫了一下，然后把杯中残水泼掉，又打开茶叶罐，倾出一小撮茶叶，盖好茶叶罐，随后泡了一杯热茶，端到丁美娟面前的茶几上。

丁美娟一把将傅胜彪拖到沙发上，娇嗔道："哎呀，你慢慢腾腾磨蹭了半天，把人给急死了，你有什么任务就快点布置吧。"

傅胜彪正色道："刚才接到戴老板急电，日本人要在青岛召开一个扶植汪伪组阁的四方会议。委员长对此极为忌惮，寝食不安，老板命令本站不惜一切代价，把汪精卫干掉。"他用右手比划成手枪的样子，用力点了两下。

丁美娟思考片刻，说："老汪狡如狐，猾似猴。在越南时，好几次险遭暗算，现在已是惊弓之鸟。他每次出门，都坐着防弹车，保镖警卫一大帮，想杀他可不容易。我不如以服务员的身份混进老汪下榻的宾馆，找机会下毒如何？"

傅胜彪连连点头："此计甚妙，既安全，胜算面也大。如果你能顺利完成这个艰巨的任务，我一定向戴老板为你请功，让他批准咱俩结婚，我可是老板的心腹爱将呵！"

18、青岛美丽都大酒店。（日，内）

地面和楼梯都铺着红色地毯。日本军人三步一岗、五步一哨，戒备森严。

丁美娟打扮得清纯脱俗，像个邻家女孩，一层楼面一层楼面慢慢游荡，一双眼睛骨碌碌东张西望。身后，两个男子悄悄尾随。他俩就是汪伪警政部政务次长李冠群和伪特工总部警卫大队长吴三宝。

19、楼梯口。（日，内）

吴三宝凑近李冠群耳语："这女人我认识，叫丁美娟，是军统青岛站长傅胜彪的未婚妻，到这里来必然不怀好意。你看她那双眼睛贼溜溜的，肯定是来踩点。"

李冠群大惊："什么？这女人是傅胜彪的相好？青岛会议事关重大，确定汪主席能否在全国执政。冈村再三命令我一定要破获军统青岛站，绝对保护汪先生的人身安全。我正愁老虎吃天——无从下口呢？她倒主动送上门来了。嘿嘿。"

丁美娟步入走廊尽头，转眼一拐弯，不见了人影。

吴三宝低叫："千万不能让她跑了，我去把她逮住。"

"不行，我们不能打草惊蛇，傅胜彪是戴笠手下的得力干将，警惕性特高。一旦得知女友被捕，必然会转移阵地，要破获他们就更伤脑筋了。"

"有了……"吴三宝凑近李冠群耳畔，低声细语。

"好主意！你我分头行动吧。"

20、酒店大厅。（日，内）

日兵对丁美娟粗暴地叱道："走开！走开！会议重地，不许闲杂人员逗留。"

丁美娟解释："我要找经理，前来应聘当服务员。"

李冠群走近说："对不起，宾馆举办重要会议，不招员工。"

丁美娟敷衍道："噢！噢！我知道了。"狼狈地走了。

21、酒店大门口。（日，外）

吴三宝隐身在一株大树后面，见丁美娟坐上一辆人力车，连忙也跳上一辆人力车，指着丁美娟的背影说："跟着前面那辆车，我给双倍车钱。"

"哎。"

22、傅宅门口。（日，外）

吴三宝眼看着丁美娟在一处独门独户的宅院前下了车，取钥匙开门，进去后"砰"地把门关上了。

吴三宝付了车钱，下车围着小院走了一圈又一圈，眼光盯住了一棵粗权探入小院的大树出神。

23、傅宅门口。（夜，外）

吴三宝戴着面罩，身穿黑色劲装，先在一株枝叶繁茂的树权上晃了几下，随后借着弹力如猿猴般跃下，潜至门口，将院门轻轻打开，闪进五六个身手轻捷的汉子，紧跟吴三宝，向一个拉上厚厚窗帘的房间逼近。

24、卧室。（夜，内）

丁美娟对傅胜彪说："如果咱能在青岛会议期间把汪精卫杀掉，那就成了国际特大新闻。你这个青岛站长，就会得到重用提拔啦。"

"提拔了我也等于提拔了你。功劳簿上有我的一半，也有你傅太太的一半！"

壁灯发出柔和的光泽，照在鼾声阵阵、并头而睡的傅胜彪、丁美娟脸上，两人嘴角都挂着微笑，显然已进入梦乡。

"咚"的一声巨响，两人倏地睁开双眼，吴三宝一脚端开房门，顺手拧亮房灯。傅胜彪忙从枕边摸到手枪，随着吴三宝一声断喝："不准动，举起手来！"说时迟那时快，五六个黑洞洞的枪口已瞄准了他俩。丁美娟惊叫一声，把头钻进被窝。傅胜彪顾不上羞臊，光着上身坐起，质问：

"你们是什么人？夜闯民宅，非偷即盗，我要上法院控告你们。"

吴三宝冷笑道："傅站长，别装蒜了，起来跟我们走一趟。"

傅胜彪强硬地说："你们凭什么要我跟你们走？先把话讲清楚了再说。"

吴三宝狞笑道："好！傅胜彪你听好了！你们军统一心想谋杀汪先生，派了女特务丁美娟到美丽都大酒店踩点，正好被我撞见，这也是无巧不成书。"抓起搭在沙发背上的女装向床上抛去，讽刺道："丁女士，穿上衣服一同去吧。"

第二十一集

1、青岛警察局行刑室。（夜，内）

充斥着"啪！啪"皮鞭着肉的声音，傅胜彪被剥去上衣，双脚悬空，吊在屋梁上，不时发出阵阵惨叫。一个彪形大汉满脸冒汗，手执皮鞭用力抽去。傅胜彪洁白光润的脸上、肩上、背上、胸脯上已是血痕累累。

丁美娟边哭边跪下向李、吴苦苦央告："求求你们，别打啦！别打啦！"

傅胜彪双目冒火，斥责丁美娟："阿娟，起来！是我的女人，就不准当软骨头。"

"嗯。"丁美娟边擦泪边站起身来。

坐在桌旁抽烟的李冠群和吴三宝冷哼一声，吴三宝走到打手身边，喝道："站旁边去。"

大汉持鞭退到一边，吴三宝吸了一口烟，对傅胜彪："说！你们军统特务是不是要谋刺汪先生？"

"哼！是又怎样？这种汉奸卖国贼，人人得而诛之。"

"只要你把军统青岛站交出来，我们马上放你自由。"

"你别做梦，要口供没有，要命有一条。"

"嘿嘿，好哇！我看你嘴硬！丁美娟不是你的女人吗？不能便宜她，也得让她吃点皮肉之苦。"吴三宝左手猛然托起丁美娟的下巴，狠狠吸一口香烟，右手将冒着青烟红红的烟头往那张清秀粉嫩的脸颊上使劲按去。

"啊——"丁美娟发出尖锐的惨叫。吴三宝松手，脸上留下一个小小的黑印。

傅胜彪心疼地："阿娟！"眼泪随之滚滚而下。

吴三宝狞恶地一笑："唔，不错，是个重情重义的汉子，还懂得怜香惜玉，这就好办多了。"喝令："来人！"门外冲进五六个壮汉，垂手听命。

吴三宝指着丁美娟问大家："你们看看，这阿妹长得漂不漂亮？"

"漂亮！漂亮！"

"好！你们辛苦了大半夜，这阿妹就算本大队长奖赏你们的慰问品，你们就在这里好好享受吧。"

"哈哈！谢大队长。"几个大汉像饿虎一般，将丁美娟扑倒，动手撕扯她的衣服。丁美娟拼命挣扎，凄厉地嚎叫："阿彪，救救我！救救我！"

傅胜彪大吼："住手！"

吴三宝亦吼："停！"

傅胜彪愤怒地说："要杀要剐冲我来，欺负女人算什么好汉？"

李冠群笑吟吟地走近傅胜彪："傅站长真是个侠骨柔情的好男儿。自古来，英雄爱英雄，惺惺惜惺惺。我还真想交交你这个朋友。咱们来个化敌为友怎么样？"

"呸！"傅胜彪向李冠群脸上吐去一口带血的痰。

李冠群气急败坏地用手帕擦去血痰，指着傅吼道："给我往死里打！"

五六个汉子一起赤膊上阵，"咚"，一记重拳击向傅的胸部，傅的嘴角马上流出鲜血。"咚"，又一记重拳击向傅的后背，傅张口"哇"地吐出一口鲜血。只听"咚咚咚"拳声四响，傅大叫一声，脑袋无力地耷拉下来。

丁美娟发疯般地扑上前，推开打手，抱住傅的双腿对李冠群说："快把人放下来，我愿意和你们合作。"

李冠群吩咐打手："快给傅站长松绑，让他坐下歇歇。"

众人七手八脚将傅胜彪解下，半抱半扶地把他按坐在椅子上，傅胜彪无力地睁开眼睛，低叫："阿娟。"

丁美娟扑上去，抱住情人的脑袋，哭道："好汉不吃眼前亏，咱别再跟他们硬顶好不好？"

傅胜彪未置可否地长叹："咳！"

丁美娟对李冠群说："喂，你们必须答应我两个条件，我有办法叫傅胜彪率部投降。"

"请讲！"

"第一，立即恢复我和傅胜彪的自由；第二，给我们一大笔钱。"

"你要多少？"

丁美娟伸出一个巴掌。

"五万？"

"那点小钱能派什么用场？"

"你的意思是五十万？"

"没门！"

"五百万？"

"马马虎虎，就算便宜你吧！我要拿这笔钱买洋房、买汽车、办婚礼。"

李冠群大喜，拍着丁美娟的肩膀笑道："可以！可以！还是阿妹聪明，识时务者为俊杰嘛！"命令打手："你们立即护送傅站长去医院，叫医院用最好的药，尽快让傅站长恢复健康。"又对傅胜彪说："请傅站长安心养伤，养好后我亲自为你们主持婚礼。"

2、上海锦江饭店宴会厅。（日，内）

铺着红地毯，台上摆满花篮，众多鲜衣美服的上层人士排成两行，眼角不时瞥向门外。

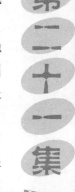

李冠群满面笑容，带着吴三宝和一群喽啰来了，众人鼓掌。李冠群走到麦克风前大声道："各位女士们、先生们，今天我有幸为傅胜彪先生和丁美娟女士主持婚礼，感到莫大的荣耀。现在我宣布：婚礼开始。"

厅堂一角，一群身穿白色西服的乐手吹奏起"婚礼进行曲"。

乐声中，傅胜彪容光焕发，身穿华丽的欧式大礼服，胸悬彩花，挽着头戴花冠、身披白纱的丁美娟款款而上，后面两个女童手托新娘长长的婚纱亦步亦趋。

台上，李冠群问左侧的傅胜彪："傅胜彪先生，你愿意丁美娟做你的妻子吗？"

"我愿意。"

傅胜彪取出钻戒，套上丁美娟的纤指，宣誓道："从今以后，无论安乐患难健康疾病，一切与你相共，我必忠贞不二地爱着你，保护你。"

李冠群又问右侧的丁美娟："丁美娟女士，你愿意傅胜彪先生做你的丈夫吗？"

"我愿意。"

丁美娟宣誓："我丁美娟情愿遵守上帝的意旨，嫁你傅胜彪，从你为夫。"给傅胜彪戴上戒指。

李冠群笑道："很好，既然你们都愿意对方成为自己的配偶，从现在起，你们就是一对合法夫妻了。祝你们白头偕老，美满幸福。"

全场欢呼："噢！噢！"

三人拍手欢笑。只听"咔嚓"一声，记者摄下了照片。第二天，这张照片便出现在《申江晚报》的头版上。

3、上海外滩中储银行小会议室。（日，内）

经理陈永钢与汇源银行经理季金保签订收兑契约，互相交换文本。

陈永钢殷勤地说："中储券的面世，需要金融界广大同仁的认可。贵行是第一个与本行订立收兑契约的单位，给了本行极大的支持。永钢代表周部长，对贵行所给予的大力支持，表示最诚挚的谢意。"

季金保笑道："彼此，彼此。贵行总裁周先生身兼数项要职，是当今政坛重量级的人物。日后敝行还要请贵行在业务上多多关照哩。"

"哈哈哈，季经理客气了。"

4、上海仙乐宫舞厅。（夜，内）

灯光迷离。在靡靡之音中，许多政界要员、富商巨贾、洋行买办，搂着年轻貌美的女子翩翩起舞。身穿派力司淡咖啡色西装的季金保风度极佳，舞伴是一位颀身玉立、丰乳肥臀的漂亮女郎，一袭紫色真丝连衣裙曲线毕露，十分性感，身上散发出阵阵似兰似麝的浓香。她就是戴笠的侄女，号称王牌杀手的军统特务戴月娇。此时，舞厅中所有目光都集中到他们二人身上，季金保的虚荣心得到极大的满足，怀中的美人又使他意乱情迷。他贴着舞伴的耳朵轻声说："我请你吃夜宵去。"

当时舞客请舞女吃饭或吃夜宵，往往是邀请上床的代名词。彼此心照不宣。

戴月娇故作忸怩道："咱们今天刚认识，就……多不好意思！"

季金保色迷迷地："哎呀，交个朋友嘛。"从衣袋中掏出一叠纸币，塞进戴月娇的乳罩里。

戴月娇脸含微笑，心中却暗骂："他妈的淫棍，死在眼前还要贪花。"于是装作羞答答的样子点点头。季金保大喜，忙挽着戴月娇走出舞池。

5、仙乐宫大门口。（夜，外）

季金保走向停在门侧的白色轿车。司机为他拉开车门，季金保对月娇殷勤地："小姐请。"

月娇说："你先请。"

"嗯。"就在季金保欲钻进轿车的刹那间，月娇已从坤包中掏出短枪，向季金保和司机开了火，二人俱身中数弹，仆倒车前。月娇足尖一点，纵身跃上附近的围墙，不见了踪影。过路行人狂呼："不好啦！不好啦！女特务杀人啦！"

6、汪伪特工总部七十六号小会议室。（日，内）

沿墙一圈沙发，相对应的玻璃茶几。李冠群、吴三宝、傅胜彪坐在沙发上，面沉似水。茶几上，摊着《申江晚报》，报纸头版赫然印着一组标题：

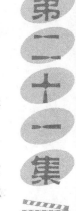

仙乐宫舞厅发生命案

女凶手翻墙逃逸

李冠群问傅胜彪："小傅，这事十有八九是军统干的吧？"

"那还用说！戴笠手下有军统十枝花，个个身怀绝技，飞檐走壁自然不在话下。其中最厉害的是他的亲侄女戴月娇，还学会了缩骨功。"

吴三宝问："什么叫缩骨功？"

"缩骨功，顾名思义就是能把骨头缩小。一米七的高个子，能钻进不到两尺高的坛子中，还能穿过不到脸盆大小的洞口，我们这些须眉男儿都甘拜下风啊！"

李冠群倒吸一口凉气："我的妈呀，碰上这些女煞星，还有命吗？"

吴三宝龇开黄板牙，淫笑着问："嘻嘻，这些女特务漂亮吗？肯定都跟主子上过床吧？"

傅胜彪也笑道："漂亮当然没话说，上床倒未必。这些女特务大都出身名门，毕业于中央警官大学，都视戴笠为偶像，投怀送抱者不在少数。戴笠也利用职务之便，把一朵朵绝色警花玩弄于股掌之中。"

李冠群、吴三宝啧啧称叹："嘿嘿！好大的艳福呵！"

傅胜彪说："季金保是与中储银行订立收兑契约才被打死的，如果中储券没有购买力的话，那印制发行还有什么意义？倘若银行与货币都形同虚设的话，这种贫血的政权还能长久地维持运转吗？一刻都难以生存啊！"

李冠群点头道："有道理，小傅看问题很透彻，依你看咋办？"

"容易办，先给弟兄们发点中储券，让他们去买东西，看是否能把这些钱花出去。"

"好！"李冠群从皮包中取出中储券，递给吴三宝和傅胜彪各三摞，说："你俩先拿三万去花花看。"

"好吧。"两人接过了钞票。

7、上海中国银行。（日，内）

衣着时髦的丁美娟肩挎坤包，站在柜台前，递去一摞中储券："我存两万元中储券。"

女行员礼貌而坚决地说："不好意思，本行没有开办中储券的存储业务。"

丁美娟朝行员连翻白眼，悻悻地将中储券塞进坤包。

8、上海交通银行。（日，内）

丁美娟故伎重演，向柜台塞进一叠中储券："请开个户头，我存两万中储券。"

青年男行员将纸币推了出来："对不起，本行不收中储券。"

9、上海永安公司首饰柜前。（日，内）

丁美娟选择良久，拿着一只翡翠钻石别针说："我买下了，多少钱？"

"九千元。"

丁美娟数钱，递去："喏，九千元。"

女店员一见中储券，忙还给她说："小姐，本柜不收中储券。"

丁美娟粉面涨得通红，扔下别针就走。

10、傅家客厅。（日，内）

傅胜彪坐在沙发上看书，丁美娟二话没说，抓起一摞中储券便往丈夫身上掷去，飘飘扬扬，洒了满地。

傅胜彪讶问："阿娟，怎么啦？"

"怎么啦？你们都是骗子，害得我今天丢尽了脸。"丁美娟将坤包往沙发上一扔，一屁股坐下便大哭起来。

傅胜彪抚着娇妻香肩柔声劝慰："你别哭呀，出了什么事倒是说出来呀。"

"今天我想存两万元中储券，不料跑遍了中国、中央、中国农业、交通四大银行，全部拒收。到了永安公司，我看中一款新式别针，不料那店员也不肯收，还用一种看外星人的眼光盯着我，仿佛我是女骗子。呜……呜……"

傅胜彪目露凶光，骂道："他妈的！不识相，让他们尝尝辣花酱。好啦，你也别哭了，我为你出气。"

"怎么个出气法？"

"你现在就跟我去极司菲尔路。"

"是不是特工总部七十六号？"

"是。"

"好，走吧。"丁美娟揩干泪水，拿起坤包，挽着丈夫出了客厅。

11、七十六号小会议室。（日，内）

李冠群和吴三宝坐在沙发上吸烟，丁美娟只顾掩面嘤嘤而泣，傅胜彪神情激动地说："李先生、吴先生，中储券遭到中国银行、中央银行、中国农业银行、交通银行的联合抵制，所有商店一概拒收。今天阿娟跑了大半个上海，没花出去一分钱的中储券，连黄包车夫也不肯要中储券付的车钱。事到如今，只好痛下杀手了。"

吴三宝眯着眼道："你是说，弟兄们拿着中储券去买东西，店家胆敢不收，就请他们吃'花生米'？"

"是这意思。前不久，老蒋枪毙了十几个使用边币的无辜商民。咱们也跟他来个依葫芦画瓢！沪宁一带是汪主席的天下。老蒋有枪杆子，咱们手中也不是烧火棍，一枪打过去，不也是两个洞……"

李冠群摆了摆手："好啦！响鼓不用重槌。三宝带几个弟兄，小傅带几个弟兄，把阿妹也带上，分头出击。哦，我给你们二十万中储券，想买啥就买啥。店家拒收，允许你们先斩后奏。"

"好！好！"

李冠群拍了拍丁美娟的肩膀，炫耀道："小阿妹，怎么样？老阿哥为你出了气吧。"

丁美娟甜甜地奉承道："谢谢李先生，李先生可真有魄力啊！"

12、上海永安公司首饰柜前。（日，内）

丁美娟带着傅胜彪等几个汪伪特工大摇大摆地来了，女店员挂上职业性的笑容，问："小姐，您要点什么？"

丁美娟指着翡翠钻石别针说："我还要这个。"

女店员取出首饰盒，打开对丁美娟道："九千元法币。"

丁美娟取出一叠中储券扔在柜台上，拿了首饰盒就走。

女店员慌忙拽住道："小姐，刚才我不是说过了吗？本店不收中储券，你怎么转了一圈又来杀个回马枪？"

丁美娟一脸杀气，先将首饰盒放进坤包，随即挥手"叭叭"扇了她两记耳光，叫道："姑奶奶只有中储券，你收也得收，不收也得收。"

女店员捂着脸愤怒地说："你怎么蛮不讲理，想抢啊？"

丁美娟"咯咯"笑道："姑奶奶今天不但想抢东西，还想杀人呢！"从坤包中掏出白朗宁手枪，对准女店员额头便是一枪，女店员血糊了满脸，栽倒在地上。

顾客惊呼："不好了，女特务杀人啦！"跌跌撞撞四散奔逃，丁美娟若无其事地挽着傅胜彪走了。

13、老凤翔银楼柜台前。（日，内）

吴三宝选择了两对赤金镯子，一只钻戒，一一放进匣中，推到店员面前说："结账。"

店员噼哩啪啦打了一通算盘，满面笑容道："一万五千元。"

吴三宝从衣袋中掏出一摞中储券数了数递去："喏。"

店员抬眼瞥见，忙道："先生，我们老板关照过，一律不收中储券。"

"他妈的！中储券是中央储备银行发行的，难道不是钱吗？"吴三宝额头青筋暴起，满脸凶相。

店员哭丧着脸分辩："中央储备银行跟中国其他银行不是一码事，请先生不要难为我们这些小伙计行不行？"

"真他妈的敬酒不吃吃罚酒，你再不收，我就毙了你！"吴三宝拔出短枪对准店员的脑门威胁。

店员满头冒汗，结结巴巴地说："先生，你就是真的毙了我，我也不敢把货卖给你，赔不起呀！"说罢将三只首饰匣放回玻璃柜台内。

吴三宝骂道："狗娘养的，果真是要钱不要命。"扣动扳机，子弹射出，店员惨叫："啊呀！"仰后便倒……

"快跑啊，特务杀人啦！"顾客和店员都不约而同向店外冲去，银楼警卫跑进来喝问："怎么回事？"

吴三宝抬手又是一枪，警卫捂着胸脯栽倒了。

众喽啰齐问："大队长，怎么办？"

"怎么办？该咱弟兄们发财，有李次长这把大红伞为咱罩着，怕个啥！大家给我选值钱的拿，回去论功行赏。"

"噢——"众喽啰欢呼着扑向各个柜台，将所有贵重首饰和营业款洗劫一空。

14、七十六号小会议室。（日，内）

笑声不断，李冠群、吴三宝、傅胜彪、丁美娟围着珠光宝气的会议桌乐得合不拢嘴。吴三宝一拍大腿，咧嘴道："乱世出英雄，世道越乱越好，我等才能浑水摸鱼。"

"说得对！"李冠群满意地："三位都是有功之臣，弄来一大堆珠宝，咱们挑几件好的孝敬汪主席和周老板。日后嘛，三宝弄个上海市长当当，小傅弄个扬州或镇江的市长做做。我嘛，先当上江苏省长，下一步就等着接周老板的班喽。"

吴三宝、傅胜彪同时向李冠群鞠躬："多谢李次长栽培。"

"一家人不说两家话，我还要带小傅、小丁去拜见周老板，壮大我们上海的力量。你们也挑几件喜欢的宝贝回去玩玩。"

"好!"吴三宝、傅胜彪、丁美娟不客气地上前动起手来。

16、南京西流湾8号周公馆。（日，外）

镂空铁栅栏大门，院中是修剪整齐的草坪和花坛。三层欧式古典风格的小楼，深灰色墙面，屋顶采用法国曼塞尔式，巨大的玻璃花窗，弧形阳台的透瓶式围栏。显得既高贵典雅，又曼妙多姿。周佛海有钱有势有文化，住宅品位自然不俗。

一辆银灰色流线型高档轿车"嘎"的一声停下了，车中坐着戎装的李冠群和傅胜彪夫妇。

李冠群摇下车窗玻璃，两个高大帅气的武警向他敬礼："李次长好。"

李冠群举手还礼，铁门缓缓打开，轿车徐徐驶入。

16、客厅。（日，内）

中西合璧的家具，大理石地面。周佛海与夫人杨淑慧坐在沙发上品茗，忽听楼梯"咚咚"作响，周佛海笑道："冠群他们来了。"两人都站了起来。

"周院长好！夫人好！"李冠群在前，傅胜彪夫妇在后，站在门口，齐声向周佛海夫妇问好。

"哎呀！稀客、稀客。快请进。"杨淑慧一眼看到傅胜彪夫妇手中拎着包装精美的礼盒，笑意盈面。

李冠群介绍："报告院长和夫人，这两位便是我常跟您们提起的傅胜彪、丁美娟伉俪。"

傅、丁二人向周佛海夫妇鞠躬示敬。傅胜彪将礼盒放茶几上，谦卑地说："一点薄礼，不成敬意，请院长夫人笑纳。"

杨淑慧笑道："傅先生傅太太真客气，带什么礼物呀！"

丁美娟忙说："应该的，应该的，这是我们的一点心意啊！"

周佛海指沙发招呼客人道："好！好！随便坐，随便坐。"等三人就座后，夸奖傅胜彪："傅先生弃暗投明，将军统青岛站全盘托出，解除了我和汪主席的心腹之患。青岛会议取得圆满成功，傅先生当推首功。中储券面世后，遭到四大银行的排斥和抵制。幸亏傅先生年轻气盛，用子弹说话，终于让中储券在市面上流通。真是不可多得的青年才俊啊！"

"岂敢、岂敢，周院长过奖了。"

杨淑慧笑吟吟地插嘴："我看了二位登在报纸上的结婚照片，哎哟，金童玉女，一双璧人哪。"

傅、丁二人齐声道："不敢当，不敢当。"

李冠群趁机顺竿往上爬，帮傅胜彪讨官："周院长和夫人既然如此赏识小傅，快给安排一个美差肥缺吧。"

周佛海笑道："老李真是个急性子，南京政府刚刚成立，千头万绪啊！你既然开了口，我也不能拂你的意，就让小傅出任央行驻沪推销主任如何？"

李冠群点头道："唔，这个位置不错。"

傅胜彪忙站起身鞠躬道："感谢周院长栽培。"

17、重庆委员长办公室。（日，内）

蒋介石坐在办公桌前看报纸，双手微微颤抖，瘦脸涨得像个挂了三天的紫猪肝。戴笠进门"啪"地敬了一个军礼，喊道："校长好。"

蒋介石推椅而起，走到他面前怒骂："好你个娘希匹。"左右开弓，打了他两个耳光，喝令："跪下。"

戴笠捂着脸顺从地跪下了，蒋介石抬腿又狠狠踢了他几脚，气得呼哧呼哧直喘粗气。

戴笠可怜巴巴地说："不知学生身犯何罪？让校长生这么大的气？"

蒋介石将报纸往地上一摔："你自己看吧！娘希匹，人家养狗咬贼，你倒好，养了一窝疯狗去帮贼了。"

戴笠捡起报纸一看，气得鼻子都歪了。原来正是那张李冠群为傅、丁二人主持婚礼的大幅照片，三张笑脸，仿佛地中海灿烂的阳光。

戴笠三两下将报纸撕得粉碎，狠狠打了自己两记耳光，骂道："我真是瞎了眼啊，养了一群白眼儿狼，对不起校长，对不起党国啊！"

蒋介石见状消了气，蔼声道："起来吧。"

戴笠站起身，激动地说："校长，军统是个封闭性团体，一向有自己的家法。生进死出，对叛徒更是严惩不贷。我一定要以傅胜彪项上的人头为自己赎罪。砍不了他的头，校长就砍我的头。我马上就去部署。"

蒋介石颔首："唔，你这种雷厉风行的工作作风我很欣赏，事情也不能全怪你。那小畜生认贼作父，改换门庭，真是瞎了狗眼。我就不信汪精卫在日本人的卵翼下能当一辈子儿皇帝。冰山一倒，那些大小汉奸的灭顶之灾也就到了。目前中储券已在上海市场流通，傅逆当上了伪行驻沪推销主任。你必须设法破坏伪中央储备银行，并且对伪行的高级员工进行严厉制裁。"

"请校长放心，我现在就去安排杀手，傅逆将我的军统站当厚礼拱手献给汪精卫，罪不可赦，又在上海为推销中储券杀我同胞。我要在沪上掀起一场金融大血战，杀他个尸横街头，第一个目标就是傅胜彪。"

"你的计划虽好，可那小子是你的高足，并非平庸之辈，恐怕不易得手吧。"

"哼，孙悟空还能斗得过如来佛祖吗？傅逆决不可能逃脱正义的惩罚。军统人才济济，像傅逆这样的人车载斗量。"

"那就好，去吧。"

第二十二集

1、上海金陵中路傅宅门口。（晨，外）

泊着一辆银灰色的轿车，两个手握短枪的保镖站在车旁。门开了，丁美娟挽着丈夫走向汽车，嗲嗲地笑道："阿彪，可要早点回来啊，我等着你吃晚饭哩。"

"放心吧！我一下班就回来陪你，快进去吧。"

丁美娟转身离去，关上大门。傅胜彪忽然发现对面大树背后有人抬起右臂，他伸手拉过保镖往前一挡，随即掏枪。对方的子弹已经射中保镖头部，保镖来不及哼一声，便倒下了。杀手夺路而逃。傅胜彪紧盯着那个熟悉的身影，咬牙切齿迸出五个字："果然又是她！"

2、傅家浴室。（夜，内）

浴缸上铺了一块木板，傅胜彪与妻子并头躺着。丁美娟叹气："唉，这日子怎么过呀，上半夜睡客厅，下半夜睡浴室，一日数惊，夜不能寐，咱不能永远这样躲着杀手呀。"

"你也是军统一员，难道你还不了解姓戴的德行？堪称天煞星下凡，弄死个把人只当捏死只蚂蚁。招招阴毒狠，步步短平快。他是不达目的决不罢休的人。当初一连七次派杀手谋刺汪精卫，我也在其中，结果牺牲了十来个弟兄。今天早上，戴月娇未能取得我的性命，决不会善罢甘休。我真担心有一天被女魔头送上西天，抛下你一人孤孤单单，我心里好痛苦、好郁闷哦！"

"阿彪。"丁美娟伤心泣下。

傅胜彪忙用手捂住她的嘴，轻声喝道："别出声，咱就是要躲避杀手，才一夜数迁，你这一哭不是暴露目标了吗？"

"嗯。"丁美娟强忍住悲泣，低声道："阿彪，咱不当这个主任了，设法逃走吧。"

"唉，晚啦。当时万不得已上了贼船，船到江心补救难啊！"

"活人不能叫尿给憋死。有了，你当这个央行驻沪推销主任，可是大大的肥缺。咱们想办法捞一大笔钱，好好孝敬周佛海，最好能认他两口子为干爹干妈。请他们另外安排你工作，或当南京市长，或当杭州市长，离开恐怖的上海。"

傅胜彪喜忧交集："你的主意虽好，就怕李冠群视我为心腹部将，不肯放我走哇。"

"你怎么又糊涂了？知己和敌人，越少越安全。李冠群老奸巨猾，已把你当做潜在对手，巴不得你离上海远远的，让上海成为他的一统天下。你要另谋发展，李冠群不会掣肘，只会成全。"

傅胜彪喜道："哎呀，我的好阿娟，卓识高见，真是女中豪杰。有你这女诸葛辅佐，我何愁官不大，爵不显？"捧着妻子脸蛋狂吻。

3、周公馆餐厅。（晚，内）

吊灯雪亮，铺着洁白台布的圆桌面上水陆毕陈，周佛海举杯对李冠群说："冠群是个热心人，颇有古代萧何之风，先为央行引荐一位大将，这回又介绍阿娟给我们当义女，我和淑慧都十分高兴。来，我夫妻敬你一杯。"

李冠群连忙起身，一口饮干杯中之物："谢院长。"

杨淑慧招呼道："坐！坐！都是自己人，不要客气，请随意。"又笑眯眯地问丁美娟："阿娟，你怎么想到要拜我做干妈的？"

"我从小就崇拜帝王将相，可惜我出身平庸。李次长带我和阿彪拜访过干爹干妈后，我兴奋得一宿没合眼。天哪，行政院副院长不是内阁副宰相吗？财政部长不是户部尚书吗？宰相兼尚书的夫人在古代就是一品诰命夫人。如果我能拜宰相夫人为义母，我就成了相府小姐啦！所以我缠着李次长，非要让他给介绍我拜夫人为干妈不可。"

周佛海听得津津有味，夸奖道："唔，肚子里货色不少，也是个可造之才，日后好好辅佐你老公，争取当个局长夫人、市长夫人。"

丁美娟忙斟了一杯酒，站起来道："全仗干爹干妈提携，女儿敬二老一杯，我先干为敬。"一仰脖子，咕咚咕咚把酒倒进了肚子。

傅胜彪跟着举杯站起身道："多谢干爹干妈垂青，委我以重任，胜彪愿效犬马之劳。我也敬二老一杯。"一饮而尽。

杨淑慧说："哎，你两个怎么老站着，快坐下，吃菜、吃菜。"

宾主都发出愉快的笑声。

4、上海外滩中储银行营业大厅。（日，内）

戴月娇从皮包中抓出一枚手榴弹投向楼梯口，随着"轰隆隆"的一声巨响，腾起烟雾。吓得营业员和顾客全部趴到地上，一片哭喊声。领班连忙按响警铃，举枪欲向刺客射击，早被她抬手一枪毙命。门口的警卫奔进门来，又被她击毙。戴月娇夺门而逃。

5、中储银行大门口。（日，外）

戴月娇钻进一辆黑色轿车，未及关上车门，就大叫："快开，快开！"

司机踩动油门，迅速溶进滚滚车流，不见了踪影。

6、七十六号小会议室。（日，内）

李冠群打电话告诉周佛海："报告院长，中储银行的员工集体辞职不干了，说中储行是魔窟狼窝，宁丢饭碗，不丢脑袋。"

周佛海骂道："饭桶，出了问题只会两手一摊，鸡毛蒜皮的小事也要向我汇报，政府养了你们这群废物，真是晦气。"

李冠群分辩道："唉，军统在上海一向猖狂，而今变本加厉。中储银行出了血案，吓得储户不敢上门，没有存储业务，银行形同虚设。再说了，行员们哪个不是提心吊胆，朝不保夕……"

"好啦！废话少说，明日上午飞沪，机场来接。"

"是！是！是！"

7、上海虹桥机场。（日，外）

一架军用飞机徐徐降落地面，周佛海走出舱门，李冠群、吴三宝、傅胜彪、丁美娟以及中储银行经理陈永钢等人俱迎上前打招呼："周院长！""干爹！"

周佛海颔首，接过丁美娟手中一大束鲜花，向她微微一笑，丁美娟就势挽住他胳膊问："干爹上我家去？"

"不！直接去外滩中储银行。"

8、中储银行会议室。（日，内）

周佛海站在会议桌前，面对一百多个行员和警卫，唾沫横飞地大声道："女士们、先生们，你们受惊了，我代表行政院和财政部，向你们表示深切的关怀和慰问。"

李冠群、吴三宝、傅胜彪夫妇和陈永钢使劲鼓起掌来，但大多数行员无动于衷。周佛海装模作样地摆摆手，继续发言："众所周知，军统近来在沪上活动十分猖獗，已发生多起恐怖袭击事件。大家对此感到恐惧和不安也是人之常情。然而，中央储备银行是政府的生命线，没有银行，国家机器又怎么运转？在座的都是金融界的精英人杰，中储银行的所有工作，都要依靠诸君来完成。听说诸君上班姗姗来迟，托辞请假。上午开业，人手不敷，需派工役四处催请，这怎么行？在此，我宣布，除非组织特许，凡是中储银行的职工，一律不准消极怠工、不准辞职、不准关门停业。周某身为中央储备银行总裁，理当保证行员的安全。从今日起，中储银行配备两个班的警力。人不离枪，枪不离手。遇到刺客，无论男女，杀无赦！同时，周某将在电台发表讲话，向渝方提出强烈抗议，警告军统特工必须立即停止犯罪。否则，我们将以暴制暴，采取严厉的报复行动。请诸位安心做好本职工作。"

稀稀落落的掌声。

9、周公馆书房。（晚，内）

周佛海正在阅读《孙子兵法》，杨淑慧慌慌张张跑进来说："佛海，上海急电。"递去一张电报纸。

电文特写：

周院长，中央储备银行又遭渝方狙击，经理陈永钢受重伤，调查处副主任楼佪不幸身亡。

周佛海骂道："他妈的，军统又欠我一笔血债。"提笔在一张白纸上"刷刷刷"写下两行字，对妻子说："让机要员立即给李冠群发去。"

"哎。"

10、七十六号小会议室。（晚，内）

李冠群、吴三宝、傅胜彪传阅电文：

冠群暨沪上特工同志：力谋反攻，以血还血。

周佛海

吴三宝忿然道："军统实在嚣张，不给予迎头痛击，还以为我七十六号是熊包软蛋哩。周老板的指示太英明了，我们也应该报仇雪恨了。"

傅胜彪帮腔："就是嘛。中国人一向犯贱，只信强权，不信民主。对恶行的姑息只会让恶人更加猖狂，是该出手了。"

吴三宝对李冠群道："小傅说得对！我是警卫大队长，这个任务交给我吧。"

李冠群一拍茶几："好！咱们三人统一了认识，今夜就采取行动，古人道：将在外，君命有所不受。一切由三宝说了算，不必事事向我请示。"

吴三宝手拍胸脯："痛快！痛快！今夜就看我的吧！"

11、七十六号大门口。（夜，外）

铁门"咣"的一声打开了，两辆大卡车亮着耀眼的车灯冲出大门，车上站满手持短枪和炸弹的特务。凶神恶煞般的吴三宝坐在首辆车的副驾位置上。

12、霞飞路。（夜，外）

司机将车身横在巷口，左右各架起一挺机枪。吴三宝率特务向巷内扑去。

13、江苏农业银行宿舍楼大门口。（夜，外）

特务一个劲地猛按电铃。

门卫披衣打开一条门缝，探出脑袋问："你们是什么人？"

"巡捕房的，查逃犯，快开门。"

门卫赶紧打开大门，吴三宝用枪顶着他脑门喝令："带路。"

14、宿舍楼。（夜，内）

特务一间一间挨着拍门："开门！快开门！"

一扇扇房门从里面打开了，十一名银行职员揉着眼睛惊望这群不速之客。

特务将职工推推搡搡到墙根前，命令："站好了！站好了！"

职员们惊惶地问："你们要干什么？"

吴三宝叫道："对不起，借诸位的头一用，为中储行冤死的员工报仇。"

一位职员战战兢兢地说："人又不是我们杀的，你们应该去找军统算账呀，怎么能拿我们开刀呢？"

吴三宝狞笑道："要怪，你们就怪军统吧，谁让他们杀中储行的员工。记住了，明年的今天，就是你们的忌日，好好地当鬼去吧。"手一挥，特务们向十一名职员开了火，随着声声惨叫，十一具尸首横陈血泊中。

15、七十六号小会议室。（夜，内）

李冠群一直坐在沙发上吸烟，茶几上的烟灰缸里已堆得溜尖。"李次长！李次长！"随着吴三宝的粗喉大嗓，十几个特务簇拥着吴三宝已推门而入。

李冠群忙起身迎接："喔哟，诸位今晚劳苦功高，每个兄弟先发一条香烟解解乏。"说罢指了指沙发上的一堆香烟。

特务们争先恐后，每人抢了一条，叫道："噢！是'美丽牌'香烟。"

李冠群又从茶几上的"绿炮台"香烟中抽出一支递给吴三宝，并亲自用打火机为其点上火，问道："事情干得怎么样？"

"宿舍楼里总共十一个员工，全部送他们进了鬼门关。嗨，人太少了，弟兄们直喊干得不过瘾哪！"吴三宝吐着烟圈儿，大咧咧地回答。

李冠群表扬道："好！好！好！三宝一向是个干大事的人。弟兄们既嫌干得不过瘾，何不放开手脚干个痛快。你干脆带了弟兄们去中国银行大干一场，我会在周老板面前为你们请功邀赏讨香烟钱的。"

"好，我们听你的，再次出击，让整个上海滩都知道七十六号的厉害。"

16、中国银行宿舍楼大门口。（夜，外）

几十个手持冲锋枪的蒙面歹徒，押着一百多名银行员工来到五六辆大客车前，喝令："上去！上去！"

员工们愤怒地质问："我们犯了什么罪？为什么要抓我们？"

吴三宝恶狠狠地说："你们在渝方的银行上班就是犯罪，抓你们是客气的。惹火了我们，最多浪费一百多粒'花生米'。农行十一个冤死鬼还没走远，你们赶上去正好作个伴。"

员工们不肯上车，扭头便走，和歹徒厮打起来。那些文弱书生手无缚鸡之力，哪是这群凶神恶煞的对手，一个个被枪托拳脚打得鼻青脸肿，头破血流。三宝吼道："别敬酒不吃吃罚酒！谁敢不上车，就赏给谁一粒'花生米'。"

员工们再也不敢吭声，垂头丧气地上了汽车。

17、中央银行办事处大厅。（日，内）

一个人高马大的"邮差"，拎着一只柳条箱走进来，放到柜台上说："喂，这是香港寄来的货物。我走了。"急急忙忙地出了大厅。

几名职员围拢观看："寄来的是啥东西呀！"伸手拨弄。

柳条箱里嘶嘶作响，从缝隙中冒出缕缕青烟，有人大叫："炸弹！"拔腿就跑，炸弹猛然爆炸，人们躲避不及，全被炸倒了。

18、中央银行办事处大门口。（日，外）

大门被死难家属和路人挤得水泄不通。

十几部救护车亮着红蓝灯呼啸而至，一个急刹车，还未停稳，医护人员便从车中跳下，高喊："让开！让开！"奔往大门内。

须臾，医生从门内抬出一副副担架，有的头部包着绷带，痛苦地呻吟，有的担架上的人已被蒙上白被单。还有的医生背着扶着伤员蹒跚而至。死者家属和伤员发出惊天动地的嚎哭声和咒骂声："狗特务，不得好死。"

"都是七十六号干的，断子绝孙啊！"

"七十六号真是个魔窟啊！"

"这些特务无法无天，早晚会遭到报应的！"

19、七十六号小会议室。（日，内）

坐满了上海金融界的名流，与李冠群交涉人质事件。

上海商会会长对李冠群说："李次长，你们放置在中央银行办事处的炸弹爆炸后，造成五十余人的伤亡，引起驻沪外资银行极度的惊愤和不安，强烈要求你们立即交出凶手，以平民愤。"

李冠群强词夺理："冤有头，债有主，是重庆方面首先袭击中储银行的，我们不过是自卫而已。你们应该先向重庆提出抗议，再指责我们不迟。"

"李次长，中国银行有一百二十九人被捕，使得我们许多业务陷入停顿。我们联名保释中行的一百二十九名人质。希望李次长能答应我们的请求。"

李冠群冷哼一声："死了杀猪人，不吃带毛猪。少了中行这一百多号职工，难道地球就不转了，上海滩所有的银行都要关门停业了？这也太抬举他们了吧。"

"银行业务千丝万缕，盘根错节，往往你中有我，我中有你。在沪的银行中，哪一家与中行没有业务关系？希望李次长高抬贵手，就放了这些人吧。"

李冠群厉声道："不是冠群驳诸位的面子，事关重大，冠群也做不了主，失陪了。"扬长而去。

众人面面相觑。

上海商会会长叹道："看来我们人微言轻，起不了什么作用。"

有人叫道："阎王好见，小鬼难求。干脆请英美两国的商会主席求见周佛海，怎么样？"

"这个主意好，找李冠群的顶头上司理论去，一定要救出那一百二十九个人。"

20、南京周公馆客厅。（晚，内）

英美两国商会主席与周佛海谈判。

英商会主席说："周部长，因为中行一百二十九名职员被扣，给整个上海的商务工作带来极大的负面影响，希望阁下能早日释放人质。"

美商会主席说："中储银行遭到军统特务破坏，贵方应找军统算账，怎么能滥杀无辜呢？为了尽快恢复上海正常的金融秩序，请立即停止类似的恐怖行动。"

周佛海沉声道："两位主席把制造血腥的责任全部推到我们头上，这

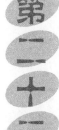

是不公平的。人不犯我，我不犯人。人再犯我，斩草除根。你们应该警告重庆方面，停止在沪的暗杀行动。只要渝方一天不停止卑鄙的暴行，被拘捕者便一天不能恢复自由。因为我们不能光等着挨打。"

两位商会主席说："我们早就开会讨论过，已经向重庆提出停止袭击中储银行的要求。"

周佛海问："重庆给答复了吗？"见对方没吭声，又说："看来渝方未给答复，仍要一意孤行。既如此，我们不会释放人质的，因为我们不能坐以待毙。"

杨淑慧走进来说："佛海，晚宴已备，请客人入席吧。"

"噢，你先去吧。"周佛海对二人说："内人已备了晚饭，请二位一同去用餐吧。"

美商会主席："感谢周部长和夫人的盛情款待，可我们身受上海工商界同仁的重托，却无功而返。纵有美食大餐，也难以下咽哪。"

周佛海指着窗户说："你们看，天都黑了，吃完饭再说吧。"

"周部长何不先答应我们的请求，再品尝美味呢。"

周佛海苦笑道："二位的执著真让我无法拒绝，我同意你们保释人质的请求，恢复他们的自由。但那些人质必须出具连环保，随叫随到。"

二主席欣慰地点头道："可以，多谢周部长。"

21、七十六号大门口。（日，外）

大群蓬头垢面、委顿不堪的中行职员涌出大门，会计主任曹善庆回头咒骂："呸！前世触了霉头，碰上一群瘟神，关了这么多天，这帮流氓不得好死。"

两个陈姓职员叹道："唉，碰上畜生有啥办法，倒霉呀！"

曹善庆恨道："天见冠群，日月不明。人见冠群，九死一生。"

众人齐说："对，还要加上一句：地见冠群，草木不生。真是个大恶魔呀。"

22、虹口医院特等病房。（日，内）

窗明几净，墙壁洁白。陈永钢倚在床头看报纸，门外传来"笃笃笃"敲击声，陈永钢问："谁呀？"

"是我们，冠群和三宝，看你来了。"

"哎呀，不好意思，请自己推门进来吧。"

门被推开了，李冠群手捧一束鲜花，吴三宝拎着一只水果篓子，走近病床前。

李冠群边把鲜花插进花瓶，边关切地问："永钢啊，手术做得怎么样？"

"还行。唉，碰上这些军统煞星非祸即灾呀，我的一条腿被他们打伤，只好截肢。幸亏周院长吩咐医院给我请最好的医生，用最好的药，才保住了一条性命。"

"他妈的，军统只会偷偷摸摸地干，这些人行踪飘忽，出没无常，咱们在明处，他们在暗处，伤脑筋啊！待会我派两个同志来照顾你，嫂夫人呢？"

"她刚走，去买东西了。"

"好，你安心调养，我和三宝还有事，以后再来看你。"

"你们忙，你们忙。三宝兄杀得痛快，也算为我们中储行的同志报了仇了。"

吴三宝得意地说："只要军统不停止暗杀，我手中的枪就不会让它闲置。"

李、吴二人——和陈永钢握手道："再见。"

"再见。"

二人离开病房时，特地把门带上。

"笃笃笃"，又传来啄门声。

"谁？"

"护士，查房的。"

"请进。"

进来一个穿白大褂的少女，反手将门闩上，快步如风掠近病床，陈永钢惊问："你要干什么？"

对方不理，将磨尖的竹片使劲插进他的咽喉，随即开门从容而去。

23、太平间。（日，内）

戴月娇扯下口罩，脱了白衣扔地，嘴角露出得意的冷笑。

24、虹口医院特等病房。（日，内）

两个汪伪特务进门，见状惊呆，那陈永钢颈中插着一把竹刀，渗出少许污血，早已仰毙。

25、虹口医院走廊。（日，内）

两个特务大呼："不好喽，杀人啦！杀人啦！"

医护人员纷纷赶来，惊讶地："哎呀，五分钟前还有客人探访病人，怎么就被害了呢？"

"凶手出手好快啊！"

"凶手一定早有预谋，否则不会见缝插针，如此容易得手。好恐怖，我的脊梁骨凉飕飕的。"

26、虹口医院特等病房。（日，内）

一位老医生戴上橡胶手套，轻轻拔出竹刀，仔细察看后对众人说："这竹刀曾喂以剧毒，见血封喉，被刺后数秒钟内便能毙命。杀手一定是有经验的特工。"

27、虹口医院走廊。（日，内）

两个特务同时拔枪，喊道："赶紧关闭医院大门！"跺脚道："凶杀案发生才几分钟，凶手不会走远，也许还没走出医院，大家快去搜凶手啊！"

整个医院慌乱起来，各个病房"砰砰砰"地各自关上了自己的房门。

28、七十六号小会议室。（日，内）

茶几上，摊着一张白纸，上面搁着刃尖带有黑血的竹刀，李冠群暴怒，对吴三宝和两个特务说："陈永钢之死，百分之百是军统的暴行。重庆多山多雾多竹林，峨眉山又历来为武侠聚集之地，各门派之间的搏杀极为酷烈，自然也就衍生出许多独门秘制的毒药毒物。这竹刀分明在毒水中浸过，只要刺破一点皮肤，立刻就死。想不到咱刚离开老陈，他就不幸遭了毒手。"语带哽咽，涕流欲泣。

吴三宝焦躁道："人已经死了，光伤心流泪顶个屁用，你说吧，咱们怎样报复？"

李冠群顿止哀伤，咆哮道："你今晚带上弟兄，在渝方中行职员中，先毙掉三个，以杀止杀，以暴治暴。"

29、上海中国银行宿舍楼下。（日，外）

三个主任级的行员抖抖索索站在墙根前，吴三宝带着一群喽啰站在对面，狠歹歹地说："上次便宜了你们，没为难你们。今天老子可不客气了，我方银行死一个，要你们三个抵命。"命令喽啰："开枪。"

三个喽啰各发一枪，两个姓陈的行员和曹善庆当场死亡。

第二十三集

1、苏州吴三宝豪宅客厅。（日，内）

周佛海坐在桌旁一边品茗抽烟，一边聆听醉樱桃清唱昆剧《玉簪记》中《寄弄》一折：

懒画眉

粉墙花影自重重，

帘卷残荷水殿风，

抱琴弹向月明中。

香袅金猊动，

人在蓬莱第几宫。

2、客厅门口。（日，内）

吴三宝对李冠群挤眉弄眼悄声道："不愧京城名妓，色艺自不一般，难怪会迷倒一大片。"

李冠群食指放唇上："嘘，轻一点。"

杨淑慧气得紫涨了面皮，低骂："臭婊子。"

四个健妇将袖跃跃欲试地说："夫人，让我们进去打这个婊子养的，为您出气。"

"等一等，捉贼要赃，捉奸要双，还没到火候呢。"

四健妇恭维："是，等夫人令。"

李冠群、吴三宝亦向杨淑慧挑起了大拇指，三人会意点头。

3、客厅。（日，内）

醉樱桃一边向周佛海抛媚眼，一边继续唱道：

朱弦声杳恨溶溶，

长叹空随几阵风。

仙郎何处入帘栊，
早是人惊恐，
莫不是为听云水声寒一曲中。

周佛海赞美："珠圆玉润，字正音谐。我也来上一段。"唱了《紫钗记》中黄衫客的一段曲子：

锁南枝

风光粲，云影摇，
娇帽轻衫碧玉绦。
花衬着马蹄骄，
侠骨天生傲……

醉樱桃拍手娇笑道："好！好！周院长声洪韵巧，倜傥不群，富有书卷气，非梨园俗伶所能企及也。但愿周院长也成为我醉樱桃的'黄衫客'。"

周佛海朗声道："那是自然。不过，你醉樱桃只有先把我醉倒了，我才能成为你的黄衫客。姑娘若下海挂牌唱戏，香姿艳色，珠喉玉韵，不让梅兰芳专美也！"

醉樱桃装作楚楚可怜的样子拭泪说："唉，我也出身于好人家，怎奈自幼父母双亡，流落青楼，任人蹂躏，心比青云高，命比白纸薄啊！"

周佛海怜惜地将她搂入怀中说："像你这样的美人儿，理应贮之金屋，岂能沦为路柳墙花，任人攀折。既然你遇上了我，我就不能不担负起爱护你的责任来。"说着，从衣兜里掏出一叠钞票，塞到她的手中。

醉樱桃趁机大灌迷魂汤，发嗲道："周院长身居高位，却不以富贵欺人，我醉樱桃终身有靠了。"用香臂勾住周佛海脖颈，两人相拥，一个销魂的长吻。周佛海动手解对方胸扣，露出雪白的酥胸，鲜红的乳罩，就在此时，只听"嚓嚓嚓——"杨淑慧站在门口高举相机，镁光灯连闪，摄下了这组不堪入目的镜头。

两个偷情的男女吓晕了，杨淑慧带着四个健妇，如母豹般地向醉樱桃扑去，怒吼："臭婊子，吃昏了头，欺负到老娘头上来了！"一把将她从丈夫怀中拖出，推到地上，喝令："给我往死里打！"

几个健妇连踢带打，醉樱桃满地打滚，手里的钞票却攥得紧紧的。大声哭喊："救命哪！救命哪！"

杨淑慧挖苦道："好哇，攥着金条进棺材——舍命不舍财啊！"

周佛海从极度的惊惶和羞愧中醒悟过来，忙阻止道："别打了！别打了！有话好好说。"

杨淑慧喝令："住手！"问醉樱桃："臭婊子，你就是那个迷住唐毅的醉樱桃？果然有一套媚功啊！说！是不是？"

"是。"

"怎么又混到上海滩来了？"

"上次我拒收唐毅的法币，他就到处破坏我的名声，搞得再也没有客人上门。我在北平混不下去，就来到上海长三堂子。有人找到我说，若能把周副院长放倒，送我十万中储券。对不起，请夫人高抬贵手，饶了我这苦命女子吧。"醉樱桃向杨淑慧跪下磕了个头。

杨淑慧托起醉樱桃下巴，两只眼睛好似秋后的蚊子，直盯到人的肉里。那是一张莺蛋型的俏脸，柳眉微颦，杏眼盈泪，仿佛带露桃花。

醉樱桃厌恶地把头扭向了一边。

杨淑慧阴森森地冷笑："哈哈，好一位千娇百媚的美人儿，你俩可真是有缘千里来相会啊！"使劲捆了她几个耳光。又刻毒地骂道："臭婊子，依我的性子，要一枪毙了你。可怜你已经沦为烟花女子，再要送你一命，也是罪过。这样吧，在你脸上留点纪念，也免得你仗着桃花脸迷人。"伸出尖利的手指，使劲在她嫩脸上抓了一把，醉樱桃的粉颊顿时出现几条血印。

李冠群、吴三宝哈哈大笑，走进来对周佛海鞠躬："对不起，我二人来迟，让周院长受惊了。"

杨淑慧踢了醉樱桃一脚："滚！"

醉樱桃一骨碌爬起身，向大门逃窜。杨淑慧又对几个女人说："去！大门口等着我。"

"是。"

周佛海等闲人退去，对二人发作道："周某对二位不薄，你俩为何设下圈套害我？"

李冠群奸笑道："你不是一向标榜自己道德高尚，终生只爱嫂夫人一人吗？嫂夫人为了试探你对爱情是否忠贞，特地拜托我找个尤物来作钓饵。不料这一试呀，果真应了那句老话了，'哪个猫儿不吃腥'呀！嘿嘿，明天几张艳照在报纸上公开发表，绝对洛阳纸贵，成为一大桃色新闻。"

周佛海怒叱：“别说了，两个卑鄙小人，居然对我也下狠手啊！说吧，要多少封口费？”

吴三宝狮子大开口：“我要二十万美金、一百万元中储券。”

“美金，这儿没有。”

“那就二百万元中储券。”

周佛海爽气地说：“行，马上给你开支票。冠群呢？”

“我不要钱，只要你把警政部长让给我做就行了。”

“什么？你小锅想炖大牛头——好大的胃口，一个中统未入流的小混混，居然也想夺取我的位置，就凭你的才干和资望，能当一部之尊吗？”周佛海气得差点背过气去，真想狠狠掴这个小人几个耳光。

李冠群顿时翻了脸：“老周，请你说话放客气一点，你那中储银行麻烦不断，还不是我和三宝一一替你摆平的。你这个警政部长徒有虚名，占着茅坑不拉屎。你说我是中统小混混，你还不如我呢，你是中共一大的代表、叛徒，充其量不过是个贰臣罢了。”

杨淑慧看不下去了，责备道：“冠群，大家都是多年的老朋友，何苦撕破脸皮呢？有事好商量嘛。”

李冠群板着脸道：“去！去！去！这是我们男人的事，你一个妇道人家少插嘴。”

杨淑慧气得满脸横肉直哆嗦，怒道：“姓李的，你也太没良心了，你能有今天，还不全靠的佛海！如今翅膀硬了，翻脸比翻书还快，我们总算认识你了。”

李冠群猛然抢过杨淑慧手中的相机，威胁周佛海：“你让不让？”

“好吧！我来打电话给汪先生，提出让你接替警政部长，但请你把相机还给我。”

“可以。”李冠群狞笑道：“等委任状发下来，我一定把照相机还给你们。这是三宝的新宅，你们夫妻就在此多住几天吧。”

杨淑慧质问：“怎么，你想扣押我们？”

李冠群坏笑道：“不敢！不敢，留客而已。”

周佛海恨声道：“姓李的，我周佛海今天栽到你手里，算你狠！”

吴三宝拿起桌上的打火机把玩：“嘿，樱花打火机，挺精致的嘛，送给我吧。”

周佛海忙说：“这是日本东条陆相所赠，怎能转送给你？恕佛海不能相让。”

吴三宝眼睛一翻：“你这人真小气，连个打火机都舍不得。这样吧，中储券你就付一百九十万，算我用十万中储券买你这只打火机。"

周佛海怒道："你怎么耍无赖？"

吴三宝一脸凶相，捋起袖子逼近周佛海，瞪眼道："你第一次知道我是无赖啊！"

杨淑慧见状忙打圆场："算了，一只打火机能值几何？三宝既喜欢，就拿去玩吧。"

"这还差不多，嫂夫人比院长慷慨，是女中豪杰。"

李冠群："三宝，院长和夫人都累了，让他们好好休息吧。咱们走！"两人走出客厅。

周佛海冲二人背影怒骂："两个流氓。"

4、南京下关火车站月台。（日，外）

一列客车缓缓进站，几十名警察排成两行，乐手亦伫立一旁。

上等车厢中先走下了周佛海，次走下了杨淑慧，李冠群第三个下了车。

顿时鼓乐齐鸣，仪仗队鸣枪致敬，所有警察"刷"地两脚一并，向三人敬礼。周佛海慌忙举手答礼，杨淑慧见警察的眼睛俱盯着李冠群，忙把丈夫的手拉下来，妒意十足地说："你这个近视眼，没看见人家欢迎他们新上任的李部长吗？要你举手还礼做啥？"

周佛海回头，见李冠群志得意满地向警察频频招手致意，直气得脸红到脖子根，轻声骂道："呸！跳梁小丑。"

5、苏州松鹤楼饭店雅座。（晚，内）

墙裱锦绫，壁挂字画，顶垂吊灯。李冠群搂着醉樱桃在沙发上调情，吴三宝站旁嘻嘻发笑。

正欲进门的周佛海夫妇见状止步，闪在一旁。

李冠群淫笑道："我的小樱桃，你的魅力不亚于李师师、陈圆圆、赛金花，两位中央银行的总裁都拜倒在你的石榴裙下，了不起啊！"

"没啥了不起，干我们这一行的不机灵怎么行？那两位总裁都自命不凡，实质书呆子气十足，我只要装出一副楚楚可怜的样子，就能让他们大动怜香惜玉之情了。其实我是王小二开饭店——看人下菜碟儿。染缸里哪里捞得出白布来？"

李冠群猛地抱住她一吻："哇！你太有才啦！"

周佛海在门外咳嗽一声，李冠群忙推开女人，站起身迎接："周院长、嫂夫人，请！"

杨淑慧见到妖艳的醉樱桃，敌意地问："你来干什么？"

李冠群打着哈哈道："她是我的二太太，今天请客，特意让她来陪伴嫂夫人。"

杨淑慧讽刺道："恭喜李省长纳了如夫人，以后听歌听曲可方便了，不用再上戏院啦！"

李冠群强压住怒火，道："嫂夫人取笑了。来，请上座。"

"对不起，我杨淑慧世代书香，决不和青楼女子同桌用餐。佛海，咱们走。"杨淑慧拉着丈夫气冲冲地出了门。

醉樱桃"哇"地一声哭开了，拽着李冠群的衣领哭闹："呜呜，我不肯陪她吃饭，你硬要拉我来。你这个二百五，为啥要让我丢人现眼啊！"

李冠群忙低三下四地哄道："宝贝，是我不好，没想到那臭女人记仇，让你受了这么大的委屈，我一定替你报仇。"

"算了吧，你只会背后发狠，没个真格的。人家官比你大，太太也比你的高级，人家是书香门第，我是烟花女子，你拿什么去跟人家攀比？"

李冠群被女人激得满脸通红，对吴三宝说："三宝，你二嫂把我贬得一钱不值，只少个地洞钻钻，你快帮我支个招吧。"

吴三宝恶毒地笑道："老周西流湾那套房子可真漂亮，据说是他亲手设计，亲自督造的。干脆放把火，烧了他那狗窝，为二嫂报仇。"

"这个主意不错，趁那两人不在南京，你连夜带上几个弟兄，坐夜车赴宁烧房。"

"要不等明天吧，把那一双狗男女也烧死算了。"

李冠群眼睛一瞪："你又胡来了，老周是堂堂的行政院副院长、财政部长，被人谋杀了还得了！不要说老汪，就是日本人也要掘地三尺搜查凶手，到时你我都吃不了兜着走。"

醉樱桃揩干眼泪说："我同意冠群的看法，烧了他们的漂亮公馆，就够那两人喝一壶了，不死也得脱层皮，何必非要夺人性命，伤了阴德呢？"

李冠群对吴三宝说："怎么样？我家的内阁总理发话了，也反对你行事莽撞。快去吧，回来老兄奉送二十万中储券给你买烟。"

"好。"

6、南京西流湾周公馆。（夜，外）

半夜时分，一辆卡车驶来，一个急刹车，车上跳下五六个蒙面汉子，吴三宝一挥手，带着爪牙向门房扑去。

一个特务用力拍门："快开门，快开门，院长回来了。"

门警睡眼惺忪地开了门，见是几个陌生人，刚要发问，吴三宝已开枪把他撂倒，旋即带人扑向主楼。

7、二楼卧室。（夜，内）

吴三宝打开梳妆台的抽屉，将无数贵重首饰和金器塞进一只大皮包里，见到几封中储券，随手扔给了喽啰，吩咐："你们在卧室、客厅、书房各放一把火，马上下楼，我在院中等你们。"

"是。"

几个特务打开玻璃瓶塞，往家具上倾倒汽油。

一个特务使劲拽下了窗帘，掏出打火机点上火，奔下楼去。

8、周公馆大院。（晨，外）

晓色熹微，已有行人走动。吴三宝掏出一包绿炮台香烟，打开一看，只剩一根了，将空烟盒掷地，揿动打火机，连按几下，仍未冒出火苗，气得他连烟带打火机一齐扔掉。此时，主楼好几扇窗户冒出浓烟，几个特务飞奔而来。

吴三宝催促："快！快！快上车。"带头向汽车奔去，众人刚跳上车，还没站稳，车子便发动开走了。

行人看见惊呼："不好啦！失火啦！失火啦！"

9、周公馆侧楼。（晨，内）

里面住着武警和男仆，透过窗户，看见火光，惊慌大叫："哎呀，快救火！快救火。"俱夺门而出。

武警甲："我去打电话报警，让消防车来。"

10、周公馆门房。（晨，内）

武警甲拨号："警察厅吗？西流湾八号的周公馆突然起火，火势很大，请快快前来扑救。"

11、周公馆。（晨，外）

整幢建筑熊熊燃烧，逐渐倒塌。

公馆武警和男仆女佣站在火场前捶胸顿足，痛哭流涕。

一辆黑色轿车急驰而至，停稳后走出周佛海夫妇和司机。夫妻俩见公馆已面目全非，断壁颓墙仍冒着缕缕青烟。几辆救火车停在院中，十来个消防队员抓住水管向残余的火焰喷水。

许多警察用枪托驱赶前来看热闹的乞丐和顽童。

周佛海心如刀剜，满目怒光。杨淑慧悲呼："天哪！"身子倒下，周佛海连忙出手扶住，泣唤："淑慧！淑慧！"

杨淑慧抱住丈夫大哭："哪个天杀的下这个毒手啊？"

周佛海顾不上搭理她，向警察和公馆人员下令："保护现场，不准闲

杂人员靠近。"

众人:"是。"

周佛海吩咐司机:"快扶太太去门房歇一会儿。"

"哎!"司机扶抱着杨淑慧走了。

周佛海脸色铁青,公馆人员跟在身后连大气也不敢出。忽然,周佛海发现一只打火机,便捡了细看。原来正是被吴三宝抢去的樱花镀金打火机。不远处,是一只空的"绿炮台"烟盒,又俯身拾起,咬牙切齿道:"果然是他们干的!"

正在这时,司机惊慌地跑来说:"周院长,太太她心绞痛,已经昏过去了。"

周佛海发急道:"什么?太太昏过去了?"斥骂:"你是死人哪!还不快把太太送到医院去。"

"送到哪个医院?"

"鼓楼医院。走,我跟你一起去。"

12、鼓楼医院特护病房。(日,内)

杨淑慧昏迷不醒,腕上插着针管吊水,鼻孔中插着氧气管,仰面静卧。

周佛海坐在方凳上,呆呆地望着病妻,眼泪簌簌而下。

杨淑慧虚弱地睁开眼睛,轻唤:"佛海。"

"哎!"周佛海忙应着俯身说:"谢天谢地,你总算醒了,可把我吓死了。"

"纵火犯抓到了吗?"

"没有。但你别操这个心,我已知道是谁放的火。"

"不是李冠群,便是吴三宝,对不对?"

周佛海从衣袋中掏出一个信封,从里面取出一只打火机和空烟盒对妻子说:"这是我从现场捡到的,吴三宝只抽绿炮台香烟,樱花打火机是日本陆相东条英机给我的,后被吴三宝强讨硬要了去,当时你也在场。没想到这个畜生,居然用咱的打火机来烧咱们的房子,还落在了火场。嘿嘿,这下证据确凿,他没法抵赖了!"

杨淑慧切齿骂道:"这个恶魔!他不仁,咱就不义。大家都交往了十几年,以前我虽然憎恨他们,但从没想到要取他们的性命。但现在不同了,你要设法杀了他俩!等我病稍微好一点,咱就搬到上海去住吧,我要亲耳听到两个畜生的死讯。"

周佛海颤声道:"一把火烧掉我二十万册藏书,半辈子的手稿,纵把二贼千刀万剐，也难解我的心头之恨哇。"

杨淑慧冷哼一声："你也别痛心疾首了，此事与醉樱桃大有关系。"

周佛海皱眉道："你安心养你的病吧，怎么又扯上她？"

"你仔细想一想，咱跟吴三宝虽说面和心不和，毕竟没什么深仇大恨，他还不至于下毒手来烧咱宅第。昨天晚上李冠群请客，是我挖苦了他们夫妻几句，估计是李冠群为了给宠妾出气，才指使吴三宝来放火的，你说是不是？"

"哎呀，你的分析太有道理啦！咱俩一年中少说也有一百天住在苏州、上海。苏州有省政府，上海有中储银行，都是我经常巡视的地方。为什么吴三宝早不烧晚不烧，单在今天凌晨时放火，的确与醉樱桃有关。他妈的，三个狗男女！果真是红颜祸水，流到哪里哪里遭殃。"

杨淑慧拉长声音道："行啦，你也别骂了。不要气，只要记，早点想办法报这一箭之仇也就是了。"

周佛海目露凶光："哼，我要杀人于无形，让他们一个个死无葬身之地！"

第二十四集

1、七十六号小会议室。（日，内）

吴三宝对李冠群和傅胜彪得意地说："嘿，咱们现在要风得风，要雨得雨，心想事成啊！冠群兄当上警政部长，咱们在上海的势力更壮大了，足以跟南京分庭抗礼。我一直想做笔大买卖，一夜暴富，时机到了。"

李冠群问："什么时机？"

"我的内线向我提供了一个可靠的消息，明晚八时，海关大楼的日军将护送运钞车开往正金银行，咱趁机把狗日的运钞车给劫了，发笔横财。"

傅胜彪惊叫："那不是虎头上拍苍蝇吗？搞不好要掉脑袋！"

吴三宝扁扁嘴："这年头呀，撑死胆大的，饿死胆小的。马无夜草不肥，人无横财不富嘛！"

李冠群说："横财人人想发，也得有那个福气，不能要钱不要命。打劫日本人的运钞车不是找死吗？没等你上前，那些武警就开枪把你毙了。"

吴三宝笑道："没事，没事。老弟我干这种勾当是行家里手，组织精兵强将，一拨人化装成日本兵，一拨人面蒙黑纱，先把护车的鬼子干掉……"

2、上海日本宪兵司令部。（晚，内）

冈村宁次打电话："运输队吗？运钞车改在午夜二时出发。"

电话声："司令阁下，为什么要半夜三更运钞？难道还有谁敢来劫皇军的车不成？"

冈村轻蔑地说："你们懂什么？上海滩鱼龙混杂，不乏拿头押宝的赌棍地痞。运钞事关重大，不准有任何闪失。为保险起见，也为了迷惑劫匪，这就叫兵不厌诈、兵行诡道，不能按常理出牌嘛！"

电话声："司令高明，属下遵命。"

3、四川路、汉口路拐弯处。（夜，外）

吴三宝等人在凛冽的寒风中等了三个多小时，未见印钞车影，个个冻得瑟瑟发抖，清水鼻涕直流。好几个喽啰忍不住发起牢骚："他妈的，不知是谁谎报军情，害咱们猫咬尿泡空欢喜！"

"唉，真倒霉，钞票一张没见到，反而灌了一肚子的西北风。"

"咱们大队长也真是的，说到风，就是雨。我看这事不靠谱，干脆撤了吧。"

本就窝了一肚子火的吴三宝听了更是恼怒，指着他们臭骂："呸！放你娘的狗屁！你们就这一点出息啊！开弓没有回头箭，不把钞票抢到手，决不撤兵。大家都给我乖乖地守在这儿，谁敢扰乱军心，老子就毙了谁！"

众人吓得再也不敢吭声了。

4、上海海关钟楼。（夜，外）

大钟"铛铛"响了两声。一辆铁甲车亮着车头灯从海关大楼的边门开出，急驰而去。

5、四川路、汉口路转弯处。（夜，外）

卡车上，站着身穿黑衣、脸蒙黑纱的吴三宝，早就等得不耐烦，撩起面纱掏出一包"绿炮台"香烟，点燃后刚吸第一口，忽听喽啰叫道："大队长，来了！来了！"

吴三宝忙扔了烟盒，撕下面纱道："快！快！拦住它。"

铁甲车一路驶来，想拦已拦不住，吴三宝举枪连发，一梭子弹射穿了前轮胎，又一梭子弹打破了后轮胎。铁甲车横倒路边。儿个押车的日兵怒骂："八格！"举枪欲射，早被吴三宝连发数弹撂倒。蒙面特务乱枪击碎驾驶室玻璃窗，打死司机，将一捆捆的钞票搬上卡车。

驾着摩托车巡逻的日本宪兵听见枪响，从各条路口向肇事地点驰去。

五六辆摩托同时到达，宪兵们纷纷刹车跳下，拔枪逼近运钞车。

昏暗的路灯下，满是弹孔的运钞车，几具尸首死状狰狞……

众人惊呼："啊，运钞车被劫！"

宪兵队长下令："仔细搜查现场。"

众人："哈依。"

宪兵俱打开电筒，搜索路面。宪兵甲见到地上的"绿炮台"烟盒，连忙捡起交给队长："队长，这是现场搜到的。"

"唔。"队长接过烟盒，仔细看了看，命令众人："大家继续搜寻，我要立即禀报冈村司令。"

6、卧室中。（夜，内）

电话铃响，熟睡的冈村被惊醒，伸手接电话："什么事？"

"报告司令，运钞车被劫。"

"什么？运钞车被劫？你马上到我办公室来一趟。"

"哈依。"

7、办公室。（夜，内）

宪兵队长把"绿炮台"烟盒递上，说："司令，这就是在劫钞现场发现的。"

"我知道了，你去吧。"

宪兵队长："属下告退。"

灯光下，冈村脸色煞白，如受雷击。想不到自认为精心部署，万无一失的运钞方案，竟然鸡飞蛋打一场空，钞被劫，人被杀。气得他鼻孔中差点冒出烟来，三角眼紧盯烟盒，苦苦思索破案方法。

8、七十六号小会议室。（夜，内）

墙角堆放着半人多高的纸币，李冠群笑逐颜开，对吴三宝当胸一拳，大拇指一翘，赞道："三宝有种，日本人的运钞车都敢抢，不愧是抗日英雄啊！"

傅胜彪用戴着硕大黄金方戒的手指理了理鬓发，半是妒慕半是担忧地说："大队长的买卖可真够大的，无本万利啊！就怕日本人知道了有麻烦。"

特技镜头：金戒指仿佛活物一般，不时有节奏地闪烁毫光。

吴三宝得意地说："嘿！你不要杞人忧天嘛！我做事一向天衣无缝，不留活口。谅那日本人一万年也破不了案！我吴三宝要没有一点胆量，怎能在上海滩称王称霸？鬼子不知掠去我中国多少财富，我夺回一点权益不算过分，这也叫以黑吃黑。"又扔给每个特务一捆钱："拿去花吧。"

李冠群点头道："三宝说得没错，鬼子不知掠去我多少财富，凭什么呀！我看日本人开始走下坡路了。前些时，冈村让我把江苏的钱粮运到上海，我推说江苏也面临钱荒、粮荒，硬是没理他那个碴。"

吴三宝："对！冈村论军衔不过是少将而已，却成了上海的太上皇。冠群兄是堂堂的警政部长，没必要听他吆喝。今后他再向咱们发号施令，咱来他个阳奉阴违。"

"这还用说，我早就不把他放在眼里了。"

吴三宝指着钱堆，对二人慷慨地说："兄弟我发了大财，二位等着分润吧。"

李冠群笑道："那就多谢三宝喽。"

傅胜彪摇头道："这是大队长用身家性命换来的钱，小弟既未谋划，又未参与，无功不受禄，不敢分肥。"

猛然电话铃声大作，李冠群示意众人别出声，上前接电话："喂，哪一位？"

"李部长吗？我是冈村宁次。"

李冠群一听是上海日本宪兵司令官冈村宁次的声音，忙说："司令阁下，您好，有何指示？"

"四川路发生劫车案，要彻底追查，请你和吴三宝立即到我办公室来。"

"遵命，马上就到。"李冠群放下话筒，骂道："他妈的！老鬼子的信息好灵通呀！"又对吴三宝说："走吧。"

傅胜彪看了看腕上的夜光表。

特写：表上的时针已静止。

傅胜彪站起身道："你俩有事，我就告辞了，二位可要小心啊！"

吴三宝不以为然地向他撇撇嘴："放心吧，不会有事的。"

9、冈村的办公室。（夜，内）

冈村指着李冠群、吴三宝破口大骂："八格！笨猪！在上海这个远东最大的闹市区，竟然会发生抢劫皇军运钞车的惊天大案，你们特工总部干什么去了？太让我失望了。"

李、吴奴颜婢膝地说："是！是！我等失职，请司令治罪。我们也是刚接到报案，连夜开会讨论怎样破案的。"

冈村怒火稍平，和缓地说："这事也不能全怪你们，那些个亡命之徒是自取灭亡。二位坐吧，咱商量一下如何破案。"

"谢司令阁下。"二人欠身在沙发上坐下，惶恐地盯着冈村。

冈村也在沙发上坐下，点燃一支雪茄，又把烟盒递向李、吴二人。

吴三宝："谢谢，我不抽这种烟。"说罢，从衣袋中掏出一包"绿炮台"香烟，扔了一支给李冠群，自己嘴上叼了一支，随即取出一只白金打火机，给李和自己点上了火。

冈村见了"绿炮台"烟盒，又见他换了打火机，陡然一惊。但怕露出端倪，故意目不斜视，只用余光打量吴三宝，发现吴三宝衣襟上有几滴血迹。不动声色地问："二位谈谈对此案的看法，认为是谁干的？"

李冠群说："除了共党新四军，还会有谁如此胆大？他们是皇军最大的敌人。"

吴三宝摇头道："依我看，此必军统特工所干无疑，他们杀了多少和皇军亲善的仁人志士啊！"

冈村问："你们准备如何处理此案？"

李冠群抢着说："我和吴大队长立马率人在全城进行大搜捕，一定要把劫车犯缉拿归案，处以极刑。"

吴三宝补充道："对，哪怕掘地三尺，也要挖出罪犯。"

冈村冷眼看着两人的丑恶表演，心中怒火升腾，恨不得当即就杀了二人。但狡诈老辣的冈村深知他俩目前仍有利用价值，明知抢劫犯便是吴三宝，让他们去搜"罪犯"，不过是缘木求鱼，永远不可能查出结果。便也跟着做戏，点头道："很好，我批准特工总部立刻行动。"

10、锦江饭店宴会厅。（日，内）

台前书着斗大金色"寿"字，摆了十几只大花篮。数十桌华宴已开，挤满红男绿女。吴三宝满脸飞金，在喽啰的簇拥下，不停地拱手向四方打招呼。

有的贺客恭维道："吴先生，四十华诞，可喜可贺。"

吴三宝大咧咧地："同喜，同喜。"

也有的贺客趁机拉关系："吴先生是新任李省长的把兄弟，日后还请多多关照。"

吴三宝敷衍道："好说！好说！"

门外传呼："李省长到！"

宾客一齐起身鼓掌，李冠群俨然元首模样，在大群保镖护卫下，趾高气扬步入大厅，挥手道："诸位请坐，请坐。"

众人坐下，吴三宝急急迎上鞠躬："三宝贱辰，省长大驾光临，不敢当，不敢当啊！"

李冠群亲昵地拍着他肩膀道："你我多年弟兄，怎么也客套起来？"

"嘿嘿，请！请！"吴三宝将李冠群引入上席。

门口又传呼："周副院长携夫人到！"周佛海夫妇相挽走进大厅。

宾客似若未闻，仍在一起交头接耳，李、吴也视若未见。倒是傅胜彪和丁美娟连忙从座位上跑过去，亲热地叫道："干爹！干妈！你二老也来了。"

杨淑慧强忍愤怒笑道："都是老朋友，来凑个热闹呗。你们去入席吧。"

"哎。"

杨淑慧把丈夫一拉："走！"两人回身就走。

吴三宝也觉得自己做得太过分了点，忙撇下李冠群赶上来说："哎呀，周院长怎么刚到便要走呢，还未开席呢。"

杨淑慧绵里藏针地淡然一笑："吴先生做寿，高朋满座，胜友如云。有我们不多，没我们不少。我们既尽到心意就不打扰了，祝你生日快乐。"挽着丈夫昂然而去。

吴三宝没有款留，盯着他俩背影低声骂道："好厉害的女人，真是一块滚刀肉。"

李冠群走近说："三宝啊！人家都等着开席呢，你这个寿星佬也不上前说上几句感谢话？"

"是！是！是！"吴三宝和李冠群向台前走去。

11、南京西流湾周公馆餐厅。（晚，内）

周佛海沉着脸，略扒了几口饭，便搁下碗筷，长叹数声。

杨淑慧也放下碗筷，关切地问："怎么啦？"

"从海关开往日本正金银行的运钞车在途中被劫，司机和押车员全部被杀。日本正金银行总裁通过外交部，向我提出强烈抗议，还要我帮助查找搜捕罪犯呢。"

杨淑慧低头思索："会不会是李冠群和吴三宝干的？那可是太岁头上动土哇！"

"有可能。那两个亡命之徒狼狈为奸，在上海滩呼风唤雨，为所欲为，成了新的大亨。他们比原来的杜月笙、张啸林更张狂哪！"

"李冠群有老汪夫妇撑腰，所以硬气。"

"小人无过人之才，不能乱国，这小子鬼心眼甚多，很会讨好老汪。到处替老汪张贴什么'一个党''一个主义''一个领袖'等标语，还让特务用枪逼着老百姓为老汪摇旗呐喊。骗得老汪龙颜大悦。竟任命他为江苏省省长，真他妈贼星发旺了。如今越发张扬，每次到南京或者回上海，警察厅都要在机场或车站组织仪仗队送往迎来，军乐队还敲洋鼓、吹喇叭呢。汪先生出行也没这样大的气派，搞得比元首还要威风。他妈的，风头早就盖过我这行政院副院长、财政部长喽。一想起他，我就恨得牙痒痒。"

杨淑慧安慰道："爬得高，跌得惨。李冠群飞扬跋扈，挟天子以令诸侯，连日本人都看不下去。他如此嚣张是有死党吴三宝给他充当打手，咱们也要培植自己的亲信。杭州市长一职空缺，不如安排傅胜彪去。我看这小伙子非等闲之辈。"

"杭州市长已有了人选。"

"谁？"

"内定为罗君强。他跟了我很多年了，曾在老蒋身边做过少将秘书、浙江海宁县县长。既有军事经验，也有行政管理才干。如果委以重任，日后必然大有作为。"

"不好！"

"为什么？"

"以公而论，罗君强确是最佳人选。以私而论，你决不能让他离你太远，一来你身边少了个好帮手，二来难以驾驭。"

"这倒也是。"

"那傅胜彪年纪轻轻，便受到戴笠的重用，也非等闲之辈，若让他历练历练，你不又多一个心腹？有罗君强在你身边，既可壮你的势，也可助你的力，免得成光杆司令。日后在各个岗位上，尽量安插自己人。"

"高论！高论！佛海受益匪浅，明天我就去找老汪说说看。"

12、杭州西湖。（日，外）

波光鹭影，凉亭燠馆，堤柳山花，云树烟峦。镜头缓缓从断桥移至苏公堤一带。一座点翠飞红的画舫缓荡烟波。

13、画舫中。（日，内）

精洁典雅，壁上挂着名人字画，紫檀木的方桌上，堆满蜜饯、糖果瓜子等，临窗的高背椅子上，坐着周佛海、傅胜彪夫妇四人。

周佛海眼望湖面，惬意地说："杭州真是个好地方，山水清嘉，市井繁荣，不愧吴越绮丽之乡也。"

杨淑慧点头道："要不，古人怎会发出'上有天堂，下有苏杭'之赞语呢。"

傅胜彪神采焕发，对周佛海夫妇感激地说："生我者父母，知我者干爹干妈也。胜彪蒙干爹干妈厚爱，提拔我为杭州市长，真是恩重如山。盼望干爹干妈时常到杭州来玩，让我们夫妻多尽尽孝心孝道。"

"是啊！"丁美娟奉承道："萝卜跟肉烧，总让萝卜揩了油去。我们两个小字辈，因为拜了宰相夫人当干妈，居然也成为了一方诸侯。不瞒二老，我睡梦中都笑醒过好几次。干爹干妈的恩情，比天高、比地厚，更比这湖水深。"

杨淑慧笑道："得啦！得啦！瞧你这一张巧嘴，干妈被你捧得头都晕啦！"

丁美娟嘴一噘，撒娇道："人家是真心的嘛。"

傅胜彪说："干爹干妈，古人道：君子背后不言人过，但有两个人的所作所为实在恶劣，说吧，显得我不够光明磊落；不说吧，又如骨鲠在喉，憋得难受。"

周佛海款款而言："君子不言人过，那是指小过小错的。一旦遇上巨奸大恶，还是应该拍案而起，揭露其罪恶本质。"

"干爹教训得极是。既如此，我就不怕干爹指责我为小人了。我要告诉干爹两个秘密。"

"哦，哪两个秘密？请道其详。"

"那李冠群野心勃勃，有次对我和三宝说：'日后嘛，三宝弄个上海市长当当，小傅弄个扬州或镇江的市长做做。我嘛，先当上江苏省长，下一步就等着接周老板的班喽。'"

周佛海怒骂："这个瘟三！你接着说。"

"是。半个月前，一群蒙面歹徒劫了日本正金银行上海分行的运钞车，干爹可知是何人所为？"

"莫非是吴三宝？"

"干爹怎么猜出是他？"

"上海滩上，还有谁比他更加手黑胆大，我看他是找死！"

傅胜彪担忧地说："李冠群身兼江苏省长和警政部长等要职，势力已经不比干爹小了。从前他在中统当小混混的时候，拎着猪头，还是干爹引进的庙门。此人能有今天，干爹可说是他的再生父母。他非但不知恩图报，反而恩将仇报。官场如战场，对政敌可不能心慈手软，你不杀了他，他就会杀了你。咱们不能坐等着他杀上门来，应该主动攻击才是。"

周佛海连连点头道："你年纪轻轻，便有如此见识，也算难得，不愧为雨农的高足，后生可畏，后生可畏也。"

杨淑慧插嘴："李冠群这瘟三，贪得无厌，非但觊觎你干爹的宝座，而且专敲你干爹的竹杠。前些时候，你干爹以财政部长的名义发表声明，在江、浙、徽三省及沪、宁二市实施旧法币以二比一兑换中储券。李冠群拒不执行你干爹命令，借口二比一兑换太亏了老百姓，应以一比一进行兑换。结果他以二比一从老百姓那里强兑来的三千万旧法币以一比一换回中储券，仅这一次，便硬从你干爹口袋中掏去一千五百万中储券。"

丁美娟恨道："这条喂不饱的恶狼！得志便猖狂。"

周佛海忽然感到说不出的厌倦和疲惫，皱眉道："不提他们了，我累了，咱们回去吧。"

傅胜彪忙摆手道："等等，干爹干妈难得来杭一游，尚未尽兴呢。再说了，儿子有两份薄礼奉赠，干爹一定感兴趣，我还没来得及拿出来哩。"

周佛海淡然一笑："你我爷俩还客气什么？干爹要贪图你的礼物，还是一家人吗？"

杨淑慧亦笑道："话可不能这么说，瓜子不饱是仁（人）心嘛，有什么稀罕的宝贝拿出来看看。"

"遵命！"傅胜彪打开皮包，取出一叠照片，递给周佛海："干爹请看。"

周佛海接过翻阅，又把照片递给妻子。

与此同时，傅胜彪打开袖珍录音机。回闪。

14、七十六号小会议室。（夜，内）

墙角堆放着半人多高的纸币，李冠群笑逐颜开，对吴三宝当胸一拳，大拇指一翘，赞道："三宝有种，日本人的运钞车都敢抢，不愧是抗日英雄啊！"

傅胜彪用戴着硕大黄金方戒的手指理了理鬓发，半是妒慕半是担忧地说："大队长的买卖可真够大的，无本万利啊！就怕日本人知道了有麻烦。"

特技镜头：金戒指仿佛活物一般，不时有节奏地闪烁毫光。

吴三宝得意地说："嘿！你不要杞人忧天嘛！我做事一向天衣无缝，不留活口。谅那日本人一万年也破不了案！我吴三宝要没有一点胆量，怎能在上海滩称王称霸？鬼子不知掠去我中国多少财富，我夺回一点权益不算过分，这也叫以黑吃黑。"又扔给每个特务一捆钱："拿去花吧。"

李冠群点头道："三宝说得没错，鬼子不知掠去我多少财富，凭什么呀！我看日本人开始走下坡路了。前些时，冈村让我把江苏的钱粮运到上海，我推说江苏也面临钱荒、粮荒，硬是没理他那个碴。"

吴三宝："对！冈村论军衔不过是少将而已，却成了上海的太上皇。冠群兄是堂堂的警政部长，没必要听他吆喝。今后他再向咱们发号施令，咱来他个阳奉阴违。"

"这还用说，我早就不把他放在眼里了。"

吴三宝指着钱堆，对二人慷慨地说："兄弟我发了大财，二位等着分润吧。"

李冠群笑道："那就多谢三宝喽。"

傅胜彪摇头道："这是大队长用身家性命换来的钱，小弟既未谋划，又未参与，无功不受禄，不敢分肥。"

傅胜彪看了看腕上的夜光表。

特写：表上的时针已静止。

录音声戛然而止。闪回。

15、画舫中。（日，内）

周佛海哈哈大笑："好儿子，你真是个有心人，这两份厚礼干爹收下了。不夸张地说，这照片和录音胜过千军万马，足以将二贼踏为齑粉。干爹谢谢你。"

傅胜彪忙道："哎，干爹说哪里话来！古人云：滴水之恩，涌泉相报。干爹干妈的拔擢之恩，儿子永世难忘。欲报之德，昊天罔极。"

杨淑慧问："胜彪，你是怎样拍下这些照片和录音的？"

傅胜彪亮出左腕的夜光表和右手的戒指说："秘密在此！这手表中藏有微型录音机，这戒指本身就是照相机，都是美国进口，目前世界上最先进的录音录像器材。我要没有这些顶尖的特工装备，青岛军统站长岂不是白当了？"

周佛海拍案大叫："哎呀！妙！妙！妙！胜彪不愧是特工王雨农的高足，真是强将手下无弱兵哪！"

丁美娟马上接茬道："对，我还要加上一句，这也多亏了干爹干妈平日的调教，岂不闻：虎父无犬子。"

"哈哈哈，美娟可真会说话。"佛海夫妇开怀大笑。

杨淑慧说："胜彪献宝有功，帮了你干爹的大忙，干妈要犒劳你俩。今晚由干妈做东，请你们去望湖阁酒店吃湖鲜。"

"谢谢干妈。"

此时日已偏西，湖面笼罩着沉沉暮霭。周佛海含笑道："今天收获颇丰，咱来个尽兴而归吧。"

"好。"

画舫冲开镜波碧浪，向岸上驶去。

16、周公馆客厅。（日，内）

雪发长髯，手持文明棍的戴笠向恭候在门口的周佛海夫妇热情地举手打招呼："佛海兄、嫂夫人，久违久违。"

周佛海连忙道："稀客，稀客。"与戴笠握手。杨淑慧笑盈盈地说："佛海，快让客人进屋坐呀。"

周佛海拉着戴笠同坐到沙发上，杨淑慧说："你们先聊，我去为你们煮咖啡。"

戴笠莞尔一笑："嫂夫人何必客气，泡壶清茶也就是了。"

"哎，你是贵客，哪能怠慢？失陪了。"杨淑慧往厨房而去。

周佛海打量戴笠，笑道："雨农真是易容高手，连我这十多年的老朋友都认不出来了，难怪你敢闯龙潭虎穴。"

"那当然。你我虽在两个阵营，但对于你的为人我还是赞赏的，你决不会一条绳索将我绑了去向汪精卫请功吧。"

"看你说到哪去了！这种卖友求荣的缺德事打死我也不会做的。家母和家岳在重庆还好吗？"

"当然好啦，你我情同手足，令堂与令岳等于是我的母亲和长辈，自然精心侍奉，老兄不必多虑。"

杨淑慧端了托盘走来，上面是两杯冒着热气的咖啡，放到二人面前。

"谢嫂夫人。"戴笠从皮包中取出一封信递去："这是令尊写给你的家信。"

"多谢雨农。"杨淑慧接过信转身离去。

周佛海见妻子走进内室，笑道："雨农此番来宁，决不会光为内人捎一封平安家书，一定负有特殊使命吧。"

戴笠敛容道："确实如此，李冠群助纣为虐，多次残杀我军统弟兄和银行工作人员。委座口谕，令佛海兄尽快除去这个祸害。"

周佛海点头："除去此獠，只是时间问题，我早已成竹在胸。先来他个反间计，再来个借刀杀人。"

"妙！妙！妙！使用反间计十有八九能够得手。至于借力打力，借助钟馗打小鬼。更是高招，绝招哇！佛海兄智识超群，为除一人便用了三十六计中的两计，那李冠群哪里还活得成？我就静候佳音了。"

"要讲借刀杀人，雨农才是高手中的高手呢。"

"嘿嘿！彼此，彼此。今天登门造访，还有一事相求。"

"请讲。"

"自从政府退居西南一隅后，重庆一市陡然多出一百多万军政人员，经济无法支撑。散布在各地的军统弟兄也有十余万人，虽说财政部每月拨付给我八十万元法币，仍是杯水车薪，希望佛海兄支持一些经费。"

周佛海想了想说："我给你三百亿中储券，约合三百万两黄金，够不够？"

戴笠惊得差点没把舌头吐出来，大喜过望，忙抱拳道："够！够！够！太感谢了！佛海兄量宽沧海，真是大手笔呀。"

"你我私交极好，雨农口阔容拳，按相书所说，是将相之才。你我所谋求的乃是'乾坤能入掌，此时共扶持'呀！"

"是啊！真正能干出一番大事业的英雄豪杰，无不重视人脉，决不会把事情做绝的。委座派宋外长出使美国，携去日伪全份的货币样本，秘密与印钞公司联系，准备仿制日伪钞票，破坏沦陷区的经济。这也是抗日斗争的一种特殊手段，既能挫败日伪货币的信用，又能使政府套购到大量紧俏物资。"

周佛海忙问："进展如何？"

"事情进展得很顺利，宋子文在与罗斯福总统的会面中，试探性地提出了这一设想，罗斯福总统满口答应。美国一家印钞厂在对敌伪钞票进行分析鉴定后，认为可以仿制，没有问题。不久，重庆中国银行收到美国印制的第一批假日军百元手票和假联银券，共四十六箱。统称为'特券'。"

周佛海摇头："印刷成本加上从美国空运到重庆的运输费，价格不菲呀。倘若大批印制，岂非得不偿失？"

"佛海兄说得对，委座也认识到这个弊端，下令军统与英美两国印钞公司合作，在重庆秘密筹建一座印钞厂，不惜重金从美国购买印钞纸和最先进的印钞设备。又从各地挑选印钞技术精英汇聚歌乐山，昼夜研制，但总有一些细节搞不清楚。为了造出与日本军用票和伪钞一模一样的假币来，希望佛海兄能提供钞票版样。"

"提供钞票版样？"

"对！有了票版，那所有的问题，也就迎刃而解了。"

周佛海苦笑道："谁都明白有了票版就是有了钞票的道理。可你还不知道，不管是日本的军用票和目前我所掌握的中储券，票版都是由日本印钞专家刻制的。"

戴笠诧异道："这就怪了，日本人制版印刷军用票固然是顺理成章，但中储券的票版为何还由日人操纵？"

"唉，'八一三'上海战役打响后，商务、中华、大东等几家国内大印书馆都迁往重庆，精于雕刻和制版的专家如林显、糜文雄等不是去了重庆，便去了香港。我签署文件收购了华成印刷公司，改名中央储备银行印钞局，印制中储券。老汪好大喜功，死要面子，向东条提出要求：'我中储银行发行之国币关系至巨，印刷若不精致，影响国币信用。拟请贵国印钞专家代为雕制中储券票版……'"

戴笠耸肩冷笑道："卑躬屈膝，卖国奴才。东条一定满口答应了吧？"

"那还用说！东条当即批准，由日本设在上海的池田印刷株社的绘制名家刻版后，再交中储银行印钞局印刷。再说了，印钞的每道工序都有严格的要求，都有详细的交接手续。你虽是个万事通，但你并不了解印钞有铁的纪律、钢的手腕，这方面稍有差池就要人头落地呀！"

"佛海兄神通广大，凭你的智慧和你的权位，只要你肯做，就一定会有办法的，也是能够做好的。当别人没法做到的事，而你却做到了，这才算真本事。我想风险会从你身旁溜过，奇迹会在你手中诞生！希望你在中日这一场'以假对假，以毒攻毒'的钞票血战中，发挥极其重要的作用。"

周佛海断然拒绝："不行，此事败露，便是灭顶之灾，灭门之祸。"

戴笠目露凶光，冷哼道："你怕日本人杀你，难道就不怕委座杀你？你既已踏上了贼船，也只有在险波恶浪中搏击，苦海无边，已容不得你抽身回头了……"

听到昔日好友赤裸裸的威胁，周佛海心头掠过阵阵寒气。他深知，眼前这个整天把"义气""情谊"放在嘴上唱的特工王，实质是一架最暴虐的杀人机器。自己若不答应他的要求，别说蒋介石，就是戴笠，也会立刻灭了自己满门。沉吟良久，用手一拍大腿："可以，为了不负雨农的重托，也为我日后的退路，决心冒险拼死一搏。每当日军和中储银行发行一种新版纸币，我就盗出票版来。"

戴笠激动地握着他的手说："太好啦！佛海兄此举是冒着极大风险的，若走漏风声，一门老幼俱死无葬身之地也。感谢你为党国舍生忘死。"

周佛海叹气道："但愿抗战胜利后，不把'汉奸'的罪名硬加到佛海头上，便心满意足了。"

"小弟以全家性命担保，决不让任何人加害老兄。怎样才能把新版票版弄到手呢？"

"这样吧，我以财政部长和中储银行总裁的双重身份，要求审阅票版。然后每次都以最快的速度提供票版，而渝方在宁的印钞专家，又以最快的速度翻制成印版而将原版送回。你看如何？"

"绝！绝！神出鬼没，踏雪无痕。"

17、重庆委员长办公室。（日，内）

蒋介石抚弄钞票版样，乐得仰天大笑："哈哈哈，天助我也。以此母版印出来的钞票是一个模子中出来的，即使日本最权威的印钞专家，也休想看出破绽来，因为是同一只母鸡下的蛋嘛！"

"嘿嘿，校长比喻得绝妙！周佛海肯冒风险帮咱的大忙，说明此人极端聪明，能认清形势，知道汪伪政权长不了，不是一条道走到黑的蠢货。以后抗战胜利了，咱可不能过河拆桥，将他以汉奸论处，要他的命。"

蒋介石听了大为逆耳，顿时沉下脸："娘希匹，就你姓戴的讲义气，重交情！蒋某难道是那种过河拆桥的小人吗？"

戴笠急忙分辩道："校长千万别多心，学生哪有这个意思？学生不会说话，惹校长生气，该打！该打！"使劲打自己的耳光。

蒋介石忙拉住道："别打啦！你我师生之间，何必计较这些细微末节！咱既有了母版，那四十六箱特券就可以动用了，大约有多少钱？"

"总数约八千万吧，大都是五元面值的，也有十元面值的。"

"立即成立对日经济作战室，由你担任主任，全权负责。并成立财政部货运管理局，由你兼任局长。两处均须绝对统一，确保机密，将钞票运到沦陷区，抢购各种军需民用物资。至于具体操作和如何使用，你可与子文、祥熙、文瑞等人去研究决定。"

"是，谢校长。"

"去吧"。

"校长再见。"戴笠转身离去，心声："好你个蒋秃头，一言不合便翻脸，让你心惊肉跳；转瞬之间又给好处，让你感激涕零。真是恩威兼施，驭人有术呀！"

18、重庆军统总部大礼堂。（日，内）

戴笠面对千余部属，得意洋洋地说："奉委座密令，交给咱军统一个艰巨而又光荣的任务。为了破坏日伪的金融秩序，夺回沦陷区的各色物资为我所用。我们在美国仿制了数千万元的特券。为了妥善使用特券，委员长特意成立了对日经济作战室和财政部货运管理局。两块牌子，一个班子，由我兼任作战室主任和管理局长。经过我与宋外长、孔财长、王总裁等多次磋商和策划，准备将这批特券分发给各位，同时制订了特券的六项用途：破坏敌伪金融币值、抢购沦陷区物资、收买策反伪军、利用伪军压制中共的边币，发展沦陷区特务工作等。"

有人提问："请问局长，如何具体使用？"

"使用方法主要有两点：一是在沦陷区设立钱庄商号，用特券购买物资，收回法币；二是利用游击队和可靠伪军在沦陷区套购物资，同时允许他们从中渔利，大家明白了吗？"

"明白了。"

"请各部门马上派人去财务处领取特券。散会！"

19、重庆军统总部会议室。（日，内）

蒋介石在戴笠、宋子文、孔祥熙、王文瑞的陪同下，进门见到墙根码放着堆到天花板的布匹、药箱，长方型的会议桌上堆着黄澄澄的金条和白花花的银元。问众人："这些都是特券换来的？"

四人异口同声："当然啦。"

宋子文说："为了印制特券，花去了可观的印刷费和运输费，但和收益相比，还是划得来的。"

孔祥熙笑道："咱们的法币被日寇汉奸冒用得好苦，今天总算出了一口恶气。"

蒋介石点头道："这说明，咱们印制特券是成功的。"

戴笠摇头："未能达到预期成效。"

蒋介石讶问："怎么？效果并不显著？"

戴笠解释："在华北地区，由于伪币联银券发行时间长，品相破败，而特券纸张精良，面貌崭新，故容易辨认，被发现和没收较多。目前，特券的使用金额达到四千余万。从经济上来看，只能说小有斩获，但政治意义较大。我们使用特券去抢购沦陷区物资，不仅破坏了日军独霸的金融市场，加剧了日伪统治区内的通货膨胀。更因为大量特券是利用伪军将领、日伪系统的公司去换购物资的，被日军察觉后，引起剧烈的矛盾，从而起到了'离间计'的作用。"

蒋介石额首："很好，首战告捷。"

王文瑞说："我们在重庆歌乐山建立的印钞厂很快就要投入生产，等到那批价廉量多的自印假钞运到沦陷区去使用的话，那就不是区区数千万，而是数亿、数十亿、数百亿元。假钞母版是周佛海提供的，到时连如来佛也分不清真假美猴王喽！"

蒋介石哈哈大笑："那时就更有好戏看了，必然引起日伪之间的狗咬狗，窝里反。"

众人凑趣干笑："哈哈哈……"

第二十五集

1、北平印钞局大院。（日，外）

盛夏的午后，碧云低卷，火轮高挂，阳光烫得晃人双眼。机声隆隆，蝉声喧喧。

2、检封科工房。（日，内）

又闷又热，工人挥汗如雨，逐张检查已经印好并裁切成小张的钞票。安安患了疟疾，冷得发抖，站在凳上，强打着精神在查码。

突然，兼检封科科长的范宝泉走进工房，大声喊道："大家都把活停一停！咱们科出了大事——五元钞票少了一张。按照规定，只要少了钞票，哪怕是少了一张一分的钞票，全体人员都不能走出工房。直到把这张钞票查出来后才准许各位回家。"

众人分头翻箱倒柜、犄角旮旯以及垃圾桶里，个人衣物清查了一遍，仍未找到。

范宝泉下令："把已查过号码的钞票再重新查一遍。"

钞票在每个人手中像飞速的扇面，重查了一遍。

"查到啦！"一个查码工边喊边把钞票递给范宝泉。

范宝泉接过钞票一看，点头道："噢，两张五元钞票都是OS600 72714。钞票绝对不允许有重号。这是印码机出了毛病，印出了双号，而查码工却没查出来所造成的。"厉声喝问："是谁放过这个双号的？！"

有个工人叫道："按照号码推算，应该是安安查码时没查出来。"

范宝泉："好，大家继续工作，我去向局长汇报一下。"对安安瞪眼道："以后干活用心一点，这次就饶了你。"

安安颤抖着说："谢谢范叔叔。"

恰巧井原来到工房"视察"，目睹此状，虎起了脸。人们吓得连大气都不敢出，低头忙碌。井原走到安安面前，伸手连抽了他几个耳光，把安安打得满脸血印，安安捂脸大哭，一脚把凳子踹倒，砸了井原的脚。井原更加恼火，臭骂："八格！笨猪！"

安安还嘴："你才是笨猪呢！"井原抓起桌上的茶杯，便向他头上砸去，孩子惨叫一声，血顺着额头流下，流到了钞票上，疼得他捂头跺脚痛哭起来。安安边哭边骂："操你妈！"井原虽没听清骂什么，但看到安安憎恨的神情，又用贼亮的皮靴狠狠踹了他几脚，只听"咔"的一声，安安的股骨颈被踢断，痛得安安满地打滚。

十几个女工和童工围了上来，怒喊："不准打人！"手里都举着一捆钞票，准备向井原砸去。

"安安！"平平惊呼着把弟弟抱在怀里，指着井原怒斥："你太野蛮了，为什么打我弟弟！"

"八格，你敢护短！"井原举拳欲打平平时，不料右腕被人攥住了。工友们脱口而出："范科长。"

范宝泉装作没看到平平姐弟，轻描淡写地说："天这么热，井原君不在宿舍午休，跟小孩子发什么火？快回办公室凉快凉快吧。"

井原冷哼一声，指着安安气呼呼地说："查码是本局最干净最轻松的活了，可这小笨猪，还出这样的差错，老把正品当次品，屡教不改，这是严重的失职！记大过一次，扣半个月工资。"

范宝泉委婉地说："何必呢！井原君请息怒，孩子太小，又没上过学，难免出差错。再说你打也打了，骂也骂了，气也出了，工资就别扣了吧。等下班后，我再好好地教训他。"

井原眯起小眼睛，满脸的不屑："算了吧，目不识丁，教训也没用，只配给大和民族当苦力。你们支那的国民素质不行，哪像我们皇国，早在明治维新时代，天皇就颁发了要'养伟器于大学，启民智于小学'的圣诏。三十年前，六年义务教育便使皇国实现了邑无不学之户，家无不学之人。而你们支那贫穷落后，文盲占到总人口的百分之九十以上。皇军来到支那，是可怜你们，帮助你们，是要建立大东亚共荣圈。"

"住口！"范宝泉再也抑制不住满腔的怒火，指着井原说："你别忘了日本一直是中国的学生，想当年，你们派了多少遣隋使和遣唐使来到中国？在中华文明的照耀下，日本于公元六四五年进行了大化改新，整个国家机器才步入正轨。"

"八格，你竟敢污蔑我们大日本帝国，死啦死啦的！"井原凶相毕露，拔出手枪对准范宝泉。

"范叔叔！"安安挣开姐姐的怀抱，一只手捂着额头，一只手伸开护着范宝泉，对井原叫道："一人做事一人当，要杀杀我，不准伤害我范叔叔。"

井原没理这个小不点儿，指着范宝泉吼道："姓范的，别以为你是我的同学就可以肆无忌惮，也别自恃有技术、会管理就无奈你何，你等着瞧吧。"悻悻地走了。

井原刚离开，范宝泉忙把安安搂在怀里，夸奖道："好孩子，你真勇敢，伤口疼吗？"

安安哭着说："特疼！"

工人围着他俩七嘴八舌地："刚才可把我们气死了，我们真想用一捆捆钞票砸死他。"

"鬼子是条疯狗，逮住谁就是一口，范科长敢打疯狗，真是一条汉子。"

"安安紧急关头敢向井原嚷嚷，也是好苗子。"

已调到检封科工作的马云是平平、安安的师傅，叹道："刚才鬼子说查码是全局最干净、最轻巧的活儿了，这纯粹是他妈的放屁！一天到晚不敢眨眼，两手像机器人一样翻动，整天提心吊胆查号码，搞得精神紧张，天天晚上做噩梦！比烧一天锅炉还要累！安安才八岁，长得又瘦小，是建局三十多年来最小的童工，干得这样就很不容易了！看着徒弟挨打受气，我这当师傅的却不敢说话，心里愧得慌呀！"

范宝泉泣道："挨打的何止是安安一人，是咱四万万同胞啊！"说着，掏出手帕，替安安擦拭血迹。

"范叔叔，您怎么哭了？什么叫'目不识丁'？"安安用脏兮兮的小手，替他擦泪。

"傻孩子，'目不识丁'就是一个大字也不认识，鬼子在嘲笑咱们呀！不过也不怪人家，咱们中国一穷二白，绝大多数人不识字，落后就要挨打啊！"

安安猛然大哭起来："我不要目不识丁，我要识字。"

"好孩子，有志气，咱不能世世代代当睁眼瞎，受欺凌、受奴役。叔叔先带你去医院把伤口包扎一下，随后回家。"

"可我正在上班哩！"

"不上这劳什子的班了，你这么小，本来就不该上班，应该坐在学堂里上课呀。咱这就走！"范宝泉一把抱起安安，正欲出门，忽见井原带着几个日本宪兵直奔工房而来，心知有异，忙放下安安，撸下左腕的金表，掏出所有的钱放到马云面前说："马师傅，鬼子抓我来了。这些财物请你交给安安的爸，让他给孩子看病、上学，拜托了。"向马云深深一躬。

马云闪着泪花说："放心吧，我一定转交给建华。"把手表和钱塞进衣兜里。

井原带着几个日兵闯进工房，指着范宝泉说："把他带走。"几个日兵推搡着他出门，范宝泉怒问："我犯了什么罪？"

井原叫道："你说大日本是你们中国的学生，犯了侮辱皇军罪，罪该万死，带走！"

范宝泉义正词严地说："我说的是历史事实，既没歌颂谁，也没侮辱谁。"

井原狞笑一声："嘿嘿嘿，聪明的老同学，你太天真啦！告诉你，历史是由胜利者书写的！"

范宝泉凛然道："对，这也是侵略者的逻辑。"

安安哭叫："范叔叔，我跟你一起走。"扑上前抱住范宝泉的腰。

范宝泉抚摸他的小脑袋瓜，疼爱地说："那不是好地方，你不能去。"

"滚开，别捣乱！"井原一脚将安安踢倒，喝令宪兵："带走！"

众人眼睁睁地看着范宝泉被押走，连声叹息，安安抱着姐姐呜呜咽咽哭个不停。

3、主工房大楼。（日，外）

几个宪兵押着范宝泉刚走出门口，正巧让贾元庆迎面碰上了，见状忙问井原："井原君，怎么回事？"

井原恶狠狠地说："此人侮辱皇军，送他上宪兵队去。"

贾元庆忙打圆场道："井原君一定误会了，范科长不是您东京工大的同学吗？私交应该不错，他怎么会侮辱您呢？"

范宝泉愤然道："他说中国人素质差，只配给大和民族当苦力。我说当年日本也曾经多次派遣隋使、遣唐使来中国学习，这怎么能算侮辱他们呢？"

"别说了！"贾元庆打断范宝泉，怒冲冲地："这种陈芝麻烂谷子的事提它干吗，还不快向井原君赔礼道歉！"

范宝泉傲然不理。

贾元庆向井原鞠躬道："井原君，请允许我代范科长向您致歉。"

井原视而未见，宪兵推了范宝泉便走。

贾元庆大叫："慢！"对范宝泉丢了个眼色，劝道："好汉不吃眼前亏，你就说两句软话吧，免遭不测之祸。"

井原歪着脑袋，斜睨着范宝泉，范宝泉心不甘情不愿地向井原鞠了个躬："井原君，请看在同窗之情上，原谅我对您的冒犯。"

井原倨傲大笑："哈哈，你终于向大日本皇军低下了你高贵的头颅。

纸
币
硝
烟

行，我宽恕你了。"喝令宪兵："放了他！"

4、主工房大楼。（暮，外）

"呜——"下班的汽笛响了，马云带着平平姐弟出了工房。

5、楼下两道转盘处。（暮，外）

井原监视两个局警对工人进行搜身。

一个个工人被搜后安然离去，当任经从马云衣袋中搜出金表和钞票时，厉声问道："这是从哪来的？"

马云倔巴巴地顶了两句："你们管不着，反正我没拿局里的。"

任经不怀好意地奸笑道："你一个穷工人，哪来的金银财宝？八成是偷的吧。"

马云气坏了，骂道："呸！你放屁，老子从来不会偷鸡摸狗。"

井原劈手抢去金表，命令任经："告诉他，这些东西统统地没收充公，叫他滚！"

马云急了，对井原说："太君，这些财物是范科长托我保管的。要是充公，我拿什么赔他呀！快请赏还给我吧。"

井原把眼一瞪，大声咆哮："八格，范宝泉是政治犯，你窝藏他的财物，是经济犯的干活，你被开除了。"

"什么？开除？我一直安分守已，规规矩矩上班，又没犯罪！凭什么开除我？"马云指着井原的鼻子质问。

井原将金表塞进口袋，掏出手枪指着马云脑门威胁道："快滚！"

马云回身就走，安安咧嘴大哭，井原又用枪指着他喝道："滚！你也被开除了。"

正在接受搜查的平平叫了声："安安。"哭了起来，局警随手在她脸上掴了一掌："别嚎丧！"

安安追上了马云，哭叫："师傅，都是我不好，害得范叔叔被抓，您被开除，我也被开除了，我是个晦气星啊！"

马云叹道："别胡说，你不是什么晦气星，鬼子才是害人精呢。咱爷俩的缘分浅啊！"

6、宿舍。（暮，内）

井原把玩金表，爱不释手。特写：精致的瑞士纯金男表，反面镌刻着瑞士的国花——火绒草。（化出）

7、东京工业大学礼堂。（日，内）

坐满了头戴学士帽的毕业生。井原和范宝泉坐在一起，全神贯注地聆听校长在台上作报告。

校长满面笑容地大声道："同学们，祝贺你们顺利完成了学业，希望你们到社会上大展身手，为帝国效力，祝诸君鹏程万里。天皇陛下为了激励人才，奖掖精英，用自己的俸禄在瑞士定制了一百只金表，每年拿出五只，分别赏赐给东京帝大、东京医大、东京工大、早稻田大学、陆军大学最优秀的应届毕业生。现在我宣布：本校本届御赐金表的获得者是范宝泉君。"

全场掌声大作，井原嫉恨地看着范宝泉满面春风地走上高台，接过锦缎表盒，向校长深深鞠躬……（化入）

8、宿舍。（暮，内）

井原喃喃自语："哼！能戴上天皇御赐的金表，应该是帝国骄子，而不是卑贱的支那人。现在总算物归原主啦！"将手表套上左腕。

9、印刷科长办公室。（暮，内）

范宝泉正在流泪，贾元庆踱进来说："范科长，怎么还不下班啊！"四顾无人，扔下一个纸团便走。

范宝泉忙打开观看，上面写道：

查码事件后，有人下毒手。速离平赴渝，我已安排接应。

划根火柴，把纸条烧掉了。打开抽屉，收拾东西。

10、阁楼。（夜，内）

贾元庆在"嘀嘀嘀"发报。

11、重庆军统局报务科。（夜，内）

戴笠从女报务员手中接过电报：

特写：

我局印刷科长范宝泉赴渝投靠局座，望善待。

职部：贾元庆

戴笠手舞足蹈："太好啦！太好啦！"

12、重庆委员长办公室。（日，内）

戴笠向蒋介石汇报："报告校长，北平印钞局的高级工程师、被誉为'印钞机医生''制票版专家'的范宝泉在贾元庆的帮助下，逃出北平，投奔军统来啦！此人因学业优秀，得到过日本天皇裕仁御赐的瑞士金表。非但精通印钞机修理技术，而且精于票面的设计，具有过硬的创意和素描功底。堪称全才、通才、天才，是中国目前顶尖的印钞专家。连凶神恶煞的日本鬼子，都对他礼敬三分。日后重庆建立印钞厂，此人能派大用场啊！”

蒋介石颔首道：“很好。范先生一到，你要替我倒屣相迎，我要请他吃饭。这种杰出的印钞人才，你不笼络，就要被共党利用。财政部印钞局的钢版雕刻专家宋衡，不就因为我们有个蠢人悬赏一万元要他的人头，而投奔了毛泽东，现在成了晋察冀边区印钞局的掌门人了吗？给咱造成了多大的麻烦！我们应该吸取教训，要跟共党争夺天下，必先争夺人才，懂吗？”

“是！是！学生一定永远铭记校长的教诲。”

13、重庆沙坪坝歌乐山。（暮，外）

晚霞照射着草木呼啸的峰峦，鲜妍瑰丽。

蒋介石在戴笠和警卫人员保护下，向山洞走去。

14、观音岩山洞。（暮，内）

马达轰响，工人聚精会神地操作，数十架印钞机飞速旋转，花花绿绿的钞票源源不断地从滚筒上飞了下来。

蒋介石压低声音问戴笠：“这批假钞印好后运到哪儿？”

戴笠同样低声回答：“印好后运到洛阳，交由第一战区调查统计室主任张严佛保管和运用。到敌占区抢购物资的钱，边区各站组的特务经费，都用这些假钞开销。”

蒋介石若有所思地说：“这批假钞投入沦陷区，确实连神仙也辨不出真伪，估计周佛海会引起敌伪的怀疑。你要通知南京、苏州、上海的军统同志，一定要保护周佛海的安全，此人日后还有大用。”

“是。”

蒋介石忽然发现有五六台机器堆在角落，忙问戴笠：“雨农，这是怎么回事？为什么让印钞机闲置？”

“报告校长，这批进口设备在运输途中受损，因精密度高，无人会修理，只好搁在一旁了。”

蒋介石惋惜地咂咂嘴，陡然想起什么，问戴笠：“哎，贾元庆不是说北平印钞局有个顶尖的印钞专家要来投奔你吗？此人到了没有？”

“还没有。”

“如果他到了重庆，你要立即向我汇报，我马上接见他。”

“遵命。”

15、杨家山戴公馆。（暮，外）

当戴笠乘坐的黑色防弹车缓缓驶近大门口时，门警没像平时那样打开铁栅栏大门，而是挥手道："停下！停下！"并向车前奔来。

戴笠急忙拔枪在手，摇下车窗喝问："怎么回事？"

门警："报告局长，北平印钞局有位范先生指名要见您，已经等了您大半天啦！"

戴笠顿时回嗔作喜，忙问："人呢？"

"我让他在门房待着呢，我去叫他来见您。"

"不，我去见他。"戴笠把枪插进腰间，门警为他开了车门，两人向门房走去。

16、戴公馆门房。（暮，内）

门警还没走到门口，便高叫："范先生，戴局长来啦！"

满面风尘，衣衫不整的范宝泉正在喝茶，一见戴笠进来，忙放下茶杯起身说："您就是戴局长，我是北平印钞局的范宝泉。"

戴笠："哎呀，久仰，久仰。"热情地与之握手。寒暄："路上吃了不少苦吧？戴某久盼先生不至，已望眼欲穿了。"

"岂敢！岂敢！"

"走，咱们进去再谈。"两人携手向公馆走去。

17、浴室。（晚，内）

戴笠亲自给范宝泉放洗澡水，范宝泉局促不安地说："局座，我自己来，自己来，真不好意思。"

戴笠和蔼地说："没关系，好好冲个澡，洗去疲惫。"又指着叠在不锈钢架上的衣物说："这些衣裳都是新的，你先将就穿一下，明天咱再去百货公司购物。我去打个电话。"

"局座请便。"

18、客厅。（晚，内）

戴笠给蒋介石打电话："报告校长一个喜讯，那范宝泉已到寒舍，我正打发他香汤沐浴，准备拜见校长呢。真是说到曹操，曹操就到。"

蒋介石的声音："太好了，你先替我好好接待，切不可怠慢。今天晚上七点钟，我在天府酒家设宴为他接风，你俩准时出席。"

"遵命。"戴笠"喀哒"一声，放下了电话。

19、天府酒家雅座。（晚，内）

一桌盛宴只坐了六个人。蒋介石居中而坐，左侧是宋子文、孔祥熙、王文瑞；右侧是范宝泉、戴笠。

范宝泉虽衣冠一新，但坐在蒋介石身边，颇有些手足无措。蒋介石举杯对范宝泉说："范先生是全国顶级印钞专家，此番来渝，真是重庆印钞界的福音，我以茶代酒，敬你一杯。"

范宝泉慌忙站起来说："范某何德何能？竟蒙委座如此抬爱，真是三生有幸。委座领导抗战，四海归心，光复疆土，为期不远矣。我也敬委座和诸君一杯。干！"饮尽杯中之物，众人亦饮。

蒋介石含笑道："坐！坐！借先生的吉言，但愿如此。"忽皱眉道："唉，难哪！卢沟桥事变后，敌我力量悬殊。北平、天津、汉口、上海、苏州、南京等地相继沦陷。短短数月中，富庶地区大多被日军所侵占，国府被迫迁都重庆。目前国府只控制着后方十五个省份，生产能力十分薄弱。与此同时，国民经济总需求却不断膨胀。一方面是军费猛增，一方面是转移到大后方的人口不断增加，沦陷区法币回流，导致后方经济更加恶化。更要命的是南有中储券，北有联银券，对我法币形成南北夹攻之势。先生是印钞专家，此时来渝，真可谓是一场及时雨呀。"

范宝泉逊谢道："委座过奖，及时雨不敢当，待会儿请带我去印钞厂看看，对那因故停用的，我可连夜修理。"

蒋介石忙说："不急，不急，你今晚先好好休息一下。"

戴笠赞道："范先生敬业爱国，精神可嘉。"

宋子文欣喜地说："印钞中有好多高难度的技术问题，尤其是制版问题，一直没能得到解决，范先生来了就好喽！你这位专家把主要精力放在研究日本、美国、英国的印钞新技术上，破译他们——尤其是日本的防伪暗记，隐藏我们的防伪标记，这是机密中的机密。"

蒋介石正色道："要搞好印钞事业，最关键的是要搞好钞券原版的设计与制作。这是核心中的核心。原版就如金融这棵大树的根。古今中外凡搞印钞的，都在制作、保护原版上下工夫。听说北平印钞局的一位局长，拒绝向鬼子交出钞票原版，壮烈牺牲，真是一条血性汉子啊！"

范宝泉红着眼圈说："是啊！宁为玉碎，不为瓦全。他用生命履行了一位印钞局长的职责，彰显了响当当的民族精神、英雄本色。版权具有官方属性，拥有无上权威。版就是权，权就是钱，有了财权，才能支持政权、军权。今天，我来投奔国府，备有薄礼奉献委座，就是我亲手雕刻的全套联银券票版，立马便可上机印刷，请委座笑纳。"说罢，起身去沙发上拿了棕色皮包，双手递给蒋介石。

蒋介石拉开链条，取出几块票版，仔细观看，不胜欣忻，对范宝泉赞许道："啊呀！范先生这份厚礼重如泰山，其战斗力胜过国军十个师，真不知如何嘉奖你才好！我只能多说几句谢谢啦！"

范宝泉忙摇手道："不要谢，不要谢！这是我一个中国人应尽的责任。"复又长叹道："唉，我可以复制票版，献给国家。最可惜的是，从美国引进的万能雕刻机、过版机、凹印机等全部陷落敌手，那在世界上都很稀缺呀，日寇用其大印伪钞，令人痛心疾首。"用手帕擦了擦眼角的泪水。

戴笠安慰道："范先生请放心，总有一天，我们会把这些珍贵的机器全部夺回来的。"

孔祥熙点头道："我和子文、文瑞都是玩钱的出身，范先生所痛惜的，也正是我们三人所一贯痛惜的。"他见众人都愀然不悦，有心打破沉闷的氛围，便笑道："嘿，诸位可知，范先生可谓终生与钱结下了不解之缘，名字也起得极好——'范宝泉'。这三个字呀，字字都与钱有关。"

蒋介石兴致盎然地问："哦，愿闻其详。"

孔祥熙卖弄道："先说'范'字，范是铸钱的模子，叫钱范。"

宋子文、王文瑞点头道："对，模子是本意，后来又引申出模范、规范、典范、示范之意。"

孔祥熙益发起劲道："古代贝壳曾当做货币使用，也叫宝贝，所以这'宝'字，自然也是钱了。"

蒋介石笑道："果然如此，那么'泉'字呢？"

"至于'泉'，早在西周时期，'泉'与'布'便作为钱币的大名频频出现于各种典籍中。泉与钱，今古异名。宋人洪遵所撰写的第一部研究中国历代钱币的著作，书名就叫《泉志》。明清两代，官府设置的铸钱机构，称做'宝泉局'。而钱币的收藏家和研究者，一直被称为泉家。"

王文瑞称叹："精彩，精彩。孔财长真不愧是孔圣人的后裔，果然博学多才啊！"

蒋介石喜滋滋地说："千军易得，一将难求。人们称你三人为宋财神、孔财神、王财神。依我看，范先生才是真正的财神呢？"

范宝泉忸怩地说："委座取笑了。"

20、观音岩山洞。（日，内）

蒋介石与戴笠见范宝泉熟练地操作机械，所有印钞机都在隆隆运转，二人相视而笑。戴笠感叹道："范宝泉在印钞界素有'印刷机医生'之美称，果然名不虚传。经他这么一鼓捣，那几台机器每天能多印五百万元法币哩。"

蒋介石满意地说："唔，不简单。多年来，知识界呼吁要实业救国。

看来，科技比金融更重要。难怪毛泽东称赞宋衡是了不起的人物呢！尖端人才是国宝啊！要找几个省长、司令很容易，但要找宋衡、范宝泉这样的顶级专家可就难多喽！”

戴笠连声附和：“校长说得对！说得对！”

21、办公室。（日，内）

冈村对李冠群、吴三宝铁青着脸说：“最近，江浙沪一带源源不断出现假币，任凭皇国印钞专家用高倍放大镜一再检验，除了纸张更为坚挺，‘中央储备银行’的‘储’字上一个小点有些斜，无论是颜色、图案、纹样、号码、水印、暗记，竟无瑕可摘。我对辖区内忽然冒出的巨额假钞疑窦丛生，到底是怎么回事？我们一定要严查造假者。”

李冠群说：“司令阁下，我们已经全力追查了，却无半点线索。沪宁一带假钞泛滥，决不是偶然现象，在下怀疑是周佛海所为。”

“哦，有何根据？”

“您想呀，他与军统局长戴笠私交极好，而戴笠是蒋介石的心腹红人。周佛海脚踏两只船，通过戴笠暗中向重庆输诚。如此大规模的举措，非位高权重者不能为。他是财政部长兼中储银行总裁，正好利用职务之便向渝方提供票版。挖大日本皇军的墙角，此人不得不防啊！”

冈村摇头道：“周佛海身居高位，他应该比任何人都明了，盗版败露后的结果有多么可怕，似乎没必要冒此风险呀！”

李冠群说：“周佛海私欲极重，为了个人利益，一贯翻云覆雨。加入中共，脱离中共；投靠老蒋，又背叛老蒋。朝秦暮楚，毫无政治操守可言。”

吴三宝插嘴：“司令阁下，此人有奶便是娘，脚踏两只船，完全有可能。”

冈村挥手道：“我知道了，你们去吧。”

22、轿车中。（日，内）

李冠群闭目养神，心事重重。吴三宝幸灾乐祸地笑道：“嘿嘿，假钞泛滥，冈村焦头烂额，一定对周佛海起了疑心，老周就要倒大霉啦！咱们等着看好戏吧！”

李冠群马上睁开眼睛说：“未必，未必！福兮祸兮，谁能预料？我倒担心那老鬼子对咱起了疑心，只怕到时玉石俱焚啊！”

吴三宝的笑容僵滞了，长叹一声。

23、办公室。（日，内）

冈村和周佛海坐在沙发上。冈村见他形容憔悴，双眼布满血丝，讶问："最近周院长莫非贵体欠安？"

周佛海叹道："唉，近来假钞来势凶猛，决非散兵游勇所为，我身为财长和总裁，难辞其咎，寝食不安哪！"

冈村听了这几句话，对周的厌憎冲淡了几分，蔼声问道："不知院长有何应对方法？"

"有，我制订了一份《战时伪造中储券治罪暂行条例》请司令阁下过目。"周佛海打开皮包，递上一张便笺。

冈村念道："近来因渝方所印伪券冲击市场，请各银行、银楼、商号严加防范，可以拒收。任何个人及团体不准使用伪券，政府为此制订了《战时伪造中储券治罪暂行条例》。条例规定：对特券的伪造者处以死刑，对收集、交付及运送者处以无期徒刑，对破获伪造机关者奖励十万元以上酬金，对抓获贩卖特券者奖励五万元，对检举使用特券者奖励三万元。为了提高广大民众识别伪钞的能力，本布告详细说明伪券与中储券的鉴别方法，计六点……"

冈村连连点头，称赞："很好！这份条例很有威慑力，周院长真是才干卓绝啊。我批准立即实施此条例。"

"多谢司令阁下。"周佛海见冈村鹰隼般的眼神柔和许多，心绪稍定。想起自己馈赠戴笠三百亿中储券后，这恶棍仍苦苦威逼自己为他火中取栗，盗取票版。自己仿佛顶着石臼走钢丝，不是压得脑浆迸裂，便会摔得粉身碎骨。害得自己心脏病频频发作，愤怒之情油然而生。心声："也不能太便宜了戴笠，要让重庆政府持续造假的如意算盘彻底落空。"遂阴险地一笑，对冈村说："司令阁下，渝方所印十元面额的假钞最多，干脆宣布将其退出市场流通领域如何？让蒋介石造伪计划破产，连印刷假钞的费用都难以收回。请阁下颁发命令，我中储银行一定照办。"

冈村闻言大悦："哈哈，此计甚妙！周院长真乃一代人杰也。此事无须我颁令，就由你这个财长和总裁做主就是了。"

周佛海点头道："遵命，感谢阁下信任。"伸手从皮包中取出樱花打火机和绿炮台空烟盒对冈村说："司令阁下，抢劫贵国运钞车的罪犯已有分晓。"

冈村惊问："谁？请快快告诉我。"

"那个罪犯非但抢劫了运钞车，而且放火焚烧了我的住宅。他就是七十六号的警卫大队长吴三宝。"

"何以见得？"

周佛海将打火机和空烟盒递给冈村："这是东条陆相赠给我的，不久前，又被吴三宝硬抢了去，结果在纵火现场发现了这只樱花打火机和这个绿炮台的空烟盒。"

冈村把玩打火机，看了又看说："果真是东条陆相的打火机，上面还镌刻着'东条英机'四个字哩。这种打火机我也有一个，也是东条陆相所赠，我一向视若珍宝，不轻易示人。"又拿起空烟盒看了一眼说："嗯，那天在运钞车被劫的现场，就发现了这种牌子的烟盒。不会是巧合吧，为什么抢劫现场和纵火现场都发现绿炮台香烟，显然罪犯是同一个人。"

"对，因为这'绿炮台'乃是英、美两国在华联合开设烟厂所生产的绿锡包，又称'三炮台'香烟，价格十分昂贵，非普通阶层所消费得起的。而吴三宝非绿炮台香烟不吸。"周佛海把吴三宝抢劫运钞车的前后经过像倒豆子似地一五一十说了出来。

冈村强耐性子听完周佛海的叙述，气得双眼几欲滴血，怒骂："八格！"又问："你是怎么知道这些内幕的？"

周佛海不慌不忙地说："这些都是我的义子傅胜彪告诉我的，但他并未同流合污，没拿一分钱赃款。我这里铁证如山。"说着递给冈村一摞七十六号的照片，在冈村翻看照片的同时，周佛海打开录音机，清晰地响起李冠群、吴三宝、傅胜彪的对话。回闪。

24、七十六号小会议室。（夜，内）

墙角堆放着半人多高的纸币，李冠群笑逐颜开，对吴三宝当胸一拳，大拇指一翘，赞道："三宝有种，日本人的运钞车都敢抢，不愧是抗日英雄啊！"

傅胜彪用戴着硕大黄金方戒的手指理了理鬓发，半是妒慕半是担忧地说："大队长的买卖可真够大的，无本万利啊！就怕日本人知道了有麻烦。"

特技镜头：金戒指仿佛活物一般，不时有节奏地闪烁毫光。

吴三宝得意地说："嘿！你不要杞人忧天嘛！我做事一向天衣无缝，不留活口。谅那日本人一万年也破不了案！我吴三宝要没有一点胆量，怎能在上海滩称王称霸？鬼子不知掠去我中国多少财富，我夺回一点权益不算过分，这也叫以黑吃黑。"又扔给每个特务一捆钱："拿去花吧。"

李冠群点头道："三宝说得没错，鬼子不知掠去我多少财富，凭什么呀！我看日本人开始走下坡路了。前些时，冈村让我把江苏的钱粮运到上海，我推说江苏也面临钱荒、粮荒，硬是没理他那个茬儿。"

吴三宝："对！冈村论军衔不过是少将而已，却成了上海的太上皇。冠群兄是堂堂的警政部长，没必要听他吆喝。今后他再向咱们发号施令，咱来他个阳奉阴违。"

"这还用说，我早就不把他放在眼里了。"

吴三宝指着钱堆，对二人慷慨地说："兄弟我发了大财，二位等着分润吧。"

李冠群笑道："那就多谢三宝喽。"

傅胜彪摇头道："这是大队长用身家性命换来的钱，小弟既未谋划，又未参与，无功不受禄，不敢分肥。"

录音声戛然而止。闪回。

25、办公室。（日，内）

冈村气晕了，骂道："该死的李冠群，还说你盗版向重庆输诚，挖大日本皇军的墙角呢。"

周佛海的画外音："傅胜彪说得对！官场如战场，对政敌可不能心慈手软，你不杀了他，他就会杀了你。李冠群果然背后向我捅刀了。"切齿骂道："贼喊捉贼，不足为奇，事实胜于雄辩。我为我们政府中出了这两个败类而痛心。李冠群、吴三宝本来是上海滩上的小混混，皇军对他们恩深义重，让他俩跻身上层。这两人不知感恩戴德，反而仇视皇军。李冠群竟把劫了贵国运钞车的吴三宝称之为'抗日英雄'，是可忍，孰不可忍！我看他比共产党还共产党，比蒋介石还蒋介石，至少他们没来抢劫贵国的运钞车吧。真是易涨易退山溪水，易反易复小人心啊！我怀疑是他俩盗的版，又栽赃到我头上，幸亏阁下明辨是非，没有冤枉好人。"

冈村额头青筋直暴，怒吼："两个没良心的大大的可恶。尤其是李冠群，权力过度膨胀，越来越不听话。上海发生钱荒和粮荒，皇军要求李冠群把江苏的钱和粮食运到上海，维护上海的安定。可他拒不听命，自作主张把资金去放高利贷，把粮食通过黑市售出，牟取暴利。气死我了！我恨不得把照片摔在他俩的脸上，揪着他俩的耳朵，让他们听听自己说的狗屁混账话！"

周佛海谄媚道："请司令阁下多保重万金之体，千万不要和两个流氓怄气。至于照片和录音，切不可声张，免得打草惊蛇。两个流氓见事情败露，十有八九会狗急跳墙，那就棘手了。对于已经掌控不住而又极具威胁之人，最有效的方法是……"

"是什么？"

周佛海脸上顿显杀气，用右掌对自己脖子作劈状："咔嚓。"

冈村连连点头："对！对！这种政治毒瘤必须要早日铲除，免得损害大东亚共荣圈的建立和稳固。你的想个办法，让两个坏蛋从人间蒸发。"

纸币硝烟

周佛海微笑着站起身道："这有何难？司令阁下的命令，我一定不折不扣地执行。具体由我去操作，同时要宪兵队予以配合。如果汪主席怪罪下来，还请司令阁下出面转圜。"

"你放心好了，汪主席要知道两个坏蛋无恶不作，仇视皇军，抢劫帝国的运钞车，纵火焚烧贵国首脑的公馆，也会暴跳如雷的。这种害群之马，怎能让他们再活在世上呢？"

"既如此，司令何不分而诛之，先召见李冠群，命他交出吴三宝，看他态度怎样？"

"妙！妙！妙！一箭双雕。这李冠群手掌特务武装，要动他，不免投鼠忌器，应该先剪除他的羽翼，再来收拾他。"

"司令高见。"

第二十六集

1、苏州李冠群官邸天香小筑。（日，外）

清流溶漾，假山突兀，四周丹枫鲜艳，金菊锦绚。一座座亭台楼阁掩映林木中，四望皆成画景。

李冠群挽着醉樱桃和吴三宝漫步芳径，讨好地问宠妾："宝贝，你看景致如何？"

"哎呀，水木清华，步移景异，美不胜收，宛若仙境。我在北平长大，跟我父母游过什么景山、香山、颐和园、圆明园等等，那里油漆斑驳，堤岸塌陷，杂草丛生，一副破败之相，哪能跟眼前的园宅相比。这园子大有气派，却取名'小筑'，难免有些令人不解了。"

李冠群哈哈大笑："宝贝，这你就不懂啦！其中缘由，三宝知道。"

吴三宝解释："二嫂，冠群兄取名'天香小筑'，有两个含义：'天香'，指二嫂是国色天香的美人；'小筑'二字，恰是冠群兄的韬晦之处。你看，这座官邸的规模和富丽程度比起汪公馆和周公馆来，有过之而无不及。如果叫什么李公馆、李家花园，恐怕会引人嫉恨。再说了，'天香小筑'，还有金屋藏娇之意嘛。"

醉樱桃咪咪娇笑道："原来这'天香小筑'竟如此富有深意，名为'小筑'，形同宫苑。我醉樱桃三生有幸，住在这花园洋房里，可谓一步登天啦！"

一群大雁排成人字型，嘹嘹唳唳从高处掠过。

三人仰面看雁。李冠群对宠妾说："宝贝，此时此境，与你平时所唱的《长生殿》颇为相似。唐明皇与杨贵妃'携手向花间，暂把幽怀同散，凉生亭下，风荷映水翩翩'。现在我与你也是'携手向花间'，何不唱上几句昆曲助兴？那水磨腔最是柔媚不过，听了令人销魂啊！"抓起醉樱桃纤手，在手背上吻了一下。

吴三宝凑趣道："对！对！唐明皇坐着富贵江山，伴着绝代佳人，真有天大的福分！冠群兄与嫂夫人是他俩的翻版，都赛过了活神仙，令人眼馋心动，艳羡不已。"

醉樱桃笑呵呵地说："三宝可真会打趣。行喽，我就唱两句让大家开开心吧。"

粉蝶儿

天淡云闲，
列长空数行新雁。
御园中，
秋色斓斑：
柳添黄，
苹减绿，
红莲脱瓣。
一抹雕栏，
喷清香桂花初绽。

一个军警匆匆走来，向李冠群敬礼道："报告省长，上海宪兵司令冈村少将来访，现在门外等候。"

李冠群吩咐："你把他带到花厅吧。"

"遵命。"

2、花厅。（日，内）

陈设精致，案上堆着玉器古玩，阶前布置盆景花卉。

冈村和李冠群隔桌而坐，两人都面色阴沉，一言不发，偶尔端起细瓷盖碗，啜一口茶。

冈村冷峻地说："李省长，我们已掌握了确凿的证据，吴三宝胆大妄为，竟敢抢劫皇军的运钞车，又纵火焚烧了周公馆，实属十恶不赦。要不是碍着你的面子，我早就命宪兵把他缉拿归案了。听说他整天躲在你这里，希望你能大义灭亲，把他交出来。"

李冠群板着脸说："司令阁下，这恐怕有人暗中陷害吧？吴三宝一向对皇军忠心耿耿，但性格粗野，经常得罪人。既然司令非要我交出吴三宝，只得从命。我相信他日后还能为皇军效命，希望宪兵队不要对他用刑。"

"可以。但必须追缴全部赃款，并处罚金五十万中储券。"

"遵命，我会监督执行的。"

3、上海日本宪兵队牢房。（日，内）

里面有一张单人床，被褥还算干净。

李冠群在狱警陪同下来了，狱警用钥匙打开牢门，恭敬地："李省长请。"

"唔，你去吧。"

正在抽烟的吴三宝抬头欢叫："冠群兄！"忙奔上前去，两人紧紧握手。

"走，由我作保，你被释放了，冈村少将还请咱吃饭哩。"

"真的？我不是做梦吧。"

"做什么梦，汽车在外面等着哩，要不要收拾一下？"

"咳，这些破破烂烂还要它干嘛，走！"

4、上海外滩百老汇大厦门口。（日，外）

一辆银灰色轿车缓缓驶近，李冠群和吴三宝从车中钻出，走进大厦。

5、冈村家餐厅。（日，内）

满桌日本风味的菜肴，身穿和服的冈村和蔼可亲，提着银壶，亲手为李冠群和吴三宝斟酒。

特写镜头：冈村在为二人斟酒时，右手食指按在壶身不同的部位上。

吴三宝站起，受宠若惊地："哎呀，不敢当，不敢当，我自己来。"

冈村微笑道："你们是我请来的贵客，理应款待，坐下，坐下。"

"哎。"

"吴大队长，皇军对你的恩情大大的。你犯了如此深重的罪行，我只追缴被抢的钞票，处以罚款五十万元的薄惩。虽说关押在牢，非但没有对你动刑，而且还让你单独住宿，饭菜大大的洁净，你的，有什么感想？"

吴三宝装出一副懊悔不已的样子说："当初三宝鬼迷心窍，贪得无厌，对不住皇军。皇军宽宏大量，对我如此优待，令三宝感激涕零。日后三宝一定更加效忠皇军，虽肝脑涂地，在所不惜。"

"你的愿意悔改，很好。但你抢劫帝国运钞车，罪不容赦。现在李省长为你求情，本司令决定，判你三年徒刑。不用坐牢，就在你苏州的住宅中服刑。虽然剥夺了你的自由，不准出门，但毕竟住在家里。如此的判决，无异于让你颐养天年。你要安分守己，不要再惹是生非。"

"谢谢！谢谢！三宝一定痛改前非，再也不敢了。"

冈村点头道："我相信你的诚意，也相信你永远不会再犯类似的低级错误了。你今明两天可住在上海，但后天一早，必须返回苏州，由李省长监管。"

"遵命。"

6、苏州松鹤楼饭店雅座。（晚，内）

李冠群、醉樱桃、吴三宝推杯换盏，谈笑风生。

李冠群笑咧咧地说："嘿嘿，吉人自有天相。虽说三宝破了点财，但留得青山在，不怕没柴烧。躲过一劫，理应庆贺，咱来个一醉方休。"

吴三宝忙道："那是，那是。多谢冠群兄救命之恩，来了个大事化小，小事化了。今天三宝作东，宴请兄嫂。请。"

李冠群矜持地说："唔。"

醉樱桃指着盘中的"松鼠鳜鱼"说："三宝，这松鹤楼到底是大饭庄，看这鱼炸得浑身金黄、味道极好，酸、甜、脆、鲜，妙不可言哪。"

李冠群怜爱地说："你有了喜，要注意营养，喜欢吃就多吃一点。"挟了一大块鱼肉放进她的小碟子里。

吴三宝大惊小怪地说："什么？二嫂有喜了？看来我得给未来的小侄儿准备见面礼喽。"

醉樱桃羞笑道："忙什么，还早着哩。"

"二嫂赏鉴不差，这松鼠鳜鱼是松鹤楼的招牌菜，老蒋老汪若到苏州，必到此店进餐，必点这道名菜。二嫂，你多——吃……"吴三宝脸色突变，随即"哇哇"呕吐不止。

李冠群惊问："三宝！三宝！你怎么啦？"

吴三宝心中已然明白，断断续续地勉强回答："中……了……暗算。"

李冠群安慰："三宝，你暂且忍耐一下，我马上送你上医院。"冲门外大吼："来人！"

站在门外保卫的几个军警一拥而进，问："李省长有何吩咐？"

李冠群指吴三宝："快把吴大队长送到省立医院去。"

"是。"两个军警去扶吴三宝，惊呼："啊呀！"

李冠群忙问："怎么啦？"

"吴大队长把屎拉在裤子里啦！"

"不管他，快送医院。"

7、江苏省立医院高等病房。（晚，内）

吴三宝躺在病床上，张开大口喘气，李冠群盯着输液瓶自言自语："怪了，前天我俩和冈村少将一同进餐，莫非他下了毒？"

醉樱桃问："三宝，你有没有喝酒？"

"喝了，是日本清酒，可冠群兄和冈村自己也喝了好几杯啊！"

醉樱桃又问："酒不是瓶装，而是从酒壶中倒出来的吧？"

"你怎么知道的？莫非壶中暗藏玄机？"

"唉，这就对了。冈村用的酒壶中间可以装两种酒，壶身有个暗钮，想倒哪种就倒哪种。宋代杨家将传说中的杨大郎杨延平就是被人用这种酒壶毒死的。名叫阴阳壶、鸳鸯壶、八卦转心壶等。我在妓院陪客人饮酒，我喝的是好酒，而客人喝的是加了催情药的春酒。唉，这些春酒不知害了多少正经人呀。"

吴三宝惨笑："哈哈哈，如今想来，那老鬼子也算够意思了，不明着杀我，还让我们高高兴兴地结伴回到苏州。唉！螳螂捕蝉，黄雀在后。一定是周佛海和鬼子串通下了毒，魔道相争，我们必然落败，以后千万别喝日本人的断命酒啊！"头一歪，死了。

李冠群惊恐大叫："三宝！三宝！快来人啊！"

护士走进房来，翻看吴三宝眼皮，对李说："瞳孔已散，病人死亡。"说罢将白被单蒙上吴的尸身。

8、江苏省立医院特级病房。（夜，内）

病房里置有沙发和茶几，临窗是一张写字台，并有一只牛皮高背转椅。李冠群瘦得皮包骨头，躺在病床上喘着粗气，挺着大肚子的醉樱桃哭得双眼红肿，喉噎声嘶。

李冠群挣扎着说："宝贝，别哭了，我的呕吐物化验了没有？"

"化验了，而且是由省立医院的储麟荪院长亲自化验的，你也遭了暗算，确诊为阿米巴毒。病毒是从患霍乱的老鼠身上提取的，中毒后要三十六个小时后才发作，到时上吐下泻，无药可治。你的症状与吴三宝一模一样。算来你也是个聪明人，为何重蹈覆辙啊！"

李冠群恨声道："明白了！明白了！日本人要杀我和三宝，又不敢明目张胆，生怕使大小汉奸寒心，便采用了这下三滥的卑鄙手段。看来，咱俩缘分已尽，就要永别了。没能照顾好你一辈子，我很内疚。"

"别说了，冠群。"醉樱桃捂住他的嘴哭道："冠群，这世上只有你真心爱我，没把我当玩物，光明正大地娶我为二夫人。你要死了，我决不单独活在人间。"双手掩面大恸。

李冠群悲怆地说："宝贝，现在不是哭的时候，你听我交代后事。你已身怀六甲，一定要把孩子生下来，给我李家留一条根。孩子长大后，或经商、或教书，千万别当官。官场勾心斗角、尔虞我诈，最是险恶。趁我还有一口气，你马上回府，收拾金银细软逃离苏州，逃得越远越好，隐姓埋名，把孩子养大。"喘了一口气，又说："还有，在咱家客厅夹墙里，藏着一箱钞票，有美元、英镑、法币……把钱都带走。"

醉樱桃坚强地说："好，我听你的，你怎么忘了三宝的前车之鉴，还要去赴冈村的鸿门宴呢？"

"唉，我也是上当受骗啊。那天，冈村说为我和周佛海摆讲和酒，我顿时有了警惕，坐在餐桌旁，一滴酒都没喝。后来冈村拿了一块牛肉饼硬要我尝尝，我实在无法推辞，不得已只好吃了半块……咳！没想到，这次的毒下在了饼里。日本人存心要杀我，躲得了初一，躲不了十五呀！周佛海呀周佛海，你处心积虑，勾结鬼子，害死我和三宝，我做鬼也不放过你。"忽身体痉挛，大喘道："你快走——"

醉樱桃慌慌张张跪下向李冠群拜了两拜，磕了三个头，急忙而去。

李冠群目送爱妾离去，长叹："唉，举头三尺有神明。我生平行事也太毒辣了一点，莫非这是报应？"浑身抽搐，口吐白沫，僵毙床上。

9、医院大门口。（夜，外）

路上杳无行人，墙角停着一辆黑色轿车。正当醉樱桃东张西望时，两个蒙面健妇悄悄向她逼近，一只大麻袋向她兜头罩了下来。轿车立即发动，两个健妇抬起挣扎乱叫的醉樱桃便往车厢里一塞，轿车"呼"地开跑了。

10、车厢中。（夜，内）

坐在副驾位置上的杨淑慧喝令："把麻袋打开。"

两个健妇拎起麻袋角，露出醉樱桃吓呆的脸。

杨淑慧扭过头，阴鸷地笑道："臭婊子，没想到吧！看来你那老公已经上了西天，跟吴三宝作伴去了。我只问你一句话：吴三宝是不是为你出气，才烧了我们的公馆？"

"是。"

杨淑慧眼中凶光迸发，低吼："好啊！你这臭婊子能量不小，今天我要让你死个明白，老娘报仇雪恨来了。"喝令二健妇："还不快快动手，结果她的狗命。"

两个健妇答应："哎。"随手拿起一根麻绳，往醉樱桃粉颈上一绕，两人便用力收紧。醉樱桃手足乱舞，一会儿就没了气息。

11、苏州河。（夜，外）

黑色轿车刚停下，车门便被打开，两个健妇将一个扎紧的麻袋推出车厢，抬起用力往河心一抛。

杨淑慧摇下车窗，对着河面狞笑道："醉樱桃哇醉樱桃，你可真是红颜薄命，也怪你活得不耐烦，竟敢往老娘眼里揉沙子，老娘给你来个'颈上飘丝带'，到水晶宫去轻歌曼舞吧！"

12、委员长办公室。（日，内）

双奸先后毙命，周佛海报了焚宅之仇，好像三伏天吃了一大杯冰激凌，痛快得不得了，赶紧发报给戴笠，戴笠如获至宝，急吼吼地向蒋介石报喜来了。他眉飞色舞地抖着电报，说："校长，喜信，喜信。李冠群和吴三宝这对恶贯满盈的狗汉奸，被日本主子灌药毒死啦！"

蒋介石顿时精神一振："哦，日本人怎么会残杀自己的鹰犬？"

"周佛海去找日本宪兵司令冈村宁次告密，说吴三宝抢劫日本运钞车，美其名曰为国家夺回权益，李冠群则夸吴三宝是'抗日英雄'。冈村气得七窍生烟，立刻动了杀机。那两个奴才也是吃错了药，胆敢和主子较劲，不死才怪哩。汪伪政权少了两员大将，实力削弱不少。"

"咳！"蒋介石重重地叹了一口气。

戴笠讶问："咦？咱们除奸获胜，理应高兴才是，怎么校长竟有不悦之色？"

"你哪里知道，汪精卫只是日本人的傀儡，哪有实力跟我较量。真正能跟我争夺天下的，是毛泽东。诗言志，他写的什么'指点江山，激扬文字'；什么'问苍茫大地，谁主沉浮？'；什么'数风流人物，还看今朝'等等，可见其决非池中之物，帝王的胸襟和霸气一览无余。那面对险峰恶浪的镇定，穿越枪林弹雨的从容，既有浪漫情怀，又有霹雳手段。尤其是铲除政敌的铁腕和残忍，不在秦皇汉武之下。有朝一日蛟龙入海，必将掀起滔天巨浪。此人令我心惊肉跳，寝食不安哪。天哪天，既生瑜，何生亮？"

戴笠忙说："校长何必如此悲观，长他人志气，灭自己威风。趁现在国共合作，我们可以挖他墙角。举办若干特训班，不拘党派，只要报名参加，我们一概欢迎。到时以优厚的待遇笼络人才为我所用。就是说，我们也要培养一批自己的'鹰犬'。"

蒋介石愁容尽释，笑道："不错，不错，举办培训班，培训自己的'鹰犬'。"

13、五四七厂办公室。（日，内）

宋衡对温越说："国民党在汉中举办战时干部训练班，招收对象不分党派，须身体健康，五官端正，初中以上学历的青年。经局党委研究，决定让你去汉中学习。"

温越推辞道："我已经师范毕业，又在聂司令身边锻炼了好几年，没必要再上什么战训班。再说局本部人手并不多，我在这里还能顶个战士用哩，就算了吧。"

宋衡生气地说："这是组织的决定，边区像你这样有文化的青年太少太少，应该担负起更重要的责任，不能把你只当个战士使用。这次送你去培训，也是对你的培养与考验。明白吗？"

温越低声道："明白。就我一个人去吗？"

宋衡："就你一个人，你孤身到外地，要注意安全，懂得照顾好自己。日后，印钞局等着你们青年人挑大梁呢。"

"是。"

14、战时游击战术干部训练班。（日，外）

遥山隐隐，荒草萋萋，一片灰压压的瓦房，中间有很大的操场。

15、教室。（日，内）

上课铃"铛铛铛"地响了，学员已坐满了教室，约有五十多人，其中有十几个女学员。

温越小声问同座的吴敏："你怎么称呼？在哪儿高就？"

"我叫吴敏，原先是二十九军一三二师的文书，卢沟桥失陷后，流落到唐县一所中学教书，你呢？"

"我叫温越，是晋察冀军区聂荣臻司令员的警卫排长。"

"真高兴，咱俩有缘，以后就是同窗学友啦！"

忽然掌声大作，戴笠挟着教材进来了，满面笑容地说："同学们好。"

"戴老师好。"

戴笠将教材放在教桌上，说："今天，战时游击战术干部训练班正式开学。在上课之前，我先指定三个班干部，温越同学。"

温越连忙站起身："到！"

"我任命你为干训班班长兼指导员。"

"是。"

"坐下。吴敏同学。"

吴敏起身："到！"

"任命你为干训班副班长兼学习委员。"

"是。"

"坐下。戴月娇同学。"

戴月娇起身："到！"

"任命你为干训班生活委员兼卫生委员。"

"是。"

"坐下吧。"

学员们鼓起掌来。戴笠说："我认真看了所有同学的履历表，温越同学是原八路军一一五师的警卫排长，参加过名震中外的平型关战役。现在一个代号五四七的单位工作。吴敏同学是原国军二十九军一三二师的文书，跟随赵登禹师长多年，也经历了血与火的考验，是个优秀的军人。戴月娇同学是北京协和医科大学的高材生，在北京搞过抗日宣传，参加过天安门的抗日大游行活动。希望同学们和睦相处，大家都是兄弟姐妹，共同度过一段紧张而又活泼的学习时光，让你们的青春在战火中闪光。"

众人鼓掌，戴笠又说："同学们，干训班的学员都是特殊人才，都要为党国作特殊贡献。你们中间，将来要出国家的财政部长、交通部长、内政部长和外交部长。你们要从共产党手中拉回群众，从日本人手中拉回汉奸。因此，你们的学习任务十分繁重，要学的有总理遗教、国际政治、中共问题、西北民情等政治课程。也有侦探学、交通学、金融学、射击学、爆破学、通讯学、兵器学、药物学、擒拿术、化装术、隐蔽法、缩身法、窃听法、钞票鉴别法、密码书写法，如密写要用米汤、白矾、唾液、浆糊，显现要用碘酒、火烤、水漂……等等。"

371

温越惊呼："啊呀，这些课程不尽是特务专业吗？"

戴笠笑道："对！刚才我不是说了吗？你们都是特殊人才啊！"

下课铃响了，戴笠："下课。"挟着教材走出门去。

戴月娇："叔叔。噢，戴老师。"追了过去。

学员们投之以惊异的目光。温越问吴敏："戴月娇同学是戴老师的侄女吗？"

"既然口称叔叔，那就必定是了。走，去外面散散心。"

16、竹林边。（日，外）

温越对吴敏说："刚才戴老师一口气罗列了一大堆的课程，听得我倒吸了一口凉气，快赶上大学本科的分量了。不过我对钞票问题倒挺有兴趣。这次来受训，真是一个大充电的好机会。"

戴月娇向二人悄悄走来，但二人并未在意，吴敏说："充电还在其次，咱们成了戴老师的高足，日后在仕途上大有好处。戴老师是军统局长，赫赫有名的特工王，老蒋面前的大红人。被称为'蒋介石的佩剑''中国的盖世太保''中国最神秘的人物'。许多战区司令、上将、各部部长见了他都要礼让三分哩。"

温越开玩笑道："吴敏兄既如此热衷仕途，何不追求他的侄女月娇同学，等你成了戴老师的侄女婿，肯定能青云直上。"

"嘿，好你个温老兄，思路挺活跃的嘛！看来你准备向月娇同学发起爱情攻势了？"

"你别猪八戒倒打一耙，我不想攀龙附凤，也不想去当特工王的侄女婿，你快去追戴月娇吧。"

"既然你温老兄鼓励我去追求戴月娇，我一回到宿舍，就去给她写情书。"

"但愿你心想事成，老兄我就等着吃二位的喜糖喽。"

两人正欲举步，背后戴月娇一声大吼："站住！"一个箭步冲到两人面前，拦住去路。

两人陡吃一惊，羞愧地低下了头。

戴月娇气势汹汹地质问："刚才二位口若悬河，滔滔不绝，现在怎么变哑巴了？走，跟我去见戴老师。"一手抓住一人的胳膊，便欲拖往办公室去。

戴月娇如此泼辣，让二人慌了手脚，吓得连声央求："对不起，对不起，我们男人口直，冒犯了戴同学，请你原谅，以后再也不敢了。"

戴月娇扑哧一笑，松了手，讽刺道："看你们两位外表倒是阳刚气十足，胆子却这么小，真可谓金玉其外，败絮其中也。"

二人见月娇虽有恶声，并无怒容，这才放了心。吴敏嘻嘻笑道："谁让你学历如此之高，个性如此之强，容貌如此之美，实乃干训班之女杰也。不过，话也得说回来，就是国家元首，也不能剥夺一个青年男子对优秀女性的爱慕之情吧！"

戴月娇佯怒："呸！"转身便走。吴敏大着胆子上前，拉着她的手笑道："戴同学，你不是要拖我们去见戴老师吗？我俩从命就是。请吧。"伸手作邀请状，并对温越挤眉弄眼。

这一来，戴月娇是风车过马路——没辙了，好在她机智过人，甩脱了吴敏说："本姑娘今天有事，改日再去。"急急忙忙地走远了。

吴敏望着她背影赞叹："到底是特工王的侄女，能说会道，随机应变，倒是个干特工的好材料。谁要娶了她，绝对是个贤内助。"

温越摇头："我不喜欢个性太强悍的女性，一个家庭中倘若阴盛阳衰，就会缺少家庭日光。"

吴敏笑着打了他一拳："你呀！老封建，还信奉男尊女卑那一套。"又摆出一副推心置腹的样子说："凡事有一利便有一弊，有一弊便有一利。老婆精明能干，为家庭遮风挡雨，有何不好？最多老公受点窝囊气而已，还落个省心又省力呢。"

温越大为逆耳，挖苦道："看来吴兄在官场历练多年，非常羡慕能依赖裙带关系飞黄腾达吧？温某祝愿你心想事成，早日成为豪门佳婿。"拂袖而去。

吴敏怔立良久，方恨恨骂道："碰上这种榆木疙瘩真正扫兴，话不投机半句多也！"

17、教室。（日，内）

上课铃响了，戴笠手挟教材走到教桌旁。

温越："立正。"

全班学生起立。

戴笠："坐下。"

学生稀里哗啦地坐下了。

戴笠："今天讲的内容是中共问题。中共，即中国共产党的简称。共产党自我标榜是无产阶级的政党，以马克思列宁主义为指导思想，领导工农大众通过革命斗争夺取政权。听上去冠冕堂皇，实际上是挂羊头、卖狗肉。举个最简单的例子，共产党领导贫下中农在村里打土豪、分田地，大家听说过没有？"

"听说过，地主老财还被戴上高帽子游街哩。"

"打土豪、分田地，听上去新鲜，实质上是历代农民造反口号的翻版。农民造反，历来祸国殃民。造反头领都是残暴狡诈的一代枭雄，就拿明末的李自成来说吧，一开始造反时，烧杀抢掠，是标准的流寇。等到他席卷河南，有民众百万，又有什么'十八子，主天下'之说，便认定江山非己莫属。于是宣布什么'杀一人者如杀我父，淫一人者如淫我母，俱为死罪。'把自己的部队装扮成仁义之师。中共的行为，与李自成如出一辙。他们还把苏共视为老大哥，愿做苏联的武装间谍团。一旦让他们得了势，中国就完了。"戴笠说完后，用粉笔将"中共是苏联的武装间谍团"这句话写在黑板上。

戴笠又说："共产党提倡共产共妻，何谓共产？你的财产就是我的，我的财产就是大家的。典型例子是打土豪、分田地。何谓共妻？一个女人进了边区就成了大家的老婆。"

女学生有人惊呼："啊——好恐怖。"

温越对吴敏说："我在晋察冀边区工作多年，共产党哪是这个样子？八路军的军纪比中央军、阎老西的晋军不知好到哪儿去了。"

吴敏："我在唐县教书，唐县也属晋察冀边区，老百姓安居乐业，并没有共产共妻哇！"

两人声音虽小，但还是让戴笠给听见了。

戴笠顿时拉长了马脸，举起教鞭，在桌上"啪啪"打了两下，教室里

鸦雀无声。戴笠厉声道："温越、吴敏，你们两个是班干部，应该以身作则，遵守课堂纪律，认真听讲。今天反而带头违反纪律，上课时公开发表反逆言论。你们两人走到前面来。"

温越、吴敏磨磨蹭蹭走到黑板前。戴笠命令："你们两个背对黑板，站着听课。"

全班同学哄堂大笑，温、吴二人脸涨得通红，把头低得不能再低。

戴笠："好，我继续讲课。下边主要讲一讲真假钞票鉴别法。当今，法币是国币。日本鬼子为了在占领区套购军需物资，竟然成立了一个专印假钞的机构，叫什么'杉机关'，严重地破坏了我金融秩序。我们一旦抓住假钞票的制造者和使用者，就枪毙他！但我们首先要学会识别真假钞票。怎样识别呢？我讲几点方法，一是要寻找对照货币上的水印、暗记……"

18、校园。（日，外）

学生三三两两议论："戴老师好厉害，罚两个班长站着听课，把咱们当不懂事的小学生了。"

"嗨，这还是客气的呢。在军统，有个少将级的高级特务被他骂得受不了，竟然开枪自杀了。"

"以后咱听他的课要格外小心，人高马大的，往台前这么一站，羞臊得简直少个地洞钻进去。"

19、戴笠的宿舍。（暮，内）

简陋而又干净，临窗置着一桌二凳，靠墙是一张单人床，床对面是一只半旧的立柜，旁边放着脸盆架，搭着毛巾。

戴笠笑眯眯地问侄女："阿娇啊，我惩罚两个班长，同学中有什么议论？"

"都说你好厉害，以后听你讲课要格外小心，免得出洋相。"

戴笠哈哈大笑："对待学生嘛，自然要客气一点。要是我的部属，今天非扒下他俩一层皮不可。居然在课堂上对我的讲话公开质疑，赤化倾向很严重。不过，假如给他们洗了脑子，为军统所用，倒是两块璞玉浑金。你今后要多注意一下这两个有反动言论的人，尤其是那个代号五四七单位的温越。"

"叔叔的意思我明白，砒霜是毒药也是良药，既可致命也可救命，就看怎么使用了。以后我多盯着他俩，看他俩有何异常举动。"

"很好，叔叔还希望你能在他俩中间找到一个如意郎君哩。"

"叔叔！"戴月娇羞涩地笑了。

第二十七集

1、池塘。（暮，外）

绿荷出水，朱鱼吹藻，青蛙鸣叫，一派盎然生机。

戴月娇经过池边，吴敏从树后向池内掷去小石子，池水立刻泛起圈圈涟漪。

戴月娇喝问："谁？"

"我。"吴敏笑嘻嘻地向她走近道："我看见你上戴老师屋里，估计不久便会出来，这又是你回宿舍的必经之路，因此守株待兔。嘿，果然等到你这只月宫中的大玉兔啦。"

戴月娇眉毛一竖："你敢盯梢！"

"哎呀，别这么凶巴巴的好不好？妙龄少女，谁不怀春？少女怀春，吉士诱之。吴敏虽无子建之才，潘安之貌，也算得仪表堂堂。不知戴同学能否垂青，允许吴敏成为你的入室之宾。"

"呸！厚脸皮，王婆卖瓜，自卖自夸。"

吴敏笑道："戴同学果然是胸无尘俗的新潮女性，越发令人倾倒。我填了一首小词表情传意，还望戴同学不吝珠玉，赐教诲为幸。"说罢从口袋中取出信封，往戴月娇手中一塞，便走开了。

戴月娇忙喊："哎，你回来，你回来。"

吴敏回头远远答道："你先看了词再说。"

戴月娇抽开信纸观看：

西江月　赠伊人

明月暗留倩影，
清风悄拂娇颜。
春宵无寐意缠绵，
一瞥流光如电。

才薄空挥秃笔，

情长难付残笺。

何时雨露润心田？

并蒂新荷艳艳。

惊讶地自言自语："嚯，这阙小词情意恳挚，文采绮丽，并隐含'月娇'二字，看来此人并非迂腐之士，可以列为候补对象。"

2、操场上。（日，外）

温越在单杠、双杠、吊环、鞍马上表演高难度的动作，戴月娇向温越投去爱慕而又痴迷的目光。

戴笠看到温越健美的体态，高超的技巧，忍不住称赞："好！"

老师一夸好，同学们都一个劲儿地鼓起掌来。温越心中高兴，又在单杠上翻了个空心跟斗，才稳稳落地。额头热汗涔涔，头发和衣服都湿漉漉的。

戴月娇掏出一块手帕，走上前递给他，温柔地说："看你热成这个样子，擦擦汗吧。"

温越迟疑地接过手帕，拘谨地说："谢谢你。"擦了汗又还给她，四目相视，众人哈哈大笑。戴月娇接过手帕，不好意思地走了。吴敏跟着追了过去。

3、竹林边。（日，外）

吴敏拦住月娇道："喂，你是不是爱上温越那小子了？"

"爱不爱谁是我自己的事，跟任何人无关。"

"世上只有男追女，你倒过来追男人，不要脸。"

月娇逼近他，眼中射出凶狞的火光，举手便掴了他一个清脆的耳光，傲然而去。

吴敏摸着火辣辣的脸颊，低声咒骂："臭丫头，母老虎，早晚得吃枪子儿。"

4、戴笠的宿舍。（晚，内）

戴笠冲了一杯咖啡，递到侄女手中，笑道："看来这回举办干训班是大有收获啊，我从你看温越的眼神中，已然窥出一个少女暗藏的心事。说实话，这个小伙子很优秀，甚至可以说是这次训练班中最出色的青年。你要好好把握机会，叔叔支持你。"

月娇感激地说："谢谢叔叔，您给了我久违的父爱。叔叔真开明，不像一般中老年人那样思想落后，观念僵化。"

戴笠淡然一笑："时代在进步，我们大家也要追随时代前进嘛。"

"哦，那个吴敏真讨厌，老是来纠缠我。今天他骂我倒追男，不要脸，被我掴了一巴掌。"

"嗯，打得好。经我这几天观察，此人心术不正。当然了，必要时也可以利用一下，你掌握分寸就是。"

5、女宿舍前。（晚，外）

戴月娇取钥匙刚要开门，吴敏幽灵般地闪出，轻唤："月娇。"

月娇厌恶地说："这么晚你躲在这儿干什么？"

"今天下午我出言无状，特地向你赔礼道歉，请你原谅我。"

"你走开。"

"你看月色如柔曼的轻纱，多么美妙，多么富有诗情画意，咱二人何不踏月谈心？走吧。"吴敏欲拉月娇的手。

月娇低声喝道："你滚不滚？不滚我就叫人了，就说你想非礼我。"

"别！别！我走，我走。"吴敏边摇手，边急急地回头溜了。

月娇望着他狼狈地离去，不禁轻蔑地一笑。

6、池塘边凉亭。（日，外）

红柱黑顶，油漆已经剥落。温越走到亭中坐下，左手握笔记本，右手持一张四寸左右的黑白照片，深情地凝视。戴月娇从树后闪出，悄悄向他靠近，但温越浑然不觉。戴月娇蹑手蹑脚地到了他身边，猛然伸手抢过了照片。温越大吃一惊，忙伸出手道："快还我，还我。"

戴月娇撇了撇嘴："什么人的照片，这么稀罕，急赤白脸的，让我看一眼都不行吗？"

温越无奈地说："行，你看吧。"

戴月娇刚瞄了一眼，右手便不自觉地颤抖了。

特写：照片上的少女长眉掩鬓，明眸皓齿。两根长辫搭在胸前，光洁的前额飘着几缕留海，娇倩秀媚，世所罕见。

月娇把照片还给温越，醋意浓浓地问："她是你什么人？叫什么名字。"

温越把照片夹进笔记本，放进上衣口袋，回答："她是我的表妹，名叫秋岚。"

"你一定很喜欢你的漂亮表妹吧，也许将来你老婆在你心目中的地位还不及你表妹吧。"

"真是奇谈怪论。表妹是表妹，妻子是妻子，岂能混为一谈。再说我喜不喜欢表妹跟你又有什么关系？"

"怎么没关系？因为我爱你，愿和你结为百年伴侣，我不能容忍有人在我之前就捷足先登，夺去原本属于我的感情。"

温越怫然道："戴同学，你的想法真是可笑。你说你爱我，可我从未说过爱你啊！"

"既然我现在向你抛出红绣球，就希望你能接住。"

"不！请恕我不能接受你的垂青，因为我已经有了未婚妻。"

"莫非就是你的表妹秋岚？"

"你猜对了，她是我舅父的女儿，我们从小青梅竹马，感情极深。在我的眼中，她完美得仿佛是个女神。在我的心中，再也容纳不下别的女性了。"

戴月娇越听越难受，终于控制不住"哇"地哭出声，奔下凉亭，温越追喊："月娇！月娇！"

7、竹林边。（日，外）

戴月娇捂脸狂奔，一下撞到正巧走来的吴敏身上，两人一齐摔倒。吴敏一个鲤鱼打挺站直。俯身抱起月娇，忙唤："月娇！月娇！"趁机搂在怀里。

温越见状，连忙转身往小路走去。

吴敏掏了手帕，轻轻为戴月娇拭去泪痕，温存地问："你怎么啦？"

月娇只是啼哭，一声不吭。吴敏道："我明白了，刚才我远远看见你送什么东西给温越，又听见你们说了好多话。一定是落花有意，流水无情吧。"

月娇推开吴敏，吼道："别说了！"抽身欲走。

吴敏拉住道："月娇，我的人品不在温越之下，你为什么对我就毫无感觉呢？"

"也许咱俩没那缘分吧。"

"何谓有缘？何谓无缘？感情是可以培养的。你爱慕温越，这无可非议，可人家已经有了如花似玉的未婚妻，你何必在他身上浪费感情呢？"

月娇斥道："我的事你少管。"

"别人的事我根本不屑管，但你的事我还非管不可。"

"你有什么资格管？也太霸道了吧。"

"你误会了，我哪是什么霸道？因为我爱你。而爱情是自私的，独享的。"

月娇怪笑道："哈哈，爱我？你一个才华横溢的美男子，会爱上我一个姿色平平的女子？你是爱我的背景吧。"

"不！我确实爱你，爱你的才貌出众，爱你的器度非凡，爱你的敢爱敢恨，当然也不否定爱你的背景。如果咱俩结合，你叔叔必然会大力提携他的侄女婿，我何愁不能官运亨通。"

月娇两道犀利的眼锋盯视吴敏良久，忽朱唇半启，嫣然一笑："你敢讲真话，这很好，倒是个性情中人，咱们可以交往。"

吴敏惊喜地说："亲爱的，你答应我啦！"抓起她的手，在手背上连吻几下，正欲搂抱对方，月娇把他推开跑远了。

吴敏望着她的背影，狡黠地一笑。

8、教室。（日，内）

戴笠对学员说："因为战局变化，汉中干训班提前结束。临行前，要编制'海底'。把表格发给大家，请各位写下自己的姓名、别名、化名、永久住址和通信地址。写好后，个人背熟，底件留在汉训班，将来秘密通信，就靠这个'海底'。"把表格发给学生。

9、池塘边凉亭。（日，外）

温越又拿出秋岚的照片凝视，戴笠悄悄走来，唤道："温越同学。"

温越倏地一惊，把照片放到背后，结结巴巴地说："戴……戴老师。"

戴笠亲切地说："别紧张，在看什么呢？能给老师看看吗？"

温越递上照片，戴笠仔细端详一番，还给温越说："这女孩极漂亮，气质也好，就像是从大观园中走出来的人物。能娶到这样的女孩为妻，真是莫大的福分。说实话，当初我很希望你能够成为我的侄女婿。你我二人虽未能联姻，但你仍是我所器重的好学生，何不秘密参加我军统？我保你鹏程万里。"

"能得到老师如此青睐，学生求之不得。我也要向老师吐露实情，我在晋察冀边区印钞局当警卫连副连长。"

戴笠打断他道："是否印边币的那个五四七秘密印钞局？"

"正是。"

"嗯，你接着说。"

"因为我父亲温剑奎是灵寿县的伪保安司令，论我的资历、学历、能力，都不在那些工农干部之下。组织上对我既使用、又防范，我内心很郁闷。但又不敢提意见。如今幸遇恩师，干脆我就不回去了，索性在老师的麾下干一番事业吧。"

戴笠的画外音："好哇！我正千方百计要找人打进边区印钞局去，这小子竟然主动上钩。真是踏破铁鞋无觅处，得来全不费工夫。"

温越见戴笠沉吟不语，惶恐地说："老师，我父亲是个汉奸，我又在边区印钞局工作，您是否也把我视为异类呢？"

"哪儿来的话，你的家庭和你所在的印钞局，都为你未来的前程发展提供了广阔的空间。你父亲只要有朝一日率部来降，我国军又多一支武装力量，那是好事嘛。至于你在边区印钞局工作，那更是再好也没有了。我赠你一个微型发报机，记住，你的代号为001，有重要的情报可直接发报给我。如果一时与我联系不上，还有一人，那就是戴月娇。"

"是。恩师的话我记下了。"

"还有，你要设法搞到印边币的票版给我。"

温越顿时面露难色："戴老师，票版是局长宋衡的命根子，每次使用票版，都得要警卫连长杨卓在旁，须两把钥匙同时开锁，才能打开铁柜，我连摸一下的可能都没有。"

戴笠点头道："这些早已在我意料之中，但他们百密难免一疏，你尽量找机会吧。"

"是。"

10、戴笠的宿舍。（晚，内）

戴笠叔侄对面而坐，月娇不停地抹眼泪。

戴笠叹道："因为战局瞬息万变，委座一日三封电报催我返渝，我们叔侄不得不分开了。你明天就去灵寿县，找到温剑奎家中，以女佣身份潜伏下来，配合温越行动，并随时接应。如有机会，拉温老头子率部投诚，这也是你的大功一件。那吴敏我已单独和他谈过，他仍回唐县教书，我要他尽量接近共党上层人士，即使当了共党大官的膝下爱婿也不要紧，只要能弄到情报。"

"叔叔，你怎么为了情报就不顾侄女的幸福？"月娇猛地站起身，愤怒地指责："你还像是我的长辈吗？宁拆十座庙，不破一门亲。难道你不知道我和吴敏正在恋爱？"

"哈哈哈——"戴笠不怒反笑，将侄女按坐到椅子上，恳切地说："对于普通人来说，婚姻恋爱是桩终身大事。对于一名优秀的特工来说，恋爱婚姻只是谋取情报的手段，是另一种工作方式，你又何必迂腐？你兼美、智、勇于一身，具有最优良的特工素质。你也知道，金钱、美女、官位，是引蛇出洞，诱鱼上钩的三大法宝。美色的力量往往超过金钱的力量，而女特工非牺牲色相，不能取得一流情报。你可以脚踏两只船，一脚踏在温越的船上，以便掌握共产党的印钞情报；一脚踏在温剑奎的船上，了解和掌握日伪军的动向。必要时，还可以脚踏三只船，左右逢源，坐收渔利。等到有一天光复国土，还都南京，我一定把你接到我的身边，亲自为你主持婚礼，同享天伦之乐。"

月娇问："如果吴敏已结了婚，他还会要我吗？"

"傻孩子，吴敏这小子贪富贵胜过爱美人，他为何死乞白赖地追求你？就是因为看中你的背景。只要你叔叔这棵大树不倒，他会放弃婚姻仍来找你重圆旧梦，以便在绿荫底下乘凉的。你就放一百个心吧。倒是温越比这小子正气，可惜他有了如花美眷。不过事在人为，我有办法让他弃表妹如敝屣。我给你三瓶药粉，上面有详细的说明，你日后酌情取用。另外，如果温越回心转意，仍是你的最佳伴侣，不妨放弃吴敏。说实话，我打心眼里瞧不起吴敏这种专想在女方身上讨便宜的男人，没什么大出息。"

戴笠打开抽屉，取出三只小药瓶，递给侄女道："该关照的我都关照你了，到了陌生的环境，要努力适应它，养成细致缜密的工作作风。你是聪明人，望你好自为之。"打了一个哈欠："我要休息了，你去吧，再见。"

"再见。"月娇把药瓶揣在衣兜里，开门走了出去。

11、上海日本宪兵司令部。（日，内）

冈村宁次满面春风地对周佛海说："周先生，报告你一个大喜讯，我最亲密的朋友东条陆相，荣升大日本内阁首相啦！"

周佛海故作惊喜状："哎呀！恭喜冈村司令，贵友东条君荣升内阁首相，您也可以青云直上啦！"

"这是自然，东条君一直为我打抱不平，认为我的才干和资历不在松井石根之下。他是华中方面军司令官，而我只在他的管辖下担任小小的上海宪兵司令。这一来，我可以和他并驾齐驱啦！"

"说不定阁下将来还能荣任遣华日军总司令呢。"

"谢你的吉言，这两年咱们相处得十分融洽，我们将永远亲密地合作下去。"冈村从书柜中取出一瓶日本清酒，又拿了两个高脚玻璃杯，斟上酒，递给周佛海一杯，说："干杯！"

"干杯！"两人一饮而尽。

冈村咧嘴道："我今天就要回国述职了，请你等待我的好消息吧。"

"我相信不久便会传来佳音的，您是乘飞机吗？"

"不，坐海轮。"

周佛海顺口恭维："祝阁下顺风顺水，大吉大利。"

"谢谢。"

12、皇居御学问所。（晚，内）

东条和裕仁对面坐着下围棋。

东条："天皇陛下，冈村少将要回国述职。这两年，他在上海的治安是颇见成效的。在这个远东最大的都市中，有各国的租界和领事馆，华洋杂处，麻烦事层出不穷，但冈村处理得面面俱到，游刃有余，不是容易的。卑臣恳请天皇陛下能委以重任。"

"可现在似乎并没有空缺呀，如何安排呢？"

"多田骏中将把华北搞得一团糟，八路军的活动越来越猖獗。以前只有晋察冀边区，现在又添上晋冀鲁豫边区。共产党的地盘在扩大，皇军控制的地盘在缩小。这不能说明共产党的本事大，只能说明多田骏无能！"

"依东条君之见？"

"卑臣认为，冈村宁次是个中国通，在平津一带活动曾达二十年之久，对于支那当今的国情比较了解。本人建议，不妨让他和多田骏换个位置，由号称'铁腕'的冈村担任华北方面军司令官，多田骏任上海宪兵司令。"

裕仁："这样也好，但愿冈村能把华北治理得好一点。别让朕失望。"

"还有，军部准备让冈村先行赴任，委任状可在七月七日颁发。因为我们希望华北有一个像卢沟桥事变时那样所向披靡、勇往直前的作战态势。"

"行，朕准奏。"

东条忙跪地："卑臣叩谢皇恩。"

13、东条官邸客厅。（晚，内）

东条推开花格子移门，盛妆的智子、慧子像两只花蝴蝶般地翩翩向他飞来，屈膝行礼，口呼："奴婢智子、慧子恭请首相金安。"

"哎呀！两个宝贝儿，如此乖巧，真叫人高兴。"东条将一对姐妹花搂在怀中，在每人的桃腮上吻了两下，得意地说："如今，我要给你俩名分，把你俩正式纳为我的姬妾。"

智子捂着胸夸张地说："是吗？哎呀，我幸福得快要晕过去了，我们成了首相的如夫人啦！"

慧子喜极而泣道："我们恨过怨过首相，只把我俩当普通侍女看待，今天才明白，首相是个奇男子，道是无情却有情哇。"

门外宣呼："启禀首相，冈村将军求见。"

东条忙说："快快有请。"催促二人道："你俩先回寝室，客人走了我自然会来陪你们的。"

"咳，真扫兴！"慧子噘起红嘟嘟的小嘴，东条在她脸上轻轻拧了一下，又拍着她圆滚滚的屁股，哄道："好宝贝，快走吧。"

智子、慧子刚从边门出去，冈村也就到了，激动地说："东条君！"

"冈村君！"两个好朋友紧紧拥抱，许久，两人才分开。

东条："冈村君请坐，咱俩好好叙话。"

两人分宾主坐下，冈村道："听说东条君荣升首相，并兼任陆相、参谋总长等要职。苍天有眼，决不埋没英才，喜得我彻夜难眠，阁下真成了一人之下，亿万人之上的内阁首相，真是可喜可贺。"

东条矜持地颔首道："我也要报告阁下一个喜讯，从今天起，你接替多田骏，将出任华北方面军最高司令官，由少将破格晋升为陆军大将。可以先行赴任，等到七月七日再颁发委任状。因为昭和十二年的那一天，我皇军进攻卢沟桥，是个值得纪念的好日子，阁下不会见怪吧？"

冈村难以置信地惊叫："什么？我成了华北方面军最高指挥官，晋升陆军大将？"

东条微笑道："我说过，你的资历才干不在松井石根之下，难道不该开府封疆，独当一面吗？值得欣慰的是，咱俩都实现了人生的梦想。"

"东条君！"冈村喜泪横流，离座扑通跪倒在东条面前说："感谢首相帮助我完成了人生的一次大飞跃，至于委任状迟颁几天算不了什么！"

"冈村君快快请起。"东条双手扶起冈村，又把他送回座位，俨然一副长官模样，道："冈村君赴任后，必须要作出一点政绩来，让军部刮目相看，不能让多田骏之流攻击我任人唯亲。"

冈村："卑职决不敢懈怠，决不辜负首相栽培之意。卑职愚钝，还请首相指点迷津。"

"冈村君不必过谦，你到了华北后，应密切注意八路军的动态，包括政治、军事、经济等各方面的情况。尤其要盯住那个什么晋察冀边区印钞局，只要印钞局存在一天，八路军和边区政府有了造血功能，就能运转一天，对于我们帝国的统治极为不利。万万不可因为他们武器简陋，经济落后而掉以轻心。"

"谢首相阁下赐教，卑职一上任，就要以雷霆万钧之力，进行铁滚大扫荡，将共产党的势力扫除得干干净净，把边区印钞局从地图上抹掉。"

"好，一定要尽快地把边区印钞局从地图上抹掉，这个印钞局如果发展起来，就会使共产党如虎添翼，对皇军大大的不利。你要用炮火把这印钞票的婴儿扼杀在摇篮里。"

"请首相放心，八路的土印钞局好消灭，而远在重庆印假钞的印钞局，则难以一时消灭。但我早晚要让它们都灰飞烟灭。"

"好！本相等着你的胜利消息。"

字幕：日本首相东条英机上任伊始，便出动三百六十架舰载机，偷袭美军要塞珍珠港。太平洋战争爆发，中国、美国、英国政府正式向日宣战。一九四二年元旦，联合国二十六国一致推举蒋介石为盟军在中国战区的最高统帅。

14、重庆委员长小会议室。（日，内）

蒋介石对与会人员说："东条英机上台后，把整个日本帝国绑上战车，向万丈悬崖狂奔。人们把东条英机、希特勒、墨索里尼并称为法西斯战争三大狂人。目前形势对我们相当有利。只是日寇占领的地盘越来越大，抢劫的财富也越来越多，而我们的国家和民众却越来越穷了。"

戴笠道："据我所知，日寇虽然从东南亚攫夺了大量财富，光从菲律宾国库中，就掠走五十一吨黄金、一百四十吨银币，仍不能支付庞大的军事开支。日军为了给罪恶的战争输血，更加迫不及待地伪造和印制法币。尤其要命的是，德军潜艇曾俘获一艘美国军舰，里面有十余亿元未印好的法币。日本政府已经从德国人手中买回了这批半成品的钞票，经过加工，然后运到中国使用。"

蒋介石骂道："娘希匹，日本强盗卑鄙无耻，这十多亿假法币要买走我国多少物资啊！"

戴笠沉痛地说："太平洋战争爆发后，香港很快沦陷。日军占领银行后，从中抄获了大约三十亿元钞票，包括钞票半成品以及印钞机、法币编码暗账底册等，简直如获至宝。本来他们伪造法币，尚有一些细节不清楚，这下可从容研究。从法币的制版、印刷、用纸等各个环节着力仿制，使其加工伪造的法币几可乱真。这对于中国已是摇摇欲坠的金融体系，是个灾难性的打击。"

蒋介石惊叫："四十亿假法币，天文数字啊！那咱们赶快想办法，粉碎日寇的金融侵略！"

众人俱一言不发。

蒋介石急道："咦，各位怎么啦？金口难开啊！祥熙兄，你是现任财政部长，由你陈述应对办法。"

孔祥熙苦笑道："既然委座点名要祥熙发言，祥熙就不得不说了。要对抗假币，唯一的办法只有拼命多印法币，制造通货膨胀。"

蒋介石瞪圆了三角眼，咆哮："什么？制造通货膨胀？你是不是在发高烧说胡话了？你还是经济学家吗？难道你不知道，通货膨胀和通货紧缩俱对国家造成严重危害吗？你所谓的'办法'，不就是饮鸩止渴吗？你们再想一想，还有没有其他措施？"

众人答道："除此以外，别无选择。"

"为什么？"

孔祥熙解释："这也是无奈之举。日寇滥发伪币，已到丧心病狂地步，造成了物价的急速膨胀。以北平为例，一九三九年，每斤玉米才一角钱。两年后涨到一点五元，现在每斤涨到一千四百元。数年间，玉米面的价格疯涨了一万多倍，致使我国经济濒临崩溃的边缘。纳粹德国也是如此。二战爆发后，德国出现了严重的财政危机。战争期间，德国必须用黄金或美元、英镑等硬通货才能从瑞士、瑞典等中立国购买武器和工业原材料。于是德国便印制假英镑。仅在萨克森豪森集中营一地，就印制了约一点三五亿英镑，而英国银行在一九三三年发行的英镑总共也只有一点三七亿。大量的假币流通，严重破坏了英国的金融秩序。假如英国银行一年发行的英镑总数不是一点三七亿，而是十三点七亿，或是一百三十七亿。那么，德国所印的假英镑对市场的冲击就会小得多。我们只有印出大量钞票，才能使日寇手中的法币贬值，从而把我们的损失降到最低！"

蒋介石咬牙切齿地说："此话有道理！印吧！印吧！开动所有的印钞机狂印滥印钞票吧！印它个几千亿、几万亿，把日寇缴获的那几十亿法币的破坏作用降到微乎其微的地步。我要让侵略者哀叹：中国是一个令人望而生畏的国家。"

字幕：蒋介石制造通货膨胀，国统区货币发行量增加了一百多倍，达一千八百九十亿元。虽然粉碎了日寇印刷伪钞扰乱中国经济的目的，但也给广大人民群众带来了无尽的苦难。

第二十八集

1、日本军营植田住处。（日，内）

植田和井原对桌而饮。井原神情落寞，而植田却满脸飞光，温和地说："舅舅当了将军，你也晋升为少佐，应该高兴才是，你怎么闷闷不乐呢？"

"自从出国作战，我与舅舅一直形影不离。你虽然荣升少将，去北平给冈村大将当副官，我去当灵寿县的宪兵队长，可两地相距好几百公里，我一个人孤零零的真受不了。还有，弟弟参加神风特攻队也牺牲了。在这个世界上，除了舅舅，我再也没有亲人了。要不，我去给冈村大将当侍从如何？"

植田不耐烦地说："好男儿志在四方，真不知当初你那万丈豪情哪里去了！好好地当你那宪兵队长去吧，我有空会来看你的。你可知我一直对你寄予热切的希望，盼望你能成为大日本最年轻的将军，而不是为了和舅舅在一起去当侍从，做下等人。真没出息！"

井原嗒然若丧。

2、北平南苑机场。（日，外）

乌云密布，雨意甚浓。

站着十多个身穿将校军服的日本高级军官，他们不时抬头看看天色，又看看腕上的手表，担忧地说："眼看就要下雨了，专机怎么还不到呢？"

天空终于传来马达的轰鸣声，一架军用机缓缓降落。从舷梯上走下神气活现、不可一世的冈村宁次。众人争先恐后上前敬礼招呼："欢迎大将阁下。"

冈村举手答礼，换上少将军服的植田手捧鲜花上前："卑职植田前来迎接大将阁下，已备好专车，是否现在就去公馆？"

冈村："等一等，我要说几句话。"对众人："感谢诸君到机场来迎接我，我被荣幸地委任为华北方面军司令官。今后我们要并肩作战。我准备出动十万大军，分二十五路向晋察冀边区进行大围剿、大扫荡，把共产党的势力赶出华北，把晋察冀边区的印钞局从地图上抹掉。诸君有信心吗？"

"有！"众人大声回答。

忽然一个巨雷轰隆隆地在众人头上炸响，紧跟着是倾盆大雨哗哗泻了下来。

冈村等人惊惶失措，急忙钻进专车。

3、五四七厂办公室。（日，内）

办公桌上摊着地图，宋衡和杨卓低头观看。

赵普的画外音："报告，温副连长回来了。"

宋衡："啊，快让他进来。"与杨卓走到门口。

温越进门举手行礼："局长好！连长好！"

两人答礼，宋衡打量了风尘仆仆的温越，笑道："瘦了一点，不过气色还好，快坐下歇歇。"将他按坐在凳子上。

杨卓提起热水瓶，倒了一碗开水放在桌上："小温，喝点水吧。"

温越连忙点头道："谢谢。"

杨卓问："你参加汉训班，都学了些什么？"

"学的东西可多了，训练班的课程尽是特务专业和反共宣传，什么共产共妻等。我说我就是从共产党那儿来的，共产党哪是这种样子，八路军军纪比中央军、阎老西的晋军不知好上多少倍。结果戴笠大发雷霆，罚我站在墙角听课。"

宋衡、杨卓忍俊不禁笑出声来。宋衡道："哈哈哈，戴笠是个铁杆反共头子，你在课堂上公开反对他的言论和观点，没毙了你或抓你蹲大狱就算开恩啦！"

宋衡："小温，根据地扩大了，边币的需要量也增加了，局里人手紧张，经研究，任命你为局长助理。"

"是！我决不辜负首长的信任。"

4、阜平县兴隆商行。（晚，内）

冯纪云坐在桌前噼里啪啦地打算盘，不时在小本子上记下一串串数字。

远处陡然传来数声枪响，又传来皮靴的磕踏声和杂乱的脚步声。

冯纪云倏然惊觉，忙打开抽屉，将票据、现金等全部塞进皮包。

史良才推门进来说："冯经理，不好了，鬼子正挨家挨户搜查八路呢，咱快转移吧。"

冯纪云："好，咱收拾一下，马上从后门出去。"

"哎。"

5、公路上。（晨，外）

史良才赶着马车疾驶，冯纪云撩开车帘张望。

6、五四七厂办公室。（日，内）

冯纪云喝了两口水，对宋衡和杨卓说："鬼子占了阜平，挨家挨户搜寻八路军。我俩草草收拾一下，就带了行李，从后门逃走了。"

宋衡问："设备和原材料掩藏好没有？"

史良才插嘴："早就埋好了，在地窖里藏着呢。"

宋衡笑道："咱们的同志警惕性特高，这很好，有备无患嘛。以免遇到突然情况，措手不及。你们回来得真是太及时了，免得我们牵挂。还有，我要恭喜冯经理，你要升格当姥爷啦！"

冯纪云惊喜地说："怎么？晓月有喜了？哎呀，失陪，我得赶紧看看我闺女去。"

宋衡手一伸："请。"

7、杨卓家。（日，内）

晓月正坐在炕上缝制婴儿的衣服，杨卓兴冲冲地跑进来说："晓月，你看谁来啦？"

晓月抬头，见父亲跟在丈夫后面走进来，喜出望外："爸，是您老人家来了。"说罢要下炕。

冯纪云忙拦住："别下来，快坐着，别动了胎气。"端详女儿，欣慰地说："唔，气色还好，也没瘦。"

晓月："爸，您快坐下歇歇。"

"哎。"冯纪云坐炕上，对女儿说："你有了喜怎么也不告诉爸爸一声，要不，爸早就赶回来看你了。"

晓月露出甜笑道："我是想等宝宝出世后，再给您这个姥爷意外的惊喜，您现在回来也不迟呀！对了，您今天怎么想到回家的？"

"咳，别提了，鬼子占了阜平县城，我和小孟收拾一下就回来了。眼看鬼子四处扫荡，你又怀了身孕，爸真为你担心呵！"

杨卓："爸，您老人家尽管放心，我会照顾好晓月的。"

冯纪云点点头。

8、灵寿县城日本宪兵队操场。（晨，外）

井原手拄指挥刀，向一千多名日本宪兵和伪保安团员训话，温剑奎站在他后侧。

井原："冈村司令官下了命令，在即将进行的'五一大扫荡'期间，皇军要采取杀光、烧光、抢光的三光政策。谁胆敢违抗皇军命令，一律杀无赦。各村各镇凡是不建立维持会的，杀；不交出抗日干部的，杀；不交出国民党伪币的，杀；使用边币套购物资的，杀！杀！杀！"退后几步。

温剑奎走上两步，大声说："弟兄们，井原太君已向咱们传达了冈村司令官的训示。对于皇军的命令，我们保安团要不折不扣地执行。大家听到了没有？"

众伪军："听到了！"

温剑奎向井原投去征询的目光，井原颔首。

温剑奎："散会！"

9、五四七厂大院。（晨，外）

宋衡在全局职工大会上作动员报告："同志们，最近敌人要对阜平、灵寿一带进行大扫荡。上级指示我局立即转移。印钞局为了保密和安全，缩小目标，行动方便，分两路转移。由甄婷和杨馨、赵普同志带领二十多个重病号和孕妇在油盆一带大山中隐蔽。由我和杨连长带领工人和战士，向外线转移，到平山县北部苍蝇沟一带打游击。同志们对于这样的安排有意见吗？"

众："没有。"

宋衡："同志们，敌人的'扫荡'是疯狂的，反'扫荡'是艰苦的。在转移中最重要的是要保护好我们制作的钞票原版。有了原版，走到哪里都可以印钱。没有原版，一切全完！"

"请首长放心，人在票版在！"

10、五四七厂大院。（夜，外）

月光清冷，树影婆娑。杨卓搀扶着挺着大肚子的爱妻慢慢散步。杨卓温存地说："晓月，咱们结婚已有两三年了，我对你的照顾和关爱太少。尤其在你快临盆的时候，我这做丈夫的却不能守护在你身边，真是愧疚啊！"情不自禁流下眼泪。

"唉，快别这么说，你也是没办法，都是日本鬼子给害的，我不怪你。"晓月停下脚步，从衣兜里取出手帕，替丈夫揩去眼泪，又在他脸上吻了一下，柔声道："卓，咱们明天就要分别了，你给咱未来的小宝宝起个名字吧。"

杨卓思忖片刻道："天亮前是最黑暗的，咱们只要熬过这段艰苦的日子就能迎来胜利。咱们的孩子就叫'黎明'吧。"

晓月笑道："嘿，这个名字起得好，宝宝就叫黎明。"忽又担忧地说："我如果在半途中生小孩就麻烦了。"

杨卓忙安慰道："月，有咱姐和甄主席陪伴你，你还担什么心？她们会细心照顾你的。我们警卫连的战士和工人还要坚持工作，发现敌情要随时准备战斗。领导上组织病号、孕妇安全转移，是对你们的关心爱护啊！"

"嗯。"

11、村口。（晨，外）

晓月和几个重病号坐在驴背上，杨馨、赵普等牵着毛驴。

杨卓对杨馨说："姐，我把晓月交给您了，拜托您多多关照。"

杨馨生气地说："你怎么如此见外，晓月是我的弟媳，肚里又有咱杨家的骨肉，我自然会体贴照顾，还用你拜托吗？"

"姐，您别生气，你兄弟笨嘴笨舌的不会说话，请多包涵。"

杨馨扑哧一笑。

晓月向冯纪云招手："爸，您老人家要多加保重。"

冯纪云："放心吧，你也多保重。"

宋衡握着甄婷的手说："甄主席，希望不久的将来，咱们能胜利会师，我还等着我弟妹给我带回宝贝侄儿小黎明呢。"

"黎明？"

"就是杨卓给他未来的孩子起的名字。"

"哎呀！这名字起得太好了。杨连长真有诗人的气质！让我们早日取得反扫荡的胜利，驱逐黑暗，迎接黎明。"甄婷看着杨卓，爽朗大笑。

受其感染，晓月也含着晶莹的泪花对着丈夫笑了。

12、工房。（日，内）

工人满头大汗，正在拆卸机器。宋衡不时催促："快点！快点！敌人离此不足三十公里，他们有汽车、骑兵，很快就会杀过来的。"工人边操作边骂："妈的，小鬼子真捣乱！"

"咱们也有带响的，他过来咱就跟他狗日的拼了！"

宋衡眼睛一瞪："少废话，按上级的指示办。"

13、胡桃沟山洞。（日，内）

宋衡和温越提着马灯，照着一群工人将机器和原材料隐藏起来。

14、村外的树丛中。（日，外）

露出刁明丑陋的脸，两只疤癞眼死死盯住村口。

15、井原办公室。（日，内）

刁明唾沫横飞地比划道："哎呀，我亲眼看见八路军的印钞局长和工人运钞票，大捆大捆的。"

井原眼皮一翻问："情报的可靠？"

刁明："太君请放心，小的有几个脑袋，敢来哄骗皇军？"

16、操场。（日，外）

井原对日兵叽哩哇啦地讲："据可靠情报，八路印钞局刚刚把大批的钞票运到钱库。当今，皇军需要大大的钞票，我们带好武器，决一死战。一是要把钱库里的钞票统统地夺过来，二是把他们的票版抢过来。我将对你们论功行赏！"

众日兵手舞足蹈地喧嚷："哟西！哟西！我们要抢钞票的干活！"

17、公路上。（日，外）

几辆大卡车向边区印钞局方向驶去，车上站满头戴钢盔的日兵和汉奸刁明。

正在地里挖野菜的桃花、杏花抬起头来，恰与井原打了个照面，井原惊呼："哎呀，好漂亮的花姑娘，快把她俩抓来。"又命令司机："停车。"

一群鬼子跳下车，便向姐妹俩扑去，姐妹俩拔腿就跑，但心惊胆怯跑不快，鬼子抓住二人，拖了便走。姐妹俩拼命挣扎："放开我！放开我！"

井原跳下车，哈哈狂笑着按倒了桃花，另一个鬼子也将杏花扑倒了。姐妹俩大叫："救命啊！救命啊！"

两双多毛的大手同时扼住了姑娘细嫩的脖子……

18、村头。（日，外）

井原举着战刀，命令士兵："快！机枪手封锁路口，其余的跟我冲！"

19、库房。（日，内）

宋衡指着大堆新钞下令："小温，你带几个人立即把这些钞票搬到车上运走，其余同志跟我向村外突围。"说罢举枪高呼："冲啊！"奔了出去，众人跟着奔跑。

机枪"哒哒哒"响个不停，六个大汉跟着温越搬钞。

两个工人趁乱抄了数捆钞票揣入怀中。

20、村外山坡前。（日，外）

集合的队伍中，那两个工人的"将军肚"凸了出来。

宋衡喝令："每个人都将腰中皮带解开。"

两个工人腰中"哗啦啦"掉出两捆纸币，他俩的双腿筛糠似地抖起来。

宋衡眼睛血红，络腮胡子根根竖立，掏出手枪"啪啪"两声，子弹呼啸而出，两个败类应声而倒，污血染红了花花绿绿的钞票。

宋衡指着两具死尸说："有言在先，不是不教而诛。我们不知讲了多少遍，印出钞票谁也不准动一张。发现偷钱者，不论是谁，不管有什么理由，也不用审判，就地枪决。这是铁的纪律！"

温越见状惊呆，心声："好悬啊！我幸亏没有见钱眼开。否则，就要与鬼为邻了。"

21、山野。（日，外）

井原带着日兵用刺刀拨弄草丛，搜寻印钞局埋藏的设备和原材料。穿着大皮靴的日兵疲惫不堪，井原问刁明："为什么皇军搜索土八路印钞局的一无所获？你的想办法的干活！"

刁明谄媚地说："皇军声威大大的，土八路的畏惧皇军，早就跑远了。要找他们埋藏的设备和材料，抓老百姓审讯的干活。"

井原："好吧，前面带路。"

22、油盆村陈家门口。（日，外）

刁明一脚踹开破门，扯着嗓门大声嚷嚷："喂，有人吗？"边喊边向堂屋走去。

23、堂屋。（日，内）

陈国良躺在炕上哼哼唧唧，大柱端着一碗药汤走来说："爹，起来喝药吧！"陈国良挣扎着坐起身，捧过粗瓷大碗，咕咚咕咚喝了几口，泣道："大柱，爹对不起你娘啊！那个疤癞眼一看就不是好人，我不应该把牛卖给他啊！"

"爹，您别说了，哪能怪您！是那些鬼子和奸商害人！别多想这些不痛快的事，把病养好再说。"

"该死的疤癞眼，傍虎吃食，坑害咱老百姓，不得好死。"

刁明带着井原等跨进堂屋，两人一照面，同时惊叫："啊——"

大柱往来人脸上一瞟，心中一凛，脱口而出："疤癞眼！"

陈国良怒骂："老兔崽子，你还认识我吗？"

刁明假装糊涂："这位大爷认错人了，咱俩可从没打过交道哇！"

"呸！你这老兔崽子烧成灰我也认识你，你用一百五十元假冀钞换走我一头老黄牛，害得我老伴上吊自杀，害得我儿子的亲事差点吹灯拔蜡踩锅台，今天我跟你没完！"陈国良猛然将药碗砸向刁明。

刁明往旁边一闪，药碗落地粉碎。井原大怒，一枪打断老人右腕，老人痛得惨叫："哎哟！哎哟！"

井原："你的，告诉皇军，土八路印钞局的东西藏在哪儿？"

"不知道！"

井原揪住大柱胸脯："你的，说出土八路印钞局的去向和埋藏的东西就放了你们，否则死啦死啦的。"

大柱挣开井原的手，正气凛然地说："边区印钞局的人员转移了，印钞局的东西也坚壁清野了，你们别想找到他们。"

"八格。你一定知道他们的下落，快说！"

"不知道就是不知道，别啰唆了。"

"不说，我就杀了你们。"

"杀了我们也不知道。"

刁明恶毒地挑唆："哼，两个穷鬼一定私通八路，毙了他俩算了。"

井原："我再问你们一句，只要说出边区印钞局的秘密，我就饶了你们。"

"秘密印钞局藏在我们老百姓的心窝上，你们永远别想找到他们！"

"八格牙路！我消灭你们就等于消灭边区印钞局。"井原边咆哮边向陈国良父子扣动了扳机，随着两声枪响，父子二人中弹倒在血泊中。

24、芦荡边。（日，外）

二柱正在捡柴禾，听见枪响抬起了头，又见一群鬼子刚从自家门口走出，忙丢下背篓，拼命向家里跑去。劈面碰上刁明，刁明二话没说，抓起二柱便往芦荡一扔，带了鬼子扬长而去。

25、陈家堂屋。（日，内）

挤满了村民，个个挥泪不止。大柱已被移到炕上，胸口有茶盅大的一个血洞，显然早已死亡。

二柱浑身水淋淋的，抱住父亲不住哭唤："爹！爹呀！"

陈国良勉强睁开双眼，伸手想抚摸二柱，随即又无力地垂下了。许满屯忙挤上前说："老哥，你有什么话就快对我说吧！"

陈国良混浊的眼窝中蓄满泪水，对许满屯说："我！我对不起你一家，你一分钱彩礼没收，白把一个花骨朵般俊的闺女许给了我家大柱。到了我家，没能让她穿一件新衣，没能让她吃一顿饱饭，她就叫挨枪子的鬼子给糟蹋死了。老哥下辈子做牛做马，也要还你的情。"

许满屯泣道："老哥，别这么说，咱两家还不都叫鬼子给害的。挨千刀的小鬼子，一下子就祸害了我两个闺女，咱们和鬼子都有血海深仇哇！"

陈国良的眼光落到幼子身上，责怪道："二柱，你怎么那么不小心，掉下水啦！"

"不！是一个疤癞眼把我扔进池塘的。"

"怎么又是他！"陈国良咬牙切齿，对儿子说："二柱，那疤癞眼是咱一家不共戴天的仇人，用假钞骗走了咱的老黄牛，害死了你娘，又害死你哥，爹也活不长了。以后你一定要宰了他，为亲人报仇哪！"说完含恨死去。

"爹！爹呀！"二柱扑倒在父亲身上，哭得死去活来。

许满屯拉起二柱说："二柱啊！你没了爹娘，日后大叔就是你的亲爹，你就是我的亲儿子。有爹吃的，就决不让你饿着。"

"大叔！爹！"二柱跪下抱着许满屯的双腿泣不成声。

二婶抹着眼泪道："唉，多懂事的孩子，看了真让人心酸啊！"

一老汉叹气道："许满屯，你快拿个主意吧。"

许满屯跺脚说："唉，能拿什么主意？鬼子三天两头'扫荡'，家家穷得叮当响，连薄皮棺材也置不起。只好用破被子一卷，把他爷俩给埋了吧。"

众人叹气："唉！"

二柱又撕心裂肺地大哭起来："爹——哥——"

26、胡桃沟。（日，外）

刁明带着井原等漫无目标地寻觅。刁明用木棍东拨一下、西戳一下，当走到印钞局藏物的山洞前，蓦然一只野兔窜过，碰倒了掩盖洞口的乱石和树枝，露出一个黑黢黢的洞口。刁明忙从衣兜中取出手电一照，惊喜大叫："太君，找到啦！找到啦！"

井原忙走上前问："找到什么啦？"

刁明指洞口："八路印钞局掩藏物资的洞口找到啦！"

井原："嘿！大大的好。"命令刁明："给我进去搜！"

刁明苦着脸钻进洞里，日兵紧跟而进。

27、山洞里。（日，内）

几个日兵用大号军用手电照明，十几个日兵扒开用牛皮纸包裹的半成品欢叫起来："钞票，钞票。哟西，哟西。"

井原哈哈大笑，对刁明翘起大拇指："你的，功劳大大的。"

刁明上前抓起仔细查看，扔到地上说："这是半成品，还没盖章和签字，不能使用。"

井原扫兴地说："八路狡猾大大的，我们的白忙了一场。"旋即又恶狠狠地说："既不能为皇军所用，全部销毁，让八路鸡飞蛋打一场空。"

第二十九集

1、山坡上。（日，外）

鬼子恶作剧地将布匹挂在树杈上，地上堆着半成品，将染料桶踢下了山，并抽掉捆纸的绳索。风一吹，纸张漫天飞舞。

众鬼子拍手大笑："嘿嘿，好玩！好玩！"

2、山脚下。（日，外）

许满屯带了二柱赶集回家，远远见到刁明带了鬼子得意洋洋地走来，两人连忙躲在一棵大树后面。

刁明表功似地说："今天运气不错，找到两处洞口，破坏了边区印钞局的原材料，收获大大的。"

井原摇头："没能找到八路军和印好的钞票，只挖出半成品，成果小小的。不过，破坏了他们的设备和材料，使他们一时无法再生产，皇军总算没白跑一趟，还是值得的。"

3、树丛后。（日，外）

二柱紧握双拳，盯视刁明，两只清澈的童眸中射出仇恨的烈火。

4、山路上。（日，外）

二柱对许满屯说："那个给鬼子带路，刨出边区印钞局埋藏东西的疤癫眼，就是他把我扔进池塘的。看来用假钞骗牛，又杀了我爹和我哥的，都是他一个人干的缺德事，我非亲手宰了他不可。"

许满屯："这个狗汉奸，坏事做绝，卖国卖祖宗，八路军饶不了他！"

5、集市。（晨，外）

许满屯挑了一担木柴，二柱牵了一只小羊，前后行走。二柱无意中发现叼着烟卷儿闲逛的刁明，忙指着他低声对许满屯说："爹，快看，疤癫眼！"

许满屯也看见了，点头道："没错，正是他！"

"怎么办？可不能再让他给跑喽。"

许满屯思索一阵道："这样吧，你低头往他那儿跑，我举着扁担假装抓贼后边追。你一头把他撞倒，两手就死抱住他右手不让他掏枪，咱们要逮住他。"

二柱："好！"牵着小羊发足向刁明奔去，眼看快要撞上了，许满屯一抽扁担，边跑边吼道："小兔崽子，你别跑！我非打断你的狗腿不可！"

刁明茫然怔立，不料二柱猛然用头往他胸前一撞，两人同时倾跌在地。刁明大骂："兔崽子，瞎了眼撞你老子啊！"举拳欲向二柱打去，二柱两只手已死死抓住他的右膀，刁明仔细一看，惊道："是你？"一脚将二柱端出老远，伸手掏枪，不料许满屯已举起扁担，照着刁明的右胳膊抡扫过去，打飞了他的手枪，二柱眼明手快，急忙把枪抢到手中。许满屯大叫："乡亲们，快来抓汉奸啊！"举起扁担又向他脑袋用力抡去，刁明的头上开了花，疼得他龇牙咧嘴，伸手去抢对方的扁担。二柱大喊："叔叔大伯快来帮忙啊，狗汉奸带鬼子杀了我爹和我哥啊！"

人们都丢下买卖，一窝蜂地涌上来，你一拳，我一脚，将刁明打倒在地，刁明边躲闪边央求："大家行行好，别打了，别打了。"

许满屯："乡亲们先请住手，我有话要问他。"一脚踩在刁明胸脯上，喝问："说！你为什么要带鬼子找到印钞局掩藏物资的山洞？"

"唉，鬼子逼我带路，不依不行啊！"

"说！你为什么枪杀无辜的乡亲？"

"这个……"

"说！你为什么用假钞骗走老乡的一头黄牛，害得人家老伴上吊身亡，你缺德到家了。"

四周一片怒吼："打死他！打死他！"用脚乱踢刁明。

许满屯解开捆柴禾的麻绳，对众人说："来，大家帮个忙，把他捆上，押回村里开公审大会。"

群众甲："开什么公审大会！这种狗汉奸毙了算了。"

群众乙："他一人手上就有三条人命，够死几次了。"

一位私塾先生模样的老人指着刁明骂道："为虎作伥，助纣为虐，死有余辜。"又对许满屯说："你们手中有枪，还不快点为民除害！"

众怒吼："杀了他！杀了他！为民除害！"

许满屯见群情激愤，便说："好，我就依了乡亲们。二柱把枪给我。"

二柱递枪，许满屯接过手枪，打开枪头保险，见里面有几发子弹，对二柱说："你想为你爹、你娘、你哥报仇吗？"

"想！我做梦都想报仇。"

"你敢向杀父仇人的脑袋开枪吗？"

"敢。"

许满屯把枪交给二柱时教他："你只要对他的脑袋一扣扳机就行了！"

二柱向刁明额头开了一枪，刁明惨叫毙命。

周围一片声地喝彩："嘿，小伙子真是好样的，为爹妈报了仇。"

"唔，自古英雄出少年嘛！"

有人踢着尸首咒骂："狗汉奸认鬼子当爹，该死该死！"

私塾先生摇头晃脑地说："善有善报，恶有恶报，时间一到，一切皆报！"

许满屯拉着二柱急急离去。

6、山道上。（日，外）

许满屯搀着二柱的手，两人步履欢快。

二柱抬起头，对养父崇敬地说："爹！您老人家真了不起，还会打枪。咱把这枪上交区武工队吧。"

"唔。"

"爹啥时带我上区里去？"

许满屯哈哈大笑，把二柱抱起来，又在他的脸蛋上亲了一口，说："区里不去了，区武工队远在天边，近在眼前。"

二柱忙哧溜滑下了地，惊讶地说："爹——"

"爹就是区武工队队长，没想到吧？"

二柱高兴坏了，忙拉着养父的衣襟说："爹！我也要参加武工队……"

许满屯打量二柱，故意逗趣道："你？人长得还没枪杆子高，半夜还要尿炕，也想当兵哪？"

"爹，您不是常说：有志不在年高，无志空活百岁吗？个子矮又怎么啦？我不照样开枪打死汉奸吗？"

许满屯拉长声音道："行！我们二柱这么勇敢，长大肯定有出息，爹同意让你参加武工队。但是，参加了武工队可得服从命令听指挥哦。"

"那当然啦！"

许满屯喜爱地拍了一下养子的小脑瓜，称赞："好小子，真不简单，日后一定是个好战士。"

7、山野。（夜，外）

月黑风高，云障星隐。危峰乱叠，峭立亘天。

赵普等人搀扶着病号，杨馨和甄婷搀扶着挺着大肚子的晓月，手抓长藤，艰难地向上攀登。

已有八个月身孕的晓月揉着肚子痛苦地呻吟："哎哟，哎哟，看来我就要生了，这可咋办哩？"

甄婷安慰道："冯所长，你忍着点，翻过这座山，找个人家歇下来再说。"

杨馨焦急地说："月妹，挺住，挺住，进了村子就好了。"

晓月苦着脸说："可我肚子疼得厉害，喘不过气来。你们走吧，别管我了。"

甄婷生气地说："这是什么话？我们能丢下你不管吗？"

杨馨接茬道："是啊，月妹快别说傻话了，咱们骨肉相连，熬过这一关就好了。"

晓月叹气："唉，恐怕我熬不到那一天了。"惨叫："哎哟！哎哟！"

甄婷急得额头汗珠直淌，抱歉地说："这半山腰中连落脚的地方都没有哇，请你再坚持一下。"

"哎呀，我坚持不了啦！"晓月突然蹲下。一声尖锐的婴啼传来："哇哇——"倏然又止。晓月双手鲜血淋漓，捧着一个赤条条、血淋淋的女婴，随即闭上了双眼，手一松，婴儿滚在一边。

众人惊呼："冯所长！"

杨馨伸手探其鼻息，惊怖地喊："月妹！"悲痛欲绝，抚尸大哭："月妹啊！你这一走，我怎么向我的弟弟交代啊？"

甄婷也忙摸晓月鼻息，捶胸大恸："晓月，我们没能照顾好你，愧对你呀！"

远处传来"啪啪"几声冷枪。

赵普对甄婷泣道："甄主席，山高天寒，风狂路陡，像我们这些身强力壮的小伙子也顶不住，更何况这些病号和孕妇呢。咱们得赶紧找个地方把他们安置下来，等反'扫荡'结束后，再来接他们。"

甄婷擦着眼泪说："事到如今，也只能这样办了。要不然，我们会牺牲更多的同志啊！"随后，与杨馨等人用树枝将晓月和死婴草草遮掩，又匆匆赶路了。

8、许满屯家堂屋。（夜，内）

破炕桌上，一盏油灯摇曳不定，甄婷和许满屯盘膝坐在炕上，二柱蹲在灶前烧水。不一会儿，锅盖上便冒出热气，水咕噜咕噜地烧开了。

二柱舀上两碗开水，送到养父和甄婷面前，又从灶灰中扒出几只烤熟的地瓜，用粗瓷碗盛了，送到炕桌上。

许满屯："甄主席，请！"

甄婷："谢谢村长。"皮也不剥地啃了起来，又灌了几口热水，抹了抹嘴唇："哎呀，痛快，痛快。我们印钞局的同志自从反'扫荡'以来，二十多天没吃上一顿熟的，没喝上一口热水啊！"

"唉，这种苦日子壮汉也打熬不过，病号和孕妇怎么挺得住啊！"指地瓜："你把它全吃了吧。"

"不，你们的日子也挺苦的，留给孩子吧。"

"那您待会儿带给病号。"

"也好。"甄婷悲痛地说："那位牺牲的冯晓月同志，是印钞局的医疗所所长。如果不是在高山峻岭上，她决不会牺牲。想起失去的战友，我们的心都揪着疼啊！所以，我想把一些病号托付给你们，我们决不是甩下包袱。因为他们再也经不起折腾了，他们都有一技之长，是印钞局的宝贵财富啊。当然，我们也不忍心增加乡亲们的负担，会适当给些补助。"说罢从军衣口袋中掏出一大摞边币，放在炕桌上，向许满屯推去。

许满屯将边币又推向甄婷，恳切地说："甄主席，你这就见外了，俺老百姓和八路军手牵手、心连心，是亲骨肉。有俺吃的，就有同志们吃的，这钱快收起来吧。"

甄婷坚决地说："不！这钱你无论如何要收下，八路军有三大纪律八项注意，不拿群众一针一线。如果你们不收下这钱，说明嫌弃我们，怕受牵连，不愿意留下我们的同志。看来只好让他们冒着枪林弹雨，每日转移、隐蔽、与敌人周旋，再忍受颠沛流离之苦了。"

许满屯发急道："哎呀，看你说到哪去了！俺的意思是穷家富路，家贫不算贫，路贫贫煞人。俺是好意，想把这钱留着你们路上花，既然话说到这个份儿上，我就把钱收下，分给家里住着病号的乡亲们。"

甄婷露出笑容："这就对了，多谢村长，多谢乡亲们。"

"一家人不说两家话，你就甭客气了。"

9、村头。（晨，外）

许满屯、二柱、村民及病号与甄婷、赵普、杨馨等依依惜别。

甄婷："同志们安心养病，我们去追赶宋局长他们。只要反'扫荡'

一结束，我们就马上来接你们。"

病号："好，我们等着你们。甄主席，你们也要多保重。"

甄婷点头，对许满屯说："许村长，拜托了。"

许满屯："放心吧，我们会细心照料他们的。"

甄婷指着远处岗楼上的膏药旗，恨恨地说："万恶的日本鬼子，你虽然能侵占我们的地方，但是你无法阻止我们印钞机的转动。我们将在新的地方盖起印钞厂，让机器转得更快、更欢！迎接胜利的那一天。"

众："对，我们一定要让机器转得更快、更欢！迎接胜利的那一天。"

10、山坡。（晨，外）

井原带着日兵路过，日兵甲惊叫："少佐阁下，请看。"

井原抬眼，顺着血迹看到树枝遮掩下的青年妇女和婴儿的尸体。没好气地训斥："大惊小怪什么？打了多年的仗，难道没见过支那死人吗？"

"不！属下的意思是，这荒山野外，前不巴村，后不靠店，这一对刚刚死去的母女，会不会是八路印钞局转移的家属呢？"

井原一拍脑瓜："唔，有可能。一定是孕妇走到半山腰忽然要生养了，条件太过恶劣，所以母子双双毙命。如果我的猜测是对的话，八路印钞局不敢再让病号和孕产妇爬高山，钻老林了，一定会把他们就近疏散到各个村落中。也罢，先回营再说。"

井原带着部属，回身向来时的路上走去。

11、村庄。（夜，外）

"走，一个都不准留在家里，都给我们往前走。"一群群的日本兵，有的高举火把，有的端着刺刀，推推搡搡地将全村的男女老幼统统驱往村外。

12、芦苇荡边。（夜，外）

残月寒星，荒草绵茫如烟，塘边蛙吹如啼，景象甚觉凄凉。

井原喝令："都站好了！站好了！现在给你们最后三分钟的时间考虑，只要交出印钞局的伤病员，你们就没事了。"

众村民："我们这里没有什么伤病员，快放了我们。"

井原凶恶地说："不交出伤病员，统统死啦死啦的！"

许满屯大义凛然地说："小鬼子，你杀吧，中国人是杀不绝的。总有一天，中国人会向你们讨还血债，你们将死无葬身之地。"

井原冷笑："嘿嘿，死到临头，嘴还这么硬哪！别着急，我马上成全你们。"

一个婴儿在母亲怀中哇哇大哭，日兵甲走过去，不由分说，抓起婴儿便往池塘中扔去。年轻的母亲发疯般地撕打日兵甲："小鬼子，还我的孩子，还我的孩子！"

日兵甲挣开女人，"呀"地一声怪叫，将刺刀捅进女人肚子，随后猛然抽出刺刀，一股热血喷溅而出，女人无声地倒下了。

许满屯大吼："乡亲们，跟鬼子拼了！"从怀中掏出手枪，击倒了日兵甲，青壮年男子及几个病号也怒吼着向敌人扑去。

井原大叫："快开枪！快开枪！"

日兵的所有枪械都向无辜的村民开了火，死难者横七竖八倒在血泊中。

井原命令："倒上汽油，焚尸灭迹。"

"哈依！"

日兵将一桶桶的汽油浇在尸堆上，左臂中弹的二柱被浓烈的汽油呛醒，睁眼看见旁边是池塘，马上滚进了池塘。

日兵高叫："有人跳塘跑啦！"

井原向着水面开了几枪。

日兵将火把抛在尸堆上，立刻燃烧起来。

井原："撤！"带着部属走了。

二柱从芦苇荡中湿淋淋地爬上岸，跪在火堆旁痛哭："爹！爹爹呀！我一定要参加八路军，为你们报仇！"

13、山涧。（晨，外）

宋衡、杨卓、温越等率印钞局员工蹒跚走近。

宋衡："同志们，歇一下，喝口水再走。"

众应："哎。累死了！"欠身捧喝涧水。

温越指着远处惊呼："快看，鬼子又在烧村子啦！"

众人望着远处村庄的浓烟，双眸充满仇恨。

宋衡愤恨地说："鬼子的高压政策极其残暴，隔三岔五就来个大'扫荡'，至于几十人、几百人的小规模'扫荡'，一天都没中断。今天偷袭这个村庄，明天血洗那片村庄，老百姓可遭了大难喽！真是抬头见岗楼，低头见白骨。无村不戴孝，国无安宁处。敌人的暴行，燃起了仇恨的怒火。这怒火越烧越旺，一定会把他们化为灰烬！"

众人："对！"

杨卓忧伤地说："咱整天和鬼子捉迷藏，爬山涉水钻密林，疲于奔命，大家都直喊吃不消。甄主席领着那班病号真够呛，还不知他们有多艰难呢。尤其是晓月，就要足月生产了。万一临盆，前不巴村，后不靠店怎么办？我愁得都长白头发了。"

画外音："宋局长、杨连长。"

众人一齐抬头，只见二柱满脸血痕，衣衫又脏又破，向他们奔来。

宋衡连忙迎上："二柱。"

二柱扑向宋衡哭道："我可找到你们啦，村子叫鬼子烧了，乡亲们也叫鬼子杀了。我要参加八路军，为我全家报仇。"

宋衡惊叫："什么？村子烧了，乡亲们全都牺牲了？"

"没错。甄主席因为冯所长和她的孩子都死了，怕伤病员再也经不起长途奔波和折腾，送到我们村养伤。那天夜里，鬼子把全村老幼押到芦荡边，逼大家交出八路军伤病员。但乡亲们没有一个是孬种，宁死不屈。宋局长，我再也没家没亲人了，收下我吧。"二柱泣不成声。

"好，我收下你。从今天起，你就是一名光荣的印钞战士了。"

"宋局长！"二柱又呜呜咽咽地哭了起来。

冯纪云惊呼："晓月，孩子！"眼前一黑，差点摔倒，杨卓连忙扶住："爸！爸！"

冯纪云推开杨卓，捶胸顿足地哭喊："晓月，你这么年轻，不该死啊！我咋不死呢。"

众人咒骂："万恶的鬼子兵，不得好死！"

宋衡扶着冯纪云的肩膀，悲愤地劝道："冯主任，请节哀！我们要牢记这血海深仇，血债要用血来偿。"

众："对！血债要用血来偿。"

杨卓一声长啸："啊——"拔出背上的大砍刀，狂怒地劈向周围的树木，枝叶纷纷坠落。随即弃刀，跪在地上抱头大哭："晓月，孩子，你们死得好惨哪！我没能保护好你们，对不起你们啊！"

东面响起枪声，杨卓擦了擦眼泪，站起来命令："同志们，马上集合，向北前进。"

人们正欲行动，杨馨、赵普等人远远地向队伍奔来，高叫："宋局长！杨连长！"

宋衡迎上握手："小赵。"眼睛四下一扫，忙问："甄主席呢？"

"我们追赶队伍，好几次遭遇敌人，突围时，不知她跑到哪儿去了。"

杨馨抹泪道："甄主席是近视眼，我真为她担心呀！这次转移，弟妹和侄儿牺牲，损失太惨重了。"

宋衡一摆手，示意妻子别再说了，下令："准备战斗！"

14、山岭。（晨，外）

披头散发、掉了眼镜的甄婷拖着一条流血的伤腿，手攀悬藤，爬上了山顶，抱着一棵大树直喘粗气。山腰传来脚步声，甄婷探首张望，雾气弥漫，她连连揉眼，但还是看不清人影。脚步声越来越响，人影越来越近。甄婷终于看见了日兵挑着的一面膏药旗，惊恐地瞪大眼睛。

井原与十几个鬼子也发现了甄婷。

鬼子甲："嘿，山顶上有个花姑娘！"

鬼子乙："山里头碰上花姑娘，可以享受一番。"

井原："大家不要开枪，抓活的。"

甄婷闻言紧咬嘴唇，扣动扳机，向人影连发十几枪，但只击中了两个鬼子。

井原见甄婷连连开枪，怒喊道："打死她。"

甄婷再次反击时子弹已经打光，井原见状又喊："抓活的！"

十几个鬼子端枪逼近她，甄婷高喊："宋局长！杨卓！这有敌人，多保重啊！"纵身一跃跳下山崖。

15、山脚下。（晨，外）

宋衡、杨卓等人闻喊声惊愕，杨馨讶道："咦，传来的好像是甄主席的声音。"

杨卓："对，她的嗓门特别清亮，是不是遇到危险了？"

宋衡："咱们快去山顶看看。"

"是。"

众人加快了脚步。

16、山坡上。（晨，外）

杨卓发现头破血流的甄婷，忙扑过去抱住她唤道："甄主席，甄主席……哎呀！"连忙撕了块衣襟，帮甄婷堵住伤口。

宋衡忙问："怎么回事？"立刻明白了："你要殉国！"

甄婷张开眼睛，点点头，虚弱地说："宋局长、杨连长。"

宋衡痛心地说："你为什么要干傻事啊！"

甄婷："我们追赶队伍，好几次遭遇敌人。激战中，我丢了眼镜，中了流弹，还和同志们失散了，一个人爬上山头。刚才，我被敌人包围，害怕落到鬼子的手中被糟蹋，所以跳了崖。没想到，我还能……"

宋衡打断了甄婷的话，紧紧握住甄婷的手说："小甄，别说了，你是甄局长的英雄后代。你年轻，身体很快会恢复的。"

杨卓含着热泪说："甄主席，我背你赶路。"

第三十集

1、温剑奎家门口。（日，外）

一辆人力车飞奔而至，停稳后，手提包袱、头剪短发、身穿蓝衣蓝裤黑布鞋的戴月娇下了车，给了车夫几个铜板。车夫满意地说："谢谢小姐。"拉车径去。

戴月娇整掠头发，举手叩响了门环。

乌发盘髻，衣着光鲜的秋岚开了门，问道："你找谁？"

"请问这是温剑奎先生的府上吗？"

"是。你是……"

"哦，我叫戴月娇，是温越在汉训班的同学。"

"请进来吧。"

"谢谢。"

2、温家堂屋。（日，内）

温剑奎的发妻沈剑萍饶有兴致地听戴月娇谈论她的爱子温越，秋岚也坐在一旁倾听。

沈剑萍连珠炮似地发问："你们汉训班伙食好吗？温越瘦不瘦？功课怎样？老师看重他吗？"

戴月娇笑眯眯地说："请伯母放心，我们那儿的伙食可真不错，天天有大米白面吃，中午还有摊鸡蛋、炒肉片呢。"

沈剑萍欣慰道："唔，这年头，每天能吃上大米白面、猪肉鸡蛋的可真不容易，连地主老财也吃不上呀！能有这样的营养，温越的身体坏不了。"

"那可不！温越同学英挺俊朗，非常健康。"

戴月娇见沈剑萍姑侄俩都入神地倾听，益发起劲，绘声绘色地说："头一天上课，班主任戴笠先生就指定温越同学为班长兼指导员。还说温越同学是原八路军一一五师的警卫排长，多年在林彪、聂荣臻两位名将身边，耳濡目染，军事素养一定不错。并说我们干训班的学员都是特殊人才，将来要出国家的财政部长、交通部长、内政部长和外交部长。"

沈剑萍乐得眉开眼笑："嘻嘻嘻。"

戴月娇又说："班主任还夸奖温越同学太优秀了，是这次训练班中最出色的学员。操场上，温越同学不管在单杠、双杠、吊环、鞍马上都翻飞似燕，我们全班同学把手都拍疼了。"

沈剑萍笑盈盈地点点头，问："戴小姐跑到这里来找越儿，可真不巧，他在边区工作，已有很长时间没回家了。不知戴小姐有何打算？"

戴月娇随即可怜兮兮地说："伯母，我自幼父母双亡，依靠叔父得以长大成人。我想请伯父伯母给我安排个工作，拜托您二老了。"

"你是什么学历？"

"高中毕业。"

沈剑萍皱眉道："文化程度倒是不算低，可越儿他爸是个军人，难以给你安排合适的工作呀。"

"既然伯父有难处，侄女不敢勉强。我想在府上寄住一段时日，自己出去寻找工作，不管当个小学教员或者店员都可以。"

"这个……"沈剑萍用审视的目光上下打量戴月娇。

秋岚劝道："姑妈，戴小姐远道而来看望表哥，也是他们同学一场的情义，就让她住下吧。"

沈剑萍勉强应道："好吧。戴小姐可以在此暂住，但越儿他爸性情暴躁，容易发脾气，你还要多担待一点才好。"

"哎呀，伯母说到哪去了！贵府能够容留我，已是感恩不尽。但我也不能白住，在找到工作之前，我就帮府上干些粗活，以后打扫庭院、烧茶煮饭都交给我好了。"

"这！这怎么好意思，你是越儿的同学呀。"

"伯母若容月娇住下，就得让我干点活计，这才是处常之道。"

"嗯，嗯。"沈剑萍连连点头，心声："此女相貌不俗，又举止爽利、人情练达，一看便是精明之人。留在府中帮佣，颇能让我省心省力。"

3、厨房。（日，内）

戴月娇忙得不亦乐乎，额头汗津津的，一忽儿手脚麻利地"嗒嗒嗒"切菜，一忽儿在沸腾的油锅中翻炒菜肴，出锅装盘。

4、堂屋。（日，内）

八仙桌上热气腾腾，什么盐水鸭、栗子鸡、东坡肉、爆腰片、熘肝尖、炒青菜、煎豆腐，桌子正中是一海碗的榨菜粉丝汤，上面撒着虾皮儿和青蒜末。

沈剑萍满意地看着腰系围裙，忙里忙外的戴月娇，对秋岚说："去书房叫你姑父来吃晚饭。"

"哎。"秋岚敲书房的门："姑父，姑父，吃饭喽。"

"好，吃饭，吃饭。"温剑奎打开房门，伸了伸懒腰，走到桌前一看，叫道："哇，这么多菜，上哪儿找的厨师？"边说边坐下，拿了筷子挟了块栗子鸡便津津有味地咀嚼起来。连声夸赞："不错，不错，很入味。"

沈剑萍笑嗔："又胡说八道了，什么厨师不厨师的，人家是越儿干训班的同学，叫戴月娇，想到这儿来找个工作，先在咱家住下来。"

"人呢？"

"马上就到，在厨房盛饭呢。"

须臾，戴月娇手托木盘轻盈地走来了，上面放着四碗大米饭。她先将饭碗递给温剑奎，又甜甜地叫了声："伯父，请慢用。"

"谢谢。"温剑奎抬眼看了一下戴月娇。

戴月娇又将饭碗递给沈剑萍道："伯母，请用饭。"

"好。你也坐下吃吧。"

"是，秋岚小姐，给你。"

秋岚微笑道："戴小姐，你别这样客气，就叫我秋岚吧。"

"好！好！你以后也别叫我戴小姐，叫我月娇好了。"戴月娇殷勤地问："伯父、伯母，菜烧得不好，请多原谅。"

温剑奎嘴里鼓鼓的，边嚼边说："菜烧得不错，你伯母和秋岚都不会烧菜，每天对付着吃，你要是长在我家就好了。"

沈剑萍嗔道："又胡说，让越儿知道非跟你吵架不可，怎能委屈他的同窗学友做女佣呢。"

戴月娇忙说："伯父伯母要肯收留我的话，再好也没有了。我一边在你家帮佣，一边自学，圆我的大学梦。不瞒二老，我一心想考清华、北大呢。"

沈剑萍："唔，你真是个有志气的好孩子，家里人不多，家务也不重，你空闲下来尽管读书。"

"谢太太。"

"你怎么叫我太太？"

"处事做人还是讲点规矩好。府上既供应我吃、住，我为府上干活，实际上已是主仆关系。以后我称呼伯父伯母为老爷、太太，称秋岚姑娘为小姐，这样也能长期相处。"

沈剑萍："戴小姐既如此说，悉听尊便，我每月另给你十块钱，你攒下来做学费。一旦考上大学，另谋高就，随时可以离开我家。"

戴月娇感激地说："多谢太太周全。"

温剑奎："月娇啊，你倒是挺能干的，菜烧得有滋有味，日后我们天天能饱口福喽。"

"烧这点粗菜实在算不了什么，因为灵寿是冀西小县，食材有限。要在我浙江老家，有的是活鱼活虾，我还能烧出更多更美的菜肴，什么爆鳝片、熘虾球、炒蟹粉、烩鱼翅，多了去了。"

戴月娇正吹得忘情，温剑奎眉头一皱，抢白道："嚯，看来你是大户人家的小姐吧，怎么饮食如此考究？"

戴月娇慌忙掩饰道："哪里，哪里。因我母亲在浙江省长家当过厨娘，所以我多少学了点皮毛。"

沈剑萍："古人常说：宁娶大家奴，不娶小家女。因为大户人家的奴婢见多识广，比那些穷家小户的闺女强多了。难怪月娇如此精明干练，不比千金小姐逊色。"

"岂敢，岂敢，太太过奖了。"

5、温家庭院。（晚，外）

沈剑萍吩咐戴月娇："月娇啊，我和秋岚去看戏，是程砚秋嫡传弟子的全本《锁麟囊》，你不用等我们，早点睡吧。"

"哎。"

沈剑萍向堂屋喊道："秋岚，好了没有？"

"好了！好了！"秋岚略施脂粉，娉娉婷婷地来到院中，挽着沈剑萍的手臂说："姑妈，咱走吧。"姑侄二人高高兴兴地出了门。

戴月娇无意中抬头，只见温剑奎站在堂屋门口，两只呆看秋岚的眼睛中射出炽烈的欲火，暗暗点了点头。

6、书房。（晚，内）

温剑奎正在阅读武侠小说《火烧红莲寺》，门外传来叩击声："老爷。"

"进来。"

戴月娇托着木盘，将一只有盖的白瓷杯轻轻放在主人面前："老爷请用茶。"

"好。"温剑奎掀开杯盖，见热气氤氲，又放下说："太烫了，凉一会儿。"

月娇："请问老爷，毕业于哪一所院校？"

"日本陆军大学。"

"哎哟，那可是日本一流的军事院校啊！堂堂陆军大学毕业的高材生只当个保安司令，实在太屈材了。我都为你抱不平。"

"咳，抱不平又能怎样？过去是一朝天子一朝臣，现在是一拨首长一拨人。朝中有人好做官，朝中无人难升官。如果高层没人提携的话，不管是军队还是地方，升迁都是很困难的。"

"有道理！自古以来便是'君王舅子三公位，宰相门人七品官'。老爷既是堂堂日本陆军大学的高材生，去投靠蒋总裁必然前程无量。这就叫良禽择木而栖，良臣择主而事。跟那汪精卫当汉奸，决没有好下场。"

温剑奎脸色倏地一沉，抓过手枪点着她脑门喝问："你究竟是什么人？听你的语气，倒像是军统特务！想来策反不成？"

月娇慌忙摇手："老爷别误会，别误会，我是温越的同学，这些话是温越说的。"

温剑奎收起手枪，狠狠地瞪了她两眼，哼道："温越？他不是跟着八路鬼混的吗？什么蒋总裁！总裁独裁，中正不正。像我这样的人到了老蒋那儿也吃不开，只好算四等杂牌，冲锋打头阵，撤退当掩护。要不是看你手脚勤快，侍候得我舒舒服服，早就赏你一粒花生米下酒了。你跟我说实话，你到我家来究竟想干什么？"

"既然老爷问起，我就直言相告。我因为痴恋温越，为追求心上人，千里迢迢来到灵寿，盼望有朝一日能结为连理。恳请老爷成全。"

温剑奎"哦"了一声，板着脸说："我劝你死了这条心吧，越儿早就有了未婚妻，你也看见了。秋岚具有日本皇家血统，她的父亲在唐县三专署当专员。而你，你的母亲却是个厨娘。你对越儿一片痴心，不惜屈身为奴，令我很感动，也不忍心责备你。但你和越儿不会有结果的，尽早抽身回头吧。"

"求求老爷帮帮忙，让我侍候你们老两口一辈子。日后，日后让温越收我当个偏房。"月娇向主人跪下苦苦哀求。

"哎呀，快起来，快起来，你怎这样会缠人。"

沈剑萍带了秋岚已悄悄摸近书房，见月娇跪在温剑奎面前，还把双手搭在主人膝上，不由勃然大怒，踢开门，冲上前便对月娇两个耳光，骂道："不要脸的，趁我不在勾引老爷，你俩唱的是哪出戏？"

月娇捂着脸分辩："太太误会了，我要勾引老爷何必下跪，干脆上床就是，我有事求老爷呢。"

"有事求他干嘛？直接跟我说！"

"是。不瞒太太，我在干训班时就狂热地爱上温越，他因为有了心上人，对我不屑一顾。但我痴心不改，追到灵寿，甚至屈身为奴，盼望有朝一日美梦成真。因此拜求老爷成全。"

"哦，我说呢！你好好地跑到我家来干嘛呢？老爷说什么？"沈剑萍的脸色已和缓好多。

"老爷劝我死了这条心，说秋岚具有日本皇家血统，父亲又是唐县三专署的专员。而我只是厨娘的女儿，劝我及早抽身回头。我央求他别赶我走，我要侍候你们老两口一辈子，日后让温越收我当个偏房。我说的字字是真，不信可问老爷。"

温剑奎："她说的确实是真话，没有一个字虚假。再说了，我能跟她有什么事？"

秋岚"哇"地哭出声，捂脸跑出去了。

月娇又膝行至女主人身边："太太，就让月娇留下来侍候您吧。"

沈剑萍蔼声道："好孩子，快起来吧，我错怪你了，越儿就那么吸引你？"

"他太难得了，不但文武双全，而且秉性正直。我们班上有十多个女同学，可他连正眼都不看，一有空就拿出秋岚的照片端详。他越是高傲，我越是倾倒，因此不顾山遥路远，来到灵寿。求求你们，别赶我走。"

沈剑萍长叹道："唉，你就留下吧。但是耽误了你的青春，我们可不能负责。"

"月娇心甘情愿，跟任何人无关。"

7、厨房。（晚，内）

月娇从一只落满灰尘的大花瓶中，掏出三只纸包，抽出其中一包，将绿色的药粉倾了少许在一杯冒着热气的咖啡杯中，用勺搅了两下，随即用托盘端了往堂屋走去。

8、书房。（晚，内）

月娇把咖啡杯放在主人面前："老爷请用咖啡。"

"唔。"温剑奎边看书，边小口呷着咖啡。

月娇出门。

9、沈剑萍卧室。（晚，内）

月娇帮女主人洗脚，小心地擦干脚上的水珠，说："太太，肥皂用光了，趁现在没事，我去杂货店买上几块，明天一早就能洗衣裳。"

"去吧。"

"哎。"

月娇阴阴一笑，走出房门。

10、书房。（夜，内）

温剑奎浑身燥热，眼红气喘，烦躁地将书一抛，解开衣扣，走出门去。

11、温家厢房。（夜，内）

皎洁的月光照射在秋岚粉嫩的脸颊上，笑涡隐现，上身穿着大红短衫，露出一痕雪脯，两条玉臂。

温剑奎轻轻推开房门，走向床头，见到少女迷人的娇躯，猛地扑上去，双手撕扯她的短衣。秋岚惊醒，就着微弱的月光，惊叫："姑父，是你？求求你，别这样！我是你的侄女和未婚儿媳啊！"

温剑奎粗重地喘着气："不管他！你和我没啥血缘关系。宝贝，我喜欢你，只要你依了我，我的家就是你的家，我的钱就是你的钱，你要多少，我就给你多少！"

秋岚尖叫："不！"拼命蹬踢双腿，"啊"地一声惨叫，渐渐停止了挣扎，两行眼泪决堤般地滚下面颊。

12、厨房。（日，内）

沈剑萍瞥见怀妊的秋岚扶着墙呕吐，冷哼一声。咬牙切齿地骂道："骚货！"端着一碗汤药对秋岚厉声道："给我喝下去！"

秋岚捧着肚子疼得在地上打滚，惨叫："哎哟，哎哟……"

13、温家大门口。（日，内）

秋岚泪痕满面，抱着沈剑萍的裤腿苦苦哀求："姑妈，娘，您老人家开开恩，千万别把我推进火坑，别卖我到那见不得人的地方去，我是您的亲侄女和儿媳啊！"

沈剑萍冷酷地一脚将她踢翻："呸！没想到你竟做出如此伤风败俗的丑事。别跟老娘套近乎，我沈家没你这样的贱货。你这贱人面泛桃花，身如风柳，眼光如醉，心带邪情。只配发落到花街柳巷。"喝令温剑奎的心腹部下大黑和金富："把她拉走！"

秋岚绝望地咒骂："你这样狠毒，这样缺德，这样绝情绝义，不得好死！"

两个汉子一人拉一条胳膊，将哭骂着的秋岚拖走了。

14、翠香楼妓院客厅。（日，内）

鸨母翠花上下左右，仔细端详丽质天生的秋岚，笑得合不拢嘴，啧啧称赞："好个水灵的姑娘，灵寿县城找不出第二个来。"将厚厚的一叠纸币递给大黑："老总，这是五万块钱。"大黑接过钱，拉着金富走了。

15、翠香楼妓院门口。（晚，外）

门首悬挂着缕空玻璃电灯，嫖客蜂拥而进。

16、翠香楼妓院客厅。（晚，内）

盛妆艳容的秋岚，站在一群庸脂俗粉中，愈显得妖丽出众。一群嫖客馋涎欲滴地围绕着她转圈，秋岚冷若冰霜，昂首凛然，不屑一顾。

17、黑屋。（夜，内）

秋岚被吊到大梁上，翠花手拿皮鞭喝问："我问你，你到底接不接客？"

"不接。"

"啪啪啪！"皮鞭像雨点般地落在她身上。

18、妓院厢房。（夜，内）

秋岚哭得喉咙声哑，打开箱子，取出一匹绸布，抖散后抛向房梁，又搬了凳子放在梁下，随即登上凳子，将绸带系在脖子上，便动手打结。

门外，早就料到秋岚有此一举的翠花透过门缝向内窥望，两只眼睛射出恼怒惊惧的凶光，一脚踹开房门，大喝："住手！"

秋岚本能地停止动作，翠花一把将秋岚拽下了地，随手打了她两个耳光，斥骂："好你个贱人，你想害老娘人财两空啊！告诉你，想死没那么容易。"

秋岚抽泣道："我妈是日本天皇的堂姐，我不能给皇族丢脸。求求您，让我死了吧！"

翠花呵呵大笑："哎呀，原来秋岚还是个日本郡主哪！如此失敬失敬！"又亲亲热热地问："姑娘是什么文化程度？"

"保定师范毕业。"

"哎呀，还是个大才女呢。不知姑娘可知道宋代的李师师、明末清初的陈圆圆和董小宛等金陵八艳？"

"知道，都是色艺双绝的一代名妓。"

"知道就好，你看她们也是干这一行的，整天让那些文人墨客，王孙公子给爱着、宠着、捧着，享尽了风流富贵。再说呀，女人的身子，一旦被男人糟蹋过，也就没什么要紧的了！人生苦短，要学会及时行乐呀。咱不如就来个一不做、二不休！只要你依了妈妈，妈妈保证疼你爱你，把你当心肝宝贝。我还要买两个丫环侍候你，让你锦衣玉食，成为灵寿县城第一花魁。"

秋岚泪如泉涌，扑向翠花，大叫："妈妈！"

"哎，我的好乖乖，好女儿。"翠花喜泪横流，搂住秋岚，两人都哭了起来。

19、温家堂屋。（日，内）

大黑手执联银券哭丧着脸对沈剑萍说："太太，您老人家赏给我俩的钱是假钞，我俩一个子儿都没动，仍还给您吧。"夺过金富手中的钱，一齐递给沈剑萍。

沈剑萍又惊又怒，接过纸币往桌上一拍，骂道："那老婊子竟敢来蒙骗老娘，她那翠香楼以后还想安顿吗？"从衣袋中掏出一把银元，每人给了五块说："拿去花吧。"

"谢太太。太太还有什么吩咐？"

"把你们司令叫回家，我有话要说。"

"是。"

20、翠香楼妓院客厅。（晚，内）

闹闹哄哄，嫖客里三层外三层围着鸨儿翠花大声嚷嚷："我出十块大洋，请秋岚姑娘陪我。"

"我出一千元联银券，让秋岚陪我一夜。"

"我出一两金子，今晚秋岚得归我。"

"我哪怕倾家荡产，也要尝尝日本郡主的滋味。"

带着大黑和金富进门的温剑奎惊呆，少顷，他从大黑手中接过厚厚的一摞纸币，大步流星地走近翠花，喝问："谁是管事的？"

嫖客俱往旁边让开，翠花硬着头皮道："呦，温司令，我就是这儿管事的内当家，小名翠花，请多关照。"

温剑奎把纸币往翠花脸上捧去，怒骂："臭娘们，胆子不小，用假钞买货真价实的大姑娘，欺负到我保安司令头上来了。"喝令大黑金富："给我砸！"

大黑抓起花瓶、景泰蓝等瓷器使劲掷地，发出阵阵脆响，金富一把掀翻了桌子，茶壶茶杯咣当当摔个粉碎。

大黑又冲上前左右开弓打了翠花两个耳光，骂道："老婊子，你坑蒙拐骗也不睁只眼睛，买走了我们温司令的侄小姐，当成了摇钱树，居然还用假钞支付，你他妈的猪油蒙了心，找死！"

翠花吓坏了，忙扑通跪在温剑奎面前说："对不起，对不起，你温司令大人大量，别跟我们妇道人家一般见识。"

温剑奎威严地说："滚起来。"

"哎！哎！"

"说！你为啥用假钞骗人？"

翠花见温剑奎两只眼睛在自家身上骨碌碌打转，胆子顿时壮了，嘻皮笑脸地说："哟，司令干吗发这么大的火，我哪儿看得出真钞假钞啊。"

温剑奎拔出手枪，点着她脑门道："老婊子，你给我听好了，马上发还秋岚。"

翠花急了，拍着大腿道："秋岚我已买下了，怎能发还？再说她也不是什么黄花大姑娘，司令可别仗势欺人哟。"

温剑奎听出她话里有话，大怒道："你是买下了，可给的是假钞，一文不值。告诉你，我只要二拇指一扣，你就得上西天。要不，给二十根金条，少一根也不行。你要胆敢违抗我的命令，我立马封了你这窑子院。"

众嫖客起哄："用假钞买人家水灵灵的大姑娘，赚大钱，老婊子好缺德哟。"

温剑奎威胁道："你给不给？"

"给！给！请司令少待。"翠花一溜烟逃进内室，须臾捧着一个布包出来了，向温剑奎赔笑道："敝楼一时凑不出许多金条，先支付十根，余下的慢慢再给。如果司令有兴趣的话，随时可来敝楼喝茶品花，我们极表欢迎。至于赏钱吗，就从那十根条子中扣除。"

温剑奎朗声大笑道："哈哈，好个会做生意的老鸨婆。也罢，温某就赏你个面子吧。"吩咐大黑："收下条子，咱们走。"

"慢着。"翠花又往大黑、金富手中各塞了两块银元："买茶喝。"

两人朝翠花点点头，转身便走。翠花又拉住温剑奎道："司令，有空一定要来翠香楼哇，我等着您。"媚眼一抛，风骚地一笑。

温剑奎在她的粉腮上捏了一把，语带双关地说："放心吧，我会来找你要账的。"

21、沈剑萍卧室。（晚，内）

温剑奎见月娇正在给女主人捶腿，便说："月娇，你出去。"

"哎。"月娇走出房门，顺手将门带上了。

温剑奎将一包金条往床上一扔："看，这是什么？"

沈剑萍打开，惊呼："哇，一百两金子，翠香楼给的？"

"你何必明知故问。这是秋岚的身价钱。"

沈剑萍叹道："秋岚真值钱啊！老鸨花这么多金子可以买二十个小姑娘了，秋岚一定成了翠香楼的摇钱树喽。"忽良心发现："剑奎啊，我这样做是不是太歹毒了？日后怎么向我哥交代啊！一定是你强奸了她，以她的秉性决不可能来勾搭你，你说老实话。"

温剑奎悔恨地说："唉，我那晚不知怎地，欲火中烧，就……就干下了这乱伦之事。"

沈剑萍劈手一个耳光，指着房门喝道："滚！"

温剑奎奋拉着脑袋开门走了出去。

沈剑萍把床上的金条全都撸下了地，掩面大哭起来："秋岚，秋岚，姑错怪了你，对不起你啊！"

22、温家庭院。（晚，外）

在门外偷听夫妻俩谈话的月娇见温剑奎出来，忙闪到一棵大树后面，见温走进堂屋，关上了门，方从树后闪出来，点点头，露出邪恶的笑容。

23、五四七厂办公室。（日，内）

温越对宋衡说："经过半年的反'扫荡'，印钞局遭受重大损失，牺牲了许多好同志不说，武器也消耗殆尽，日后还怎么战斗？我再三思考，只有冒险给我父亲写一封信，请他以便宜一点的价格卖给咱一批枪支弹药，等不久印出钞票后再还他。如果能无偿支援，那就更好了。"

"小温，你的思路虽好，可你父亲会答应吗？"

"他就我一个独生儿子，从小爱如掌上明珠，他整天跟着鬼子参加扫荡，必然清楚八路军的困境，估计没问题。"

宋衡点了点头，道："这任务就交给你，你马上回一趟灵寿如何，局里象征性带点钱，算你对二老的一点心意。"

"不行，我绝对不能回去。我父母亲见了独子哪里还肯放我归队？另外安排同志去吧。"

"你看派谁去最为合适？"

"最好由杨卓亲自去，他战斗经验丰富，再带上两个战士，就行了。"

宋衡道："好，就让我们的杨连长亲自出马吧。"

第三十一集

1、温家客厅。（晚，内）

温剑奎和杨卓隔桌而坐，两个战士站在杨卓身后，右手紧握短枪。

戴月娇送上两杯热茶，对杨卓客气地："先生请用茶。"

杨卓礼貌地点头致意："谢谢。"

温剑奎对戴月娇："你去吧，我跟客人说一会儿话。"

"是，老爷。"戴月娇温驯地低头走出客厅，顺手把门给带上了。

杨卓恭恭敬敬地双手递信："温司令，这是温助理给您的家信，请过目。"

温剑奎拆开信封，抽出信纸阅览。

温越的画外音：

父母亲大人：

数载睽违，天各一方。儿思双亲，泪湿征衣。身为人子，未能承欢膝下，晨昏问候，愧甚！恨甚！

儿所在单位弹尽粮绝，挣扎困境。请父亲念及骨肉之情，施以援手。赐售步枪二百支，手榴弹五百颗，子弹一万发。我局正赶印新钞，一周后即可印完付款。

望双亲善自珍摄，福寿绵长。

儿小越敬上

温剑奎用打火机把信点燃，丢进烟缸，又冲了一点茶水，纸灰与烟灰混在一起，再也无法辨认。便对杨卓说："血浓于水，我知道贵局处境艰难，枪弹奇缺，不忍见死不救。但话又得说回来，倘若武器短缺太多，势必引起日军警觉，我性命难保。你们先取走若干枪弹，待新币问世后再付款，我设法买了补上。只是灵寿日本宪兵控制甚严，希望你们以后不要再来了。"

杨卓兴奋地站起身："太好了，温司令慷慨支援我们武器，真是感激不尽。"

房门"哐当"被人推开了，瘦得皮包骨头的沈剑萍怒气冲冲闯进屋来。

温剑奎眉头一皱，问道："你来干什么？"

"我的家，想来就来，你管得着吗？听说小越的同事来了？"

杨卓连忙叫道："大娘，您好。"

"好！好！为什么小越不回家？"

"哦，温助理工作忙，走不开呀！"

"哼！工作再忙也不能丢下娘老子不管呀！"

温剑奎怒道："别胡闹？亏你还是个大家闺秀呢。"

沈剑萍也火了，指着他鼻子冷笑道："我胡闹？你少在我面前人五人六的，要不是我从娘家带来的陪嫁供你上日本留学，你现在还是个面朝黄土背朝天的庄稼汉。现在倒抖起来了，我问你，小越托人来要枪弹是不是？"

"哪有这事？你别乱讲！"

"哼，我在门外听得一清二楚，要不要背给你听听：血浓于水，我知道贵局处境艰难，枪弹奇缺，不忍见死不救……"

温剑奎忙制止道："我的姑奶奶，你小点声！"

"好，我小点声。你赠枪弹救咱儿子，我一千个同意，一万个赞成。但你只能先给一部分，其余的让越儿回家来取。"

温剑奎略一思忖，对杨卓说："小越他娘病了好久，能否跟贵局局长反映反映，让小越回家一趟呢？"

"请大娘和温司令放心，我一定把这件事向首长汇报一下。"

温剑奎点头道："趁天黑人少，我带你们去仓库。"

沈剑萍："慢，你写张便条让人家带给儿子。"

温剑奎应道："行！我来写。"

2、书房中。（晚，内）

温剑奎挥毫疾书，匆匆写了一行字，掷笔出门。

3、温剑奎卧室。（晚，内）

戴月娇鬼鬼祟祟地拨号码，电话拨通后，压低声音问道："井原太君吗？"

井原的声音："我是井原，请问小姐贵姓？"

"我是谁并不重要，有三个土八路偷运军火，快去抓吧。"

"你的告诉我，土八路在什么地方偷运军火？"

"哎呀，我哪知道他们在哪运军火，你把城门口封锁不就成了吗？"戴月娇生怕有人发现，连忙挂了话筒想溜，不料一转身，发现沈剑萍如同幽灵般地出现在面前，两只大眼睛射出令人心悸的寒光，她强作镇静地喊了一声："太……太太。"

沈剑萍冷峻地问："说，刚才你给谁打电话？"

"没有哇！您听错了。"

"听错了？我虽然有病，可是眼不花，耳不聋。你是不是特务，上我家卧底来了？"

"太太，请你不要血口喷人，我怎么成了特务？你病病歪歪的，就因为心思太重，这又何苦呢？"

戴月娇瞪视沈剑萍，满脸的恨意。心声："这老狐狸总把我当贼防备，整天盯着我，碍手碍脚的。刚才打电话又被她发现，倘若告诉温剑奎，我就死定了。他妈的，谁敢挡我的道，我就要谁的命！"

远处传来一阵枪响，似有人交战。

沈剑萍脸色大变，冷笑："好哇！你想借刀杀人，他们要有个三长两短，我唯你是问。"

戴月娇阴险地说："哼！我劝你还是保重身体，多活几天，少操一点心吧。"

沈剑萍戟指怒吼："你这贱货，竟敢诅咒我。滚！"

戴月娇狞笑道："本小姐冰清玉洁，倒是你沈家门风不好，去了窑子院，那才真叫贱货哩！"

"反了！反了！你竟敢跟我顶嘴，我撕了你这小娼妇的嘴。"沈剑萍愤怒地向戴月娇扑去，受过多年特工训练的戴月娇轻疾地向旁边一闪，身体虚弱已极的沈剑萍扑了个空，摔在了地上。

门外传来粗重的脚步声。戴月娇慌忙抱起主妇，在其咽喉上轻轻一捏，沈剑萍已然晕厥。

温剑奎大步跨进门来，见戴月娇抱着昏迷不醒的妻子，忙问："怎么啦？"

"哦，太太刚才晕倒了，我把她抱到这儿来，老爷晚上也能照应照应。"

温剑奎用奇怪的眼神盯视着她，道："你的力气不小哇。"

"我的力气并不大，太太的身体轻得像树叶，我还抱得动。"

"抱得动就抱到我房中来啦？"

"是啊！"

温剑奎怒道："呸！你把个半死不活的病人放在我这儿干嘛？快送回她自己屋里。"

"哎。"戴月娇心中暗喜，忙把主妇抱了出去。

4、沈剑萍卧室。（晚，内）

沈剑萍在床上缓缓睁开眼睛，看见戴月娇正往茶杯中倾倒粉末，喝问："戴月娇，你要干什么？"

戴月娇阴森森地笑道："侍候太太用药哇！"

"哼！你别下毒，我不吃药。"

"嘿嘿，听话，吃了我的灵丹妙药，你就永远不会生病了。"戴月娇目露凶光，向主妇走去。沈剑萍恐惧地大叫："剑奎！剑奎！"一掌打翻了茶杯，戴月娇又出手将其弄昏，掰开她的嘴，将粉末倒了进去，随即又用枕头紧捂她的脸。沈剑萍翻滚挣扎，戴月娇死死按住不松手。

末几，沈剑萍僵毙床上。戴月娇用毛巾拭去死者口鼻的淤血。

5、温剑奎卧室。（晚，内）

"嘭嘭嘭"，戴月娇一边拍打房门，一边大叫："老爷，老爷，不好了，太太死啦！"

6、沈剑萍卧室。（晚，内）

温剑奎翻看死者的眼皮，嘴唇，若有所思地点点头，猛然拔出手枪，顶住戴月娇额头，喝问："你这贱人，胆子不小哇！竟敢在我眼皮底下杀人。告诉我，你到底是什么人？"

戴月娇扑通跪下，抱住温剑奎双腿哭道："冤枉啊，冤枉，太太病了这么多日子，早已油干灯草尽了。我的来历，你也不是第一次知道，我是你儿子温越的同窗好友。我爱他，宁肯为他寄人篱下。一片真心，天日可鉴。我怎么会下毒手杀害我爱人的母亲呢？"

温剑奎喝令："起来。"

戴月娇撒娇撒痴地说："家里死了人，我不敢一个人睡。求求老爷，可怜可怜月娇吧。"伸出双臂，紧紧抱住了温剑奎的腰。

温剑奎略感惊讶，托起戴月娇的下巴，见她眼含媚态，唇含媚笑，颇有几分动人之处，不觉淫心顿起。收了短枪，哈哈大笑，将戴月娇拦腰抱出门去。

7、温剑奎卧室。（夜，内）

温剑奎将戴月娇放上大床，便从抽屉中取出一摞联银券，在手上捏了一下，撂在桌上："这钱归你啦！"

戴月娇淡然道："先放那儿，它飞不了！"

一阵响亮的呼噜声此起彼伏。暗夜中，一缕清冷的月光照着床榻前的两双布鞋。

戴月娇小心翼翼地掰开温剑奎搂抱她的双手，转脸向他细看。只见他阔口大张，虎目半闭，这是俗称的"看家眼"，能使偷盗者望而却步。戴月娇的眼中闪过一丝惊恐，随即转过身子，抄起桌上的钱，蹑手蹑脚地下了床，准备开门出去。

温剑奎倏地睁开虎目，喝问："你上哪儿去？"

戴月娇猝不及防，眼珠转了两转，立刻换上荡人的媚笑，娇声道："老爷的鼾声太响，我睡不着，想上自己屋里去。"

"你他妈的少给我耍心眼儿，你一个姑娘家，院里刚死了人，你居然要一个人睡，胆子不小哇，就不怕死鬼找你算账？"

"哎呀呀，我倒忘了这码事，还是睡在老爷身边踏实。"戴月娇故作多情地向他扑去，噘着嘴唇凑近了他的脸。

8、翠香楼妓院客厅。（晚，内）

乌烟瘴气，许多妓女戴着银钗铜簪，穿着红衣绿裤，施涂浓脂厚粉，又俗又艳，兜揽嫖客，打情骂俏，不堪入目。

"哎呀，你这死鬼半年没踏进我的房门，我还以为你死了呢？"一个肥猪般的胖妓，拉住一个同样肥胖的中年男子撒娇飞媚眼，随后又贴上身去。

"嘻嘻，我哪有那么容易死！在外面跑单帮呢，一直没回家，这不，刚回来就看你来了吗？"

另一个老妓脸上涂得活像个下了霜的驴粪蛋，龇牙一笑，直往下掉粉渣子，拖了一个瘦猴般的老头便往里门走。老头拼命挣扎，推着老妓，哼哼唧唧地说："你别拉我，别拉我呀！一把子年纪，还干这个。"

老妓大发雌威，叉腰骂道："老不死的棺材瓢子，半截入土的人了，还上我们这窑子院来寻开心。你嫌老娘年岁大，也不撒泡尿照照你那猴样儿，你还想找一掐一包水的嫩妞儿吗？"

老头气得浑身颤抖，拉着鸨儿翠花道："你听听！你听听！你们翠香院还有一点规矩吗？怎么对客人大呼小叫的，出口伤人，还骂我老不死！你们今后还要不要做生意了？"

一群嫖客起哄："臭娘们太可恶，让她给老先生磕头赔礼。"

翠花走近老妓，不由分说，先"啪啪"打了两个耳光，指着老头喝令："去，跪下向老先生道歉。"

老妓捂着脸，眼中含着泪水，向老头跪下："对不起，请先生原谅我没有教养。您老人家大人不记小人过，饶了我一遭吧。"

老头得理不让人，扭过脖子，神气活现地"哼"了一声。

大黑和金富一左一右，保护着身穿黄呢军服的温剑奎，威风凛凛地来了。

翠花一眼瞥见他们，忙扔下众人，满脸堆笑地寒暄："哎哟，哪阵风把温大司令给刮来啦！快快请坐。"

温剑奎一到，乱哄哄的大厅立马安静了，那老妓也爬了起来，溜进屋里。翠花见温剑奎沉吟不语，殷勤地问："温司令，到我屋里小坐片刻如何？"

温剑奎额首道："好吧。"

9、翠花的卧室。（晚，内）

陈设相当华丽，带绣花幔帐的铜床，床上铺着红绿缎被和绣花枕头。梳妆台上放着各式化妆品和香水瓶。房间一侧，摆着茶几和靠背椅。温剑奎呷着清茶，和翠花隔着茶几而坐。

翠花含笑询问："温司令来到我们翠香院，又是来找秋岚吧？"

"那当然，你们翠香楼，除了你和秋岚，哪里还有我温剑奎看得上的货色？"

翠花不无自得地一笑："温司令过奖了，我翠花十年前倒也是一朵响当当的名花。如今是挑水的回头——过了景（井）喽。"

温剑奎嘻皮笑脸地说："嘿嘿，徐娘半老，风韵犹存嘛。"

翠花佯怒："少贫嘴，你今晚要找秋岚，可真不凑巧，咱们的县太爷在她屋里呢。"

"今天算了，就由你来陪我吧。但从明天起，你要把秋岚借给我十天。"

"哟，这怎么行？秋岚是我们翠香楼的摇钱树，每晚有十块大洋的进账，我怎么舍得让你借走？"

"哎呀呀，你我是老相好，这点面子也不给吗？"

"情归情，利归利。你也知道干我们这一行有八个字吧？"

"我当然知道，戏子无情，婊子无义。不过，我有两个好朋友会替我说话，让你乖乖地让出秋岚。"温剑奎从口袋中掏出两叠厚厚的纸币，往茶几上一拍，说："这是两万元联银券。"斜睨着眼问："怎么样？"

翠花忙不迭地将钞票抢到手，连声说："可以，可以，秋岚明天中午就归你啦！"

温剑奎疲惫地打了个呵欠，伸了下懒腰。翠花帮他脱去戎装，挂在衣架上，又解下武装带，搭在椅背上。故作柔情地说："请司令先上床休息片刻，我还有些事务要料理一下，很快就来陪你。"

温剑奎在她的俏脸上印了一个吻，挥手道："好吧，快去快来，我等着你。"

10、温家庭院。（日，外）

衣着朴素的戴月娇用审视的目光，打量着身穿低胸连衣裙、戴着金项链、蹬着高跟鞋、显得更加性感美艳的秋岚。两个年轻女人无言地对峙，眼中俱射出浓浓的敌意。

戴月娇向客厅拉长声音叫道："老爷，秋岚小姐到。"

"啊，秋岚来啦！"温剑奎三步并作两步奔到院中，见到装束洋气的秋岚，两只眼珠都转不动了，半晌才说："我的心肝宝贝，可把我想死啦！"一把搂在怀里，在她脸上亲吻起来。

戴月娇妒恨地白了他俩一眼，悻然扭身走开。

11、温家客厅。（日，内）

温剑奎对秋岚说："你姑妈走得匆忙，也没法叫你表哥回来。我怕亲朋来往，无人接待，亏了礼数，特意接你回家。你在翠香楼见多识广，你认为这丧事应该怎么办？"

"我认为凡事都要量力而行。不过，我要提醒姑父，从古到今，未有不亡之国，世无不掘之墓。越是丰厚的陪葬，越会引起盗墓者的觊觎，尤其在这种乱世……我想这个道理你应该明白。"

温剑奎连连点头道："我的宝贝，到底是书香门第出来的才女，极有见地。人说熊掌和鱼不可兼得，我办丧事的宗旨是既不能过于寒碜，要讲究一定的排场，又不想过于破费。"

秋岚扑哧一笑："你这人真逗，又要马儿好，又要马儿不吃草，天下哪有这等好事？"

"嘿嘿，老温就是挖空心思专门想好事，快给我支个招吧。"

"招数当然有啦！你要采用了我的计策，可要论功行赏哦。"

"那当然！那当然！请快快赐教吧。"

"清朝有个大贪官叫和珅，利用职权，大量使用公役人员，其私宅中所供役的步军统领巡捕营官兵便有一千多人。你手下不也有千把弟兄吗？抬棺的、吹号的、送灵的，就用保安团的人得了。排场不小，花钱不多，怎么样？"

温剑奎惊喜地一拍脑瓜，笑道："哎呀，这点子真绝！还是才女有见识，到底是师范学堂的高材生，压倒须眉。"

秋岚娇嗔道："行啦！行啦！少灌迷魂汤，我不爱听。"噘着嘴捂住双耳。

温剑奎见秋岚举止煞是可爱，开怀大笑："哈哈哈——"忽又叹气："咳！"

秋岚不解地问："你叹什么气？"

"我想起了你的母亲，不愧皇室女子，举手投足中，那一种淡定从容，落落大方的高贵气质，令人倾倒。假如你留在你母亲身边，一定会受到最好的教育，过着最上流社会的生活。老天没眼，辜负了你的兰姿玉质，花容月貌啊！"

秋岚想起自己身世，不禁嘤嘤而泣。

温剑奎拍着她的肩膀安慰道："算了！算了！怪我多话，惹你伤心。等吃完中饭，我带你上街买两件新衣裳。"

秋岚嘴一撇，不屑地说："哼，这种小县城，能有什么时髦货卖，我真命苦呵！"说罢又哭了起来。

温剑奎束手无策，只是在她身边叹气兜圈子。

12、山脚下。（日，外）

云铺深壑，絮掩危岩。乱树耸翠，野花照眼，山径蜿蜒。

"嘚嘚嘚……"马蹄声骤起，杨卓扬鞭策马而来，身后两侧挂着沉甸甸的布袋。

13、小山村。（日，外）

溪水环流，绿树遮掩，阡陌纵横，茅舍错落。

14、村庄深处。（日，外）

一字排开的十几间土坯大房传出机器隆隆的轰鸣声，中间一门前挂着白底黑字木牌："晋察冀边区行政委员会财政处五四七工厂"。

站岗的哨兵赵普见到远处的杨卓，向门内高喊："宋局长，杨连长回来啦！"

话音刚落，宋衡、温越便跨出大门。杨卓恰巧赶到，连忙翻身下马，一个立正敬礼："报告，杨卓已顺利完成任务。"

"好！好！好！"宋衡热情地和杨卓握手："你辛苦了，一共弄到了多少枪弹？"

"步枪三十支、手榴弹二百枚、子弹三千发，请验收。"

宋衡惊喜地说："哎呀，眼下枪弹奇缺，这可是雪中送炭呵。"转身又对温越说："令尊真够朋友，我代表印钞局谢谢你们。"

温越谦逊地摇了摇手："局长过奖了，自己人还要谢什么？"

此时，宋衡的目光在杨卓身上停住了，问："小耿、小韩呢？"

杨卓流下眼泪，低声道："我们出城时遭遇敌人，他俩为了掩护我，不幸牺牲了。"

宋衡、温越的眼圈立刻红了，宋衡抹了一把泪水，哽噎着说："八路军又少了两个好战士，真令人痛心啊！"

15、会议室。（日，内）

长桌上堆着枪支弹药，宋衡抚摸着锃亮的枪身满意地赞道："好枪！好枪！清一色的日造三八大盖，要让总部和军区的警卫战士看了，非馋得流哈喇子不可。自从冈村宁次接替多田骏担任华北派遣军总司令以来，咱晋察冀边区可遭了殃啰！那老鬼子用了七万兵力，以所谓的'铁壁合围'为核心，什么'梳篦式清剿''马蹄型堡垒线''鱼鳞式包围阵'，名目繁多，向我根据地疯狂进攻，又破坏了八路军设在黄烟山黄崖洞的兵工厂。战斗惨烈，咱部队损兵折将，减员厉害，甚至打成了'空壳'。有的营和连只剩下十几个官兵十几条枪。目前印钞原材料和枪支弹药都极其紧张，要不是温司令支援咱三十支枪，二百枚手榴弹，三千发子弹，咱的日子就更难熬了。"

温越问杨卓："我让你带信给家父，指明要二百支步枪、五百枚手榴弹、一万发子弹。怎么才搞来这一点点东西？"

杨卓答道："温司令答应如数支援，温大娘却哭闹着不同意，说好几年没见到儿子了。还说要枪弹可以，必须让儿子回家一趟。温司令只好先给一部分，临走时写了一封信让我带给你。"边说边把信递给温越。

温越接过信，"嗤啦"一声撕去封口，抽出信笺，是一尺见方的宣纸，上用毛笔写着十一个遒劲而潦草的颜体字：

母病重，盼儿甚切，速归。

父字

温越眼中立时溢满泪水，拉着宋衡央求："宋局长，请您让我回家看看吧，我已有两年多没见着爹娘了，顺便再去搞点武器。"

宋衡为难地说："小温，你的要求并不过分，如今日寇在冀中一带进行铁滚大扫荡，你去的灵寿县是敌占区，有许多人认识你，是不是再缓一段时候回家探亲呢？"

温越突然号啕大哭："宋局长，昨夜我做了个噩梦，我娘被恶人谋杀了，让我为她报仇。求求你们，让我回家一趟吧。"

宋衡劝慰："小温，你冷静一点，灵寿县城鬼子汉奸横行，你只身独闯龙潭虎穴，实在危险啊！我要为你的安全考虑啊。"

"最危险的地方也是最安全的地方，台风的中心是平静的。我爹是伪军保安司令，我相信不会有事的。"

宋衡严肃地说："温越同志，我有必要提醒你，战争是残酷的，是你死我活的斗争，你这种麻痹轻敌的思想很可怕。为了对你负责，我们绝对不能放你回去。"

杨卓："报告，我有不同意见。"

宋衡："讲！"

"温大娘确实有病，喘个不停，瘦得只剩一把骨头，想儿子都快想疯了，我们看了真的很心疼。我认为可以让温助理回家见父母一面，我和赵普陪同下山，保护他的安全。一来满足大娘的心愿，二来再搞些武器。您认为怎样？"

宋衡眼睛一亮："哎，你的主意不错啊！战斗频繁，弹药消耗太大，如果真能再弄上二三百支步枪，咱的战斗力就大大增强啰。就怕敌人加强了戒备，困难比以前更大。"

杨卓："不入虎穴，焉得虎子？听说温助理家中还有个聪明漂亮的表妹，也阔别两三年了。"

宋衡问温越："哦，她多大啦？叫什么名字？"

温越回答："十九岁，名叫秋岚，秋天的秋，山岚的岚。"

宋衡笑道："秋岚，好个好听的名字，人也一定长得很俊吧？"

温越："嘿嘿，模样还可以吧。她长得好还在其次，主要是有文化，上过保定师范，还懂日文、英文哩。"说着，从衣袋里掏出一个袖珍笔记本，抽出一张照片，腼腆地说："这是她的照片。"

宋衡接过细看，连连点头："俊，俊，十里八村难寻一个。小杨，你看看。"将照片递给杨卓，杨卓看了也啧啧称赞："漂亮！漂亮！远远胜过咱军区文工团的姑娘，就像年画上的仙女一样。"把照片还给温越，温越珍爱地夹进笔记本，放在衣兜里。

宋衡对二人说："人才难得！你们要想方设法，把秋岚姑娘带出来，到咱印钞局工作。"

温越眉开眼笑："那敢情好！不过有件事我不能隐瞒组织，秋岚是我舅舅的私生女，是个日本姑娘。"

"什么？日本姑娘？"宋衡、杨卓惊得眼睛溜圆，盯着温越。

温越报颜道："我爹和我舅原先是保定二师的同学，后来又结伴去日本陆军大学留学，我舅与一位名叫水源明姬的少妇相爱，生下一个女儿，名叫秋岚。因我姥爷病重，舅舅带了秋岚匆匆回国。舅母出身保定的名门望族，对此不能相容。舅舅无奈，只得把她托付给我爹妈。我们一家人都很喜欢她，我和她还是保定二师的校友哩。我爹妈和舅舅决定亲上加亲，给我俩订了婚。七七事变后，我爹的部队经常换防，便举家离开保定，最终来到了灵寿县城。"

杨卓："哇！我今天才知道温助理家居然有这么多的秘密。"

宋衡沉吟："印钞局是保密机构，政治上的清白尤其重要，再说她又住在温剑奎家里，近朱者赤，近墨者黑。此事还须谨慎才是。"

杨卓："秋岚生在日本，长在中国，身上也有一半中国人的血统。我认为这样高素质的人才等闲难得，先大胆引进再说。"

宋衡颔首，对二人说："我批准你们去灵寿，记住要胆大心细，保持警惕，随机应变，防中奸计。"

杨卓、温越同时敬礼："是！保证完成任务。"

第三十二集

1、温家大门口。（晨，外）

特写：如花似玉的脸庞，乌云般的发髻上插着一圈洁白的小绒花。

下摇：一只纤秀白皙的手，从竹篮里抓起纸钱，抛向天空。纷纷扬扬地在空中飘舞，落地。

大黑和金富卖力地敲响两面巨型铜锣："哐——哐——"

几个伪军鼓着腮帮子吹着唢呐，奏起了凄厉悲切的哀乐。

温剑奎手执一杆白色招魂幡走在乐队后，秋岚和戴月娇紧跟身后，揩眼干嚎。

十六个伪军抬着一具大号黑漆棺材步出温家的大宅门，后面跟着数百人的送葬队伍，清一式是穿黄军装的汉子。

逼仄的街道两侧站满了瞧出殡的人，都在窃窃私语。

一个老妇指着秋岚对身旁的少妇说："瞧见了吗？那是翠香楼的花魁，陪人睡一宿至少得一千元呢。"

少妇感叹："俺那当家的是小学教员，吃一个月的粉笔面才挣六百元。怪不得古人说八娼、九儒、十丐，秀才敢情还不如婊子挣钱多哇！也难怪人们笑贫不笑娼喽。"

一个穿长衫的老头插嘴："那可不！太太死了来半街，老爷死了没人埋。姓温的死了老婆，家中没个正经女眷可以送往迎来，只好花了两万元钞票给老鸨，才把秋岚请来帮忙。这次葬礼排场可大了，听说县政府、县党部、警察局、税务局都要摆茶桌路祭哩。"

另一个穿短衣的老头反驳："嗨，你这人可真是卖布不带尺——胡扯。死的是温老太，不是温太太。你没看温剑奎在举招魂幡吗？温剑奎有儿子哩。"

"你懂个屁！人家温少爷在八路军当官，几年不回家啦！温司令没法，只好自己充当孝子呗！"

温剑奎狠狠挖了那老头一眼，低声骂了一句："狗日的！"

2、城门口。（晨，外）

杨卓黑衣黑裤黑布鞋，推着一辆独轮车，车上坐着男扮女装的温越，手提包袱，穿着花布衣，顶着花头巾，两人活像一对走娘家的新婚夫妇。赵普穿得破破烂烂，挑着个担子紧随身后。

哀乐凄切，送葬的队伍蜿蜒而来。杨卓一眼瞧见温剑奎，急忙悄声对温越说："不好，你家出事了，可要沉住气哇！"

温越用包袱遮住半边脸，抬眸观看。

特写：臂挂黑纱、执幡的温剑奎和头戴白花、相挽掩泣的戴月娇、秋岚，刺目黑亮的棺材。

温越失声悲呼："娘啊！"慌忙捂住了嘴巴。

温剑奎浑身一震，抬起精光四射的双眼循声望去，只见一个青年推车正匆匆进入小巷。

温剑奎充满疑惑的眼神。

3、温家庭院。（夜，外）

碧宇无云，皓月流彩，树影斑驳。

从高高的围墙上，飘然落下几条疾劲的蒙面黑影，手举短枪，向正房扑去。透过虚掩的房门空隙，向里张望。

4、温家堂屋。（夜，内）

电灯雪亮，正面墙上挂着死者沈剑萍的遗像。画像两旁悬着挽联：

　　　　宝瑟无声弦柱绝
　　　　瑶台有月镜奁空

八仙桌前，温剑奎与秋岚先喝交杯酒，又喝交口酒。温剑奎乜斜着眼，一把将秋岚揽入怀中，右手伸进她衣领中摸索。

秋岚佯装恼火地瞪了他两眼，轻轻在他脸上掴了一掌，娇斥道："嘻嘻，你这双手给我放老实点，别乱动嘛！你这老馋猫，真是三十如狼、四十如虎、五十赛过金钱豹。我夜夜跟你睡一条炕还不过瘾哪！你说，这回帮你家操办丧事，我秋岚出力不小吧，哄得上下欢欢喜喜，整得里外妥妥帖帖。还省下了茶房钱、杠房钱、吹鼓手钱。事半功倍，该不该犒赏俺呀？"

"唔，干得漂亮，没有洒汤漏水，不比那《红楼梦》里的王熙凤差。老温论功行赏，明儿到银楼给你打一对大金镯子。"

"我不稀罕！"

"那你稀罕个啥？"

"为我赎身，娶我当太太。"

"这个……不好办吧。你是我的侄女，名分攸关，让人笑话呀！这还其次，日后你表哥回家，看见自己的未婚妻成了继母，不跟我拼命才怪哩。"

"什么侄女不侄女的！娶我为妻论起名分来，你把我肚子睡大了就不论名分啦！你既然忌惮你那宝贝儿子，当初就不该丧失人伦，欺负我一个孤苦伶仃的女孩子。"

"哎呀，事过境迁，还提它干啥？你不要激动嘛，咱们就这样常来常往，不也很好吗？"

"好个屁！"秋岚柳眉倒竖，杏眼圆睁："姓温的，我算看透你了！你巴不得我终生为娼，供你玩乐。你玷污了我的清白，毁了我的终生，我记恨你一辈子！"

温剑奎赔笑道："哟，我跟你开开玩笑，你还真动肝火哇！我说的也是实情，咱俩要成亲，日后怎么跟小越和亲友们相处？你也要体谅我的难处嘛。有你这样的美人儿陪伴终身，那是多大的造化！我对你一片真心，唯天可表。"

"你少来惺惺作态，别当我三岁小孩来哄。"

"嘿嘿，你看！小嘴噘得能挂油瓶啦！你姑确实太辣手了，我也恨得她牙痒痒的。那老货为了斩断咱俩的情缘，居然把你卖入娼门，真是死有余辜。好在她恶有恶报，已经去了鬼门关，你应该高兴才是。还气个啥？快唱个小曲给庆贺庆贺。"

"不唱！"

"哟，还在生俺的气啊！得，要得好，老敬小。俺老温唱个小曲给你解解闷吧。"憋尖了嗓音，怪声怪气地唱：

> 七月里、七月七，
> 骑着毛驴串亲戚；
> 遇上了当兵的，
> 拉拉扯扯进了高粱地……

"嘻嘻嘻——"秋岚扑哧一笑。

温剑奎惊喜地说："哎呀，笑了！笑了！"

5、堂屋门口。（夜，内）

杨卓、赵普不由自主地笑出了声："嘿嘿嘿。"赶紧又捂住了嘴。

温越气得七窍生烟，扯去面纱，一脚踹开门闯了进去。

6、温家堂屋。（夜，内）

温剑奎一手持酒杯坐在桌前，一手搂着醉眼惺忪、酥胸半露的秋岚。见到儿子，连忙推开怀中的女人，站起身来："越儿，你回来了！"

秋岚立即调整好情绪，满面春风地说："哟，是表哥回来了，快请坐！我替你泡茶去。"扭着大屁股，伸手去拿茶杯。

"用不着，你少来这一套，真没想到，我心目中圣洁高贵的女神竟堕落到如此地步！你别倒茶给我喝，我嫌你手脏。"

秋岚浑身一颤，手缩了回来，眉竖颊红，两道怨毒的眼光久久瞪视温越。温越被她刀子般的眼神看得心里有点发毛，冲她怒吼一声："滚！"

秋岚扭身便走。温越叫道："等等！"

秋岚回头。

"你我的婚约取消了，从今后男婚女嫁，各不干涉！"温越说罢掏出笔记本，抽出了秋岚的照片。

秋岚抢过照片，撕得粉碎，仰天疯狂大笑："哈哈哈，婚约！老子占了儿媳的身，老娘卖了儿媳的人，儿子嫌老婆身子肮脏！这是谁之罪？想不到我这个有着日本皇家血统的名门闺秀，竟成了人尽可夫的烟花。苍天哪！人性何在？天理何在？"号哭着奔进厢房，"砰"地关上房门，一头扑倒在床上抽泣。

温越双目喷火，质问父亲："你果真干了对不起我的事？"

温剑奎心虚地避开儿子凌厉得如同刀锋般的眼神，吞吞吐吐地说："唉，只怪爹一时糊涂，一失足成千古恨哇！"

温越扑通跪地，重重地打了自己两个大耳光，带着哭声嚎叫："我温越前世倒了霉，为什么摊上这不要脸的爹，狠心肠的娘！缺德乱伦，让外人戳脊梁骨骂祖宗啊！"

温剑奎去拉儿子，被儿子使劲甩开了手，他厚着脸皮说："人非圣贤，孰能无过？只怪报纸上常登虚假新闻，说八路军已全军覆没。我和你娘以为你已经殉国。我一时色迷心窍，就……就……唉，也怪她的美色太诱惑人了！英雄难过美人关啊。"

温越腾地站起，吼道："闭嘴！你算哪门子'英雄'？也许你巴望我早点'殉国'，就可以心安理得地霸占儿媳啦！"

"咳，世上哪有那么缺德的爹呀？"

纸硝币烟

"后来杨连长带了我的亲笔信见你，那又如何解释？"

"那时已经生米煮成熟饭，后悔也来不及了。对不起，爹向你道歉！"温剑奎为了掩饰窘态，倒了杯热茶递给儿子，又假惺惺地说："唉，天有不测风云，人有旦夕祸福。想不到你妈居然抛下咱爷俩伸腿走了，真让人伤心啊！"

温越没接茶，鄙夷地盯着父亲冷笑道："刚才你还恨妈斩断了你俩的不伦之恋，骂她死有余辜，恶有恶报，还要唱小曲'庆贺庆贺'。转眼间，又到我面前来讨好卖乖。亏你还好意思说'伤心'二字。你老人家怎么可能伤心呢，高兴还来不及哩。我小时候，就常听你跟别人说：'中年人有三大喜事，升官发财死原配'。为这两句没人味的话，妈没少跟你吵架。好在今天这喜事轮到你头上了，你可以夜夜搂着美娇娘做春梦啦！"

447

温剑奎被儿子挖苦得无地自容，用力将茶杯往地上"啪"地一摔，色厉内荏地骂道："臭小子，当了官回家来做祖宗啦！你再胡说八道，小心老子打得你满地去找牙。"

温越毫不示弱，指着供在母亲灵前的香、烛、水果糕点怒冲冲地说："我妈尸骨未寒，你就和你的侄女儿媳打情骂俏吊膀子。你对得起我们母子吗？难道就不怕遭报应，就不怕我妈的阴魂来活拿你？"

温剑奎恼羞成怒："小畜生，你……你竟敢骂起老子来，反了你了！"

"哼！你为父不尊，就别怪我不孝！"

"免崽子！不教训教训你，你就皮痒痒！"温剑奎嘴到手到，温越脸上扎扎实实地挨了两巴掌。

温越气急败坏，拔枪欲射，早被出身行伍、动作迅捷的温剑奎把他的手枪托起，吼道："臭小子，找死啊！"子弹打到了天花板上，发出"砰"的一声脆响。

杨卓等举枪冲进堂屋，右手扣住儿子右腕的温剑奎趁机夺下儿子的枪，指着杨卓厉声喝问："姓杨的，你又来干什么？"

杨卓忙说："温司令别误会，我们特意护送温助理回家和你们团聚，同时也把上次的欠款送来。"

温剑奎讽刺道："谢谢你们的好意，这个逆子不见也罢。"

温越忿然道："我什么地方忤逆了？你干的事儿要多绝有多绝，两条腿的人还不如四条腿的牲口！"

温剑奎："小畜生，你搞清了没有？鬼子在中国烧杀淫掠，我替同胞报仇，也要睡睡日本娘们。三年前在灵寿陈庄战斗中，八路军一二零师击毙的第一个侵华日军将军水源义雄，你知道他是秋岚的什么人？"

"不知道！"

"是她外祖父！这也是一报还一报！"

温越更是愤怒，呵斥道："你别强词夺理！前年八路军攻占井陉煤矿时，晋察冀军区聂荣臻司令员收养了两个日本女孩，后来送交给日军，这才是大善大爱，大仁大义呢！"

温剑奎嘴一撇："对不起，俺可学不了这些大圣人。"他又扭头对杨卓冷笑道："姓杨的，你真是光着脚板踩玻璃碴——走险。一次又一次上这儿来，也不怕掉脑袋吗？"

"不怕，因为你温司令是条汉子。"

"你他妈的少灌迷魂汤，两个山字搁一块儿——请出。"

温越怒道："爹！请你对杨连长尊重一点。"

温剑奎翻了脸："都给我滚！老子不想再搭理你们。"

温越："你甭下逐客令，只要你再拿出二百支步枪，一万发子弹，我们立马走人。"

温剑奎眼睛一瞪："你别白日做梦！"

温越发急道："你以前不是答应过杨连长吗？怎么又反悔？"

温剑奎讥笑道："问你啊！你们给钱了吗？又想欠债啊，搬梯子上天——没门儿！"

"嘀嘀——"传来汽车由远而近的轰鸣声，到了大门口戛然而止，随即响起咚咚的拍门声："开门！快开门！"

杨卓一个激灵，低声说："不好，一定是刚才的枪声惊动鬼子巡逻队了。"

温剑奎将手枪抛给儿子，喝道："要活命就快滚！"

杨卓当机立断："撤！"从衣袋中掏出两叠边币放桌上，向温剑奎点头道："温司令，这是上次购买武器的钱，后会有期。"

温越："咱快从后门走吧。"

杨卓："不行，如果鬼子堵住后门，来个瓮中捉鳖，怎么办？"

温剑奎拉开壁柜的门，喝令："下地道！"

杨卓等人立刻钻进地洞，温剑奎收了钱，关上柜门，若无其事地点燃纸烟，吸了起来。秋岚从厢房出来，担忧地问温剑奎："刚才那几个人会脱离危险吗？"

"我怎么知道？"温剑奎没好气地回答。

远处传来一阵枪响以及脚步声、嘶喊声："快追！快追！别让八路跑了。"

7、温家大门口。（夜，外）

井原命令："给我撞门！"

日本宪兵用力撞开大门，蜂拥而入。

8、温家堂屋。（夜，内）

一群宪兵端着枪冲进堂屋，井原手执东洋战刀，气势汹汹地发问："八路呢？"

温剑奎连忙站起身迎接："报告队长阁下，八路被我打退了。"

井原瞪眼训斥道："你的，工作的大大不力，放跑了八路。现在我带人抓了一个，随我一起回宪兵队审讯的干活！"

"哈依！"

秋岚抬起明媚的双眸，出神地打量井原。

井原顿时愕住："春岚？"指挥刀失手锵然落地，奔上前双手摇撼着秋岚的香肩，惊叫："春岚，爱妻！原来你没有死，你怎么也来到了支那？"

秋岚摇头，用日语缓缓地说："你认错人了，我不叫春岚。请问那春岚是什么地方人？"

"京都人。京都第一名胜就是岚山。春季樱花如云，秋天红叶满山。因为樱花是日本的国花，自古便有'花中樱为王，人中兵为贵'之说，因此日本女子叫樱枝、樱叶、樱花、樱子的千千万万。我的岳母也最爱樱花，尤其是岚山的樱花，就给爱女取了名字叫春岚。春岚为了让我无牵无挂地参加大东亚圣战，在我出征那一天，割颈自杀了。她的母亲是裕仁天皇的堂姐，因爱女一个远在支那，一个以身殉国，悲痛之下，竟然绝食身亡。今天见到你，疑是春岚复生，你俩真像呀。"井原双目噙泪，哽噎不止。

"春岚的母亲是否叫水源明姬？外祖父是水源义雄将军？"

"是啊！"

秋岚悲呼："母亲！姐姐！"晕倒在井原怀里。

井原连声叫唤："小姐！小姐！你醒醒啊！"

秋岚捧脸悲泣。

井原问："早就听说春岚有个异父妹妹秋岚到了中国，岳母还托我寻找呢，莫非就是你？"

秋岚使劲点头："是的，先生。"

井原泣道："你还叫我什么先生？你应该叫我井原哥哥啊。"

"是，井原哥哥。"

"秋岚妹妹。"

井原双手一用力，拦腰抱起秋岚向门外走去。

温剑奎和日本宪兵一脸惊异之色，忙跟在井原身后出门。

9、日本宪兵队驻地。（夜，外）

万籁俱寂。铁丝墙环绕的小楼中射出亮光，人影晃动。

10、井原的办公室。（夜，内）

井原虎着脸坐在办公桌前，一声断喝："把那个八路押进来！"

几个如狼似虎的宪兵推搡着反绑双手的温越进门。

侍立在井原身旁的温剑奎心中一凛。

宪兵甲："报告队长，这人说他是温司令的儿子。"

井原走上前，用手托起温越的下巴，扭头问温剑奎："温司令，这是令郎？"

温剑奎连忙欠身回答："正是犬子。为了方便阁下审案，温某请求回避。"

"好，你走吧。"

"谢阁下。"

温剑奎头也没回地走了。

井原忙对两个宪兵歪歪嘴："去盯着他！"

"哈依！"宪兵跟着走了。

井原嘴角挤出一丝假笑，对温越说："温先生受惊了，只要你招出同伙，说出八路的真实情况，说出边区印钞局的情况，皇军是不会亏待你的。"

温越装疯卖傻："太君，我是大大的良民，无甚可说呀！"

"八格牙路！这是什么？"井原勃然变脸，将温越的手枪往桌上一拍，虎视眈眈。

"回禀太君，是鄙人买了防身的。"

"胡说！你八路的干活！老实招供，免得皮肉受苦。"

"什么八路九路的，我怎么越听越糊涂哇！"

井原火了，拍桌吼道："来人，替我用刑撬开他的嘴巴。"

"哈依！"

宪兵将温越押走了，井原疲惫地坐在椅子上。秋岚托了一盘糕点进来，对井原说："井原哥，饿了吧，请随意用点吧。"

井原马上站起接过："谢谢你。"

"不用谢。"

"秋岚妹，那温家少爷是不是八路？是不是秘密印钞局的？"

"不清楚，你慢用，我要去休息了。"

"好，祝你做个五彩梦，晚安。"

"晚安！"

窗外已现晨曦，井原烦躁地在室内兜圈子，大声吼叫："来人！招了没有？"

一个宪兵咚咚地跑进门来，边抹汗边报告："队长阁下，所有的刑具都用遍啦，就是撬不开这人的嘴！"

"难道他至死不招？"

"依属下看来，别费事啦，毙了算了。"

"胡说！皇军岂能轻易认输！"

井原闭目沉思片刻，忽然面露喜色，命令："你把那人押往密室看电影，我马上就去。"

"看电影？看什么电影？"

"看关东军特种部队的科教片，你的明白？"

"科教片，哈哈，明白！明白！我这就去安排。"

11、行刑室。（晨，内）

阴暗潮湿，挂着摆着各种刑具。温越浑身伤痕，衣衫破烂，被捆绑在一条长凳上，脚后跟塞着六块砖头，鲜血不停地往下滴落，已在地上积了一大摊。

温越鼻青脸肿，喘着粗气，脑袋无力地耷拉在胸前，喃喃自语："宁可枝头抱香死……"

12、密室。（晨，内）

几个宪兵亮着手电筒，推推搡搡地将遍体鳞伤、血迹斑斑的温越押往漆黑一团的密室，将他按坐在椅子上。

温越怒问："你们要干什么？"

"嘿嘿，皇军优待你这八路的大官，请你欣赏有史以来最杰出、最逼真的科教片。"

两个日本兵将一台心理测谎器推到温越面前，"刺啦"一下把温越衣服胸襟撕开，在身上贴了八个带有显现功能的电极片，颈部贴了两个电极片。同步以不同信号反映在荧光屏上。

温越低下了头，宪兵一把拎起他的头发，粗暴地喝道："不准低头闭眼，给我瞪着眼睛看电影。"

电影开映了，阴沉沉的画面，阴森森的音乐，魔影憧憧。日本731部队在东北惨无人道地用我同胞活人做细菌感染试验。他们把战俘丢进满是臭虫、跳蚤的牢房里；把梅毒、性病的疫苗注射进妇女体内；把无辜少年绑在床上，剖腹取出血淋淋还在跳动的心脏。银幕上不时看到受害人痛苦扭曲的表情，支离破碎的残骸，毛骨悚然的惨叫。温越刚看到一半，精神便崩溃了，惊怖大叫："啊！"活像荒野中的狼嗥。

井原下令："停！"

灯光大亮，井原狞笑着对他说："温越先生，刚才的画面想必很刺激吧。如果你再拒绝和大日本皇军合作，你也将成为活体解剖中的一员，我马上命人把你送到那个魔窟里去。"

温越闷声不响，但身子已经在发抖。

"来人！把他的心肝挖出来下酒。"

温越吓得魂不附体，像断了脊梁骨的癞皮狗瘫倒在地，嘶哑着嗓音说："别！别！我……"

"唔，这就对了嘛，有道是识时务者为俊杰。年轻人，要学会通权达变。请开金口吧，注意不准漏掉任何细节！"

13、井原的办公室。（晨，内）

温越被除去镣铐，坐在井原对面，一个宪兵拿着钢笔坐在井原右侧。井原问："你的真实身份？"

"晋察冀边区印钞局局长助理。"

宪兵开始记录。

"印钞局长叫什么名字？印钞局的具体位置在哪儿？"

"印钞局长叫宋衡，印钞局位于太行山深处的……"

默片：画面上只见温越唇动舌翻，却不闻任何声响。

宪兵笔不停挥，密密麻麻的口供翻了一张又一张。

井原越听越兴奋。止不住额首微笑，站起身赞赏地对温越肩头拍了两下。音响恢复。

画外音：原来，号称"中国通"的井原，见酷刑对温越难以奏效，便使出更为毒辣的攻心战术，要彻底摧毁他的意志。精神支柱已垮的温越把灵魂押给魔鬼，将所知道的机密向井原和盘托出，足足讲了三个小时。井原惊喜交加，没想到无意中竟网到一条大鱼。

第三十三集

1、五四七厂驻地。（晨，外）

雾湿黎明，柴烟缕缕，高树鸟鸣。

许多工棚亮着灯光，警卫连战士肩扛手提，把刚印完的一捆捆钞票运往钱库。

2、钱库。（晨，内）

宋衡乐得合不上嘴。点着新钞："九百七、九百八、九百九……"对站在一旁的杨卓说："数字完全正确，你把仓门锁上吧。"

"是！"两人走出钱库，杨卓小心翼翼地上了锁。

宋衡："走，吃早饭去，祝贺咱们劳动的新成果。"

杨卓："明天边区银行要来运钞，发往边区各地。"

宋衡："好，把这些票子拉走，咱就放心了。你带几个战士去把山洞里的票版掩护好。在版库前挖一个陷阱，铺上杂草，掉下去准没命。同时在通往版库三十米的两旁小路上，各埋三枚地雷。"

杨卓："好！我马上就去。"

3、山野。（晨，外）

放羊老汉赶着一群绵羊上了山坡。远处传来咔哒咔哒的皮靴声，老汉心知有异，连忙手搭凉棚四下观望，透过密匝匝的丛林，只见远处一列黄色的队伍向村庄扑来，刺刀在晨曦中闪烁着寒光。老汉使劲揉了揉眼睛，登上一块巨石再看，终于发现了队伍前面的膏药旗，惊呼："鬼子来啦！鬼子来啦！"

井原随手两枪，老汉中弹滚下山崖，群羊"咩咩"惨叫着四散奔逃。

4、工棚里。（晨，内）

宋衡和杨卓刚端起碗，两声枪响似晴空炸雷，把人们给震懵了，人们不知所措，面面相觑。宋衡拔枪大吼："同志们，敌人来抢票子了。冯经理带着工人和家属向北山转移，杨卓和警卫连的同志随我来！"率先向门外冲去，杨卓和战士们紧紧跟上，出门后向山坡奔去。

5、山麓。（暮，外）

枪喷弹雨，剑闪寒光，交织成一个血色黄昏。

灌木丛生的斜坡上，宋衡带领警卫连战士，居高临下，依托有利地形，打退了日本鬼子一次又一次的疯狂进攻。但我方也不时有战士中弹倒下。

一粒子弹击中了宋衡的左臂，他连忙用手捂住伤口，殷红的鲜血从他指缝中流了出来。杨卓惊叫："局长，您负伤了？！"

"没什么，别大惊小怪的。"

"这群疯狗从早晨一直咬到太阳落山，真他妈的邪门啦！"

"是不是咱们队伍中出了叛徒？你想一想，为什么咱新版的钞票昨夜刚印好，刚装满钱库，今晨敌人便前来偷袭？"

"您说得有道理，可谁是叛徒呢？会不会是温助理？他知道局里的核心机密。他至今尚未归队，我也有责任啊，没保护好他！"

说话间，鬼子又冲了过来，直向仓库扑去。

宋衡叹息："看来钱库保不住了。"

"保不住也要保！我杨卓与钱库同在，决不能让小鬼子把咱的钱抢走。"

"不，敌众我寡，难以坚守。钥匙给你，立即去把钱库烧掉，我来掩护你们。"

"不！不能烧！"

"快去烧！"

"不！我下不了这个手。咱没日没夜地苦干了两个多月哇！怎能把刚刚印出的钞票烧掉啊！"

枪声骤然又起，鬼子发起新一轮的攻击，离钱库只有五百多米了。杨卓射出一梭子弹，又撂倒了几个敌人，伸手去摸子弹，不觉脸色顿变，脱口而出："不好，子弹打光啦！"

宋衡见难以遏制敌人的攻势，浓眉紧锁，把钥匙往杨卓手中一塞，厉声道："快！快！马上去烧钱库！"

杨卓："我们拼命也要保住钱库"。

宋衡："不，一定要烧，一分钱也不能让敌人捞着，否则人财两空。"

"局长——"

"少废话，执行命令！"

"是！"杨卓满含热泪，向姐夫敬了一个军礼："局长保重，再见！”带了几个战士，躬着身，向钱库奔去。

冯纪云的画外音：“甭着急，子弹来啦！”

杨卓回头，只见冯纪云和史良才每人扛着一只弹箱猫着腰跑来了。冯纪云刚直起身，一阵弹雨向他袭来，身中数弹，无声地倒下了。杨卓撕心裂肺地大叫：“爸爸！”来不及痛哭，取出子弹塞进枪膛，向敌人扫射。但井原志在必得，不顾伤亡惨重，仍举枪督战，鬼子离钱库只有二百多米了。

护库的工人见杨卓跑了过来，齐声高喊：“誓死保卫钱库！誓死保卫钱库！”

6、钱库。（暮，内）

杨卓打开库门，一捆捆用牛皮纸包扎整齐的新钞从地上堆到了仓顶。他抹了把泪水，用颤抖的双手，划着了火柴，正要点着时，被一只大手捂住了：“连长，可不能烧啊！那是咱的命根子呀！”

“情况紧急！敌人攻来了，不能给他们留下一分钱！”

第二根火柴划着了，钞票堆呼啦一声燃烧起来。杨卓站在灼人的热浪前呆立不动，飞迸的火星不时燎着他的头发、眉毛。火越烧越旺，呼呼的火苗像一条赤龙张牙舞爪，向杨卓扑来。门外的战士见情势危险，大叫：“连长快走，快出来！”

杨卓仍木然呆立，两个战士冒着刺眼呛鼻的浓烟，不由分说，架起杨卓就往外跑。刚跨出门槛，被烧断房梁的仓库便轰然倒坍了。赵普吐了一下舌头，惊叫：“哇！好险啊！再晚一步出门，咱就要‘光荣’啦！”

被烈火灼伤的杨卓这才感觉到脸上、额上阵阵火烧火燎，痛得他连吸了两口冷气，含着热泪，指着仍在燃烧的钱库对大伙儿说：“咱永远不能忘记今天这个惨痛的日子啊！一把火烧掉了咱印钞工人几个月的心血和汗水。”

“我们会永远记住的，今天是公元一九四二年五月九日。”

“光记住还不够，要报仇，要雪恨，要向鬼子讨还这笔血债！”

“对！总有一天，我们要把鬼子彻底消灭！”

7、山坡上。（暮，外）

钱库起火后，风助火势，火助风威。印钞的颜料、油墨、纸张、化工材料都是易燃易爆品，火势很快蔓延开来，噼里啪啦的爆裂声惊心动魄。

井原满脸杀气，额头青筋直暴，握着指挥刀的右手微微痉挛。眼见印钞局起火，急得他直跺脚。连声哀叹：“晚了！晚了！”

温越更是急得浑身冒汗，生怕鬼子失利要拿他开刀。对井原讨好地说："太君，钱库已经着火，我带皇军赶快去扑火抢钱吧。"

井原怒目圆睁，一个耳光打得他眼冒金星，口鼻蹿血。吼道："快去！你能把版库抢到手，免你人头落地。"

温越捂着嘴巴，没敢吭声。突然他指着对面的阵地叫道："太君快看，那就是印钞局长宋衡。"

"我知道了，你赶快带人去抢票版。"

"遵命。"

温越带着十来个日本兵，直奔版库而去。心声："抢到票版比抢到钞票更重要，非但能保住性命，甚至还可以立功。"手向山洞一指："那就是版库。"

三个跑得快的鬼子向版库冲去，快到山洞前，只见他们一个接一个，全部掉进了陷阱。

温越又带鬼子从旁边的土路冲向山洞，几枚地雷轰、轰、轰连声炸响，温越正踩在一枚地雷的导火索上，被炸得血肉横飞。

井原举起望远镜看了看，空旷的山坡上，躺着许多横七竖八的尸体。惨红的霞晖中，巍然挺立着一位血染的老八路，周身披上圣洁的光晕，仿佛一座钢铁雕塑。

井原狂叫："八路没子弹啦！抓活的！抓活的！"手一挥，鬼子们端着刺刀，从四面包抄而上，像铁桶一般围住了宋衡。

井原又张开蛤蟆似的大嘴呱呱叫道："姓宋的，你跑不了啦！只要你放下武器，皇军保证你的生命安全。"

宋衡的脸色异常平静，但鬼子们却如临大敌，不敢轻举妄动。

井原无奈，把刚才的话又重复了一遍。

宋衡的瞳孔陡然放大了，他发现井原正是这次偷袭行动的日军指挥官。举起短枪，把最后一粒子弹射向井原，井原头一偏，射中右臂，他捂住伤口，冲着宋衡歇斯底里大吼："打死他！"

就在这紧急关头，杨卓带领战士杀到了敌人身后，向他们开了火，井原肩上中了一枪，又见日兵被撂倒好几个，慌忙向宋衡开了一枪，大喊："撤！"率日兵狼狈逃窜。

杨卓等顾不上追击敌人，忙俯身扶起宋衡，见他左臂右肩各中一弹，昏迷不醒，哭唤："局长！局长！"背起宋衡向山下跑去。

8、山洞。（晚，内）

肩膀裹着绷带的宋衡躺在稻草堆上，杨馨和众人不停地呜咽抹眼泪。

宋衡焦躁地说："别哭了，吵得人心烦，我又不会死！"

杨卓忙俯身劝慰："局长啊，您负了伤，千万不要多动肝火。咱这里缺医少药，全靠本身的抵抗力恢复健康。如果烦躁的话，不利伤口痊愈。"

宋衡悔恨地说："咱们的警惕性不高哇，才造成如此惨重的损失。"

杨卓潜然长叹："咳，您别自责了，是我这个连长失职。温越没及时归队，咱应该当机立断，马上转移，或许就能保住钱库，也不会牺牲包括我岳父在内的那么多好同志了。"禁不住热泪纵横，哭了起来。

宋衡泣道："咱俩对不起人民，对不起党啊。"

已被提拔为副连长的赵普说："此事不能全怪局领导，印钞局数百员工，还有那么多的机器、设备，不是说转移就能转移的，何况生产任务这么重，日夜连轴干还来不及。要怪就怪那个万恶的叛徒，没想到一个受党教育培养多年的党员，被敌人的屠刀吓破了胆，变成一条断了脊梁骨的癞皮狗。"

宋衡蜡黄的脸上现出一丝微笑："值得欣慰的是，我们的版保住了，有了母鸡就不愁没有鸡蛋啊！"

有人点头："解恨，解气，打掉了井原的威风。"

有人摇头："一个好好的青年，一时没经受住考验，可惜呀！"

有人叹息："人生万里路，要走好每一步呀。"

9、井原的办公室。（日，内）

肩膀上包扎着纱布的井原观看《三国演义》，植田悄无声息地站到桌前，笑道："贤甥真用功啊！"

井原抬头抛书，惊喜地问道："舅舅，您怎么来啦？也不预先打个电话。"

植田："舅舅想你，就来看你呗。"

井原兴奋地说："快，快请坐。"又对内室叫道："秋岚妹，快出来。"

当植田看到发盘高髻，身穿碎花缎子和服，脚踩日本草屐，姗姗而出的秋岚时，惊愕地张大嘴巴。

井原得意地说："舅舅，她是春岚的妹妹秋岚。"又对秋岚说："这就是我常跟你提起的植田舅舅。"

秋岚鞠躬道："植田舅舅，您好，请多关照。"

"哎，好！好！"

秋岚："植田舅舅请稍坐，我给您泡茶去。"扭动腰肢，款款而去。

植田盯着她的背影问："你是怎样找到她的？"

井原："说来也是天意。有一天晚上，我亲自带队巡逻，不料从灵寿保安司令家传出枪声，我带人冲进去抓捕八路，竟然在他家发现秋岚。原来那保安司令曾留学日本，是秋岚的姑父。我们能在异国他乡相遇，又情投意合，就同居了。我正想找个机会带她拜见舅舅，日后请您替我们主持婚礼呢。"

植田笑道："有此美事，舅舅自然义不容辞，恭喜你了。"忽见井原肩头的纱布，惊问："怎么，你负了伤？"

井原满不在乎地说："一点轻伤，没关系。最近外甥颇有收获，还有两桩喜事哩。"

植田精神一振："哦！说来听听。"

默片，井原舌动唇翻。

植田哈哈大笑，语带双关地说："果然是喜事成双，你等着，我回北平后要面见冈村大将，为你请功。届时让大将亲自来灵寿为你颁发勋章。"

井原立正，敬礼："全仗舅父提携。"

植田看着手托茶盘走出的秋岚，脸上浮现出高深莫测的微笑。

10、冈村宁次官邸。（日，外）

位于北平东城区西南部的煤渣胡同中段，红漆大门，门口设有警卫室，两个日本士兵端着三八式步枪站岗，围墙上架着电网。

一辆军用吉普车驰来，车门打开，植田下车，两个日兵向他举手敬礼，植田满面春风地举手还礼，向院中走走。

11、后园。（日，外）

花木布置玲珑得体，半亩小池，净练无波。金鲫成群，锦鳞片片。聚则霞起，惊则火流。冈村站在石栏边凝望池鱼，怡然自乐。

植田快步走来，敬礼道："启禀大将，好消息！好消息！"

"什么好消息？"

"灵寿宪兵队长井原少佐火烧土八路印钞局钱库，并击毙其印钞局长。"

冈村喜道："哎呀，这可是大大的捷报哇，井原少佐理应嘉奖。植田君，你马上给大本营去电，请授井原三级旭日勋章。"

植田眉开眼笑地说："卑职遵命，马上就去。井原是卑职的外甥，我一直视若己出。不过，卑职还有个不情之请。"

"讲！"

"请大将亲自给井原颁奖。"

"为了授一枚小小的三级勋章，你居然要我千里迢迢去灵寿那个冀西小县，我身为华北派遣军司令官，有这样的闲工夫吗？"

"大将一定见过天皇的堂姐明姬吧，您认为她姿色如何？"

"这还用说吗？皇姐号称东京第一美人，千娇百媚，谁不为之神魂颠倒。你问这话是什么意思？"

"倘若有一位比皇姐更年轻、更美貌的绝色佳人住在灵寿，大将是否愿意屈尊去那里？"

冈村吃惊地问道："哦，竟有如此佳丽！她是谁？我当然愿去一睹芳容。"

"她是明姬的幼女，名叫秋岚，是井原的妻妹，两人准备结为连理。"

"我说呢！原来是明姬的女儿，必然天姿国色。还没见面，我已经对那位妙人儿动容、动心、动情了。明姬的父亲水源义雄少将和我是刎颈之交，我虽然迷恋明姬的美色，因比她长了一辈，难以启齿。谁知她刚过不惑之年，便猝然身亡，真可惜啊。"

植田一脸坏笑地说："大将不必惋惜，也许不久的将来，您就可以得遂夙愿了。"

12、灵寿县城。（日，外）

当街拉着一条大红黑字横幅标语，上用中日两国文字写着：

热烈欢迎华北方面军司令官冈村宁次陆军大将莅临视察

街道两旁站满了市民和中小学生，每人手中拿着一面小小的太阳旗，神色激愤。一些伪军警手执木棍、皮鞭维持秩序。

远处车声隆隆，铁蹄铮铮。

13、城门口。（日，外）

几十名孔武剽悍的日本士官骑着高头大马，背着二十响盒子炮前面开路。后面是一辆敞篷军车，正中站着脸色严峻的冈村宁次，左边站着他的侍从副官植田少将，右边站着井原。一群荷枪实弹的日本兵凶狠地瞪视着两旁的人群。

大黑和金富高声喝道："快欢迎！快欢迎！"

霎时鞭炮齐鸣，军乐队奏起日本国歌《君之代》，人们挥动手里的太阳旗，木然而有节奏地高呼："欢迎！欢迎！"

冈村铁板的脸上绽出微笑，煞有其事地举手向民众答礼。

14、小礼堂。（日，内）

张灯结彩，坐满日伪军官。冈村宁次拿腔作调地说："勇士们、朋友们。前不久，东条英机首相发布了《战阵训》，号召我们皇国每一位臣民和官兵动员起来，为建立王道乐土，实现五族协和的大东亚共荣圈而献身奉公。自本人执掌华北方面军以来，发动了晋察冀秋季大扫荡、鲁西扫荡、太岳秋季扫荡、太行秋季扫荡、冀东春季扫荡、平北夏季扫荡。在这一系列的军事行动中，驻灵寿宪兵队长井原少佐巧用奇兵，机智灵活，在无名高地上，烧毁了土八路的钱库，击毙了他们的印钞局长。为帝国立下了赫赫战功。经保定宪兵联队提议，天皇恩准，我代表华北方面军最高司令部，授于井原少佐一枚三级旭日勋章。井原君！"

"卑职在！"井原踌躇满志，昂首挺胸走到冈村面前，举手敬礼。冈村从桌上拿起了系了大红缎带的金质勋章，笑容满面地替井原挂在脖子上，称赞："井原君，祝贺你，大和民族的勇士，光荣啊！"

井原兴奋得满脸通红，激动地说："卑职多谢皇恩，多谢大将阁下。"

随军记者手执相机调整角度，镁光灯"咔嚓"、"咔嚓"闪个不停。

军官们表情复杂地鼓起掌来。

15、小礼堂。（晚，内）

井原设宴款待冈村一行。红毯铺地，灯光迷离。已换上和服的冈村、植田、井原等人坐在榻榻米上饮宴。四位乌云挽髻，上插金凤的日本中年艺伎轻舒莺喉，在悠远清扬的乐曲声中边舞边唱：

> 竹川汤海，上有桥梁。
> 斋宫花园，在此桥旁。
> 园中美女，窈窕无双。
> 放我入园，陪伴娇娘。

镜头依次从四女脸上慢慢掠过，她们五官也还端正，但无一殊色，连厚厚的脂粉也无法掩盖眉梢眼角的皱纹。

冈村和植田俱低头饮酒，气氛沉闷，井原挥手示停，众艺伎躬身退出。

井原向冈村欠身道："薄酒陋宴，庸歌劣舞，自然难入大将法眼。灵寿乃山野小县，供奉困难，尚请海涵。"

冈村冷冷地问："她们唱的是什么呀？"

"哦，是古代平安时期的催马乐《竹川》。"

"但那几个半老徐娘，能算窈窕无双的美女、娇娘吗？"冈村桌子一拍，杯盘乱跳，满脸怒气。

井原连忙鞠躬，惶恐地说："大将光临，卑职受宠若惊，竭诚招待。怎奈县小民贫，好容易才从军营慰安妇中选出四个舞伎来，当然无法与京津等大都市相比，恕罪！恕罪！"

"哼！说的比唱的还动听，你也有奇珍异宝，只是不肯奉献而已。"

"没有哇！请大将明示。"

冈村对植田说："告诉他！"

植田一字一板地说："大将乃朝廷重臣、皇军栋梁，日理万机。如今为一个小小的少佐授一枚微不足道的三级勋章，居然从北平千里驱驰到冀西小县，值得吗？但大将还是带了司令部一干人马兴师动众地赶来了，为的就是一睹绝代佳人的风采，你居然深藏不露。"

"哪个绝代佳人？"

"秋岚。她的外祖父是冈村大将的生平密友，难道她不该出来拜见贵客吗？"

井原忙道："应该！应该！少将何不早说。秋岚是我亡妻之妹，不识歌体，不善舞技，所以没让她出来侍候诸位。既如此，我马上唤她前来。"起身而去。

客人们互相挤眉弄眼，淫猥大笑。

16、秋岚卧室。（晚，内）

井原推开房门，叫道："秋岚妹。"

秋岚正在灯下看书，忙合上书，站起来问："客人走啦？"

"咳！非但没走，还要你去陪酒呢。"

"不去！我又不是游女（妓女），凭什么去陪酒？"

"唉，不去不行，冈村到灵寿来，就是为了见你一面，据说他是你外祖父的好朋友。"

"好吧，让我打扮一下。"

"那你快点到小礼堂来，坐在正中的那个老头子就是冈村宁次，已经快六十岁了。"井原走出门时向桌上瞟了一眼，那本书是张恨水所著的《啼笑姻缘》

17、小礼堂。（夜，内）

柳娇花媚的秋岚艳光四射，人们惊看如痴。秋岚向冈村深深鞠躬："小女子秋岚恭请大将万福金安。"

"哎呀，免礼，免礼。"冈村急忙站起身，扶着秋岚的香肩细细端详。眼前的佳人身材高挑，虽穿着臃肿的和服，但高耸的胸脯和浑圆的臀部仍然显示出女性极完美的黄金分割线。不禁两眼射出饿狼般的馋光，痴痴地说："真美呀，光彩照人。就像白天的太阳，夜晚的月亮，娇艳的樱花，绰约的杨柳。水源君真有福气，有这么一位美若天仙的外孙女。"

井原忙叫："秋岚快给将军斟酒。"

秋岚："是。"趁机挣开冈村双手，伸出纤纤如玉的兰花指，便去拿酒壶。

冈村一声断喝："住手！"

秋岚吃了一惊，惶惑地望着冈村。

冈村盯着秋岚暧昧地笑了："宝贝，别怕，别怕。我怎舍得让鲜花一样的美人儿端茶递酒，做下等人的活计呢？我虽然是个军人，却不乏温情。护花最解缠绵意，愿化一片春泥。"

秋岚一听冈村说话如此露骨，分明不怀好意，忙向井原投去乞求保护的眼光。而井原却为难地低下了头，那一刻，他的心都碎了。

聪明的秋岚望着植田唤道："植田舅舅。"

植田当然明白秋岚的意思，但故意视而不见，反而在一旁凑趣道："那是，那是。大将阁下乃当代伟男子，大英雄也！爱江山更爱美人。"对眼射怒火的井原斥道："这儿不用你侍候，你先走吧。"

井原脸涨得通红，恨恨地瞪了冈村一眼，扭头就走，植田跟着一脚把门踢上了。

"哈哈哈，想不到我冈村在这烽火遍地的穷乡僻壤山沟里，还能邂逅一位出身高贵、美艳绝伦的樱花仙子，真是有缘哇有缘。"冈村狞笑着猛然用力摁倒了秋岚，恶狠狠地扑了上去。

植田等人喜眉笑眼，纷纷脱下衣服，解开皮带……

18、秋岚卧室。（夜，内）

井原面沉似水，心不在焉地翻阅《啼笑姻缘》。一阵困意袭来，他伸直双臂打了几个呵欠，伏在桌上假寐。

梦境中，青山绿水、千百株盛开的樱花如绯红的云霞，轻盈的彩蝶在花蕊中双双翩舞。

秋岚撑着阳伞，花下伫立，美玉般的脸庞与艳溢香融的樱花浑然一体，分不清花和人面。

"噫——"

白龙马一声长嘶，载着井原飞奔而来。秋岚迎上前，轻启朱唇，唤道：“井原哥！”

“秋岚妹！”井原翻身下马，搂住美人纤腰。两人笑脸相对，相吻着倾倒在一株繁花叠朵的樱树下，整合成爱情上的一幅经典画面。

狂风骤起，天昏地暗，枝头的樱花一齐坠地，随着“嗥——”一声巨吼，树丛中跳出一只黄斑吊睛白额虎来，两人惊得连忙坐起，井原伸手掏枪，恶虎张开血盆大口，虎尾扫得枝叶刷刷乱响，向秋岚猛扑过去。

——猛虎摇身变为龇牙咧嘴，狰狞凶悍的冈村。

“救命啊！”秋岚发出恐惧的尖叫。井原惊醒，灯光惨亮，墙上的挂钟指向三点，钟摆发出滴答滴答单调的响声。

井原：“秋岚——”疯狂地扯下窗帘，砸碎花瓶、茶壶、茶杯……

在这些瓷器的碎裂声中，镜头中出现——

冈村心满意足地起身穿衣，植田压向秋岚……

井原拔战刀劈向橱柜……

植田微笑着穿衣，另一日本将佐将毛茸茸的下巴贴近秋岚挂满泪珠的俏脸……

井原劈向几案……

以上画面反复跳接。

井原战刀掷地，仿佛极度疲惫地闭眼跌坐椅子上。猛然传来汽车闷雷般的发动声，随着“嘀嘀”几声喇叭响，车声逐渐远去。

井原条件反射般地蹦了起来，推门狂奔。

跟镜头：

井原奔下楼梯……

井原奔过天井……

井原奔过回廊……

19、小礼堂。（夜，内）

灯光依旧，杯盘狼藉。秋岚仰面朝天躺着呻吟，心口赫然插着一把匕首，半裸的肩头、胸脯伤痕累累。

井原跌跌撞撞奔进门来，拼命摇晃秋岚的柔肩：“秋岚！秋岚妹妹！”

秋岚勉强睁开了黯淡的眸子，伸手拉着井原，气息奄奄地说：“井原哥，我就要死了，冈村糟蹋我以后，又让随从轮奸我。他还说：‘皇军在战场上流血牺牲，难道女人就不该报效国家吗？能为我们这些大东亚圣战的英雄慰安服务是至高无上的荣耀嘛！我就是慰安妇制度的倡议者和制订者。’”

井原悲愤地骂道："圣战！圣战！呸！这群没人性的畜生，用最动听的修辞掩盖最卑劣的暴行。可鄙！可恨！那个植田少将有没有欺负你？他是我的亲舅舅。"

"所有的人都奸污了我，冈村那老东西还拍着植田的肩膀笑道：'谢谢你，植田君。你治愈了我二十年的相思病，我没能得到明姬，却得到了她的女儿，真是大快平生啊。'植田说：'卑职也是如此，母债女还嘛。'冈村又说：'不能留下活口，这种事毕竟不光彩，留下她难免暴露咱们的丑陋和荒唐。'植田就用短刀刺入我的心口，我疼得当场昏死过去，后来就不知道了。"

井原哭叫："秋岚妹妹，真害苦了你。我瞎了眼，没看出这群野兽的本性来，不该让你和植田那老畜生见面。他为了讨好冈村，才来到灵寿，干出这丧心病狂的暴行。我该死！我该死！"左右开弓，抽打自己耳光。

秋岚深深叹息："唉，我就要去极乐世界陪伴我妈妈、我姐姐了。井原哥，多保——重——"眼睛一动不动地凝视天花板，手无力滑落……

井原惊呆，颤抖着右手探摸秋岚鼻息，放声悲嚎："秋岚妹，你不能走哇！"他哭了一阵，替秋岚合上眼皮，呆呆注视着她那美如白色莲花般的遗容。猛地站起身，扯下脖子上的勋章，死命掷地，用脚乱踩。咒骂："什么大东亚圣战？骗人的鬼话！恶魔，疯狗，统统见鬼去吧！"掏出手枪，"啪啪啪"将礼堂里所有灯泡击碎。黑暗笼罩了一切，他形如鬼魅，仰首绝望地狂笑起来："哈哈哈，秋岚，等等我——"用枪对准自己右侧太阳穴，刚要扣动扳机，忽又停手，自言自语："我真傻，为什么要自杀？临死也要拉个垫背的。我要找植田那老混蛋算账去，是他引来了一群魔鬼。我一定要替我的秋岚妹妹报仇！"于是井原咚咚地跑了出去。

第三十四集

1、马厩内。（夜，内）

十几匹军马挤挤挨挨，井原牵了一匹高大强壮的白马走了出去。

2、山野小路。（夜，外）

井原口呼："驾！驾！"策马狂奔。

3、盘山公路上。（夜，外）

冈村的车队亮着车灯，慢吞吞地前进。

车厢中，冈村闭着眼，摇头晃脑地背诵一首汉诗：

北方有佳人，

绝世而独立。

一笑倾人城，

再笑倾人国。

宁不知倾城与倾国，

佳人难再得！

植田谄媚地说："大将阁下还在回味方才的香艳风情吗？确实，'佳人'难再得啊！唉，咱们不该把她弄死，应该把这尤物带到北平，也能好好地陪伴阁下了。"

"不！"冈村倏地睁开一对三角眼，狞笑道："滋味尝过就行了，还是处理了干净。我绝对不能留下让政敌攻讦我的口实。"

"高！高！还是大将高瞻远瞩，看事物透彻。"

井原的画外音："停下！停下！要不我就开枪啦！"

司机猛然一个急刹车，冈村和植田都吓了一大跳，冈村喝问："为什么停车？"

司机结结巴巴地说："前面有个军官拦车。"

"八格，谁敢如此大胆？"

植田对冈村说："请大将稍待，我下去看看。"

"唔。"

植田打开车门，钻了出去。

井原在马上左手提缰绳，右手挥枪，大声嘶喊："植田滚出来！植田滚出来！"

植田喝问："井原，你要干什么？"掏出手枪。

所有的警卫都下了车，举枪瞄准井原。

井原愤怒地骂道："植田，你这个老混蛋，为什么带冈村强暴我的未婚妻？你还配做我的亲舅舅吗？"

植田冷笑道："你的未婚妻又怎样？她难道不是皇国的臣民吗？她姐姐能为大东亚圣战献身，她也该为我们大东亚圣战的英雄们献身。看在我和你母亲一奶同胞的份儿上，我饶恕你的鲁莽，快滚回你的灵寿去吧！"

"老混蛋，我要为秋岚妹报仇！"井原开枪向植田射击，不料连发数枪，未见子弹射出，绝望地把枪往后一抛。

警卫一齐向他开了火，井原中弹，连人带马坠下山崖。

4、山脚下。（晨，外）

宋衡与杨卓从军区开会回来，驱马缓行。

井原的日语画外音："秋岚……秋岚……"

宋衡侧耳细听，忙掏枪对杨卓说："小心点，有敌情。"

杨卓拔枪在手，目光四处寻觅。井原的声音从草丛中传来："秋岚……秋岚……"

宋衡诧异地说："怪了，鬼子的声音有气无力，莫非受了重伤？"对杨卓说："咱去看看。"循声而去。

井原浑身是血，仰卧草丛中，闭眼呓语："秋岚……"不远处，白马早已摔死。

二人下了马，宋衡用日语询问："你是谁？怎么躺在这荒山野外？"

井原睁开红肿的眼睛，瞥见二人手中的短枪，惊呼："八路！八路！"欲挣扎而起，又跌落在地。

宋衡忙说："你别紧张，八路军优待俘虏，你丢下屠刀，可以立地成佛！"

"谢谢！"井原闭上双眼，又昏了过去。

杨卓问："局长，怎么办？"

"他虽然是敌人，但现在成了俘虏，咱就要发扬救死扶伤的人道主义精神，把他带回去医治。"

"好，我来背他。"

宋衡帮助杨卓背上井原，牵马徐行。

5、山洞。（晨，外）

宋衡和杨卓把井原平放在草堆上，二柱就着微弱的亮光凑近一看，两只眸子顿时射出熊熊怒火。

二柱怒吼："我要掐死你！"扑上去用双手掐住井原的脖子，井原本能地挣扎。

"住手！"宋衡边喝边把二柱的手拉开。

二柱指着井原说："就是他带领鬼子兵杀了全村的乡亲们！我要为我全家，为全村的父老乡亲们报仇！"说着又向井原扑去。

宋衡大喝："二柱，不许胡来。"

二柱不敢再动，向宋衡不满地连连白眼。

井原苏醒，见到宋衡、二柱，惊恐地喊道："啊，鬼……鬼……"向洞角躲去。

二柱挥拳欲打："狗日的！你敢骂我们是鬼，今天我要杀了你这个魔鬼！"

宋衡再次喝住："二柱。"

井原趴在地上向宋衡磕头："宋局长，请饶我一死。"

宋衡义正词严地说："你的手沾满中国人民的鲜血，应该受到正义的惩罚。当然了，只要你能立功赎罪，我们就会给你出路！"

"如果八路能饶恕我的罪行，我想奔赴延安，参加侵华日军反战联盟，跟中国人民站在一起，共同反对日本军国主义。冈村宁次让我抹掉边区印钞局，我要和你们一起保卫印钞局！"

宋衡点头道："你有这种觉悟很好，欢迎你站到和平阵营中来。你先把伤养好，我们可以派人护送你去延安。希望你参加反战联盟后，为中国人民的抗战事业多作贡献。"

"我会的，感谢贵军的大仁大义，不杀之恩。其实中日两国人民都是受害者，这场罪恶的侵华战争，夺去了我四个亲人的生命，我的岳母、我的胞弟、还有我的两个妻子。"

众人惊叫："是吗？"

井原含泪恨声答道："对，就在昨晚，冈村宁次及其随从惨无人道地奸杀了我的爱妻秋岚……"

6、平山县天桂山。（日，外）

挺秀峻拔，峥嵘奇绝。树荫浓密，蝉声噪耳。

7、青龙观大殿。（日，内）

没门没窗，宋衡和杨卓正在接待吴敏和他的妻子。

吴敏边用手帕擦汗，边递上一封鸡毛信："宋局长，她是我的爱人沈雨岚，我俩都在唐县三专署工作，这是专署沈剑飞专员亲笔写的介绍信，请过目。"

宋衡读信：

宋局长，日寇多次扫荡我冀中根据地，部队和群众都损失惨重，我们急需生产自救资金。多次派人去兄弟县市求援，可这些人不是牺牲在敌人枪弹下，就是开了小差。节令不等人，时间紧迫，专署特意派了吴敏和沈雨岚同志向你们求援来了。望能支援边币一百二十万元，不胜感谢。

此致　敬礼

唐县三专署：沈剑飞
一九四二年七月六日

宋衡："好，我们马上研究。沈雨岚同志是沈专员的女儿吧？"

雨岚绽开笑靥："是啊，您怎么知道的？"

"以前，你表哥温越常提起你和沈专员。我去边区政府开会时，也多次见到你父亲，他还热情地邀请我去唐县作客呢。我答应他，有机会一定去拜访他。"

雨岚喜悦地说："太好了！欢迎，欢迎。"复又感慨道："当年我爹和我姑父温剑奎一同留学日本，人们称之为'军校双剑客'。那时他们都非常年轻，书生意气，挥斥方遒，都想为国家、为人民，贡献一腔热血。岂知回国后二水中分，金石之交，因信仰相左而操戈；同窗之友，缘主义不同而离心。事实证明，只有共产党才能救中国。我爹及时调整了自己的人生轨迹，义无反顾地投入了革命阵营。宋局长，这次我爹还让我带封信给姑父，劝他迷途知返，弃暗投明。请您审查一下。"递信。

宋衡推开道："家信我就不看了，我相信你爹。你可能还不知道，最近你姑父家发生了重大变故，你姑母病逝，你表兄叛变革命后被处决，你妹妹秋岚又被鬼子强暴而死。"

雨岚目瞪口呆，忽地大哭起来："姑妈！妹妹！怎么会这样？怎么会这样？"

宋衡沉痛地说："秋岚是鬼子宪兵队长井原的小姨，冈村宁次垂涎你妹的美色，故意来灵寿为井原授勋。结果秋岚被轮奸致死，井原去找他们拼命，被鬼子打成重伤。井原已经投降了八路军，这些情况是井原亲口告诉我们的。"

雨岚抹了一把眼泪，说："秋岚有日本皇家血统呀，鬼子怎么竟连本国的同胞也不放过？"

"雨岚同志，你太年轻幼稚了。天高皇帝远，那群畜生才不管什么皇家不皇家呢！日本明治时代的启蒙思想家福泽谕吉宣扬：'自己去压迫他人，可以说是人生最大的愉快。'他崇尚暴力和杀戮的非人道伦理观。所以，冈村等人向秋岚施暴也就不足为奇了。多行不义必自毙。"

"那我爹的信要不要给姑父？"

"可以给，但不能有第三者在场。如果你姑父不愿投诚，千万别勉强，赶紧脱身。"

"是，我记住了。"

8、青龙观偏殿。（夜，内）

油灯微弱。宋衡与杨卓、赵普在墙角揭开两块大方砖，露出一个地窖。杨卓自告奋勇："我下去。"

宋衡关切地说："小心一点。"

"放心吧。"杨卓纵身跳下地窖，随即将一捆捆钞票托上，宋衡、赵普连忙俯身接过。

宋衡、赵普伸手将杨卓拉上地面，将方砖铺好。

三人用布袋将钞票装好，扎紧。

赵普数了一下："嘀，正好是十二袋。"

宋衡对杨卓亲切地说："小杨，经领导研究，决定由你带队，负责把这十二袋钞票送往唐县三专署。此行数百里，路上关隘重重，敌人的封锁线密如蛛网呀。相信你们能完成这个任务，我等待着你们胜利的消息。"

"请局长放心，坚决完成任务！"

"好！任务完成后立即返回平山，我为你们摆酒庆功。"

9、山野。（夜，外）

皓月如盘，群星眨眼。

杨卓与赵普、吴敏等人用桐油雨布将十二袋钞票包扎得严严实实，六个人赶着六匹军马，向宋衡挥手道别。

一行人马步羊肠、爬高坡、涉小溪，行路颇为艰难。杨卓拉着聂荣臻司令赠送的枣红马，轻声哼起了游击队歌：

我们都是神枪手，

每一颗子弹消灭一个敌人。
我们都是飞行军，
哪怕那山高水又深……

天色陡变，乌云如泰山压顶，暴风似饿虎咆哮，闪电如金蛇狂舞，骤雨似银箭攒落，吓得马儿“咴儿咴儿”惊嘶狂奔。杨卓等人使出吃奶的力气，用劲勒住缰绳，在没胫的泥泞中趟水前进。

风恬雨收，澣澣碧空中又是明月皎皎，繁星灼灼，薄云纤纤。只苦了运输员们，一个个淋得像只落汤鸡。精湿的衣裤紧贴身上，磨得皮肤生疼。布鞋成了两只大泥疙瘩，举步艰涩。吴敏见雨岚发梢上滴着水，被夜风吹得直打哆嗦，心疼地问：“雨岚，冷了吧？”

“嗯，是有一点冷，可我心里热乎着哩！”

吴敏悄悄地握住了她的手，杨卓向她投去赞许的眼光。

10、小河边。（晨，外）

水面闪着粼粼清波，六匹军马撒腿奔去，低头狂饮。六人趁马喝水时，抓紧时间洗了洗脸和脚，取出袋中的衣物鞋袜，换了一身装束。杨卓等四人套上了八成新的白布褂裤，千层底黑布鞋，个个猿臂蜂腰，剽悍威武，宛如豪门贵族的护院跟班。

吴敏英俊挺拔，他梳着大背头，穿一身做工考究的米色绸衫绸裤，脚穿一双米色三接头皮鞋，愈显得风流倜傥，潇洒出尘。

雨岚是豪门之女，自幼锦绣丛中长大，经过精心修饰，更是妩媚姣俏。

众人停睇不转，纷纷称赞：“嗬，雨岚这么一打扮，真比海报上的电影明星还漂亮哩！”

雨岚佯装气恼，小嘴一噘：“你们再拿我打趣，我就不理你们啦！”

“开开玩笑嘛，何必认真！”

“是啊！是啊！你长得这么俊，还不许人夸你啊！”

雨岚笑得花枝乱颤，白嫩的双颊飞出两个圆圆的酒窝。

11、城门口。（日，外）

杨卓等人大摇大摆地走来，那些衣不遮体、鸠形鹄面的过往行人，恍疑相逢天外来客，都驻足讶然神凝目注。稍停，又不约而同地把眼光集中到雨岚身上，只见她眉画远山，唇点樱桃，面敷脂粉，一根乌油油的大辫子盘成高髻，上插翡翠簪子，颈挂珠链，指戴钻戒，身穿粉荷色百褶长裙，肩挎白色坤包，脚蹬白色高跟鞋，比电影中的女明星更靓丽、更时髦。

杨卓等人神态自若地往城里走去。一直张大嘴巴、两眼直勾勾地欣赏美人姿色的金富，竟忘了自己在站岗，见杨卓等人进了城，这才反应过来，忙拉开枪栓吆喝："站住！站住！"

吴敏回过身，没好气地抢白："凶什么！我带了媳妇去拜访你们的温司令，也不给点面子吗？"

大黑耸了耸肩，咧咧嘴："公事公办嘛，也谈不上什么给面子不给面子的。"

吴敏大度地一笑："既是例行公事么，也就罢了！两位兄弟辛苦，来，弄根好烟解解乏。"说罢掏出一筒包装精致的香烟，各递了一支。

两个伪军抬眼觑见，欢叫起来："哇！绿炮台！好烟！好烟！"

吴敏又取了一支叼在自家嘴角上，掏出玲珑精巧的打火机，随手一揿，"呼"的一声，冒出了红中带蓝摇曳不定的小火苗。吴敏点燃了烟卷儿，手往前一伸，两个伪军忙不迭地低下脑袋，凑着点上了火。大黑美美地吸了一大口，徐徐吐出了几个烟圈儿，陶醉地赞叹："嚯！过瘾！过瘾！"

金富边吸着纸烟，边色迷迷地盯着盛妆艳服的雨岚淫邪地说："我的妈呀！好水灵的小媳妇，搂着睡一夜死了也值啦！"

只听"啪"的一声脆响，那淫棍脸上早着了雨岚一巴掌。雨岚粉面通红，指着他斥骂："你好大的狗胆，竟敢调戏姑奶奶，把你们的温司令叫来，我要当面问问他，是怎样调教手下的兵的！"

金富吓得三魂丢了两魂半，慌忙求饶："姑娘恕罪！恕罪！小的有眼不识金镶玉，您就饶了小的吧！"

大黑冷冷地问："温司令是你什么人？"

"姑父。"

"那好，咱一起去见见温司令。"

吴敏客气地说："请老总带路。"又对杨卓说："你们先往前走吧，我和雨岚待会赶上来。"

杨卓低声叮嘱："人心隔肚皮，以不变应万变，到指定地方碰头。"

"好！"

12、温家门口。（日，外）

戴月娇热情地招呼吴敏夫妇："老爷在家哩，请进！"

吴敏塞给大黑两张纸钞："给老总买酒喝。"

大黑接过看了看，塞进衣兜，笑道："谢谢先生。"满意地走了，边走边哼起京剧：

包龙图打坐在开封府，

尊一声驸马爷细听端详……

13、温家堂屋。（日，内）

戴月娇领着雨岚走进来，叫道："老爷，您看谁来啦？"

胡子拉碴、眼窝深陷，正躺在榻上抽大烟的温剑奎闻声抬头，惊异地说："是雨岚哇！"坐起身子。

雨岚："姑父！"

戴月娇："小姐请坐，我去泡茶。"

雨岚坐下，与温剑奎互相戒备地对视。

戴月娇端茶盘放桌上，笑道："小姐请用茶。"

"谢谢。"

温剑奎挥手："你去吧，有事我会叫你的。"

戴月娇："是。"出门。

雨岚见她已走远，起身关上门，对温剑奎泣道："姑父，我特意来看望你们，谁知我妹、我姑妈和表兄竟横遭不测，真让人伤心啊！"憋不住哭出声来。

温剑奎的嘴角抽搐了几下，烦躁地说："死就死呗，哭什么哭？你来还有别的事吗？"

"有！有！我爹让我带封信给您。"雨岚边说边把信递去。

温剑奎阅信，冷笑着划根火柴把信烧了，对雨岚说："你给我带个口信给你爹，八路军杀了我的儿子，我与他们誓不两立，我不可能跟他们合作的。"

雨岚委婉地劝道："姑父，表哥叛变革命，罪有应得。请您老人家三思而行，当汉奸是要留千古骂名的啊！"

温剑奎拍桌叫道："谁当汉奸啦？我这是曲线救国嘛！"

"你带兵跟在鬼子后面去清剿、去扫荡、伤害百姓、为虎作伥，不是汉奸又是什么？如果你是个有良心的中国人，马上掉转枪口，抗击日寇，以赎其罪。"

"放肆！"温剑奎突然变了脸，掏出白郎宁手枪，指着雨岚喝道："快滚出去，别让我再看到你！"

雨岚气得红了眼圈，上牙咬着嘴唇，开了门噔噔噔地走了。

14、小厢房。（日，内）

吴敏向戴月娇扑去，一边吻她的脸一边说："亲爱的，两年不见，可想死我了。"

戴月娇凶巴巴地推开他，恼火地说："你官也当了，婚也结了，还对我假惺惺地装什么纯情！"

吴敏一本正经地说："你我志同道合，同窗共读。要不是执行戴老板'打入要害，长期埋伏'的指令，你我一对有情人早就成了眷属，还会两地相思吗？"

戴月娇被他灌了几句迷汤话后，转怒为喜，仍不无妒意地说："失之东隅，收之桑榆。你失去初恋情人，却得到共党专员的千金，人家比我年轻，比我漂亮，也是大家闺秀，你不是更划得来了吗？"

吴敏苦笑道："你只知其一，不知其二。沈老头已把全部家产拱手献了出去。我们一日三餐是野菜窝窝头，整天钻山沟，打游击，这哪是人过的日子？老婆漂亮又怎样？既当不了饭吃，也当不了钱花。你能不能和上面通通气，把咱调回重庆。戴老板是大名鼎鼎的特工王，老蒋跟前的大红人，没有他摆不平的事。托托你叔，咱俩也好破镜重圆。"

戴月娇动心了，在他脸上"叭"地亲了一口："通气当然可以，总得要点见面礼吧。"

"见面礼眼前就有，拉温剑奎去投老蒋，有一千多人马哩。"

"屁！我早就试探过他了。不料我才一开口，老不死的就马上翻了脸，还问我是不是军统特务，吓得我魂飞魄散，你说老东西厉害不厉害？"

吴敏目露凶光："那老狐狸既不能为我们所用，干脆就灭了他。哦，还有一份重礼可送，这次我们押送十二袋边币去唐县，大约值一千两金子，你看……"

戴月娇惊得瞳孔放大："哇，这么多钱？天哪！咱就要交好运啦！干脆咱俩劫了这笔横财，远走高飞，去美国留学、定居。"

吴敏笑道："好！有你叔叔这把大红伞罩着，谁奈我何？"

"我助你一臂之力。"戴月娇从一只灰扑扑的花瓶里取出两个小纸包来，打开对吴敏说："这白色药粉是美国进口的，有剧毒，只要在茶水或食物中放上一耳勺，几秒钟就死。这褐色药粉是云南少族民族用土法配置的，也没气味，但食用后要半年才发作，到时浑身疼挛，抽搐而亡。我已试验过白色药粉，灵得很，把温老婆子送上了西天。今晚我再给温老头下点白面，你要哪一种？"

吴敏取过白药放在裤袋："就白的吧，立竿见影，谁有耐心等他半年。你把老头做了后，立刻到唐县马圈山后山等我。你听——"

雨岚的呼唤："吴敏！吴敏！"由远而近，由近又远。

吴敏："我得赶紧走了。"

戴月娇妒意浓浓地说："真没出息，老婆一叫就没了魂。你快滚吧！"开门，推吴敏后背。

吴敏返身，又在她脸颊上亲了一口："亲爱的，我心里只有你，等着我！"闪身出门。

15、温家庭院。（日，外）

雨岚不住地东张西望，吴敏紧跑了几步，搂住她的腰："雨岚。"

雨岚没好气地把他一推，发作道："你上哪去了？我找遍整个院子，也没见到你的鬼影子。"

吴敏嬉皮笑脸地说："我在茅房里大便，听见你叫声，没法应答呀。"

"那咱快找杨连长去。"

"你姑父怎么说？"

"谈崩了！哼，看来那老顽固要一条道走到黑了。没完成组织上交给我的任务，我心里很难受。"

吴敏安慰妻子："雨岚，别自责了。策反工作本身就难做，也相当危险，往往有策反者被对方砍了脑袋哩。你姑父的事，以后再说吧！"两人走出温家大门。

戴月娇嫉恨地瞪视雨岚的背影，缓缓掏出小手枪，向她瞄准。

温剑奎的画外音："月娇，月娇。"

"哎，来了！"戴月娇忙把手枪藏入衣兜，向堂屋奔去。

16、温家堂屋。（日，内）

温剑奎怒道："你他妈死哪去了？那女人呢？"

"跟她丈夫一起走啦！"戴月娇殷勤地问："老爷饿了吧？想吃点什么？"

温剑奎目露淫光，将月娇拖进怀里，笑道："想吃你！"

"哎呀，大白天的干这事多不好意思，那不是白昼宣淫吗？"

温剑奎脸色一沉："你他妈少跟我假正经！"

月娇忙换上媚笑说："哟，跟你开开玩笑的，千万别生气。你要吃我，那敢情好，爱怎么吃就怎么吃吧！"说罢，将窗帘拉上，宽衣解带，赤条条地躺在炕上。

温剑奎也赶忙脱衣服，露出一串钥匙，向月娇扑去。一阵狂风骤雨后，温剑奎疲惫不堪，呼噜呼噜睡着了。月娇蹑手蹑脚地取了钥匙，打开了墙壁中的暗箱，里面有卖秋岚的十根金条，还有一沓沓的美元、法币……不禁眼光发直，心口狂跳，见财起意，心声："这是老天对我的眷顾啊！该我戴月娇要交好运，发大财啦。只要把温老头送进地狱，便可换来富贵人生。"轻轻地抽出钥匙，掩上暗箱，又躺回温剑奎身边，搂住他脖子撒娇道："哎，醒一醒，该吃饭了。"

温剑奎睡眼惺忪，说："给我下碗鸡汤宫面，再冲杯咖啡来，不要多放糖。"

"哎，请老爷稍候片刻，马上给您端来。"

17、厨房。（日，内）

小桌上的青瓷大碗中黄澄澄的鸡油，青翠翠的葱花，白晃晃的面条，冒着热气，煞是诱人。戴月娇狞恶地一笑，取出纸包，向碗中洒下白色药粉，又用筷子搅了两下。随即又在一只高脚玻璃杯中舀了两勺咖啡，搁上几块方糖，洒下褐色药粉，提壶冲上沸水。喃喃骂道："老不死的，竟敢对我发脾气，你姑奶奶可不是好惹的！干脆给你上个双保险吧，管保送你上极乐世界。"把玻璃杯和瓷碗放上，又取了一双筷子，一把汤匙，托了食盘轻盈地向堂屋走去。

18、温家堂屋。（日，内）

温剑奎端起玻璃杯，小口呷着咖啡，须臾便喝个精光。放下茶杯，端起瓷碗吃面。戴月娇笑嘻嘻地瞅着温剑奎，神情诡谲。

温剑奎见月娇眼露杀机，顿感不妙，忽然腹中绞痛，把碗向地上一摔，喝问："臭婊子，你敢下毒？老子毙了你！"伸手拔枪，对准月娇正欲扣动扳机，不料毒性已发，手枪走火，"砰"的一声，打在了地上，身体软软地躺倒了。

戴月娇用脚踢了一下温剑奎的脑袋，见他没有任何反应，便取了箱子，熟练地打开抽屉，又将所有首饰和法币塞进黑色皮箱。忽听有人拍打大门，高喊："快开门！快开门！"随即拉开壁柜门，钻进地洞。

19、隧道。（日，内）

弯弯曲曲，暗黑无光。戴月娇跌跌撞撞，摸索而行。

第三十五集

1、地道口。（日，内）

月娇钻出地道时，意外发现竟在一座神像的背后。原来这是离温家不远的关帝庙。因年久失修，早就断了香客。抬头打量，见关公、周仓等泥塑彩漆剥落，阴森森地显得异常狰狞可怕。月娇尽管狠辣，毕竟刚杀了人，未免有些心虚胆怯。眼前出现幻象，那些泥塑蠢蠢欲动，似要扑下攫人。吓得她惊怖尖叫："啊——"

2、后院。（日，外）

门外面上了锁，月娇拉了两下，铁门纹丝未动。正在惶急，院角跳出一只大黑狗，张牙舞爪，向她扑来。月娇连忙对准犬头开了两枪，击毙了黑狗，脚尖踮地，一拧身子，蹿上了矮墙，跳下地，撒腿狂奔。

3、温家堂屋。（日，内）

一群伪军见温剑奎七窍流血，倒毙地上，连忙四散搜索，有人发现洞口，大叫："快来看，这儿有个地洞。"

为首的小头目："进去搜。"带头钻进地道，众人鱼贯跟上。

4、城门口。（日，外）

戴月娇手掠鬓发，故作镇静地向两个哨兵打招呼："哟，大黑，金富，还没下岗啊！"拍了拍皮箱："温司令真是老糊涂了，雨过了送伞，等侄女出了门，才想起让我送点礼物去，我还能追上他们吗？"

大黑："够呛。听说他们往北去，要不你雇辆车去追。"

戴月娇一拍大腿："好主意，请大黑兄弟帮个忙，替我雇辆马车。"掏出几张纸币，一人给了两张："买包烟抽抽。"

两个伪军接过钱，大黑对金富道："我去给大妹子找辆马车，你多留点神。"往城内走去。

戴月娇见大黑走远，对金富媚眼一抛，荡笑道："金富哥，我看你们平日操练挺好玩的，教教我吧。"

金富呲着满嘴的大黄牙，淫笑道："你一个娘们儿也想当女兵啊！我教你当然可以，但不能白教，你得让我亲一口。"

戴月娇佯怒："死金富，不要脸。你真是个人精子，雁过也要拔根毛，就喜欢在女人身上讨便宜。"嘴里骂着，脸蛋却凑了上去。金富色迷心窍，嬉笑着扔下步枪，双臂抱住女人，便欲亲吻。戴月娇目露凶光，手指在其喉结上死命一捏，金富便悄无声息地倒下了。戴月娇见左右没人，忙扒下金富的衣帽，捡起步枪，往城外林中发足奔去。

5、密林中。（日，外）

戴月娇迅速地换好衣服，唇上粘贴了假胡须，头发塞进军帽，又往脸上涂了点泥。凭着高超的易容术，一个妙龄少女摇身变为兵痞，随即斜背步枪，大摇大摆，穿林而去。

6、城门口。（日，外）

一群伪军赶来，见扒光外衣的金富躺在地上，昏迷不醒，都傻了眼。

须臾，车夫赶着马车来了，大黑跳下车，见状惊呆。

车夫问："谁要雇车？"

大黑道："温司令家女佣。咦，怎么不见人啦？"

伪军头目说："温司令被人杀啦，家里连个鬼影儿都没有。"

大黑跺脚道："糟了，糟了，我中了那女人声东击西之计了。"连忙俯下身，揉搓金富胸部。

金富呻吟："哎哟，哎哟。"猛然睁开双眼。

大黑问："那女人呢？"

金富站起身道："咳！别提了，那女人让我教她操练。也怪我不好，想占点便宜。就说教她可以，但不能白教，得让我亲一口。不料我刚把她搂到怀里亲热，她伸手往我咽喉一探，我就没了知觉了。"

众人喷然大笑："哈哈哈，羊肉没吃到，反惹了一身膻。活该，活该。"

"嘿嘿，这才叫偷鸡不着蚀把米，打不着狐狸弄得满身骚。"

"哟，这女人真厉害，会不会是女特务？"

大黑忽然发现了什么，忙问："金富，你的衣帽和枪呢？"

金富一摸脑袋，再看看自己身上，目光四下一扫，地上光溜溜的，急得脸红脖粗，眼珠瞪得铜铃大，手拍屁股叫道："啊呀，肯定叫她给偷走了。这可糟啰！臭娘们儿，把人给坑死啦。"

车夫悻悻地一挥鞭，边赶车边骂："他妈的，吃饱了撑的，害老子白跑一趟。"

7、青龙观大殿。（夜，内）

大黑对宋衡说："那个戴月娇行动诡异，是颗灾星。自从她进了温家后，温家接二连三出事，老两口相继归天。在城门口，又把我支走，乘机对金富下了手。我们已向警察局报了案，缉捕凶犯。这女人深不可测，到底是人是鬼？是敌是友？您看呢？"

宋衡浓眉双锁，忽失声道："不好，运钞队伍中一定混进了特务。据你讲是雨岚夫妇进了温府后才发生的血案，特务会不会露出蛛丝马迹，杀人灭口？我们在明处，特务在暗处，我们就吃亏了。为了确保十二袋钞票的安全，咱们找几个同志营救杨卓他们去。"

大黑担忧地说："他们已经走了两天，哪里还追得上？"

"我倒有个主意，温家不是出了血案报了警局吗？咱们找些鬼子或伪军的衣服换个装，就说要追捕凶犯，找辆卡车开一趟，车轮总比人腿跑得快吧？"

"哎呀！好点子。我明天一大早就去申请调辆汽车，我的一个铁哥们儿是司机，绝对没问题。"

8、山脚下。（日，外）

杨卓对大伙儿说："咱们六人六马，目标太大，容易出事儿。以后的路程都在山野，咱去折点嫩树枝和青草，编成帽子戴上，马背上也扎上绿枝儿，可以减少暴露目标的危险性。"

吴敏一拍大腿，称赞："嗨，有道理！有道理！咱说干就干。"

众人立即动手，拔草的拔草，折枝的折枝。

大伙儿瞅着戴上"迷彩"帽的同伴，穿上"迷彩"服的军马，不禁哈哈大笑。

吴敏点头道："杨连长的主意就是高，这样就不像以前那么扎眼了。如果不在意，还真看不出来呢！"

赵普："可不是，谁不知道杨连长是智勇双全的战斗英雄啊！"

杨卓瞪了赵普一眼："少说两句吧，没人把你当哑巴卖了！"

赵普冲他吐了吐舌头。

9、唐河畔。（夜，外）

二更时分，运输队被一条波浪起伏的大河拦住去路。

赵普问吴敏："这是什么河？"

"唐河。这是去唐县的咽喉要地，只有这一段水浅，能趟过去。"

赵普一拍脑瓜道："哎，想起来了，我们运输队从完县杨家台赶往灵寿时也经过唐河，好像那时水没这么大。"

吴敏说："现在是夏天，雨水多。再说了，同样一条河，有的地方浅，有的地方深。"

杨卓："好！就从这儿趟过去。"

话音刚落，对岸的丛林里闪出了几个荷枪实弹的哨兵。"刷"的一下，探照灯就像鬼眼一样从他们身上扫过。众人连忙隐身树后。

吴敏皱眉道："坏了，坏了，过河麻烦了。"

杨卓问："附近有桥吗？"

"唉！周围好几座桥都被敌人炸掉不说，连几根拦河摆渡的铁丝绳也叫敌人弄走了。"

"那，咱从下段趟水过去如何？"

"不行呀，那边的水有一人深，人能泅水，马怎么过河呀！"

"那咱就绕道而行？"

"也不行！前面有大山挡路。"

人们着急地把目光投向杨卓："哎呀，这可咋办？"

杨卓眉毛打成了结，思考片刻后，对众人说："咱来他一个'调虎离山'，把敌人的巡逻兵引走，就从这里趟过去。"

"好！"众人一致赞成。

吴敏说："我去引诱敌兵。"

"不！你是向导，我去吧！"

"我去！"

"我去！"

杨卓强忍着夺眶而出的热泪，下令："小赵、小林、小潘，你们三人速去东南方，到丘陵后再用枪声把敌人引开，不要正面接触，甩掉敌人后立即归队。"

"是！"三人领命而去。

杨卓又转过身对吴敏夫妇说："你俩随我赶马渡河。"

俄顷，东南方传来激烈的枪声，巡河的敌哨惊叫："有八路！有八路！快追！"拔脚便往东南方向跑去。

趁此空当，杨卓与吴敏夫妇立即牵马下水，趟过了唐河，快步疾行。

杨卓不时回首眺望，但东南方的枪声停止了许久，还不见战友归来。他轻声叹息："恐怕小赵他们是凶多吉少了。"

吴敏安慰地说："别担心，那三个小伙子机灵着呢，不会有事的。"

10、马圈山。（夜，外）

岫岭嵯峨，峭壑阴森，草木葱茏，溪涧玲珑。

杨卓问吴敏："这是什么山？这么陡！"

"这是马圈山，山麓建有倒马关，这倒马关因山路险峻马为之倒而得名。明朝时与居庸、紫荆合称内三关，自古以来便是兵家必争之地，也是河北往山西的要隘。"

忽然四周炒豆般地响起了枪声，夹杂着"抓八路！抓八路！"的吆喝声。三人循声望去，借着火光见到茅屋顶上腾起熊熊赤焰。隐隐约约地看到扶老携幼的乡亲们拼命往山坳里跑。丧心病狂的鬼子向逃难者开枪了，人们接二连三被火舌击倒，躺在血泊中挣扎惨叫。

夜风带着血腥味，向杨卓袭来，他右手的骨节攥得格格作响。

雨岚惊问："杨连长，咱怎么办？"

杨卓察看了一下周边的地形，手朝密密的草丛一指，吴敏夫妇会意，三人风风火火地把钞票搬进草窝里，十二袋钞票分藏十二处。杨卓又把砸倒的青草扶正，吴敏迅速地把群马拴在林边的树干上，随即向山后跑去，雨岚也发疯似地向丈夫追去。

杨卓双眼冒火，举枪瞄准她，又垂下了手。

杨卓的画外音："这夫妻俩政治立场就是不坚定，遇到敌情当逃兵，真是革命的败类。"

鬼子叽里呱啦地冲到了山前，杨卓忽然发现身旁有个黑黝黝的山洞，身子一拧就蹿了进去，紧贴洞壁隐蔽起来。

杨卓透过石缝一看，几十个鬼子身穿僵黄的衣服，脚蹬乌黑的靴子，手端贼亮的刺刀搜山来了。他们边走边开枪壮胆，子弹嗖嗖地从洞旁掠过。有两个鬼子嚎叫着向山洞冲来，但未发现洞口。他俩登上杨卓头顶上的巨石，朝天又"砰！砰！"放了几枪。还有五六个鬼子已逼近了钱袋。杨卓紧张得心肌差点梗塞，瞳仁几乎爆出了眼眶。手举驳壳枪自言自语："票子就是我，我就是票子，如果敌人发现了，我就和他拼个鱼死网破。"

就在这千钧一发之际，山后忽然响起清脆的枪声，靠近钱袋的鬼子一个接一个地被击倒。其余的敌人慌慌张张纠合一处，向枪响处奔去，边跑边喊："八路来啦！抓活的！抓活的！"

杨卓望着远去的鬼子，心声："哎呀，吴敏夫妇哪里是畏敌逃跑，他俩又一次用了调虎离山计，引火烧身，为的是掩护我杨卓和钱袋的安全啊！"

11、悬崖上。（夜，外）

吴敏和戴月娇举枪缓缓向雨岚逼近，雨岚也用手枪指着吴敏，惊恐地问道："你，你们要干啥？"

吴敏冷酷地笑道："送你回老家！"

走出洞口的杨卓惊愕大叫："住手！"向悬崖奔去。

吴敏和戴月娇同时回头，向杨卓射击，枪响了，倒下的却是吴敏和戴月娇，是雨岚从背后开的枪。戴月娇已停止蠕动，而吴敏却迅速翻身滚下了山坡。

杨卓飞步奔上，见戴月娇污血横流，翻看眼皮，已经毙命。对雨岚说："你斩掉了这条美女蛇，避免了一场灾难。"

惊魂甫定的雨岚扔下手枪，扑向杨卓怀抱，哭叫："杨连长。"

杨卓亲切地拍了拍她的肩，抚慰："别哭，别哭，怎么回事？那女的又是什么人？"忽然想起："哎，我好像在温家见过她，人挺利索的。"

"呜呜，她是军统保密局局长戴笠的侄女，叫戴月娇，在我姑父家寄居，也是吴敏特训班的同学和情人。这女人毒死了我姑父，跑到马圈山接应吴敏，想劫走十二袋钞票。他们故意引诱鬼子搜山，想置你我于死地。又怕鬼子发现钱袋，赶紧开枪打死鬼子。要不是你喊这一嗓子，我早就没命了。"

杨卓骂了声："狗特务，死有余辜。"又问雨岚："咦，我们一起行路，他完全可以趁我们不备打黑枪，不是更容易得手吗？"

"那多冒险，您和小赵他们都身经百战，一开枪他还能脱身吗？他还带了毒药，可一路上没有下毒的机会。也许他认为我这回死定了，竟然把这一切阴谋得意地告诉我，我只觉得脑子里像进了水，简直不敢相信自己的耳朵。我真是抱虎而眠，袖蛇而走，好危险啊！"

"好可怕，我一个大老爷们儿听了都脊梁骨嗖嗖地冒凉气。特务真狠毒、真狡猾。不过再狡猾的狐狸也斗不过好猎手。"

"杨连长，咱赶快下山寻找吴敏去，不能让这个坏蛋给溜了。"

"好。"两人手拉手地往山脚下走去。

12、灌木丛中。（夜，外）

吴敏的右耳被打飞了，脸上被树枝划出道道血痕，丑状类鬼。刚一探头，远远瞥见杨卓和雨岚携手东张西望走来，忙低头伏下身，盯着二人的背影恶毒地咒骂："呸！一对狗男女，有朝一日，老子要把你俩千刀万剐，挫骨扬灰，以消老子心头之恨！"

13、山脚下。（夜，外）

夏夜沉沉，松楸浓黑，鬼火狐鸣，蓬棵蔽尸。许多蚊蚋宵虫开始肆虐，它们成群结队，像一团团烟雾向杨卓和雨岚呼啸袭来。一只只利喙如芒，隔衣而噬，咬得两人浑身上下起了无数个红疙瘩，刺痒钻心，几欲使人发疯。

两人双手乱舞，驱赶蚊虫，跌跌撞撞地经过林边。放眼一看，顿时倒抽了两口冷气，四匹马被子弹打得像是马蜂窝。还有一匹浑身血肉模糊，大腿上的肉都被鬼子用刺刀给割去了，奄然将毙，躺在地上大口喘气哩。杨卓见此惨烈之景，眼泪直淌，雨岚更是哭不可抑。此时，一匹健马"咴儿咴儿"哀嘶着从密林中跃出，直向杨卓扑去。正是那匹枣红马。杨卓仿佛见了亲人一般，抱着马头，悲喜交加，不禁失声痛哭。这马原是聂荣臻的座骑，神骏非凡，性格温良，久经战阵，遇险不惊。如此良马，自然倍受主人呵护。秘密印钞局建立后，关系到整个晋察冀边区的金融命脉，军政领导都把印钞局视为宝贝疙瘩。聂荣臻对杨卓极为赏识偏爱，竟将座骑相赠。杨卓得了枣红马，珍爱不啻拱璧。精心饲养照料自不必说，有时宁肯自己饿肚子，也要把难得一见的白面馒头喂马。战马成了他的战友。鬼子搜山，枣红马见状不妙，挣脱了缰绳便逃往密林深处，伏地隐匿。直到见了主人，方才奔出树林。杨卓见了此马，抚摸一阵后，从衣袋中掏出一块烧饼，塞进马嘴，对雨岚说："雨岚同志，我在此守护钱袋，你速速骑马回去报信，让沈专员派人前来取钱。"

雨岚抹去眼泪说："好，这儿离唐县不远了，我很快就会回来的。"

杨卓抚摸着马头说："老伙计，辛苦你了，载这位姑娘走一趟吧。"

通人性的枣红马点点头，长嘶一声，对雨岚跪下两只前腿。雨岚惊喜地："哎呀，好一匹宝马神驹，真是太聪明了！为我们的革命事业作了大贡献啦！"翻身上马，那马散开四蹄便奔跑起来。杨卓目送雨岚骑马离去，高叫："雨岚，一路小心。"

山风把雨岚的声音送来："杨连长，放心吧，你也多保重。"杨卓怔怔站立，心中百感交集。忽然草丛中传来窸窣的响声，一条长有三尺、绿色褐尾的毒蛇悄然向杨卓蹿来，吐出长长的信子，一口咬住了他的右脚腕。杨卓顿时痛若肤裂，惨叫："哎哟！"就着明亮的月色一看，不觉惊悸欲绝："啊，竹叶青！"他举起匕首，一刀削去了狰狞的蛇头。顷刻间，伤口已流出淡红的血水，并迅速肿胀。

他不假思索，狠狠心用短匕将脚胫两个牙印周围的肿肉"刷刷"几刀剜掉。随即又撕下一大片衣襟裹住了伤口。锥心的疼痛和大量失血使得他头晕目眩，心悸如鼓，一头栽倒在地上，昏了过去。

月华流光，众星罗列，云摇皓影，风吹林樾。

主题歌起——

云迢迢，雾漫漫，

山重重，水潺潺。
重重山路崎岖路，
潺潺水源生命源。
壮士不惧征途险，
枪林弹雨视等闲。
十二袋钞票碧血染，
虎胆英雄美名传，
美名传。

歌声中，叠印以下画面：

狂风暴雨中，人马艰难行路。

唐河对岸丛林中鬼眼似的探照灯。

鬼子搜山打枪，杨卓藏匿洞中，两只充满怒火的眼睛。

悬崖边，一对狗男女狞笑着向雨岚逼近。

毒蛇咬住了杨卓的脚腕，杨卓怒斩蛇头。

14、唐县三专署的大门口。（夜，外）

雨岚快马加鞭驰来，因又饥又累又紧张，刚下了马，腿一软便摔倒在地。站岗的哨兵见了，忙跑上前扶住她惊叫："沈老师，您怎么啦？"

雨岚急切地说："我腿软走不动了，快！扶我去见沈专员。"

"哎。"哨兵甲对同伴说："我送沈老师进去，你把马拴好，小心点。"

"嗯，你去吧。"哨兵乙将马拴在大树旁，仍持枪站岗。雨岚一瘸一拐走不快，哨兵甲对雨岚说："沈老师，干脆我背你吧。"

"也好，谢谢你。"哨兵甲背起雨岚便跑。

15、专员办公室。（夜，内）

桌上亮着油灯，沈剑飞吸着烟，皱着眉，对坐在长条凳上的几个干部说："边区印钞局早在八天前就派人护送十二袋钞票出发，按理说早该到了，可直到现在还不见踪影。各县、区的同志坐在专署不走等钱，真把人给急死了。人误地一时，地误人一年哪。"

"可不是，真急人哪！"几个满脸倦容的干部，不停地打哈欠。

沈剑飞说："你们去休息吧，都两宿没合眼了，我在这守着。"

"不！我们累，你比我们更累，再坚持坚持吧。"

哨兵甲来到门口，放下雨岚，叫道："报告沈专员，沈老师来啦！"

沈剑飞快步出迎，雨岚叫了声："爸！"哭着倒向父亲怀中。

沈剑飞抚拍女儿肩背："不哭，不哭，任务完成了？"

"完成一半，钱袋还藏在马圈山呢。您快派十来个战士，骑马跟我去取钱。"

"好。我们马上动身。咦，怎么就回来你一个？吴敏呢？"

雨岚咬着嘴唇恨声道："他是军统特务，半路想杀了我，结果被我开枪打伤跑掉了。"

沈剑飞怒骂："狗特务，没有好下场。"

16、唐县三专署的大门口。（夜，外）

几分钟后，由雨岚带路，沈剑飞和十多个八路军战士骑马冲出专署大门，向马圈山疾驰而去。

17、山脚下。（晨，外）

东方布满玫瑰色的朝霞，天空明净蔚蓝。树叶上、草茎上滚动着晶莹的露珠，成群的山雀在枝头快乐地鸣唱、追逐、嬉戏。

远处十几个头戴日本钢盔、身穿日本军服的官兵向躺在地上的杨卓围了过来。

也许是心灵感应，杨卓立时惊醒，"腾"地坐起，伸手便去掏枪，为首的鬼子忙叫："小杨，别动手！"

赵普等人欢呼："杨连长！"

杨卓往来人脸上一瞄，顿时惊喜万分："哎呀，是你们啊！"

宋衡说："自从你们走后，我老是心神不宁，不久接到地下党组织的密报，说吴敏夫妇到过温公馆后，温剑奎七窍流血而亡，女佣戴月娇不知去向。我立刻判断运钞队伍中混有特务，借车带上十几个同志追赶你们。中途碰上小赵他们，正好同行。刚才，我们在悬崖边发现一具女尸，经保安团里的同志辨认，正是神秘失踪的女佣戴月娇。我们应该感谢他。"指了指旁边的人，那人向杨卓含笑伸出右手："杨连长，您好。"

杨卓握住对方的手，惊得眼睛都圆了，原来他就是城门口站岗的大黑呀！连声说："没想到，没想到，咱们离重庆十万八千里，身边也会安插军统特务，真要提高警惕和识别能力，要不然脑袋掉了还不知怎么掉的。可惜，让吴敏跑掉了。"

宋衡说："吴敏虽然侥幸跑掉了，但他最终逃不脱人民的惩罚。吴敏是军统汉训班的特务，隐藏得很深，很深，居然当上我边区专员的女婿。前些年，国民党军统训练了好几万特工人员，有设在四川重庆的'渝训班'，有设在甘肃兰州的'兰训班'，有设在贵州息烽的'息训班'，还有设在陕西汉中的'汉训班'。其中最为特殊的就是'汉训班'，着重训练打入共产党根据地的特务，圈内人称'死间训练班'。温越也上过汉训班，是否接受过特殊任务，企图颠覆、破坏我印钞局，就不得而知了。"

杨卓："难怪他会当叛徒呢！我认为最可怕的敌人就是特务，他们狡诈凶残，心狠手辣，盯梢绑架，色诱毒毙，是杀手、是灾星，充满罪恶和血腥。"

大黑："小伙子，你的看法太片面啦！战争有正义和非正义之分，特工也有红色和黑色之分，主要看其为谁服务。许多国民党特务也有民族正义感，他们杀鬼子、除汉奸，投身到革命队伍中来，积极地为抗战事业奋斗。其实我也是特务，不同的是：吴敏、戴月娇是黑色特工，我是红色特工。这一点宋局长最清楚，他是我的直接领导。"

赵普叫道："哦，我今天才知道，原来共产党也有特务组织，什么时候成立的？"

宋衡说："一九二七年五月，那时国共分裂，蒋介石在上海发动'四一二'反革命政变，共产党人惨遭屠杀，合法地位变成非法地位，中共中央机关被迫从上海迁往武汉。出于保卫自身的需要，在中央军委之下设立一个特务工作处，培养了我党最早的特工干部。十几年来，我党秘密战线的大批红色特工出入豪门，穿行陋巷，潜伏敌营，卧薪尝胆。一道电波就是千发炮弹，一份情报能抵十万雄兵。毛主席用兵如神，周副主席用谍如神，周恩来副主席是红色特工的最高指挥员。"

杨卓喃喃道："没想到，真没想到，我……"指着脚腕说："我叫毒蛇竹叶青咬了！"

宋衡慌忙撩起杨卓裤腿，见小腿肿得像大腿，忙对战士们说："快去找乡亲借块门板来抬他下山。"

几个战士应声而去，大黑急忙叫住："快把衣服换了，你们跑到村里，还不把乡亲们吓死，没准遭到民兵的黑枪哩。"

宋衡带头换衣，人们也纷纷脱去衣服，扔掉头盔，头盔撞击石块，发出叮当的脆响。

远处扬起马蹄声，宋衡警惕地抓起短枪，对众人说："敌人来了，准备战斗。"不料传来的却是雨岚的声音："杨连长！杨连长！"

杨卓喜得挥手大叫："雨岚，我在这里。"刚站起，又重重摔倒，疼得"嘶嘶"地抽冷气。

须臾，沈剑飞父女和战士们赶到了，纷纷下马。

沈剑飞看见宋衡，高叫："宋衡同志！"

宋衡迎上前："剑飞同志。"两个战友紧紧拥抱。

雨岚见到躺在地上的杨卓，忙俯下身，诧异地问："杨连长，您负伤啦？"

杨卓没开口，长叹一声。

宋衡对沈剑飞说："这是我们印钞局的杨连长，运钞途中，叫竹叶青给咬了，伤势很严重。"

沈剑飞父女惊叫："啊！"

雨岚轻轻拉起杨卓的裤管，不由惊悚地叫道："哎呀！肿成这样子，这可咋办呀？"眼泪夺眶而出。

杨卓安慰她："没关系，你快带着同志们去挖钱袋子吧。"

雨岚："哎。"抹着泪，带领战士们走了。

沈剑飞察看了杨卓的伤口，皱眉咂嘴说："这伤万万不能耽误，得赶紧治疗。搞不好便要截肢，甚至有生命危险。专署医院有位老中医，有特效药可治各类蛇伤。"

众人叫道："这敢情好，杨连长有救啦！"

沈剑飞对杨卓说："杨连长，我叫沈剑飞，我代表专署军民向你表示深切的慰问。"向杨卓伸出右手。

杨卓与之握手："沈专员，谢谢你。"

沈剑飞对宋衡说："宋局长，你多次答应来唐县做客的，今天总算来了，一起去专署吧。"

"不行啊！印钞局工作忙，我要急着回去呢！"

沈剑飞故意板起脸道："你走吧，我不拦你，那杨连长的伤势恶化咋办？还能跋山涉水吗？你要为他负责呀。"

宋衡赔笑道："沈专员说得是，杨连长的伤确实不能耽误。"回头吩咐大黑："大黑同志，你和小赵他们先走吧。我要送杨连长去唐县专署医院治伤。"

赵普说："大黑哥就甭回保安团了，跟我们干吧。"

大黑摇头道："不，我留在敌营对你们帮助更大。"

宋衡领首："完全正确。小赵，咱要有全局观，整体观啊！"与大黑等握手道别："再见！"

"再见！"

18、专署食堂。（晨，内）

雨岚小心地搀扶杨卓坐在凳子上，将粥碗和馒头放在他面前。杨卓吃着馒头喝着稀粥，惬意地说："哎哟，好多天没这样踏踏实实吃上滚烫的茶饭了，真舒服啊！"

雨岚关爱地说："你安安心心在这里养伤，待会我们送你上专署医院说去。"

正和宋衡边吃边聊的沈剑飞忽然想起什么，忙走到女儿身边问道："雨岚，你去灵寿，见到你妹、你姑了吗？"

雨岚躲闪着父亲焦灼的目光，嗫嚅道："没见上。"

"为什么？为什么不去见她们？"沈剑飞心知有异，抓住女儿双肩厉声喝问。

"爸，您别逼我，我不敢说。"

"说！"沈剑飞大声咆哮，双手已然颤抖。

雨岚两行眼泪刷地滚下面颊，边哭边说："妹妹被鬼子杀死了，姑妈、姑父被军统女特务下毒害死了，表哥叛变革命，已经被处决了。"

"天哪！我沈家祖祖辈辈安分守己，没做坏事，怎么竟遭此灭门大祸啊！"沈剑飞惨呼一声，往后便倒，雨岚慌忙抱住大喊："快来人哪！"

众人冲上，一齐托住沈剑飞，宋衡见沈剑飞双眸紧闭，已经晕厥，忙对专署的人员说："快找个担架来，送沈专员去医院。"

19、专署医院病房。（日，内）

沈剑飞和杨卓分别躺在两张木床上。

雨岚坐在父亲病床边，握住他的手说："爸，我想跟宋局长一起走，我要亲手印钞票支援咱的抗战事业，消灭日本鬼子，为秋岚妹妹、为姑妈他们报仇。"

沈剑飞伤感地苦笑道："唉，女大不中留哇！你妹妹走了，你也要离爸爸远去吗？"

"爸爸您别难过，我只是暂时和您分开。咱一家和日寇有血海深仇，平静的教室已容纳不下我一颗复仇躁动的心，我要参加警卫连，当个女战士，投入火热的战斗。"

"好，爸爸支持你。"沈剑飞又恢复了往日的坚毅和丰采。

外面传来咚咚锵锵的锣鼓声。

杨卓问："雨岚同志，外面干什么？好热闹啊！"

"哦，为了庆贺反围剿的胜利，同志们敲锣打鼓，欢迎军区文工团来咱这儿演出哩。"

"太好了，值得庆贺。"杨卓眯起眼睛。

幻影：一杆杆日本膏药旗被折断，铿锵的锣鼓声和震耳的鞭炮声。

镜头上摇：半空中炸开的爆竹，又随着残屑的散落下移，拉出人们狂欢场面的全景。

人们举臂高呼："鬼子投降喽，我们胜利啦！"

大街小巷人潮翻滚，到处是穿红挂绿边唱边舞的秧歌队。

字幕：一九四五年八月十五日，日本天皇裕仁以广播"停战诏书"的形式，宣布无条件投降，中国人民的抗日战争取得了伟大的胜利。

第三十六集

1、东京首相官邸。（日，外）

几百名市民举着标语，振臂高呼："打倒东条英机！"

"东条祸国殃民，罪该万死。"

"东条应该剖腹向国人谢罪。"

三辆军用吉普车从远处直向官邸驰来，围在门口的人们自发地让开一条通道，从车中跳下十几个手持卡宾枪的美国士兵，向大门冲去。门口的日本侍卫不敢阻拦，畏畏缩缩地闪在一边。

2、卧室。（日，内）

榻榻米上，智子姐妹抱头痛哭。矮桌上，放着两杯热腾腾的饮料。智子停住抽泣说："别哭了，上路吧。"

慧子哭道："为什么欢乐总是这么短暂？而厄运又降临得这么迅速？咱姐妹俩都这么年轻，不该死啊！"

智子苦笑："谁让咱们是首相的小妾呢？首相已经成了千夫所指的罪人，自身难保，再也没有能力保护咱俩了。与其到那时死得太难看，还不如自裁的好。喝吧。"端起茶杯，姐妹俩咕咚咕咚喝下毒药，搂抱着倒下了。

3、客厅。（日，内）

东条沮丧地坐在椅子上，胜子在旁抹着眼泪，其子双目喷火，对父亲厉声道："你听到外面的怒吼声了吗？你让多少父母失去了儿子，又让多少妻子失去了丈夫。你应该尽早了结自己，免得押赴刑场，给家族蒙羞。"

东条面如死灰，两只眼珠呆滞地盯着满面怒容的爱子。

胜子责备道："你怎么能这样跟你父亲说话？天底下哪有儿子逼父亲自杀的。"

"可他犯下了不可饶恕的罪行啊，双手沾满了中国、朝鲜、苏联、美国、英国、越南、缅甸、菲律宾、新加坡等人民的鲜血。他把整个日本帝国拖入了战争的深渊，战死了数百万军人。他有三个儿子，却一个也没死，何以塞天下人之口？这样吧，我陪父亲一起死，去天堂的路上也有个伴儿。"

"不！不！不！"东条急忙阻拦："你没犯任何罪过，怎么能让你分担你父亲的罪行呢。"低头看腕上手表："拘捕时间已到，你们赶快离开这儿，让我独自结束生命。快走！"

胜子泪眼婆娑地说："夫君——"

东条不耐烦地挥手道："走吧，来世相见。"

胜子和儿子一步三回头地离开了客厅。

东条是左撇子，左手用粉笔在自己心脏部位画了个圆圈，随即举枪向心脏开了一枪。就在枪响的刹那间，十几个美军官兵已踢门冲了进来，忙俯身抱起东条。

东条的枪打偏了，虽胸口血流如注，但头脑清醒，他痛苦地扭曲着躯体，发出嘶哑的声音："唉，为什么自杀也这么困难？大东亚圣战是正义的，可惜我们战败了，我对不起日本国民和大东亚各国的所有民族。"

美军官兵抬着身受重伤的东条往外走去。

画外音：东条自杀未遂，押上军事法庭。三年后，在日本东京巢鸭监狱被送上绞刑架，受到应有的惩罚。

4、杭州市长官邸客厅。（日，内）

头发凌乱、神情委顿的傅胜彪神经质地兜圈子，哀叹："完了！完了！我的死期到了。"

5、卧室。（日，内）

丁美娟将梳妆台的抽屉一只只打开，抓起珠光宝气的首饰和金条、金砖、金锞塞进皮包。

傅胜彪闯进屋吼道："好了没有？别磨蹭了，快走吧。"

丁美娟满不在乎地说："哎呀，你着什么急呀！日本人昨天才投降，难道姓戴的今天就会赶到杭州不成？再说了，我只拿了金器和首饰，还有那么多钞票和衣裳怎么办？"

"那你就带上几件衣服和一些美金吧。"

"噢。"丁美娟打开衣橱，里面都是时装，全部拿了扔到床上。又从大立柜中拖出一只巨箱，开了箱盖，满是美钞和法币。对丈夫说："算了，衣服不带了，就带一只皮包和一只箱子吧，轻装上路。"

"唔，这就对了，多带些钱，有钱还愁买不到时装？"傅胜彪合上箱盖，拎起掂了掂："嗨，好沉啊！"

丁美娟："咱走吧。"

戴笠的画外音："你们走不了啦！"

傅胜彪忙摔了箱子，伸手掏枪，倏地几条黑影一闪，五六支冰冷的枪管已顶到两人的额头上。

丁美娟惊叫："阿彪！"

一男子喝斥："再乱喊乱叫，一枪毙了你。"

戴笠把墨镜摘下，笑道："傅市长，别来无恙？"

傅胜彪从牙缝中迸出几个字："来得真快呀！"

戴笠阴鸷地一笑："兵贵神速嘛。晚到一步，岂不与市长大人失之交臂？"

丁美娟扑地跪下，向戴笠连连磕头："局座，求求您，饶了我和胜彪吧。"一把拉开皮包的拉链，露出无数珍宝。又迅速打开箱盖，露出一箱美钞、法币。哭道："这些是我们全部的家当，献给局座买命。"

众人眼睛发直，看着戴笠，戴笠嘴角抽搐两下。（化出）

6、重庆委员长办公室。（日，内）

戴笠进门："啪"地敬了一个军礼。"校长好。"

蒋介石推椅而起，走到他面前怒骂："好你个娘希匹。"左右开弓，打了他两个耳光，喝令："跪下。"

戴笠捂着脸顺从地跪下了，蒋介石抬腿又狠狠踢了他几脚，气得呼哧呼哧直喘粗气。

戴笠可怜巴巴地说："不知学生身犯何罪？让校长生这么大的气？"

蒋介石将报纸往地上一摔："你自己看吧！娘希匹，人家养狗咬贼，你倒好，养了一窝疯狗去帮贼了。"戴笠捡起报纸一看，气得鼻子都歪了。

特写：李冠群为傅、丁二人主持婚礼的大幅照片，三张笑脸，仿佛地中海灿烂的阳光。

戴笠三两下将报纸撕得粉碎，狠狠打了自己两记耳光，骂道："我真是瞎了眼啊，养了一群白眼儿狼，对不起校长，对不起党国啊！"

蒋介石蔼声道："起来吧。"

戴笠站起身，激动地说："校长，军统是个封闭性团体，一向有自己的家法。生进死出，对叛徒更是严惩不贷。我一定要以傅胜彪项上的人头为自己赎罪。砍不了他的头，校长就砍我的头。我马上就去部署。"

"那好，去吧。"

"是，校长再见。"

"再见。"（化入）

7、卧室。（日，内）

傅胜彪见戴笠沉吟不语，忙跪下哀求道；"局座，当年委员长也曾提倡曲线救国，中统、军统落水当汉奸的不计其数，许多人反正后就没事了。请局座恕胜彪一时糊涂，能否容我仍归麾下效命？"

戴笠拉长声音道："晚啦！你认贼作父，为虎作伥，干了多少坏事，如今清算你罪行的时候到了。唉，早知今日，何必当初啊！"举起右手打了个响指，几支枪同时向傅胜彪夫妇开了火，二人倒毙。

戴笠指着巨箱和皮包说："带走，充公！"

"哎。"几个特务笑逐颜开，合上箱盖，拉上包链，拎了出门。

8、南京周公馆客厅。（日，内）

周佛海从皮包中取出两封信递给妻子："这是蒋介石和周恩来给我的亲笔信，我真是举棋难定，你看看吧。"

杨淑慧先看了蒋介石的来信。特写：

佛海弟台鉴：

数载睽违，时常思念。痛汝一时糊涂，屈身事敌。望汝戴罪立功，弟今后的身家性命与政治前途，余绝对予以切实保证。

祝安康

蒋中正于民国三十四年八月十二日

杨淑慧又低声诵读周恩来的信：

佛海兄如晤：

抗战胜利，日皇无条件向同盟国投降。殷切希望兄能认清形势，站到人民这边来。命令并率领伪军反正，把南京交给新四军。

顺颂时绥

周恩来于民国三十四年八月十二日

杨淑慧将两封信放玻璃茶几上，问丈夫："你有什么打算？"

周佛海："我收到老蒋的亲笔信后，又跟他通了电话，他任命我为上海行动总队长，负责维持沪宁、沪杭沿线之治安。我嫌官衔太小，难以服众，要求改任上海行动总队司令。老蒋也许为了安抚我，立即答应了，还说保证我的身家性命。而周恩来只让我站到人民一边，对我日后的出路只字未提。再说蒋介石有美国支持，有飞机大炮。共产党只有小米加步枪，打不过国民党的。经反复权衡，我决定为蒋介石效劳。"

杨淑慧："你目前手中握有几十万军队，掌管沪宁杭几十万公里的地盘，就像楚汉相争时的韩信，举足轻重，是国共双方竭力拉拢的人物。按照实力来讲，你应该归附蒋介石，毕竟他是正统嘛。但此人轻诺寡信，反复无常。现在他和共产党争夺地盘，要借助你的力量。只怕接防之后，你失去利用价值，就要重演兔死狗烹的惨剧了。至于周恩来那里，以居高临下之势，向你发号施令，我也看了不爽。你要站到周恩来一边，就要冒着与蒋介石彻底决裂的风险。最要命的是，婆母和家父还被扣押在重庆当人质，投鼠忌器，你自己选择吧。"

周佛海："国共双方一向水火不容，从了一方，必然得罪另一方。两利相权取其重，两害相权取其轻。共产党成立已有二十四年，至今仍蜷缩在西北一隅，成不了大气候。我这个中共一大的代表，岂能再与毛泽东他们共事？还不如投靠蒋介石，谅他也不敢拿我怎样。"抓过周恩来的短信，撕得粉碎，扔进烟灰缸。

杨淑慧："东京那些军政首脑自杀的自杀，囚禁的囚禁，遣华日军总司令冈村宁次一定急得如同热锅上的蚂蚁，你何不予以安抚，让他命令部队全部向国民党缴械。这一来，蒋介石一定高兴得要发疯了。"

"哎呀，高见！高见！如此我可为党国立下旷世奇勋啦。"周佛海搂过妻子狂吻，电话铃响了，周佛海扫兴地推开妻子，接过话筒，没好气地："喂！"

9、周公馆门房。（日，内）

冈村打电话："是部长阁下吗？我是冈村宁次，正在贵府的门口，能否赐晤？"

10、周公馆客厅。（日，内）

周佛海接电话，惊喜地："哎呀，是司令阁下啊，我和内人正谈论您呐，快请进来吧，佛海恭迎大驾。"放下话筒，对妻子笑道："嘿，说到曹操，曹操就到。这一来我更坚定了投靠老蒋的决心。冈村今日来，必有机密相商，你先回避一下吧。"

"要不要上茶或煮咖啡？"

"一概不用，他现在可没闲心享用茶点，快去吧，他马上就到。"

"好。"杨淑慧走进内室。

周佛海站到门口恭候，冈村走近，谦卑地鞠躬："部长阁下您好。"

周佛海还礼："司令阁下好，请。"

两人在沙发上坐下，冈村苦着脸说："唉，真没想到，我们帝国会败得如此之快，如此之惨。"

周佛海不知不觉地端出一副战胜国首脑的架势，带着教训的口吻说："贵司令官应该想到的。有道是：善用兵者，役不再籍，粮不三载，未有兵久而国盛者。贵国岂能四面用兵，八方作战？当贵国的神风特攻队袭击珍珠港的美军舰队时，贵国的灭亡已成定局。今年夏季，蒋介石出动军队六百万人，中共出动正规军一百万人，民兵游击队三百万人，苏联出兵一百五十万人，英国出兵五十万人反攻仰光。中、美、英、苏千余万人的大反攻，早成强弩之末的贵国如何抵挡？连中国这种弱国、穷国尚且独自支撑抗日三年多，更何况美国、苏联这种世界上一等一的强国？东条首相不该横挑强邻，与全世界为敌啊。"

冈村连连点头道："部长阁下说的极是。东条首相虽对我有提携之恩，但我却不能不谴责他的疯狂行径。打到后来，敝国犹如脱水游鱼，财源枯竭、兵源枯竭，连十五六岁的少年，寺庙的僧人，大中学校的师生都被强征入伍。就这样拼凑起来，也只有七百多万人。敝国内外交困，焉能不亡？冈村今天特来拜访阁下，就是请阁下指条生路，使我能全身而退。"

"听说贵司令官现在还掌握一百二十多万军队，一万二千多门火炮，一万五千多辆卡车，七万四千多匹战马，枪械弹药无数？"

"是的，将佐绝对听命于我。各军兵种的指挥官，不是我的僚友，便是我的部属，阁下有何吩咐？"

"希望贵司令官听从蒋委员长的命令，配合我们行动。所有部队和装备，只能向国军缴械投降。如果新四军要强行进入市区，就开枪消灭他们，共同保卫南京，等国军回来接防。"

冈村露出笑容："多谢部长阁下救拔困厄，指点迷津，冈村一定按照阁下的指示去做，看来真能保全首领了。"

11、南京军校大礼堂。（日，内）（资料）

一九四五年九月九日，国民党政府在举行受降仪式，会场布置得庄严肃穆，墙上挂着孙中山先生的遗像，青天白日满地红的国旗及国民党的党旗。会场上站满了全副武装的国军官兵和手持相机的各报记者，坐满了心情激动的各界人士。

上午八时五十七分，冈村宁次率日军将领脱帽而入，哭丧着脸走进会场。冈村解下佩刀，交随员双手捧呈蒋介石特派代表，以示正式向中国缴械投降。又弯腰弓背，向国民党陆军总司令、陆军一级上将何应钦行三次鞠躬礼，而后便在投降书上签字。嚓嚓嚓的镁光灯闪个不停，摄下了这一让中国人民扬眉吐气的历史瞬间。

画外音：遗憾的是，侵华日酋冈村宁次虽然血债累累，但在蒋介石的庇护下，竟毫发无伤，还担任了中国战区日本官兵善后联络部长官之职。一九四九年一月三十一日，南京军事法庭宣布：冈村无条件释放。

12、重庆白公馆二楼左间。（日，内）

弹簧床、沙发、茶几、桌、椅，家具一应齐全。周佛海指着坐在沙发上的戴笠大发脾气："当年政府财源枯竭之时，是我提供了假钞的票版，印了一万五千箱假币，偷运到日伪控制区，帮你们套购到大量的黄金、棉纱、弹药等紧俏物资，救了燃眉之急。你和老蒋信誓旦旦，说一定要用政治手段解决我的问题，切实保证我的前途。没想到几十万军队，数万亿财产，没能为我赎罪，换来的却是牢狱之灾。都说老蒋薄情寡义，果真不假，卸磨杀驴啊！你们把我软禁在这白公馆将近半年了，什么说法也不给。本来失去自由的日子就难熬，再说了，此地原是看守所，还死过不少犯人，更令人郁闷。请局座看在以往的情分上，给我调换住所，也好免除我与死人为伴的恐惧感。"

戴笠站起身，板着脸说："好啦，你也别发牢骚了。中共、各党派、各界人民纷纷发表声明，谴责蒋主席姑息养奸，说让你至今仍逍遥法外，他还是有心袒护你的。你要换住处好办，这样吧，我安排你搬到当年美军顾问梅乐斯的寓所，那里有新式卫生设备，四周还有松林草地，环境较好。"

周佛海点头道："梅乐斯的寓所，可以。多谢关照。"

13、梅乐斯的寓所。（日，外）

瓦房竹院，清幽宜人。周佛海身穿派力司深灰色长衫，颇有名士风度，踱到一株含苞待放的桃树前，久久凝视，风吹桃枝，逸态浓姿，悦目赏心。周佛海微微点头，自言自语："有了，我有一首好诗了。"快步走向厢房。

14、厢房。（日，内）

长案上，周佛海濡墨挥毫，淋漓满纸。

特写：

咏桃诗

春来无酒也微甜，
绿树苍烟映碧岚。
忽见桃花羞欲笑，

心随流水到江南。

一个军警走进来，递给他一份报纸，说："周先生，这是今天的《重庆日报》。"

周佛海："知道了，你去吧。"

军警转身离去，周佛海拿起报纸浏览，忽然目瞪口呆，报纸头版头条的标题是：

军统局长戴笠飞机失事，遗体浸泡雨中三天。

报纸飘然落地，周佛海捶胸顿足大恸："雨农，雨农啊——"

15、周公馆客厅。（日，内）

杨淑慧边流泪边看信，周佛海的画外音：

淑慧，我一直把雨农视作自己的保护人，只要有他在蒋主席面前斡旋，我应无性命之虞。如今雨农命归黄泉，我命休矣……

杨淑慧放声大哭："佛海，可怜的佛海！"

16、南京老虎桥监狱。（日，内）

杨淑慧与满脸病容的周佛海泪眼相对，杨淑慧哭道："我早就说过姓蒋的轻诺寡信，反复无常吧，果然如此。亏你还拍电报向他表忠心，说什么'职与其死在共产党之后，宁愿死在主席之前'。你虽然为蒋介石争夺上海、南京等大城市立下了汗马功劳，如今失去利用价值。蒋介石鸟尽弓藏，翻脸无情，公开下令惩处汉奸。你竟被南京高等法院以汉奸罪判处死刑。"

周佛海叹道："咳！我确实为老蒋作了很大贡献。胜利后，从苏浙皖沪所接受的敌产物资便高达一万两千六百四十九亿元。他还跟我搞过共同防共计划，但又顶什么用？他虽有诸多把柄落在我手上，可此人是黄浦滩上的流氓，根本不会买我的账。倘若雨农还在的话，他一定会帮我求情的，偏偏他又飞机失事，死于非命。在高层，再也没人替我说话了，我真悔断了肠子。在官场上，最致命的不是能力大小，而是不能看走了眼、押错了宝、站错了队。当年我要向共产党妥协，如今成了人民的功臣，何致于招来杀身之祸啊！"

杨淑慧把头一甩，恨恨地说："天底下没有后悔药吃，姓蒋的不仁，我就不义，我杨淑慧也不是一盏省油的灯。他不是给你写过一封亲笔信吗？我要把它公之于众，让天下人都知道，他跟汉奸勾结，也是汉奸。把这个流氓的丑恶嘴脸暴露于光天化日之下。"

"哎呀，万万不可！你把他的丑事给抖搂出去，这不是硬逼他起杀心吗？一旦他恼羞成怒，矢口否认，再反咬你栽赃诬陷，侮辱领袖，非但救不了我，连你和幼海的命也要搭进去。目前唯一的办法就是带了老蒋的亲笔信去求见老蒋，见了他，把这封信还给他。除了哭之外，什么话也别说。至于能否减刑，就看佛海自身的造化了。"

杨淑慧点点头，苦笑道："而今也只好死马当做活马医了。"

17、南京熙园大门口岗亭。（日，外）

杨淑慧向门警苦苦央求："我是周佛海的妻子杨淑慧，有机密大事要面见蒋主席，麻烦通报一声吧。"

门警不耐烦地说："去去去！主席日理万机，哪有闲工夫接见你，快走吧。"

杨淑慧脸色一沉，刚要发怒，强又忍住，反而笑道："小兄弟，蒋主席再忙，听说有机密大事，肯定也会感兴趣的。与人方便，自己方便嘛，就帮帮忙吧。"抬眼四望无人，忙给他俩每人一张美钞。

二门警仔细观看，惊叫："嘿！一百元美金！出手真大方啊。"塞进口袋。

杨淑慧早已从提包中摸出相机，咔嚓一声，拍下了照片。

二门警怒问："你这是干啥？"

"没什么，只要你们替我通报一声，见到主席后，我立马把相机送给你们玩玩。"

18、湖畔画舫。（日，内）

蒋介石独自闷坐窗口，望着堤柳出神。

"蒋主席——"杨淑慧一边嚎叫着一边跨进舱来。

蒋介石喝问："杨淑慧，你找我干什么？"

"佛海有封信让我当面呈交主席。"杨淑慧双膝跪地，双手高举信封。

蒋介石接过信封，拆信一看，撕得粉碎，骂了声"娘希匹！"悻悻而去。

杨淑慧冲蒋介石背影连连磕头，喊道："蒋主席，请您网开一面，高抬贵手，饶佛海一命。"

蒋介石回头说："你快回去吧，我知道了。"

"多谢主席！"

19、办公室。（日，内）

蒋介石奋笔疾书，抬头叫道："来人。"

一侍卫进门敬礼："主席有何训示？"

蒋介石将一张便笺交给侍卫说："马上让机要员给行政司法部发电。"

"是。"侍卫左手持笺，右手敬礼，走出办公室。

20、机要室。（日，内）

女机要员双指击键，"嘀嘀嗒嗒"发报。

字幕：

致司法行政部代电：

关于汉奸周佛海判处死刑一案，查该犯早已自首，虽未明令允准，惟在三十四年六月十九日戴故局长笠呈请前来时，曾令其奉谕转告该犯，如于盟军在浙江沿海登陆时能响应反正，或在敌寇投降后能确保京沪杭一带秩序，不使人民涂炭，则准予戴罪图功，以观后效。该犯似可免于一死，可否改判，即由司法院核办可也。

蒋中正

21、熙园大门口岗亭。（日，外）

杨淑慧从提包中取出相机，交给门警甲："我说话算话，相机送给你们玩玩。"

"谢周太太。"

杨淑慧向路边的人力车夫招招手，坐上车走了。

门警甲饶有兴致地把玩照相机，门警乙把脑袋凑了上去。

22、熙园大道上。（日，外）

一个军官带了五六个士兵快步向门口走去。

23、熙园大门口岗亭。（日，外）

门警甲打开相机，见里面空空如也，讶叫："咦，怎么没胶卷？"

门警乙："哎呀，咱们上当了，那老太婆耍了咱们，是个玩具相机啊！"

门警甲："难怪老妖婆说送给咱玩玩，他妈的，老奸巨滑。"夺过相机使劲掷地，摔成五六瓣。

军官已来到岗亭，喝令："把他俩的枪下了，关半月禁闭。"

几个士兵熟练地下了他俩的枪，两人大叫："我们又没犯法，凭什么关我们禁闭？"

军官扬手一人赏了一个耳光，骂道："龟儿子，连个老婆子都拦不住，让她告御状，找主席的麻烦。不打军棍已经便宜了你们，还敢喊冤枉！"

两个门警哭丧着脸哀叹："唉，倒霉呀，倒霉。"

24、南京老虎桥监狱。（日，内）

周佛海流泪对妻子说："淑慧啊，我能死里逃生，不禁感慨万千。口占七律一首，吟给贤妻听听：

> 惊心狱里逢初度，
> 放眼江湖百事殊。
> 已分今生成隔世，
> 竟于绝路转通途。
> 嶙峋傲骨非新我，
> 慷慨襟情仍故吾；
> 更喜铁肩犹健在，
> 留将负重度崎岖。"

得意地问："淑慧，怎么样？"

杨淑慧苦笑道："诗句不错，意思也挺好。就是说你虽判了无期徒刑，仍希望有朝一日东山再起，继续为老蒋卖命。问题是：你一介囚犯、病夫，有什么本钱让老蒋委重任予你的'铁肩'呢？当初你几十万军队，亿兆财富，统统献给了老蒋，结果又是如何？该清醒清醒喽！"

周佛海黯然道："是啊，美梦化为泡影，我从死刑改为无期徒刑，都亏贤妻舍命相救，可惜我再也没有机会报答你了。"号啕大哭。

淑慧伤心地叫了声："佛海！"也跟着哭了起来。

狱警怒斥："哭什么？哭什么？再嚎丧，马上给老子滚！"

老两口不敢再哭，低声抽泣，周佛海喃喃自语："这真是虎落平阳被犬欺呀。"

字幕：一九四八年二月二十八日，周佛海因心脏病复发，死于老虎桥监狱之中，终年五十一岁。

第三十七集

1、五四七厂会议室。（日，内）

宋衡发言："同志们，八年抗战取得了伟大的胜利，八路军已经解放了张家口市。张家口是北方重镇察哈尔省的省会，伪蒙疆政府所在地，位于京包铁路线上，一向为河北与内蒙古之间的交通要冲和蒙汉等民族的物资交流地。那里不仅有伪蒙疆银行，印刷业也较为发达。为了扩展咱们边区的印钞事业，边区政府命令咱印钞局抽调骨干，随同边区接收团一同前往张家口，接收当地的印钞局。"

"好啊！太令人振奋啦！咱要解放全中国，让边币成为全国的流通货币，光躲在山沟沟里小打小闹怎么行？"

"我恨不得立刻就走，到大城市去开开眼界。"

人们交头接耳，兴奋之状溢于言表。

宋衡挥舞双手，制止道："静一静，静一静。"

人们安静下来，听宋衡继续发言："刚才大家的心情很激动，这是可以理解的。你们说得对！要把边币发行到全中国，光在山沟沟里小打小闹确实不行。张家口有宽敞的厂房，先进的机器设备，这是咱印钞局把印钞事业做大做强的物质基础。局里要组织一个赴张家口考察接收的先导队，由我带队。大家现在就可以报名。"

话音甫落，人们便沸腾起来，齐刷刷地举起了手，大叫："我去！我去！我去！"

雨岚坐在一旁抄写名单。

2、张家口市长青路印钞局。（日，外）

宋衡、杨卓、甄婷、雨岚等站在颇有气势的二层洋楼面前，抬首仰望，不禁喜出望外。

雨岚叫道："哎呀，好气派啊！这才具备局机关办公的规模。"

宋衡笑道："今后咱的印钞局还要搬到北平去、搬到天津去，那气派就更大了。"

"那倒是，咱的心愿总有一天会实现的。"

3、局长办公室。（夜，内）

杨卓喜悦地对宋衡说："在胜利的锣鼓声中，咱边区印钞局迁到了张家口市，接收了原属日伪控制的蒙疆新闻社印刷厂和星野印刷厂。可谓鸟枪换炮喽！从手摇大轮换成电动式，从手工小石印发展到了自动机械化，这是一个质的飞跃呀！"

宋衡摇头苦笑道："你说得没错，但令人烦恼的事也接踵而来。接收的自动机器没人会使用；还有一些机器断了大轴，缺了齿轮，没人会修理。我虽是个雕刻专家，但在机械修理方面是个门外汉。连日来脑海中老盘旋着范宝泉的音容笑貌。心想，要是'印钞机医生''制票版专家'在局里的话，这些难题早就解决了。直到现在，我才明白古人'求贤若渴'的内涵。"

杨卓安慰道："您先别着急，说不定范科长会从天而降呢！"

宋衡忍不住笑道："人家在重庆呢？又不是齐天大圣，一个筋斗云十万八千里，能飞到张家口来，怎么你也学会编聊斋了呢？"

杨卓大笑："嘿嘿，我给您来个画饼充饥，望梅止渴呀。"

4、张家口市长青路。（夜，外）

浓稠得化不开的黑夜，范宝泉深一脚、浅一脚地向印钞局走去。

5、局长办公室。（夜，内）

宋衡踱来踱去转个不停。

就在此时，有人"砰砰"敲了两下门。

宋衡警觉地问："谁？"

"宋科长，我是范宝泉。"

宋衡神情惊讶。

6、门外。（夜，外）

范宝泉面带怒容，心声："我千里迢迢，奔你这来，你却疑神疑鬼地连门都不开。难道连我范宝泉的声音也听不出来啦！干脆还回北平。"扭身就走。

宋衡听得脚步声远去，方才开了门，远远看见范宝泉的身影，忙飞奔而去，边跑边叫："范兄！范科长！"

范宝泉头也不回，步子迈得更快。宋衡好不容易才追上范宝泉，一把拽住道："好兄弟，原谅我，快跟我回去吧。宋某自当负荆请罪。"

范宝泉转怒为喜，忙笑道："言重了，言重了！刚才确实把我气得不轻。我离开重庆来到张家口，一路上跋山涉水，苦不堪言。好不容易才打听到印钞局和你的办公室，谁知竟吃了闭门羹。心想，老蒋还请我赴宴呢，你宋衡却把我拒之门外，感到很伤心。因此一怒之下，拂袖而去。"

宋衡连声道歉："对不起，对不起。你也知道，那年贾元庆带军警就是半夜三更来抓我的。从那以后，凡半夜来敲门者，没弄清楚，不敢轻易开门呀，真是一朝被蛇咬，十年怕草绳。今天怠慢了老兄，请多多谅解。"

"没啥！没啥！一点误会而已。"

7、局长办公室。（夜，内）

宋衡给范宝泉倒了杯茶水，对他说："昨天我还梦见你正给重庆的秘密印钞局修理机器。心想，新接收的印刷厂许多机器被破坏了，要是有你这个'印钞机医生'那该多好哇！都说三个臭皮匠，顶个诸葛亮。其实，在尖端领域，一百个庸才也顶不上一个天才啊！老天对我不薄，让我心想事成。见到你，真把我给乐疯了。印钞局有了你，就有了一根定海神针啊。"

"其实，这是我早就估计到了的事。"

"听说你在重庆是蒋介石、戴笠的座上宾，恩宠有加，待遇很高，何以离开那里而奔这里来呢？"

"待遇不低是事实，他们的目的，就是让我帮助他们多印钞票，哪里是什么座上宾？"

"那你为何离开那里呢？"

"起初，重庆秘密印钞局专印日本的假钞，我认为'以假对假、以毒攻毒'很有必要。可近来发现他们大印假边币，用来祸害民众。我受到了良心的责备，我怎能助纣为虐？与人民为敌呢？经过一番激烈的思想斗争后，决定投奔解放区，做你的助手和帮手。"

宋衡哈哈大笑："没及时给你开门，差点跟你失之交臂，那真是后悔莫及矣。"

范宝泉说："你明天安排两个人跟我一起修理印刷机。"

8、林荫小道。（暮，外）

宋衡愁容尽扫，对杨卓说："一台台病机器、废机器有了范宝泉这位'印钞机医生'诊治，可谓妙手回春，都转起来了。希望你辛苦一下，去北平把唐院长请来。咱这几百号人，没一个正式医生，局里也没医院，如唐院长能来，上千个职工和家属的健康就有了保障。"

"噢！我赞成！我可以回趟北平，去把他请来。顺便动员平津一带有印钞技术专长的工人来张家口工作。"

"好！你这话说到我心坎上了，范科长再能干，也不能包办所有的印钞工序，还不把他给累趴了！你到了北平，先去找你师傅，让他动员一批熟练工人来张家口。我让赵普跟你同行，分头工作。遇事你酌情处理，有

些事也可交代小赵去办。"

"放心吧，我会妥善处理的。"

9、北平某饭馆。（晚，内）

杨卓对梅建华、马云等人说："边区印钞局的情况就这样，我姐夫热切希望你们去张家口工作。"

众人欣然应允："行！"

梅建华："最近，当局要把印钞局的票版、万能雕刻机、花纹机、过版机、凹印机等设备和三十三个技术人员南迁，工人正在搞护厂斗争。"

杨卓听了又惊又怒，焦急地说："这些珍贵的机器决不能让他们给弄走了，印钞局没了票版和凹印机，还能印钞票吗？他们是釜底抽薪，存心毁了印钞局啊。"

众人连声称是。

杨卓："这样吧，我把工人去解放区的安家费交给师傅，你们先把局里的机器保住，不让南迁，随后由赵副连长带领，奔赴张家口。"

10、北平印钞局。（日，外）

四周布满铁丝网，通上了电流。

11、主工房大楼。（日，内）

厂内一片混乱，装着雕刻机、缩小机、过版机、手刻机的七十八个大木箱，摆满了工房和过道，几无插足之地。

马云愤然道："财政部真气人，凭什么要把北平厂的机器运到上海厂？难道上海厂是他们的亲儿子，我们北平厂是后娘养的？论资排辈，我们才是老大哩！走，咱们找贾元庆讨个说法去。问问他，为什么胳膊肘儿往外拐？"

梅建华跳上一只大木箱，挥舞双手，叫道："工友们，静一静，听我说两句。当务之急是保护好机器，不让局方把机器运走。"

12、钢版科门口。（日，外）

梅建华用大铁锁"喀嚓"一声，把门锁上了。

龙昌本和马云把几块长木板钉在门框上，梅建华随之刷上了浆糊，把工会的两张封条纵横交叉地贴在门上。

13、二楼平台上。（日，外）

贾元庆深知众怒难犯，机器南迁事关职工命运，不得不召开全局大会，对一千多员工说："工友们，大家甭担心饭碗。迁机南运是政府的统筹安排。非但不会影响本局发展，还会促进印钞业的繁荣。"

梅建华指着他骂道："放你妈的屁！你是城隍爷说谎——骗鬼！雕刻

制版设备一旦迁走，工厂就得关闭，工友就要失业。"振臂高呼："我们坚决反对印钞机械南迁。"

众高呼："坚决反对雕刻机南迁！"

梅建华："谁敢砸我们的饭碗，我们就砸谁的狗头！"

印钞工人排着长长的队伍绕厂游行。

14、局长办公室。（日，内）

贾元庆浏览《益世报》，头版头条两行醒目的大标题——

印钞名厂面临空前大劫难

江浙故旧觊觎珍贵雕刻机

贾元庆气急败坏地说："他妈的混蛋！"将报纸撕得粉碎，揉成一团掷地。

15、巷口。（暮，外）

下班了，工人匆匆往家中走去。几个虎头虎脑的小男孩正在抽陀螺，边抽边唱：

抽汉奸，打汉奸，

棒子面落一千；

抽不着，打不着，

棒子里面掺猪毛；

抽得准，抽得狠，

鬼子汉奸满地滚！

龙昌本含泪对梅建华讲："现在当局要拆机南迁，北平厂就会像重庆厂那样，一个好端端的印钞局被他们毁了！"

梅建华愤慨地说："你说得对，他们就是要把这个印钞局给毁了，这是一个大阴谋！"

"什么大阴谋？"

"老蒋一伙看到解放军节节胜利，知道北平的地盘保不住了。他们大放厥词：'决不能把印钞局留给共产党。对机器，要拆、要迁、要毁掉；对工人，要裁、要减、要遣散。'他们想趁过节放假之机，工厂没人之时，让部队的运输车将机器、设备偷偷拉走。这一招很恶毒！"

"他敢砸咱们的饭碗，咱就砸他的运输车！"

旁边的马云搭了一句话："你说得倒挺轻巧，当局有权有势，有卡车，有手拿枪把子的警卫，你拦，拦得住吗？"

"只要咱心齐，就能拦得住！"

"还有一个星期就到春节了，就是拦截也恐怕来不及了。"

"来不及就跟他死拼！"

梅建华说："既要跟他死拼，又要跟他巧斗——要明斗、暗斗、文斗、武斗，特别是要智斗！我有个不成熟的意见请大家参考。"

龙昌本性急地说："你有什么高招快说出来听听。"

"咱以庆祝抗战胜利举办花会为由，组织护厂队，阻止印钞局机器设备的南迁。"

马云诘问："举办花会跟制止机器南迁是风马牛不相及之事，其中有什么玄机吗？"

梅建华沉声道："抗战八年，花会也停了八年。龙不飞了，狮也睡了。今年鬼子投降了，巨龙腾飞，雄狮醒了，咱也该乐呵乐呵了。咱厂周围的花会非常有名。人们常说：'白纸坊，两头翘，狮子、挎鼓、莲花落。'咱以白纸坊为中心，把东边樱桃园的高跷，西边菜园的秧歌，南边右安门的狮老会、北边牛街的五福棍……都组织起来，从正月初一到正月十五，天天闹花会。这样一来，咱印钞局的四周全是人，谁想偷运机械，没门儿！"

马云一拍大腿，赞道："高！高！明着搞花会，暗着搞保卫。这点子真绝！"

众人哈哈大笑。

16、白纸坊祖神庙。（日，外）

大殿外张灯结彩，铁香炉内烟雾缭绕，楹柱上悬着一副对联：

庆抗战胜利万民同乐
祝民族复兴百业生辉

随着"咚咚锵，咚咚锵"的锣鼓声，各路花会由手持三角形镶火焰边"拨旗"的首领前引，绕祖神庙走一圈，焚香烧纸，打鼓三通，参拜三次，随后向南而去。

17、印钞局周围。（日，外）

人山人海，锣鼓铿锵。

两队英姿勃勃的黄甲青年，身手不凡，耍棍时，一队来一个撒花盖顶，二队来一个金龙翻身，棍花舞得风雨不透，人们看得目瞪口呆。随后，两队黄甲青年分成两排，持大棍分立于印钞局大门的左右，威风凛凛，活像两排辟邪驱鬼的门神。秧歌队上场，边扭边唱：

　　　哎——
　　　门神门神两边排，
　　　大鬼小鬼进不来，
　　　进呀么进不来！

　　两只大狮子踏着锣鼓点子，在手持绣球的驯狮人逗引下，表演着搔痒、舔毛、打滚、抖毛等热身动作，随即上了压板，登上红漆高桌，在人们的惊呼声中，一对狮子在桌上腾挪翻滚，摇头摆尾，精彩纷呈。人们议论纷纷。

　　"八年没看这么过瘾的狮子舞啦！"
　　"睡了八年的狮子醒了，多么神气！"
　　一支舞龙队伍由北蜿蜒而来，腾飞劲舞，矫健雄壮，精气神十足，显示了巨龙倚天踏云的豪迈气概。人们发出一阵阵赞叹："好！好！好！"
　　"嘀嘀"，四辆军用卡车从广安门内大街驶来，一见满街的游人，只得停了下来。一个军官刚跳下车，梅建华就急忙迎上前去说："老总辛苦。"递上一支大前门香烟，用火柴给他点上火。
　　军官美滋滋地吸了一大口，带有好感地问："大哥是干啥的？"
　　"哦，白纸坊祖师庙过年办庙会，我是给庙会打杂跑腿儿的。"
　　军官看了一眼嘈杂的人群，问："我们要上印钞局去，车子过得去吗？"
　　梅建华连连摇头："过不去，过不去。您看看，这儿就挤成一锅粥，到了里面，更挤得喘不过气来。挤个人都困难，何况这么大的汽车呀？"
　　军官对车上一个士兵说："你到前边去看看，走哪条路可以过去，快去快回。"
　　士兵跳下车，不情愿地向人群走去。
　　梅建华对军官笑道："大过年的，弟兄们不在营房里喝酒吃肉打麻将，上印钞局穷忙个啥呀？"
　　一句话勾起军官满腹怒气，骂道："他妈的，那些当官的拿了印钞局大把票子，却让老子给他们往飞机场拉机器，真缺德！"
　　梅建华故作同情地说："是啊！那些当官的拿了印钞局大把票子，嫖娟纳妾喝花酒，享艳福，却让老总当差。这也罢了，等过了年再拉呗，何必不让弟兄们过个快乐年呢。”

"不行呀！上边有令，就是要趁大家都过年，厂里没工人时，把机器拉走。上次要把万能雕刻机运上海，都装好箱了，那些工人拿着榔头、斧子就是不让运。现在趁着过年赶紧运呗！"

此时，探路的工兵光着脑袋回来了。军官骂道："你这个笨蛋，怎么去了这么长时间？我还以为你死在了那里呢！"

工兵苦着脸分辩："唉，人太多啦！挤到中间时进不去，出不来，帽子挤掉了，鞋被踩掉了，都没法猫腰捡。甭说车啦，就是耗子也钻不过去啊！"

梅建华从挎包中掏出一叠纸币，数了五张给军官说："老总行行好，别冲撞了祖师爷的好日子，祖师爷爷保佑您长命百岁，沙场平安。"说罢与马云一起，向每个司机和大兵手中各塞了两张法币。

众士兵司机看了看手中的钞票，对军官说："算了吧，人这么稠，车子咋开啊，万一轧死了人，咱谁也别想安生过年喽！"

梅建华趁机说："是啊，祖师爷爷要看到你们在他眼皮底下轧死了人，不给你们降血光之灾才怪哩。"

士兵和司机害怕地说："好恐怖，我们可不敢跟祖师爷作对。"

梅建华假装热心地建议："这样吧，要不过了年再来。"

军官怒冲冲地说："来他妈个屁，老子哪有这闲功夫一趟一趟地跑。走，往回开，出了事老子担当。"

四辆卡车在狭小的空间倒了半天的车，才顺着来路开走了。

18、局长办公室。（日，内）

"咚咚锵，咚咚锵……"锣鼓声震得贾元庆烦躁地捂住耳朵，站在窗前向远处眺望。又走到桌前拨号打电话："喂，门卫吗？我是贾元庆，有没有看到国军开来的美国大卡车？"

19、门房。（日，内）

任经接电话："启禀贾局长，没看见，汽车开不进来哪！白纸坊的造纸同业工会在祖师庙办庙会祭祖，宣南一片儿的花会都来了，说要大大地热闹十天。厂门口挤得连个耗子都钻不进，甭说大卡车啦！"

20、局长办公室。（日，内）

"他妈的混蛋！"贾元庆边骂边重重地搁上话机。一屁股瘫坐在皮转椅上喘粗气。

电话铃响，贾元庆不想搭理，但铃声执拗地响个不停，他只得伸手接过话筒，没好气地："喂！"

原来是中央厂管理处处长凌炎打来的电话："是贾局长吗？"

"是。"

凌炎厉声道："你耳朵聋啦？怎么电话响半天都不接？"

贾元庆忙说："对不起，原来是处座，失敬，失敬。不知处座有何指示？"

"机器启运了吗？"

"还没有。"

"为什么还不启运？你这是和中央厂管理处对着干，不是脑子太疲劳就是脑子进水了。"

贾元庆大怒，咆哮道："姓凌的，你少给老子打官腔，北平厂虽受你管辖，但老子还是堂堂的军统少将站长。你别站着说话不腰疼，你知不知道，为了把万能雕刻机南迁，我祖宗八代都叫人骂了。工人就像刨他们祖坟似的，个个急红了眼，又是请愿，又是游行，闹得整个北平城炸了锅。你们吃饱了撑的，老子可不想再跟你们趟浑水。""啪"地搁下话机。

"叮铃铃……"电话声又大作，贾元庆欲接又止，哼了一声，抓起话筒搁桌上，免得听了心烦。随手拿起《厚黑学》翻阅，自言自语："这厚黑学的精髓是：'厚黑其里，仁义其表'，真是一针见血啊。老子所见到的达官贵人，十之八九'厚黑其里，仁义其表'。远不如那些看似粗野的工人做人地道。"

此时，茶役送来一份急电，贾元庆边看边念：

因时局变化和工人闹事，万能雕刻机、过版机等南迁计划停止执行，饬速将机器重新安装就位，准备承担新的印制任务。

财政部中央印制厂管理处

贾元庆看后，破口大骂："操他奶奶的，拿老子当猴耍！一会这样，一会那样，变卦比川剧变脸还快。"但也无奈，忙打电话通知梅建华马上拆箱安装机器。开全工、发全薪，执行财政部的命令。

21、工房。（日，内）

梅建华对工人大声宣布："工友们，贾局长说设备南迁计划停止，让咱们把机器重新安装就位。从今天起，开全工、发全薪。"

工人们欢呼："噢！噢！胜利喽！"

马云"嚓、嚓"撕下封条。

木箱——撬开，梅建华抚摸着机器激动地说："我的老伙伴，总算把你保住了。"又低声道："我也该走了。"

22、唐毅家门口。（晚，外）

杨卓拎了几盒点心，按响了门铃。

门开了，头发花白、穿着旧衣旧裤旧鞋的唐毅探头问道："谁呀？"惊叫："小杨。"

杨卓叫道："唐院长。"

唐毅忙道："来，快请进。"

23、唐毅家门房。（晚，内）

杨卓跟唐毅进了狭小昏暗的房中，一个剪着齐耳短发、身穿旧蓝布旗袍的中年妇女抬头惊异地说："哎呀，这不是小杨吗？"

杨卓忙向范宝瑛鞠躬："唐太太好。"将点心盒放在破桌上，问："您俩就住这儿？"

范宝瑛惨然一笑："没想到吧，听说你们边区印钞局搬到了张家口，你什么时候回北平的？"

"我是昨天到的。"

"怎么不把晓月带来，我见过那姑娘，跟你挺般配嘛！"

杨卓顿时黯然泪下："唉，她死了。"

"什么？她死了！"唐毅夫妇不禁惊叫起来。

杨卓恨声道："反扫荡时，她足月要分娩了。但荒山野岭，夜黑风大，母女双双废命，岳父也在一次战斗中壮烈牺牲。万恶的日寇，夺走了我五个亲人啊！"泣不成声。

范宝瑛也忍不住呜咽起来。

唐毅沉声道："是呀，中国人真是多灾多难，我家也是如此。"

"怎么？府上遭遇了不幸？难怪您们如此落魄。快说给我听听。"

"唉，一言难尽。"（化出）

24、中联银行董事长办公室。（日，内）

戴笠指着唐毅的鼻子大声说："唐毅，你给我听着！你这中联银行为日本占领军服务，搜刮华北人民的血汗，是不折不扣的敌产。从今天起，由军统接收了，你赶紧收拾一下走人。"

唐毅急道："戴局长，这银行是几十个中国股东集资办起来的，怎么能算敌产？再说了，连日本人都没拿走，你们凭什么要夺取我们的银行？"

戴笠骂道："他妈的！听你的口气，我们还不如日本鬼子是吗？你真是个地道的汉奸，罪该万死。"

"你别血口喷人，本人不是汉奸。"

"给日本人效力，就是汉奸。"

唐毅反驳道："北平是沦陷区，厂矿企业都被日寇强占，几十万职员、工人为了生存，不得不给日寇干活，难道他们都成了汉奸不成？"

戴笠恼羞成怒，上前"啪啪"打了他两个耳光，对身边的几个特务说："拉出去给老子毙了！"

贾元庆忙求情道："局座息怒，属下与唐先生有同僚之谊，看我薄面，饶他一命吧。"

戴笠："好吧，那就不毙了。但也不能便宜了这个汉奸，这人的宅第以敌产没收，安排咱军统的同志住进去。"

"遵命。"（化入）

25、唐毅家门房。（晚，内）

523

杨卓拍案怒骂："早晚要跟这些狗特务算账。"

"小点声，我这处宅院中住了好几十个军统特务哩。"

杨卓点头，低声道："我姐夫常对我说，当年唐院长慷慨解囊，解了边区筹建印钞局的燃眉之急。真令人感激不尽啊！"

"些须小事，何足挂齿！"

"唐先生，唐太太，小弟有句话不知当讲不当讲？"

"你讲吧。"

"好，那我就大胆说几句掏心窝子的话。国民党反动政府只知道搜刮、压迫广大人民，不能给百姓带来半丝一毫的民主权利和幸福，二位何必给它当顺民？宋衡同志恳望您举家迁往张家口，到边区印钞局工作。局里有五六百名职工，却连像样的大夫都没有。以前是晓月当医疗所长，可她不过中专学历、护士出身，跟二位简直没法比。宋衡还称赞唐院长医德高尚、医术高明，是印钞局急需的人才。不瞒二位，局里好几个工人的家属和孩子因缺医少药，只好眼睁睁看着他们病死了。"

范宝瑛抹起眼泪："真可怜。"对丈夫说："咱何必在北平顶着汉奸的骂名，过得如此屈辱。树挪死，人挪活，咱应该去宋衡那里，也能发挥一技之长，为印钞局的弟兄们排忧解难。别忘了，我也是医科大学的毕业生啊！"

唐毅决然地说："对！咱俩一去，印钞局就多了两个医生，咱也有了用武之地，你快收拾一下，立刻动身，免得夜长梦多。"

26、原野。（夜，外）

一列火车，喷着浓烟，嘶吼着向北方驰去。

27、张家口市长青路印钞局门口。（晨，外）

晨曦照亮了大地。杨卓和唐毅夫妇坐着马车远远驰来，宋衡带了几个战士站在门前迎候，杨卓高喊："局长。"跳下了车。

宋衡忙招呼道："小杨，辛苦了。"

唐毅也下了车，随后又伸手把妻子扶了下来。

宋衡叫道："唐院长，唐太太。"迎上前来，握住唐毅的手，笑道："唐兄，我可把你们盼来啦！"

唐毅感动地说："你现在是首长了，那么忙还来接我们！"

宋衡笑道："你我是肝胆相照的患难之交，你要叫我首长，我就得叫你恩公。呵呵，走吧，进去说话。"

28、局长办公室。（晨，内）

宋衡、杨卓与唐毅夫妇坐在沙发上边喝茶边叙谈。

唐毅抬头，见墙上挂着一块杨树皮上刻的书法条幅，正中四个魏碑体大字：龙腾虎跃。周边雕刻着图案花纹。

唐毅说："看来这四个字是你刻的吧？"

"嗯。"

"从刀法的锋利与刚劲来看，从图案的圆润生动来看，你的雕功非但不减当年，且更加老练成熟，可谓宝刀不老也！"

"哪里！哪里！"

范宝瑛插话："当了首长怎么还去刻字呢？"

"见到刻刀手就痒痒，再说了，原来的那点技术也不能荒废呀！"

唐毅说："你刻这四个字，内涵很深啊！"

"是的，过去人们常常用'藏龙卧虎'来比喻隐藏着人才。我向来反对这一观点：龙为什么让它藏着？虎为什么要让它卧着呢？应该给龙以长空，让它九霄飞腾；应该给虎以高山，让它千岗奋跃。我刻这四个字的意思是说：应该变'藏龙卧虎'为'龙腾虎跃'。唯有如此，我们的事业才能生机勃勃，风雷激荡。你和范宝泉等都是龙，都是虎，所以我们边区的印钞事业，一定会龙腾虎跃，风云际会！"

众人听了宋衡一番解释，不禁连连点头道："宋局长的人才新观念，使我们备受启发和感动。"

宋衡感叹道："一晃十多年过去了，中国发生了沧桑巨变。当年唐兄和嫂夫人的慷慨相助，给了我们有力的支持。边区印钞局能走到今天，发展壮大，边币成为晋察冀边区的主要货币，贤伉俪功不可没呀。"

唐毅摇手道："那点钱算不了什么，但我有种预感，共产党立党为公，执政为民，将来一定能成大气候。共产党救拔我夫妇脱离苦海，实为度世之金针，迷津之宝筏。我俩为什么要投奔解放区？就是来投奔光明！"

29、大院林荫小道。（暮，外）

宋衡与唐毅边走边聊："唐兄认为来到解放区是找到了光明，说得太好了。你听过这样一支歌吗？轻轻哼唱：

解放区的天，是明朗的天，

解放区的人民好喜欢……

唐毅："哎呀，这首歌我也会唱。"说着两人合唱了起来：

解放区的天是明朗的天，

解放区的人民好喜欢……

宋衡："据说蒋介石在美国干爹的支持下，又蠢蠢欲动。我刚接到通知，明天一早去军区开会。唉，树欲静而风不止呀。"

唐毅担忧地说："据我猜测，会议十有八九和蒋介石打内战有关。他不是整天把'攘外必先安内'挂在嘴上吗？"

宋衡惊讶地说："呦，唐兄的政治眼光很敏锐啊！"

"也谈不上敏锐，姓蒋的德性谁还不知道？"

30、晋察冀军区大礼堂。（日，内）

台下坐满黑压压的军政干部，聂荣臻作报告："同志们，近来风云突变，蒋介石撕毁了停战协定，大规模的内战随时可能爆发。我们的军队人数，虽不及国民党军队的三分之一，装备是以小米加步枪对付敌人的飞机加大炮。但是真理在我们这一边，人民站在我们这一边，最后胜利必然是我们的。只要我们能够掌握一手拿武器，一手搞印钞这两个法宝，一切困难都将会在我们的脚下被踏得粉碎！"

"哗哗哗"潮水般的掌声。

31、晋察冀军区司令部。（日，内）

聂荣臻笑吟吟地问宋衡："小宋啊，最近印钞局情况怎样？一定要扩大规模，整个解放区的金融货币都指望你们呢。"

"请聂司令放心，我们接收了日伪的印刷厂后，机械力量大大增强了，但技术力量跟不上。我们派了两位同志去平津一带，招到了三十六个有设计、雕刻、制版、照相、印刷、裁切专长的技术人才。他们今天就能到达张家口。"

　　"很好，你们的工作做得很到位。你说平津两地又请来三十六位印钞骨干，我听了很高兴！你要好好招待这些远道而来的'神仙'呦。今天晚上由军区做东，请他们看京戏。"

　　"谢谢聂司令的盛情，我马上赶回局里安排。"

第三十八集

1、张家口市长青路印钞局门口。（日，外）

宋衡、甄婷等人站在台阶上，向远处眺望。传来隐隐的汽车声，甄婷喜道："来了！来了！"

俄顷，两部卡车已开到大门前，还没停稳，赵普便从车上跳下，其他印刷工人也一一跳下了车。赵普像孩子似地欢呼道："宋局长，我请来三十六位神仙。"

"好，好。欢迎，欢迎。"宋衡眉开眼笑地快步迎上，激动地握着马云的手道："可把你们盼来了。"

梅建华大叫："宋科长！"

赵普忙纠正道："现在已经是宋局长啦！"

梅建华又叫了声："宋局长。"

宋衡定睛一瞧，喜道："哎呀，是梅师傅啊！"上前与他握手。问："工友们现在都好么？"

梅建华："唉，能好得了吗？都遭了大罪喽！"

宋衡道："待会咱再细谈，先进去歇一会。边区印钞局有了你，又增加了一根定海神针。"

梅建华连声说："过奖！过奖！"

人们鱼贯而入，赵普问甄婷："噫，杨连长呢？"

"陪着唐院长去药店采购药品了。"

"哪个唐院长？"

"就是原北平印钞局医院的院长唐毅。这位唐院长是留美的医科博士生，以后咱们的健康就有保障啦！"

2、印钞局会场。（日，内）

挂着一幅红底黑字的横标——热烈欢迎三十六位"神仙"参加边区印钞局。

会场上响起了"解放区的天，是明朗的天"的歌声。

宋衡走上主席台致词："同志们，今天，是边区印钞局建立以来最红火的一天。是各路'神仙'汇聚边区印钞局的一天。这将使边区印钞事业登上一个新的制高点。我代表全体员工，对新来的同志表示最热烈的欢迎。希望大家团结一心，搞好印钞局，打破封锁线，踏着泥泞的道路去迎接新胜利！现在由印钞局的女职工，给新来的同志佩戴光荣花！"

在掌声和锣鼓声中，甄婷、杨馨、雨岚带领一群姑娘给范宝泉、梅建华、马云等人的胸前佩戴上大红花。梅建华对宋衡道："宋局长，我梅建华想说几句心里话！"

"请讲！"

"我梅建华戴上这大红花，心里热乎乎的。能享受到这样的光荣，我还是大姑娘上轿子——头一回。我发誓：活着是印钞人，死了是印钞鬼，流血牺牲不后悔！"

众鼓掌。

宋衡举起一张边区日报说："最新消息透露，国民党反动政府把钞票都交给英、美等国承印，财政部命令中央印制系统的三个印钞厂停止印钞，使得八千印钞工人面临失业的威胁。上海印钞厂的工人，为抗议物价飞涨，争取最基本的生活保障，进行了三十六小时的绝食罢工斗争，得到上海市各界人士的普遍同情和支持。德高望重的宋庆龄先生，也在报纸上发表文章声援印钞工人，痛斥反动政府卖国、内战、独裁的法西斯统治。全国的钞票大战愈演愈烈，我们边区印钞局要配合各地的金融斗争，扩大货币的发行量。解放区的金融系统各自为政，货币不统一。有一次，董必武同志来咱根据地考察工作，吃饭时，因店主拒收他付的西北农币，董老只得用布料换烧饼充饥。统一解放区的财政工作，发行全国统一使用的货币，已迫在眉睫。咱们肩上的担子很重啊！"

梅建华叫道："全国都用我们印的钞票的时候，那可就是蛤蟆唱歌——呱呱叫啦！"

杨卓道："打倒蒋介石之日，就是全国货币统一之时。"

甄婷大声说："到那会儿，我就组织一个秧歌队，一个唢呐队，跟着毛主席，吹吹打打进北京！"

众人大笑："哈哈哈！"

3、食堂。（晚，内）

宋衡、杨卓等领着新工人来到食堂，马云定睛一看，桌上搁着大盆的青椒炒蛋、粉条炖肉、酸菜豆腐、白菜汤，还有大米饭和白面馒头。不禁失声惊叫："哇，这么好的饭菜，过大年啦！"

宋衡笑道："解放了，老百姓可以天天吃馒头和米饭。聂荣臻司令员知道你们来很高兴，特意请你们今晚看戏，是马连良、茹富兰的《八大锤》。大家快吃吧，别客气，吃完饭就去看戏。"

4、剧院。（晚，内）

一阵紧锣密鼓，舞台上演员手持刀枪剑戟，威猛火爆。演员个个身手不凡，一连串的空翻、旋子、飞脚，看得人眼花缭乱。梅建华的左边坐着宋衡，右边坐着杨卓，他一忽儿看着宋衡，一忽儿又看看杨卓，流露出幸福自豪的神情，抿着嘴儿偷笑。

5、南京熙园办公室。（日，内）

蒋介石对宋子文和王文瑞说："抗战胜利了，咱们的势力扩大了。我们现在有正规军二百多万人，非正规军一百多万人，后方军事机关及后方部队一百多万人，共计四百三十多万人。而共军，包括游击队在内也不过一百二十万人。我们还接收了侵华日军投降的全部装备。最近，美国总统批准了《美蒋秘密军事协定》，提供我们飞机一千多架，大炮七千余门，并将二百七十一艘军舰艇赠给我政府，在这种有利形势下，我们有力量铲除共产党，一统天下。"

宋子文："委座对形势的分析虽能鼓舞士气，但要很快收复失地也不容易。他们多在大山里跟我们打游击战，神出鬼没，极难对付。"

王文瑞："用飞机和大炮来消灭小米加步枪是不难的，但共党最擅长攻心之战，尤其是边区印钞局迁到张家口以后，有了极大的发展。前不久，他们又从北平、天津挖走一批高级技术人员。我们要摧垮共军的政治和军事，首先要摧垮它的金融。要把共党印钞局炸掉、烧掉，让它灰飞烟灭，彻底完蛋。"

"对！先把共匪的神经砍断！"

蒋介石："文瑞提出先摧垮边区印钞局的意见甚好，把边区印钞局的厂房、机器、钱库统统炸碎，让它从地球上消失！"

字幕：蒋介石在完成了内战的准备之后，便不顾中国人民和平建国、休养生息的愿望，一手撕毁了停战协定和政协决议，于一九四六年六月二十六日，以三十万军队围攻我中原解放区为起点，向我解放区发动了全面进攻。挑起了中国历史上空前规模的大内战，中国人民又一次被抛入血腥与炮火中。

6、印钞局大院。（日，外）

干部职工和战士人人动手，挥锹铲土，抢挖防空洞。

7、张家口市区。（日，外）

六架美制B-25轻型轰炸机飞临上空俯冲轰炸，刺耳的爆炸声中，许多建筑冒起浓烟大火。

8、防空洞。（日，内）

宋衡、杨卓、梅建华等人肩扛手提，把拆卸下来的机器搬进防空洞隐蔽起来。梅建华恨恨地骂道："他妈的！国民党的'苍蝇'真可恨，整天在耳边嗡嗡嗡的。躲在这洞子里，连撒泡尿也得憋着。"

众人大笑，宋衡说："梅师傅，你放心，解放军早晚会把这些'苍蝇'收拾干净的。"

解除警报的汽笛声响起，杨卓拍手笑道："警报解除了，咱也解放了，不必再窝在洞里喽！"走到洞口惊叫："哎呀，银行起火啦！"

宋衡下令："赶快救火！"

9、边区银行。（日，外）

已成火海，印钞局干部职工与消防队员一起，扑灭大火。

10、印钞局会议室。（日，内）

宋衡召开紧急会议："同志们，傅作义的骑兵师从内蒙古方面向我奔袭，而我们只有一个团的兵力，张家口危在旦夕。我刚才接到聂司令员指示：今夜十二点以前，边区印钞局必须全部撤出张家口，到达阜平。"又指着墙上挂着的地图说："沿途设立辛庄子、神井、沙窝、西合营、蔚县等转运站。大家火速将石印机、圆盘机、八页机、胶印机、裁切机拆卸，大件装车，小件人扛。把山洞里的油墨、纸张等主要材料带上。钞票装上卡车，路上要誓死保卫运钞车，人在钞票在！哦，把那两台半自动米利印钞机也捎上。"

杨卓说："宋局长，现在要带的东西太多，途中要翻山越河，交通工具只有两辆卡车和六辆马车，许多东西都需要人背肩扛，负担太重了吧！那米利机缺胳膊少腿的，不是已经报废了吗？"

"我知道，米利机虽遭到敌人破坏，经过修理也许还能用，把它带上吧。"

11、印钞局大院。（日，外）

许多人为了轻装上路，精简用品，扔掉衣服、鞋袜、脸盆、水壶……杨馨把母亲生前赠送的坤包扔掉了，又捡回来，又含泪扔掉……

宋衡流泪叹道："丢掉的都是自己的，拿着的都是集体的，多好的同志啊！这次南撤是对我们每个员工、每个干部、每个党员的严峻考验！"

12、荒野。（日，外）

山路崎岖，人背马驮，人们艰难地前行，梅建华忽然惊叫："不好了！"

杨卓忙问："师傅，什么事？"

"撤退时走得慌忙，没带出裁切刀片，直接影响着以后的生产，我一定要回去取。"

众人七嘴八舌："边区政府及我军全部撤出，敌人可能已进入市区，回去太危险了。"

"现在回去，不是往狼窝里闯吗？太悬啦！"

梅建华对宋衡说："宋局长，没有裁切刀就等于没了手，不取不行啊，让我去取吧。"

宋衡沉吟："这……"

杨卓央求："宋局长，就让我跟师傅一起去吧。"

"好，你们一路上千万要小心，取到刀片，立即赶往辛庄子转运站。"

"是。"

13、张家口市区。（日，外）

炮声枪声间或响起，偌大的城市，竟如同死了一般，寂无人影。杨卓和梅建华穿大街、走小巷，来到原印钞局。

14、印钞局。（日，外）

硝烟弥漫，墙倒屋塌。他们借着爆炸的火光，凭着记忆跑到裁切工房。刀片已被倒塌的房屋压住了，两人赶紧从废墟中扒刀片。一个炮弹打了过来，炸飞了瓦砾、碎砖，纷纷落在了他俩的身上。眼看就要扒出来了，旁边的破墙又倒了下来。

梅建华使劲往外抽出刀片，刀片戳进了他的手掌，鲜血流了出来。他"哎哟"了一声，顾不得处理伤口，扛着裁切刀片迅速往回跑。

刚跑几步，一梭子弹扫了过来。二人忙躲在墙后，枪声刚停，便扛着刀片往丛林中跑去。

15、辛庄子转运站门口。（日，外）

宋衡问范宝泉："杨卓和老梅走了两天了吧，也不知取到裁切刀片没有？"

范宝泉刚要回答，梅建华远远大叫："宋局长，刀片取来啦！"与杨卓气喘吁吁地赶了上来。

"哇！太好啦！"宋衡看着这裁钞票的刀片，激动地说："这刀片比战刀还宽、还重、还锋利。几百张纸，"咔嚓"一下就被切断，要是砍个头简直不算回事。"

梅建华说："我要用这个刀片来它一个旋风刀，抢它一圈，砍掉十来个人头没问题。"

宋衡笑着说:"那你就来一次旋风刀表演吧。"

"可以呀!就怕没有参加表演的对象呀!"

众人哈哈大笑。

16、阳原县南桑干河畔。(日,外)

印钞局的干部工人和战士手拉着手,趟着没胸深的河水艰难地向对岸前进。

17、晋冀交界的驿马岭。(晨,外)

天色破晓,山色溟濛,林色苍郁。

树丛后,十几个持枪汉子疲惫不堪,不停地打着呵欠,纷纷抱怨:"哼,将帅无能,累死三军。在这荒郊野外守了两天两夜,连个鬼影儿都没见着。"

"就是嘛,老子累得够呛,再等不到印钞车经过,咱就散伙吧。"

大黑说:"对,散伙吧!横财不发命穷人。钞票是共党的命根子,运钞车一定有重兵把守。咱可不能钱没抢到,反把小命给丢了。"

"话说得没错,但咱也不能白吃这些苦啊!全怪晁盖的军师——无(吴)用。"

吴敏是此番劫钞行动的头目,见人心浮动,连忙挥舞短枪嚎叫道:"弟兄们,性急吃不了热豆腐,冷手抓不来热馒头,请大伙儿再忍耐一下!此地是蔚县通往阜平的唯一道路,我就不信印钞局的人能插翅飞过去。大家拿出点精神来,要把运钞车给抢喽,或者抢几个票版,随时可以印钞票,咱个个都能当他娘的大财主啦!"

金富应声虫似地说:"对!对!咱要抢了钞票,天天吃香的,喝辣的,嫖俊的,那活得才叫过瘾。牡丹花下死,做鬼也风流嘛。"

群匪淫笑道:"牡丹花下死,做鬼也风流。哈哈……"

大黑在旁冷眼观看,轻蔑地"哼"了一声。

吴敏又煽风点火道:"弟兄们,天上不会掉馅饼。现在吃点苦,抢到钱就能享一世的福!还有,劫了车队,首先要抢到票版。有了票版,想印多少钱就印多少钱,票版就是摇钱树,聚宝盆!干这种无本的买卖啊,叫'三年不开张,开张吃三年'。不!抢到票版印钞票,就能吃一辈子啦!"

众匪赞同地笑道:"有道理!三年不开张,开张吃一世。眼前咱吃点苦,值!值!值!"

吴敏忽然听到了细微的汽车马达声和马嘶声,忙叫:"静一静,大家仔细听听——"

众匪徒也听到了马达声和马嘶声，并越来越响，顿时像打了吗啡针一般亢奋起来，闹哄哄地嚷道："来了！来了！抢了票版，再多抢几捆钞票，发他娘的横财！"

18、卡车顶上。（晨，外）

宋衡对杨卓、赵普等人说："据地下党密报，有股残匪潜伏驿马岭一带，准备偷袭抢劫我运钞车队，大家要提高警惕，保护票版和钞票。"

杨卓握枪对众人说："宋局长让咱提高警惕，我看这里山深林密，土匪极有可能就在此地埋伏，随时准备战斗。"

众人："是。"有的端枪，有的握紧手榴弹。

19、树林。（晨，外）

运钞车队进入匪徒视线，吴敏一眼便看到与宋衡并肩站在卡车上的杨卓。不由怒从心头起，恶向胆边生。拨开树枝，便欲开枪。大黑急了，忙举枪向吴敏射击，众匪见大黑向吴敏开枪，且有意暴露目标，立刻看出大黑并非一路人，个个怒不可遏，一齐向大黑开了火，大黑顿时成了血人，不幸牺牲。

20、卡车顶上。（晨，外）

一直保持高度警惕的杨卓听见树丛后枪声密如骤雨，心知有异，忙用左手推开宋衡，右手向林中射去一梭子弹。

梅建华一个白鹤亮翅，翩然跃下汽车，拎着刀片，奔向匪徒。

21、树林边。（晨，外）

几个匪徒中弹，惨叫："哎哟！哎哟！"

吴敏右臂负伤，左手哆嗦着举枪瞄准杨卓，梅建华飞身上前，"呀"的一声大吼，抡起刀片，吴敏脑袋"咔嚓"落地，身首分离。梅建华又是一个飞脚，把吴敏的头颅踢起了六尺多高，落在了一株朽木的残枝上。

众匪骇问金富："金大哥，怎么办？"

金富茫然不知所措。

22、公路上。（晨，外）

杨卓率战士们跳下车，向林中奔来，高叫："缴枪不杀！快投降。"

林鸟惊飞，杨卓"啪啪啪"三枪，三只鸟儿应声落地。

23、树林边。（晨，外）

金富惊叫："别开枪！别开枪！我们投降。"

24、公路上。（晨，外）

杨卓喝令："放老实点，把枪扔下，举手走出来。"

"哎！哎！"众匪徒扔枪，举起双手向公路走来。

杨卓指着金富厉声喝问："说！为什么偷袭我们？"

金富战战兢兢回答："小的该死！是军统特务吴敏撺掇我们干的，说要把印钞局的票版给抢喽，个个都能当上大财主啦！"

"哼！痴心妄想，他人呢？"

金富指着树枝上血淋淋的人头说："在那儿。"

杨卓骂道："这种败类，死有余辜。"又对金富和众匪说："你们可以走了，回家当个好百姓，不准再为非作歹，听到了吗？"

金富扑通跪下道："长官，我们愿意投诚，参加解放军，收下我们吧。"

众匪一齐跪下央求："我们愿意投诚，请长官收下我们吧。"

杨卓向宋衡投去征询的目光，宋衡点头同意。杨卓喝道："都给我站起来。"

众匪起身，垂手恭立。

杨卓说："你们要参加解放军，这是好事，我们表示欢迎。但解放军是人民子弟兵，是保护人民大众的，要遵守三大纪律八项注意，不拿群众一针一线。你们能做到吗？"

"保证做到。"

"很好，从今天起，你们就是光荣的解放军战士了。"

众匪高呼："谢谢长官。"

杨卓严肃地说："革命队伍中不兴叫长官，要叫同志。"

"是，我们今天也成了同志啦！"

杨卓问："刚才是谁先开的枪？"

金富回答："大黑兄弟见吴敏向你瞄准，抢先开了枪。大家恨他故意报警，就……就……"

宋衡急切地问："就怎样了？"

金富嗫嚅低声说："就……就乱枪把他打死了。"

宋衡"刷"地滚下两行热泪，痛呼："大黑，我的好同志。"对众人说："同志们，向我发密报，告知途中有人劫钞的地下党员，正是大黑同志啊！"

人们的眼圈顿时红了，悲痛地低下头。杨卓一边流泪一边凑近赵普耳朵低语，赵普连声答应着走了。

人们纷纷从汽车、马车上跳下来，甄婷、杨馨、雨岚等人也下了车，向前面奔去。赵普见到雨岚，忙说："雨岚同志，有件事要告诉你，希望

纸硝币烟

你不要悲伤。"

雨岚惊问："什么事？你快说，我能挺得住。"

"吴敏纠合一股残匪妄图抢劫印钞局，被我们杀了。杨连长与吴敏曾是北平印钞局的同事，二十九军的战友，要葬埋他的尸骨。特意差我来告诉你一声，你们毕竟夫妻一场，你如果想见吴敏最后一面，我带你去。"

雨岚脑海中顿时浮现出当年不堪回首的一幕……（化出）

25、悬崖上。（夜，外）

吴敏和戴月娇举枪缓缓向雨岚逼近，雨岚也用手枪指着吴敏，惊恐地问道："你，你们要干啥？"

吴敏冷酷地笑道："送你回老家！"

走出洞口的杨卓惊愕大叫："不要！"向悬崖奔去。

吴敏和戴月娇同时回头，向杨卓射击……（化入）

26、公路上。（晨，外）

雨岚咬了咬嘴唇，愤恨地说："谢谢杨连长的好意，我跟那人义断情绝，他在我心中早就死了，我不想见他！"

赵普点头道："也好，我走了。"

27、树林中。（晨，外）

宋衡和众战士肃立，向蒙上白布的大黑遗体脱帽致哀。宋衡悲声道："大黑同志，印钞局感谢您，人民感谢您，您安息吧。"

众泣呼："大黑同志，您安息吧。"

宋衡吩咐赵普："你带两个同志去附近买口棺木，盛敛烈士，埋葬后赶上队伍。"

"好，我马上就去，一定完成任务。"

杨卓将吴敏的首级安在他的残骸上，边叹气边和金富等人折下树枝，将他掩埋了。

28、马车上。（晨，外）

雨岚捧面号啕大哭，杨馨流泪对甄婷说："唉，那吴敏一念之差，走上了一条不归路，可惜啊可惜。"

甄婷叹道："我也认识他。他原本在北平印钞局当会计，后又参了军，被军统洗了脑子，执意与人民为敌，最终还是受到了严厉的制裁。"

29、阜平县南峪村。（日，外）

宋衡和杨卓等带领众人在空地上用泥坯砌屋。

30、阜平县南峪村。（夜，外）

银潢半掩，星河脉脉，山村一片宁静。

31、局长办公室。（夜，内）

宋衡对杨卓、范宝泉说："今天边区政府对咱的印钞工作提出一个指令性要求，四十五天内印刷五十亿钞票。中央财经部部长、华北人民政府主席董必武同志说：当前的形势令人振奋！解放军摧枯拉朽，势如破竹。解放区迅速扩大，钞票急需剧增。中央要求我们做到：解放军打到哪里，就要把钞票供应到哪里！在这期间，还要完成面额为一元、五元、十元、二十元、五十元五种面额新钞的设计、印刷……要求必须把原本九十天印五十亿钞票的任务压缩在四十五天内完成。"

杨卓："按常规，一种新钞票的设计、制版至少要一年，四十五天内怎样完成五种新版的设计印刷呢！这不是天方夜谭吗?"

宋衡："我们共产党人就是要创造让世界震惊的传奇和神话。不管有多大的困难，必须想方设法克服。朱老总也说：'现在我们什么都准备好了，就等人民币印出来就过长江。'这是政治斗争和军事斗争的需要，一分钟都不能拖延！可这头道难关，就是要设计出票面的图案来。"

范宝泉："宋局长你是知道的，这五种钞票的设计、雕刻，正如杨卓所说的，至少也得一年。但军情如火，刻不容缓，咱们长话短说，会后我就和小史连夜动手设计。"

32、斗室中。（夜，内）

范宝泉与史良才伏案画稿，窗外传来阵阵鸡啼："喔喔……"

33、局长办公室。（晨，内）

范宝泉揉着红肿的双眼，拿着一叠白描图稿递给宋衡："宋局长，咱们今天能有这样的大好形势，是'毛主席用兵真如神'的结果。票面的正中，均有毛主席像。"

宋衡翻阅了一下，点头道："好！钞票上必须有毛主席像，各国的钞票上均有领袖头像，咱们人民币将来要代替法币，不能例外。"

"请你审查一下，看看行不行，不行再改。"

"我看设计得很好。咱马上送到董老那里审定。"

字幕：毛泽东主席知道后，坚决反对在人民币上印他的肖像。说："票子是政府发行的，不是党发行的，现在，我是党的主席，而不是政府的主席。因此，我的肖像不能上新票主景。"

34、山脚下。（日，外）

风雨交加，宋衡和杨卓策马奔驰在泛着黄泥浆的沿山公路上。宋衡抹了一把脸上的雨水，对杨卓说："董老指示：'毛主席坚持不上钞票做主景。经历了多年战火，国家迫切需要休养生息，人民需要安居乐业，这是新政权的第一要务。五种票面上的图案、花幅装饰等内容要精心设计，突出反映解放区工农业生产。主题思想要鲜明，风格要统一。'按照董老的要求，老范、小史很快设计出了小毛驴驮粪，农民用辘轳浇田、放牧、耕地、纺线、织布、火车、帆船、工厂等图景，呈交董老审定后，获得中央领导高度认可和表扬。董老还喜滋滋地说：'新币图案为人们描绘了一幅幅社会繁荣、百业兴旺的美好景象，激发起人民对新生活无比的向往和热爱。'既然他俩能三天三夜绘出新版的图案，我也争取用三天三夜时间把它雕刻出来。"

杨卓摇头道："都这么干，人还顶得住吗？再说了，雕刻是细致活，刻线都不能喘大气的，这里三天两头又有敌机轰炸，没个静心安宁的地方能行吗？"

宋衡："把'吗'字和问号去掉，改成'能行'！回局后，立即动手。我要避开众人，到咱挖的'仙人洞'中去刻版。"

"您需要一些什么物品，我去帮您安排。"

"有六把刻刀、两瓶煤油、一壶开水、七八个馒头就行了。"

"嗯。"

35、地下室。（日，内）

靠墙砌了一张土炕，炕上置一小方桌。杨卓把水壶和馒头放在炕桌边，对宋衡说："这点东西哪够吃三天？我让姐每天给您送饭来。"

"哎呀，千万不可。"宋衡忙摆手道："雕版需要思想高度集中，不能有丝毫闪失。你姐若来送饭，就会干扰我的工作。"

"您的脾气，我还不知道吗？关键时，有八个字形容您：'废寝忘食，六亲不认'。"

"是啊，不这样不行！切记！这地方不要告诉任何人，包括你姐。三天后的现在，你来接我出去。"

"嗯。"

36、印钞局大院。（夜，外）

素月升天，游云尽卷。杨卓执枪巡逻。蓦见杨馨披着月色匆匆走来，忙迎上前讶问："姐，是你！这么晚了怎么还不休息？"

杨馨抢白道："问你呀，我能睡得着吗？你和你姐夫一同外出开会，你都回来两三天了，他人呢？上哪去了？"

"姐夫是跟我同时回来的，就在附近，你别为他担忧。"

"他在哪儿？你快告诉我，我去看看他。"杨馨有些急不可耐了。

杨卓为难地咂嘴道："这……"

杨馨怒道："怎么？对你姐也保密啊！"

杨卓知道好言好语是无法把姐姐打发走的，只好狠起心肠，强硬地说："是的。我要保密！执行局长的命令，不让任何人干扰他的工作。"

"好啊！你们郎舅两个搞的什么名堂？居然把我也当成外人！等他回来，我跟你们两个没完！"杨馨又是气愤又是委屈，跺脚哭着走了。

杨卓看着姐姐远去的身影，含泪低声说："姐，对不起。"

37、印钞局大院。（晨，外）

甄婷和雨岚带着几个炊事员给工人送来了小米饭、南瓜汤、老咸菜。

杨卓吆喝道："同志们，吃早饭喽！"

众人吃着小米饭，就着咸菜丝，喝着南瓜汤，风卷残云，吃光喝尽。抹了抹嘴，起劲地唱起歌来：

> 小米饭那个南瓜汤，咳啰咳！
> 老咸菜那个口口香，咳啰咳！
> 印钞票那个支前线，咳啰咳！
> 把敌人那个消灭光，咳啰咳！

马云问梅建华："咦，怎么没看见宋局长？开会去了吧？"

"没听说他开会。但这两天都没见到他。"梅建华回答。

"是啊，怎么几天不见宋局长了呢？"

"会不会出事啦？"

杨卓大声道："同志们别担忧，宋局长去完成一项非常重要的任务，很快就能回到大家身边了。"

马云忙问："什么任务？"

杨卓瞪了他一眼："这是军事秘密。"

马云自觉失言，尴尬地笑了。

一组短镜头：

星斗满天，月明山旷。树林中间或传来猫头鹰凄厉的叫声。

地下室里，荧荧油灯下，一头乌发的宋衡左手拿放大镜，右手刻版。桌角堆着馒头和水壶。

晨曦初现，村庄中升起缕缕炊烟，小鸟振翅飞向田野。

地下室，头发灰白的宋衡聚精会神地刻版。桌上的馒头未动。

红日当空，印钞局大院机声隆隆，人来人往。

地下室，皓首白眉的宋衡眼睛眍䁖，布满血丝，凑近放大镜刻版，馒头仍一只不少。

以上画面反复跳接。

38、宋衡家。（暮，内）

杨卓见杨馨正在炒鸡蛋，笑道："姐，做晚饭啊！"

"嗯，待会你就在这里吃饭。"杨馨把鸡蛋盛入碗中，放到炕桌上，递给杨卓一双筷子，道："趁热吃吧。"

杨卓接过筷子刚要搛蛋吃，又放下筷子说："等姐夫回家咱一起吃。走，跟我接姐夫去。"

"哎呀，好！好！"杨馨惊喜万分，连忙摘下围裙，又在立柜上拿起一面小镜子，用手掠了两下鬓发，对弟弟说："走吧。"

39、局长办公室前。（暮，外）

杨卓取钥匙开了门，看看左右无人，忙拉了姐姐闪进门去，随手把门关上了。

40、局长办公室。（暮，内）

杨馨俊目四下扫瞄，见办公室并无人影，正在纳闷，只见弟弟用力移开文件柜，掀起一块木板，向杨馨招手说："姐，跟我下地道。"先钻了下去。

杨馨忙奔过去，见木板的靠壁处搁着一架木梯，小心翼翼地踩上木梯走了下去。

第三十九集

1、地下室。（暮，内）

姐弟二人见一个白发老头伏在炕桌上一动不动，惊骇得瞪大眼睛。

杨馨颤抖着声音问弟弟："你姐夫呢？"

"他……他……"杨卓支支吾吾答不上来。两人快步上前，杨卓忙唤："局长！局长！"将宋衡抱在怀里，用手托起他的脸，只见他满脸皱纹，瘦得脱了形，双眸紧闭，气息奄奄。

"衡——衡——你怎么变成这等模样啦！"杨馨扑在丈夫身上，号啕大哭。

杨卓向桌上扫了两眼，看到新雕的票版，又见到长了绿毛的馒头，拿起水壶摇了摇，放在炕桌上，失声哭道："局长，您三天三夜水米未进啊！"

宋衡睁开眼睛，虚弱地说："票版刻好了，你明天一早拿到中央财经部送审，批准后咱就可以印新钞啦！"挤出一丝笑容，闭上眼睛，又晕了过去。

杨馨大哭，问弟弟："这可咋办呀！"

杨卓抹泪道："姐，您甭着急，在这守着姐夫，我马上去找唐院长来给姐夫治疗。"快步攀梯而去。

杨馨一忽儿低头，端详怀中的丈夫，点点泪珠洒到了宋衡的脸上。一忽儿又抬头紧盯洞口，满面愁容。

脚步声骤然响起，杨卓走下小梯，又伸手将唐毅扶下，两人奔到炕前。

唐毅用听诊器放在宋衡的心口听了片刻，对杨馨姐弟说："宋局长因劳累过度，加上饥渴和缺氧，心力衰竭。现在抢救还算及时，应无大险。先给他注射一剂葡萄糖，请把他衣袖捋起。"

杨馨连忙照办，宋衡露出瘦骨嶙峋的手臂。唐毅取出针管，用酒精棉擦拭着消了毒，便刺进宋衡的胳膊。宋衡疼得一个激灵醒来，眼前一片迷糊，定睛细看，见是唐毅，惊叫："唐院长！"

唐毅刚唤了声："宋局长……"早已泪如雨下，说不出话来。

2、宋衡家。（日，内）

挤满了前来探病的工友，人们默默注视着满头白发、昏迷不醒的宋衡挥泪不止。

甄婷对雨岚泣道："古书上曾说什么'伍子胥过关，一夜须发白'。看来并非杜撰。你看宋局长为了刻制新版，一头乌发变成白发，憔悴苍老到如此地步，真令人震惊、震撼！更令人心疼啊！"

"是啊！我们要像宋局长那样工作啊。"

梅建华举起右拳，宣誓般地大声嚷嚷："对！我们要向宋局长学习，多印钞票，快印钞票。"

宋衡的眼皮动了两下，唐毅连忙摆手，制止众人道："嘘，心脏病就怕乱，轻点声。宋局长需要静养，请同志们回去吧。"

"哎！哎！"人们又向宋衡望了几眼，向门外走去。

3、印钞局大院。（日，外）

宋衡大声发问："全体印钞员工要积极行动起来，努力生产，为支持全国解放做出新的成绩。大家有没有决心？"

"有！有！有！"

宋衡说："我们要把董部长的讲话化为我们的行动，说一千，道一万，拿出成绩比比看。"

梅建华跳到台上："我们积极响应'解放军打到哪里，就要把钞票供应到哪里'的号召。我代表工会宣读一份开展四十五天大突击的竞赛活动。把原计划三个月完成的五十亿印钞任务在一个半月内完成。一天干两天的活。谁英雄，谁好汉，印钞战绩比比看。这是一份倡议书，也是一份挑战书，谁来应战？"

"我们印刷工应战！"

"我们裁切工应战！"

"我们检封工应战！"

"我们后勤人员应战！"

人们纷纷举手高喊，全场热气沸腾。

杨卓腾地站起来："我们保卫连也应战！坚决做好保卫工作，哪里有敌人捣乱，哪里就有我们的子弹。哪里有风险，哪里就有我们的脚印！我们保卫连的战士：迎着雨，冒着风，踏着困难去出征！"

众战士："迎着雨，冒着风，踏着困难去出征！"

宋衡对大家说："同志们的热情比黄金更宝贵，大家的精神力，就是

纸硝烟

四十五天大突击的推动力！"

掌声四起。

4、工房。（日，内）

雷雨阵阵，急管繁弦。房中四处漏雨。工人戴着草帽，穿着雨衣，在印刷机上方支起雨布、雨伞，继续工作，这种场面在世界印钞史上是空前的。

忽听"哗啦"一声巨响，后山墙轰然倒塌了。

众人俱吃了一惊，但没影响印钞，仍在操作。

梅建华说："墙倒志不倒，宁愿身上淋个透，不让产品湿一张。"

甄婷恼怒地说："这老天爷专跟咱捣乱，这不是给四十五天大突击泼冷水嘛……"

杨卓笑道："国民党几百万军队的围攻都没难倒我们，还怕老天爷这几滴眼泪吗？"

甄婷点了点头，随后对大伙儿说："咱在屋顶上再给机器铺上一层雨布。"众人照办不提。甄婷又大声说："大家也直直腰，把昨天学的那首'你追我赶浪滔滔'唱一唱，好不好？"

"好！"

众人齐唱：

> 工房里，好热闹，
> 掀起了比学赶帮超。
> 你增产，我节约，
> 印钞工人志气豪。
> 人人奋勇争先进，
> 你追我赶浪滔滔。
> 嗨嗨——嗨嗨——
> 你追我赶浪滔滔！

5、办公室。（日，内）

宋衡对众人说："虽然大家干劲冲天，工人分日夜两班连轴干，但时间过半而任务未过半。我急得像热锅上的蚂蚁团团转，大家商议一下，咱该怎么办？"

梅建华说："我们歇人不歇机，已经二十四小时都在干了。依我看，光靠苦干不行，还得加上巧干，才能完成四十五天大突击的任务。"

宋衡苦笑道:"我也知道苦干加巧干,怎么巧呢?"

杨卓说:"我想起来了,从张家口拉来的两台半自动米利印钞机,可惜破损严重,一直在洞里睡大觉,用它印钞倒不错。"

宋衡瞅着范宝泉叫道:"哎,宝泉,你是有名的印钞机医生,看看能不能把它的病给治好了。那一台半自动米利机,胜过十台小石印机呢。"

范宝泉对宋衡说:"有希望,让建华给我当助手。"

6、工房。(日,内)

马达隆隆,齿轮飞转。梅建华、杨卓站在米利机的脚蹬板上,用手续纸,刷刷不停。大伙儿站在机器四周,乐得合不上嘴。

宋衡向范宝泉挑起大拇指,称赞:"宝泉了不起,不愧印钞机医生,让两台病机起死回生,又重新焕发了青春。"

范宝泉摇头道:"我没什么了不起,关键在于机器的使用,使人类第一次有可能超越其生物极限。"

甄婷夸奖:"范科长技术水平高,理论水平更高。这两句话真是精彩绝伦。"

"哪里,哪里。"

甄婷诗兴大发,随口吟诵:

> 机声隆隆,
> 像草原奔腾的骏马。
> 白纸刷刷,
> 似银河飘来的浪花。
> 油墨闪闪,
> 化作了千道彩虹。
> 车轮滚滚,
> 把钞票送到了万户千家。

人们大声喝彩:"好!"

甄婷对众人说:"两台米利机大显神威,印钞进度飞速提高,使得《工人战旗》上的红色箭头直线上升。提前两天半完成了四十五天大突击要实现的目标。我提议在全局开一个庆功会,表扬一下大突击竞赛中的英雄。"

范宝泉说:"表彰对象不叫'英雄'为好,可以叫'劳动模范'。"

宋衡:"这个建议很好,但表彰会不必张扬,光职工参加就行了。"

甄婷马上反驳："我不同意宋局长狭隘的'职工主义'观念，表彰大会应该有职工家属参加。"

宋衡忙说："行！行！家属可以参加庆功会。"

7、印钞局大院。（日，外）

庆功会上，宋衡、甄婷给每个劳模披上了红绸绶带，胸前戴上了大红花。

杨馨、雨岚等人带领家属给杨卓、范宝泉、梅建华等赠送了慰问袋，表演了女声小合唱：

> 边区的白棉布四寸三，
> 绣出的袋袋真好看。
> 白云蓝天绿草地，
> 黑线黄穗红边边。
> 绣双喜鹊登梅梢，
> 绣只蜂儿吻牡丹。
> 哎哟哟哎哟哟，
> 送给那亲人带身边。

梅建华看自己的慰问袋上绣的是"喜鹊登梅"，杨卓慰问袋上绣的是"蜂儿吻牡丹"。不知是嫉妒还是羡慕："嘿，你的慰问袋是最浪漫的！"说着看了看甄婷。

甄婷说："你看我干什么，又不是我绣的。"

"那一定是你的创意！"

甄婷笑笑没再理他，最后由宋衡指挥大家唱起了由集体创作，甄婷执笔的《印钞人之歌》：

> 群山在怒吼，
> 大海在奔腾，
> 油墨在闪光，
> 机器在雷鸣，
> 啊——
> 钞票在我们的手中诞生，
> 晋察冀的大地烽火红。

太阳最伟大，
历史最公平，
劳工最神圣，
我们最光荣
啊——
要把那钞票送到全国去，
胜利的战鼓响咚咚！

嘹亮的歌声久久回荡，仿佛整个天地间都充盈着一种雄浑大气的交响。

8、南京熙园委员长办公室。（日，内）

蒋介石给华北"剿总"总司令傅作义打电话："傅总司令吗？"

电话声："委座，我是傅作义，请示下！"

"据可靠消息，阜平如今成了共匪的大本营。毛泽东、周恩来、董必武、聂荣臻等中共首脑和机关驻在城南庄，印钞局驻在南峪村。你立即制订空袭方案，确认方位，直飞城南庄与南峪村，将这两处匪巢夷为平地。倘若能把中共的指挥中枢和印钞局一举摧毁，我们将不战而屈人之兵，打乱中共政治和军事格局。明白吗？"

"属下明白。"

"赶快行动。"

"遵命。"

9、阜平县城南庄。（晨，外）

莽莽苍山，幽幽翠谷。浓雾渐渐消散，鸡犬之声相闻的小山村，显现出原野斑斓、河渠清滢、庐舍错落的秀丽图景。

飞机轰鸣声骤起，两架野马式战斗机和四架美制B-25轰炸机直扑城南庄上空，对准一座粉墙黛瓦的小院投掷了数十枚炸弹，房屋在爆炸声中坍塌。六架敌机旋即向东北方向飞去。

10、南峪村印钞局大院。（晨，外）

工人和战士们正在吃早饭，一阵尖利的防空警报声响起。宋衡马上放下饭碗，拔枪对众人说："同志们，敌机来了，大家赶快疏散隐蔽。"

众人放下碗筷，冲向门外。

11、村野。（晨，外）

敌机呼啸而至，向印钞局投掷炸弹和燃烧弹。房屋熊熊燃烧，许多工人和战士被气浪和烟雾吞没，个别人被炸得横飞出去。四架轰炸机返航飞走，两架战斗机低空盘旋，驾驶员不时探出脑袋，向人畜疯狂扫射，几个扶犁的村民和耕牛被打死。

不远处两个战士怒不可遏，端起冲锋枪，向敌机射去，但子弹打在机翼上，并无损伤，反而暴露了目标，死在敌人枪下，鲜血染红了戎装。

杨卓匍匐前进，捡起战友遗留下的武器，仰面朝天躺在草丛中。当敌兵探出头时，杨卓端起枪瞄准其头部，扣动扳机，射出一梭子弹。飞机失去控制，坠落荒坡，立刻爆炸燃烧起来。另一架敌机驾驶员惊恐地伸出脑袋探看，杨卓又把枪口对准了他，枪响处，敌机一个倒栽葱，扎到田野上，也爆炸燃烧起来。

人们都赶来围观敌机和飞行员的残骸，杨卓恨恨地骂道："哼！敌人胆敢来侵犯，就叫它有来无回。"

梅建华指着烧成焦炭的飞行员尸首跺脚道："解恨！解气！罪有应得。"

人们纷纷称赞杨卓："杨连长步枪打飞机，了不起！"

"杨连长真是神枪手啊！"

"要我说呀，如果咱部队中多出几个杨连长，敌人那点飞机还不够打哩！"

杨卓谦逊地摇手道："同志们过奖了！要不是敌机飞行员探头'配合'，我的步枪恐怕也打不下来呀！"

12、印钞局原址废墟上。（日，外）

一溜摆着十多口棺材。宋衡率全局员工和官兵，臂缠黑纱，向棺材三鞠躬。

宋衡坚毅地说："同志们，我们有十多位战友在这次空袭中遇难，我们都非常难过，也更加痛恨敌人的残暴。我们要化悲痛为力量，多印钞票，打击敌人，为死难的战友报仇。"

13、军区会场。（日，内）

场内坐满了军政干部。聂荣臻大声说："同志们，杨卓连长用步枪打下了两架敌机，书写了战争史上的传奇！大家不要再惧怕敌人的飞机，在隐蔽的同时，不管步枪、机枪、迫击炮，都可以瞄准敌机，把它击落。"

掌声哗哗。

14、山野。（日，外）

冈峦叠嶂，川谷流泉，林木葳蕤。

杨卓带着两个战士沿山巡逻，听到飞机闷雷般的轰鸣声，急忙抬头观看，对战士说："敌机来了，赶快卧倒。"朝天开枪示警，自己也仰卧草丛中，双眸紧盯空中。

战士们和印钞工人听到枪声，忙关了机器，跟着宋衡、赵普奔出门外，各寻地方隐蔽。

一架B-25轰炸机转瞬即至，杨卓对身旁的战友说："把你的枪给我。"

战士忙把冲锋枪递给杨卓，杨卓举枪向敌机瞄准。

敌机高空飞行，扔下十几个黄褐色的麻袋。有几个麻袋在空中破裂，一捆捆钞票就像天女散花般在半空飞舞，飘飘洒洒地落了下来。

敌机掉头返航，杨卓把枪还给战友，骂道："狗日的变精了，不敢低飞，怕挨枪子儿。"

宋衡手持一沓钞票对杨卓和赵普说："这是假钞，敌人千方百计破坏咱们的金融事业，赶快发动战士捡钱，集中烧毁，决不能流失一张。粉碎敌人的阴谋，维护边币的声誉。"

"是。"

几十名战士散开，疾行巡视，不时捡起飘落在树丛中、草窝中的假钞。

15、山脚空地上。（夜，外）

燃起一团大火，许多村民听说飞机往下撒钱，都来看个究竟，围了一圈又一圈，赵普和梅建华将麻袋和大摞纸币投进火堆，火光映红了大家的脸。

甄婷指着火堆对众人轻蔑地说："老蒋黔驴技穷，不扔炸弹扔钱弹，扔来扔去，不过浪费汽油和钞票罢了。扔炸弹都不怕，还怕你扔钱弹！"

宋衡笑道："嘿嘿，甄主席说得对，敌人黔驴技穷，走投无路，就印假钞扔钱弹。扔吧！扔吧！扔多少我们烧多少！"

众人拍手大笑："对，扔多少我们烧多少！看蒋介石有多少家底经得住咱们烧！"

"咳！也不一定是蒋介石让扔的，指不定是哪个笨蛋想的馊主意呢。"

杨卓哼道："再多扔点才好呢，咱把假钞运到南京总统府去。"

"哈哈哈——"众人笑得前俯后仰。

16、办公室。（夜，内）

甄婷埋头写作，宋衡和杨卓走进门，宋衡问道："小甄，又在写歌词啦！"

甄婷仰起脸笑道："蒋介石都给咱送'钞票'来'支援'咱，我就写了一首《支前小曲》。"

杨卓："快念给我们听听。"

"哎。"甄婷饱含深情地朗诵道：

> 最后一粒米，送到大食堂，
> 最后一床被，送到担架上；
> 最后一个女，送到印钞厂，
> 最后一个儿，送到战场上。

"好！好！这歌词写得精彩，唱出了人民的心声。"杨卓不等宋衡开口，便大声鼓掌叫好。

宋衡说："甄婷同志是清华大学的高材生，不仅知识渊博，还是一位以身作则、善于创作和善于组织发动工作的优秀工会干部。佩服！佩服！"

甄婷不自然地瞅了杨卓一眼，道："宋局长和杨连长才值得我佩服呢。"

杨卓忙说："甄主席过奖了，我哪能和你相比！"两人含情相视。

宋衡笑道："哈哈，二位都不必过谦。据我观察、研究，男女之间的眼神如果互相对视十秒钟以上者，就是双方都有了那种意思；如果双方从敬慕之心发展到了爱慕之情，那就说明条件成熟了。今天，我自荐做个红娘如何？"

甄婷红着脸说："宋局长，您的话可跑题啦！不跟你们谈了。"咚咚地走出了门。

宋衡对杨卓说："卓弟，你也该考虑考虑个人问题啦！"

杨卓叹道："唉！晓月死得可怜，我对不起她。工作又忙，等等再说吧！"

"卓弟德才兼备，小甄德艺双馨。一个德才兼备，一个德艺双馨，这不是一对'天仙配'吗？"

杨卓笑道："局长再开玩笑，我也走啦。"

宋衡正色道："不是开玩笑，我让你姐去跟她说说这档子事，女人之间容易沟通。"

"谢谢您。"

17、小河边。（暮，外）

斜阳淡淡，清风习习，垂柳摇曳，蛙声一片。杨卓和甄婷河畔散步，情话绵绵。杨卓感叹道："'月上柳梢头，人约黄昏后'。这本是北宋大文豪欧阳修《生查子》词中的两句。不料后来的编录者竟妄行编入朱淑真的《断肠词》，朱淑真因此而被封建卫道者诬为"失德妇"，真是岂有此理。"

甄婷说："欧阳修也好，朱淑真也罢！这两句大胆描写爱情生活的好词，因感情真挚，意境优美，而受到世世代代青年男女的欣赏喜爱，早就成为千古名句喽。"

"能与你并肩同步，共度此生，是我天大的福分。"

"你既侠骨如冰，又柔情似水，智勇双全。我第一眼见到你，心里就喜欢上你了。因为我比你大两岁，所以不敢有非分之想。谁知咱俩今生有缘，能执子之手，与子偕老。"

杨卓向她微笑道："当年听说你是清华大学的才女时，我极为震撼，真对你崇拜得五体投地。心想做你的学生都不够格，哪能成为伉俪？以你的出身和学问跟我成亲，真可谓下嫁了。"

甄婷捂住他的嘴娇嗔："不许你胡说。"

杨卓说："战争年代，也没法讲究礼仪。我送你一张纸币，当做信物和聘礼。"说罢从衣兜中取出一张纸币，递给甄婷。

甄婷细看，原来是小黑马耕地一元券。对杨卓说："这是咱晋察冀边区印的第一张钞票啊！是无价之宝。这张一元券，将来要收进钱币博物馆，到那时，十万两黄金也买不来呀！"珍重地放进上衣口袋，对杨卓笑道："谢君厚礼，我没什么礼物可回赠，就唱一首情歌权当嫁妆吧！"轻声唱道：

> 岸畔上开花岸畔上红，
> 受苦人盼望着好光景。
> 马里头挑马不一般高，
> 人里头属上哥哥你好！

杨卓侧耳倾听，陶醉地说："这歌声多么甜美，多么动听啊！我为你写过一首词，早就想赠给你了，一直不好意思拿出来。你要不要听听？"

"当然要听了，你快念吧！"

杨卓念道：

清平乐　寓意

横眉冷眼，
怒看风云变。
寸寸山河寸寸恋，
愿把青春奉献。

迷云拥雾残宵，
枪声掠过林梢。
何惧悬崖万丈，
印钞儿女英豪。

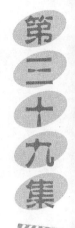

甄婷赞道："好词！看不出你还有如此文采，这首词俊逸清新，却又不失刚劲郁勃。前清的秀才也未必做得出，难怪你当初能成为北平印钞局的考试状元呢！"

杨卓笑道："这也是恩师你的提携呀！"

甄婷指着自己额头说："唉，近视眼害人哪！那天我拒绝当俘虏自戕，结果留下了这块丑陋的伤疤。"

"不！在我眼中，这是世界上最美的图案，它像白玉一般圣洁，红梅一样坚贞。请允许我亲吻这块伤疤。"

甄婷幸福地仰脸闭上眼睛，杨卓伸手搂着，在她的额头印上热吻，并贴着她耳畔低语："过几天咱就结婚。"甄婷连连点头。

晚饭后到此散步的宋衡夫妇见状，赶紧躲进树林，两人会心地笑了。

18、印钞工房。（日，内）

一摞摞新币已印出。

宋衡对梅建华、马云等人说："形势发展得太快了，我们也在闹钱荒，中央决定提前成立中国人民银行。把我们新印制的钞票作为第一套人民币发行。"

众人高兴地跳了起来："哇！太好啦！太棒啦！"

字幕：一九四八年十二月一日，在河北省石家庄市，中国人民银行宣告成立，同时发行了人民币。

19、石家庄中国人民银行大楼前。（日，外）

鞭炮声、锣鼓声响个不停，人们捧着崭新的人民币欢叫："人民币！人民币，我们用上了自己的货币啦！"

20、办公室。（日，内）

甄婷在《工人战旗》上，用美术体写了几行大字：

> 我们有了自己的银行，
> 我们有了自己的钞票。
> 我们骄傲！
> 我们自豪！

杨卓："对，作为印钞人，我们感到骄傲！感到自豪！"

"哟，二位相敬如宾啊！"宋衡笑吟吟地踱进门来。

甄婷回头一看，惊喜地叫道："哎呀，局长回来啦！我去给您倒茶。"

宋衡拦住道："不忙！不忙！我正要找你们二位呢。傅作义将军已弃暗投明，北平和平解放在即。奉边区政府指示，让咱局成立一个配合接收北平印钞局的先遣队。你俩立即赶赴北平，找到贾元庆，向他晓以利害，动员他配合你们做好北平印钞局与边区印钞局的合并工作。"

"是！保证完成任务。"

21、北平印钞局长办公室。（日，内）

杨卓对贾元庆严正地说："我们知道你是军统少将级的特工人员，但在戴笠迫害唐毅先生时，你天良未泯，能顾念同事之谊，这很好。共产党解放北平城，解放全中国，已是大势所趋。希望你能认清形势，不要做腐朽王朝的殉葬品，保护好局里的所有设备，将功赎过，争立新功。配合解放军做好北平印钞局的军管接收工作，做好与边区印钞局的合并工作。"

贾元庆近些天来一直心神不宁。在人生转折的十字路口，自己何去何从，已成为他纠结脑海中挥之不去的阴影。听了杨卓一番话之后，沉思片刻，低声道："请杨连长放心，我虽做了不少傻事、错事，甚至做了一些伤天害理的事，但终究也是一个有良心的中国人啊！局里许多设备已经南迁，仅存四台胶印机，十台凹印机，全局只剩下四百二十六人。我一定要保护好局中现有的一草一木，守护好现有的设备，让她回到人民的怀抱。"

杨卓点头道："贾局长能有如此的想法，如此的选择，是明智的。"一拳捶到桌面上，痛心地说："一座历史名厂，被日寇和反动派糟蹋成什么样儿啦！我相信，这条泥潭中的蛟龙在等待腾飞的春雷；这只涅槃的凤凰定会浴火重生。"

贾元庆向他伸出右手，激动地说："杨连长，我在印钞局干了三十年，把一生都献给了印钞事业。让我们共同期待中国货币统一的那一天吧！"

两只大手紧紧地握在了一起。

字幕：一九四九年一月三十一日，北平和平解放。

22、北平前门箭楼。（日，外）

伴随着《中国人民解放军进行曲》的铿锵乐曲声，威武之师解放军举行浩浩荡荡的入城仪式。步兵过后是骑兵，还有用八匹骡子拉的大炮。夹道欢迎的市民和学生都高举标语、小旗，向解放军挥舞致敬。站在卡车上的解放军官兵，还不时欠身伸长胳膊和群众握手。

23、北平印钞局门口。（日，外）

杨卓、甄婷、贾元庆带着数百名工人伫立大门前，翘首而望。

两辆军用吉普车缓缓开来，从车中走出宋衡、杨馨、范宝泉、唐毅、雨岚、梅建华等人。

杨卓、甄婷、贾元庆等人快步迎上，与宋衡、杨馨、范宝泉、梅建华等人热情拥抱，久久不放。许多人流下热泪。

557

24、印钞局钟楼前。（日，外）

宋衡欢呼道："同志们，朋友们，今天边区印钞局大军与北平印钞局大军汇合了！我们日日夜夜盼望的时刻来到了。我受军管会的委托，在此宣布：从现在起，厂里的一切工作由军管会负责。原先的厂级干部、中层干部和技术人员职务一律不动，工作岗位也不动。眼下最重要、最紧急的任务是快印钞票、多印钞票，支持南下大军，解放全中国。"

全厂职工热烈鼓掌，振臂高呼："一切听从军管组指挥，尽快恢复生产，支援大军南下，保证钞票供应。"

贾元庆激动地对范宝泉说："共产党真伟大，这'两个不动'的政策太英明了，中央最明智的举措是未雨绸缪，早在边区时就把票版给雕刻好了。只要将带来的新版上机印刷，立马就能印出新钞。如果上来先调整干部，势必搞得人心惶惶，乱成一锅粥，要是到了北平再制新版，可谓临渴掘井，缓不济急，那还不等到猴年马月才能印出新票呢！"

25、北平印钞局大门口。（日，外）

锣鼓声声，鞭炮齐鸣。贾元庆和范宝泉将旧标牌卸下，宋衡和杨卓将结着红绸花的新标牌挂上，镜头稳住：七个竖写的大字熠熠生辉——中国人民印刷厂。

掌声再次响起，人们欢呼雀跃："解放喽！翻身喽！"

一组短镜头：印钞机刷刷印出第一批第一版的伍元卷。连续闪现出工人印刷、裁切、查码、封包、装箱、一捆捆搬运上卡车的画面。

旁白：北平解放的当天下午，就开工生产。从解放区带来的五元、十元、二十元的原版，以最快的速度投入印刷。于二月二日，仅两天时间就印出带有"牧羊图案"的第一批第一版人民币，创造了中国印钞史上的一个奇迹。

26、印钞局大院中。（日，外）

春风拂面，柳枝袅袅，花蕊俏俏。

数十辆卡车列队待发。宋衡对杨卓说："车队交于你押运，干系重大，一定要万分谨慎啊！现在还不时有敌机骚扰，最好在阴雨天或浓雾天行驶，免得敌机捣乱。"

"请局长放心，钞票是咱的命根子，人在钞票在！我会用生命来保护它的。"

"是呀，数月来，中国发生了翻天覆地的变化。解放军所向披靡，百万雄师云聚长江北岸，马上就要渡江南下，解放全中国。人民币的横空出世，结束了旧中国币制混乱的历史，一统华夏货币乾坤。蒋介石既输掉了金融战争，又丢掉了江山。反动资本家扬言：'土八路管理的印钞局，能进得了大上海吗？'旧上海的金融界，如同一个大狼窝，不知吞噬了多少人的性命。日寇占领上海期间，市场波动，于是从东京一次运来五吨黄金投放市场，结果被投资商消化得干干净净。蒋介石撤往台湾时，把上海印钞厂洗劫一空。这是中国人民银行为解放南京、上海准备的人民币。解放军等着人民币，各行各业都在盼着人民币啊！"

"军队向前进，生产长一寸；解放南京和上海，钞票跟着一起来。"

"唔，我相信你会把四十车钞票和十二种人民币原版完整地交到华东人民手中。"

27、南京总统府。（日，外）

字幕：一九四九年四月二十三日，南京解放。

四十辆运钞车缓缓开进了总统府大门。

画外音：不久，解放上海的战役打响，沪宁公路被数十万解放军指战员和推车抬担架支前的民工挤得水泄不通，运钞车队寸步难行。第三野战军司令员兼政委、新中国上海首任市长陈毅得知后，极为重视，当即命令把运钞车队编入他的车队一同前进。

28、沪宁公路。（日，外）

杨卓站在卡车顶上，目睹车流人流，不禁激动得热泪盈眶，更感肩上责任重大。

字幕：一九四九年五月二十五日，运钞车队在瓢泼大雨中徐徐进入上海市，住在先一步解放的南京路金门饭店。两天后，即五月二十七日，上海全市解放。这四十车人民币，既是雪中送炭，又是锦上添花，解救了当时沪宁一带的金融饥渴，稳定了市场和民心。让人民欢欣鼓舞，让躲在阴暗角落想看热闹的敌人瞠目结舌。

29、中国人民印刷局大门口。（日，外）

蓝天白云，金阳灿灿。

铁栅栏门敞开，宋衡、甄婷、杨馨、赵普、雨岚等和警卫人员站在两侧。数十辆用油布遮盖得严严实实的大卡车向门外驶出，车上站着荷枪实弹的解放军战士。杨卓站在第一辆卡车上，雄姿英发，含笑向亲人和战友敬礼，人们向他们挥手致意。

运钞车队马达隆隆，铁轮滚滚，气势磅礴，蔚为壮观。在"向前、向前、向前，我们的队伍向太阳"的乐曲声中，开向了蕉风椰韵的海南岛，开向了丝路花雨的玉门关。

叠印各种颜色、各种面额的人民币，占据了整个屏幕。

全剧终

跋

　　人民币是中国当代货币文化的载体。保密性、隐蔽性、垄断性、神秘性，是印钞行业的特性。其绝密程度令常人难以想象。我在印钞厂工作时，当过制版工、印制工、查码工、钳工，只能在自己的岗位上干活，不准到别的工序去看。即使我担任印钞厂党委副书记时，不戴特许证也不准进入车间去检查工作。由于印钞的极端机密，显得印钞行业诡异莫测，众说纷纭，很久以来，人们不识庐山真面。

　　我家有三代九人在印钞厂工作，可算是一个印钞世家。不仅我在印钞厂工作二十年，我爱人在印钞厂工作三十三年，而我哥哥，则在秘密印钞局工作了一辈子。

　　我心中储存了很多关于钞票的故事，一九六零年，我写了回忆录《十二袋钞票》，收进了印钞厂史。

　　二十三年后，即一九八三年，我调到河北省委工作，把《十二袋钞票》改编成了革命故事，刊登在《河北故事报》上。

　　又过了二十四年，我把它改写成了中篇传奇小说，取名《秘密印钞局》，在二零零七年第三期《章回小说》发表，被誉为"红色经典"。引起广大读者浓厚的兴趣和热烈的期待。在朋友的建议下，经过五年的努力，查阅了近百部文献资料，长篇小说和电视剧的创作同步进行。今年一月，我的长篇小说《秘密印钞局》由作家出版社出版了。在此基础上，我又对三十九集电视连续剧进行最后一次修改，更名为《纸币硝烟》。屈指算来，这部电视文学剧本的诞生，竟先后孕育了五十二年。

　　《纸币硝烟》写了四个印钞局——民国财政部的北平印钞局；共产党在晋察冀边区建立的秘密印钞局；日军命名为"杉工程"伪造数十亿中国纸钞的印钞局；重庆政府设在歌乐山观音岩山洞里的印钞局。四个印钞局之间展开了血雨腥风的金融决战，刀光剑影的货币厮杀。许多惊心动魄的故事令人荡气回肠，拍案称奇。在一定意义上可以说：电视剧《纸币硝烟》是中国现代史上钱币大战的一个缩影。

　　由于本剧格局大、头绪繁、时间长、人物多，虽十五易其稿，尚有情节、架构、人物、语言诸方面修改的空间。我愿做一个抛砖引玉者，希望更多的作家写一些有关印钞方面的文艺作品，使更多的人关注和了解金融界、印钞界的演变和发展，让印钞这一特种行业走到人民大众当中去。

高占祥

2012年3月6日

主要参考文献

张树栋：《中国印刷通史》，印刷工业出版社。

马贵斌：《中国印钞通史》，印刷工业出版社。

孙文学等：《中国财政史》，东北财经大学出版社。

李海乾等：《百年北钞》，北京印钞有限公司。

王成伟：《上海印钞厂志》，中国金融出版社。

傅发永：《晋察冀边区印钞局简史》，中国金融出版社。

吴开泰：《印钞人》，中国工人出版社。

朱继红、高长福：《晋察冀边区印钞局货币印制简史》，国营五四一
　　　　　　　厂厂史编委会。

米尔顿：《美国货币史》，北京大学出版社。

宋鸿兵：《货币战争》，中信出版社。

布兰兹：《货币贵族》，中信出版社。

查尔斯：《货币战争的幕后策划者》，中共中央党校出版社。

约翰·里维斯：《货币王朝》，中国华侨出版社。

史蒂文：《货币阴谋》，当代中国出版社。

戈登：《财富的帝国》，中信出版社。

彼得·马丁：《资本战争》，天津教育出版社。

辛乔利、孙兆东：《次贷危机》，中国经济出版社。

汪锡鹏、殷叔平：《钱的故事》，华文出版社。

张荐华：《金融战争》，中华工商联合出版社。

李才元：《出轨的纸币》，中国发展出版社。

马德伦等：《中国名片人民币》，中国金融出版社。

陈雪龄：《黑钱》，中信出版社。

剧中主要人物

聂荣臻——晋察冀军区司令员。

宋　衡——晋察冀边区印钞局党委书记兼局长。

杨　卓——晋察冀边区印钞局警卫连长。

杨　馨——杨卓之姐，宋衡之妻。

甄善仁——财政部印钞局局长。

甄　婷——甄善仁之女，晋察冀边区印钞局工会主席。

贾元庆——北京印钞局局长，军统驻北平站少将站长。

范宝泉——财政部印钞局印刷科长。

范宝瑛——范宝泉胞妹，唐毅之妻。

唐　毅——财政部印钞局职工医院院长。

梅建华——印钞局工人，杨卓的师傅。

冯纪云——晋察冀边区印钞局兴隆商行经理，杨卓的岳父。

沈雨岚——中共唐县专员沈剑飞长女。

蒋介石——国民党中央军事委员会委员长，盟军中国战区最高
　　　　　统帅。

宋子文——蒋介石妻兄，曾任南京政府代理行政院长、财政部
　　　　　长、外交部长。

戴　笠——国民党军事委员会统计局局长。

王文瑞——先任民国交通部长，后为交通银行总裁。

戴月娇——戴笠侄女，军统女特务。

傅胜彪——军统青岛站长，后落水当汉奸，任伪杭州市长。

丁美娟——军统女特务，傅胜彪之妻。

吴　敏——军统特务。

裕　仁——日本天皇。

东条英机——原日本关东军参谋长，后升任陆军大臣、内阁首相

兼全军参谋总长。

冈村宁次——侵华日军总司令。

植　田——原为东条英机的部属，后为冈村宁次副官，陆军少
　　　　将。

井　原——植田外甥，日军驻灵寿县宪兵队长。

春　岚——井原之妻。

秋　岚——中共唐县专员沈剑飞次女，春岚异父之妹，温越的未
　　　　婚妻。

周佛海——汪伪行政院副院长、财政部长、警政部长、汪伪中央
　　　　储备银行总裁。

杨淑慧——周佛海之妻。

李冠群——汪伪警政部政务次长、警政部长、江苏省长。

吴三宝——汪伪特工总部警卫大队长。

温　越——晋察冀边区印钞局局长助理，后叛变革命。

温剑奎——伪灵寿县保安司令、温越之父。

沈剑萍——温剑奎之妻。

醉樱桃——原北平艳春楼妓馆名妓，后被李冠群纳为次室。